国家社科基金一般项目 "美国汉学家海陶玮的中国古典文学研究" 结项成果

美国汉学家
海陶玮的中国古典文学研究

刘丽丽 著

中国社会科学出版社

图书在版编目(CIP)数据

美国汉学家海陶玮的中国古典文学研究/刘丽丽著. —北京：
中国社会科学出版社，2022.9
ISBN 978 - 7 - 5227 - 0598 - 9

Ⅰ.①美…　Ⅱ.①刘…　Ⅲ.①中国文学—古典文学研究
Ⅳ.①I206.2

中国版本图书馆 CIP 数据核字(2022)第 133550 号

出 版 人	赵剑英
责任编辑	陈肖静
责任校对	刘　娟
责任印制	戴　宽

出　　版	中国社会科学出版社
社　　址	北京鼓楼西大街甲 158 号
邮　　编	100720
网　　址	http://www.csspw.cn
发 行 部	010 - 84083685
门 市 部	010 - 84029450
经　　销	新华书店及其他书店

印　　刷	北京君升印刷有限公司
装　　订	廊坊市广阳区广增装订厂
版　　次	2022 年 9 月第 1 版
印　　次	2022 年 9 月第 1 次印刷

开　　本	710×1000　1/16
印　　张	25.75
字　　数	397 千字
定　　价	138.00 元

美国哈佛大学档案馆藏海陶玮照片

美国哈佛大学档案馆藏海陶玮照片

目　录

绪论 ……………………………………………………………（1）

第一章　海陶玮汉学研究的起源动因和学术成果 …………（8）
　　第一节　汉学起源和情感动因 ……………………………（8）
　　第二节　汉学成果和学术脉络 ……………………………（29）

第二章　《韩诗外传》译著
　　　　——西方最早及唯一的英译本 …………………………（47）
　　第一节　注译《韩诗外传》的缘由 ………………………（48）
　　第二节　文学研究视角和严谨学术特征 …………………（54）
　　第三节　学术化的翻译理念和策略 ………………………（61）
　　第四节　《韩诗外传》译著的学术意义 …………………（100）

第三章　《中国文学论题》
　　　　——美国首部中国文学史 ……………………………（115）
　　第一节　《中国文学论题》是美国首部中国文学史 ……（115）
　　第二节　《中国文学论题》的内容与特征 ………………（121）
　　第三节　海陶玮《中国文学论题》与翟理斯
　　　　　　《中国文学史》比较 ……………………………（129）
　　第四节　《中国文学论题》的影响与价值 ………………（143）

第四章　《中国诗词研究》
　　——对宋词的译介和研究 …………………………………… (170)
　第一节　海陶玮的词学观 …………………………………… (174)
　第二节　海陶玮对周邦彦词和柳永词的学术翻译 ………… (178)
　第三节　学术史视野中的海陶玮词学地位 ………………… (209)
　第四节　中西文学交流中的海陶玮词学影响 ……………… (228)

第五章　学人交游与学术互动 ………………………………… (234)
　第一节　"一位古代的中国圣人"
　　——方志彤对海陶玮的影响 ……………………………… (235)
　第二节　"论学曾同辩古今"
　　——与叶嘉莹的中国古典诗词合作研究 ………………… (258)
　第三节　"中国文化的海外媒介"
　　——与杨联陞的学术交往 ………………………………… (276)

第六章　学术传承与学术传播 ………………………………… (306)
　第一节　学术传承:从文学整体研究到文学断代文体研究 …… (307)
　第二节　学术传播:海陶玮藏书在加拿大阿尔伯塔大学
　　——"为我们的子孙以及子孙的子孙保存" ………… (346)

结论 …………………………………………………………… (360)

参考文献 ……………………………………………………… (386)

后记 …………………………………………………………… (409)

绪　论

詹姆斯·罗伯特·海陶玮（James Robert Hightower，昵名 Bob，中文译名主要有海陶玮、海陶华、海陶儿、海陶韦、海涛等，1915 年 5月 7 日至 2006 年 1 月 8 日），生前长期担任美国哈佛大学教授，是美国"第一位研究中国文学的学者"[①]，是"美国汉学界的泰斗"和"研究中国文学著名的权威"[②]。培养了康达维（David R. Knechtges，1942—）、梅维恒（Victor H. Mair，1943—）、艾朗诺（Ronald Egan，1948—）等著名汉学家，是美国汉学特别是美国中国文学研究的奠基者、先驱者。

海陶玮的汉学实践和学术成果，是美国中国文学研究的基础和起点，对这位重要汉学家及其代表性汉学作品展开个案研究，在美国中国文学研究史、美国汉学史等领域具有重要价值。

本书以美国汉学家海陶玮的中国古典文学研究为对象，基于原始档案和文献，力求在比较文学视野下对这位汉学家的汉学著述展开全面研究。

---

① ［美］康达维：《二十世纪的欧美"文选学"研究》，《郑州大学学报》（哲学社会科学版）1994 年第 1 期。

② ［美］康达维：《二十世纪的欧美"文选学"研究》，《郑州大学学报》（哲学社会科学版）1994 年第 1 期。

一 学术基础

1. 资料基础

作者对国内外的海陶玮档案资料进行了长期的搜集和整理，主要研究资料有：

（1）哈佛大学档案馆藏原始档案（Accession Number：15036，*Papers of James R. Hightower*，1940—2003），共 3 箱 1 盒，主要内容有通信档案、教学资料、作品原稿、生平资料等，馆藏海陶玮照片档案（Harvard Photos Collection），馆藏海陶玮博士学位论文（*The Han Shih Wai Chuan*，Harvard University，1946）。

（2）哈佛大学馆藏海陶玮相关人物档案。包括叶嘉莹与海陶玮的通信档案（Accession Number：15036，*Papers of James R. Hightower*，1940—2003，Box 2，4 Files）；方志彤档案（Accession Number：13505、13540、14850、17143，*Papers of Achilles Fang*）；《杨联陞日记》手稿影印版（哈佛燕京学社图书馆特藏，44 本）；费正清档案（HUGFP 12.8，Box 2，*Papers of John K. Fairbank*，1933—1991）等。

（3）哈佛大学馆藏悼念海陶玮纪念册和相关历史档案等。哈佛大学在海陶玮 2006 年 1 月 8 日去世之后至少举办过 3 次追悼会，2006 年 3 月 2 日举办追悼会后，在《哈佛大学公报》（Harvard Gazette）上发表了名为《海陶玮去世，享年 90 岁》的纪念文章，该文介绍了海陶玮的生平简历和主要著述等；2006 年 10 月 14 日再次举办悼念会，汇集了海陶玮亲友、师生等对他的回忆和悼念，并于 2009 年 2 月印制了纪念活动演讲集，该演讲集并未公开发表，收藏在哈佛大学燕京学社图书馆①；2007 年 5 月 1 日哈佛大学文理学院举办追思会，总结了海陶玮的生平履历、主要著述、学术成就和重要贡献，6 月 14 日由韩南

---

① Eva Moseley edit. , *James Robert Hightower，7 May 1915 – 8 January 2006，Victor S. Thomas Professor of Chinese Literature，Emeritus Harvard University：Speeches at a Memorial Gathering at 2 Divinity Avenue，Cambridge Massachusetts，Saturday 14 October，2006，February 2009.* 以下简称 "*Speeches at a Memorial Gathering.* "

（Hanan Patrick Dewes，1927—2014）等 5 位学者共同签名提交了悼文。笔者在哈佛大学图书馆还查到相关的一些历史档案，主要有：海陶玮夫人、儿童作家弗洛伦萨（Florence Cole）的几部文学作品；20 世纪三四十年代与海陶玮同时期到北京①留学的美国汉学家、加州大学伯克利分校东亚图书馆原馆长伊丽莎白·赫芙（Elizabeth Huff，1912—1988）所著口述史《教师、东亚图书馆创馆馆长，从厄巴纳经北京到伯克利》②，回忆了她与方志彤、海陶玮等学者交往、治学的细节和故事，弥补了海陶玮在华留学时期资料的匮乏；海陶玮的大学同学、美国小说家吉恩·斯塔福德（Jean Stafford，1915—1979）的传记描写了两人交往的过程以及共同在欧洲游学的情况，弥补了海陶玮在青年时期欧洲游学资料的匮乏③。海陶玮的生前好友叶嘉莹、侯思孟等，学生木令耆、康达维等也都有一些回忆文章，哈佛大学东亚语言文明系官网载有海陶玮的生平著述简介，以上是了解海陶玮生平阅历最基本的资料。

（4）加拿大阿尔伯塔大学所藏有关海陶玮私人藏书档案。

经过邮件辗转联系，加拿大阿尔伯塔大学图书馆给笔者提供了海陶玮 1980 年代离美赴德之前，把全部私人藏书赠卖给阿尔伯塔大学东亚系的历史档案。

（5）国内外关于海陶玮相关的研究资料。

2. 研究内容与方法

海陶玮的主要著作有《中国文学论题：大纲和书目》（*Topics in Chinese Literature：Outlines and Bibliographies*，1950，1953，1966，以下简称《中国文学论题》）、《韩诗外传：韩婴对〈诗经〉教化作用的诠释》（*Han Shih Wai Chuan：Han Ying's Illustrations of the Didactic Appli-*

---

① 北京在 20 世纪上半叶的名称有变化更迭，为了叙述方便，本书统称为北京，引文除外。

② Rosemary Levenson and Elizabeth Huff，*Teacher and Founding Curator of the East Asian Library from Urbana to Berkeley by Way of Peking*，Harvard University Library，1980. Copy by the Regents of University of California. 赫芙（Elizabeth Huff，1912—1988），美国汉学家，哈佛大学远东系第一位获得博士学位的女性。

③ David Roberts，*Jean Stafford：A Biography*，London：Chatto and Windus，1988；David Roberts，*Jean Stafford：The Life of a Writer*，New York：St. Martin's Press，1988；Charlotte Margolis Goodman，*Jean Stafford：The Savage Heart*，Austin：University of Texas Press，1990.

cation of the Classic of Songs，1952，以下简称《韩诗外传》）、《陶潜诗集》（*The Poetry of T'ao Ch'ien*，1970）和《中国诗词研究》（*Studies in Chinese Poetry*，1998，与叶嘉莹合著）等，此外发表学术论文十几篇，各类译作 200 多篇，书评 20 多篇。

笔者已在初步整理《海陶玮年谱》《海陶玮著述分类年表》等资料基础上，以"美国汉学家海陶玮对陶渊明的研究和接受"（中国社会科学出版社 2020 年版）为题，以点带面，完成了海陶玮在陶学方面的研究。本书以"美国汉学家海陶玮的中国古典文学研究"为题，将海陶玮其他代表性汉学成果纳入研究范围，对海陶玮的汉学做一个基础性、全面性、系统性的研究，分析海陶玮汉学研究的起源、动因和成果，揭示海陶玮的汉学在美国汉学乃至世界汉学中的贡献、地位、影响和局限，以海陶玮汉学的起源动因、作品研究、学术关系和贡献评价四方面为内在逻辑，分六个章节构建全文：

第一章"海陶玮汉学的起源动因和汉学成果"介绍海陶玮其人其作的基本概况。首先从人物阅历出发，揭示他进入中国文学研究的起源动因。海陶玮本科期间偶然读到"意象派"领袖庞德从日文手稿英译的中国古诗后"弃医从文"，走上中国文学研究道路，经历了从诗人到学者，从战俘到博士、从学生到老师等人生阶段，对中国文学的热爱是他毕生从事汉学研究的情感动因；然后全面总结海陶玮的汉学成果和研究脉络。

第二章"《韩诗外传》译著——西方最早及唯一的英译本"以海陶玮注译的《韩诗外传》为中心，首先探讨他选择这部中国古籍作为博士学位论文选题的缘由，然后在中西比较视野下对译著内容、特点等进行深入研究；接着从核心词汇的翻译出发，总结海陶玮学术化的翻译理念和策略；最后从四个方面总结《韩诗外传》译著的学术意义，一是从西方汉学史角度来看，《韩诗外传》是西方最早及唯一的《韩诗外传》英译本；二是从西方《诗经》学史角度来看，它开启了西方《诗经》学史研究；三是从中西文学交流互动角度来看，这部英译本在国内学界产生了一定的影响；四是从海陶玮自身学术道路来看，译注《韩诗外传》的学术训练，奠定了他扎实的汉学基础。

第三章"《中国文学论题》——美国首部中国文学史"以海陶玮出版的第一部著作——《中国文学论题》为中心，首先以"世界范围内的首部中国文学史"为话题导入，考证并得出"海陶玮《中国文学论题》是美国首部中国文学史"的论断，并概括其内容与特征；然后把《中国文学论题》与其前文本，英语世界首部中国文学史——翟理斯《中国文学史》比较，由联系看继承，由差异看价值，在学术谱系上定位该著作的地位，指出该著作在文学文类史和汉学书目史方面的独特价值；最后深入研究和阐发该专著在世界范围内的影响与价值：这部著作是美国中国文学史的滥觞；是美国中文教学的基础性教材；在世界范围内具有重要的影响和学术价值。

第四章"《中国诗词研究》——对宋词的译介和研究"以海陶玮在《中国诗词研究》中的两篇宋词论文——《周邦彦的词》和《词人柳永》为中心，从周邦彦词和柳永词的英译历史角度考察海陶玮在中国古典词译介方面的贡献。先从海陶玮的著述中探讨分析海陶玮的词学观，总结他对中国词的认知与理解；然后以译文文本为中心，参照西方不同的译文，在对比中总结海陶玮对周邦彦词和柳永词翻译的学术化特征；最后从两方面考察海陶玮词学的地位和贡献，一方面从学术史角度，在前人基础上排查整理出更为完整全面的英语世界周邦彦词、柳永词的翻译研究史录，定位海陶玮词学在学术史脉络中的地位，另一方面从中西文学交流角度，考察海陶玮词学在国内外学界的影响。海陶玮对周邦彦的 17 首词和柳永的 128 首词进行的翻译、注释和研究，使他成为英语世界对这两位词人关注较早、研究较多的学者，特别是对柳永词的两篇系列研究论文，相当于一部注释详尽、体例完整的柳永词译著，是英语世界译介柳永词最多的作品。

第五章"学人交游与学术互动"着眼于考察海陶玮从事汉学的人际交流和学术环境。海陶玮的汉学是在中西学界的交流互动中展开的，具有中国传统学术背景的西方华裔学者对海陶玮的汉学影响很大。本章从档案史料出发，挖掘海陶玮与美国华裔学者方志彤，加拿大华裔学者叶嘉莹和美国华裔学者杨联陞的学术交流和相互影响，还原海陶玮汉学的主要指导者、支持者和帮助者。

第六章"学术传承与学术传播",主要考察海陶玮汉学的师生传承和国际传播。在学术传承方面,作为美国最早的中国文学研究的专业学者,他在哈佛大学从教几十年,培养了康达维（David R. Knechtges, 1942—）、梅维恒（Victor H. Mair, 1943—）和艾朗诺（Ronald Egan, 1948—）等著名汉学家,是美国汉学特别是美国中国文学研究的先驱者和奠基者。本章以海陶玮与学生们的通讯档案、学生们的悼念回忆文章为基础,梳理出海陶玮对康达维、梅维恒、艾朗诺等学者的学术指导和影响等史实,初步研究其后学在中国文学研究方面的继承、创新和成就。可以看出,康达维、梅维恒、艾朗诺等学者在海陶玮所开创的美国中国文学研究道路上深耕细作,从海陶玮最初的中国文学宏观研究逐步分化深入,聚焦到某一朝代文学或某一文体的研究,取得了更大的成就,推动了美国中国文学乃至世界中国文学研究的层次和水平。

在学术传播方面,本章将哈佛大学馆藏原始档案与加拿大阿尔伯塔大学馆藏原始档案相互比照,还原了海陶玮 1985 年把全部 3000 余种近 1.1 万册私人藏书赠卖给阿尔伯塔大学东亚系的历史史实,揭示这批藏书在海陶玮汉学中的文献支撑和在阿尔伯塔大学汉学发展中的创始之功,以揭示海陶玮学术的国际传播与影响。

主要研究方法有:

文献学方法。汉学研究"不仅要掌握西方汉学的知识体系,还要掌握这些知识产生的过程,了解这些知识生产者的实际情况"[①]。笔者始终把理清基本史实作为一个根本任务,将文献学方法作为根本性方法,利用各种资源条件获取一手档案、资料和信息,通过各种手段全面搜集整理海内外关于海陶玮的原始档案和研究资料,并不断补充修订《海陶玮年谱》《海陶玮著述分类年表》等基础资料,为各类专题研究提供扎实基础。

学术史方法。从世界汉学史特别是美国汉学史中把握人物个案研究,从而认定海陶玮在汉学学术谱系上的地位,判定他的学术成就和

---

① 张西平主编,李雪涛副主编:《西方汉学十六讲》,外语教学与研究出版社 2011 年版,第 11 页。

重要贡献，从学术史角度给予合理定位和公正评价；同时在汉学发展史中审视和评价海陶玮汉学的局限和不足。

比较文学法。在具体的研究过程中，从比较文学与跨文化角度分析评价海陶玮的汉学成果：一是关注到西方学者在"他者"视角下得出结论的价值，发掘西方学者对中国文学研究的新视角和新方法，对他们在异质文化背景下的"误读"和局限给予合理解释；二是在具体分析中，注重把海陶玮前后著述进行比较，同时与国内外相关著述进行比较，在对比中凸显总结海陶玮对中国文学研究的思路和特征；三是在中国本土国学和西方汉学的双重维度中把握和评价海陶玮的学术成果，在中外文学交流史的宏大背景中审视和阐述海陶玮的汉学人生和学术贡献。

学术批评法。西方汉学的学术思想和研究成果并非更加高明，无懈可击，而是良莠不齐的，汪荣祖《海外中国史研究值得警惕的六大问题》很深刻地指出了海外中国史研究中的一些问题，主要有离谱的误读、严重的曲解、荒唐的扭曲、不自觉的偏差、颠倒黑白的传记和居心叵测的翻案等①，这些问题在汉学其他领域也同样存在，张西平先生也专门提出，研究海外汉学，一定要建立"批评和对话：一种批判的汉学"②，对海外汉学的研究成绩加以肯定，对其不足如实展开批评。海陶玮开始从事中国文学研究的时期，是美国中国文学研究的起步和草创阶段，不可避免地存在着早期粗糙、谬误之处。笔者将以重建中国文学、中国学术为基本立场，采用客观态度对海陶玮研究成果作如实评价，既从中西文学交流背景和学术史角度对其汉学成就做实事求是的肯定，又对他在学理和观点上的不足和局限展开批评，指出他在中国历史文化知识上的隔膜，在中国文学翻译研究方面的缺漏，更对他在一些研究中流露出的"西方中心观"思想和以西方学术理念来审视中国文学的现象展开批评。

---

① 汪荣祖：《海外中国史研究值得警惕的六大问题》，《国际汉学》2020 年第 2 期。
② 张西平主编，李雪涛副主编：《西方汉学十六讲》，外语教学与研究出版社 2011 年版，第 18 页。

第一章　海陶玮汉学研究的起源 动因和学术成果

第一节　汉学起源和情感动因

海陶玮于 1915 年 5 月 7 日出生在美国中南部俄克拉荷马州（Okla-homa）的萨尔弗（Sulphur），2006 年 1 月 8 日在德国黑尔沙伊德（Herscheid）去世，享年 90 岁。在他 90 多年的人生历程中，世界形势风雨飘摇，经历了两次世界大战；中美关系曲折动荡，从隔绝到建交；世界范围内的汉学格局发生着重大的变化，"二战"之后，美国汉学在传承欧美传统汉学的基础上，在以地区研究为特色的"中国学"研究潮流中异军突起，领先世界。海陶玮，这位由于偶然机缘接触到中国古诗的美国年轻人，毅然决定把文学作为自己毕生的事业，用几乎贯穿整个 20 世纪的汉学学习和研究生涯，亲眼见证并亲身参与了美国 20 世纪的汉学发展，并在中国文学研究方面成长为美国著名汉学家，也成为美国中国文学研究的开拓者和奠基者。

如果我们仔细探究海陶玮进入中国文学研究的际遇和起源，会发现他对中国文学研究的起源具有鲜明的东方因素；如果我们纵观海陶玮 90 多年的人生历程，就能够感受到：支撑海陶玮秉持初衷、历经坎坷而成就非凡汉学人生的，是他对中国文学特别是中国古典文学的由衷热爱。

一　汉学起源：东方诗歌的感召

作为一位本科学医科化学的理科生，海陶玮是通过什么渠道接触到了中国文学？又是什么机缘促使他走上了中国文学研究的道路？笔者将集中探究海陶玮的汉学起源。

关于海陶玮的简介、悼文等公开资料都显示，海陶玮走上中国文学研究道路，是因为他在大学期间阅读了庞德所译的中国诗歌，受到庞德所倡导的意象派诗歌运动的感召。如哈佛大学官网介绍："在科罗拉多大学攻读化学本科专业期间，海陶玮发现了庞德英译的中国诗歌，并且通过阅读对中国诗歌产生了兴趣。"① 《哈佛公报》关于海陶玮的悼文介绍："在科罗拉多大学攻读化学学士学位期间，海陶玮读到了庞德的英译中国诗歌，于是开始学习中文。"②

埃兹拉·庞德（Ezra Pound，1885—1972）是美国著名诗人、文学评论家和意象派诗歌运动的重要代表人物，1909 年至 1917 年由他倡导发起并付诸实践的意象主义运动是美国 20 世纪早期影响很大的文学流派。1915 年庞德出版了兼翻译与创作为一体的《神州集》（*Cathay*），其中翻译了 19 首中国古诗，风行一时。

这种文学氛围无疑影响到了年轻的海陶玮及其同时代的文学青年。海陶玮当时正在科罗拉多大学读医科化学专业，如果没有庞德及其英译中国诗歌，他毕业后可能会从事化学或医学有关的职业，但是，"这是埃兹拉·庞德的国家（美国），东临艾略特的国家（英国）。他的许多大学同学都感受到了这种文学氛围，这种氛围也曾发生在其他

---

① 哈佛大学官网，http：//ealc. fas. harvard. edu/james-robert-hightower. Original text，"Hightower became familiar with Chinese poetry through the translations of Ezra Pound，which he discovered while pursuing an undergraduate degree in chemistry at the University of Colorado. "本书所有引文的翻译，除另有说明外，都为笔者所译。

② Eva S. Moseley，"James Robert Hightower Dies at 90"，*Harvard University Gazette*，（2 March，2006）. Original text，"While earning a bachelor's degree in chemistry from the University of Colorado，Hightower discovered Ezra Pound's translations of Chinese poetry and arranged to study Chinese. "

地方和其他时代。"① 海陶玮虽为医科，但一直是文学爱好者，在校期间，"他一直期望能够写出自己的诗歌，于是在庞德作品中发现了中国诗歌"②。1936 年从科罗拉多大学化学专业毕业时，这位 21 岁的青年已经有了自己浓厚的兴趣和强烈的主见，并做出了人生的一个重大选择——弃医从文，开始研读中国诗歌和文学，这个从化学到文学的转变，就是因为阅读了庞德英译中国古诗激发所致。

大学期间的海陶玮发现了庞德诗歌，他一定读过《神州集》，这是庞德关于中国古诗的译本，出版之后立刻在当时的美国和西方世界引起很大的轰动。其中包含的 19 首中国古诗分别是《诗经》1 首，古乐府 2 首，陶渊明诗歌 1 首，卢照邻诗歌 1 首，王维诗歌 1 首，李白诗歌 13 首。具体篇目如下：

Song of the Bowmen of Shu 　《诗经·小雅·采薇》

The Beautiful Toilet 　无名氏《古诗十九首·青青河畔草》

The River Song 　李白《江上吟》和《侍从宜春苑奉诏
　　　　　赋龙池柳色初青听新莺百啭歌》

The River Merchant's Wife: A Letter 　李白《长干行·其一》

Poem By the Bridge at Ten-Shin 　李白《古风十八·天津三月时》

The Jewel Stairs' Grievance 　李白《玉阶怨》

Lament of the Frontier Guard 　李白《古风十四·胡关饶风沙》

Exile's Letter 　李白《忆旧游寄谯郡元参军》

Four Poems of Departure 　王维《送元二使安西》

Separation on the River Kiang 　李白《黄鹤楼送孟浩然之广陵》

Taking Leave of a Friend 　李白《送友人》

---

① E. Bruce Brooks, "Speech", in Eva S. Moseley edit. , *Speeches at a Memorial Gathering*, p. 16. Original text, "this is Ezra Pound country, bordered on the east by T. S. Eliot country. The sense of culture as something that happens somewhere else, or in a different age, was felt by many of his college classmates. "

② E. Bruce Brooks, "Speech", in Eva S. Moseley edit. , *Speeches at a Memorial Gathering*, p. 16. Original text, "along with a wish to write poetry of his own, came the discovery of Chinese poetry in the work of Pound. "

Leave-Taking Near Shku　李白《送友人入蜀》

South-Folk in Cold Country　李白《古风六·代马不思越》

The City of Choan　李白《登金陵凤凰台》

Sennin Poem by Kakuhaku　郭璞《游仙诗·翡翠戏兰苕》

A Ballad of the Mulberry Road　《汉乐府·陌上桑》

Old Idea of Choan of Rosoriu　卢照邻《长安古意》

To-Em-Mei's "The Unmoving Cloud"　陶渊明《停云》

　　这19首中国古诗很可能就是点燃海陶玮文学梦想、使他一生都痴迷中国文学尤其是中国古典诗歌的星星之火。

　　出于对这19首中国古诗的喜爱，海陶玮对《神州集》翻译的诗人和作品都非常关注。《神州集》最为青睐的李白诗歌，使他关注到"诗仙"李白的系列作品，并尝试翻译了李白的不少诗歌，在哈佛大学档案中，笔者发现有《李白诗选》（Anthology Lipo）①，选译了三十多首李白诗歌，包含了李白诗歌的大部分名篇；《神州集》的一首陶诗《停云》，是陶渊明集首篇的一组四言诗，主要抒发"思亲友"之情，庞德《神州集》只节译了四节诗歌中的第一节，海陶玮从20世纪50年代到20世纪70年代怀着巨大的热情和精力投入陶渊明全集的翻译中，出版了自己的汉学代表作品——《陶潜诗集》，首篇也是这首四言诗《停云》。另外在自己常年的教学中，他也坚持给哈佛大学的学生们讲解包括李白、陶渊明、王维等人的诗歌，海陶玮的教学档案中就有这些诗歌的讲课教案和阅读笔记、词汇表等手稿资料。②

　　由于青年时期受到庞德对中国古诗英译的启蒙，海陶玮对庞德的文学翻译功底也非常推崇。庞德主张把翻译当作自我寻求所扮演的角色，扮演角色的首要条件，便是扮演者要深入角色，体验角色的感

---

　　①　哈佛大学档案馆藏海陶玮档案：Accession Number：15036，*Papers of James R. Hightower*，1940 - 2003，Box 4 of 4，Folder title：Anthology Lipo。

　　②　哈佛大学档案馆藏海陶玮档案：Accession Number：15036，*Papers of James R. Hightower*，1940 - 2003，Box 3 of 4. 这些档案以中国古代诗人为标签，主要是阅读笔记和讲课教案。

情世界，叶维廉用"洞察力"（clairvoyance）来形容庞德的这种翻译素质，① 批评家斯坦纳（George Steiner）称庞德掌握了"将自己融入他人这一翻译艺术的最高奥妙"②。海陶玮在翻译陶渊明诗文期间，有意给自己营造了一种"陶渊明式"的生活，对翻译对象思想的融通和生活方式的模仿促进了他对诗歌作品的理解感受和有效翻译。

在自己的汉学生涯中，当他提及和评价他人诗歌翻译时，总是不自觉地以庞德翻译为范本来衡量，找寻庞德对其他译作的影响，如在评论张郢南、沃姆斯利《王维的诗》时不自觉地提及庞德及其翻译：

> 庞德对《诗经》的翻译，虽然在学术上表现出明显的不足，但却创造了大量诗作的奇迹——这是其他大多数译者通常做不到的。在我看来，庞德经常能够达到这个高度，沃姆斯利却很少达到这一点，但是他已经努力使整个诗歌翻译比我们通常读到的中国诗歌翻译作品好很多了。③

在海陶玮看来，这点能够使诗歌翻译"好很多了"的技巧，似乎也是来自庞德等意象派作家的影响：

> 毫无疑问，沃姆斯利的译文在一些喜欢忠实于原著的读者看来是过于自由了，但无疑，他的这种做法，可以从弗洛伦思·艾思柯（Florence Ayscough，1878—1942）的"拆分"和庞德的丰

---

① Wai-lim Yip, *Ezra Pound's Cathay*, New Jersey：The Princeton University Press, 1969, p. 88.

② George Steiner, *After Babel*, *Aspects of Language and Translation*, Oxford：Oxford University Press, p. 359. Original text, "This insinuation of self into others is the final secret of the translator's craft."

③ James Robert Hightower, "Review on *Poems by Wang Wei*", *Ars Orientalis*, Vol. 4, (1961), p. 445. Original text, "Ezra Pound's version of the *Shih Ching* poems, though demonstrable incompetent as a work of scholarship, achieve the miracle of making poetry of a good number of them——something at which most other translators dismally failed. It seems to me that Pound reaches such a point rather frequently, and Mr. Walmsley (who must take the credit and the blame for the English of these translations) seldom, but in any case the attempt has made for better reading on the whole than we are used to in translations from the Chinese."

富想象力所构建的表意和词源理论那里得到支持。①

在评论华裔学者刘若愚《中国诗艺》时，海陶玮把其中的译文分为有韵翻译和无韵翻译，认为有韵翻译不如无韵翻译质量高，因为有韵翻译比无韵翻译更难，如果做得不好就会显得非常牵强，在他的心目中，庞德的有韵翻译是一个很高的标准，他说："无论从哪个角度来说，据我所知，能够把有韵翻译有机融合到中国诗歌翻译中的译者只有一个，就是庞德。"②

这些评价显示出他对庞德翻译的赞赏，然而在自己的诗歌翻译中，海陶玮并没有执着于这种难度更大的有韵翻译，也没有像诗人庞德一样对中国古诗进行"误读"和转译，而是坚持了严谨的学术翻译。

在哈佛大学教授中国古典诗歌时，海陶玮总是把庞德译文作为重点参考加以推荐。在哈佛大学馆藏档案中，海陶玮1964年至1965年春季学期人文学课程资料中就有庞德的译文。如讲授《诗经》开篇《周南·关雎》时，他把庞德与其他几位汉学家如高本汉（Bernhard Karlgren）、阿瑟·韦利（Arthur Waley）、卜弼德（Peter Alekseevich Budberg）的译文进行对比参照，用于授课。

以上可以说明，海陶玮是受庞德影响走上中国文学研究道路的，庞德是青年海陶玮开始关注中国、进入汉学的媒介。那么，海陶玮与自己青年时代偶像庞德是否有过真正的接触？根据笔者目前的了解，两人确实也建立过实际的联系，这种联系与另外一个人物——方志彤有关。

方志彤（Achilles Chih-tung Fang，1910—1995，又名方志浵），早年毕业于清华大学，后长期执教于哈佛大学，具有扎实的中国传统文化功底和中西跨文化背景，在中西文化交流和培养汉学人才方面贡献

---

① James Robert Hightower, "Review on *Poems by Wang Wei*", *Ars Orientalis*, Vol. 4, (1961), p. 445. Original text, "Mr. Walmsley has no doubt found support for what to more prosaic-minded readers of Chinese poetry seem to be liberties with his text in the ideographic or etymological theory of Chinese poetry, familiar from the 'split-ups' of Florence Ayscough and the fertile imagination of Ezra Pound."

② James Robert Hightower, "Review on *The Art of Chinese Poetry*", *The Journal of Asian Studies*, Vol. 23, No. 2, (Feb., 1964), p. 302. Original text, "The only translator of Chinese poetry who makes rhyme an organic part of his version is, so far as I know, Ezra Pound, from drawing any conclusion."

很大，徐文堪称其为"百科全书式学人"①，梅维恒认为"其学识和语言能力旁人难以企及"②，但国内学界对方志彤的生平阅历知之甚少，对他的重要贡献认识不足。近年来，钱兆明、欧荣、高峰枫、徐文堪、应梅等学者对他开展了初步研究，他生前在哈佛大学的师友同事如赫芙、木令耆、陈毓贤等也有一些回忆书信等资料可供钩稽索引。笔者在前人研究基础上，又查补了哈佛大学馆藏海陶玮档案和方志彤档案，梳理了两人的学术关系，发现海陶玮的学术兴趣、研究课题、治学方法、藏书爱好和性格处世等方面，都受方志彤影响颇深，这部分内容将在后文专门展开，此处先说明方志彤在海陶玮与庞德的交往以及海陶玮汉学起源中的促发作用。

方志彤因为研究庞德的缘故，与庞德有着密切的交往和良好的私人友谊，海陶玮则是方志彤与庞德交往的直接见证者和记录者。方志彤在哈佛大学攻读博士学位时，研究课题就是庞德的《比萨诗章》，为了自己的研究，他与庞德 1950 年到 1958 年多次晤面，频繁通信。③关于两人的初识，海陶玮在方志彤悼文中说："方志彤在庞德被拘禁在华盛顿时就认识了（庞德）夫妻俩"④，这一点与学者钱兆明和欧荣根据两人来往信件所做的研究是一致的。⑤钱兆明和欧荣详细地叙述了两人的交往细节和密切关系：方志彤与庞德的交往始于 1950 年，当时庞德被囚于华盛顿圣伊丽莎白精神病医院，与世隔绝，深感沮丧。方志彤给《诗章》的出版社社长詹姆斯·拉夫林（James Laughlin, 1914—1997）写信，建议修改庞德《诗章》的某些内容；1950 年庞德修订自己

---

① 徐文堪：《不该被遗忘的方志彤先生》，《东方早报·上海书评》2011 年 1 月 9 日。

② 徐文堪：《不该被遗忘的方志彤先生》，《东方早报·上海书评》2011 年 1 月 9 日。

③ 根据钱兆明的研究，这些书信现存于美国耶鲁大学拜纳基图书馆和印第安纳大学礼莉图书馆，两人往来信件达 214 封，其中庞德致方志彤 108 封，方志彤致庞德 106 封，见钱兆明编《庞德与中国友人通信录》（*Ezra Pounds's Chinese Friends*, Oxford：Oxford University Press, 2008.）收录了其中将近 100 封信。

④ James Robert Hightower, "Achilles Fang: In Memoriam", *Monumenta Serica*, 45（1997），p. 402. Original text, "with both of whom he had become acquainted during the period of Pound's incarceration in Washington."

⑤ 钱兆明、欧荣：《方志彤——〈钻石机诗章〉背后的中国学者》，《英美文学研究论丛》2014 年第 21 辑。

的《中庸》与《大学》译本，拟出版英汉对照本，方志彤应邀为其修订版注释唐石经；1950 年 12 月 27 日，中西学界的两位大家首次会面，均有"互为知己、相见恨晚"之感，之后两人的书信来往日渐频繁，庞德在 1954 年 3 月的一次信中，称方志彤几乎是其晚年的"唯一安慰"。①

　　"百科全书式诗人"庞德与"百科全书式学人"方志彤彼此倾慕、影响至深，对于方志彤来讲，他在与庞德密切沟通基础上产生的学术成果——865 页之巨的学位论文《庞德〈诗章〉研究》，使他 1958 年顺利获得哈佛大学比较文学专业的博士学位，他的论文让后继研究者不断受益，"从此成为庞德研究者不断探索的乐园"②，挚友钱锺书也评价："该论文的缩微胶卷本早为包括叶维廉在内的庞德学者必不可少的参考"。③ 在写作博士学位论文前后，方志彤还写作和发表了不少关于庞德研究的论文，④ 1955 年发表了一篇关于庞德羊皮卷诗歌注解的论文，1957 年在《哈佛亚洲学报》上发表了论文《费诺罗萨和庞德》⑤，之后又发表了关于庞德的系列文章和书评，这些研究使他逐步成为庞德研究方面的权威。除了学术影响之外，两人的私人友谊也颇为深厚。方志彤始终都未公开出版自己的博士学位论文，一般人都认为是论文部头太大，但海陶玮说，主要原因是"因为方志彤不太愿意公开庞德用典的马虎，唯恐冒犯了诗人或他的夫人"⑥。这是海陶玮能

---

　　① 钱兆明、欧荣：《方志彤——〈钻石机诗章〉背后的中国学者》，《英美文学研究论丛》2014 年第 21 辑。

　　② James Robert Hightower，"Achilles Fang：In Memoriam"，*Monumenta Serica-Journal of Oriental Studies*，Vol. XLV，（1997），p. 402. Original text，"（The 865 pages of his dissertation，which earned him his Ph. D. in 1958）have been the happy hunting ground for Pound scholars ever since."

　　③ 钱兆明、欧荣：《方志彤——〈钻石机诗章〉背后的中国学者》，《英美文学研究论丛》2014 年第 21 辑。

　　④ 主要有："A Note on *Pound's ' Papyrus '*"，*Modern language Notes*，（March，1955），pp. 188 - 190；"Fenollosa and Pound"，*Harvard Journal of Asiatic Studies*，1 - 2（1957），pp. 213 - 238；"Review on *Noel Stock*，*The Life of Ezra Pound*"，New York：Random House，1970.

　　⑤ Achilles Fang，"Fenollosa and Pound"，*Harvard Journal of Asiatic Studies*，Vol. 20，No. 1 - 2，（1957），pp. 213 - 238. 恩内斯特·费诺罗萨（Ernest Fenollosa，1853—1908），美国东方艺术史家。庞德《神州集》（*Cathay*）就是在费诺罗萨汉诗的笔记遗稿基础上加工完成的。

　　⑥ James Robert Hightower，"Achilles Fang：In Memoriam"，*Monumenta Serica*，45（1997），p. 402. Original text，"It was never published，for Achilles was reluctant to document publicly Pound's slovenly way with sources，lest it offend the poet or his wife."

够近距离接触和参与两人交往过程后更切实际的看法。

海陶玮也通过方志彤这个媒介，对庞德这位年轻时代的诗人偶像有着持续的关注和近距离的了解，进而成为庞德诗派的追随者。根据钱兆明、欧荣的研究①，方志彤曾把海陶玮刚刚出版的《中国文学论题》邮寄给庞德，然后在信中自豪地说，自己藏有这部著作中列出的多半参考书目。② 海陶玮甚至还因为方志彤的影响，成为庞德文学上的追随者。哈佛大学莫斯莱回忆，"他（海陶玮）守护着另一个文学英雄——庞德的门户，却被庞德的反犹太主义吓坏了"③。根据海陶玮的学生回忆，方志彤去世后，海陶玮在与学生一起整理方志彤的遗稿过程中，还曾经非常期望发现一两首庞德尚未发表的诗歌手稿，以补充进庞德文集。

通过以上分析，我们可以理出这样一条线索：海陶玮对中国文学的兴趣，是在1930年代浓厚的意象派文学氛围影响下，阅读了庞德的中国古诗译本引发的；后因华裔学者方志彤的缘故，与庞德建立了实际的联系。

在这种相互引发和影响中，有一个重要因素，就是东方对西方、东方文学对西方文学的影响，主要表现在以下几个方面：

第一，海陶玮把方志彤当作学术导师，主要是为他所具有的深厚渊博的中国传统学养而折服。海陶玮最早结识方志彤是1940年到1941年到北京留学期间经赫芙介绍的，当时方志彤为海陶玮等哈佛在京的一大批留学生在学业上提供了长期指导，海陶玮当时正在译注的博士学位论文《韩诗外传》全部初稿都包含着方志彤的审阅意见。20世纪

---

① 钱兆明、欧荣：《方志彤——〈钻石机诗章〉背后的中国学者》，《英美文学研究论丛》2014年第21辑。

② 《中国文学论题》的参考书目（Bibliographies）整理了截止到该书1950年出版时世界范围内中国文学研究的书目，是这本文学史著作最为明显的特征和最有价值的部分之一。参考书目（Bibliographies）分两部分，一部分是权威文献（Authorities），另一部分是译本书目（Translations），下文将详细介绍。

③ Eva S. Moseley, "James Robert Hightower Dies at 90", *Harvard Gazette Archives*, (2 March, 2006). Original text, "he escorted another literary hero, Ezra Pound, about the Yard, only to be appalled by Pound's anti-semitism."

四十年代之后两人陆续到了哈佛大学，作为仅有的两位中国语言文学的教员在一起共事 30 多年，海陶玮经常请教方志彤，他的著述如《陶潜诗集》等都包含着方志彤的修改意见，华裔作家木令耆曾说："他（方志彤）是海陶尔（海陶玮）教授的老师，也是美国和西方许多汉学家的宗师。"① 这是对方志彤非常中肯的评价。方志彤去世之后，海陶玮在《华裔学志》上发表纪念悼文，② 称他是"一位古代的中国圣人"（the old Chinese sage）。

　　第二，庞德与方志彤保持密切联系，也因为方志彤充当了东方向西方传达中国思想和文学的角色。对庞德来讲，他从与方志彤的密切交流中获得了与中国学者直接探讨的机会，从而加深了对中国思想和传统文化的认识，海陶玮在纪念方志彤的悼文中也认为，方志彤"扮演了庞德中国信息来源的提供者和儒学方面的导师"角色③，学者钱兆明、欧荣对这个问题进行了研究，两人有关儒学持续而热烈的讨论，对庞德后期儒家思想及诗章创作产生了深刻的影响，《诗章》（Cantos）52 章到 61 章描绘了中华帝国儒家思想统治下的持久繁荣。庞德还曾译过《大学》《中庸》《论语》等中国古代经典著作，他的《诗经》英译本之序即为方志彤所作。

　　第三，如果把这个线索再向上溯源，庞德《神州集》的出版与其所倡导的意象派诗歌运动，也具有鲜明的东方因素。

　　庞德《神州集》是根据美国学者恩内斯特·费诺罗萨（Ernest Fenollosa，1853—1908）在日本学习汉诗的笔记遗稿而译成的中国古诗英译本。费诺罗萨是美国东亚研究专家，主要研究东方美术史，对中国文学也格外青睐，他曾在写给友人的信中说："接触他们（中国）的文学，尤其是其中最浓墨重彩的部分，即诗歌，可能会大有收获。"④

---

　　① 木令耆（刘年玲）：《记方志彤教授（下）》，《二十一世纪》2005 年 4 月。

　　② James Robert Hightower，"Achilles Fang：In Memoriam"，*Monumenta Serica*，Vol. 45，（1997），pp. 399 - 403.

　　③ James Robert Hightower，"Achilles Fang：In Memoriam"，*Monumenta Serica*，Vol. 45，（1997），p. 402. Original text，"Achilles acting as Pound's Chinese informant and guru on matters Confucian."

　　④ 安妮·康诺弗·卡森（Anne Conover Carson）：《庞德、孔子与费诺罗萨手稿——"现代主义的真正原则"》，闫琳译，《英美文学论丛》2011 年第 14 辑。

1896 年至 1900 年，他专门到日本，在森槐南（Mori Kainan，1863—1911）、贺永雄（Ariga Nagao）等汉学家门下研习汉诗，并做了大量的中日文学笔记。森槐南时任东京帝国大学汉学系主任，是日本著名的汉诗专家，费诺罗萨曾经跟随他学习汉诗，并请贺永雄为他翻译。① 费诺罗萨 1908 年在伦敦去世之后，遗孀玛丽·麦克尼尔·费诺罗萨一直想寻找一位合适的译者来翻译费诺罗萨的诗歌笔记，1912 年她经人介绍结识了正在伦敦的庞德，坚信庞德是唯一能够完成丈夫遗愿的最佳人选。于是庞德开始真正接触中国古诗，他如获至宝，不遗余力，开始阅读和整理这些诗歌笔记，并展开了与中国思想与文化长达一生的缘分。为了创造和支撑自己的意象派理论体系，庞德从中国文学和中国文化中获得灵感和营养，在中国古典诗歌、日本俳句中生发出"诗歌意象"的理论，从而影响了英美文学的潮流。现代诗人艾略特（T. S. Eliot）在《庞德诗选》（*Selected Poems of Ezra Pound*，1929）前言中称庞德"为我们的时代发明了中国诗歌"。

庞德从费诺罗萨文学笔记遗稿 150 多首汉诗中挑选了 19 首译成英文，并把译作编成诗集，名为《神州集》，副标题为"由埃兹拉·庞德大部分译自李白的汉诗、已故费诺罗萨的笔记，以及贺永雄、森槐南的解读"（*Translation by Ezra Pound for the most part from the Chinese of Rihaku, from the notes of the late Earnest Fenollosa, and the decipherings of the professors Mori and Ariga*），副标题其实明确标注了自己这部诗集的东方因素。

很有可能正是《神州集》这部中国古诗英译诗集，触发了年轻学子海陶玮的人生梦想。中国古诗，这个中国文学中最悠久、最灿烂的文学形式，不仅给正在苦苦构筑自己意象派理论的庞德带来了巨大的灵感和支撑，使庞德成为宣扬中国文明、翻译介绍中国古诗并为中西方诗歌互识互鉴做出贡献的媒介，更通过庞德的英译和传播，成为点燃年轻海陶玮从事中国文学研究梦想的媒介。海陶玮从此一发不可收

---

① Achilles Fang, "Fenollosa and Pound," *Harvard Journal of Asiatic Studies*, Vol. 20, No. 1/2, (June, 1957), p. 222.

拾，喜爱、痴迷上了中国古诗，并毅然抛弃了自己学了多年的化学专业，转而开启了文学之路，义无反顾地走上了汉学的道路。

进入 20 世纪，随着中西方文化的交流，中美文学开始相识互见。中国古典诗歌影响了美国现代诗歌，庞德是其中最具代表性的典型人物。他在整理和翻译费诺罗萨汉诗手稿的时候，曾写信给妻子说："东方似乎正从四面八方向我涌来"①，对中国思想文化和中国文学的推崇使他发出感慨："中国在许多西方人的精神生活中已经取代了希腊。"② 年轻时代的海陶玮因阅读庞德《神州集》弃医从文，走上中国文学研究的道路，就是这种中西文学交流的一个缩影。海陶玮与中国文学的结识跟英美世界的文学潮流和氛围密不可分，但也有一定的偶然性，这种偶然性成就了美国汉学乃至西方汉学发展中的重要一笔。从海陶玮接触中国诗歌的案例来看，中国文学能够走入西方世界，译介仍然是不可缺少的基础性工作，所译作品也未必是文学经典作品。但通过译本媒介，中国文学就有可能被西方读者所关注、欣赏、喜爱和研究。

二　情感动因：对中国文学的热爱

在波折动荡的人生历程中，对中国诗歌和中国文学的终身挚爱，是海陶玮坚持不懈从事汉学的精神支撑和情感动力。

在海陶玮的人生历程中，世界爆发两次世界大战，国际形势风云激荡，他的生活直接遭受冲击，"二战"中正在北京留学的他被日军关押在集中营中成为战俘，后又被美国政府征召到国防部五角大楼的陆军军事情报部门工作，为国效力；世界格局发生变化，中美关系曲折动荡，经历了从 1949 年新中国成立到 1972 年中美建交之间长达二十多年的尖锐隔绝对峙状态，③ 在此期间处于学术成长期的海陶玮无

① 安妮·康诺弗·卡森（Anne Conover Carson）：《庞德、孔子与费诺罗萨手稿——"现代主义的真正原则"》，闫琳译，《英美文学论丛》2011 年第 14 辑。

② 安妮·康诺弗·卡森（Anne Conover Carson）：《庞德、孔子与费诺罗萨手稿——"现代主义的真正原则"》，闫琳译，《英美文学论丛》2011 年第 14 辑。

③ 吴原元：《隔绝对峙时期的美国中国学》，上海辞书出版社 2008 年版。

法自由前往中国大陆，失去了直接获得文献资料和近距离接触研究对象国的良机，面临着资源和信息的匮乏；世界范围内的汉学格局发生着重大的变化，与欧洲汉学相比，美国汉学起步较晚，海陶玮和其他同代学者当时几乎没有美国的学者可以拜师学习，只好在20世纪三四十年代留学北京，经历了艰难坎坷的求学过程，获得了中国传统学术训练，成长为美国较早专业研究中国文学的著名汉学家；"二战"之后，美国汉学在传承欧洲传统汉学的基础上，以地区研究为特色的"中国学"异军突起，领先世界，海陶玮等学者对中国语言和文学的研究，则继续传承欧洲传统汉学和中国传统学术，为传统汉学的继承和发扬做出了不懈努力；海陶玮自幼丧母，父亲也并不支持他弃医从文，使他求学时代一直面临着经济困窘和自食其力的压力，同时作为一个成长中的年轻人，他也经历了思想的苦闷徘徊和青年游子的叛逆探索，最后在哈佛大学经受了严格系统的学术训练，思想逐步由西方转向东方，专心研究中国文学，最终在中国文学和古代诗人的东方世界中，找寻到了自己的精神依托和心灵归宿。

海陶玮两岁时，母亲波特·凯迪（Berta Mckedy）去世，他失去了悉心的生活照料和温暖的母爱，由祖父母抚养，之后跟随父亲来到科罗拉多州的萨里达（Salida Colorado）并在那里长大，度过了自己大部分的青春求学时光。父亲名叫劳瑞斯·丹泽尔·海陶玮（Loris Denzil Hightower），是当地的教育学监和学校教师，为海陶玮的教育提供了良好的环境。经过小学、中学的学习，海陶玮考取了科罗拉多大学医科化学专业，但是1936年毕业时，这位深受文学氛围影响并阅读了庞德英译中国古诗的文学青年，毅然决定弃医从文，立志文学。学习中文是阅读中国文学的前提，大学时代对中国诗歌产生浓厚兴趣的海陶玮尝试先从学习中文开始，但这在当时的美国并不是一件容易的事情。在科罗拉多大学的最后一年，海陶玮主动向当时任教于科罗拉多大学的美国专业汉学的一代先驱史麟书求教。跟随史麟书学习一年之后，海陶玮从科罗拉多大学毕业，考虑到当时美国开设汉语课程的大学并不多，他打算到汉学相对发达的欧洲去游学，先在科罗拉多大学同学、美国著名女小说家吉恩·斯塔福德①建议下申请获得了德国海德堡大学奖学金，赴海德堡大学（Heidelberg University）学习诗歌和小说等文学创作，同时兼修中文，后又到法国巴黎大学游学，作为文学青年的海陶玮经历了一年多的奔波不定、居无定所和苦闷探索之后，决定更系统、更专业地对中国诗歌进行学习，他全力以赴准备了美国哈佛大学的研究生，并被命运眷顾，1937 年回到美国，作为哈佛大学远东语言和比较文学专业硕士研究生，开始系统学习中国文学。

　　1940 年 6 月，海陶玮刚刚获得哈佛大学硕士学位，又继续攻读哈佛大学博士学位。为了前往中国搜集原始资料并完成论文，他申请了哈佛大学燕京学社奖学金并顺利获得资助。但是个人的命运在险恶的环境中往往不堪一击，在海陶玮留学期间，正好遭遇了第二次世界大战，并没有幸免于难。

　　1940 年海陶玮离开美国前往中国时，美国还在"二战"中奉行"中立"，极力避免把战火烧到自己本土。但是 1941 年海陶玮刚到北京，战争形势发生陡转，当年 12 月日本突袭珍珠港，美日宣战，太平洋战争爆发，美国最终卷入第二次世界大战。亚洲东部的中国，1937 年日军在北京附近挑起"七七事变"，中日战争全面爆发，1941 年北京沦为日寇占领区，使得在北京的美国留学生们受到了战争的直接冲击。海陶玮和美国来华的其他留学生，统统被日军拘捕，并关押在日本山东潍县集中营，成了日军的战俘。② 所幸的是，海陶玮的妻子弗洛伦萨（Florence Cole）返回了美国。在战俘营，海陶玮和其他外国人遭受了严酷的监禁。后来，海陶玮回忆起自己和当时居住在北京的英美

----

　　① 海陶玮与吉恩·斯塔福德（Jean Stafford）一直保持着忠诚的友谊。两人的交往可以参考以下两个资料：一是斯坦福的 3 部传记，分别为：David Roberts，*Jean Stafford*：*A Biography*，London：Chatto and Windus，1988；David Roberts，*Jean Stafford*：*The Life of a Writer*，New York：St. Martin's Press，1988；Charlotte Margolis Goodman，*Jean Stafford*：*The Savage Heart*，Austin：University of Texas Press，1990；二是两人的通信档案，现存于科罗拉多大学"吉恩·斯塔福德藏书"，是两人之间 40 多年共计 455 封通信的副本，海陶玮在吉恩·斯塔福德去世后把这些信件副本捐赠给了科罗拉多大学。

　　② 关于海陶玮被关押的地点，一说是美国战俘最为集中的青岛西北方、山东东部潍县的一个战俘营；一说是印度尼西亚一带的日本战俘营（木令著：《海陶儿与欧美中国古典文学研究》，《二十一世纪双月刊》2008 年总第 106 期）。

人一起，狼狈地带着随身物品，从美国大使馆步行一个多小时到达火车站，街道两旁站满了围观议论的中国人的情景，还觉得心有余悸："这是一种致命的心灵打击"。① 这个集中营之前是美国长老会教会学校，由日本警察看守，战俘的生活被严格管制，海陶玮被分配到集中营厨房里做清洁员。② 在突如其来的打击、残酷的环境和艰苦的牢狱生活中，海陶玮一直把自己饱含心血的《韩诗外传》译稿带在身边，并偷偷把书稿藏在集中营的一个暖瓶里。

直到 1943 年，美军在中途岛战役等的节节胜利，改变了美日在太平洋战争的战势格局，美日开始交换战俘，在交换第二批战俘时，600 名美国战俘只能有 200 名可以交换回国，海陶玮有幸被赖肖尔③列入 200 人名单，得以释放并遣返回到美国。④ 通过贿赂，他从集中营中偷偷带出了《韩诗外传》译稿的前两章，⑤ 这些书稿跟随他搭乘日军交换战俘的轮船，从山东抵达葡萄牙殖民地的印度果阿，然后被转移到一艘具有醒目标识的瑞典特许轮船上，轮船经过非洲，横跨大西洋，经过巴西里约热内卢，最终到达美国纽约。⑥

康达维回忆，海陶玮五十岁生日时曾谈起自己获得博士学位论文的艰难过程：

> 当我还是哈佛大学的研究生时，在他 50 岁生日的庆祝会上，他讲述了如何偷偷带出刚刚完成的论文复印件的故事。警卫检查了囚犯们带回的所有东西。海陶玮把一本放在了毯子里，被巡官

---

① E. Bruce Brooks, "Speech", in Eva Moseley edit. , *Speeches at a Memorial Gathering*, p. 18.

② E. Bruce Brooks, "Speech", in Eva Moseley edit. , *Speeches at a Memorial Gathering*, p. 18.

③ 赖肖尔（Edwin Oldfather Reischauer, 1910—1990），又译名为埃德温·奥德法特·赖孝、赖世和等，美国历史学家、外交家和日本问题专家，1961 年至 1966 年任美国驻日本大使。

④ Eva S. Moseley, "James Robert Hightower Dies at 90", *Harvard University Gazette*, (2 March 2006)；［德］傅吾康：《为中国着迷，一位汉学家的自传》，欧阳甦译，李雪涛、苏伟妮校，［德］傅复生审定，社会科学文献出版社 2013 年版，第 128 页。"上部第五章，中国岁月：1937—1950 年"

⑤ James Robert Hightower, trans. , *The Han Shih Wai Chuan*, Preface, Ph. D. Harvard University, 1946. (Harvard University Archives HU 90. 4976)

⑥ E. Bruce Brooks, "Speech", in Eva Moseley edit. , *Speeches at a Memorial Gathering*, p. 19.

发现并没收了。然而，海陶玮在热水瓶的内壁中放了另一份复印件，警卫允许他留着这个热水瓶。然而，当他的船抵达纽约时，美国海关官员询问他，问他是否带了任何书面材料。作为一个"美国好人"，他提到了藏在保温瓶里的论文复印件，于是海关官员就没收了那个保温瓶。海陶玮请哈佛大学高层官员写了好多信才把论文复印件拿回来。①

1943 年 12 月 1 日，海陶玮乘坐瑞典到美国的"格里普斯霍姆"号轮船（the Swedish-American liner Gripsholm）到达美国纽约，当地报纸以"詹姆士·罗伯特·海陶玮乘格里普斯霍姆号轮船到达"（James Robert Hightower arrives on Gripsholm）进行了报道：

> 抱着一摞书。科罗拉多州萨里达市的詹姆斯·罗伯特·海陶玮（James Robert Hightower）从"格里普斯霍姆"号客轮上岸，他和其他被遣返者就是在这艘客轮上回到美国的。战争爆发时，他正在中国北京学习，被日本人关押在潍县集中营。②

然而，回到美国后的海陶玮并不能马上回到哈佛校园继续从事自己的学业，因为当时战争尚未结束，他被美国政府征召到美国国防部

---

① David R. Knechtges, trans., "The Study of Chinese Literature Tasks and Techniques", p. 4. (not published). Original Text, "When I was a graduate student at Harvard, at his fiftieth birthday celebration he told the story of how he was able to smuggle out a copy of his dissertation, which he had just completed. The guards inspected everything that the prisoners were taking back with them. Hightower had placed one copy in a blanket, which the inspector found and confiscated. However, Hightower placed another copy in the walls of a thermos bottle. The guard allowed him to keep the thermos bottle. However, when his ship arrived in New York City, he was debriefed by American Customs Officers, who asked him if he brought any written material. As a 'good American', he mentioned the copy of his dissertation hidden in the thermos. The customs officers confiscated the thermos. It took several letters from high-level officials at Harvard before Hightower was able to get it back."

② Original Text, "NEW YORK CITY—Carrying an armful of books. James Robert Hightower of Salida, Colo., comes ashore from the liner Gripsholm which carried him and other repatriates back to the United States. He had been studying in Pekin, China, when war was started and was interned by the Japanese at Weihsien camp. —News agency copy."

五角大楼的陆军军事情报部门工作，为国效力。"二战"之前，美国的东亚研究非常薄弱，能够懂日语、汉语的人才非常稀缺，海陶玮和一批在东亚有过学习经历的留学生自然是最佳人选。在五角大楼的情报部门，海陶玮和团队同事们的主要任务是负责破译日本军方电码。终于，海陶玮等到了 1945 年，当年 8 月，美军向日本广岛、长崎投下两枚原子弹，8 月 15 日日本政府正式宣布无条件投降，"二战"宣告结束。海陶玮以美国上尉军衔退伍，回到自己的母校哈佛大学，生活终于归于平静。1946 年，经历了战争创伤和漫长的 6 年时光之后，海陶玮译注的《韩诗外传》前两章终于顺利完稿，[1] 他由此获得哈佛大学比较文学专业哲学博士学位。[2]

第二次到中国，是 1946 年到 1948 年，前后约 2 年的时间。比起第一次到中国的遭遇，战后的世界环境趋于稳定。但值得注意的是，此时海陶玮选择到中国仍然需要很大的勇气。一是他刚刚经历了"二战"重创后回到哈佛校园不到一年的时间，战争的痛苦还没有完全淡化和消除；二是当时他已获得哈佛大学博士学位并如愿留校担任讲师，有了自己的工作和事业，不再有完成论文的学业压力；三是已过而立之年的他刚刚和自己的妻子团聚，并且有了两个年幼的儿子，完全可以选择平静的家庭生活；四是与第一次获得哈佛燕京学社资助有所不同，这次他并没有受到基金资助。但为了能够完成《韩诗外传》全部翻译任务，弥补第一次到中国留下的遗憾，他再次携妻儿到北京从事汉学研究，直到共产党赢得内战、新中国成立之前的 1948 年才返回美国。

两次亲历中国的经历，使海陶玮对中国有了近距离的接触和体认，亲历了新中国成立之前的北京，遭受了战争的巨大冲击，在中美、日美国际关系的漩涡中遭受重创，起落沉浮，特别是第一次到中国的经历可谓千难万险，千辛万苦，从美国留学生到日军战俘，从日军战俘到美国军官，从美国军官到哈佛博士，身份的戏剧性转换也深刻反映

---

① Patrick Hanan, et al. , "Memorial Minute-James Robert Hightower (1915 – 2006)", *Minutes of Meeting of the Faculty of Arts and Sciences*, Harvard University, (1 May, 2007) .

② 哈佛大学东亚语言文明系官网，http：//ealc. fas. harvard. edu/james-robert-hightower。

出青年海陶玮在求学道路上的艰难与坚持。

在哈佛大学 50 多年时光，海陶玮的汉学研究同样受到来自外界环境的影响和制约，因为中美关系引起的学术隔离与对峙使他面临着资源和信息的匮乏。在海陶玮 1946 年留校之后的 20 多年时间里，中美尚未建交，他无法便利地再次前往中国大陆查找丰富的研究资料，并与中国学界继续保持联系，这成为制约他汉学研究的一个瓶颈。为了突破这一瓶颈，他以 20 世纪四十年代两次到北京购置的书籍为主体，逐步积累了自己的私人汉学收藏，形成自己汉学研究的文献基础，同时也通过会议等各种渠道与欧美学界一直保持着密切的学术联系。20 世纪 60 年代之后，海陶玮的研究兴趣转向陶渊明研究，中国台湾成了当时西方学界与中国大陆进行交流的一个孔道。为了获取第一手的研究资料，他决定前往台湾寻求学术资源。他 1964 年辞去了哈佛东亚研究委员会主席一职（1960—1964），1966 年辞去了远东语言系（后东亚语言文明系）主任一职（1961—1965），1965 年终于如愿以偿，申请获批富布莱特—海斯研究奖金，携全家来到台湾从事研究①。他还四处访学，拜访名流，扩大学术交流。1966 年夏天，即将离开台湾的海陶玮，作为美国富布莱特委员会的面试考官，到台湾大学面试交换教授项目的候选人，与项目候选人之一——作为台湾大学推荐到美国密西根州立大学交换的叶嘉莹有了一次晤面，这次晤面给海陶玮留下了深刻的印象，因为学术兴趣已经转向中国诗歌的海陶玮，正需要叶嘉莹这样有着深厚中国古典诗词功底学者的帮助和合作，晤面当晚，海陶玮就邀请叶嘉莹前往哈佛大学访学，之后两人展开了长达 30 多年的学术合作，② 并于 1998 年合著出版《中国诗词研究》（*Studies in Chinese Poetry*）③，成为中外学界合作的一段佳话。后文将详述两人的合

---

① 中国社会科学院情报研究所编：《美国中国学手册》，中国社会科学出版社 1981 年版，第 184 页。

② 叶嘉莹口述，张候萍撰写：《红蕖留梦——叶嘉莹谈诗忆往》，生活·读书·新知三联书店 2013 年版，"第五章，漂泊北美"。

③ James Robert Hightower and Florence Chia-ying Yeh, *Studies in Chinese Poetry*, Massachusetts and London：Harvard University Press, 1998.

作过程。

另外，海陶玮于20世纪四五十年代正式展开的传统汉学研究，也受到美国汉学学术重点和发展格局的影响。"二战"后费正清及其领导的"中国学"成为美国汉学的主流，使得美国汉学后来居上，迅速超过欧洲汉学并领先世界汉学。中国传统文化及中国文学的专门研究，在美国汉学界很长时间都只是其中的一个不受重视的方面，燕京学社的成立某种程度上改变了这种局面。但是，在1952年中国高等学校院系调整中，随着与哈佛大学合作的燕京大学的撤销，哈佛中国分部也随之撤销，这在一定程度上影响了中美学者之间的交流和哈佛大学传统汉学的发展，而哈佛大学远东研究项目正处于创办阶段，没有师资和条件为海陶玮等美国第一代本土学者提供正规的学术训练。

海陶玮正好是在20世纪50年代之后正式展开学术研究的，并且致力于用传统治学方法来研究中国文学，因此无论是汉学资料的储备，还是汉学指导的教师、汉学发展的环境，都面临着一些局限。1928年刚成立的哈佛燕京学社根本无法满足研究生们的资料和师资等问题，海陶玮作为美国本土最早以中国文学为研究领域的学者，当时几乎没有美国的学者可以拜师学习。海陶玮的博士生导师叶理绥（Serge Elis-seeff，1889—1975）是法籍俄国后裔，经当时声望颇高的法国汉学家伯希和（Paul Pelliot，1878—1945）推荐，1934年赴美国出任哈佛燕京学社首任社长。叶理绥的研究领域并不是中国文学，而是日本文学，他是东京帝国大学首位文学学科的西方毕业生，还有一个日文名叫作英利世夫。但是，凭借雄厚的资金和叶理绥因循传统汉学培养学生的理念，燕京学社的学生可以被资助出国，到欧洲、日本和中国去留学进修，培养了美国第一代汉学中坚。海陶玮就是在这种背景下留学北京、艰苦探索并逐步成才的。

尽管面临着上述政治环境和汉学潮流的影响，海陶玮仍然在50多年的哈佛时光里，认真开展自己的汉学研究，一直坚持到自己的耄耋之年。他始终坚持着自己青年时代的文学梦想，执着地坚持用传统的研究方法从事中国古典文学研究，不断写作发表着自己的汉学研究著作、论文、译著等，以过硬的学术成果奠定了自己的学术地位，同时还承担了一系列学术职务，为汉学在美国的传播和发扬做出了自己的贡献。

作为美国本土培养的最早的中国语言文学教授，海陶玮在哈佛大学长期担任中国语言、中国文学方面的课程，培养了不少中国文学研究领域的汉学人才，如康达维（David Knechtges，1942—）、梅维恒（Victor H. Mair，1943—）、艾朗诺（Ronald Egan，1948—）等，这些学者都深受恩师严谨治学的影响，继续在海陶玮开拓的中国古典文学研究道路上业有专攻，深耕细作，并各擅胜场，颇有建树，成长为美国中国文学研究的著名汉学家。

可以说，海陶玮是美国中国文学研究的奠基者和开拓者，他开拓了"美国"的中国文学研究，同时也是中国文学研究的一位传承者，这集中体现在他 1981 年退休时把自己积累和珍藏 40 多年的近 1.1 万册汉学藏书以 5 万美元的价格全部卖给了加拿大的阿尔伯塔大学（University of Alberta）。海陶玮当时对买主唯一的选择条件，就是"想要卖给一所大学，这所大学必须有充满活力和发展潜力的中文系"①。经过一番沟通联系之后，这批藏书正式落户阿尔伯塔大学东亚系，"正是得到海陶玮的这批藏书，我们（阿尔伯塔大学）现在才有了第一流藏书的基础"。② 海陶玮为之毕生奋斗的汉学事业，又通过跨国卖书这一途径，在另外一个国度——加拿大开花结果。

从海陶玮的人生阅历可以看出，他毕生兴趣和精力都投入了中国文学的学习和研究，而其全部的动力，就是对中国文学的热爱。

1959 年 4 月海陶玮在法国巴黎中国高等研究院（The Institue des Hautes études chinoises）作学术演讲，题目是《中国文学研究的任务与技巧》（L'étude de la littérature chinoise tàches et techniques），讲述了他自 1930 年代开始的中国文学学习经历和在哈佛大学教授中国文学的

---

① "Rare Collection of Chinese Books Acquired"，*FOLIO*，University of Alberta，23 January，1986. Original text："（Hightower）was only willing to sell them to a university with a dynamic and expanding Chinese department."

② "Rare Collection of Chinese Books Acquired"，*FOLIO*，University of Alberta，23 January，1986. Original text，"And with this acquisition we now have the basis of a first rate collection."

经验，谈到西方学者应该如何进入中国文学的研究，他说："对文学的热爱无疑是最基本的品质。"①

海陶玮的好友、著名汉学家侯思孟（Donald Holzman，1926—）也曾回忆说：

> 他（海陶玮）之所以能成为一流的中国文学研究者，还因为他具有成为中国文学研究方面最优秀学者的潜质：他一生都热爱文学。②

通观世界范围内汉学家对中国研究的动力和起源，有传教的使命，有商业的驱动，有外交的考量，也有像海陶玮这样对中国某一知识和问题的纯粹而执着的热爱。这种热爱体现在以传教为使命的传教士汉学家身上，也延续在今天仍然关注中国、热爱中国的当代汉学家身上。这其中，有投身中国汉字王国和古琴世界的瑞典汉学家林西莉（塞西丽娅·林德奎斯特，1932—2021），只因七八岁时她从母亲那里得到了一个来自中国的珍贵礼物——一把印有奇妙中国文字的粉红色的中国伞；有毅然中断哥伦比亚大学人类学博士学业前往中国，亲身探访隐居在终南山等地的中国现代隐士，追寻中国禅的前世今生的美国汉学家比尔·波特，只因在读博期间接触到中国佛道经典的微言大义；有创办"汉字与词源"网站，20 多年整理甲骨文、金文、小篆等字形并放到互联网上供全世界分享，感动无数网友的"汉字叔叔"理查德·西尔斯（Richard Sears，1950—），只因当初想弄明白中国汉字的字源，并且声称"如果还能活一年，365 天，我决定要做《说文解字》"……他

---

① David R. Knechtges, trans., "The Study of Chinese Literature Tasks and Techniques", p. 16. (not published). Original Text, "The fundamental quality, and doubtlessly self-evident, would be the love of literature." 原文见 mélanges publiés par Institut des Hautes études chinoises 2, Paris：Presses Universitaires de France, 1960, pp. 517 – 526。感谢康达维先生于 2021 年 8 月 29 日给笔者提供信息和资料。

② Holzman, "Speech", in Eva S. Moseley edit., *Speeches at a Memorial Gathering*, p. 37. Original text, "he had the other element necessary to become the first rate student of Chinese literature he became：he had a life-long passion for literature in general."

们是中国传统文化的仰慕者，他们的研究在各自的国家掀起了一股学习中国传统文化的热潮，他们的研究都源自一种最朴素、最原始的动力——热爱。

第二节 汉学成果和学术脉络

海陶玮大学时代因阅读含有东方因素的庞德英译中国古诗弃医从文，怀着对中国文学的由衷热爱投身汉学研究，他的研究自 20 世纪三十年代开始一直延续到九十年代，但是研究范围始终聚焦在中国文学特别是中国古典文学。本节将以《海陶玮著述分类年表》① 等资料为基础，以时间为序，概述海陶玮中国文学研究的学术脉络和阶段特征。

一 20 世纪三四十年代：译注中国古代典籍——《韩诗外传》等

海陶玮在哈佛大学攻读硕士和博士学位是从 1937 年到 1946 年。1940 年获得哈佛大学硕士学位的论文，笔者从哈佛大学档案馆等处都未查到，所以不知道研究的题目。攻读博士学位期间，他的论文主要围绕译注《韩诗外传》展开。这期间的主要著述是 1948 年发表的论文《韩诗外传和三家诗》（The *Han-shih Wai-chuan* and the *San chia shih*）② 和 1952 年在博士学位论文基础上修订出版的著作《韩诗外传》（*Han Shih Wai Chuan：Han Ying's Illustrations of the Didactic Application of the Classic of Songs*）以及一些汉学书评。

《韩诗外传和三家诗》应是海陶玮在《韩诗外传》译注过程中对其编排体例以及《韩诗外传》与"三家诗"关系进行思考和总结的文章。译著《韩诗外传》是海陶玮在 1941 年至 1942 年北京时期完成的

---

① 参见拙著《美国汉学家海陶玮对陶渊明的研究和接受》，中国社会科学出版社 2020 年版，附录。

② James Robert Hightower，"The *Han-shih Wai-chuan* and the *San chia shih*"，*Harvard Journal of Asiatic Studies*，Vol. 11，No，3/4，（Dec.，1948），pp. 241 –310.

初稿，并于 1947 年第二次留学北京期间加以修订。这部译著由他的博士学位论文扩充修订而成，也是海陶玮的代表作品之一。

除了围绕《韩诗外传》的翻译和研究之外，此时期海陶玮还对方树梅《滇南碑传集》、华裔汉学家陈受荣（Shan wing Chan）《罗马注音简明英汉词典》和约瑟夫（Father Joseph Schyns）神父《可阅读的小说与禁毁的小说》等发表了书评，对《滇南碑传集》和《罗马注音简明英汉词典》都给予了肯定。可能是由于自身在"二战"中的遭遇，所以海陶玮关注并评论了法文版作品集《可阅读的小说和禁毁的小说》，这是约瑟夫神父 1946 年在天津直隶出版社出版的，是由在"二战"中囚禁在北京的天主教传教士们利用闲暇时光阅读中国畅销书籍后的作品集，海陶玮认为"该作品集代表了西方以自己的语言对中国现代文学进行的首次大规模研究"①。

20 世纪三四十年代是海陶玮展开中国语言学习和研究的开始，从《韩诗外传》这部中国古籍的译注开始，他对中国古代传统思想文化知识进行了大量积累，同时接受了扎实有效的学术训练，树立了自己严谨科学的学术方法和学术风格，为他的汉学研究打下了扎实的学术基础。

二 20 世纪五十年代：在世界文学中研究中国文学的价值和历史——《中国文学在世界文学中的地位》《中国文学论题》等

20 世纪五十年代是海陶玮由奔波求学到生活稳定，并开始在哈佛大学开展中国语言文学教学研究的时期，论文、著作、译著和书评等明显增多。这期间，他首先出版了用于哈佛大学中国语言文学教学的教材——《中国文学论题》（1950），后多次修订再版；发表了《中国文学在世界文学中的地位》《陶潜的赋》《〈文选〉与文类理论》《骈文指要》《屈原研究》等论文；翻译了张衡《定情赋》、董仲舒《士不

---

① James Robert Hightower, "Review on *Romangs à lire et roman à proscrire*", *Harvard Journal of Asiatic Studies*, Vol. 9, No. 3/4, (Feb. , 1947), p. 379. Original text, "This collection represents the first large-scale survey in a western language of modern Chinese literature. "

遇赋》、蔡邕《检逸赋》等几十篇文学作品；发表了十几篇书评；给奥地利汉学家艾尔文·冯·赞克的《杜甫诗集》《韩愈诗集》《中国文选：〈文选〉（德文）译本》等著作撰写了序言。

这期间海陶玮著述的特点和贡献主要是：

1. 在世界文学视阈下评价中国文学的地位和价值

海陶玮 1953 年在美国杜克大学（Duke University）出版的一册《比较文学》（*Comparative Literature*）上发表了一篇重要的学术论文——《中国文学在世界文学中的地位》（Chinese Literature in the Context of World Literature）[①]，这篇论文集中论述了海陶玮对中国文学地位和价值的总体评价。在这篇论文中，海陶玮提出并回答了两个问题，第一个问题是：中国文学在世界文学中究竟占据什么地位；第二个问题是：研究中国文学对于我们进一步了解文学的价值会有什么样的贡献。

关于第一个问题，海陶玮认为，中国文学与世界范围内的主要文学相比，最主要的特质就是历史悠久，与欧洲文学相比具有自身优势。中国文学具有自身特有的趣味和文学价值，所以是值得研究的。关于第二个问题，海陶玮是从比较文学由影响研究到平行研究的趋势背景下对中国文学的一种思考，他试图在回答，提倡平行研究的学者是否可以从研究中国文学的过程中有所收获，他的结论是：收获甚微，远东文学不能作为比较文学的新领域，但是中国文学将在比较文学发展过程中发挥自己独有的贡献，这种贡献，一是有利于发现文学中恒常不变的因素，帮助我们赋予文学以新的定义；二是可以考察类似的文学体裁在不同社会中发挥的类似作用；三是可以展开中西文学理论方面的研究；四是可以用语言分析的方法展开中国文学的研究，以了解语言工具如何发挥其作用而产生文学效果。

2. 推动英语世界中国文学史的研究

在《中国文学在世界文学中的地位》论文结尾，海陶玮指出："虽然中国文学具有历史悠久、延绵不绝的传统，而且在中国始终占据着崇

---

① James Robert Hightower, "Chinese Literature in the Context of World Literature", *Comparative Literature*, Vol. 5, No. 2, (Spring, 1953), pp. 117 – 124.

高的地位，但中国文学研究本身却是一门新的学问，尚在创垦阶段，到了20世纪才开始系统性的研究。因此，学者还需要在中国作家、时代及体裁各方面做一番基本的研究工作，以后才可能产生一部令人满意的中国文学通史。"① 这段话揭示了海陶玮对中国文学历史研究的重视和期待。其实这篇论文发表之前的1950年，海陶玮的首部著作——《中国文学论题》（*Topics in Chinese Literature*）就由哈佛大学出版社出版，这部著作是他为哈佛大学撰写的教材，同时也是他在中国文学通史研究方面的代表性作品，叙述了从先秦古典文学到20世纪早期革命文学的中国文学史。

3. 以"文类"切入中国文学研究，对文体"赋"特别关注

海陶玮对中国文学的研究具有明显的文体意识，往往都以文体作为切入角度。1950年出版的《中国文学论题》最为鲜明的体例特征就是以文类为纲，并且随着对中国文学文体的逐步认识和不断深化，他一直致力于该问题的思考和探索，不断修订这本中国文学文体著作，增加、修改、完善关于中国文学文体的分类和论述。

1957年海陶玮在《哈佛亚洲学报》上发表了《〈文选〉与文类研究》（The *Wen-hsüan* and Genre Theory）论文，② 这篇论文是海陶玮关于文体研究的代表作品。他在论文中梳理了中国文学文体论发展的简要历史，然后具体讨论了涉及文体分类的几部著作《汉书·艺文志》、曹丕《典论·论文》、陆机《文赋》、挚虞《文章流别集》的文体论发展过程，并重点对梁萧统《文选序》进行了翻译和详细的注解，③ 对

---

① James Robert Hightower, "Chinese Literature in the Context of World Literature", *Comparative Literature*, Vol. 5, No. 2, (Spring, 1953), p. 124. Original text, "As a field of study Chinese literature is both new and unexplored——this despite the long unbroken tradition of Chinese literature and the high esteem in which literature has always been held in China. It is only in the twentieth century that systematic studies and surveys of the field have been attempted, and a great deal remains to be done in the way of basic studies of writers, periods, and genres before a real satisfactory general history of Chinese literature can be written."

② James Robert Hightower, "The *Wen-hsüan* and Genre Theory", *Harvard Journal of Asiatic Studies*, Vol. 20, (1957), pp. 512 – 533.

③ 康达维教授评价，这篇论文值得关注的重要部分，是海陶玮对《文选序》的精彩翻译和详细注解，他认为海陶玮的这篇论文"为中国文学的翻译树立了一个典范"，参见［美］康达维《二十世纪的欧美"文选学"研究》，《郑州大学学报》（哲学社会科学版）1994年第1期。

梁萧统《文选序》中提到的各种文体进行了详细的资料考证，对《文选序》中的各种文体和《昭明文选》包括的文体进行了细致比较，结果发现：《文选序》所列的 38 种文体，《昭明文选》有 11 种没有篇目，《昭明文选》所列的 37 种文体，《文选序》有 10 种没有相应名目，还有两种文体（对问和设论）必须与其他名目搭配。通过考察比较这两份文体名录，海陶玮认为"显然萧统意识到了由文体分类引发的问题，但他没有坚持解决它们。后代的诗文选家不断重新编次，最终归为姚鼐《古文辞类纂》中的 13 类，尽管它仍然远不理想，但与《文选》的文体分类一样影响深远"①。

　　海陶玮 1959 年发表了论文《骈文指要》②，主要"描述骈文创作所需的一些常见的特征要素"③。他以南朝两部作品孔稚珪《北山移文》和徐陵《玉台新咏序》为例进行论述，认为这两部作品是典型而成熟的骈文。在这篇论文中，他非常详细地谈了自己对骈文的理解，总结了骈文的主要特征，第一个特征也是最重要的特征是平行对仗，分为格律对仗、语法对仗和语音对仗三种类型，每一类别下面又分为几个类别，比如语法对仗分为 6 种类别，语音对仗分为押韵、叠音和声调 3 种类型；第二个特征是运用典故。他认为，骈文具有自身的文学价值，它显示了一种独特的文学风格，但骈文和中国诗歌一样是很难翻译的，因为这种文体的卓越之处就在于语言的精妙。这篇论文被收录到《中国文学研究》（*Studies in Chinese Literature*，1965）一书中。④

　　1959 年美国汉学家施友忠出版的译著《刘勰〈文心雕龙〉——中

---

　　①　转引自陈才智《西方〈昭明文选〉研究概述》，阎纯德主编《汉学研究》第九辑，中华书局 2006 年版，第 425 页。

　　②　James Robert Hightower, "Some Characteristics of Parallel Prose", in Bishop John Lyman, *Studies in Chinese Literature*, Cambridge Massachusetts：Harvard University Press, 1965, pp. 108 – 139.

　　③　James Robert Hightower, "Some Characteristics of Parallel Prose", in Bishop John Lyman, *Studies in Chinese Literature*, Cambridge Massachusetts：Harvard University Press, 1965, p. 108. Original text, "It is my purpose here simply to describe some of the devices common in compositions which are readily recognizable as specimens of Parallel Prose."

　　④　James Robert Hightower, "Some Characteristics of Parallel Prose", in Bishop John Lyman, *Studies in Chinese Literature*, Cambridge Massachusetts：Harvard University Press, 1965, pp. 108 – 139.

国文学思想和形式的研究》①立刻引起了海陶玮的关注，他认为，《文心雕龙》毫无疑问是最为重要的中国文学研究专著，不仅因为这本专著影响巨大，而且因为这部专著本身就是一篇优秀的文学作品。施友忠英译本《文心雕龙》是任何语言中关于该著作的第一部全译本，甚至是尚未出现现代汉语译本和日文译本的情况下首先出现的英译本。但是他对施友忠的翻译并不是太满意，他认为"施友忠对开头这段话的翻译没有译出刘勰的意思，甚至连文本字面的意思都没有译出"②。具体来讲，主要是施友忠的注释没有抓住刘勰原文的本意。书评建立在对施友忠具体文本翻译的解读与分析基础上，指出了施友忠译本中的不少错误之处，显得非常具有说服力，另外文中还提及了范文澜、王利器等人的译文，他认为施友忠对这些学者已有的成果和贡献没有给予关注，所以对于施译本，海陶玮总体认为勇气可嘉，但是深度不够。

从对《汉诗大观》书评中出现一段关于《陶渊明诗集》的介绍文字，到1954年专题论文《陶潜的赋》的发表，标志着海陶玮已经逐步开始了对陶渊明研究，研究成果集中体现在1970年发表的《陶潜诗集》译著。③同时他也密切关注陶学动态，威廉·艾克《隐士陶——陶潜的60首诗（365—427）》出版后，他随即发表了书评。④在这篇书评中，海陶玮认为"在中国诗歌的英语译作中，优秀作品实在太少了，艾克的译本增加了优秀译作的数量，值得欢迎"⑤，对艾克译本的

---

① Vincent Yu-chung Shih trans. , *The Literary Mind and the Carving of Dragons by Liu Hsieh*, *A Study of Thought and Pattern in Chinese Literature*, New York: Columbia University Press, 1959.

② James Robert Hightower, "Review on *The Literary Mind and the Carving of Dragons by Liu Hsieh*, *A Study of Thought and Pattern in Chinese Literature*", *Harvard Journal of Asiatic Studies*, Vol. 22 (Dec. , 1959), p. 284. Original text, "It seems to me that Mr. Shih's version of this opening paragraph fails to convey Liu Hsieh's sense, or indeed any paraphrasable sense at all. "

③ 可参见拙著《美国汉学家海陶玮对陶渊明的研究和接受》，中国社会科学出版社 2020 年版。

④ William Acker, *T'ao*, *The Hermit*, *Sixty Poems by T'ao Ch'ien* (365 – 427), London: Thames and Hudson, 1952, p. 157; Review by James Robert Hightower, *Harvard Journal of Asiatic Studies*, Vol. 16, No. 1/2, (Jun. , 1953), pp. 265 – 270.

⑤ James Robert Hightower, "Review on *T'ao, The Hermit, Sixty Poems by T'ao Ch'ien* (365 – 427)", *Harvard Journal of Asiatic Studies*, Vol. 16, No. 1/2, (Jun. , 1953), p. 265. Original text, "This volume is a welcome addition to the all too few competent English language translations of Chinese poetry. "

翻译总体上持肯定的评价，特别肯定了他在陶诗翻译历史上第一次加入了注释，同时认为"注释太少，解释不够充分"①。他在这篇书评中提出了陶诗解读研究的标准、方法和路径，主要有：不同版本的解读、用年谱的方法、诗文文本的阐释、参考已有的译本成果等。他认为艾克并没有充分地研读和利用已有的成果，并且通过具体的文本翻译和比较，特别是把艾克译本和韦利译本相比较，来说明应当如何提高中国诗歌翻译的技巧。

4. 对世界汉学特别是日本汉学的关注、借鉴和评价

20 世纪五十年代是海陶玮完成学业进入哈佛教职、开始汉学研究领域的时期。在这一时期，他广泛关注了世界范围内的汉学研究，充分吸收和借鉴各国汉学研究成果，并对这些成果提出了自己的看法，进行了整理和总结。对这些成果的整理和总结主要体现在《中国文学论题》参考文献中，对这些成果的看法集中体现在此时期撰写的十几篇书评中。

《中国文学论题》列出的参考文献（Bibliographies）分为权威文献（Authorities）和译本书目（Translations）两部分，其中日本文献占据了主体，吉川幸次郎、铃木虎雄、青木正儿等日本著名汉学家的著作都是海陶玮重点参考的范本，这部分将在下文展开。此处笔者将重点分析此时期的十几篇书评，从中可以总结出此时期海陶玮汉学的一些特点：

一是在地域上，海陶玮的研究视野是世界范围内的汉学研究，尤其关注了日本汉学的成果。关注的学者主要有日本的吉川幸次郎、青木正儿、入矢义高、田中谦二、左久节、武部利男、黑川洋一、小川环树等，德国的威廉·贡德特等，法国的布鲁诺·波尔佩、帕特里亚·吉耶尔马等，美国的顾立雅、施友忠等，英国修中诚、威廉·艾克等，显示了海陶玮视野之广博，且对日本汉学尤为关注和

---

① James Robert Hightower, "Review on T'ao, *The Hermit, Sixty Poems by T'ao Ch'ien* (365 – 427)", *Harvard Journal of Asiatic Studies*, Vol. 16, No. 1/2, (Jun., 1953), p. 268. Original text, "I am going to complain that his notes are too few and do not explain enough."

重视，评论过的日本汉学著述主要有：日本吉川幸次郎、入矢义高和田中谦二《杨氏女杀狗劝夫杂剧》、吉川幸次郎《元杂剧研究》、吉川幸次郎《唐代诗与散文》、青木正儿《中国文学思想史》、左久节《汉诗大观》、京都大学中国语言文学院《王维诗索引》、武部利男《李白》、黑川洋一《杜甫》、吉川幸次郎和小川环树编《中国诗人选集》等，对日本著述发表的书评占这时期书评的一半以上，且对日本同行的研究成果颇为赞赏和推崇。比如在评论吉川幸次郎的戏剧、诗歌研究和翻译等相关汉学成果时，他说："我们对于中国戏剧历史的大部分知识，都应该归功于日本学者的研究。吉川幸次郎系列研究论文汇编而成的出版著作，使得从事中国戏剧研究的学生们更加感谢日本汉学的研究"①。"这是一部优秀的学术研究与总结性著作，更值得称道的是，它是一部由真正的文学家撰写的专门论述文学问题的杰作"②。

值得一提的是，此时期海陶玮写了一篇论文《屈原研究》（1954），被收录在日本《京都大学创立二十五年纪念文集》中，显示了海陶玮与日本学界的互动。写这篇论文，可能是由于当时学界对屈原研究的关注有所增加，因为1953年是屈原去世2230周年，在莫斯科举行的世界保卫和平大会理事会上，屈原被确定为世界四大文化名人之一。海陶玮于1951年前后在洛克菲勒基金会资助下开始了屈原研究。这篇论文指出，关于屈原其人的争论是中国文学史上极为复杂而又关系甚大的问题之一，他所开创的骚体诗几乎是之后中国文学史上所有诗歌样式的溯源，"一个伟大的诗人，又如此追求创新，

---

① James Robert Hightower, "Review", *The Far Eastern Quarterly*, Vol. 9, No. 2, (Feb., 1950), p. 210. Original text, "Much of our present knowledge of the history of the Chinese drama is due to the researches of Japanese scholars. The publication in book form of the important series of articles by Mr. Yoshikawa which appeared originally in the Tōhōgakuhō further places the student of Chinese drama in the debt of Japanese Sinology."

② James Robert Hightower, "Review", *The Far Eastern Quarterly*, Vol. 9, No. 2, (Feb., 1950), p. 212. Original text, "Excellent as this book is as a piece of scholarly research and synthesis, it deserves even greater commendation as a study of a literary problem by a man who is competent to deal with literature."

这在世界文苑中确实极为罕见"①。关于屈原其人，文章倾向认为屈原是一个真实性、历史性人物而非文学性、神话式的人物；关于屈原作品，文章指出，学界关于屈原作品的考证有臆测补充事实的倾向，并谈到自己对屈原《离骚》和其他作品的考证，认为大多数文章"弄错了事实，或者弄错了所引资料的性质"②，论者们的兴趣仿佛都在"他们所赞美的形象复杂的传奇式人物，而非诗歌本身"③，这种观点，显示了海陶玮从"回归文本""以作品为中心"来看待文学价值的观念。

二是在内容上，海陶玮此时期的书评关注了中国文学的各种研究成果，着重关注了诗歌的研究。书评涉及中国诗歌、散文、戏剧、语言、文学理论、文学思想、翻译研究等各个方面，着重关注并评价了他认为成就最为突出的中国诗歌，对日本吉川幸次郎《唐代诗与散文》、左久节《汉诗大观》、德国威廉·贡德特《东方诗歌》、英国威廉·艾克《隐士陶，陶潜的 60 首诗（365—427）》、日本京都大学中国语言文学院《王维诗索引》、法国布鲁诺·波尔佩《唐代文学选集》、日本武部利男《李白》、日本黑川洋一《杜甫》、法国帕特里亚·吉耶尔马《中国诗选》、日本吉川幸次郎、小川环树编《中国诗人选集》等著作发表了书评。

除了以上两点之外，从整体上来看，海陶玮的书评还比较注重对学术史的回顾与梳理，注重西方汉学成果与中国本土研究成果的对比，注重文学翻译标准的明确和具体翻译文本的解析，注重对个别作家如杜甫、李白、韩愈、陶渊明等的研究，等等。更值得一提的是，对汉学家的著述进行评价时，海陶玮显示了自己特有的文学观念和独立的学术判断。前文提及的修中诚的《文赋》、施友忠的《文心雕龙》、艾

---

① ［美］R. 海陶玮：《屈原研究》，周发祥译，载马茂元《楚辞研究集成·楚辞资料海外编》，湖北人民出版社 1986 年版，第 97 页。

② ［美］R. 海陶玮：《屈原研究》，周发祥译，载马茂元《楚辞研究集成·楚辞资料海外编》，湖北人民出版社 1986 年版，第 106 页。

③ ［美］R. 海陶玮：《屈原研究》，周发祥译，载马茂元《楚辞研究集成·楚辞资料海外编》，湖北人民出版社 1986 年版，第 106 页。

克对陶诗的翻译等，海陶玮都提出了一些批评性、建议性意见，即使是对日本汉学家吉川幸次郎、青木正儿的汉学成果称赞不绝的同时，也对其中的一些观点和不足提出了自己的看法。

除了书评之外，海陶玮在 1950 年代还为奥地利汉学家艾尔文·冯·赞克（Übersetzt von Erwin von Zach, 1872—1942）① 的《韩愈诗集》《杜甫诗集》和《中国文选：〈文选〉（德文）译本》写了序言。艾尔文·冯·赞克是奥地利汉学家，他曾将杜甫、韩愈、李白的诗歌译成德文。海陶玮对其翻译非常推崇，也同时为其作品不能广为流传感到惋惜。在其倡导下，作为哈佛燕京丛书系列，哈佛大学出版社出版了赞克的 3 本作品集，分别为《杜甫诗集》《韩愈诗集》《中国文选：〈文选〉（德文）译本》，由海陶玮和方马丁博士（Dr. Ilse Martin Fang）编辑，海陶玮为这三篇集子分别作序，并给予高度评价。

三 20 世纪 60 年代：诗歌研究——《陶潜的诗》等

20 世纪 60 年代，海陶玮把学术兴趣转向诗歌研究，他在研究陶渊明辞赋的基础上，开始翻译陶渊明的诗歌。比较集中的时间是 1965年至 1966 年在台湾"中央研究院"翻译《陶潜诗集》，并于 1970 年出版了自己的代表性作品——《陶潜诗集》②，这是海陶玮 20 多年陶渊明研究的代表作品，包括了所有陶渊明的诗歌和赋作的翻译和注释，也是一部翻译精准、注释详尽、考证严密、严谨规范的学术翻译典范。

除了翻译和注释陶潜诗歌之外，海陶玮在西方较早地从翻译走向了研究。1954 年发表的《陶潜的赋》是海陶玮对陶渊明文赋的研究，

---

① 赞克（Erwin Ritter Von Zach, 1872—1942），出生在维也纳一个贵族军官世家，1897 年在荷兰莱顿受教于施古德（Gustav Schelgel）门下，后在维也纳大学攻读博士学位。1901 年至 1919 年曾担任奥匈帝国的领事，在此期间多半在中国。1919 年奥匈帝国解体后开始在东印度群岛的荷兰领事馆工作，翻译了杜甫、韩愈和李白的几乎所有诗歌以及大部分的《文选》。

② James Robert Hightower, *The Poetry of T'ao Ch'ien*, Oxford: Clarendon Press, 1970.

是英语世界第一篇比较重要的陶学论文。1960 年代，除了集中精力翻译《陶潜诗集》，他还着手开始研究陶渊明的诗歌，1967 年 1 月参加了美国学术团体理事会中国文明研究委员会在北大西洋的百慕大岛（Bermuda Island）举办的以"中国文类研究"（Studies in Chinese Literary Genres）为主题的学术会议，提交了论文《陶潜的饮酒诗》（T'ao Ch'ien's "Drinking Wine" Poems）并发表在会议论文集《中国文学体裁研究》（*Studies in Chinese Literary Genres*）中，① 对陶渊明诗歌中的饮酒诗 20 首组诗进行了专题研究。

从英语世界的陶渊明研究历史来看，海陶玮是陶学从翻译到研究过渡性的重要人物。海陶玮翻译的《陶潜诗集》是陶渊明诗歌英译的第二个全译本，也是第一部真正意义的注译本，成为英语世界陶渊明诗文翻译研究的代表著作；海陶玮的系列陶学论文——《陶潜的赋》《陶潜的饮酒诗》和《陶诗中的典故》等，在英语世界陶渊明诗文研究史上具有开创意义。

除了陶渊明研究，海陶玮对 1960 年代以前的研究课题也保持了持续的关注。在中国文学史研究方面，他注意到了美国南加州波摩那大学教授陈受颐 1961 年出版的《中国文学史纲》② 并很快发表了书评③，他认为："陈受颐教授撰写的著作，实际上是现代时期以英语书写中国文学历史的第一次尝试。"④ "陈受颐的文学史在基本覆盖面上完全比翟理斯的文学史大很多。"⑤ 也对其进行了详细的排查和大量的批评。在中国文学理论方面，他注意到了美国华裔学者、对中国文学与

---

① 王晓路主编，刘岩副主编：《北美汉学界的中国文学思想研究》，巴蜀书社 2008 年版，第 30 页。

② Ch'en Shou-yi, *Chinese literature*, *A Historical Introduction*, New York：The Ronald Press, 1961.

③ James Robert Hightower, "Review on *Chinese literature*, *A Historical Introduction*", *Harvard Journal of Asiatic Studies*, Vol. 23, （1960 – 1961）, pp. 157 – 167.

④ James Robert Hightower, "Review on *Chinese Literature*, *A Historical Introduction*", *Harvard Journal of Asiatic Studies*, Vol. 23, （1960 – 1961）, p. 157. Original text, "Professor Ch'en has written what in effect is the first attempt in English in modern times to write a history of Chinese literature."

⑤ James Robert Hightower, "Review on *Chinese Literature*, *A Historical Introduction*", *Harvard Journal of Asiatic Studies*, Vol. 23, （1960 – 1961）, p. 157. Original text, "Professor Ch'en has covered the ground a great deal more thoroughly than Giles."

比较诗学颇有研究的刘若愚出版的《中国诗艺》（1962），并发表了书评①，对《中国诗艺》三部分内容分别做了介绍和评价，海陶玮对这部著作整体上持肯定态度，并进行了推荐，"整体来讲，这本书值得毫无保留地推荐给那些想通过译作来探索中国诗歌的人"②。在王维诗歌方面，在对日本京都大学中国语言文学院编写的《王维诗索引》书评之后，他又于1961年发表了对张郢南（Chang Yin-nan）、沃姆斯利（Lewis C. Walmsley）《王维的诗》的书评，③"这是王维诗歌在英语世界的第一本译著"④。在屈原研究方面，为英国汉学家霍克思《南方的诗歌——楚辞》题写了序言。⑤

1961年9月，海陶玮参加了剑桥大学彼得豪斯学院召开的世界社会思想史会议，提交了论文《中国文学中的个人主义》（Individualism in Chinese Literature）并在《思想史研究学刊》（Journal of the History of Ideas）上发表。⑥ 这篇论文是海陶玮利用西方思想观念和理论对中国文学进行分析的作品，采用西方哲学思想特别是美国社会中的核心理念——个人主义，对中国古典文学蕴含的个体因素进行了考察和评论。

另外，在《陶潜的赋》"士不遇"主题上，他不仅翻译了上文所提及的陶渊明《感士不遇赋》、司马迁《悲士不遇赋》和董仲舒《士不遇赋》，还翻译了此主题相关的其他一些作品，这些作品大多收录在美国汉学家白芝（Cyril Birch）和唐纳德·基恩（Donald Keene）编

---

① James Robert Hightower, "Review on *The Art of Chinese Poetry*", *The Journal of Asian Studies*, Vol. 23, No. 2, (Feb. , 1964), pp. 301 – 302.

② James Robert Hightower, "Review on *The Art of Chinese Poetry*", *The Journal of Asian Studies*, Vol. 23, No. 2, (Feb. , 1964), p. 302. Original text, "On the whole this is a book which can be recommended without reservation to anyone who wants to explore the world of Chinese Poetry in translation. "

③ James Robert Hightower, "Review on *Poems by Wang Wei*", *Ars Orientalis*, Vol. 4, (1961), pp. 444 – 446.

④ James Robert Hightower, "Review on *Poems by Wang Wei*", *Ars Orientalis*, Vol. 4, (1961), p. 444. Original text, "This is the first book of translations into English of the poems of Wang Wei. "

⑤ David Hawkes, *The Songs of The South*, *ch'u Tz'u*, *An Ancient Chinese Anthology*, Boston: Beacon Press, 1962, p. vi.

⑥ James Robert Hightower, "Individualism in Chinese Literature", *Journal of the History of Ideas*, Vol. 22, No. 2 (Apr. – Jun. , 1961), pp. 159 – 168.

辑出版的《中国文学选集》（*Anthology of Chinese literature*）中，这部《中国文学选集》主要收录中国文学的英译作品，分为两卷，第一卷出版于 1965 年，汇集了从早期到 14 世纪的中国文学作品译作，共收录海陶玮的译文 6 部：司马迁《报任少卿书》①、贾谊《鵩鸟赋》②、嵇康《与山巨源绝交书》③、孔稚珪《北山移文》④、李白《与韩荆州书》⑤ 和元稹《莺莺传》⑥；第二卷出版于 1972 年，汇集了从 14 世纪到 20 世纪的中国文学译作，收录了海陶玮的译作 1 部——马中锡《中山狼》⑦。考察这些作品的主题，除了元稹《莺莺传》之外，其他作品都是"士不遇"主题的延伸译作，很可能是海陶玮在翻译陶渊明《感士不遇赋》和写作《陶潜的赋》时就翻译了这些作品，只是随《中国文学选集》的出版在六七十年代陆续发表。

四　20 世纪七十年代后：诗词研究——《中国诗词研究》等

海陶玮在 20 世纪 60 年代赴台湾访学时，结识了时任台湾大学教授的叶嘉莹，并开始了两人长达几十年的学术交往和合作，两位学者

① James Robert Hightower, trans. , "Letter to Jen An", in Cyril Birch & Donald Keene, *Anthology of Chinese Literature*：*From Early Times to the Fourteenth Century*, New York：Grove Press, 1965, pp. 95 – 102.

② James Robert Hightower, trans. , "The Owl by Chia Yi", in Cyril Birch & Donald Keene：*Anthology of Chinese Literature*：*From Early Times to the Fourteenth Century*, New York：Grove Press, 1965, pp. 138 – 140.

③ James Robert Hightower, trans. , "Letter to Shan T'ao" in Cyril Birch & Donald Keene, *Anthology of Chinese Literature*：*From Early Times to the Fourteenth Century*, New York：Grove Press, 1965, pp. 162 – 166.

④ Cyril Birch & Donald Keene, *Anthology of Chinese Literature*：*From Early Times to the Fourteenth Century*, New York：Grove Press, 1965, pp. 165 – 173.

⑤ James Robert Hightower, "Letter to Han Ching-chou" in Cyril Birch & Donald Keene, *Anthology of Chinese Literature*：*From Early Times to the Fourteenth Century*, New York：Grove Press, 1965, pp. 233 – 234.

⑥ James Robert Hightower, "Yüan Chen and *The Story of Ts'ui Ying-ying*", in Cyril Birch & Donald Keene：*Anthology of Chinese literature*：*From Early Times to the Fourteenth Century*, New York：Grove Press, 1965, pp. 290 – 299.

⑦ James R. Hightower, "*The Wolf of Chung-Shan*〔*Chung-shan Lang*〕by Ma Chung-His", in Cyril Birch, *Anthology of Chinese Literature*, Volume 2, New York：Grove Press, 1972, pp. 46 – 52.

以中国古典诗歌研究为纽带，创造了中外学者长年交往和成功合作的佳话。叶嘉莹是中国诗词研究专家，受叶嘉莹的影响，海陶玮1970年代以后开始转入中国诗词领域的研究，他这时期的不少作品都是在叶嘉莹的影响、指点下完成的，《陶潜诗集》等序言中都提到了叶嘉莹对他的帮助和支持。两人合作的成果是1998年出版的合著《中国诗词研究》①，这部合著共收录17篇论文，分为"诗论"（Shih Poetry）"词论"（Tz'u Poetry）和"王国维论"（Wang Kuo-wei）3个章节，其中收录有海陶玮的论文4篇，分别是列在"诗论"章的《陶潜的饮酒诗》（T'ao Ch'ien's "Drinking Wine" Poems）、《陶潜诗歌中的典故》（Allusion in the Poetry of T'ao Ch'ien），列在"词论"章的《词人柳永》（The Songwriter Liu Yung）和《周邦彦的词》（The Songs of Chou Pang-yen）。

《陶潜的饮酒诗》和《陶潜诗歌中的典故》两篇论文是海陶玮在陶渊明研究领域的继续和深化。《陶潜的饮酒诗》上文已经提及，是海陶玮1967年参加"中国文类研究"学术会议提交的论文，发表在《中国文学体裁研究》中②，又收录在1998年《中国诗词研究》中。《陶潜诗歌中的典故》1971年发表在《哈佛亚洲学报》③，1974年收录在白芝《中国文类研究》④中，南京大学张宏生教授对该论文进行了中文翻译，发表在《九江师专学报》1990年的"陶渊明研究"专栏，⑤南京大学莫砺锋教授1994年把张宏生教授的译文收录在《神女之探寻——英美学者论中国古典诗歌》中，⑥1998年，海陶玮与叶嘉

① James Robert Hightower and Florence Chia-ying Yeh, *Studies in Chinese Poetry*, Massachusetts and London: Harvard University Press, 1998.

② 王晓路主编，刘岩副主编：《北美汉学界的中国文学思想研究》，巴蜀书社2008年版，第30页。

③ James Robert Hightower, "Allusion in the Poetry of T'ao Ch'ien", *Harvard Journal of Asiatic Studies*, Vol. 31, (1971), pp. 5 - 27.

④ James Robert Hightower, "Allusion in the Poetry of T'ao Ch'ien", in Birch Cyril, *Studies in Chinese literary genres*, Berkeley: University of California Press, 1974.

⑤ 海陶玮：《陶潜诗歌中的典故》，张宏生译，《九江师专学报》（哲学社会科学版）1990年第2期"陶渊明研究"专栏。

⑥ 海陶玮：《陶潜诗歌中的典故》，张宏生译，莫砺锋编：《神女之探寻——英美学者论中国古典诗歌》，上海古籍出版社1994年版，第53—74页。

莹的《中国诗词研究》又收录了这篇论文的英文版。^① 在这篇论文中，海陶玮对陶渊明诗歌中的"典故"（Allusion）进行了比较系统的研究和探讨，把陶诗中的典故分为 7 种，并结合陶诗中的具体诗句，对 7 种类型的典故逐一进行了阐释。

《词人柳永》论文分为两篇，分别发表在《哈佛亚洲学报》的 1981 年第 41 卷第 2 期^②和 1982 年第 42 卷第 1 期^③，论文《周邦彦的词》1977 年发表在《哈佛亚洲学报》^④，1998 年收录到《中国诗词研究》时加入了中文诗词原文^⑤。海陶玮对周邦彦的 17 首词和柳永的 128 首词进行了翻译、注释和研究，成为英语世界对这两个词人关注较早、研究较多的学者，特别是对柳永词的两篇研究论文，相当于一部注释详尽、体例完整的柳永词译著，是英语世界译介柳永词最多的译著。

除了与叶嘉莹合作研究陶渊明诗文、柳永词和周邦彦诗词之外，这个时期他还关注了元稹、庾信、韩愈等作家的作品。在诗词领域展开的对具体作家作品的个案译介与研究，意味着他对中国古典文学研究的不断细化和逐步深入。

值得关注的是，海陶玮翻译了唐代著名诗人元稹的传奇小说《莺莺传》并被收录到 1965 年白芝（Cyril Birch）《中国文学选集》中，^⑥

---

① James Robert Hightower, "Allusion in the Poetry of T'ao Ch'ien", in James Robert Hightower and Florence Chia-ying Yeh, *Studies in Chinese Poetry*, Cambridge Massachusetts and London: Harvard University Press, 1998, pp. 37 – 55.

② James Robert Hightower, "The Songwriter Liu Yung: Part I. ", *Harvard Journal of Asiatic Studies*, Vol. 41, (1981), pp. 323 – 376.

③ James Robert Hightower, "The Songwriter Liu Yung: Part II. ", *Harvard Journal of Asiatic Studies*, Vol. 42, (1982), pp. 5 – 66.

④ James Robert Hightower, "The Songs of Chou Pang-yen", *Harvard Journal of Asiatic Studies*, Vol. 37, (1977), pp. 233 – 272.

⑤ James Robert Hightower, "The Songwriter Liu Yung", in James Robert Hightower and Florence Chia-ying Yeh, *Studies in Chinese Poetry*, Cambridge Massachusetts and London: Harvard University Press, 1998, pp. 292 – 322.

⑥ James Robert Hightower, "Yüan Chen and *The Story of Ts'ui Ying-ying*", in Cyril Birc & Donald Keene: *Anthology of Chinese Literature: From Early Times to the Fourteenth Century*, New York: Grove Press, 1965, pp. 290 – 299.

在此基础上，他又于 1973 年在《哈佛亚洲学报》上发表了研究论文《元稹和〈莺莺传〉》。① 论文除了全文翻译《莺莺传》之外，还简要介绍了唐传奇这种文体的概貌、元稹的生平等，并联系元稹的其他作品如《梦游春词》《莺莺诗》《离思诗》《杂忆诗》《古决绝词》和白居易《和梦游春诗 100 韵序》等来进行翻译和分析，弥补了韦利译本漏译的缺憾，补译了《莺莺传》中杨巨源《崔娘诗》、元稹续《会真诗》三十韵两首诗歌和结尾部分，使英语世界的读者得以见到《莺莺传》这个唐代传奇故事的全貌。

1983 年，海陶玮与葛蓝（William T. Graham, Jr.）合著发表了《庾信的〈哀江南赋〉》论文。② 葛蓝是海陶玮的博士生，1981 年 10 月不幸早逝，在此之前一直跟随海陶玮学习中国古典文学并致力于庾信的诗歌研究，翻译发表了庾信的《哀江南赋》（The Lament for the South），并留下了 140 多首诗歌译文手稿，海陶玮把其中 27 首"咏怀诗"译稿作为组诗单独抽出整理，在最大限度地保留葛蓝翻译原貌的基础上，对 27 首诗进行了详细的注释，以葛蓝为第一作者、自己为第二作者发表了论文，还在论文正文之前进行了一段文字说明，对葛蓝的庾信翻译进行了充分的褒奖。他说："我清醒地意识到，这种合作远逊于葛蓝自己单独的研究。"③

1984 年海陶玮在《哈佛亚洲学报》发表了《幽默作家韩愈》论文。④ 这篇论文延续了他从文本出发来解析作家与作品关系的研究思路，以韩愈的具体诗文作品分析为例，探讨了作家韩愈具有的幽默个性和其作品中所具有的幽默美学特质。

---

① James Robert Hightower, "Yüan Chen and *The Story of Ts'ui Ying-ying*", *Harvard Journal of Asiatic Studies*, Vol. 33, (1973), pp. 90 – 123.

② William T. Graham, Jr. and James R. Hightower, "Yü Hsin's '*Songs of Sorrow*'", *Harvard Journal of Asiatic Studies*, Vol. 43, No. 1, (Jun., 1983), pp. 5 – 55.

③ William T. Graham Jr. and James R. Hightower, "Yü Hsin's '*Songs of Sorrow*'", *Harvard Journal of Asiatic Studies*, Vol. 43, No. 1, (Jun., 1983), p. 5. Original text, "I am aware that this joint effort falls short of what he would have done single-handed."

④ James Robert Hightower, "Han Yü as Humorist", *Harvard Journal of Asiatic Studies*, Vol. 44, No. 1, (Jun., 1984), pp. 5 – 27.

　　这个时期，海陶玮翻译了大量的唐宋文人诗词，其学生梅维恒（Victor H. Mair）1994 年出版《哥伦比亚中国传统文学选集》时，收录发表了很多海陶玮的诗词译文，有范仲淹词 2 首（《苏幕遮》《剔银灯》），晏殊词 1 首（《玉堂春》），欧阳修词 3 首［《采桑子》（画船载酒西湖好）《木兰花》（留春不住）《醉蓬莱》（见羞容敛翠）］，苏轼词 5 首（《水调歌头》《江城子》《满庭芳》《临江仙》《永遇乐》），黄庭坚词 4 首［《满庭芳》《归田乐》（暮雨濛阶砌）、《归田乐》（对景还销瘦）《千秋岁》］，朱敦儒词 1 首《念奴娇》（老来可喜），辛弃疾词 1 首［《沁园春》（杯汝来前）］。《哥伦比亚中国传统文学选集》还收录了海陶玮之前翻译的贾谊《鹏鸟赋》和萧统《文选序》。

　　除此之外，由于与叶嘉莹合作，他还帮助叶嘉莹英译了部分论文，发表在香港《译丛》（Renditions）等杂志，如《大晏词的欣赏》①《李义山燕台四首》② 等。

　　此时期陶渊明研究仍是海陶玮继续关注的课题。他陆续翻译了陶渊明《归去来兮辞》③《桃花源记》④《与子俨等疏》⑤ 等，还翻译了佚名《杜子春》⑥。

　　以上以时间为序，梳理了海陶玮 20 世纪三四十年代至九十年代的汉学研究脉络。可以看出，海陶玮的汉学著述内容主要集中在中国文学特别是中国古典文学的研究。从类别上来看，有著作、论文、书评、

---

　　①　James R. Hightower, trans., "An Appreciation of the Ci of Yen Shu by Chia-ying Yeh Chao", *Renditions*, Nos. 11 & 12, 1979, pp. 83 – 99.

　　②　James R. Hightower, trans., "Li Shangyin's *'Four Yen-t'ai Poems'* by Yeh Chia-ying", *Renditions*, Nos. 21 & 22, 1984, pp. 41 – 92.

　　③　James R. Hightower, trans., "The Return by T'ao Ch'ien", in Victor H. Mair, *The Columbia Anthology of Traditional Chinese Literature*, New York: Columbia University Press, 1994, pp. 435 – 437.

　　④　James R. Hightower, trans., "The Peach Bloom Spring by T'ao Ch'en", in Victor H. Mair, *The Columbia Anthology of Traditional Chinese Literature*, New York: Columbia University Press, 1994, pp. 578 – 580.

　　⑤　James R. Hightower, trans., "Letter to His Sons by Tao Qian", *Renditions*, Nos. 41 & 42, 1994, pp. 15 – 17.

　　⑥　James R. Hightower, trans., "Tu Tzu-ch'un", in Victor H. Mair, *The Columbia Anthology of Traditional Chinese Literature*, New York: Columbia University Press, 1994, pp. 830 – 835.

译著、提序等类型。从研究阶段来看，20 世纪三四十年代主要是以《韩诗外传》为核心，从译注中国古典文献进入中国文学研究；20 世纪五十年代，主要是在世界文学中研究评价中国文学的价值和历史，代表论文和著作分别为《中国文学在世界文学中的地位》和《中国文学论题》等；20 世纪 60 年代，开始进行诗歌研究，代表作为《陶潜诗集》；20 世纪 70 年代后，集中进行诗词研究，代表作是与叶嘉莹合著的《中国诗词研究》，特别是对柳永、周邦彦词作的翻译和研究。从研究脉络来看，大体是按照时间的顺序，从文学起源《诗经》、屈原到宋代诗词，也有从宏观研究到微观研究的趋势，从中国文学发展历史、世界范围下的中国文学到具体的作家作品的个案研究，逐步细化，不断深入。

第二章 《韩诗外传》译著

——西方最早及唯一的英译本

《韩诗外传》是汉代韩婴记述古代史实传闻的著作，由360多条孔子轶事、诸子杂说、春秋故事等道德说教、伦理规范以及劝诫忠告等不同内容杂编而成，每个条目一般都以一句《诗经》引文作结论，以支持政事或论辩中的观点，是现存汉代今文《诗经》学唯一一部传世之作。

1946年，在中国遭受日本集中营关押遣返并完成美国情报任务的海陶玮回到波士顿剑桥的哈佛大学，把自己从集中营暖瓶中偷偷带出的《韩诗外传》译注稿的前两章，① 提交到哈佛大学远东语言系（The Department of Far Eastern Language），获得哈佛大学比较文学专业哲学博士学位。② 导师叶理绥（Serge Elisséeff，1889—1975）和魏鲁南（James Roland Ware，又作魏楷，1901—1977）等在毕业论文评审委员会上签字，这一天距海陶玮开始攻读博士学位已经过去整整六年时间。同年，获得博士学位并留校任教的海陶玮携妻子和两个儿子再度来到北京，继续翻译其他章节，并补充和修订自己的《韩诗外传》，直到1948年再次回到哈佛，发表了相关研究论文《韩诗外传和三家诗》（The *Han-shih Wai-Chuan* and the *San Chia Shih*），之后又经过四年的修

---

① James Robert Hightower, trans. , *The Han Shih Wai Chuan*, Ph. D. Harvard University, 1946. (Harvard University Archives HU 90. 4976)

② 哈佛大学东亚语言文明系官网，http: //ealc. fas. harvard. edu/james-robert-hightower。

改终于彻底完稿，1952 年著作《韩诗外传：韩婴对〈诗经〉教化作用的诠释》(*Han Shih Wai Chuan*: *Han Ying's Illustrations of the Didactic Application of the Classic of Songs*，简称《韩诗外传》）由哈佛大学出版社出版，这是海陶玮在博士学位论文基础上修订出版的著作，也是海陶玮的代表作品之一，这一年距他获得博士学位又过去了整整六年的时间，《韩诗外传》这部译著前后经历了整整 12 年的漫长学术历程。

德国汉学家柯马丁（Martin Kern）介绍北美《诗经》研究史时，对这部《韩诗外传》译著评价颇高："高本汉译本出版之际，海陶玮发表了两种关于《韩诗外传》和《三家诗》的权威论著，至今仍然无人能超越"。① 高本汉（Klas Bernhard Johannes Karlgren，1889—1978）是瑞典哥德堡大学教授，对瑞典汉学具有开山之功，汉学著述丰厚，1940 年之后对《诗经》进行了大量注释研究，著有《〈诗经〉诠注》等。柯马丁是把《韩诗外传》作为"诗经学"的组成部分，并且认为海陶玮《韩诗外传》是继 20 世纪 40 年代的高本汉译本之后，在"诗经学"上领先半个多世纪的权威著述。

从《韩诗外传》自身学术史来看，海陶玮译著《韩诗外传》是英语世界最早的注译本，也是迄今为止唯一的一部英译本。如果把《韩诗外传》纳入"诗经学"研究范畴，这部译著也是《诗经》学史上的代表作品之一②，在中西方学术史上都具有重要的意义。同时，从海陶玮的个人汉学道路来看，这本古籍的注译，显示出海陶玮对中国传统文化知识的学习和对汉学研究方法的掌握，为他今后的汉学道路奠定了扎实的学术基础。

第一节　注译《韩诗外传》的缘由

学者于淑娟曾撰文提出一个值得关注的现象，即西方汉学对中国

---

① ［德］柯马丁（Martin Kern）撰，何剑叶译：《学术领域的界定——北美中国早期文学（先秦两汉）研究概况》，载张海惠编《北美中国学——研究概述与文献资源》，中华书局 2010 年版，第 573 页。

② 参见吴结评《英语世界里的〈诗经〉研究》，四川大学出版社 2008 年版，第 189—198 页。

的认识与研究开始和偏重于对中国传统儒家经典的研读，而中国的西学往往更加关注西方的现当代而不是西方古典哲学，只对西方传统经典做片段了解而不系统、不完整地研究西方的问题。她以海陶玮译著《韩诗外传》作为引子，认为海陶玮进入汉学的开山之作选择《韩诗外传》这部古籍加以翻译，"折射出西方汉学对中国文化研究的方向、取向及趣味等问题"①。于淑娟在文中并未就此问题进行深入探讨，但她所提出的问题，即"这部汉代经学书籍如何被海陶玮选中，并花大气力用前后三年多的时间，请教了撰述《韩诗外传集释》的许维遹等多位先生，将六万多字的古汉语加以译注，着实令人匪夷所思"②，值得深入探讨。

《韩诗外传》同其他中国古籍一样，诗句艰深晦涩，"具有那个时代的典型特征：说教和枯燥，给译者带来许多困难"③。该书自问世以来，与其他经书史籍相比，研究不甚丰富，注释者多为具有深厚国学功底的中国学者，刚刚进入汉学领域学习的博士生海陶玮选择这本古籍加以译注，面临的困难和挑战可想而知。

笔者认为，海陶玮以译注《韩诗外传》这部中国传统古籍作为自己汉学道路的开端，是西方汉学传统的沿袭，是美国当时从事汉学的博士生学术训练的主要方法，同时也是开启汉学道路的有意识的自我选择。

一、以传统古籍译介作为切入，是西方汉学传统的沿袭。

西方汉学大体可以分为游记汉学、传教士汉学和专业汉学三个时期，传教士汉学时期是西方人有意识地对中国问题展开研究的真正开端，自始至终都天然地带有"中华归主"的传教使命，他们建立和不断调整自己的传教策略，从"归化""适应"到利玛窦的"合儒易佛"，都需要从中国古代典籍中深刻了解中国人的哲学思想和精神世界，所以

---

① 于淑娟：《向何时何地出发？》，《读书》2008 年第 11 期。

② 于淑娟：《向何时何地出发？》，《读书》2008 年第 11 期。

③ Donald Holzman, "Speech", in Eva S. Moseley edit., *Speeches at a Memorial Gathering*, p. 38. Original text, "This work is typical of its time: didactic and dull, but still presenting many difficulties to the translator."

他们对中国传统古籍"四书""五经"进行了系统的翻译和研究，以寻求基督教义和中国思想起源中的会通附会之处，比如最早来华传教、与利玛窦并称为"汉学之父"的耶稣会士罗明坚早在1593年就在欧洲出版了《大学》的部分译文。到了专业汉学时期，研究的范围不断扩展，研究的领域转为专业学科，研究兴趣逐步世俗化，但是西方汉学界习惯从中国传统经典来了解和研究中国语言、历史、思想、文化的学术传统始终存在，欧洲汉学非常重视学者的汉语语言能力，即使到了"二战"之后美国兴起以现当代中国为主要研究对象、以地区研究为主要特征的"中国学"潮流，偏重研究古代中国的传统汉学模式也一直在延续。曾经师从法国汉学大师伯希和，后来从事东方语言文化研究的俄籍汉学家叶理绥，被聘为美国哈佛大学燕京学社社长并担任海陶玮的博士生导师，明确强调培养人才应该首先需要精通至少两种欧洲语言，然后学习难以对付的古汉语，最后才能进行课题研究，这也是法国汉学培养汉学人才的模式。海陶玮对中国文学的研究，就是在美国"中国学"主流背景下，汉学界仍然存在和继续维持汉学传统的一个缩影。

二、注释翻译中国古籍文本，是西方中国古典文学研究的特色。

哈佛大学田晓菲曾经撰文提到：

> 附有详细注释的翻译也即笺注性翻译（Annotated translation），或者作为单独出版发行的译著，或者出现在博士论文、论文或者专著之内，是海外中国古典文学研究的一个特色，这不仅因为海外学界的研究语言不是汉语，故此译文成为必需，也因为早期汉学语文学重视文本研究的指导思想。把文本逐字逐句译成英语，则是在美国大学里学习中国古典文学的研究生必经之路。这一点，对学术研究造成的影响是很深刻的：它一方面提供语文学的基本训练，另一方面迫使学生对文本发生密切的关注，而文本细读正是一切文学研究的基础。①

---

① 田晓菲：《关于北美中国中古文学研究之现状的总结和反思》，载张海惠编《北美中国学——研究概述与文献资源》，中华书局2010年版，第607页。

由此可见，把译注中国传统典籍作为博士论文选题，是当时哈佛大学汉学博士生普遍的要求和做法。最早受到哈佛燕京学社资助到北京留学的魏鲁南（James Roland Ware，又作魏楷，1901—1977）以英译《魏书·释老志》（*Wei Shou on Buddhism*，1932）获得哈佛大学博士学位；与海陶玮同时期在北京留学的赫芙（Elizabeth Huff，1912—1987）以英译黄节《诗学》（*Shih-hsueh*，1947）获得哈佛大学博士学位。

由于西方汉学具有跨国别、跨语言的性质，汉学家的首要任务便是译介和传播，承担着在西方社会普及中国语言文化的责任，同时，从欧洲传统汉学沿袭的重视文献和文本剖析的研究方法，也使得一些美国汉学家对中国文学研究从一开始就不再单纯以古籍翻译作为主要目的，而是主要做带有研究性质的笺注型翻译，这种翻译要求研究者花费数年精力集中研读某一个特定古籍文本或者某种文体，从语文学出发，对文本的字词读音和含义等进行细致的研读，然后把文学作品逐字逐句译成英语，这也是当时美国大学里学习中国古典文学研究生的必经之路。

当然，这种注释翻译的工作量与难度比一般译介大得多，作为刚刚进入汉学领域的哈佛大学博士生，海陶玮面临着巨大的挑战，当然也是一种系统严格的学术训练。在哈佛大学馆藏学术档案中，笔者发现海陶玮在研读中国文学作品过程中留下的各种词表（Vocabularies）和注释（Notes），词表按照词语在诗文中出现的顺序，先用汉字写出词条名，再标示读音，然后用英语解释词语的意思，个别时候也用汉语标出近义词、近义字等，这些文稿应该是先手写，后打印，也有一些存档的词表同时存有手写稿和打印稿。这些词表和注释，为海陶玮的翻译打下了扎实的语言基础。后来作为教师的海陶玮也是用这种方法训练自己的学生，很多学生都曾回忆起他逐字逐句解读中国文学作品的严谨教学态度和方法："海陶玮这些（作品原文）复印稿常常伴着他自己编制的长长的词汇表，这些词汇表会给学生们提供他们可能不懂的词句的英文解释。"①

① Eva S. Moseley, "James Robert Hightower Dies at 90", *Harvard Gazette Archives*, （2 March, 2006）. Original text, "These were accompanied by lengthy glossaries that he had compiled, giving brief English equivalents for the phrases that students were unlikely to recognize. "

三、《韩诗外传》的文本特性和翻译空白，符合西方读者的阅读兴趣和海外学者的研究愿望。

美国汉学家柯润璞（James Irving Crump, Jr. 柯迁儒，1921—2002）对《韩诗外传》译著发表书评时提到："在中国早期的文学作品中，也许再没有什么能比那些简短、精练、文以载道的故事更能满足西方读者的文学品味了，在公元前三世纪的中国作品中，这样的故事比比皆是。"① 西方世界对这些中国古籍的阅读兴趣，使此时期的中国古籍成为最先被关注和翻译到西方世界的文学作品，到 20 世纪上半叶，故事集辑性质的著作如《战国策》《晏子春秋》《新序》《说苑》等都已经被零零碎碎地翻译出来了，这些片段性的翻译都隐藏在西方对各种作品集的翻译之中，由于这些作品集缺少索引，所以其中的译文也很难找寻和使用。《韩诗外传》是这些奇闻逸事最好的集辑作品之一，恰好当时尚未被翻译成英文，这种文本特征和翻译空白，很容易进入西方汉学学者的视野，也成了海陶玮的最佳选择。

四、从中国文学的起源开始学习，符合海陶玮从事汉学研究的个人需要。

通过上文对海陶玮从事中国文学研究脉络的梳理可以看出，他的研究大体是按照时间的顺序，从文学起源《诗经》、屈原，一直到唐代诗歌和宋代诗词，所以我们可以推测，对中国文学抱着浓厚兴趣、当时还是哈佛大学博士生的海陶玮，在面对历史悠久、浩如烟海的中国文学作品时，对中国文学的切入应该也会首先考虑从文学起源开始。

作为中国文学起源的《诗经》和屈原，都纳入了海陶玮的研究视野。从译注《韩诗外传》进入汉学的同时，他也成为西方较早关注屈原及其作品的汉学家，在出版《韩诗外传》的 20 世纪 50 年代，他也

① Crump, "Review on *Han Shih Wai Chuan*: *Han Ying's Illustrations of the Didactic Application of the Classic of Songs*", *The Far Eastern Quarterly*, Vol. 12, No. 2, (Feb., 1953), p. 210. Original text, "Among early Chinese writings there is perhaps nothing quite so satisfactory to Western literary tastes as the brief, pithy, quasi-moral tales which abound in Chinese works of the three centuries before the Christian era."

开始研究屈原及其诗歌，并完成了一篇论文《屈原研究》（Chü Yuan Studies）①，这是第一篇由北美汉学家撰写的关于屈原的具有相当影响的论文，1954 年这篇论文被收录在日本《京都大学创立二十五年纪念文集》中。《诗经》作为"五经"之一，更早就进入传教士汉学家的视野，对其研究由来已久，海陶玮也肯定已经注意到早在 1871 年就有英国著名汉学家理雅各翻译了首部英文全译本《诗经》，成果赫然，所以，研究与《诗经》相关的著作也许就是最佳之选。《韩诗外传》是除了《毛诗》之外唯一流传下来的《诗经》著作，而且蕴含着大量丰富的中国传统哲学、思想、历史、文化等信息，其研究价值不言而喻，是一位西方学者进入中国学术源头的恰佳起点。

五、译注《韩诗外传》这部富含中国传统思想文化的古籍，也符合海陶玮希望推介更多西方学者关注和多学科研究这部著作的期望。

《韩诗外传》内容广涉哲学、伦理、道德、法律、制度、思想、风俗、礼仪、轶事、杂说、名言、典故、历史等，具有自身的丰富性和复杂性，以学习和译介为主要目标的海陶玮在面对这部著作的时候，显示出自己作为一名初学者的局限和不足，他无法通过大量有效的注释全面系统地阐释这部著作蕴含的历史文化信息，所以在承认自己作为一位初学者的捉襟见肘之后，译著序言中有一句话似可解释他译介这部著作的真实愿望：

> 该书包含着非常有趣的材料可供研究，但我却没有进行（全面充分地研究）；我以这种形式出版著作，是希望《韩诗外传》的英译本能够吸引比我更为胜任的专业学者的关注，来研究其中许多的社会学、制度和哲学等诸多问题。②

---

① James Robert Hightower, "Chü Yuan Studies", in *Silver Jubilee Volume of the Zinbun Kagaku Kenkyusho*, Kyoto University, Kyoto：Nissha, 1954.

② James Robert Hightower, trans. , *Han Shih Wai Chuan：Han Ying's Illustrations of the Didactic Application of the Classic of Songs*, Cambridge Massachusetts：Harvard University Press, 1952, Preface. Original text, "The text includes considerable interesting material for studies which I have not undertaken; in publishing it in this form it is with the hope that an English version of the *Han Shih Wai Chuan* will attract the attention of those more competent than I to deal with its many problems, sociological, institutional and philosophical. "

很显然，研究其中无所不包的丰富内容并不是海陶玮的主要目标，译介给西方读者才是其主要愿望，他期望通过自己对这本书所做的译注，引起西方专业领域的学者从多学科、多角度继续对该书进行多方面的研究，让这部中国古籍成为西方了解中国文化和社会的一个桥梁和媒介。最终，"海陶玮通过对这部兼收并蓄的著作的翻译，使读者了解到了其中许多作品的部分内容"①。《韩诗外传》也由此进入西方世界。

第二节　文学研究视角和严谨学术特征

一　从文学视角对《韩诗外传》展开研究

国内对《韩诗外传》的研究长期以来都在中国传统治学范畴进行，集中对这部著作的源流、版本等进行注释、考证、校勘、辑佚等，出现了源源不断的校正、校勘等书籍，奠定了扎实的研究基础，但鲜有阐释评论性著作。20 世纪 80 年代之后，学者对《韩诗外传》的研究视野逐步拓展，陆续出现从哲学、思想、文化、教育和文学等方面的研究。与国内研究形成鲜明对比的是，西方世界对《韩诗外传》这部中国古籍文学性的认识，从 20 世纪 50 年代就已经明确建立，这种认识，是以海陶玮为代表的。

在译著序言和导论中，海陶玮指出了《韩诗外传》与《诗经》的关系，突出了《韩诗外传》自身在文学方面不同于《诗经》的独立性。《韩诗外传》每篇大都以一句《诗经》引文作结论，以支持政事或论辩中的观点，就其书与《诗经》联系的程度而论，长期以来存在着"解诗论"与"用诗论"两种观点，其中"用诗论"认为：《韩诗外传》对《诗经》既不是注释，也不是阐发，而是实际运用《诗经》的示范性著作，韩婴在《韩诗外传》中主要是通过《诗经》表达他的政

---

① Crump, "Review on *Han Shih Wai Chuan*: *Han Ying's Illustrations of the Didactic Application of the Classic of Songs*", *The Far Eastern Quarterly*, Vol. 12, No. 2, (Feb., 1953), p. 210. Original text, "Professor Hightower, in his translation of this one eclectic work, has made the partial contents of many accessible for the general reader."

治思想，引《诗》以证事，并非述事以明《诗》，海陶玮显然更加支持这种观点，他用了很大篇幅来阐述，"这是韩婴学派的代表著作，不是对《诗经》的阐发（其他一些著作呈现了这个功能），而是对《诗经》的运用。"① 也正是基于这种认识和观点，海陶玮把译著《韩诗外传》的全名叫作《韩诗外传：韩婴对〈诗经〉教化作用的诠释》（*Han Shih Wai Chuan：Han Ying's Illustrations of the Didactic Application of the Classic of Songs*），以文学的视角对《韩诗外传》进行了考察和研究。

由以上认识出发，他在序言中对《韩诗外传》的性质和书目类别提出了自己的看法，他认为《韩诗外传》应该属于古代书籍部类中的子部，对《汉书·艺文志》把《韩诗外传》归入经部不以为然，《汉书·艺文志》著录了其他几部韩派《诗经》方面的著作，列举了名为《韩外传》的书6卷及名为《韩内传》的书4卷（现已失传），《汉书·韩婴传》中也提到了这两部书，认为韩婴作《诗》传"或取《春秋》，采杂说，咸非其本义"，这与《史记·儒林列传》"韩生推《诗》之意而为《内、外传》数万言，其语颇与齐、鲁间殊，然其归一也"。评价大不相同，这些都成为海陶玮关注的问题。

海陶玮认为，这部著作被归入儒家经典著作的经部，主要还是由于它与《诗经》的关系。《韩诗外传》是《诗经》的阐发应用，由此给判定这部著作的分类带来了困惑之处，《四库全书总目提要》虽把《韩诗外传》归入经部，但对这部著作的分类也提出过质疑，认为"舍诗类以外无可附丽"②，这种分类看来就是无奈之举，海陶玮的态度与《四库全书总目提要》如出一辙，他说："如果不把它（《韩诗外传》）归入《诗》学，似乎也没有什么其他地方可以归类。"③

---

① James Robert Hightower, trans. , *Han Shih Wai Chuan：Han Ying's Illustrations of the Didactic Application of the Classic of Songs*, Cambridge Massachusetts：Harvard University Press, 1952, Introduction, p. 2. Original text, "It was a textbook used by Han Ying's school, not to present his interpretations of the Classic (other works performed that function) but to demonstrate the practical use of the Classic. "

② （清）永瑢等撰：《四库全书总目》（上册），中华书局1965年版，第136页。

③ James Robert Hightower, trans. , *Han Shih Wai Chuan：Han Ying's Illustrations of the Didactic Application of the Classic of Songs*, Cambridge Massachusetts：Harvard University Press, 1952, Introduction, p. 2. Original text, "If you do not put it with he works on the *Shih*, there is no other place for it. "

判定《韩诗外传》具有文学性的理由，海陶玮认为有两点，第一，《韩诗外传》记载的传奇轶事内容符合文学小说的虚构性，他说：

> 从这些故事开始，传奇轶事开始出现了，至少偶尔地开始作为故事本身的需要而出现了，而不像先秦哲学家那样专被引用来说明一种论点，也不像在《国语》《战国策》中作为历史背景用来解释主要人物动机的插曲。[①]

> 事实上，虽然我并不反对所有轶事都是基于真实事件或与历史人物有联系的，但我认为所有这些轶事都是非历史的。这些故事之所以得到保存，并不是因为它们是历史事件的记录，而是因为它们是既定道德准则的示范性主题。因此，这些故事可以套用到任何人物的身上，不论是真实的历史人物，还是虚构的，只要他们的行为符合角色的设定即可。[②]

可以看出，海陶玮虽然认为《韩诗外传》中的奇闻逸事具有一定的历史线索，但总体而言内容的虚构成分比较大，已经具备文学的主体性、独立性和创造性，能够表达特定的文学主题，而不像经学著作中用来支撑论点的历史故事，或是历史著作中具有一定情节的插曲。

第二，《韩诗外传》的性质与西汉刘向编纂的《说苑》《新序》《列女传》等文学选集更为接近。海陶玮认为，尽管《韩诗外传》的资料来源非常丰富，比如荀子等各派学说、《礼记》《诗经》等，但从

---

① James Robert Hightower, trans. , *Han Shih Wai Chuan*: *Han Ying's Illustrations of the Didactic Application of the Classic of Songs*, Cambridge Massachusetts: Harvard University Press, 1952, Introduction, p. 2. Original text, "It is in them that the anecdote begins to appear, occasionally at least, as a story for its own sake, not as in the pre-Han philosophers solely to illustrate a point of doctrine, nor as in the romanticized histories (*Kuo Yü*, *Chan Kuo Tts'e*) as an episode in a historical context intended to account for the motive of a principal actor. "

② James Robert Hightower, trans. , *Han Shih Wai Chuan*: *Han Ying's Illustrations of the Didactic Application of the Classic of Songs*, Cambridge Massachusetts: Harvard University Press, 1952, Introduction, p. 2. Original text, "In fact, I regard all these anecdotes as unhistorical, though I do not deny the possibility that many may be based on actual events and deal with historical persons. It is rather such stories were preserved not as a record of events, but as themes illustrative of ritually prescribed conduct. As such they could be applied to any person, historical or fictional, whose activity fitted a given role. "

内容和形式上来讲更接近《说苑》《新序》《列女传》这样的作品集，应该像它们一样归入子部。他说：

> 与之最接近的作品是《说苑》《新序》和《列女传》，这三部作品的段落都是直接从《韩诗外传》沿用而来。它们主要的不同之处在于：它们的内容被分门别类地放在专门讨论特定主题的章节中，这种分类是刘向对这种形式发展所做的贡献。①

从内容特征和叙述体例来看，《韩诗外传》虽然是有关《诗经》的重要著作，但同时也是一部散文短篇文集，在汉初散文创作中别具特色，是衔接先秦诸子寓言、史传故事与文学选集中单则故事之间的一个过渡环节，它所记载的各种奇闻逸事以"丰富多彩的人物形象以及曲折紧凑的情节，语言简洁凝练，对后世小说的创作和发展产生了深远影响"②，启发了后世摘录性文学选集如《说苑》《新序》《列女传》《高士传》《神仙传》等，在古代小说发展史上应该占有一定的地位，这一点已逐步被中国学者形成共识。

海陶玮关于《韩诗外传》文学性的论述是有创见的，随着20世纪80年代之后中国学术对外交流的展开，国内现代学者对《韩诗外传》的文学特征也不断展开相关研究和印证：③

---

① James Robert Hightower, trans., *Han Shih Wai Chuan: Han Ying's Illustrations of the Didactic Application of the Classic of Songs*, Cambridge Massachusetts: Harvard University Press, 1952, Introduction, p. 3. Original text, "the most closely related works are *Shuo Yüan*, *Hsin Hsü* and *Lieh-nü-chuan*, in all three of which occur passage borrowed directly from *HSWC*. They differ chiefly in having their contents classified in chapters devoted to special topics, such classification being Liu Hsiang's contribution to the development of the form."

② 孟庆阳、武薇：《试论〈韩诗外传〉中的小说因素》，《平原大学学报》2006年第1期。

③ 相关论文可参见2005年王培友硕士学位论文《〈韩诗外传〉研究》、2005年刘强硕士学位论文《〈韩诗外传〉研究》、2006年孟庆阳、武薇的《试论〈韩诗外传〉中的小说因素》、2007年马振方《〈韩诗外传〉之小说考辨》、2007年王云飞硕士学位论文《论〈韩诗外传〉的性质及其思想意义》、2008年艾春明博士学位论文《〈韩诗外传〉研究》、2009年杨红燕硕士学位论文《〈韩诗外传〉叙事研究》、2009年王守亮博士学位论文《汉代小说史叙论》、2013年黄金艳硕士学位论文《〈韩诗外传〉与上古文学叙事》、2014年覃辉英硕士学位论文《〈韩诗外传〉的文学研究》，等等。

从内容来讲，《韩诗外传》共计 10 卷 310 章，故事性章节大约有 140 章，约占全部章节的 45%。① 这些故事性章节大多记载了先秦时期历史人物如圣王、明主、贤臣、谏士、平民、烈女等形象，故事情节丰富，涉及政治、外交等社会生活的方方面面，人物对话语言丰富，情节"非但不是史实，也不是虚实莫辨的历史传说，而是好事者有意虚构与创造所结之果"②，是"一部具有很强故事性的通俗性读物，以具体生动的故事，塑造了一系列性格鲜明的人物形象"③，从以上特点可以看出："《韩诗外传》的叙述技法具有鲜明的自身特征，已具有了现代意义上的小说因素。"④

从文学传承和影响方面来看，黄金艳《〈韩诗外传〉与上古文学叙事》在分析《韩诗外传》解《诗》性质、探讨《韩诗外传》对《诗经》解读方式的基础上，重点对《韩诗外传》的君子标准与《左传》君子标准进行比较；《韩诗外传》的女性形象与《列女传》女性形象进行了比较；《韩诗外传》的生死故事与《列仙传》生死故事进行了比较，从而证明：《韩诗外传》对汉前及汉代叙事文学有着充分的接受和影响。⑤

从文学风格和艺术特征来讲，早在宋代晁公武就称《韩诗外传》"文辞清婉，有先秦风"⑥，屈守元在《韩诗外传笺疏》前言中明确指出："此书每段故事，结束时总引'诗曰'，这就为以'有诗为证'做收场的我国古典小说树立了楷模，要探寻具有中国特色的古典小说渊源，万万不能不提及此书。"⑦ 刘强《〈韩诗外传〉研究》也考察了这部著作的文学价值，指出它在叙事方式、人物形象和语言艺术等方面和文学中的小说、民间俗赋的关系。⑧

---

① 张岩：《〈韩诗外传〉与〈论语〉异同浅议》，《大连大学学报》2004 年第 5 期。
② 马振方：《〈韩诗外传〉之小说考辨》，《北京大学学报》2007 年第 3 期。
③ 张良娟：《〈韩诗外传〉无关诗义的确证》，《景德镇高专学报》2008 年第 3 期。
④ 王培友：《〈韩诗外传〉研究》，硕士学位论文，曲阜师范大学，2005 年。
⑤ 黄金艳：《〈韩诗外传〉与上古文学叙事》，硕士学位论文，东北师范大学，2013 年。
⑥ 《郡斋读书志》衡州本卷二，袁州本卷一上。
⑦ 屈守元：《韩诗外传笺疏·前言》，巴蜀书社 2011 年版，第 1 页。
⑧ 刘强：《〈韩诗外传〉研究》，硕士学位论文，西北师范大学，2005 年。

在整体性研究方面，覃辉英硕士论文《〈韩诗外传〉的文学研究》从《韩诗外传》与汉代小说观念、所载故事对先秦史书、子书的继承与发展，对故事的人物塑造，对先秦史书、子书相关故事的改编以及故事的语言艺术与环境描写等方面，较为详细地分析了《韩诗外传》中蕴含的小说因素。于淑娟专著《韩诗外传研究——汉代经学与文学关系透视》是对《韩诗外传》进行文学研究的代表之作，她认为"《韩诗外传》就是这样一部文学性鲜明的经学著作，理应纳入汉代文学研究视野中来"①，分析了《韩诗外传》对前秦文学传统的继承发展和对后世叙事文学的影响，对《韩诗外传》的文学价值进行了全方位的挖掘，认为《韩诗外传》所记载的大量历史故事或传说，叙事上与史传文学关系密切，经学化的文学叙事直接影响了汉代《列女传》《高士传》《吴越春秋》等史传文学的创作；其中的亚宗教考验故事对后世的宗教文学如《神仙传》等产生了直接影响。

可以看出，随着20世纪80年代之后国内学者对《韩诗外传》研究的日益深入，我们对这部古籍的研究视野日渐拓宽，对其文学研究关注度越来越高，研究成果日益丰富，认识日益成熟。但我们也必须承认，这种对《韩诗外传》文学视角的研究发轫于20世纪四五十年代的西方，国内对其文学性的认识晚于西方，而西方对其文学性的认识，是以海陶玮《韩诗外传》序言中对其文学性的认识开始的。

二　学术特征：严谨的学术译著

1. 体例完善的专著面貌

《韩诗外传》是一部严谨的学术译著，体例完整规范。在序言中，海陶玮感谢了许维遹、王利器、方志彤、魏鲁南等学者的帮助，指出了自己在注释方面的不足；在导论中，对《韩诗外传》译著进行了整体介绍，涉及《韩诗外传》的基本内容、专业词汇翻译、版本历史

---

① 于淑娟：《韩诗外传研究——汉代经学与文学关系透视》，上海古籍出版社2011年版，第1页。

等，同时指出了《韩诗外传》与《诗经》关系，突出了《韩诗外传》自身在文学方面不同于《诗经》的独立性；在正文中，海陶玮以章节为序分 10 章翻译了共 310 篇故事，分别为第一章 28 篇，第二章 34 篇，第三章 38 篇，第四章 33 篇，第五章 33 篇，第六章 27 篇，第七章 27 篇，第八章 36 篇，第九章 29 篇，第十章 25 篇。在翻译方法上，他采用了笺注型翻译，或注明引文出处，或说明具体字词的异文，或对涉及的古代传统、历史典故、古代器物等进行介绍。这种笺注翻译一方面可以帮助西方读者深入理解这部古籍传达的各种思想文化信息，另一方面也使他的文学翻译从一开始就具有了学术研究的性质；附录翻译了《四库全书书目提要》对汉代韩婴《韩诗外传》（十卷本）的介绍，并附参考文献和索引。

2. 精心选择的翻译底本

为深刻理解和准确翻译《韩诗外传》这部中国古代典籍，海陶玮对所依据的版本非常重视和讲究，他并没有择取一部著作作为自己的翻译底本，而是广泛搜集，精心选择，综合几个权威善本兼收并蓄。在参考文献中，他列出了自己译注《韩诗外传》所依据的 4 种主要版本，分别为：1875 年吴棠的《望三益斋》，由《畿辅丛书》予以重刊；沈辨之的明代版本，从《野竹斋》摘录，由《四部丛刊》翻印；毛晋《古经解汇函》；陈士珂《韩诗外传疏证》（1—10 卷），文瑞楼书局 1928 年在上海重印。这些版本都是《韩诗外传》流传的善本，但在海陶玮看来也不乏疏漏和错误，比如在列出陈士珂《韩诗外传疏证》时，他说："每一篇文章都附有前后各时期各书互见的有关对比解释并全文印发。在翻译中，我对有关文本的解释主要就是参考了这部著作。但是无论在《韩诗外传》文本还是在引用的相关对比解释方面都有很多印刷错误。"①

---

① James Robert Hightower, trans., *Han Shih Wai Chuan*: *Han Ying's Illustrations of the Didactic Application of the Classic of Songs*, Cambridge Massachusetts: Harvard University Press, 1952, p.354. Original text, "Parallel accounts from earlier and later works are appended to each selection and printed in full. This is the source for most of the parallels noted in the translation. There are many misprints in both the text of *HSWC* and the cited parallels."

3. 视野广泛的参考文献

《韩诗外传》译著参考的主要文献共有 160 多种，多为参考多于一次的文献，以字母排序，除了列出文献基本信息外，还对部分文献进行了简要的介绍和引用说明，参考书目多为《四部丛刊》本（带星号），还参阅了其他版本来获得更为全面的理解。这些参考文献，有《韩诗外传》的各种版本和相关的校注、笺疏、补正等著作，也有与《韩诗外传》相关的中国古籍和文集等。同时，除了中国传统文献外，海陶玮发挥自身掌握多国语言的优势，广泛关注西方的相关研究，参考了英语、法语、德语等译本和相关的工具书，有中国古代典籍的译本，如英国理雅各（James Legge，1815—1897）《中国经典》中的《论语》《大学》《中庸》《易经》《礼记》《道德经》《孟子》《诗经》和《左传》，英国阿瑟·韦利（Arthur Waley，1889—1966）的译作《道德经》《诗经》和《论语》，法国爱德华·沙畹（Chavannes Edouar，1865—1918）的译作《司马迁史记》，法国顾赛芬（Couvreur Seraphin，1835—1919）的译作《礼记》《仪礼》《前汉史》和《荀子》，英国汉学家翟理斯儿子翟林奈（Giles Lionel，1875—1958）的《孙子兵法》，瑞典高本汉（Karlgren Bernhard，1889—1978）的《国风的注释》《小雅的注释》《诗经——国风和小雅》和《诗经——大雅和颂》，德国卫礼贤（Richard Wilhelm，1873—1930）的译作《吕氏春秋》和《礼记》等；有中国哲学思想著作的译本，如德国佛尔克（Alfred Forke，1867—1944）的译作《中国哲学史》；有古文字参考工具书，如瑞典高本汉《古汉语字典》等。①

第三节 学术化的翻译理念和策略

汉学家侯思孟和金守拙在评价海陶玮《韩诗外传》译著时，都指

① James Robert Hightower, trans., *Han Shih Wai Chuan*: *Han Ying's Illustrations of the Didactic Application of the Classic of Songs*, Cambridge Massachusetts: Harvard University Press, 1952, Bibliography, pp. 351 – 358.

出了其中超乎想象的难度。这种难度不但要对中国古代思想和传统文化有一定掌握,用精准的英语对蕴含着中国传统文化的古籍进行精准的翻译,而且还因为海陶玮从一开始就坚持较高的学术标准,以中国传统治学方法为基础,同时广涉世界范围内的汉学成果,不再以翻译介绍式的文学译介为主,而是努力开创专业性、系统性的注释翻译型学术研究道路。

柯润璞认为《诗经》至少有三种显著的翻译方式,一是直译(simple, overt meanings),比如高本汉和韦利的文学翻译;二是意译(with their canonical),比如顾赛芬的毛诗翻译;三是异化翻译(as they were used by cultured Chinese gentlemen in their speech),他指出:"理解最后一种翻译将要进行大量的研究,(海陶玮的)《韩诗外传》译著将在这种研究中占据重要的地位。"① 柯润璞的评论实际上很客观地指出了海陶玮译著中需要付出大量心血的"研究"性质,也肯定了这部译著在学术翻译方面的贡献和地位。《韩诗外传》大部分故事都有典故来源,也在同时代其他著作中被引用,而且被后世的作品所引用和传承,"所有这些材料都被海陶玮教授考虑在内,以决定他翻译采用的最佳形式。此外,他还经常修订,要么是根据自己的意见修订,要么是参考清代评论家的意见修订,因此最终的译文其实包含了他自己很大程度的研判"②。所以,从某种程度上说,海陶玮的翻译不只是一种翻译,还是一种重建。

笔者未见海陶玮对《韩诗外传》以及其他文学翻译专门阐述过自己的翻译理念与策略,但从《韩诗外传》以及后来的多部翻译著述、

---

① Crump, "Review on *Han Shih Wai Chuan*: *Han Ying's Illustrations of the Didactic Application of the Classic of Songs*", *The Far Eastern Quarterly*, Vol. 12, No. 2, (Feb. , 1953), p. 210. Original text, "To understand the last will take a good deal of research in which the *HSWC* will play an important part. "

② George A. Kennedy, "Review on *Han Shih Wai Chuan*: *Han Ying's Illustrations of the Didactic Application of the Classic of Songs*", *Journal of the American Oriental Society*, Vol. 74, No. 4, (Oct. – Dec. , 1954), p. 279. Original text, "All of this material has been taken into account by Professor Hightower in determining the best form for his translation, in addition to which he has made frequent emendations, either on his own or by following Ching dynasty commentators. There is thus a fairly large element of judgment entering into the final translated result. "

对他人著述的书评来看，他始终坚持追求"严谨的学术翻译"目标，并把学术翻译作为有效翻译的一个核心要素和重要考量。

下面，笔者将从《韩诗外传》译著的翻译文本出发，重点考察《韩诗外传》译著中正文和注释两大部分呈现出的学术特征。

一 正文翻译

为了考察《韩诗外传》译著正文翻译的特征，笔者选择三个层面进行分析，一是译著中关于中国古代思想核心术语的翻译策略，这体现了译者对原著思想和主题的总体理解和把握；二是译著中"传曰""《诗》曰"的不同翻译策略，这是译者对《韩诗外传》体例特征的凸显；三是正文的翻译，这体现译者对《韩诗外传》主体内容的翻译理念。

1. 核心术语的翻译："音译""意译 + 音译"后"核心扩联"

《韩诗外传》虽然名义上依附于《诗经》，但资料来源涵盖了《庄子》《老子》《孟子》《列子》《韩非子》《吕氏春秋》《晏子春秋》等古代哲学流派著述的故事和论述，《荀子》是最常用的来源，尚存的先秦典籍提供的资料就占全书的三分之一以上，内容的主要基调就是道德说教，也包括一些趣闻轶事，所以这样一部富含大量中国哲学思想智慧的古籍，它所包含的哲学理念的特有核心词汇（Technical words）构成了《韩诗外传》的主旨表达和核心概念，同时也成为西方译者的难题，因为这些概念多数情况下非常抽象，很难在英语中找到一个对应词汇准确阐释其内涵，而这些抽象的词汇在某些上下文场景中又可以获得可以翻译的具体化的含义，于是就可以分别译为不同的英语词汇。关于这一点，海陶玮在序言中说：

> 《韩诗外传》的术语如同它的材料来源一样种类繁多，很难找到一些词来确切地表达术语如仁、礼、义等概念，我原不打算翻译这些词，然而，它们有时出现在了能用某个英语单词充分翻

译的场合，所以我就翻译了。①

整体来看，海陶玮对《韩诗外传》核心术语的翻译采取了"音译"或"意译+音译"的策略，对表达抽象哲学理念的术语采取"音译"的方法，直接用汉语拼音拼写出这个概念，这种翻译方法，用海陶玮的说法就是"不译"（leave untranslated），而对于在上下文场景中的具象术语，则采取"意译"的方法来翻译，同一个核心词汇在不同场景下的不同含义采取不同的英语词汇来翻译，当词义无法确定时仍然采用"音译"法来翻译，然后采用"核心扩联"的方法，即用相对固定的英语词汇来翻译某个核心词汇，然后结合具体的场景来翻译与核心词汇相关的组词。

下面，笔者用"仁""礼""义"等表示儒家核心理念词汇的翻译，"圣""贤""君子""士"等表示儒家贤能的词汇翻译，"道""阴阳""气"等表示某些思想学派专业词汇的翻译等，来具体说明海陶玮对《韩诗外传》核心术语的翻译策略。

（1）儒家核心理念的翻译

"仁""礼""义"等在《韩诗外传》中出现频率很高，都是表示儒家核心理念的词汇。比如"仁"是儒家奉为最高道德准则和境界的核心概念，含义非常广泛，表达也非常抽象，且自身形成了一个巨大丰富的语义场，在翻译中很难找到一个单词确切地表达其内涵，同时它又是《韩诗外传》的核心词汇之一，成为译者不得不面对的翻译挑战。序言中，海陶玮也觉得英语很难表达清楚这个词汇的确切含义：

    "仁"的内涵非常模糊，对英语的翻译表达形成了挑战，甚

---

① James Robert Hightower, trans., *Han Shih Wai Chuan: Han Ying's Illustrations of the Didactic Application of the Classic of Songs*, Cambridge Massachusetts: Harvard University Press, 1952, Introduction, p. 3. Original text, "The *HSWC* is as heterogeneous as its sources, and it is too much to expect to find terms like *jen* 仁, *li* 礼, *i* 义, used with any consistency. Original I have planned to leave them untranslated. However, some of them occur in contexts where they may adequately be translated by an English word."

至是前后矛盾，虽然我偶尔会把"仁者"翻译成"the humane (*jên*) man"，而不是尴尬地绕圈子式地翻译为"the man endowed with *jên*"。①

"仁"在《韩诗外传》中大多都是指"仁爱""爱心"等抽象含义，海陶玮都直接音译为 *jên*，同时也会采用"意译 + 音译"的方法，用来解释"仁"在上下文中能够获得的更加具体的含义，同时用括号备注"仁"。根据笔者的整理，以下是"仁"在《韩诗外传》中出现的几种含义和具体译法：

fellow-feeling（*jên*），出自第 2 卷 23 章（伊尹去夏入殷）"得食相告，仁也"，意思是"见到食物就呼唤自己的同伴一起来享用，这就是仁"，海陶玮译为"When he gets food, he calls his companions: he has fellow-feeling（*jên*）"② 这里"fellow-feeling"强调的是"同病相怜、遭遇相同而同情、同感"，这是"仁"这一抽象含义在具体场景中的一种体现，与原文所要表达的含义更为接近。

human feeling（*jên*），出自第 7 卷第 26 章（昔者孔子鼓瑟）"夫子瑟声殆有贪狼之志，邪僻之行，何其不仁趋利之甚?"，这是曾子说的一句话，意思是"老师瑟声里有一种像贪婪的狼一样的声音，这是邪恶不正当的行为，为什么不讲仁义而追逐趋利已到了这个地步啊?"海陶玮译为"the sound of the Master's cither had something in it of the desire of a ravenous wolf, of depraved actions. How lacking it was in human feeling（*jên*）"③，这里的"human feeling"强调了人的情感、人的感

---

① James Robert Hightower, trans. , *Han Shih Wai Chuan*: *Han Ying's Illustrations of the Didactic Application of the Classic of Songs*, Cambridge Massachusetts: Harvard University Press, 1952, Introduction, p. 3. Original text, "*Jên* 仁 is used with connotations so vague as to defy English rendering, even the most inconsistent, though occasionally I have written 'the humane（*jên*）man' in preference to the awkward circumlocution 'the man endowed with *jên*'".

② James Robert Hightower, trans. , *Han Shih Wai Chuan*: *Han Ying's Illustrations of the Didactic Application of the Classic of Songs*, Cambridge Massachusetts: Harvard University Press, 1952, p. 62.

③ James Robert Hightower, trans. , *Han Shih Wai Chuan*: *Han Ying's Illustrations of the Didactic Application of the Classic of Songs*, Cambridge Massachusetts: Harvard University Press, 1952, p. 250.

觉，也更加突出了人不同于动物的"仁"性。

humane（*jên*），出自第 10 卷第 12 章（秦穆公将田，而丧其马）"吾君仁而爱人，不可不死"，是曾偷吃秦穆公马肉反而被他恩赐饮酒而免于一死的三百多人所说的话，意思是"我们君主如此仁厚而爱惜百姓，我们不可能不为他而战死"，海陶玮译为"Our Prince is humane（*jên*）and loves men. We cannot but die ［in his defense］"①，这里的"humane"更多地强调"善良的、仁慈的、人道的"，也是"仁"非常具体的一个内涵。

perfectly good（*jên*），出自第 9 卷第 8 章（齐景公纵酒）"仁人亦乐此乎?"，是齐景公纵情饮酒之后，脱衣摘冠、弹琴自乐之时问左右侍臣的话，意思是"仁义的人也以此为乐吗?"，海陶玮译为"Does the perfectly good（*jên*）man also take pleasure in this sort of thing?"②，他用"perfectly good（*jên*）man"来翻译"仁人"，在这里"仁"是作为形容词"非常好、极好"的意思，是时刻遵守礼义、喜好礼节的意思。

goodness（*jên*），出自第 9 卷第 8 章（齐景公纵酒）"寡人不仁，无良左右，淫湎寡人，以至于此"，这是齐景公纵酒失礼，听完晏子一番言论之后的羞愧之言，意思是"是我不好，左右之人也没有好好辅佐，使我沉迷于饮酒，才导致这种结果"，海陶玮翻译为"I am devoid of goodness（*jên*）. I have been brought to this by evil attendants who befuddled me with drink"③，在这里，"goodness"侧重表达善良、优良的美德，也是"仁"所强调的一个侧面。

benevolent（*jên*），出自第 7 卷第 27 章（夫为人父者）"夫为人父者，必怀慈仁之爱，以畜养其子"，意思是作为父亲，一定要怀有慈祥仁厚的爱心来抚养自己的孩子，海陶玮译为"To practice the art of

① James Robert Hightower, trans., *Han Shih Wai Chuan*: *Han Ying's Illustrations of the Didactic Application of the Classic of Songs*, Cambridge Massachusetts: Harvard University Press, 1952, p. 334.

② James Robert Hightower, trans., *Han Shih Wai Chuan*: *Han Ying's Illustrations of the Didactic Application of the Classic of Songs*, Cambridge Massachusetts: Harvard University Press, 1952, p. 296.

③ James Robert Hightower, trans., *Han Shih Wai Chuan*: *Han Ying's Illustrations of the Didactic Application of the Classic of Songs*, Cambridge Massachusetts: Harvard University Press, 1952, p. 297.

being a father, one must embrace a tender and benevolent (*jên*) love with which to rear a son." [①] 他用 "benevolent (*jên*)" 来翻译 "仁"，强调长辈的仁慈、慈善，同时把 "benevolent (*jên*)" 当作形容词，和 "tender" 来共同修饰 love。

礼，"履也。所以事神致福也。"（《说文解字》），也是中国传统儒家的核心概念，同时也是《韩诗外传》核心词汇之一，可以表达礼节、礼法、礼仪、礼物、礼貌、礼书等意思，也形成了一个义项密切相连而又各有侧重的表达语义场。海陶玮对 "礼" 的翻译也采用 "音译" 或者 "直译 + 音译" 的方式，大部分情况直接采用 *li* 来翻译，在一些上下文可以明确某个具体含义时，则尽可能在英语词汇里找到更合适的单词来表达 "礼"，并用括号补充说明 *li*，比如：

etiquette (*li*) 的译法见于第 1 卷第 3 章（孔子南游适楚）、第 1 卷第 12 章（荆伐陈）、第 3 卷 14 章（孟尝君请学于闵子）、第 6 卷第 20 章（卫灵公昼寝而起）等；ceremony (*li*) 的译法，主要出自第 2 卷第 12 章（颜渊侍坐鲁定公于台）、第 2 卷第 33 章（嫁女之家）、第 3 卷第 16 章（凡学之道，严师为难）等；propriety (*li*) 的译法出自第 9 卷第 8 章（齐景公纵酒）、第 9 卷第 17 章（孟子妻独居，踞）等。

rites (*li*) 出自第 3 卷第 11 章（传曰：丧祭之礼废），第 3 卷第 22 章（传曰：鲁有父子讼者，康子欲杀之）、第 3 卷第 27 章（传曰：晋文公尝出亡）、第 6 卷第 26 章（威有三术）等，ritual (*li*) 出自第 2 卷第 31 章（夫治气养心之术）、第 4 卷第 12 章（晏子聘鲁）等，ritual usage (*li*) 出自第 4 卷第 8 章（齐桓公伐山戎）等。rite 是名词，主要指各种宗教的仪式和典礼等，后来在祭祀文化基础上发展出了礼乐文化，逐步形成了颇为完善的礼乐制度，并推广为道德伦理上的礼乐教化，用以维护社会伦理和社会关系的和谐。ritual 是 rite 的变形形式，兼有名词和形容词性，也尤指宗教方面的仪式、程序、仪规、礼节等。通过故事主题和上下文，海陶玮判定文中 "礼" 侧重表达宗教

---

① James Robert Hightower, trans. , *Han Shih Wai Chuan: Han Ying's Illustrations of the Didactic Application of the Classic of Songs*, Cambridge Massachusetts: Harvard University Press, 1952, p. 250.

方面的礼仪时，就用 rites（*li*）、ritual（*li*）和 ritual usage（*li*）等形式来表达。

"义"始见于商代甲骨文，其古字形像带装饰的锯齿状长柄兵器，经常用于各种仪典，后来逐步演化为礼仪、威仪等含义，也是中国古代思想核心词汇，同时也是《韩诗外传》的高频词汇，跟"仁""礼"等词汇一样，海陶玮仍然采用"音译"来直接翻译其表意抽象的含义，而当在具体场景和上下文中能够确定这种抽象含义下的具体所指时，就采用更加恰切的英语词汇来表达，采取"直译＋音译"来翻译。比如：duty（*i*）或 duties（*i*）的译法，前者出自第 1 卷第 21 章（楚白公之难）、第 2 卷第 14 章（楚昭王有士曰石奢）、第 2 卷第 25 章（子路曰：士不能勤苦）等，后者出自第 2 卷第 6 章（传曰，霁雨者何也?）、第 6 卷第 3 章（赏免罚偷，则民不殆）等；right（*i*）的译法，出自"畏患而不避义死，好利而不为所非"（第 2 卷第 18 章，君子易和而难狎也），用来形容符合道德规范要求的正义；justice（*i*）出自第 4 卷第 9 章（《韶》用干戚，非至乐也）、第 4 卷第 17 章（子为亲隐），意思是公正、公平，合理、公道，常常在法律、制度等领域使用；proper（*i*）出自第 9 卷第 6 章（秦攻魏，破之，少子亡而不得）；principles（*i*）出自第 2 卷第 21 章（楚狂接舆躬耕以食），强调的是规范、原则，比如道德原则、行为准则、原则原理，也指行为和思想中蕴含的观念、理由、信条等；fitness（*i*），出自第 3 卷第 20 章（能制天下，比能养其民）；obligation（*i*），出自"礼乐则修，分义则明，举措则时，爱利则刑"（第 6 卷第 26 章，威有三术）。

（2）儒家贤能词汇的翻译

儒家是中国文化主流思想，是由孔子创立的哲学学派，以仁、恕、诚、孝为核心价值，注重君子的品德修养，强调仁与礼相辅相成，重视五伦与家族伦理，提倡教化和仁政。"孔子以诗书礼乐教，弟子盖三千焉，身通六艺者七十有二人"，他们在道德修养上等级不同，名称也不同，围绕着儒家产生了一个关于儒家道德名士的语义场，比如圣、王、贤、君子、士等，《韩诗外传》也出现了大量这样的词汇，如何翻译这些词汇是一个很大的难题，海陶玮也感慨："关于儒家专家方面的术语很难驾驭。"①

整体而言，海陶玮采用了一种"核心扩联"的策略来翻译，即用相对固定的英语词汇来翻译某个核心词汇，然后结合具体的场景来翻译与核心词汇相关的组词。"saint"来源于西方的宗教词汇，表示因言行而被基督教会遵奉的圣人、圣徒，有时候也用来形容善良、仁爱或有耐性的圣人般的普通人，"圣人"指儒家道德修养和人格品德最高的人，儒家经典多指尧、舜、禹、周公等古代颇受百姓爱戴的统治者，海陶玮就用"saint"专门翻译"圣人"；"King（s）"在西方就是用来指称君王、国王，在中国上古时期，夏、商、周三代的最高统治者都被尊称为"王"，海陶玮就用"King（s）"专门指称"王"；"sage"的意思是哲人、智人，用来指特别聪慧的人，海陶玮用它来专门翻译儒家的"贤人"；"superior"有更好的、卓越的、超群的意思，海陶玮用"superior man"来形容儒家有一定道德修养的"君子"；"gentleman"指有教养的人、彬彬有礼的人，有身份的人，海陶玮就用来翻译儒家的一般人"士"。这几个核心词汇的翻译相对固定之后，再根据具体情境来围绕核心词汇来翻译。以下分别举例叙述：

"圣""圣人""圣者"等词的翻译都是围绕"saint"的不同形式展开的，比如"the saintly man（men）"（第1卷第26章、第5卷第31章）；"a saint"（第2卷第10章、第4卷第5章、第4卷第15章、第4卷第22章、第7卷第16章、第9卷第18章等）；"the saint（saints）"（第3卷第28章、第3卷第34章、第5卷第32章、第9卷第18章等）；"圣主"译为"saintly rulers"（第4卷第24章），"圣王"译为"Saintly King"（第3卷第36章），"贤圣"译为"a saint"（第7卷第6章）等。

"王""圣王""天王"等词的翻译都是围绕"King（s）"的不同形式展开的，用"King（s）""The True King（s）"来翻译核心词汇

① James Robert Hightower, trans., *Han Shih Wai Chuan*: *Han Ying's Illustrations of the Didactic Application of the Classic of Songs*, Cambridge Massachusetts: Harvard University Press, 1952, Introduction, p. 4. Original text, "The terms for Confucian adepts are awkward to handle."

"王"，如第 3 卷第 1 章、第 3 卷第 7 章、第 4 卷第 22 章、第 5 卷第 4 章、第 4 卷第 18 章、第 5 卷第 3 章、第 6 卷第 17 章等；然后再结合具体的场景来翻译与"王"相关的组词，如"圣王"译为"saintly kings"（第 3 卷第 8 章等），"天王""先王"译为"Former Kings"（第 4 卷第 11 章、第 4 卷第 22 章、第 4 卷第 32 章等）；"三王五帝"译为"The Three Kings and the Five Emperors"（第 3 卷第 28 章），具体人物名称采用"直译 + 音译"的方法，如"楚庄王"译为"King Chuang of Chu"，"越王勾践"译为"the king of Yueh, Kou-chien"等。

"贤""贤者""贤人""贤士"的意思都是围绕"sage"的不同形式展开的，比如"（a）the（this）sage"（第 1 卷第 15 章、第 1 卷第 20 章、第 2 卷第 3 章、第 2 卷第 16 章、第 5 卷 19 章、第 6 卷第 11 章、第 6 卷第 13 章、第 7 卷第 16 章、第 9 卷第 5 章、第 9 卷第 16 章等）；"贤能"译为"the sage and the able"（第 5 卷第 3 章）；"贤臣"译为"Great Officer"（第 6 卷第 13 章）"贤君"译为"sage prince"（第 8 卷第 21 章）等。

"君子"在《韩诗外传》中出现频率很高，但翻译相对统一，都译为"superior man（men）"，如第 1 卷第 11 章、第 2 卷第 9 章、第 3 卷第 3 章、第 4 卷第 2 章、第 5 卷第 17 章、第 6 卷第 1 章、第 8 卷第 4 章、第 9 卷第 4 章，等等。

"士""士人"都是围绕"gentleman"展开翻译的，比如第 1 卷第 19 章、第 2 卷第 25 章、第 4 卷第 14 章、第 9 卷第 27 章等。

海陶玮对君子儒家道德名士如圣、贤、君子、士等词汇的翻译策略基本上都依照以上策略，个别篇目综合运用这几个词汇，则更能清晰地看出这一点，比如第 8 卷第 15 章（齐景公谓子贡曰）出现"圣人和贤人"，翻译为"a sage and a saint"；第 4 卷第 32 章出现"贤人善士"，翻译为"sages and fine gentlemen"；第 3 卷第 5 章（传曰：以从俗为善），分别出现了"圣人""君子""士""劲士"，则分别翻译为"the saint""the superior man""the gentleman"和"the correct gentleman"，等等。

（3）"道""阴阳""气"等专业词汇的翻译

关于某些思想学派专业词汇的翻译，能确定其内涵和意义的，海陶玮都直接意译，比如"德"（virtue）"智"（wise）"勇"（brave、bravery、courage）"爱"（love）"忠"（loyal）"孝"（filial）"善"（good）"信"（trustworthy）"知"（knowledge）"理"（reason）"廉"（integrity）等，如果他觉得英文中虽然有相对应的词汇，但是不能充分、确切地表达原文核心涵义的，就改用音译的翻译方法，这些音译的词汇，都是富含中国古代思想和文化内涵的词汇，比如"道""阴阳""气"等。

"道"是中国古代哲学的基本范畴，来源于以老子为代表的道家，《韩诗外传》中出现大量的"道"。对于这个词，海陶玮有自己的理解并提出了自己的翻译方法：

> 当作为专业词汇使用时，"道"这个词对汉代儒家来说似乎是"真道""王道"的意思。它随着形而上的道教在文中一起出现过几次，如第 1 卷第 23 章。当它不作为专业词汇使用时，我根据上下文对它进行了不同的翻译。[①]

海陶玮在这里举例的《韩诗外传》第 1 卷第 23 章（传曰：水浊则鱼喁）讲述了超脱名利、福祸相依的道理，是道家的典型思想，也用来概括和总结自然万物的运行变化规律。

整体而言，海陶玮对作为思想范畴的"道"这个概念，也采用了一种"核心扩联"的方法来翻译，用"True Way"来翻译"道"（也有个别情况直接用 Way 来翻译"道"），然后结合具体的场景来翻译与"道"相关的组词。[②] 比如：

"天道"译为"the Heavenly Way"（第 3 卷第 19 章）"the Kingly

---

① James Robert Hightower, trans. , *Han Shih Wai Chuan: Han Ying's Illustrations of the Didactic Application of the Classic of Songs*, Cambridge Massachusetts: Harvard University Press, 1952, Introduction, p. 4. Original text, "In its technical use, the word *tao* seems to mean the 'True Way', 'the Kingly Way' to Han Confucians. It occurs with a metaphysical Taoist use a few times in the text, as in 1/23. Where it is used other than technically, I have translated it variously to fit the context. "

② 这里指的是"道"作为哲学思想领域专业词汇的翻译，有些其他含义比如表示道路的"道"（"the road"，第 4 卷第 28 章）不在讨论范围。

Way"（第 5 卷第 1 章）"the way of Heaven"（第 5 卷第 23 章）和
"the Supreme Way"（第 7 卷第 13 章）等；"王道"译为"Kingly
Way"（第 5 卷第 2 章、第 9 卷第 18 章等）；"大道"译为"the Great
Way"（第 3 卷第 1 章、第 4 卷第 22 章等）；"人道"译为"Way of
Man"（第 8 卷第 20 章等）；"公道"译为"Public Way"（第 6 卷第 3
章等）；"善道"译为"excellent Way"（第 3 卷第 15 章等）；"贵道"
译为"Precious Way"（第 4 卷第 15 章等）；"一道"译为"One Way"
（第 3 卷第 20 章、第 3 卷第 31 章等）；"道义"译为"True Way and *I*"
（第 3 卷第 22 章等）；"道术"译为"the methods of the True Way"（第
6 卷第 11 章等）；"无道"译为"I had not the proper Way"（第 7 卷第
11 章）。还有一些篇目阐释了"道"的不同内涵，如第 3 卷第 31 章
（周公践天子之位七年）提到"天道"（Way of Heaven）"地道"
（Way of Earth）和"人道"（Way of Man），第 5 卷第 16 章（天设其
告，而日月成明）提到"王道"（Kingly Way）"圣道"（Way of the
Saints）和"仁义之道"（Way of *jên* and *i*）。

　　"阴阳"概念是中国古人观察到自然界中各种对立又相联的大自
然现象之后产生的自然观，是自然界的客观规律和万物运动变化的本
源，代表一切事物最基本的对立关系和人类认识事物的基本法则，是
一种简朴而博大的中国古代哲学思想。海陶玮这样描述"阴阳"：

　　　　阴和阳体系成熟，不需要解释，解剖学和医学术语也都出现
　　在其中。这个词在相关章节的注释之中都有所涉及。①

　　"阴阳"概念确实所涉广泛，包含天地、君臣、夫妇、男女、天
气、方位、日月、昼夜、寒暑、奇偶、动静、开合等，中医中的肺腑、
气血等，皆分阴阳，含义无法固定为一种或几种义项，为了表达这一

---

① James Robert Hightower, trans. , *Han Shih Wai Chuan*：*Han Ying's Illustrations of the Didactic Application of the Classic of Songs*, Cambridge Massachusetts：Harvard University Press, 1952, Introduction, p. 4. Original text，"*Yin and Yang* are too well established to require a note. Anatomical and medical terms occur in 3/9 and 10/9；they are dealt with in the notes to those sections. "

博大精深的概念，海陶玮直接用音译法"*Yin and yang*"来翻译。

"气"也是一个蕴含深厚内涵的中国特有文化词汇，最早可追溯到甲骨文字体，描绘自然界的云气等物质，也指人体消化产生的肠胃气体，后引申为人体原始生命中的呼吸之气和人的情绪态度、精神风格等，成为中国古代的哲学概念。在古代典籍中，"气"词性多样，涵义丰富，在上下文中获得具体含义后也可以翻译为英语中的不同词汇，比如空气（air）、天气（weather）、气味（smell）、呼吸（breathe）、语气（mood）、气氛（atmosphere）和勇气（courage）等，但是比较复杂多变，认定起来也比较困难，所以西方学者海陶玮在面对这个概念时，也很迷茫，他说：

> "气"几乎很少简单地以"呼吸"的意思出现（在《韩诗外传》中），由于不知道它的真正内涵，我通常不翻译它。①

这里的"不翻译它"，其实就是用音译的方法直接翻译成 *ch'i*，不再根据具体语境来区分具体的涵义，读者可以从语境中具体揣测和理解其中的涵义，比如：

"圣人养一性而御六气，持一命而节滋味"（第5卷第31章，圣人养一性而御六气），意思是圣人为了保养自身本性而控制自己的好恶、喜怒、哀乐等情绪，为了维持自己的生命而对美味食物有所节制。海陶玮译为"The saintly man nourishes a unique nature and governs his six *ch'i*."②

"然身何贵也？莫贵于气。人得气则生，失气则死。其气非金帛珠玉也，不可求于人也。"（第8卷第2章，人之所以好富贵安荣），

---

① James Robert Hightower, trans., *Han Shih Wai Chuan: Han Ying's Illustrations of the Didactic Application of the Classic of Songs*, Cambridge Massachusetts: Harvard University Press, 1952, Introduction, p. 4. Original text, "*Ch'i* seldom occurs simply as 'breath', and out of ignorance of its true force I have usually left it untranslated."

② James Robert Hightower, trans., *Han Shih Wai Chuan: Han Ying's Illustrations of the Didactic Application of the Classic of Songs*, Cambridge Massachusetts: Harvard University Press, 1952, p. 189.

意思是：那么人的身上什么最为可贵呢？没有什么比气节更重要了。人获得气节就能够生存，失去气节则会死亡。那气节不是金银丝绸珍珠美玉，不可能从他人那里获得。这里的气，更多指的是与"身体"相对的精神、气节等。海陶玮译为"But of our bodies, what is most valuable? Nothing is more valuable than *ch'i*. When a man gets *ch'i* he lives; when he loses it he dies. His *ch'i* is not gold or silk, pearls or jade, and it cannot be sought from others."①

"居处齐则色姝，食饮齐则气珍"（第8卷第29章，传曰：居处齐则色姝），意思是：居家处境舒适就会容貌漂亮，饮食齐备就会中气充足。这里的"气"强调精力、精神，海陶玮译为"If there is balance in rest, the face will be beautiful. If there is balance in eating and drinking, the *ch'i* will be defined."②

从以上"仁""礼""义"等表示儒家核心理念词汇的翻译，"圣""贤""君子""士"等表示儒家贤能的词汇翻译，"道""阴阳""气"等表示某些思想学派专业词汇的翻译可以看出海陶玮对核心术语的翻译采取的"音译"或"意译＋音译"的策略和"核心扩联"的方法，同时可以看出海陶玮对中国思想文化的认知程度、翻译困难以及自己的解决策略。总体来看，他在更加细致精准的翻译方面进行了努力的探索，在深入理解这些核心词汇在具体场景中的含义的基础上力求更加细致精准的翻译，尽量坚持"意译＋音译"的学术化翻译，但面对博大精深的中国传统文化核心内涵的翻译，他也表示无能为力，就采取"不译"（leave untranslated）也就是"音译"的方法。

2. "传曰""《诗》曰"的翻译：凸显论著体例特色

"传曰"在《韩诗外传》中出现频率很高，大部分在篇目开头，也出现在文中或结尾；"《诗》曰"大多出现在篇目结尾，因为《韩诗外

---

① James Robert Hightower, trans., *Han Shih Wai Chuan: Han Ying's Illustrations of the Didactic Application of the Classic of Songs*, Cambridge Massachusetts: Harvard University Press, 1952, p. 253.

② James Robert Hightower, trans., *Han Shih Wai Chuan: Han Ying's Illustrations of the Didactic Application of the Classic of Songs*, Cambridge Massachusetts: Harvard University Press, 1952, p. 283.

传》里的篇目大多以《诗经》诗句作为结论，所以从总体来看，"传曰""《诗》曰"两种表达是《韩诗外传》最为显著的结构特征。

关于"传曰"所指的内涵，有学者认为主要指的是《韩诗外传》之"传曰"，就如同"左传曰"一样，但海陶玮反对这种看法，他认为：《韩诗外传》并不是《诗经》诗句的评论（commentary），这个引言通常跟在《诗经》说明段落之后。他对《韩诗外传》"传曰"的引言来源进行了研究，通过排查，列出了几个"传曰"出现的来源之处，比如来源于《荀子》的引言有第 1 卷第 5 章、第 2 卷第 6 章、第 3 卷第 5 章、第 3 卷第 22 章、第 3 卷第 32 章、第 7 卷第 23 章和第 10 卷第 4 章，来源于《韩非子》的有第 9 卷第 24 章，来源于《晏子春秋》和《韩非子》的有第 7 卷第 9 章，来源于《吕氏春秋》的有第 3 卷第 27 章，还有大部分的"传曰"找不到明显的引文出处。"传曰"至少有一半内容又被后来的《新序》《说苑》等其他文集所继承，有的注明"传曰"，有的没有注明"传曰"。

接着，海陶玮又对那些无法在早期传统文献中确定引文来源的"传曰"进行了细致研究，并将其分为三种类型：第一类来源于那些已经遗佚的道德行为方面的哲学著作，比如第 1 卷第 20 章、第 2 卷第 30 章、第 4 卷第 24 章、第 7 卷第 19 章等；第二类来源于警句格言，比如第 3 卷第 11 章、第 5 卷第 15 章、第 5 卷第 20 章、第 7 卷第 5 章等，这些简短有力的句子往往出现在文章开头，有时也出现在文中的特定段落；第三类来源于汉代之前作品中大量出现的逸闻故事，比如第 2 卷第 1 章、第 3 卷第 10 章、第 4 卷第 7 章、第 7 卷第 13 章、第 7 卷第 15 章等。

尽管海陶玮对"传曰"进行了如此细致的研究，但他对"传曰"的翻译并没有按照这些分类采用不同的译法，笔者统计了"传曰"的不同译法，可谓种类很多，兹举如下：

"There is a traditional saying"（第 1 卷第 5 章、第 1 卷第 7 章、第 1 卷第 13 章、第 1 卷第 15 章、第 1 卷第 20 章、第 1 卷第 24 章、第 1 卷第 25 章、第 2 卷第 6 章、第 3 卷第 1 章、第 4 卷第 29 章、第 5 卷第 15 章、第 5 卷第 20 章、第 8 卷第 29 章等）；

"Traditionally"（第 1 卷第 10 章、第 3 卷第 10 章，第 4 卷第 24 章、第 9 卷第 14 章等）；

"According to tradition"（第 2 卷第 11 章、第 2 卷第 30 章、第 4 卷第 7 章、第 8 卷第 14 章等）；

"Tradition tells us that……"（第 3 卷第 1 章、第 3 卷第 11—12 章、第 7 卷第 15 章等）；

"There is the following traditional story"（第 3 卷第 22 章、第 3 卷第 27 章、第 3 卷第 32 章等）；

"There is a tradition that……"（第 9 卷第 9 章、第 9 卷第 24 章、第 9 卷第 29 章等）；

"There is a saying"（第 7 卷第 5 章、第 7 卷第 19 章等）；

"Tradition tells……"（第 1 卷第 2 章等）；

"As the saying goes"（第 1 卷第 1 章等）；

"There is a story about……"（第 7 卷第 23 章等）；

"There is a story of……"（第 10 卷第 13 章等）；

"There is a story as follows"（第 10 卷第 8 章等）；

"There is the following traditional saying"（第 3 卷第 17 章等）；

"There is a traditional account……"（第 10 卷第 4 章等）；

"The *chuan* says"（第 2 卷第 6 章等）；

"Tradition has it that……"（第 7 卷第 9 章等）；

"The traditional statement……"（第 8 卷第 13 章等）；

"As the saying has it……"（第 9 卷第 28 章等）。

结合海陶玮对"传曰"的类型分析可以看出，他对"传曰"的翻译围绕"tradition""story""saying"几个词汇进行的变换，形成了不同句式、不同词性、不同功能的译法，这样做的目的，正如他所说，是为了"适应它所引入的句子或段落"①。

---

① James Robert Hightower, trans., *Han Shih Wai Chuan*: *Han Ying's Illustrations of the Didactic Application of the Classic of Songs*, Cambridge Massachusetts: Harvard University Press, 1952, Introduction, p. 5. Original text, "（In translating the expression I have varied the English phraseology）to fit the line or passage introduced by it."

同时，不同的译法也避免了"传曰"在文中的重复，比如第 3 卷第 1 章在开头和结尾出现的两处"传曰"翻译完全不同，分别为：

> 传曰：昔者舜甑盆无膻
>
> Tradition tells us that, of old, because *Shun*'s pots and pans did not smell of cooking. ①

> 传曰：易简而天下之理得矣。
>
> There is a traditional saying： "With the attainment of such ease and such freedom from laborious effort, the mastery is got of all principles under the sky." ②

可以看出，两个"传曰"出现在同一篇文章中，论述方式基本相同，但海陶玮对开头的"传曰"采取了间接引用的译法，对结尾的"传曰"采取了直接引用的译法，采取的句式也不尽相同，避免了两者在文中的重复。

有时为了照顾"传曰"的翻译，海陶玮还对原有的句子结构进行了改造翻译，比如：

> 传曰：夫《行露》之人许嫁矣，然而未往也。（第 1 卷第 2 章）
>
> Tradition tell about the woman in the "hsing-lu" ［Ode］. She had been promised in marriage, but as yet had not gone ［to her husband's house］. ③

---

① James Robert Hightower, trans., *Han Shih Wai Chuan*： *Han Ying's Illustrations of the Didactic Application of the Classic of Songs*, Cambridge Massachusetts： Harvard University Press, 1952, p. 75.

② James Robert Hightower, trans., *Han Shih Wai Chuan*： *Han Ying's Illustrations of the Didactic Application of the Classic of Songs*, Cambridge Massachusetts： Harvard University Press, 1952, p. 76.

③ James Robert Hightower, trans., *Han Shih Wai Chuan*： *Han Ying's Illustrations of the Didactic Application of the Classic of Songs*, Cambridge Massachusetts： Harvard University Press, 1952, p. 12.

这句话的意思是：传说《诗经·行露》中的女子已经同意出嫁了，但还没有成行。首先，为了照顾到整句的翻译，海陶玮把"传曰"与主体句进行了合并翻译，先指明了整句话的主人公，是"《行露》中的女子"，并用方括号标明《行露》的出处《诗经》。然后，第二句采用了代词起句的方法，先翻译主体句的后半部分——"许嫁"的内容，然后再翻译第二句的内容。

如果用这种思路来理解整个《韩诗外传》译著中的"传曰"译文可以看出，"传曰"没有形成标志性的固定译法，很有可能是海陶玮有意为之，以表明这本著作来源多样、引用繁多的汇编性质。

这种译法，与《韩诗外传》出现更为频繁的句式"《诗》曰"的译法完全不同，《韩诗外传》往往引《诗》，全书 310 章仅有 28 章没有附诗，"《诗》曰"经常出现在结尾，作为整篇文章的总结，全书"《诗》曰"的译法只有一种，那就是"The Ode says"，以这样一个固定不变的译法来翻译，海陶玮凸显了《韩诗外传》的解《诗》性质和"以《诗》做结"的论述体例特征。

3. 正文翻译：综合运用多种翻译方法

通观《韩诗外传》译著的正文翻译，可以看出：为了达到对原文严谨忠实的学术性翻译，海陶玮并没有依靠某种或某几种翻译方式，而是综合运用各种翻译策略。笔者把正文所展现的翻译总结为："直译为主，意译为辅，增译补充，改译归化，缺译难点"，下面分别以具体案例简要说明：

（1）直译为主

海陶玮认为：深刻理解原文的涵义，忠实地传达原文的含义，是学术性翻译最重要的特征，所以《韩诗外传》正文翻译整体上坚持忠实的直译。如：

> 孔子曰："君子有三忧。弗知，可无忧与？知而不学，可无忧与？学而不行，可无忧与？"《诗》曰："未见君子，忧心惙惙。"（第 1 卷第 18 章）
>
> Confucius said, "The superior man has three worries: That he does

not know——can he not but worry? That he knows but does not practice what he has studied——can he not but worry?" The Ode says, "When I have not yet seen the superior man, My sorrowful heart is very sad."①

这篇关于君子三忧之事的翻译，基本上遵照原文的意思，用基本的英语词汇对应原文，原文内容和形式都得到了最大程度的尊重和保留。

> 出则为宗族患，入则为乡里忧。《诗》曰："如蛮如髦，我是用忧"。小人之行也。（第4卷第20章）
>
> Outside to grieve the members of one's clad, and inside to sadden the inhabitants of our village——as the Ode says, "He becomes like the Man or the Mao——This is what makes me sad."
>
> A Mean man's conduct!②

这篇文章也是如此，正文和引文基本上是按照原文的内容和形式来翻译的。

（2）意译为辅

海陶玮整体上坚持以直译为主、为先，当直译不能完整准确地表达原文涵义时，或者原文的思想内容与译文表达形式有矛盾而不适合采用直译法时，他就采用意译。比如：

> 闵子骞始见于夫子，有菜色，今有刍豢之色。（第2卷第5章）
>
> When Min tzǔ-ch'ien first appeared before the Master, he had a hungry look. Later on he had a well-fed look.③

---

① James Robert Hightower, trans., *Han Shih Wai Chuan*: *Han Ying's Illustrations of the Didactic Application of the Classic of Songs*, Cambridge Massachusetts: Harvard University Press, 1952, p. 26.

② James Robert Hightower, trans., *Han Shih Wai Chuan*: *Han Ying's Illustrations of the Didactic Application of the Classic of Songs*, Cambridge Massachusetts: Harvard University Press, 1952, p. 145.

③ James Robert Hightower, trans., *Han Shih Wai Chuan*: *Han Ying's Illustrations of the Didactic Application of the Classic of Songs*, Cambridge Massachusetts: Harvard University Press, 1952, p. 43.

这段话讲述了孔子弟子闵子骞会见孔子的情景，这里的"菜色"出自《汉书·元帝纪》"岁必灾害，民有菜色"。颜师古做注解释说："五谷不收，人但食菜，故其颜色变恶"，即指因饥饿营养不足而面色苍白。"刍豢"指牛羊犬等家畜，这里的"刍豢之色"指的是面色好，像吃了富有营养的肉类那样容光焕发。海陶玮在整体直译的基础上，把"菜色""刍豢之色"分别翻译为"hungry look"和"well-fed look"，属于意译。

> 孔子观于周庙，有欹器焉。孔子问于守庙者曰："此谓何器也？"对曰：
>
> "此盖为宥座之器。"（第3卷第30章）
>
> Confucius paid a visit to the ancestral temple of Chou，where they had a vessel that leaned at an angle. Confucius asked the caretaker of the temple，"What vessel is that?"
>
> The caretaker replied，"Why that，I believe，is a Warning Vessel."①

这篇文章是孔子在周王宗庙里参观器物时，利用其中一件"欹器"来向弟子比喻说明控制满盈、修养品德道理的故事，这里"欹器"的特性、功能以及名称等都对理解文章非常重要，如果简单地用音译"*Qi* vessel"来翻译，读者难以对这个器皿的外形、功能以及可以延伸的寓意有任何概念，所以海陶玮用"a vessel that leaned at an angle"来说明"欹器"是一种倾斜的器物，然后用"a Warning Vessel"来说明"宥座"这种器皿所具有的警示功能。

（3）增译补充

《韩诗外传》译著中，海陶玮用方括号"［ ］"标示自己增译的

---

① James Robert Hightower, trans. , *Han Shih Wai Chuan*：*Han Ying's Illustrations of the Didactic Application of the Classic of Songs*，Cambridge Massachusetts：Harvard University Press，1952，pp. 111 – 112.

内容，这种增译，指的是在原文中没有出现而在译文中他认为有必要增加的内容，增译的内容也是译文的有机组成部分，没有这些增译部分，译文便不再完整。其实，有的译者可能认为根本不是增译，而是翻译的一部分，但是海陶玮还是非常严谨地用方括号"［ ］"标示出来了，这也体现了海陶玮对原作的忠实和尊重。文中用方括号"［ ］"标示的增译部分，大致有以下几种情况：

第一，补充句子结构，使文意表达更加完整。

《韩诗外传》的叙述语言是文言文，是以先秦时期口语为基础而形成的书面语言，言文分离，行文简练，蕴含丰富。把文言文翻译成英文，通常要补充由文言文缺省而英文行文必不可少的句子成分。如：

> 诋祭不敬，山川失时，则民无畏矣。（第 5 卷第 11 章）
>
> If the sacrifices are not reverently carried out, and hills and streams lose their seasonal ［offerings］, the people will have no ［sense of］ fear. ①

这段话的意思是：如果国君在祭祀时态度不够恭敬，没有按时向山川祭祀，那么百姓对他就没有敬畏之心。在这里，海陶玮用"lose their seasonal ［offerings］"来翻译"失时"，并且加了中括号补充："offerings"即祭品、牲礼的意思，这样就补充了这个句子的宾语。同样道理，用"the people will have no ［sense of］ fear."来翻译"民无畏"，虽然"fear"也有"恐惧、害怕、敬畏"等名词词性，但此处增加了"sense of"，即"……的感觉"，意思表达更加完整和贴切。

> 丘尝悉心尽志，已入其中，前有高岸，后有深谷，泠泠然如此，既立而已矣。（第 2 卷第 29 章）
>
> I have entered into them ［by dint of］ great effort and intense ap-

---

① James Robert Hightower, trans. , *Han Shih Wai Chuan：Han Ying's Illustrations of the Didactic Application of the Classic of Songs*, Cambridge Massachusetts：Harvard University Press, 1952, p. 171.

plication. In front [it is as though they were] a high cliff: behind, a deep valley, so that I could only stand solemnly erect. ①

这是孔子对弟子们说的话，主要强调读书要了解其中的内涵，描述了深解书中深意之后的情景，"我用尽全部心思和精力，已经进入到那幽静的地方了。那种地方让人感觉好像是前面有高高的河岸，后面有深深的河谷，所以我只能独自肃然而立。"在这里，海陶玮用[by dint of]这样一个介词短语明确了前两句的关系，用[it is as though they were]不仅补充了句子的主语，而且表明了后半部分的内容是虚拟想象的。

第二，弥补翻译中的文化知识或背景缺失。

在翻译过程中，有时会出现中西文化知识或背景不同而对翻译产生影响的情况，对这种文化知识背景的翻译，如果影响了行文和理解，海陶玮往往采取在译文中加中括号补充翻译的方法，如果不影响行文和理解，则往往采取注释的方法，在页下注释中详细介绍相关文化知识背景。如：

纣作炮烙之刑。（第4卷第1章）

[The tyrant] Chou invented the punishment of the fiery [pit] and the pillar. ②

这句话是说商纣王制作了炮格这种刑具。海陶玮补充翻译了两个信息，一个是"[The tyrant]"即"残暴的"，另一个是"[pit]"即"深坑、陷阱"，这两个信息的补充都是非常必要的，原文阐述的就是商纣王的残暴之行，而"商纣王"也成为古代暴君的典型形象，这句话之后也提到，这种酷刑使得比干犯颜直谏，剖心而死，所以

---

① James Robert Hightower, trans., *Han Shih Wai Chuan: Han Ying's Illustrations of the Didactic Application of the Classic of Songs*, Cambridge Massachusetts: Harvard University Press, 1952, p. 70.

② James Robert Hightower, trans., *Han Shih Wai Chuan: Han Ying's Illustrations of the Didactic Application of the Classic of Songs*, Cambridge Massachusetts: Harvard University Press, 1952, p. 125.

这里加"［The tyrant］"可以使读者尽快了解原文想要突出的暴君特征。炮烙之刑，又叫"炮烙之行"，是一种古代酷刑，用熊熊炭火烧热铜柱，令人爬行柱上，犯人随即难以忍耐，堕落炭火中烧死。"the fiery［pit］and the pillar"即"火坑和柱子"，补充了原文中没有的"坑"的意思，可以更加完整地描述"炮烙之行"的基本要素和特征状况。

> 今有坚甲利兵，不足以施敌破虏；弓良矢调，不足射远中微，与无兵等尔。（第4卷第6章）

> Now you may have strong armor and sharp weapons, but if they are not sufficient to undertake an expedition against the enemy or to defeat the foe, ［it is just the same as not having weapons at all］. Your bow may be good and the arrows may match, but if they are not sufficient to shoot far and to hit a small mark, ［it is just the same as having no bow and arrows］. [1]

按照海陶玮的翻译，意思应该是："如果拥有坚固的盔甲，锐利的武器，却不足以用来打败敌人，［那么与没有武器是一样的］；弓矢调好，箭也很直，但不能用来射中远处的小目标，［那么与没有弓箭是一样的］。"而原文是在叙述完坚甲利兵和弓良矢调之后才得出一个结论：与无兵等尔。在这里，海陶玮的补充翻译使句子更加便于理解，也使这两句话形成的结论语气更加强烈。对于自己的增译，海陶玮还专门在第一个方括号作了页下注释："这个短语已经被移到下一个句子之后的位置，下一个句子是我在括号中提供的结论。"[2]

---

　① James Robert Hightower, trans., *Han Shih Wai Chuan*: *Han Ying's Illustrations of the Didactic Application of the Classic of Songs*, Cambridge Massachusetts: Harvard University Press, 1952, p. 129.

　② James Robert Hightower, trans., *Han Shih Wai Chuan*: *Han Ying's Illustrations of the Didactic Application of the Classic of Songs*, Cambridge Massachusetts: Harvard University Press, 1952, p. 129. Note3. Original text, "This phrase has become displaced to a position after the next sentence, the conclusion to which I have supplied in brackets."

第三，使句子衔接更加流畅。

古汉语表达简练，连词等虚词使用较少，句际关系主要是通过语意来理解和把握的，在翻译为英语时，补充增加古汉语省略的虚词，会使句子之间的关系更加明确和融洽，翻译更加流畅。如：

> 若是，则老者安之，少者怀之，朋友信之，如赤子之归慈母也。（第 4 卷第 11 章）
>
> Under these circumstances, the old are at peace, the young are cherished, and friends are sincere—— [all naturally] as an infant turns to its mother. ①

在这里，海陶玮增加了"[all naturally]"，即"一切都自然地"，用"all"（一切）总结涵盖了前面叙述的一组内容，从内容上连接了这一组内容和后面的比喻句之间的关系，即"老年人安心地生活，青年人归向于他，朋友们信任他"的"所有这一切"，同时用"naturally"从含义上连接了前面一组内容和后面比喻句之间的关系，意思是：如果君王治国真的那样，那么所有这一切（老年人安心地生活，青年人归向于他，朋友们信任他）就会达到，就像小孩奔向慈母怀抱那样顺其自然。

> 故人主用俗人，则万乘之国亡。（第 5 卷第 5 章）
>
> Hence if a ruler uses common men, it will result in the loss of his state [though it be one] of ten thousand chariots. ②

这篇文章主要讲了国君用人不同（俗人、俗儒、雅儒、大儒），则国运迥异。任用俗人，就会使拥有万辆兵车的大国灭亡。原文的"万乘之国"是偏正结构，海陶玮用"[though it be one]"又增加了一

---

① James Robert Hightower, trans., *Han Shih Wai Chuan*: *Han Ying's Illustrations of the Didactic Application of the Classic of Songs*, Cambridge Massachusetts: Harvard University Press, 1952, p. 137.

② James Robert Hightower, trans., *Han Shih Wai Chuan*: *Han Ying's Illustrations of the Didactic Application of the Classic of Songs*, Cambridge Massachusetts: Harvard University Press, 1952, pp. 165 – 166.

层转折关系，意思是"即使国家已是万乘之国之一，也会导致国家的灭亡"，更加突出了用人不当的严重后果。

需要指出的是，《韩诗外传》采用中括号"［ ］"来显示对原文的增补翻译，但是并非所有的中括号"［ ］"里的内容都属于增译，有的时候中括号"［ ］"还用来划定注释的范围，如果对一句话中的字词进行注释，则直接在此句末标注脚注序号，如果是对一句话以上的内容进行注释，则用中括号"［ ］"来标示需要注释的内容。如第4卷第22章出现的中括号"［ ］"，标注于内的篇幅很长，中括号标注的内容，原文是"一天下，财万物，长养人民，兼利天下，通达之属莫不从服，工说者立息，十子者迁化，则圣人之得势者。"海陶玮在注释14中，对以上大段引文整体进行了进一步说明和补充。

（4）改译归化

在直译为主、意译为辅的基础上，海陶玮还对《韩诗外传》个别内容从形式到内容都进行了适度的改译，以适应西方读者的阅读习惯和表达方式，这种归化翻译增加了译文的可读性。主要体现在：

篇章体例的合并：如第3卷第11章（传曰："丧祭之礼废"）和第3卷第12章（人事伦则顺于鬼神），在原文中各自成篇，篇幅短小且主旨相近，海陶玮在译文中把两篇合二为一，标注"11－12"来翻译。

篇章段落的分段：《韩诗外传》每篇文章大部分都是一段式，海陶玮对每篇文章的段落进行了最大程度的细分，就使得译文层次更加清晰，便于阅读，同时那些故事性很强的篇目，分段叙述之后，故事的对话性和情节感都大为增强。比如第3卷第30章（孔子观于周庙，有欹器焉），主要是孔子和弟子们的对话，原文是一个段落，海陶玮按照对话格式把1个段落划分为9个段落，使故事脉络和情节层次更加清晰。再如第4卷第5章（齐桓公独与管仲谋伐莒）也是对话体，海陶玮用对话体例把原来的1个段落划分为12个段落。

间接称谓改为直接称呼：为了适应故事情节对话体的要求，海陶玮还在某些对话中，把原文中的间接称谓改译为直接称谓，增加了故事的形象性和感染力。比如"天子"大部分情况下译作"the Son of

Heaven"，但有时也译作"Your Majesty"，以适应直接对话体的需要（第3卷第2章等）；"君"大部分译作"prince"，但有时也译作"Your Highness"（第2卷第20章、第4卷第2章等）或"Your Majesty"（第2卷第22章、第3卷第3章、第5卷第6章）；"孔子""夫子"译作"Confucius"，但在直接称呼中译为"Master"（第3卷第22章、第6卷第4章、第9卷第10章），等等。

个别词句增强语气：《韩诗外传》第2卷第18章（君子易和而难狎也）"荡荡乎其仪不可失也，礛乎其廉而不刿也，温乎其仁厚之宽大也，超乎其有以殊于世也。"这段话的每一句都是以"形容词+乎"为开头的，具有一定的强调和加强语气的作用，表示"……的样子"，但并没有很强烈的感慨语气。海陶玮译为：

> How great! His *i* cannot be surpassed. How satisfying! He is scrupulous and yet causes no harm. How mild! The brilliance of his *jên* and generosity is great. How he excels! He has that which distinguishes him from other men. [1]

可以看出，译文用感叹句开头，使得四个分句的语气都比原文大为增强。

（5）缺译难点

在翻译过程中，海陶玮对自己难以理解而实在无法翻译的地方，就标注问号"?"或省略号"……"提出难点，省略不译，这种情况在文中不在少数，这其实也体现了他忠实原文、严谨扎实的学术翻译风格。

比如，有些句子的含义在他看来不够明确，就采取了缺译省译的方法，如第10卷第5章（君子温俭以求于仁）：

---

① James Robert Hightower, trans., *Han Shih Wai Chuan: Han Ying's Illustrations of the Didactic Application of the Classic of Songs*, Cambridge Massachusetts: Harvard University Press, 1952, p. 56.

仲曰：刑有所谓矣，要与扶微者。

Chung［–yung］said, "…only the weak need support."①

在这里，海陶玮直接用省略号省译了"刑有所谓矣"，然后在注释中解释了原因，他引用周廷寀和赵怀玉的说法，认为"这段话毫无意义"②。

以上用具体文本案例分析了《韩诗外传》译著正文的翻译特征，从中可以总结出海陶玮学术化的翻译理念和策略，具体表现在：

译著中关于中国古代思想核心术语的翻译，体现了海陶玮对原著思想和内容的总体理解和把握。在核心术语翻译上，海陶玮采取了"音译"或"意译+音译"的策略，对表达抽象哲学理念的术语采取"音译"的方法，对在具体场景中的具象术语，则采取"意译"的方法来翻译，用相对固定的英语词汇来翻译某个核心词汇后，再采用"核心扩联"的方法，结合具体的场景来翻译与核心词汇相关的词组。

"传曰""《诗》曰"是《韩诗外传》最为显著的结构特征，但海陶玮对两者采取了完全不同的翻译策略，以达到不同的翻译效果。他对"传曰"没有形成标志性的固定译法，而是围绕"tradition""story""saying"几个词汇进行了变换，形成了不同句式、不同词性、不同功能的译法，以适应具体的句子或者段落，以表明这本著作来源多样、引用繁多的汇编性质。全书"《诗》曰"作为每篇文章的总结，海陶玮对它的译法只有一种，那就是"The Ode says"，以这样一个固定不变的译法来翻译，突显了《韩诗外传》的解《诗》性质和"以《诗》做结"的论述体例特征。

通过《韩诗外传》译著正文译文具体案例的考察可以看出，海

---

① James Robert Hightower, trans. , *Han Shih Wai Chuan*: *Han Ying's Illustrations of the Didactic Application of the Classic of Songs*, Cambridge Massachusetts: Harvard University Press, 1952, p. 323.

② James Robert Hightower, trans. , *Han Shih Wai Chuan*: *Han Ying's Illustrations of the Didactic Application of the Classic of Songs*, Cambridge Massachusetts: Harvard University Press, 1952, p. 323. Note 3. Original text, "the passage makes no sense."

陶玮采用了"直译为主,意译为辅;增译补充,改译归化;缺译难点"的翻译策略,即综合运用各种翻译形式力求达到对原文严谨忠实的翻译。

二 注释分析

海陶玮《韩诗外传》译著并不是简单地以一部《韩诗外传》注释本为底本从头到尾进行翻译和注释,而是以《韩诗外传》几个善本为底本,大量阅读和熟读掌握相关研究成果,之后再进行自己的思考和判断,以自认为最为合理的解释为依据来翻译,并通过注释来补充和表达自己的研究意见。

《韩诗外传》的注释类型,按照注释在文中出现的位置,可以分为文中注释和页下脚注,文中注释是随文作出的注释,往往出现在圆括号"( )"内,页下脚注则是对文中的字词、句段等作出详细解释的文字。评论性注释往往带有作者自己的主观评价,比如有时列举多方意见之后采纳其一,有时对多方观点进行评判和分析,有时也提出自己的困惑不解,等等。下文将从文中注释和页下脚注两个方面分述如下:

1. 文中注释

与方括号"〔 〕"一样出现在译文中的,还有圆括号"( )",这些圆括号往往不是译文的有机组成部分,不属于增译的内容,而是注释说明的文中备注,这类注释整体数量没有方括号标示的增译多,且往往以字词为主,非常简短,基本不影响整体译文的流畅。主要有:

人物别名:如第6卷第4章(子路治蒲三年)中的"由"是子路的名字,所以译为"Yu (= Tzǔ – lu)";第6卷第5章(古者必有命民)中的"是唐虞之所以兴象刑","唐"氏指"尧","虞"氏指"舜",所以分别译为"T'ang (= Yao)"和"Yü (= Shun)"。

同等含义:如第6卷第6章(天下之辩)中的"序异端,使不相悖",译为"They (arrange in succession =) keep separate incompatible doctrines to prevent their mutual contradiction. "① 这里的 "arrange in suc-cession" 和 "keep separate" 都是 "序" 的不同译文。

音意双译：如第 10 卷第 15 章（齐桓公出游）中有一个器物名曰 "桃殳"，是用桃木做的撞击短兵器，也当作是殳形的装饰物，在这篇文章中，"桃" 与 "逃" 同音，即 "桃之为言亡也"，海陶玮译为 "The word T'ao（peach）means to be lost"②，是用音意结合的形式来翻译 "桃"，既与上文中的 "peach" 相联系，又与声训同音的 "逃" 相联系。

2. 页下脚注

页下脚注大多用来注释文中字词的出处、典故的具体内涵、专有名词的阐释等等，按照注释的内容，大体可分为解释性注释和评论性注释，或者综合运用两种注释。综观《韩诗外传》的页下注释，可以分为以下几种类型：

一是说明文章出处版本及相互联系。这类注释有的对整篇文章做注，有的对个别词句做注，或介绍文章的出处，或介绍和文章内容相关的一些版本，以及不同版本的关系，这其中也包含海淘玮对这些版本的分析和相互关联的推断，如：

原文：第 3 卷第 6 章（魏文侯欲置相）

注文：Cf. *Shi chi* 44. 44a – 5b（mém. Hist. 5. 143 – 7）；SY 2. 5b – 7a. The *shih chi* version is very close to *HSWC*，while *SY*，with many variants in wording，seems to represent another source，or more likely a free rewriting of the story of Liu Hsiang. ③

---

① James Robert Hightower, trans. , *Han Shih Wai Chuan：Han Ying's Illustrations of the Didactic Application of the Classic of Songs*, Cambridge Massachusetts：Harvard University Press, 1952, p. 196.

② James Robert Hightower, trans. , *Han Shih Wai Chuan：Han Ying's Illustrations of the Didactic Application of the Classic of Songs*, Cambridge Massachusetts：Harvard University Press, 1952, p. 337.

③ James Robert Hightower, trans. , *Han Shih Wai Chuan：Han Ying's Illustrations of the Didactic Application of the Classic of Songs*, Cambridge Massachusetts：Harvard University Press, 1952, p. 80.

这篇文章讲述了战国时期魏国政治家李克向魏文侯举荐宰相并阐述用人道理的故事。文章标号之下有一注释，说明这篇文章在其他两部古代作品中也有记述，一个是法国汉学家沙畹《司马迁〈史记〉》（法文），一个是刘向《说苑》，海淘玮通过研读这几个版本后认为：《史记》的版本和《韩诗外传》最为接近，而《说苑》的版本有大量的异文，由此推断《史记》和《韩诗外传》可能同源而出，而《说苑》的版本可能出自其他源头，或者很有可能刘向重新对故事进行了随意改写。

原文：第 10 卷第 11 章（齐景公游于牛山之山）

注文：Two version of this anecdote occur in *YTCC*：1. 19b – 20a and 7. 4b – 5a, neither showing any direct relation to *HSWC*. *Lieh-tzǔ* 6. 5b – 6a is similar to *HSWC* and shows less connection with *YTCC*. ①

这篇文章讲述了齐景公在牛山上游玩，触景生情而忧惧死亡，听了晏子的开导之后释怀而惭愧的故事。这篇文章序号之下的注释，说明了这篇故事的不同出处和相关版本之间的联系。故事出现在《晏子春秋》两处，但是两个版本都和《韩诗外传》没有直接联系，《列子》中的故事版本和《韩诗外传》是类似的，但是和《晏子春秋》联系不大。

二是解释字词含义。与大多数注释型译本类似，《韩诗外传》注释也有大量字词含义的介绍，这种介绍不仅停留在字面含义的解释，而是追根溯源，广求意见，力求解释字词的字源意义和在文中恰当的含义，如：

原文：粝米之食，未尝饱也。（第 2 卷第 25 章，子路曰："士不跟勤苦……"）

---

① James Robert Hightower, trans. , *Han Shih Wai Chuan*：*Han Ying's Illustrations of the Didactic Application of the Classic of Songs*, Cambridge Massachusetts：Harvard University Press, 1952, p. 333.

译文：who never got to eat his fill of his diet of coarse rice and millet.

注文：粝 is defined as "coarse rice," and CHAO thinks it should not be used in combination with 米, for which he would read 粱 "millet", after CHU CH'i-fêng, who says 米 is an abbreviated form of that character (*T T* 185). HSWC 7/27 藿. Both *Huai-nan tzǔ* 18. 11b and *Lieh-tzǔ* 6. 1b have the compound 粝粱, and so in my translation. [1]

这个注释主要是介绍"粝"的理解。《字通》认为"米"应该是"粝"的缩写形式，之后赵善诒也认为这个字不应该和"米"连用，因为粱也是"稷米"的意思。《淮南子》和《列子》中都有两个字的组合词"粝粱"，所以海陶玮就按照"糙米"来理解和翻译文中的"粝"。

原文：齿如编贝。（第9卷第28章，齐王厚送女）
译文：Teeth like a file of slugs.
注文：齿如编贝 "teeth like shells in a row." CHU I-Tung 朱亦栋 (quoted by CHAO 227 – 8) point out that this metaphor is frequently employed of a person's beauty, and so is not appropriate here. The quotation of this line in Lu T'ien's *Pei ya* reads 蚃 "insect larva" for 贝, and I follow CHU to emend to that reading. CHAO in addition cites *TPYL* 382. 6b, which has 蟹 "crab", a possible graphic error for 蚃. 杏 * g'ang and 蚃 * xiang rhyme. [2]

这段注释主要解释"齿如编贝"的含义，介绍和评价了各家意

① James Robert Hightower, trans. , *Han Shih Wai Chuan*: *Han Ying's Illustrations of the Didactic Application of the Classic of Songs*, Cambridge Massachusetts: Harvard University Press, 1952, p. 65.
② James Robert Hightower, trans. , *Han Shih Wai Chuan*: *Han Ying's Illustrations of the Didactic Application of the Classic of Songs*, Cambridge Massachusetts: Harvard University Press, 1952, p. 316.

见。赵善诒引用朱亦栋的观点，认为"齿如编贝"是一种形容人美的比喻用法，但是这种理解不适合文中语境。陆佃《埤雅》认为"贝"读为"螷"。海陶玮认为，赵善诒还引用了《太平御览》"蟹"，可能误以为"螷"，是为了照顾上句的"杏"的押韵"iang"，所以他还是采用了朱亦栋的异文，把这句话理解为"齿如编贝"，但是对意思进行了修正，把"贝"按照"缓步虫、蛞蝓"来翻译，以适应上下文，译为"Teeth like a file of slugs."。

三是对文本字词异文进行笺疏。《韩诗外传》版本众多，流传悠久，所以异文繁多，校勘补正之类的著作层出不穷，海陶玮在翻译的同时，也对这些版本和校勘类著作进行了研读，然后依据自己认为可靠的理解来翻译，同时在注释中阐明这些异文的不同理解，如：

原文：血气刚强则务之以调和。（第2卷第31章，夫治气养心之术）

译文：If one's physical powers are hard and refractory, soften them by harmonizing them.

注文：I follow CHOU's suggestion and emend 务 to 柔 as in *Hsün-tzǔ*. CHAO (66) disagrees, insisting that 柔之 does not fit it with 一之 below. This objection has not occurred to any of the commentators on *Hsün-tzǔ*, and I find 柔 does very well with the 刚强 it is to alleviate. [1]

"血气刚强则务之以调和"的意思是对于血气刚强之人，则务必使他心平气和。这段注释主要介绍了几种异文以及海陶玮自己的看法，周廷寀认为，应该依照《荀子》的说法，把"务之以调和"中的"务"改为"柔"，赵善诒不同意这种看法，他认为"柔之"不适合语境。海陶玮经过比较认为："柔"其实和"刚强"形成了一

① James Robert Hightower, trans., *Han Shih Wai Chuan*: *Han Ying's Illustrations of the Didactic Application of the Classic of Songs*, Cambridge Massachusetts: Harvard University Press, 1952, p. 71.

种对比阐释关系，很适合上下文，而且赵善诒的意见在《荀子》历代评论者那里没有得到体现和呼应，所以他最终采用了周廷寀的意见，把原文理解为"血气刚强则柔之以调和"，并把"柔"翻译为"soften"。

> 原文：尔何谓者也？（第 10 卷第 1 章，齐桓公逐白鹿）
>
> 译文：Who are you?
>
> 注文：For 何谓者也 CHy follow *TPYL* 732. 3a to write 而何为者也；*Hsin hsü* also has 为. Fragmentary citation from this paragraph occur also in *TPYL* 906. 5a – b and 383. 4a. The former writes 景公 and 母久丘，possibly influenced by *YTCC*. Both "citations" are no more than extremely condensed paraphrases. The case is a good illustration of the danger of relying on such sources for the reconstruction of lost texts, where any control is usually lacking. An integral quotation such as that in *TPYL* 736. 3a of course if more useful，but even here there are many omissions and variants，not all of which would have had textual justification. [①]

海陶玮在注释中对"何谓也"进行了详细分析，提出了异文"何为也"以及这种异文的不当之处，然后指出：这个案例很好地说明了只依赖某些来源就去重建脱落文本涵义的危险。对注释中的异文进行辨析之后，他对原文做出了自己的解释和翻译。

四是分析和理解文意。页下注释还有一种类型，就是分析和理解文意，因为古代汉语结构简练，需要结合文中情景来理解句子结构和表达意旨，另外，考虑到西方读者的阅读能力，海陶玮也需要对一些理解困难的句意进行解释和说明。比如：

---

① James Robert Hightower, trans. , *Han Shih Wai Chuan*：*Han Ying's Illustrations of the Didactic Application of the Classic of Songs*，Cambridge Massachusetts：Harvard University Press, 1952, p. 317.

原文：父贤足恃乎（第8卷第30章，魏文侯问狐卷子曰）

译文：If a father is worthy, is that enough for him to be relied on?

注文：父贤足恃乎 is ambiguous. "Is a [person whose] father is a sage [thereby] qualified to be depended on?" or "Is a [person who as a] father is a sage [thereby] qualified to be depended on, [specifically by the one to whom he bears that relationship]?" Lit., "If a father is a sage, is that enough for reliance?" Hu Chüan-tzǔ plays on both these meanings: the son cannot rely for good treatment on his sage-father, nor does the sage-father necessarily have a son worthy of confidence. ①

"父贤足恃乎？"是魏文侯问询狐卷子的一句话，多数人都理解为"父亲贤明就足以依靠吗？"在注释中，海陶玮认为这句话的文意模糊不清，可以有两种理解：一种是"一个父亲是圣人的人足以被依赖吗？"，另一种是"一个作为父亲的人如果是圣人，因此足以被依赖吗？特别是被儿子所依赖吗？"，简单来说就是"如果一个父亲是圣人，他足以被依赖吗？"海陶玮认为，这篇文章中的狐卷子的理解和回答也包含着这两层含义，儿子不能指望圣父善待他，圣父也不一定有值得信任的儿子。所以他的译文"If a father is worthy, is that enough for him to be relied on?"（如果一个父亲值得信赖，这就足够了吗？）也是采用较为模糊的翻译方法，可以有以上两种理解。

原文：何以知其然也？（第8卷第25章）

译文："How do you know that it's true?"

注文：CHy remark that the words following 曰 would seem to be

---

① James Robert Hightower, trans., *Han Shih Wai Chuan: Han Ying's Illustrations of the Didactic Application of the Classic of Songs*, Cambridge Massachusetts: Harvard University Press, 1952, pp. 283 - 284.

those of the author, since Yao Chao lived after Jan Yu, who would hardly be citing him as an example. However the concluding sentence of the paragraph brings us back to Duke Ai, who has apparently been listening to the intervening speech, so he should probably be taken as the subject of 曰, and another 曰 supplied before 夫子路. The resulting anachronism is not unusual in apologies of this sort. ①

原文是鲁哀公问冉有的一句话，意思是：你怎么知道是这样（学而后为君子）呢？在注释中，海陶玮结合这句话的论述结构和内容等做了分析，他首先提出了赵怀玉的质疑，"曰"后言辞似乎像是著书者的话，因为姚贾生活的时代在冉有之后，冉有不可能引用姚贾事迹作为案例，然而这段话的结尾又提到了哀公（嘻然而笑曰……），他显然一直在听冉有的论述，这里"曰"的主语就应该是哀公，另外一个"曰"的位置是在"夫子路……"应该是冉有的回答。接着，海陶玮提出，由此产生的时代错误在这类寓言故事中并不罕见。

五是指出译文理解和译文出处。《韩诗外传》是由海陶玮在英语世界首次翻译，但里面一些诗句来源如《诗经》等，英语世界已有学者翻译过一些译文，在个别注释中，海陶玮也会直接指出自己译文的来源出处，或者自己对诗文的不同理解及其译文。

原文：第3卷第34章（伯夷叔齐目不视恶色）

注文：This is taken from *Méng-tzǔ* 10A. 1a – b (*Mencius* 369 – 72) with omissions and slight changes in wording. I have followed Legge's translation. ②

---

① James Robert Hightower, trans. , *Han Shih Wai Chuan*：*Han Ying's Illustrations of the Didactic Application of the Classic of Songs*, Cambridge Massachusetts：Harvard University Press, 1952, p. 279.

② James Robert Hightower, trans. , *Han Shih Wai Chuan*：*Han Ying's Illustrations of the Didactic Application of the Classic of Songs*, Cambridge Massachusetts：Harvard University Press, 1952, p. 118.

上述注文主要说明了《韩诗外传》这篇文章的出处，来源于古代典籍《孟子》中的具体章节和理雅各《中国经典》中《孟子》的具体页码，是对《孟子》记载故事的压缩和改写，同时交代了自己的翻译参考了理雅各的译文。

原文：嗟嗟保介。（第 3 卷第 8 章）

译文：Ah! Ah! He keeps within his boundaries.

注文：Legge translates，"Ah! Ah! Ye assistants，" and in a note says "the meaning of 保介 is quite undetermined." In the context of the *Ode* my version is impossible，but here we have a good example of the way Han Ying takes isolated lines out of context and puts them to use because of some fancied connection with the preceding composition. Possibly a pun 介：节 is intended. [①]

"嗟嗟保介"是《韩诗外传》引用《诗经》的句子，理雅各和海陶玮的翻译不尽相同。理雅各把"保介"作为保卫国君的官员，直接译为"Ye assistants"，海陶玮则译为"He keeps within his boundaries."（他从不越界），两者的翻译还是差别较大的。海陶玮在注释中介绍了理雅各的译文并加以注释，同时阐释了自己的翻译理念。因为理雅各是对《诗经》的翻译，而自己是对《韩诗外传》引用《诗经》的翻译，所以对原文的理解不完全一致，虽然海陶玮的翻译放在《诗经》语境中不太合适，但是《韩诗外传》是对《诗经》的应用，是把《诗经》的诗句分离出来，用来总结自己的一些奇闻逸事。这篇故事主要讲了楚庄王遵守节制、坚守本分的事迹，所以海陶玮对"嗟嗟保介"的翻译，其实是在赞扬楚庄王的品行。

六是介绍相关前期研究意见。海陶玮是在综合对照《韩诗外传》各种版本和相关研究的基础上进行翻译的，所以在有些注释中，他也

---

① James Robert Hightower，trans.，*Han Shih Wai Chuan：Han Ying's Illustrations of the Didactic Application of the Classic of Songs*，Cambridge Massachusetts：Harvard University Press，1952，p. 84.

介绍了各种学者对某一问题的研究和观点，对前人的研究，他并不是一味接受，而是表达自己的理解，或者对前人的看法和研究表示反对。比如：

原文：夫死者犹可药，而况生乎？（第10卷第9章，扁鹊过虢侯）

译文：If even the dead can be treated with medicine, how much the more the living!

注文：*SY* has 夫死者犹不可药而生也 "Now the dead still cannot be made to live by the use of drugs." Although CHy prefers this reading, it looks like an attempt to reconcile the statement with what Pien-ch'iao has just said about being unable to raise the dead, but results in a complete *non sequitur* with the concluding remark about a worthless prince. [1]

注释首先指出：《说苑》中的说法"夫死者犹不可药而生也"与原文"夫死者犹可药，而况生乎？"类似，很多人也照此理解，比如赵怀玉等，但海陶玮不认同这样的理解，他认为，如果照此解读，就似乎是在尝试把两种说法强行统一起来，结果会导致一个完全不符合逻辑的结论，那就是故事结尾太子被扁鹊"起死回生"之术救活了。

原文：吾尝卤焉吾田，期岁不收。（第9卷第25章，子夏过曾子）

译文：I once let my fields go to grass and for a whole year I got no harvest.

注文：吾尝⊙"焉吾田期岁不收。CHy and CHOU both take ⊙"

---

① James Robert Hightower, trans., *Han Shih Wai Chuan: Han Ying's Illustrations of the Didactic Application of the Classic of Songs*, Cambridge Massachusetts: Harvard University Press, 1952, p. 332.

as ＝卤, and punctuate after 焉："I was once uncultivated in this, and all year I tilled without getting any harvest." （?） if I have correctly understood their reading, I fail to see how it fits into the argument. My translation leaves out of account the 焉.①

这段注释主要解释了"吾尝卤焉吾田"的含义。海陶玮指出：赵怀玉、周廷寀等人经过研究认为，原文应该是"吾尝卤焉，吾田期岁不收"，意思是我曾荒废了田地，整年耕种也毫无收成。海陶玮认为，如果这样理解的话，就和文章论述的观点不大契合了，所以他忽略了"焉"，翻译为"I once let my fields go to grass and for a whole year I got no harvest."其实，"卤焉"即"卤莽"，《庄子·则阳》"耕而卤莽之"，《经典释文》引司马彪注"卤莽，犹粗也。谓浅耕稀种也。"所以，海陶玮的理解也不够合理，但翻译基本是正确的。

七是介绍名物制度等文化知识。

如"五色"（第 5 卷第 9 章注释 2，夫五色虽明）指具体的五种颜色，海陶玮用中英文配合的方法在注释说："五色：blue 青，yellow 黄，red 赤，white 白，and black 黑"；如"行人"（第 6 卷第 20 章注释 2，卫灵公昼寝而起），是古代负责外交的官员，海陶玮专门作注解释说："行人：an officer in charge of official visits."。再如：

原文：商容尝执羽龠（第 2 卷第 19 章，商容尝执羽龠）

译文：Shang Jung had once held the feather and flute.

注文：Cf. *Li Ki* 1. 468："In autumn and winter they were taught the use of the feather and flute." （Legge 1. 345.） Cf. also *Shih* 62 No. 38/3："In my left hand I grasp a flute; In my right I hold a pheasant's feather." The commentators both here and in the *Li chi* passage interpret the flute and feather as civil implements supplanting weapons, and

---

① James Robert Hightower, trans., *Han Shih Wai Chuan: Han Ying's Illustrations of the Didactic Application of the Classic of Songs*, Cambridge Massachusetts: Harvard University Press, 1952, p. 314.

so used in a dance in a time of peace. I understand it to mean here that
he was a civil functionary and not qualified to employ military means to
gain his ends. ①

这个注释介绍"羽龠"的理解和翻译，海陶玮首先介绍了"羽
龠"使用的其他两个出处：一个是《礼记》中理雅各的翻译，是把
"羽龠"译为"feather"和"flute"；另一处是《诗经》，理雅各也译
为"feather"和"flute"，应该说，"羽龠"作为"稚鸡毛"和乐器的
意思基本没有异议，所以海陶玮也用"the feather and flute"来翻译。
接着，他介绍了"羽龠"在古代的使用，在古籍中大多把"羽龠"作
为一种武器的民间替代工具，是在和平时期舞蹈中使用的道具，所以
海陶玮强调了这个词在文中指文官商容使用的道具，而不是军事手段。

以上通过具体案例分析了《韩诗外传》文中注释和页下脚注两种
注释类型，这部分是海陶玮在广泛阅读《韩诗外传》各种文献版本和
研究著述基础上，表达自己研究意见的主要形式，也体现出明显的学
术研究性质。

总之，《韩诗外传》译著正文和注释两部分的翻译，都呈现出
"严谨的学术翻译"特征。这部历经多年付出大量心血的译著，说明
海陶玮基本上已经克服了翻译一部中国古籍的诸多困难。通过大量阅
读中国古代典籍，他对中国古代思想和传统文化有了一定掌握，在
此基础上，对这部蕴含着中国传统文化的古籍进行了较为精准的翻
译，同时，他从一开始就坚持较高的学术标准，以中国传统治学方
法为基础，同时广涉世界范围内的汉学成果，不再以翻译介绍式的
文学译介为主，而是努力地开创专业性、系统性的注释翻译型学术
研究，所以《韩诗外传》译著是一部体例完整规范、注释详细考证
的严谨的学术著作。

但是对于自己第一次出版的这部译著，海陶玮似乎并不满意，在

---

① James Robert Hightower, trans. , *Han Shih Wai Chuan*: *Han Ying's Illustrations of the Didactic Application of the Classic of Songs*, Cambridge Massachusetts: Harvard University Press, 1952, p. 57.

著作序言中，他坦率地指出：

> 我很清楚有必要再作一次修改。事实上，如果是今天我再开始翻译这本著作的话，我会采取完全不同的翻译原则，尤其是注释部分。读者会在这本书中发现大量初学者的不足之处，比如某些内容需要注释，再比如，书中存在大量的省略。①

可以看出，海陶玮的期望是可以更加充分地在注释中展现这部中国古籍所蕴含的丰富知识和内涵。

第四节　《韩诗外传》译著的学术意义

一　西方最早及唯一的《韩诗外传》英译本

如果把《韩诗外传》作为一种独立于《诗经》之外的单独研究，海陶玮译著是英语世界最早的《韩诗外传》译本，也是迄今为止唯一的一部英译本，美国汉学家康达维称这本书是"任何语言中研究该书的最佳著作之一"②。1993 年英国汉学家鲁惟一主编的《早期的中国文本：书目指南》（*Early Chinese Texts：A Bibliographical Guide*）一书，邀请海陶玮为《韩诗外传》撰写了概述简介，③ 在这篇简介中，海陶玮除了对《韩诗外传》这部著作本身做了介绍外，还详细描述了自 1952 年他的《韩诗外传》译著出版以来，汉语、日语等世界范围内出

① James Robert Hightower, trans. , *Han Shih Wai Chuan：Han Ying's Illustrations of the Didactic Application of the Classic of Songs*, Cambridge Massachusetts：Harvard University Press, 1952, Preface. Original text, "I am very conscious of the need for another revision. In fact, if I were beginning the translation today I would proceed on rather different principles, especially in the annotation. The reader will find much that betray the novice, as often in what is included as requiring a note as in the significant omissions. "

② 康达维：《欧美赋学研究概观》，《文史哲》2014 年第 6 期。

③ James R. Hightower, "Han Shih Wai Chuan", in Michael Loewe edit. , *Early Chinese Texts：A Bibliographical Guide*, Berkeley：University of California, 1993, pp. 125 – 128.

版的关于《韩诗外传》的著作和文献材料，反映了他在译著出版之后对该领域汉学成果产出动态的密切关注。

海陶玮《韩诗外传》译著出版之后，《美国历史评论》（*The American Historical Review*）①、《通报》（*T'oung Pao*）②、《大英及爱尔兰皇家亚洲学会会报》（*The Journal of the Royal Asiatic Society of Great Britain and Ireland*）③、《哈佛亚洲学报》（*Harvard Journal of Asiatic Studies*）④、《亚非学院院刊》（*Bulletin of the School of Oriental and African Studies*）⑤以及《远东季刊》（*The Far Eastern Quarterly*）⑥ 等汉学杂志对该书进行了书目推介。

美国汉学家柯润璞（James Irving Crump, Jr. 柯迁儒，1921—2002）、英国汉学家戴维·霍克思（David Hawkes，1923—2009）和美国汉学家金守拙（George Alexander Kennedy，1901—1960）对该书发表了书评。

柯润璞认为该书的出版具有"两大重要价值"："一是打开了西汉奇闻轶事杂编的一个伟大的宝藏；二是向西方读者展示了大量的事例，这些事例显示了在公元前最后一个世纪，《诗经》语句被引用的古怪方式"⑦。他认为"海陶玮教授除了对故事的类似引用和出处等做了仔细的注释外，还详尽地利用了大量的优秀版本和评论，使译文具有权

---

① "Other Recent Publications", *The American Historical Review*, Vol. 55, No. 2, (Jan., 1950), pp. 401 – 461.

② "Livres Reçus", *T'oung Pao*, Second Series, Vol. 39, Livr. 1/3 (1950), pp. 206 – 210.

③ "Presentations and Additions to the Library", *The Journal of the Royal Asiatic Society of Great Britain and Ireland*, No. 3/4, (Oct., 1952), pp. 196 – 206; "Volume Information", *The Journal of the Royal Asiatic Society of Great Britain and Ireland*, No. 3/4, (Oct., 1953).

④ "Back Matter", *Harvard Journal of Asiatic Studies*, Vol. 19, No. 1/2, (Jun., 1956).

⑤ "Books Received for Review", *Bulletin of the School of Oriental and African Studies*, Vol. 15, No. 1, (1953), pp. 196 – 202.

⑥ "China-Far Eastern Bibliography", *The Far Eastern Quarterly*, Vol. 12, (1952), pp. 12 – 32.

⑦ Crump, "Review on *Han Shih Wai Chuan*: *Han Ying's Illustrations of the Didactic Application of the Classic of Songs*", *The Far Eastern Quarterly*, Vol. 12, No. 2, (Feb., 1953), p. 210. Original text, "First, he has opened up one of the greatest treasuries of pre-Han anecdotes; and second, he has presented for Western readers numerous examples of the curious way in which quotations from the Book of Odes were used during the last century B. C. "

威性。"① 由此海陶玮在译著中对《诗经》诗句的翻译不同于韦利、顾赛芬的处理，因为他面对的《诗经》属于中国古代文人对《诗经》的具体运用。柯润璞分析了海陶玮处理《韩诗外传》记载故事和引用《诗经》诗句的关系，认为海陶玮形成了自己的翻译技巧，"深入研究海陶玮有益的翻译，有助于我们更好地理解《诗经》在汉代中国人思想生活中的地位"②。

霍克思的书评简短有力，他首先对《韩诗外传》译著给予了高度评价，认为"海陶玮对这本书进行了一种有条不紊的处理"③，译文、注释、索引和参考文献等学术著作要素齐备，"作为一种学者研究的省时的工具书，它将会受到欢迎和赞誉"④。同时，霍克思评价了海陶玮的翻译，总体上认为他采用了汉学领域比较通用的直译方法和风格进行翻译，但同时他也指出："我对它的反对并非基于美感，而是出于实用。"⑤ 他以"夫，形体也，色心也"为例，认为海陶玮的译文有时不够准确，而应该采取更为地道的翻译。

以汉语语言和语音学研究见长的金守拙著有《〈诗经〉里的失律

① Crump, "Review on *Han Shih Wai Chuan*: *Han Ying's Illustrations of the Didactic Application of the Classic of Songs*", *The Far Eastern Quarterly*, Vol. 12, No. 2, (Feb. , 1953), pp. 210 – 211. Original text, "Besides careful notation of parallels and sources for tales, Professor Hightower has utilized such a large number of excellent editions and commentaries so exhaustively that the translation can be considered as definitive. "

② Crump, "Review on *Han Shih Wai Chuan*: *Han Ying's Illustrations of the Didactic Application of the Classic of Songs*", *The Far Eastern Quarterly*, Vol. 12, No. 2, (Feb. , 1953), pp. 211 – 212. Original text, "Further studies utilizing Professor Hightower's fine translation will help us understand the place of the *Book of Odes* in the intellectual life of Han dynasty Chinese. "

③ David Hawkes, "Review on *Han Shih Wai Chuan*: *Han Ying's Illustrations of the Didactic Application of the Classic of Songs*", *The Journal of the Royal Asiatic Society of Great Britain and Ireland*, No. 3/4, (Oct. , 1953), p. 165. Original text, "Mr. Hightower gives just the sort of businesslike treatment which it needs. "

④ David Hawkes, "Review on *Han Shih Wai Chuan*: *Han Ying's Illustrations of the Didactic Application of the Classic of Songs*", *The Journal of the Royal Asiatic Society of Great Britain and Ireland*, No. 3/4, (Oct. , 1953), p. 165. Original text, "As a time-saving tool for the scholar's study, it will be welcomed and praised. "

⑤ David Hawkes, "Review on *Han Shih Wai Chuan*: *Han Ying's Illustrations of the Didactic Application of the Classic of Songs*", *The Journal of the Royal Asiatic Society of Great Britain and Ireland*, No. 3/4, (Oct. , 1953), p. 165. Original text, "My objections to it are not aesthetic but practical. "

现象》《小雅·宾之初筵》等，他对海陶玮的译著也基本给予肯定的评价："西方最好的翻译技术已经应用到另一种标准中文文本上，这就给我们提供了一种标准的翻译范本。"① 首先，他以该著作自身的特点揭示出海陶玮翻译《韩诗外传》超乎想象的难度，"翻译的准确性当然是评论者首要关注的，但是这个问题会因为文本自身不够完整的状况而变得复杂起来"②；"文本自身的不完整会使得海陶玮的任务不仅仅是一种翻译，还是一种重建"③。他认为，即使海陶玮完成了这么复杂的翻译任务，但是对于普通读者来讲，可能部分文意仍然模糊不清，主要原因还是文本的问题。《韩诗外传》每个篇章内容与结尾引用《诗经》"妙语"（punch line）之间的联系，有的比较紧密与明确，有的则非常松散，尽管海陶玮对文本的重建大部分都是基于最后能与《诗经》诗句联系起来，但是结果有时不能完全达到他的意愿。"海陶玮的理论是，当前文本中的段落被选择、改编或发明，主要是为了引入《诗经》中的妙语，这个目的不一定完全能够实现，但我们必须对它有信心。"④ 金守拙对《韩诗外传》文本自身的认识是有见地的，《韩诗外传》的文章体制大多先叙事或者议论，篇末引用《诗经》的一两句诗歌以证明观点，但是实际情况是，它对《诗经》的引用和阐

① George A. Kennedy, "Review on *Han Shih Wai Chuan*: *Han Ying's Illustrations of the Didactic Application of the Classic of Songs*", *Journal of the American Oriental Society*, Vol. 74, No. 4, (Oct. –Dec., 1954), p. 279. Original text, "the best Western techniques have been brought to bear on another of the standard Chinese texts, giving us what will probably remain as a standard translation."

② George A. Kennedy, "Review on *Han Shih Wai Chuan*: *Han Ying's Illustrations of the Didactic Application of the Classic of Songs*", *Journal of the American Oriental Society*, Vol. 74, No. 4, (Oct. –Dec., 1954), pp. 279–280. Original text, "The accuracy of this translation is, of course, a first concern of the review, and the question is complicated by the imperfect state of the text."

③ George A. Kennedy, "Review on *Han Shih Wai Chuan*: *Han Ying's Illustrations of the Didactic Application of the Classic of Songs*", *Journal of the American Oriental Society*, Vol. 74, No. 4, (Oct. –Dec., 1954), pp. 279–280. Original text, "The imperfection of the text brings it about that the task is not simply one of translation, but of reconstruction."

④ George A. Kennedy, "Review on *Han Shih Wai Chuan*: *Han Ying's Illustrations of the Didactic Application of the Classic of Songs*", *Journal of the American Oriental Society*, Vol. 74, No. 4, (Oct. –Dec., 1954), p. 279. Original text, "It is Hightower's theory that the passage in the present text were selected, adapted, or invented primarily for the purpose of leading into the punch line from the *Odes*, a purpose which we do not always see fulfilled, but a purpose in which we must have faith."

发往往都是触类引申、断章取义的，有的甚至与《诗经》本义大相径庭，叙事说理也非常牵强附会。最后，金守拙以具体的文献和语言翻译为例，说明海陶玮因为要在文本自身存在缺陷的情况下尽力地弥补文意，牵强附会，所以有时会造成翻译不够准确的现象，大量的注释虽然不能够完全解决问题，但是也开辟了一种很好的研究思路。

作为英语世界最早和唯一的《韩诗外传》译本，海陶玮《韩诗外传》译著在英语世界产生了广泛影响，这本书"打开了西汉奇闻轶事杂编的一个伟大的宝藏"①，西方人往往把这本译著作为"一部研究早期中国文学非常重要的指南手册类书籍"②。除上述书介书评之外，学者们在研究中国古籍和古代思想文化时大量引用、参考、提及过《韩诗外传》译著，或用其中的古代文化知识来阐释问题，或直接引用其中的译文，或参照海陶玮的学术观点，或在某些问题上继续探讨深入等等，数量庞大，举例如下：

澳大利亚汉学家傅乐山（J. D. Frodsham）在《中国和欧洲的山水诗》（Landscape Poetry in China and Europe, 1967）一文中，引用了海陶玮《韩诗外传》第 3 卷第 25 章（第 106 页）有关"乐山乐水"的大段译文③；美国汉学家加里·阿巴克尔（Gary Arbuckle）在《关于〈春秋繁露〉的真伪：〈春秋繁露〉第七十三章〈山川颂〉的日期》（A Note on the Authenticity of *the Chunqiu Fanlu* 春秋繁露：The Date of *Chunqiu Fanlu* Chapter 73 "Shan Chuan Song 山川颂" "Praise-ode to Mountains and Rivers"）（1989）中，也提及海陶玮"乐山乐水"的译文。④

① Crump, "Review on *Han Shih Wai Chuan*: *Han Ying's Illustrations of the Didactic Application of the Classic of Songs*", *The Far Eastern Quarterly*, Vol. 12, No. 2, (Feb., 1953), p. 210. Original text, "he has opened up one of the greatest treasuries of pre-Han anecdotes."

② David Hawkes, "Review on *Han Shih Wai Chuan*: *Han Ying's Illustrations of the Didactic Application of the Classic of Songs*", *The Journal of the Royal Asiatic Society of Great Britain and Ireland*, No. 3/4, (Oct., 1953), p. 165. Original text, "an important companion to the study of ancient Chinese literature."

③ J. D. Frodsham, "Landscape Poetry in China and Europe", *Comparative Literature*, Vol. 19, No. 3, (Summer, 1967), pp. 193 – 215, Note. 24.

④ G. Arbuckle, "A Note on the Authenticity of the *Chunqiu Fanlu* 春秋繁露: The Date of *Chunqiu Fanlu* Chapter 73 'Shan Chuan Song 山川颂' ('Praise-ode to Mountains and Rivers')", *T'oung Pao*, Second Series, Vol. 75, Livr. 4/5, (1989), pp. 226 – 234, Note. 12.

加拿大华裔学者冉云华（Jan Yu-hua）在《宗密对中国佛教的分析》（Tsung-Mi，His Analysis of Ch'an Buddhism，1972）一文解释"宗密罪鬓，早年丧貌，每履雪霜之悲，永懊夙榭之恨"的意思时，注释引用了海陶玮《韩诗外传》第 9 卷第 3 章（第 292 页）"树欲静而风不止，子欲养而亲不待"，来阐释唐代名僧宗密的思想感情。①

美国汉学家王靖献（C. H. Wang）在《陈寅恪的诗歌研究：历史学家的进步》（Ch'en Yin-k'o's Approaches to Poetry：A Historian's Progress，1981）中认为陈寅恪是 20 世纪利用诗歌研究历史最成功的历史学家，他对《韩诗外传》进行了历史研究，在注释中，作者提及海陶玮《韩诗外传》译著时特意指出"《韩诗外传》的文学价值是不容置疑的"②，这与海陶玮以文学视角展开《韩诗外传》研究是一致的。

美国汉学家蔡涵墨（Charles Hartman）在《罗稚川〈古木群鸦图〉中文学和视觉的互动》（Literary and Visual Interactions in Lo Chih-ch'uan's "Crows in Old Trees"，1993）中，引用了海陶玮《韩诗外传》第 2 卷第 23 章（第 62 页至 63 页）关于"鸡有五德"段落的译文。③

挪威汉学家何莫邪（Christoph Harbsmeier）《孔子语录：〈论语〉中的幽默》（Confucius Ridens：Humor in The Analects，1990）引用了《韩诗外传》关于孔子"丧家之犬"段落的译文④，并以海陶玮"丧家之犬"的解释来进一步阐释其中的幽默之处。

二 开启西方《诗经》学史研究

在对《韩诗外传》进行注译的过程中，海陶玮还于 1948 年发表

---

① Jan Yün-Hua 冉云华："Tsung-Mi, His Analysis of Ch'an Buddhism", *T'oung Pao*, Vol. 58, Livr. 1/5, (1972), pp. 1 – 54, Note. 2.

② C. H. Wang, "Ch'en Yin-k'o's Approaches to Poetry：A Historian's Progress", *Chinese Literature：Essays, Articles, Reviews* (CLEAR), Vol. 3, No. 1, (Jan. , 1981), pp. 3 – 30, Note. 12. Original text, "The literary value of *Han Shih Wai-chuan* is not to be questioned on this account. "

③ Charles Hartman, "Literary and Visual Interactions in Lo Chih-chuan's ' Crows in Old Trees ' ", *Metropolitan Museum Journal*, Vol. 28, (1993), pp. 129 – 167, Note. 95.

④ Christoph Harbsmeier, "Confucius Ridens：Humor in The Analects", *Harvard Journal of Asiatic Studies*, Vol. 50, No. 1, (Jun. , 1990), pp. 131 – 161, Note. 46.

了学术论文《〈韩诗外传〉和三家诗》①，如果把《韩诗外传》及其论文《〈韩诗外传〉和三家诗》归入《诗经》的研究范畴，可以说，海陶玮的研究开辟了英语世界《诗经》研究的全新领域。

中国社会科学院文学所周发祥《〈诗经〉在西方的传播与研究》（1993）认为，海陶玮《韩诗外传》译著属于《诗经》的"辅导性的研究"②，四川大学吴结评《英语世界里的〈诗经〉研究》（2008）较为全面系统地总结了英语世界的《诗经》研究，③介绍了《诗经》研究的3个方面，即译介研究、本体研究和《诗经》史的研究，他把海陶玮《韩诗外传》译著误认为是《诗经》的翻译归入译介研究，并认为是目前美国流行的高水平《诗经》译本，这一点不够准确，同时把译著《韩诗外传》和学术论文《〈韩诗外传〉和三家诗》归入《诗经》史的研究，因为"《诗经》史学"方面的研究在《诗经》3种研究中最为薄弱，海陶玮《韩诗外传》和《〈韩诗外传〉和三家诗》就成为"《诗经》史学"方面最为重要的著作，开辟了《诗经》国外研究的重要方面。吴结评以广阔的研究视野给海陶玮《韩诗外传》译著一个清晰的定位。

《〈韩诗外传〉和三家诗》论文应该说是海陶玮在进行《韩诗外传》译注过程中，对《韩诗外传》编排体例以及《韩诗外传》与"三家诗"关系进行思考和总结的文章。汉代对《诗经》的研究主要有齐、鲁、韩、毛四家诗，齐、鲁、韩"三家诗"是官学，属于今文经学；毛诗是私学，属于古文经学。后来，毛诗兴盛而"三家诗"衰微亡佚，只有韩派留下一部韩婴所著《韩诗外传》。自南宋之后，各位论家都对"三家诗"一说纷纷展开辨析和研究，但往往着眼于古籍的搜集和资料的考据，对于《韩诗外传》的编排体例以及与"三家诗"关系方面的研究却不多见。

海陶玮开篇就指出，自己的译著《韩诗外传》即将发表，《〈韩诗

---

① James Robert Hightower, "The *Han-shih wai-chuan* and the *San chia shih*", *Harvard Journal of Asiatic Studies*, Vol. 11, No. 3/4, (Dec., 1948), pp. 241–310.

② 周发祥：《〈诗经〉在西方的传播与研究》，《文学评论》1993年第6期。

③ 吴结评：《英语世界里的〈诗经〉研究》，四川大学出版社2008年版。

外传〉和三家诗》"这篇论文可以当作是著作的序言，以及对汉代
《诗经》学术地位的说明"①，他对《韩诗外传》的编排体例进行了较
为详尽的分析，对汉代"三家诗"的创立与流传，各派的主要著作、
学术特色及亡佚情况作了简单综述，并对《外传》与《毛诗》《毛序》
的关系进行了论述。

关于《韩诗外传》的编排体例，《汉书·艺文志》记载有《韩内
传》四卷和《韩外传》六卷，其中《内传》亡，《外传》存。《隋书·
经籍志》记载《韩诗外传》增至十卷，《旧唐书·经籍志》《新唐书·
艺文志》《宋史·艺文志》所载《外传》仍为十卷。学术界关于《韩
诗外传》的卷次和体例有三种主要观点②：一是"旧本分割说"，即认
为今本《外传》乃是汉代六卷旧本分割而成，如晁公武、卢文弨等学
者执此观点；二是"《内传》羼入说"，认为《韩诗外传》基本上由
《韩诗内传》羼入而成，此说由清人沈家本首提，今人杨树达1920年
《〈韩诗内传〉未亡说》以及1955年发表的《汉书窥管》补充了这一
观点；三是"后人增补说"，即认为今本《外传》既有汉时旧本的内
容，也有后人增补的内容，以日本学者西村富美子和汪祚民等为代表。

海陶玮支持中国现代学者杨树达（1885—1956）等人的观点，认
为《韩诗外传》的通行本是把原有的6卷和已散佚的4篇《内传》合
并而成，即"6+4"构成模式，为了证明自己的观点，他对照毛诗顺
序与现存十卷《外传》，对《韩诗外传》的编排体例进行了较为详尽
的分析（对照毛诗顺序与现存十卷《外传》进行了详细统计和分析，
目的是想证实现存外传是由原来的内传和外传相加合成的）。对汉代
三家诗的创立与流传，各派的学术特色及亡佚情况以及《外传》与
《毛诗》《毛序》的关系进行了论述。

他认为，《韩诗外传》素材来源看似十分广泛，内容五花八门，

---

① James Robert Hightower, "The *Han-shih wai-chuan* and the *San chia shih*", *Harvard Journal of Asiatic Studies*, Vol. 11, No. 3/4, (Dec., 1948), p. 241. Original text, "This article may serve as an introduction to that translation as well as an account of *Shih ching* scholarship in the Han dynasty."

② 此处论述参考了吕冠南的意见，参见吕冠南《〈韩诗外传〉研究文献综述》，《西华师范
大学学报》（哲学社会科学版）2018年第5期。

但"这本书本质上是同质的，结构也是系统的"①。因为每个故事都以"诗曰"结尾，对《诗经》的引用也是以《毛诗》的顺序排列的。他把《韩诗外传》每一章节引用的《诗经》诗句进行了详细分解和统计分析。通过分解分析，"可以很明显地看出：《韩诗外传》与《毛诗》顺序大体上是一致的，不一致的地方出现在《大雅》部分，这一部分很可能是它与《毛诗》顺序差异的真正体现"②。由此，海陶玮还把《韩诗外传》十卷分为两个序列进行分析，韩诗原始文本顺序是《颂》在《风》之后，他假设《内传》和《外传》都是由木牍拼合而成，顺序的不同可能是散落丢失后重新拼合造成的错位。

关于《韩诗外传》与"三家诗"的关系，海陶玮首先介绍了《韩诗》以及汉代"三家诗"的创立、流传和学术特色等，然后从《汉书·艺文志》以及其他著作中找出了关于"三家诗"的有关著述，认为《韩诗外传》是韩诗学派的教材，是《诗经》应用范例的文集，它与《毛诗序》的差异十分明显，《毛传》对《毛诗》的解释主要是对字词的训诂，同时对其寓意进行深层阐发，而《韩诗》主要是用具体事例来阐发《诗经》的主题句，两者截然不同。

《〈韩诗外传〉和三家诗》论文长达70多页，为了补充支撑自己的论证，正文之外，还有庞大的附件：附件一分别翻译并注释了《汉书》《史记》中的"鲁诗学"申培公传记两种、"齐诗学"辕固传记和"韩诗学"韩婴传记；附件二分别翻译了陈乔枞《鲁诗遗说考自序》和杨树达《韩诗内传未亡说》两篇文章；附件三是各种词表，有《韩诗外传》对《诗经》引用情况的统计，有《韩诗外传》中《诗经》词句在风、雅、颂的分类情况统计，有《韩诗外传》所述故事的材料来源和其他古籍引用情况统计以及《韩诗外传》每章节的内容摘要等。

---

① James Robert Hightower, "The *Han-shih wai-chuan* and the *San chia shih*", *Harvard Journal of Asiatic Studies*, Vol. 11, No. 3/4, (Dec., 1948), p. 242. Original text, "the book is essentially homogeneous and constructed systematically."

② James Robert Hightower, "The *Han-shih wai-chuan* and the *San chia shih*", *Harvard Journal of Asiatic Studies*, Vol. 11, No. 3/4, (Dec., 1948), pp. 244 – 245. Original text, "It is apparent that the sequence of Han Shih poems is in general the same as that in Mao Shi. However, one discrepancy does turn up in the 'Ta-ya' section that probably represents a real divergence from the Mao Shih order."

发表于 1948 年的海陶玮《〈韩诗外传〉和三家诗》论文，开启了《诗经》学史的研究，在他之后，西方学者在《诗经》学史方面不断深入拓展，出现了越来越多的研究成果。

三 引起国内学界的关注互鉴

中国社会科学院哲学社会科学部情报研究所 1977 年编《美国的中国学家》是国内最早关注并记载美国汉学家的目录工具书，其中对海陶玮做了一定的介绍，但由于国外文献资料的缺乏，把《韩诗外传》误译为《汉史外传》。[①]

国内最早关注海陶玮《韩诗外传》研究的，是最早开始研究中国文学外传的学者和主攻《诗经》研究的学者。前者如中国社会科学院周发祥先生和国家图书馆的王丽娜女士，周发祥《〈诗经〉在西方的传播与研究》（1993）[②] 文后注释提到了海陶玮的译著，认为《韩诗外传》译著是《诗经》的辅助性研究，王丽娜《西方〈诗经〉学的形成与发展》（1996）也提到海陶玮《韩诗外传》英译。[③] 后者如中国诗经学会会长、河北师大教授夏传才先生，他的《略述国外〈诗经〉研究的发展》（1997）提到了海陶玮译有《诗经》全译本[④]，但是并没有指出他所翻译的是《韩诗外传》而非《诗经》。由于当时国外文献资料的缺乏，许多国外著作只能知其名而未见其书，所以海陶玮翻译的《韩诗外传》英文全译本，很多学者误认为是翻译了《诗经》，直到今天的很多《诗经》研究文献，仍记载海陶玮译有《诗经》的全译本。1997 年李学勤先生翻译了英国汉学家鲁惟一主编的《中国古代典籍导读》（1993），其中的《韩诗外传》条目介绍了海陶玮《〈韩诗外传〉

---

① 中国社会科学院哲学社会科学部情报研究所编：《美国的中国学家》，1977 年，第 127—128 页。

② 周发祥：《〈诗经〉在西方的传播与研究》，《文学评论》1993 年 12 月 27 日。

③ 王丽娜：《西方〈诗经〉学的形成与发展》，《河北师院学报》（社会科学版）1996 年第 4 期。

④ 夏传才：《略述国外〈诗经〉研究的发展》，《河北师院学报》（社会科学版）1997 年第 2 期。

和三家诗》论文和《韩诗外传》著作，才使国内学者逐步知道了海陶玮的这本译著。①

进入 21 世纪，《韩诗外传》的研究逐步引起了重视。2003 年包延新、孟伟《〈诗经〉英译概述》②、2004 年马鸿雁《〈韩诗外传〉研究综述》③、2005 年刘强《〈韩诗外传〉研究》④ 等论文都提到了海陶玮《韩诗外传》和《〈韩诗外传〉和三家诗》。刘强又在 2010 年《〈韩诗外传〉著作性质考论》⑤ 论文中继续深入，他提出，海陶玮翻译《韩诗外传》，已经注意到了《韩诗外传》与《诗经》的联系，认为《韩诗外传》对《诗经》既不是注释也不是阐发，而是实际运用《诗经》的示范著作，这个评价是有启发意义的。

2003 年四川大学王晓路教授所著《西方汉学界的中国文论研究》提到海陶玮《韩诗外传》译著⑥，复旦大学陈引驰教授发文指出了其中的译名错误，他认为海陶玮《韩诗外传》的副题 *Han Ying's Illustrations of the Didactic Application of the Classic of Songs*" 应该译作"韩婴对《诗经》的教化应用的诠说"，而不应该译作"韩婴对古典诗歌说教式运用举要"，"Classic of Songs" 不是泛指"古典诗歌"，而专指《诗经》，这个副题其实是对正题的补充和阐发。⑦

2008 年四川大学吴结评博士（导师曹顺庆）出版了专著《英语世界里的〈诗经〉研究》⑧，在第五章"《诗经》学史"中认为，海陶玮的《〈韩诗外传〉与三家诗》是最早的一篇比较重要的论文，这个定位和评价从整个英语世界的《诗经》研究体系中凸显了海陶玮研究的独特价值。

---

① ［英］鲁惟一主编：《中国古代典籍导读》，李学勤等译，辽宁教育出版社 1997 年版，第 131—135、546 页。

② 包延新、孟伟：《〈诗经〉英译概述》，《遵义师范学院学报》2003 年第 5 卷第 1 期。

③ 马鸿雁：《〈韩诗外传〉研究综述》，《古籍整理研究学刊》2004 年第 4 期。

④ 刘强：《〈韩诗外传〉研究》，硕士学位论文，西北师范大学，2005 年。

⑤ 刘强：《〈韩诗外传〉著作性质考论》，《语文学刊》2010 年第 3 期。

⑥ 王晓路：《西方汉学界的中国文论研究》，巴蜀书社 2003 年版，第 148 页。

⑦ 陈引驰：《海外汉学：何以会出现这样的错误？——从〈西方汉学界的中国文论研究〉谈考察海外汉学的若干问题》，《中国社会科学院院报》2003 年 5 月 22 日。

⑧ 吴结评：《英语世界里的〈诗经〉研究》，四川大学出版社 2008 年版，第 189—198 页。

　　近年来值得关注的研究还有 2013 年山西大学硕士焦勇（导师刘毓庆）《英语国家的〈诗经〉译介及专题研究》①，虽然涉及海陶玮的笔墨不多，但是对海陶玮《韩诗外传》与《诗经》的关系进行了明确的理清。他简要介绍了海陶玮在美国汉学界的重要地位，并明确提出：《韩诗外传》是通过故事形式对《诗经》的诗句进行阐释并起到了道德教化的功能，具有一定的独立性，《韩诗外传》和《诗经》是两部作品，其英译应该也是两个研究方向，但是两者的研究成果却可以相互借鉴、相互影响。海陶玮的英译《韩诗外传》"让读者对《诗经》篇章有了更深层的认识，也真正体会到中国传统文化所包含的教化作用"。② 这个认识是有价值的，海陶玮翻译《韩诗外传》就是强调了其教化作用，所以书名全称就是《韩诗外传：韩婴对〈诗经〉教化作用的诠释》。

　　山东大学儒学高等研究院吕冠南近年来专攻《韩诗外传》研究，发表了系列论文和文章，从而关注到了海陶玮在《韩诗外传》译注方面的贡献。2019 年他发表的《海陶玮〈韩诗外传〉英译本析论》是至今国内第一且唯一一篇以海陶玮《韩诗外传》为专题研究对象的论文③，充分肯定了译著的地位和价值，认为"海陶玮对《韩诗外传》的英译和注释都达到了很高的学术水平，填补了西方学界在《韩诗外传》研究方面的空白"④。

　　关注海陶玮《韩诗外传》和《〈韩诗外传〉和三家诗》的还有一些硕博士学位论文，主要有孙娟《〈韩诗外传〉研究论略》（2006）⑤、李康《〈诗经〉在美国的传播》（2009）⑥、任增强《美国汉学家论〈诗大序〉》（2010）⑦、张心爱《〈韩诗外传〉的校注商兑》（2010）⑧、张

　　① 焦勇：《英语国家的〈诗经〉译介及专题研究》，硕士学位论文，山西大学，2013 年。
　　② 焦勇：《英语国家的〈诗经〉译介及专题研究》，硕士学位论文，山西大学，2013 年，第 10 页。
　　③ 吕冠南：《海陶玮〈韩诗外传〉英译本析论》，《汉籍与汉学》2019 年第 2 期。
　　④ 吕冠南：《海陶玮〈韩诗外传〉英译本析论》，《汉籍与汉学》2019 年第 2 期。
　　⑤ 孙娟：《〈韩诗外传〉研究论略》，硕士学位论文，福建师范大学，2006 年。
　　⑥ 李康：《〈诗经〉在美国的传播》，硕士学位论文，山东大学，2009 年。
　　⑦ 任增强：《美国汉学家论〈诗大序〉》，《贵州师范大学学报》（社会科学版）2010 年第 5 期。
　　⑧ 张心爱：《〈韩诗外传〉的校注商兑》，硕士学位论文，曲阜师范大学，2010 年。

雯《中国古代文论在美国传播的三部曲》（2012）①、王丽耘《中英文学交流语境中的汉学家大卫霍克思研究》（2012）② 和王丽耘、朱珺、姜武有《霍克思的翻译思想及其经典译作的生成——以〈楚辞〉英译全本为例》（2013）③，等等。

可以看出，随着对《韩诗外传》研究的不断拓展和深入，国内学界对《韩诗外传》自身性质以及与《诗经》关系的认识正在不断明晰，也逐步认识到：《诗经》和《韩诗外传》是两部作品，因此《诗经》英译和《韩诗外传》英译应该是两个可以相互借鉴、相互影响的研究方向。

四　奠定海陶玮扎实的汉学基础

《韩诗外传》译著是海陶玮在博士学位论文基础上修订而成的著作，如果从攻读博士的 1940 年算起到 1952 年译著正式出版，这部著作的翻译整整花费了他 12 年的时间，其间的艰辛和困难可想而知。通过对《韩诗外传》这部中国古籍的翻译和注释，海陶玮对中国传统思想文化知识有了积累，并进行了扎实有效的学术训练，形成了自己扎实严谨的学术研究风格。

一是奠定了广泛的中国传统文化知识基础。《韩诗外传》虽然名义上依附于《诗经》，但"其书杂引古事古语"④，思想溯源杂采儒、道、法等先秦诸子百家的思想，对《庄子》《列子》《韩非子》《吕氏春秋》《晏子春秋》《老子》《孟子》等各大哲学流派的著述都加以吸收和采用。据现代学者研究，《韩诗外传》涉及孔子的章节有 90 多章⑤，记

---

① 张雯：《中国古代文论在美国传播的三部曲》，《中南大学学报》（社会科学版）2012 年第 18 卷第 1 期。

② 王丽耘：《中英文学交流语境中的汉学家大卫霍克思研究》，博士学位论文，福建师范大学，2012 年。

③ 王丽耘、朱珺、姜武有：《霍克思的翻译思想及其经典译作的生成——以〈楚辞〉英译全本为例》，《燕山大学学报》（哲学社会科学版）2013 年第 14 卷第 4 期。

④ 《四库全书总目》卷一六《经部·诗类二》，中华书局 1965 年版，第 136 页。

⑤ 罗立军：《〈韩诗外传〉诗教思想探究》，《广西社会科学》2007 年第 6 期。

载与孔子及其弟子有关的叙述共有 80 余条之多①，与《孟子》相通者共 10 余条②，大量吸收了黄老思想，其中《荀子》是最常用的来源，引用达 54 次③，被清代汪中称为"荀卿子之别子"。另外，《韩诗外传》蕴含着丰富的文化和知识，出现的古史人物有 171 位，"这些以人物为中心的历史故事包含了大量先秦时期政治、经济、军事、文化生活，史料非常丰富"④，有政治事件、古代传统、历史典故、天文地理、古代器物、神话传说、岁时风俗和礼仪制度等，王先谦曾指出该书"上推天人性理，明皆有仁义礼智顺善之心；下究万物情状，多识于鸟兽草木之名"⑤。译著《韩诗外传》，为海陶玮中国传统文化素质的养成和知识的储备奠定了基础，成为他深入了解汉代社会文化乃至中国古代思想文化的一个门径，同时也为他的汉学生涯奠定了知识基础，这种知识储备使他在后来所从事的汉学研究中更加游刃有余。

二是确立了自己扎实严谨的学术研究方法。通过对《韩诗外传》这部中国古籍的翻译和注释，海陶玮获得了扎实的学术训练。正如前文对他译著翻译进行的分析，该译著既有对中国大量古籍的广参细考，又有对西方学者如理雅各、顾塞芬等译文的分析比较，既有对原文异文的考证确定，又有注释对正文内容的解释说明和深入分析，以及自己富有创见的学术意见。他所坚持的以笺注翻译为特征的学术翻译，树立了自己严谨科学的学术方法和学术风格，为之后翻译陶诗和从事汉学打下了扎实的学术基础。

总之，注译《韩诗外传》，在海陶玮汉学道路上起到了学术奠基和学风养成的重要作用，这一点也得到国内外学者的确认和好评。国内学者吕冠南评价这本译著"展现了海陶玮在校勘学、目录学、训诂学等多种中国传统学科方面的丰沛知识"⑥。西方汉学家侯思孟评价：

① 刘鹏：《〈韩诗外传〉思想研究》，硕士学位论文，山东师范大学，2015 年，第 14 页。
② 刘鹏：《〈韩诗外传〉思想研究》，硕士学位论文，山东师范大学，2015 年，第 22 页。
③ 徐复观：《两汉思想史》第三卷，华东师范大学出版社 2001 年版，第 5 页。
④ 郭顺：《〈韩诗外传〉史料价值研究》，硕士学位论文，吉林大学，2013 年。
⑤ 王先谦：《诗三家义集疏》，中华书局 1987 年版。
⑥ 吕冠南：《海陶玮〈韩诗外传〉英译本析论》，《汉籍与汉学》2019 年第 2 期。

"海陶玮在 1952 年出版了完整译本，在这部书（《韩诗外传》）中，展现了他在整个汉学生涯中始终具有的掌控能力。"① 哈佛大学悼文也评价：他对汉代文献《韩诗外传》的翻译和注释"显示了他对汉学研究方法的掌控"②。

---

① Donald Holzman, "Speech", in Eva S. Moseley edit., *Speeches at a Memorial Gathering*, p. 38. Original text, "Hightower published a complete translation in 1952 and in it he shows the mastery that he would maintain throughout his career."

② Eva S. Moseley, "James Robert Hightower Dies at 90", *Harvard Gazette Archives*, (2 March, 2006). Original text, "His dissertation, a translation and exegesis of the Han dynasty text *Han Shi Wai Chuan* (1946, published in 1952), showed his mastery of sinological method."

第三章 《中国文学论题》

——美国首部中国文学史

第一节 《中国文学论题》是美国首部
中国文学史

一 引言

中国文学以博大精深、自成体系而持续受到世界范围内的关注、鉴赏、评论和研究，中国文学史书写也是国内外学者长期关注和尝试的课题，由此出现了世界范围内种类繁多、类型各异的中国文学史。根据 2008 年王水照《中国自撰文学史第一部之争及其学术史启示》统计，世界范围内已有近两千部中国文学史著作①。与数量繁多的文学史相关的一个话题，就是世界范围内不同语种、不同国别的首部中国文学史的追溯、争论、考证和认定。

根据目前学界的研究和认识，世界第一部中国文学史是 1880 年俄国圣彼得堡斯塔秀列维奇印刷所出版的王西里（瓦西里耶夫，1818—

---

① 参见王水照《中国自撰文学史第一部之争及其学术史启示》，载《中国文化》2008 年第 27 期，该文注释说明了统计依据，他主要根据陈玉堂编《中国文学史书目提要》，吉平平、黄晓静编《中国文学史著版本概览》，黄文吉编《中国文学史书目提要》，陈飞主编《中国文学专史书目提要》（上、下卷）等估算中国文学史各类著作约达两千之数。

1900）《中国文学史纲要》①；日语世界第一部中国文学史是 1897 年儿岛献吉郎《中国文学史》②；英语世界第一部中国文学史是 1901 年翟理斯（Herbert Allen Giles，1845—1935）《中国文学史》（*A History of Chinese Literature*）③；德语世界第一部中国文学史是 1902 年威廉·格鲁贝（Wilhelm Grube，1955—1908）《中国文学史》，国内第一部中国文学史是 1904 年林传甲《京师大学堂国文讲义中国文学史》④。

根据笔者排查和推断，美国汉学家海陶玮 1950 年出版的《中国文学论题》是美国第一部中国文学史。

二 《中国文学论题》是美国首部中国文学史

王水照认为：能够成为第一部文学史著作须至少满足两个条件，一是著作形态相对完整，非残缺杂乱的草稿；二是应有一定范围的社会传播和学术影响，于学术史有一定意义。⑤

《中国文学论题》全名为《中国文学论题——纲要和书目》（*Topics*

---

① 参见李明滨《世界第一部中国文学史的发现》，载《北京大学学报》（哲学社会科学版）2002 年第 1 期。另外，最早公开发表文章肯定王西里《中国文学史纲要》的还有郭延礼《19 世纪末 20 世纪初东西洋〈中国文学史〉的撰写》（《中华读书报》2001 年 9 月 19 日第 22 版）和康文《再谈"外国人所写之中国文学史"》（《鲁迅研究动态》1989 年第 9 期）。关于这部文学史的介绍，可参看陈金鹏《俄国汉学家王西里与世界首部中国文学史》，硕士学位论文，南开大学，2005 年。

② 参见佐藤利行、李均洋《日本的中国文学史研究及翻译》，载《全球化视野下的中国文学史观国际学术研讨会论文集》2013 年 7 月 2 日；郭延礼《19 世纪末 20 世纪初东西洋〈中国文学史〉的撰写》，载《中华读书报》2001 年 9 月 19 日第 22 版。另外北京外国语大学赵苗认为 1882 年末松谦澄《中国古文学略史》是第一部日本中国文学史，参见赵苗《二十世纪初期日本的中国文学史》，载《洛阳师范学院学报》2010 年第 3 期。

③ 关于翟理斯《中国文学史》初版时间，在国内尚有不同表述，笔者依据大多数学者认定的 1901 年。

④ 参见王水照《中国自撰文学史第一部之争及其学术史启示》，他认为中国自撰文学史能争第一的有三部：第一部是 1904 年林传甲《中国文学史》，是林传甲在京师大学堂（今北京大学前身）的内部讲义；第二部是 1905 年黄人《中国文学史》，东吴大学、上海国学扶轮社出版；第三部是 1906 年窦警凡《历朝文学史》，东林书院线装铅印本。王水照认为中国第一部中国文学史应是 1904 年林传甲《中国文学史》。

⑤ 王水照：《中国自撰文学史第一部之争及其学术史启示》，载《中国文化》2008 年第 27 期。

in Chinese Literature：Outlines and Bibliographies）①，1950 年由洛克菲勒基金资助在哈佛大学出版社出版。该著作从中国先秦古典文学叙述到20 世纪早期的革命文学，属于一部通史型文学史。从体貌看，有前言、目录、正文、参考文献和作品索引等，是一部具有近代意义文学史规范与品质的严谨学术著作，完全满足第一个条件。从世界图书馆馆藏量、国内外学界影响和评价等方面考察《中国文学论题》的世界传播和影响情况可以看出，这部著作在国外持续受到重视，在国内近年来开始受到关注，具有广泛的学术影响与社会传播以及重要的学术史地位，下文还将对这两个问题继续详细说明，海陶玮《中国文学论题》完全满足文学史著作的两个条件，完全可以被称为一部中国文学史著作。

那么接下来的关键问题就是要排查，海陶玮《中国文学论题》在美国中国文学研究历史上是否为最早的著作。考察《中国文学论题》是不是首创文学史，基本上就是考察该著作 1950 年出版前美国汉学界对中国文学研究的基本状况。

为了全面掌握 1950 年之前美国对中国文学研究的基本状况，笔者排查了国内外主要的汉学书目和文献，也根据国内一些对国外中国文学研究有所涉猎的学者如周发祥、王丽娜、陈才智、马祖毅、任荣珍、徐志啸、黄鸣奋、顾钧、顾伟列、宋柏年、涂慧、朱徽、江岚、夏康达、熊文华、程章灿等的研究进行了排查，了解 1950 年以前美国中国文学研究著述情况，可以看出：美国对中国文学的研究始于 19 世纪的来华传教士，1950 年以前美国对中国文学的研究基本上属于早期阶段，特点如下：

一是研究成果总量较少，这与美国汉学总体发展状况有关。美国汉学起步较晚，真正的快速发展是在"二战"之后，以 1955 年哈佛大学东亚研究中心的建立为标志，费正清倡导的"中国研究"或"中国学"（China Studies 或 Chinese Studies）迅速发展，带来大量的研究

① James Robert Hightower, *Topics in Chinese Literature：Outlines and Bibliographies*, Cambridge Massachusetts：Harvard University Press, 1950.

成果，西方汉学研究中心开始从欧洲向美国转移。"中国学"是从美国现实需要出发，以近现代中国为研究重点，以"地区研究"为研究模式。但是"二战"之前的美国汉学内容比较零散，且受欧洲的影响比较大，对中国文学缺乏充分关注，文学研究成果整体上与欧洲汉学相比差距较大。

二是研究群体身份多样，有传教士汉学家，有美国对中国社会或文学感兴趣的作家，也有最早从事专业汉学研究的学者。传教士汉学家如裨治文（Elijah Coleman Bridgman，1801—1861）、娄理华（Walter M. Lowrie，1819—1847）、卫三畏（Samuel Wells Williams，1812—1884）和丁韪良（William A. P. Martin，1827—1916）等，其中丁韪良算是对中国文学研究最着力的一位，可以称为美国介绍中国文学和文化的先驱。[1] 美国作家如庞德（Ezra Pound，1885—1972）、赛珍珠（Pearl S. Buck，1892—1973）等或从中国文学吸取创作素材和灵感，或翻译中国经典文学作品，也成为最早对中国文学有所涉猎的汉学家。毕乃德（Knight Biggerstaff，1906—2001）、高克毅（笔名乔志高，George Kao，1912—2008）、卜德（Derk Bodde，1909—2003）、王际真（Chi-Chen Wang，1899—2001）、赫芙（Elizabeth Huff，1912—1987）等或因华裔身份天然具有中国传统文学的功底，或经过专业系统的学术训练，成为美国最早从事中国文学研究的专业汉学家，在 20 世纪上半叶陆续产出一些汉学作品。

三是研究成果发表的渠道有限，关涉文学的研究稀少。早期主要刊物有《中国丛报》（The Chinese Repository，1832—1951）、《中国总论》（The Middle Kingdom）和《教务杂志》（The Chinese Recorder），等等。随着《哈佛亚洲学报》（Harvard Journal of Asiatic Studies）、《天下月刊》（T'ien Hsia Monthly）、《美国东方学会会刊》（Journal of the American Oriental Society）等刊物的创办，研究中国文学的成果发表渠道逐步增多，甚至获得专门的基金资助出版。但是整体而言，这些期刊

① 郝田虎老师编制有"丁韪良英译中文诗歌目录"，参见郝田虎《论丁韪良的英译中文诗歌》，《国外文学》2007 年第 1 期。

发表的文学研究成果还是非常有限，国内学者程章灿曾经排查过美国著名汉学期刊《哈佛亚洲学报》1936 年至 1947 年的全部论文①，结果发现：纯粹的文学论文只占很小的比例，准确地说，11 年间发表的文学方面的论文只有 3 篇，其中两篇讨论唐代传奇，都是陈寅恪所作；另一篇是关于《诗经》韵式的论文，是研究《诗经》的著名学者金守拙（George Alexander Kennedy，1901—1960）写的。

四是研究内容零散，缺乏整体性的系统研究。这其中，有传教士对中国文学的总括性介绍和零星译介，特别是中国戏剧的讨论和研究；有华裔汉学家对中国文学特别是小说的专题讨论，等等。整体而言，此阶段美国对中国文学以翻译为主，偏重学术研究的著述较少，如果把文学翻译类著述排除在外，只对学术研究类著述予以排查，我们可以看出，1950 年之前美国确实尚无整体性的宏观中国文学的研究。

在以上背景下，海陶玮于 1950 年出版了《中国文学论题》这本著作，在美国历史上第一次从历史发展的角度，对中国文学进行了全面考察与总体概述，应该是美国最早的中国文学史著作。

为什么海陶玮能写出美国第一部中国文学史？为什么海陶玮要写美国第一部中国文学史？第一个问题与海陶玮具备的学术训练有关，第二个问题与他较早从事中国语言文学的教学需求有关，第二个问题后文将详述，在此重点论述第一个问题。

在学术训练方面，海陶玮是美国历史上第一位以中国文学为专业研究方向的本土汉学家。他 20 世纪三十年代在美国科罗拉多大学学习医科化学专业，其间因阅读庞德英译中国古诗对中国文学产生浓厚兴趣，之后就立志从事文学研究，曾经在法国、德国学习中文和诗歌创作，后考取哈佛大学接受了全面系统的汉学训练，其间两次到北京进修，1946 年获得哈佛大学比较文学专业哲学博士学位，具有系统的学术训练和写作文学史的学术积累和基本素质。

---

① 程章灿：《岁月匆匆六十年：由〈哈佛亚洲学报〉看美国汉学的成长（上）》，《古典文学知识》1997 年第 1 期。

如果把海陶玮的中国文学研究放在整个美国汉学的学术背景下，就会更加凸显他作为美国中国文学专业研究第一人的独特地位。从19世纪到20世纪初，美国对中国文学有所涉猎的是以传教为使命的传教士，他们对中国的研究主要是总括性的介绍、对汉语的学习等，并没有明确的文学研究的概念，也不是专门从事文学研究的汉学家，只有少数传教士对中国文学偶有留意、关注和零星译介。1877年耶鲁大学设立汉学讲席，美国汉学进入专业研究，但一直到19世纪末20世纪初，美国汉学仍发展缓慢，总体来讲，美国中国文学研究处于成长期和积淀期。为了改变美国汉学研究落后于其他学科的局面，美国于1928年建立了哈佛燕京学社，1929年2月美国学术团体理事会专门成立了"促进中国研究委员会"（The Committee on the Promotion of Chinese Studies），美国专业汉学从20世纪20年代末才开始真正走向发展正轨，从1929年起至三四十年代，哈佛燕京学社等机构派遣年轻的研究生及学者赴华留学，他们成了美国汉学（中国学）的中坚力量，被称为美国历史上第一批科班出身的汉学家，也是美国第一代专业汉学家。根据顾钧教授对美国第一批前往北京的留学生的研究①，这批留学生在回国之后的著述和活动为美国"二战"后的汉学（中国学）发展奠定了基础，成为美国汉学（中国学）发展的奠基者，并且成为各自研究领域非常领先的著名汉学家，海陶玮就是当时在北京进修的留学生之一，这批留学生所擅长的学术领域，大部分是中国历史，比如恒慕义、孙念礼、毕乃德、富路特、拉铁摩尔、戴德华、施维许、韦慕庭、顾立雅、毕格、柯睿哲、饶大卫和芮玛丽等，只有海陶玮把自己的学术领域锁定在中国文学，并成为美国历史上第一位专题研究中国文学的专业汉学家，被康达维称为美国本土"第一位研究中国文学的学者"②，也是美国中国古典文学研究的奠基者。

---

① 参见顾钧《美国第一批留学生在北京》，大象出版社2015年版。
② ［美］康达维：《二十世纪的欧美"文选学"研究》，《郑州大学学报》（哲学社会科学版）1994年第1期。

第二节　《中国文学论题》的内容与特征

《中国文学论题》全名为《中国文学论题——纲要和书目》（*Topics in Chinese Literature：Outlines and Bibliographies*），1950 年由哈佛大学出版社出版。① 该著作属于哈佛燕京学社研究系列的第三部著作，这个系列丛书主要包括书目研究、语法、参考指南、翻译著作等，得到了洛克菲勒基金余款的赞助支持，旨在资助战争期间中国和日本的辞典研究。从内容和范围来看，该著作叙述了从中国文学早期的先秦文学到 20 世纪早期的革命文学，属于一部通史型文学史。从该书的体貌来看，有前言、目录、正文、参考文献、作品索引等，是一部严谨的学术著作。

《中国文学论题——纲要和书目》（*Topics in Chinese Literature：Outlines and Bibliographies*）的书名用词基本概括了该著作的主要内容和特征。"中国文学"（Chinese Literature）是研究对象，海陶玮曾在论文《中国文学在世界文学中的地位》（Chinese Literature in the Context of World Literature，1953）中给出"中国文学"的定义——"所有用中文写出来的文学作品以及具有文学价值的作品，不论其文体是文言、白话或者是半文半白，一律认作是中国文学"②，所以《中国文学论题》包括中国古典文学和现当代文学。书名中的其他三个核心词语

---

① 哈佛大学对《中国文学论题》版本的几处介绍稍有出入，哈佛大学发布的《海陶玮去世，享年 90 岁》（2006）纪念文章和哈佛大学官网对海陶玮的介绍认为《中国文学论题》1950 年初版，1953 年修订，1966 年再版，但哈佛大学文理学院关于海陶玮的纪念悼词（2007）介绍为 1950 年初版，1952 年修订，1966 年再版，这里的 1952 年修订版似为 1953 年版之误。中国社会科学院文学研究所陈才智 2006 年曾在《西方〈昭明文选〉研究概述》的注释中简要介绍了《中国文学论题》的版本状况，他认为该著作版本如下：剑桥大学出版社 1950 年版；1952 年版；哈佛大学出版社 1950 年版，130 页；1953 年版，141 页；1962 年；1963 年；1971 年。经过笔者排查，该著作 1950 年初版，133 页；1953 年修订版，增补到 141 页；1966 年修订版，仍为 141 页，大概经历了 1950 年、1953 年、1962 年、1965 年、1966 年、1971 年、2013 年等多次印刷。

② James R. Hightower：《中国文学在世界文学中的地位》，宋淇译，载《英美学人论中国古典文学》，香港中文大学出版社 1973 年版，第 254 页。

"论题"（Topics）、"纲要"（Outlines）和"书目"（Bibliographies）明确表达了该著作所要阐发内容的核心内涵，也集中概括了该著作的体例样貌和主要特征。

因为海陶玮在《中国文学论题》中是用西方的文学概念指代中国的文学术语，所以译者在把该著作书名译成中文时，由于着眼点和理解不同也出现了不同的翻译名称，如《中国文学论题》《中国文学专题》《中国文学流派和题材》《中国文学中的一些题目、要点和书目》《中国文学纲要》《中国文学总论》等。

1. "Topics"：以"文类"切入中国文学史的叙述

"论题"（Topics）指明了这部文学史的一个明显体例特征，就是关于文学类型、文种的中国文学分体史。根据艾布拉姆斯《文学术语辞典》解释，"topics"的意思主要是以下三条：（1）a subject or theme of a speech, essay, book, etc. （2）a subject of conversation; item of discussion. （3）（in theoretic, logic, etc. ）a category or class of arguments or ideas which may be drawn on to furnish proofs. 海陶玮用此概念，以及其他几个相关概念"文体""文学风格""文学主题"的所指内涵，可以从该书序言中的这段话来理解：

> 这里的论题包含大部分的文学样式和文体。论题大体按照年代顺序排列，每个论题都试图阐述某种主题的历史演变过程，包括相关的文体。①

海陶玮用"Topics"主要来概括他所论及的文学主题（Subject），具体体现在设置章节时使用的标题名称，它既包括一种文体和文种（Genres），如"骈文""律诗""绝句""词""戏剧"等，也包括相关文体和文种的总括，如"楚辞和赋""乐府与五言诗""传奇和小

---

① James Robert Hightower, *Topics in Chinese Literature*: *Outlines and Bibliographies*, Cambridge Massachusetts: Harvard University Press, 1953, Preface, vii. Original text, "The topics here outlined are for the most part literary styles or genres. The sequence of topics is roughly chronological, and the treatment of each topic attempts to give a historical survey of the subject, including related genres."

说"等，还包括文学样式和文学事件等，如"六朝文学评论""文学革命"等。该著作基本涵盖了中国文学主要和基本的文学类型，每一章的正文部分始终围绕某种文体、文类进行介绍和讨论，并按照文学发展的历史演变展开叙述，这就使得该著作明显突出了文学的文体、文类和风格。美国公理会传教士、中国史学家恒慕义（Hummel Arthur William，1884—1975）评价该书"只突出文体、文类和风格，三至六页介绍一种文体，不被具体的文学作品角色和文献所干扰，读起来如同散文一般顺畅"①。

该著作 1950 年出版的内容目录共分 15 章，1953 年再版目录分为 17 章，目录和标题列表如下：

1950 年版（130 页）	1953 年版（141 页）
第一章 经	第一章 经
第二章 早期哲理散文：哲学家	第二章 早期哲理散文：哲学家
第三章 早期叙事散文：历史、小说和逸事	第三章 早期叙事散文：历史、小说和逸事
第四章 楚辞和赋	第四章 楚辞和赋
第五章 骈文	第五章 骈文
第六章 六朝文学评论	第六章 六朝文学评论
第七章 乐府与五言诗	第七章 楚歌和乐府
	第八章 五言及七言诗
第八章 律诗	第九章 律诗
第九章 绝句	第十章 绝句
第十章 古文运动	第十一章 古文运动
第十一章 文言小说	第十二章 文言小说
	第十三章 宋诗派别
第十二章 词	第十四章 词
第十三章 戏剧	第十五章 戏剧
第十四章 白话小说：传奇和小说	第十六章 白话小说：传奇和小说
第十五章 文学革命	第十七章 文学革命

---

① Arthur W. Hummel，"Review on *Topics in Chinese Literature：Outlines and Bibliographies*"，*The Far Eastern Quarterly*，Vol. 10，No. 2（Feb.，1951），p. 211.

从以上目录可以看出海陶玮对中国文学的基本认识和对文体、文类的划分，英国汉学家阿瑟·韦利认为该著作"抓住了中国文学中的诗歌、小说、戏剧等主要文体形式，对中国文学的考察持续到了当下时期"①，这种评论是恰当的。当然，从1950年初版到1953年修订版的目录也有所调整变化，主要体现在两点：一是把1950年版第七章的"乐府与五言诗"更换为"楚歌和乐府"，然后增补了第八章"五言及七言诗"；二是新增"宋诗派别"章节，以上变化使得整本著作内容有所增加，也体现出作者对中国文学文体演变的重新认识和调整规划。

这种重新规划增加了诗歌在整个文学文体中的分量，也增加了对诗歌流派及形式的分类介绍，可以看出海陶玮对中国诗歌的特别重视和细化认识。他把诗歌分为五言及七言诗、律诗、绝句和宋诗派别等四个章节加以介绍，并对其发展历史分别进行了简要梳理。他认为"中国文学的最高成就是抒情诗歌"②，中国诗歌是最能体现中国文学价值和趣味、最能代表中国文学特质的体裁类型。在论文《中国文学在世界文学中的地位》中③，他的论述也体现了对中国诗歌在中国文学以及世界文学中重要地位和价值的高度评价：

> 诗歌的传统始于公元前数百年，一直流传到现在，从来不会间断，虽然其全盛时期远在唐（公元六一八至九〇六年）宋（公元九六〇至一二七八年）二代。历年积累下来的诗歌多得不可胜数，恐怕一千多年来没有任何读者能够终其一生把过去的诗歌全部读完。诗的形式有时异常繁复，可是写作技巧始终维持着极高的水准。至于在各时期中，能以诗入选而传世的诗人更不胜枚举。从量

---

① A. Waley, "Review on *Topics in Chinese Literature*", *The Journal of the Royal Asiatic Society of Great Britain and Ireland*, No. 1/2, (April, 1951), p. 114. Original text, "there are sections on the main forms of poetry, fiction, and drama. The survey is carried down to the present day."

② James R. Hightower：《中国文学在世界文学中的地位》，宋淇译，载《英美学人论中国古典文学》，香港中文大学出版社1973年版，第254页。

③ James Robert Hightower, "Chinese Literature in the Context of World Literature", *Comparative Literature*, Vol. 5, No. 2, (Spring, 1953), pp. 117 – 124.

的方面说来，没有任何欧洲诗坛能出其右；从质的方面说来，中国诗歌虽然范围较狭，也可以同欧洲同类形式文学作品相颉颃而无愧色。有些中国诗歌与散文的形式是西方文学中找不到的体裁。①

总之，文学文类史是这部中国文学史的主要特征之一。美国汉学家韩南曾认为该著作"事实上形成了中国文学历史研究的基础，是西方语言在这一领域的第一部学术著作"②，这里所指的第一部学术著作，其实是指"他（海陶玮）发展了一种影响极大的中国文学研究方法"③，即以文类为切入点来撰写中国文学史的方法。

2. "Outlines"：简明扼要的中国文学史"纲要"

该著作总体字数不多，只有一百多页，可以说是一本简明扼要、提纲挈领的文学史纲要，作者主要是想勾勒出中国文学样貌的轮廓，而不着力塑造成一部蕴含丰富、有血有肉、铺陈华丽的文学史巨著。

作为一部以简短纲要为主要特征的文学史，既要从时间上体现由古至今的历史过程，又要在内容上涵盖文学史上重要文体的演变，还要照顾到整部著作的历史性、逻辑性和完整性，是很不容易的。为了做到这一点，海陶玮除了在总体上宏观概述、语言上精练简短之外，主要是因为他完全摒弃了一般文学史以作家作品赏析评论为主的体例，"所录作品及作者尽可能少，即便是重要的，也并未全录，但只要录在其中，就一定是上下文中尤为重要者"④，"一种文体只用三到六页

---

① James R. Hightower：《中国文学在世界文学中的地位》，宋淇译，载《英美学人论中国古典文学》，香港中文大学出版社 1973 年版，第 254 页。

② Patrick Hanan, et al. , "Memorial Minute-James Robert Hightower (1915 – 2006)", *Minutes of Meeting of the Faculty of Arts and Sciences*, Harvard University, (1 May, 2007), Original text, "in fact forms the basis for a history of Chinese literature, the first scholarly work of such a scope in a Western language. "

③ Patrick Hanan, et al. , "Memorial Minute-James Robert Hightower (1915 – 2006)", *Minutes of Meeting of the Faculty of Arts and Sciences*, Harvard University, (1 May, 2007) . Original text, "he developed an approach to Chinese literature that has been extremely influential. "

④ James Robert Hightower, *Topics in Chinese Literature*：*Outlines and Bibliographies*, Cambridge Massachusetts：Harvard University Press, 1953, Preface. vii. Original text, "Titles of books and their authors have been kept to a minimum; not all of the important ones are mentioned; but those which do oc-cur are to be considered significant in their context. "

简单、可读性很强的散文给予介绍，里面不含任何汉字或特定文献，以免干扰[1]，这一点在早期文学史写作中是独特的。学者凌独见就生动批评过早期文学史"作家作品为中心论"的写法，"从来编文学史的人，都是叙述某时代有某某几个大作家？某大作家，某字某地人？做过什么官，有什么作品？作品怎样好坏"[2]。

另外，为了达到精简，海陶玮还把相关文类的参考作品都统一附列在正文叙述之后，"并没有深陷在对尚未定论或尚有争论问题的讨论中，而是在每一个主题下尽量依据可靠的权威文献进行叙述"[3]，可以想见，关于文体历史演变的不同看法是无法完全避免的，但鉴于篇幅所限和该书的使用目的，海陶玮在序言中提示读者牢记："本书是为了建立一种常态的规范，而不是着眼于个例"，以上几种写作策略和叙述方式保证了该著作"纲要"式的简短篇幅。

比如在介绍"戏剧"（Drama）一章时，海陶玮用精练的语言简要叙述了中国戏剧的历史演变和发展历程。他认为，戏剧在中国文学中出现较晚，虽然在唐代及更早时候也有关于戏曲表演的记录，但是第一部完整的戏剧文本是从元朝（13世纪末期）开始的，元杂剧可以追溯到更早的形式，在明代（15世纪早期），它被更为普遍的南戏（或戏文）所代替，南戏代表着一种独立的传统，至少可以追溯到西晋的枣据，经历了四个世纪的主导之后，于19世纪之后让位于京戏，流传演出至今。他总结了"元杂剧""明南戏"和"京戏"一些共同的基本特征，也按照时间顺序逐一介绍了这三种主要戏剧类型的历史演变过程，对戏剧各个阶段的历史进行了较为准确的描述。

---

① Arthur W. Hummel, "Review on *Topics in Chinese Literature*", p. 211. Original text, "Each form is discussed in three to six pages of simple, delightfully readable prose, unmarred by the intrusion of Chinese characters or by specific documentation."

② 凌独见：《国语文学史纲》，商务印书馆1922年版，自序。

③ James Robert Hightower, *Topics in Chinese Literature*: *Outlines and Bibliographies*, Cambridge Massachusetts: Harvard University Press, 1953, Preface. vii. Original text, "I have not entered into a discussion of such points, but in each case have tried to follow the most reliable authority in a given subject."

当然，海陶玮在简要勾勒中国戏剧发展演变时，除了照顾到总体的全面与均衡，对重点的曲种和剧目也给予了关注，在介绍昆曲的时候，海陶玮就格外着力，介绍了昆曲的历史溯源、艺术特征和发展演变，也点出了魏良辅在昆曲改良发展史上的作用和汤显祖《牡丹亭》、孔尚任《桃花扇》和洪昇《长生殿》等昆曲名剧。

海陶玮介绍戏剧章节时参考了钱锺书《中国古代戏曲中的悲剧》（1935）、姚华农《昆曲的兴衰》（1936）和《元戏剧的主题和结构》（1935）、王国维《宋元戏曲史》（1915）、吴梅《元曲研究》（1929），还有青木正儿《中国近世戏曲史》（1930）和《元人杂剧序说》（1937），郑振铎《论北剧的楔子》（出自 1927《中国文学论集》）、《中国文学史》（1932）和《中国俗文学史》（1938）以及吉川幸次郎《元杂剧研究》（1948）等著作，其中郑振铎、青木正儿和吉川幸次郎的著作是重点参考，这些著作保证了海陶玮论述中国戏剧发展基本史实的权威性，同时他博采众长，为我所用，始终坚持自己的思考和选择，避免了对文体历史演变的不同看法引起的讨论。

与"戏剧"章节类似，这本书的每一个章节都可以看作某种论题发展历史的简要叙述，也是介绍中国文学各种文体演变的最早英文著作，成为众多英美学者了解中国文学的门径之作。海陶玮的学生，编著《哥伦比亚中国文学史》的梅维恒（Victor H. Mair, 1943—）评价说："对于想了解中国文学概况的读者来讲，这本书仍然是最好的中国文学简史。"①

3. "Bibliographies"：提供世界范围内的中国文学研究"书目"

书名中的"书目"（Bibliographies）一词也是该书另外一个重要特征，除了在正文叙述中国文学主要文体演变历史之外，海陶玮在每一章结尾都列有与这一章相关的参考书目，体量大约占到全书的一半（如 1950 年版主体共 119 页，其中正文 66 页，书目 54 页），有些章节

---

① Victor H. Mair, *The Columbia Anthology of Traditional Chinese Literature*, New York：Columbia University Press, 1994, Bibliographical Note. xxxiv. Original text，"This remains the best brief survey of Chinese literature for someone who desires a perceptive overview of the field."

如第四章"楚辞和赋"、第七章"乐府与五言诗"、第十五章"文学革命"中的书目体量都大于正文。

参考书目分两部分，一部分是权威文献（Authorities），另一部分是译本书目（Translations），两部分采用序号分类，格式完整。"权威文献"涉及日文、中文和西文的书籍，重点参考文献都做了星号标注；"译本书目"列出了章节正文所述文体代表性作品的外文译本，实际上是给不了解中国文学的外国读者推荐的按文体分类的阅读书目，以英译本优先，还涉及法文、德文译本，选择的都是高质量的优质译本。可以说，由这两部分构成的参考书目一方面弥补了正文"纲要"内容过简、难以展开的遗憾，另一方面也极大扩充了著作容量。虽然具体的文献内容在文中省略了，但是大部分参考的来源书目都可以在章节后附的"权威文献"中找到，虽然具体的文学作家作品在文中鲜有提及，但是大部分题材和文体都可以在章节后附的"译本书目"中找到。

比如在第五章"骈文"后附的"权威文献"中，海陶玮参考了金秬香《骈文概论》（1934）、刘麟生《骈文学》（1934）和《中国骈文史》（1936）；"译本书目"主要推荐了奥地利赞克（Übersetzt von Erwin von Zach，1872—1942）《汉学文稿》（Sinologische Beiträge，1933），英国白英（Robert Payne，1911—1983）《白驹集》（The White Pony，1947）和法国乔治·马古利（G. Margouliès，1902—1972）《中国古文》（Le kou-wen chinois，1926）等。"权威文献"是海陶玮写作"骈文"这一章文体史的主要参考文献，其中刘麟生《中国骈文史》（1936）做了星号标注，说明这是海陶玮重点参考的著作；译本涉及英文、法文和德文等的外文译本和选集，是早期世界范围内对中国骈文这种文体研究的主要成果，供读者进一步参考和阅读。

《中国文学论题》每章后附的参考书目（Bibliographies）是西方世界较早的关于中国文学的专题性目录，对了解1950年之前中国文学在世界范围内的研究状况大有裨益，也显示了海陶玮对中国文学研究状况的熟稔。英国汉学家阿瑟·韦利评价该著作"熟练地选择参考文献，是撰写学习手册类著作的典范"①。

总之，"文类""纲要"和"书目"是《中国文学论题》不同于其他文学史的鲜明特征和独特价值。1965 年白芝（Cyril Birch，1925—）和唐纳德·基恩（Donald Keene，1922—2019）主编的《中国文学选集》在参考该书时评价，这本书"在纲要、释义和书目辅助方面具有精确和较高信息量"②。

第三节　海陶玮《中国文学论题》与翟理斯《中国文学史》比较

从英语世界中国文学史研究来看，英语世界第一部及英国第一部中国文学史——英国汉学家翟理斯（Herbert Allen Giles，1845—1935）《中国文学史》（*A History of Chinese Literature*，1901）是海陶玮《中国文学论题》的"前文本"，《中国文学论题》的价值与创新，正是它与翟氏文学史相比较而彰显的超越性。以下将从比较文学角度，将海陶玮《中国文学论题》（1950 年版）和翟理斯《中国文学史》（1923 年版）③ 做比较，以说明海陶玮《中国文学论题》对翟氏《中国文学史》的继承，以及《中国文学论题》自身开创的独有特征和价值。

---

① A. Waley，"Review on Topics in Chinese Literature"，*The Journal of the Royal Asiatic Society of Great Britain and Ireland*，No. 1/2，（Apr.，1951），p. 114. Original text，"The bibliographies are skillfully selected and the whole work is a model for what a student's handbook should be."

② Cyril Birch and Donald Keene，*Anthology of Chinese literature*：*From Early Times to the Fourteenth Century*，New York：Grove Press，1965，p. 489. Original text，"Accurate and highly informative outlines，definitions and bibliographical aids."

③ 关于翟理斯《中国文学史》的版本，可参考陈才智《西方〈昭明文选〉研究概述》，载阎纯德主编《汉学研究》第九辑，中华书局 2006 年版，第 425 页，注释 11. 转录如下：*A History of Chinese Literature*，伦敦：1897 年，作为戈斯（Edmund W. Gosse）主编《世界文学简史丛书》（*Short Histories of the Literature of the World*）第 10 种出版。单行本：伦敦：威廉·海涅曼公司（William Heinemann），1900 年，第 448 页。纽约：1909 年；美国：阿普尔顿出版公司（D. Appleton & Co.），1923 年；1928 年再版。纽约丛树出版社（Grove Press）1958 年版，第 448 页；Frederick Ungar Publishing Co.，1967 年，第 510 页。佛蒙特州查尔斯·E. 塔特尔出版公司，1973 年修订版。

一 由联系看继承

由于英美两国汉学发展的不均衡，翟理斯《中国文学史》和海陶玮《中国文学论题》虽然属于各自国家中国文学史的早期作品，但是两者出版时间相差近半个世纪，《中国文学论题》是在翟理斯中国文学研究成果上的一种后续研究，受到翟理斯《中国文学史》的影响。主要表现在：

1. 研究成果的引用借鉴

《中国文学论题》参考文献中，至少 7 次提及翟理斯的研究，涉及翟理斯 4 种研究著作，分别是：第二章"早期哲理散文"后附的道家译本书目，列出了 1889 年翟理斯《庄子》（*Chuang Tzu*）和 1912 年翟理斯《列子著作中的道教教义》（*Taoist Teachings from the Book of Lieh Tzu*）①；第四章"楚辞和赋"后附《卜居》译本书目是 1923 年翟理斯《古文选珍·散文卷》②；第七章"乐府和五言诗"中的"前唐五言诗"又 3 次列出 1923 年翟理斯《古文选珍》③，分别是孔融、徐幹、江淹的五言诗参考书目。

海陶玮列出的翟理斯著作都是当时英语世界对中国文学专题研究的权威参考。翟理斯（Herbert Allen Giles，1845—1935）是英国著名汉学家，在中国语言、文化、文学研究及翻译等方面著述丰赡，其《庄子：神秘主义者、伦理学家、社会改革家》（*Chuang Tzu, Mystic, Moralist, and Social Reformer*，1889）和节译《列子著作中的道教教义》（*Taoist Teachings from the Book of Lieh Tzu*，1912）改变了西方学者对道家研究不多的状况，成为当时研究道家的重要参考书目；《古文

① James Robert Hightower, *Topics in Chinese Literature：Outlines and Bibliographies*, Cambridge Massachusetts：Harvard University Press, 1950, p. 13.

② James Robert Hightower, *Topics in Chinese Literature：Outlines and Bibliographies*, Cambridge Massachusetts：Harvard University Press, 1950, p. 31.

③ James Robert Hightower, *Topics in Chinese Literature：Outlines and Bibliographies*, Cambridge Massachusetts：Harvard University Press, 1950, pp. 55，56，59.

选珍》（*Gems of Chinese Literature*）1883 年由翟理斯自费印刷，1923 年再版，分为散文卷和诗歌卷，其中散文卷节译了不同时期 89 个中国著名作家的 186 篇散文作品，对英国理雅各所做的儒家经典翻译是一个补充，所有翻译均为首次翻译，第一次向英语世界读者们展示了中国文学中散文和诗歌的独特魅力；英译本《聊斋志异选》（*Strange Stories from a Chinese Studio*，1880）在英语世界英译《聊斋志异》中具有标志意义，是选译篇目最多最全的一个英文译本。海陶玮对翟理斯汉学成果的关注和参考，显示了他的学术积累和眼光。

2. 文学观念的西方视角

海陶玮作为美国最早关注并研究中国文学的西方学者，在面对中国文学时，与翟理斯一样，都站在一个不同于中国传统研究的新角度、新视角来观察、选择和阐释中国文学，这是因为两人都具有西方学术背景和学术训练，不自觉地以西方文学观念来评价和选译中国文学，在书写中国文学史时，在文学史观、文学观念和文学方式等方面都有一种比较文学的眼光和视角。两人在著作中都没有对文学做出具体定义，但是都对文学做了宽泛的理解和处理，把诗歌、散文、小说、戏曲等都纳入了文学史的范畴，也注意到了经学与文学的关系、佛学对文学的影响等问题，主要是因为戏剧、小说在西方文学中占有重要地位，这与中国本土当时的文学观念不同，是值得肯定的，但是海陶玮并没有盲目随从翟理斯选定的文学范畴，而是着眼于中国文学中最基本、最重要的文体加以介绍，而翟理斯把不属文学范畴的天文、医学、园艺甚至饮食等方面的著作都纳入范围，从而把文学的范围泛化了。

比如经学与文学的关系，翟氏《中国文学史》充分注意到了经学与文学在中国文学演变历史特别是在早期中国文学发端起源中的密切关系，把经学中的经典著作作为中国文学研究的背景来源，在介绍儒家流派和作品的时候，开篇就指出："公元前 551 年孔子诞生了，他可能被认为是中国文学的奠基人。"① 他认为，经学家的作品实际上并不

---

① Herbert A. Giles, *A History of Chinese Literature*, New York: Grove Press Inc., 1923. Original text, "In B. C. 551 CONFUCIUS was born, he may be regarded as the founder of Chinese literature."

是文学，但是这些经学家以及作品在中国被置于一个很高的地位，而且与文学的产生关系非常密切。海陶玮《中国文学论题》沿袭了翟理斯的这种文学观念，他认为，儒家经典是中国人学习汉语的基本科目，从汉代以后的中国大部分历史时期，儒家经典都能够被受过教育的人逐字逐句地诵记，"这些经典必须被当作一个作品全集来看待，对后世的文学产生了不可超越的影响，这些经典作品自身所具有的内在文学特质也非常值得单独被当作文学作品来进行研究"①。所以"对中国文学的研究必须从一组作品开始入手，这些作品是由没有任何相似特征的文学形式、内容和主题组成，这些作品具有文学的独特价值"②。

3. 研究方法的中西对比

在研究视角和方法上，海陶玮与翟理斯一样，都流露出从西方文学理念和文化氛围来认知和评释中国文学的倾向，有时候会用本土文学对中国文学进行比附。

翟理斯在介绍中国古典小说《红楼梦》（*Hung Lou Mêng*）时，不自觉地提及了英国小说家菲尔丁的创作：

> 400 多个大大小小的人物被引入到故事中，情节设置完整，堪与菲尔丁相媲美，对众多人物性格的描写，让人想起了西方最伟大小说家们的杰作。③

① James Robert Hightower, *Topics in Chinese Literature*: *Outlines and Bibliographies*, Cambridge Massachusetts: Harvard University Press, 1950, p. 1. Original text, "They must be considered together as a corpus of works with unsurpassed influence on all of subsequent literature. In addition, a few of the Classics possess intrinsic literary merit and are worth studying as literary works independently of their importance as influences."

② James Robert Hightower, *Topics in Chinese Literature*: *Outlines and Bibliographies*, Cambridge Massachusetts: Harvard University Press, 1950, p. 1. Original text, "For these reasons the study of Chinese literature must begin with a group of works which are associated through no similarity of literary form, content and intent, which are only exceptionally of value as literature."

③ Herbert A. Giles, *A History of Chinese Literature*, New York: Grove Press Inc., 1923, p. 356. Original text, "No fewer than 400 personages of more or less importance are introduced first and last into the story, the plot of which is worked out with a completeness worthy of Fielding, while the delineation of character——of so many characters——recalls the best efforts of the greatest novelists of the West."

亨利·菲尔丁（Henry Fielding，1707—1754）是 18 世纪英国最杰出的小说家和戏剧家，他是英国第一个采用完整小说理论来从事文学创作的作家，被称为"英国小说之父"，代表作品有《一七三六年历史纪事》（1737）《大伟人乔纳森·菲尔德传》（1743）《弃婴汤姆·琼斯的故事》（1749）《阿米莉亚》（1751）《里斯本航海日记》（1754）等。18 世纪菲尔丁的小说创作，使英国小说卷章体例最终定型，创作渐趋成熟。比如其代表作《弃婴汤姆·琼斯的故事》，篇幅规模宏大，描绘了乡村生活、城市全景和各色人物等形象，结构明晰，情节连贯，语言灵活机智，小说引人入胜。全书共 18 卷，各卷又包括 9 至 15 章，从小说创作和叙事角度来说，小说的卷章体例与故事情节内容完美统一，创造了一个宏大完整的艺术结构，成为菲尔丁最令人称道的创作特色。这一点与《红楼梦》众多人物形象的塑造和章回体小说的创作体例，有异曲同工之妙。

翟理斯在介绍中国古典小说《西游记》时，又提到英国长篇小说《天路历程》（*The Pilgrim's Progress*），在讲到孙悟空被如来佛祖降服之后，与猪八戒、沙僧护送唐僧到西天取经的时候，他介绍道：

> 他们三人（孙悟空、猪八戒、沙僧）带领唐僧历经千辛万苦和重重险境，终于安全脱险，最后得到一位神仙的指引获悉了佛殿的位置，他们希望从那里获得梦寐以求的佛经。接下来的场景几乎让人想起了《天路历程》。①

接下来的场景，指的就是《西游记》第九十八回"猿熟马驯方脱壳，功成行满见真如"，讲师徒四人得到接引佛祖的接应，乘坐无底船，过凌云仙渡，脱去肉体凡胎、超凡入圣的故事。翟理斯由这个场

---

① Herbert A. Giles，*A History of Chinese Literature*，New York：Grove Press Inc.，1923，p. 284. Original text，"The three of them conduct Hsüan Tsang through manifold dangers and hairbreadth escapes safe，until at length they receive final directions from an Immortal as to the position of the palace of Buddha，from which they hope to obtain the coveted books. The scene which follows almost recalls *The Pilgrim's Progress.*"

景想起了《天路历程》,《天路历程》是英国小说家约翰·班扬的一部长篇小说,小说分为上下两卷,上卷(1678)描写了一个受到"传道者"指点的基督徒逃离家乡,毅然踏上遥远又艰辛的天国朝圣之路的故事。下卷(1684)描写了基督徒的妻儿在"无畏者"的指引下前往天堂朝圣的过程。在"忠诚"克服"名利场"诱惑被火刑差点儿吞噬生命时,一辆四驾马车从天而降,他的灵魂获得拯救并被接入天国,基督徒也逃出了监狱,他们一行渡过了冥河,最终达到至善至美的天国圣城而获得永生。

与翟理斯一样,海陶玮《中国文学论题》也常把中西文学作家、作品、题材、意象等进行联想对比,如:

谈到《商君书》的时候,他说"《商君书》是一部君王理政宣教指南,这本书在写作形式和超道德机会主义内容方面,类似于马基雅弗利的著名作品"①。尼科洛·迪贝尔纳多·代·马基雅弗利(意大利语:Niccolò di Bernardo dei Machiavelli, 1469—1527)是意大利哲学家、历史学家、政治家和外交官,也是意大利文艺复兴时期的重要人物,他所著的《君主论》一书提出了现实主义的政治理论,另一著作《论李维》则提及了共和主义理论。《商君书》是战国时期政治家、军事家商鞅及其他法家遗著的合编,主要保存了法家学派商鞅的变法理论和具体措施,是法家学派的代表作之一。海陶玮抓住这两部作品在形式和内容方面的相似之处进行了类比。

在谈到刘劭《人物志》时,他说:"这部作品是关于人物特质和性情描述的具有严密系统的专著,这些人物有时候像泰奥弗拉斯托斯特征的作家一样。"② 泰奥弗拉斯托斯(前372—前286)是古希腊哲

---

① James Robert Hightower, *Topics in Chinese Literature*: *Outlines and Bibliographies*, Cambridge Massachusetts: Harvard University Press, 1950, p. 9. Original text, "The Book of *Lord Shang* (*Shang-chün shu*) is a handbook for princes, similar to Machiavelli's famous treatise both in form and in its amoral opportunism."

② James Robert Hightower, *Topics in Chinese Literature*: *Outlines and Bibliographies*, Cambridge Massachusetts: Harvard University Press, 1950, p. 11. Original text, "This book is a highly systematized treatise on the capacities and dispositions of men reminiscent sometimes of the Theophrastan character writers."

学家和科学家，先后受教于柏拉图和亚里士多德，后来接替亚里士多德领导其"逍遥学派"，以《植物志》《植物之生》《论石》和《人物志》等作品传世，《人物志》尤其著名，开西方"性格描写"的先河。海陶玮抓住这两部作品集中人物描写的特征进行了类比。

第十四章谈到"白话小说"时，他说："话本可能是长篇历史小说和流浪汉小说——《三国演义》和《水浒传》的直接灵感。"①，《水浒传》"这部小说的主要兴趣不在于人物，而在于流浪汉的遭遇"②。流浪汉小说（Picaresque）是16世纪中叶西班牙文坛上流行的一种独特小说题材，这种小说的产生与中世纪市民文学有关，它以描写城市下层人民生活为主，从城市下层人物的角度去观察、分析社会上的种种丑恶现象，用人物流浪史的形式、幽默俏皮的风格、简洁流畅的语言广泛地反映了当时的社会生活，具有一定的思想和艺术价值。此处海陶玮使用一种西方文学概念来阐释中国小说。

第十四章"白话小说"结尾谈到刘鹗（1857—1909）《老残游记》时，海陶玮认为，这部作品是晚清时期一位最具开创性的改革者的半自传式的小说，反映了刘鹗对音乐、哲学、政府到侦查犯罪、中医草药等丰富领域的兴趣，"阿瑟·柯南·道尔是描写这种充满神秘谋杀情节的激发灵感的人"③。阿瑟·柯南·道尔（Arthur Conan Doyle，1859—1930）是一位英国作家，1887年发表在《必顿圣诞年刊》的《血字的研究》（A Study in Scarlet）成功塑造了侦探人物——福尔摩斯，成为侦探小说史上最重要的作家之一。很显然，这里海陶玮采用了中西类比的视角来分析中国小说的作品和人物。

---

① James Robert Hightower, *Topics in Chinese Literature：Outlines and Bibliographies*, Cambridge Massachusetts：Harvard University Press, 1950, p. 93. Original text，"The Hua-pen were probably the direct inspiration for the long historical and picaresque novels, *The Romance of the Three Kingdoms*（*San-kuo-chih yen-i*）and the *Shui hu chuan.*"

② James Robert Hightower, *Topics in Chinese Literature：Outlines and Bibliographies*, Cambridge Massachusetts：Harvard University Press, 1950, p. 94. Original text，"The novel is not seriously weakened by these inconsistencies, as it depends for interest on picaresque incident rather than characterization."

③ James Robert Hightower, *Topics in Chinese Literature：Outlines and Bibliographies*, Cambridge Massachusetts：Harvard University Press, 1950, p. 97. Original text，"Arthur Conan Doyle was the inspiration for the murder-mystery episode."

二 由差异看价值

与翟理斯《中国文学史》相比，海陶玮《中国文学论题》的创新和价值，集中体现在上文所述的该书特征，即，它是一部中国文学的文类史，又是一部早期中国文学研究的汉学研究书目史。这种特征和价值，可能是海陶玮与前辈翟理斯的有意区别，也是他在哈佛大学从事汉语文学教学的实际需要。总之，作为美国第一部中国文学史，这部著作是以不同于前人著作的面貌问世的。接下来，笔者将从海陶玮《中国文学论题》所具有的这两个特征出发，探究这种特征能够出现的原因，把这种特征放在中西文学文化背景、世界范围内的中国文学研究和汉学史等宏观视野中进一步考察其价值。

1. 文学文类史

在《中国文学史》中，翟理斯以中国朝代的基本时间为经、以文学的各种体裁为纬来架构全书，时间从公元前六世纪延续至清代末期，共分为八卷，每卷再分为若干章。而《中国文学论题》章节标题直接以文体命名，内容是关于文体演变历史简要的论述，书目中的"权威文献"和"译本书目"是以相关文体为分类依据的，集中反映了海陶玮试图采用不同方式对中国文学重要类型的基本特点加以解说的用意。

文类作为文学理论的古老范畴之一，来自有着拉丁语词根的法语genre，也是文学研究的基本问题之一。西方的文类学发端于古希腊的哲学家和文学理论家，柏拉图《理想国》、亚里士多德《诗学》、贺拉斯《诗艺》等都对文类问题有着开创性的观点和实践。古希腊罗马开创的史诗、抒情诗和戏剧的文类划分观，经过中世纪、文艺复兴、新古典主义，直到18世纪末19世纪初才有了动摇，因为在启蒙主义尤其是浪漫主义时代，文类被认为限制了作家感情的抒发而受到批判。在现代西方文论界，经过俄国形式主义到英美"新批评"，再到结构主义、接受文论等一系列文论大潮，文类理论顺利完成从古典到现代的转型和嬗变。在美国，1942年著名文学批评家、比较文学家韦勒克

（René Wellek，1903—1995）和沃伦（Austin Warren，1899—1986）合著的《文学理论》首次把文学类型设立专章进行叙述。这些西方文坛对文类的研究和观点，势必会对 20 世纪三四十年代求学欧美、长期受西方学术训练的海陶玮产生影响，形成自己关于文类的观念和看法，在对中国文学进行研究的过程中，他也自觉地用文类理念来研究中国文类的特征与分类、形成与演变。

文类在中国文学中也有悠远的历史和深厚的根基，先秦时期的《尚书》《周礼》就有关于文章用途分类的探讨论述，有"六辞""六诗"说；刘汉时期，文学的独立性受到关注，《毛诗大序》根据"六诗"说提出诗歌的"六义"说，班固《汉书·艺文志》自觉地对文章类型进行区分；曹丕《典论·论文》将广义的"文学"分为奏议、书论、铭诔、诗赋等四科八体，陆机《文赋》进一步分为十体，挚虞《文章流别志论》、南朝萧统《文选》将"文之体"分为38 种，直到刘勰《文心雕龙》将"文之体制"分为 33 种，是对文类进行分类梳理的总结，也树立了后世的文类意识。隋唐宋元时期，诗、文、词等文类的探讨成为学者关注的核心问题。明清时期，吴纳《文章辨体》和徐师曾《文体明辨》将文类分为 59 种和 129 种，对文类进行了细化提升。20 世纪初期，在中西激荡的历史氛围中，各位名家学者都参与了文体划分、文类特质和文类发展史等问题讨论，纷纷发表新说，奠定了中国文学诗歌、小说、散文和戏剧四大文类主导的划分模式，文类问题正式成为文学研究的基本问题之一。但是西方文类范畴登陆并引起我国文学界注意是在 1980 年代，1984 年卢康华、孙景尧《比较文学导论》专设了"文类学"一节，另外"文类"一词在中国文学研究界的替代词非常多，如式样、样式、形式、种类、体裁、文体、类型、体类等，其中以体裁和文体为代表，关于文类、文体所指的具体范畴，国内学者各抒己见，没有定论。

海陶玮在研习中国文学和书写中国文学史的过程中，始终关注中国文学的文体分类和文类史的发展，1957 年发表了《〈文选〉与文体理论》论文，^① 梳理了中国文学中文体论发展的简要历史，具体讨论了涉及文体分类的《汉书·艺文志》、曹丕《典论·论文》、陆机《文赋》、挚虞《文章流别集》几部著作，重点对梁代萧统《文选序》进行了注译，对其中提到的各种文体进行了来源考证。

海陶玮《中国文学论题》以文类为特征的编排体例，与翟理斯按照朝代顺序分篇分章叙述的文学史体例不同，与早期林传甲使用的中国传统史书中的编纂方法也不同，在当时出现的中国文学史著作中别具一格，它是关于中国文学的文类、文体和主题建立一种诠释体系的尝试，也是海陶玮在中国文学史书写历史上的创新与推进。

这种以文体为书写体例的方式，与翟理斯《中国文学史》相比，具有以下价值：

一是突出了文学研究的文体意识，提供了对中国文学史以作品翻译和作品赏析为主之外的研究思路。海陶玮《中国文学论题》突出"文体"特征，与翟理斯《中国文学史》等早期中国文学研究以翻译中国文学作品为主的研究思路完全不同，与中国传统对中国作家作品批评与赏析为主的研究思路也完全不同。在翟氏文学史中，翻译占据了较大比重，译介成为最主要的组成部分，比如对《聊斋志异》的介绍，出现一段谈其甄辨好坏、劝善惩恶为主题的文字，对《红楼梦》的介绍，几乎全是故事情节译述。这其实是早期汉学的一个普遍特征，一方面是为了满足西方一般读者刚开始接触中国文学作品的实际需要，另一方面也是由于早期汉学家还未形成系统的、有深度的观点。整部著作中，作品翻译与译述文字夹杂在一起，面貌显得斑驳模糊，同样作为初创时期的文学史，海陶玮文学史以文体为切入点，用一本 100 多页的小书就涵盖了整个中国文学，面貌显得更加清晰简洁。

二是挖掘和深化了西方世界对中国文学种类的认识。海陶玮《中

---

① James Robert Hightower, "The *Wen-hsüan* and Genre Theory", *Harvard Journal of Asiatic Studies*, Vol. 20, (1957), pp. 512 – 533. 全文收录在毕晓普（John Lym Bishop）编《中国文学研究》（*Studies in Chinese Literature*），哈佛大学出版社 1965 年版，第 142—163 页；史慕鸣译，周发祥校，郑州大学古籍所编《中外学者文选学论集》（下册），中华书局 1998 年版，第 1117—1130 页。

国文学论题》专注于文体，弥补了翟理斯《中国文学史》对中国文学中个别重要文体的忽视，也突破了中国传统文学观念的偏见。比如"词"这一在中国文学中有着非常重要地位的文体，翟理斯《中国文学史》竟然只字未提，一方面可能是因为"词"这种文体意象丰富，格律受限，译解困难；另一方面，欧洲文学传统中并无"词"这种文学种类，在中国传统文学观念中"词"又被轻视为"诗余"，在这样的处境下，"词"进入翟理斯的视野并不容易，因此被忽略。海陶玮的文学史不但把"词"作为单独章节重点论述，而且还把中国戏剧、小说等这些在中国文学史上长期受到轻视的文学样式作为单独章节加以叙述，完全不受中国学者长期以来文学观念偏见的影响，具有跨文化视角下的积极意义。海陶玮《中国文学论题》中的词史章节成为西方世界对"词"这种中国特有文体的奠基和启蒙，英国著名神话学家、翻译家和汉学家，剑桥大学汉学家白安尼（Anne M. Birrell）评价："与中国众多文学分支一样，西方对词的学术兴趣最早是由詹姆斯·罗伯特·海陶玮《词》章节唤起的。"①

三是成为西方世界对个别中国文学文类和重要文学作品历史演变做出叙述的最早的基础性著作。海陶玮《中国文学论题》不仅是中国文学文类的整体历史性研究著作，也是某种中国文体最早的专题研究历史著作。直到今天梳理西方对中国文学某种文体研究的历史，仍然需要追溯到这本著作。比如海陶玮用 8 页叙述了中国赋学发展的历史，从《楚辞》一直到到宋朝的赋学史。以研究辞赋著称的康达维（David R. Knechtges, 1942—）在《欧美赋学研究概观》（2014）中，仍然认为海陶玮《中国文学论题》对赋这种文体的叙述是精到的，"直到今天（2014 年），这本书仍然是中国简短赋学史的最佳英文著作……当我开始学习的时候，这本书我至少读了十几遍"②。

---

① Anne Birrell, "Review on *Lyric Poets of the Southern T'ang*: *Feng Yen-ssu*, 903 – 960, *and Li Yü*, 937 – 978 by Daniel Bryant", *The Journal of the Royal Asiatic Society of Great Britain and Ireland*, No. 2, (1983), p. 349. Original text, "As with so many branches of Chinese literature, academic interest in the Tz'u lyric was first awakened in the West by Tames R. Hightower with his essay 'Tz'u'".

② ［美］康达维：《欧美赋学研究概观》，《文史哲》2014 年第 6 期。

同时，《中国文学论题》也是西方世界最早对中国重要文学作品的历史演变做出叙述的基础性著作，比如"文选学"，国内外学者在梳理其海外研究历史时，都逐步认识到海陶玮的独特贡献，中国社会科学院文学研究所陈才智《西方〈昭明文选〉研究概述》（2006）一文①，指出海陶玮《中国文学论题》是继翟理斯《中国文学史》之后对《昭明文选》作介绍的西方中国文学史。原文如下：

> 西方著作中最早提及《昭明文选》的，是 1897 年出版的英国汉学家翟理斯（Herbert Allen Giles，1845—1935）的《中国文学史》……1902 年出版的德国汉学家顾路柏（顾威廉，Wilhelm Grube，1855—1908）的《中国文学史》，以及此后的大部分中国文学史中，都没有提及《昭明文选》。只有海陶玮（James Robert Hightower）的《中国文学论题：概览与书目》作了简单的介绍，时间已是半个世纪以后的 1950 年了。

再如，美国汉学家康达维《二十世纪的欧美"文选学"研究》（1994）开头也深刻指出了海陶玮《中国文学论题》在海外"文选学"方面的独特地位：

> 虽然《文选》在中国文学传统中占着相当重要的地位，但是在西方汉学界却未受到重视。例如第一部以西方语言写成的中国文学史中，作者翟理斯（Herbert A. Giles，1845—1934）仅仅以两句话将《文选》带过。除海陶玮（James Robert Hightower）教授的 *Topics in Chinese Literature*（《中国文学题解》）外，《文选》在其他的文学史中，也受到差不多类似的待遇。②

---

① 陈才智：《西方〈昭明文选〉研究概述》，载阎纯德主编《汉学研究》第九辑，中华书局 2006 年版，第 425 页。

② ［美］康达维：《二十世纪的欧美"文选学"研究》，《郑州大学学报》（哲学社会科学版）1994 年第 1 期。

2. 汉学书目史

《中国文学论题》是海陶玮 1948 年重回哈佛大学教授汉语和中国文学课程时编印的讲义教材，在此过程中，他广泛吸收了世界范围内中国文学已有的研究成果，试图给同学们提供一个中国文学历史传播的基础性资料，所以我们若对这本书每一章节后附的参考文献给予整理就会发现：参考文献中的"权威文献"可以说是世界范围内研究中国文学的基础书目，"译本书目"可以说是中国文学各种文体的代表作品在英语、法语和德语世界的主要译本及流传情况。由于海陶玮具有英语、法语、德语、中文等多语言的研究能力，他广泛吸收了世界范围内中国文学的参考资料和研究成果，特别重视日本对中国文学研究的成果。从汉学研究的角度来看，"权威文献"可以看作海外早期中国文学研究的书目，"译本书目"可以看作海外早期翻译中国文学的书目，这些书目向我们展示了早期中国文学在世界范围内的研究概况，特别是日本、法国、德国、英国等国家的主要著作和推荐译作，同时也是一份中国文学研究者、爱好者入门的读书目录，在中国文学的汉学书目方面非常有价值。

笔者对海陶玮《中国文学论题》所列书目进行了整理，从这个书目可以看出 1950 年之前世界范围内中国文学翻译和研究的一些状况和特点：一是研究类著作偏少，翻译类著作居多；二是海外中国文学研究，是从中国文化的综合研究向单科研究分流，包括文史哲的分流和语言文化研究的分流，文学研究逐步自立门户，也逐步专业化、精细化；三是海陶玮的书目视野非常广泛，广涉世界范围内的中国文学研究，基本上网罗了 1950 年之前中国文学研究的权威文献；四是美国汉学书目偏少，因为早期美国研究中国文学的途径，基本上是借助汉籍、假道日本，参考法德，以英国为基础，整体上还没有真正摆脱英国汉学的笼罩而形成真正的民族品性。

书目、目录是学问之始和入门门径，对中国研究具有重要意义。在世界汉学领域，法国学者考狄《中国书目》（*Bibliotheca Sinica*. 5vol. Paris, 1904—1924）记录了 15 世纪后半叶到 1923 年为止用欧文发表的有关中国的文献总目录，中国学者袁同礼《中国在西方文学中》（*China in West-*

ern Literature; *a continuation of Cordier's Bibliotheca Sinica*, New Haven, Yale Univ, 1958. 2) 和拉斯特（John Lust，音译，生卒不详）《1920—1955 年间在西方发表的关于中国研究的论文目录》（*Index Sinicus*: *a Catalog of articles relating to China in periodical and other collective publications*, 1920—1955. *Cambridge W. Heffer & Sons*, 1964）把目录的时间延伸到了 1955 年，但仍然是综合性书目。海陶玮《中国文学论题》每章后附的参考书目（Bibliographies）是西方较早的关于中国文学的专题性目录，对了解 1950 年之前中国文学在世界范围内的研究状况大有裨益，英国汉学家阿瑟·韦利认为该著作"熟练地选择参考文献，是撰写学习手册类著作的典范"①。当然，这种熟练选择显示了海陶玮对世界范围内中国文学研究的熟稔，是以搜集和阅读大量的中国文献为基础的，也是以精选和阅读大量的中国文学外译本为基础的，哈佛大学研究中国文学的教授韩南（Hanan Patrick Dewes，1927—2014）在海陶玮逝世一周年追思会上，认为《中国文学论题》"这本书最为卓越之处，是他在推荐中文、日文和西方语言阅读文献时非常审慎，不仅如此，作者还没有参照或者转述业已形成的观点；该书在这方面做得十分出色，它完全是作者自己阅读和判断的成果"②。

如果把海陶玮《中国文学论题》放在美国汉学（中国学）目录工具书的背景下，更可见其地位和价值。根据《在美出版的中国学工具书》统计，1950 年海陶玮《中国文学论题》书目之前，综合类工具书共有 10 本左右③，这些综合类工具书也会偶尔提及中国文学研究书目，比如 1936 年美国汉学家毕乃德（Knight Biggerstaff，1906—2001）

---

① A. Waley, "Review on *Topics in Chinese Literature*", *The Journal of the Royal Asiatic Society of Great Britain and Ireland*, No. 1/2, (April, 1951), p. 114. Original text, "The bibliographies are skillfully selected and the whole work is a model for what a student's handbook should be."

② Patrick Hanan, et al., "Memorial Minute-James Robert Hightower (1915 – 2006)", *Minutes of Meeting of the Faculty of Arts and Sciences*, Harvard University, (1 May, 2007). Original text, "It is distinguished by its judicious choice of recommended reading in Chinese and Japanese as well as European languages, but even more by its refusal to speculate or to retail supposedly established opinion; to a remarkable degree it is the product of the author's own reading and judgment."

③ 中国社会科学院情报研究所编：《美国中国学手册》，中国社会科学出版社 1981 年版，第 630—638 页。

与中国学人邓嗣禹合作出版的英文《中国参考书选目》(*Annotated Bibliography of Selected Chinese Reference Works*,又译作《中国参考书目解题》),"是为了向西方学者初步介绍中国研究领域最为重要的参考书",该书将中国参考书分为 8 大类,每一类之下又分为若干小类,共介绍了近 300 种参考书目,其中第一类书目(Bibliographies)下 G 专业书目(Bibliographies for Special Subjects)的第 7 类目下,介绍了"戏剧和小说"(drama and fiction)的参考书目,由燕京大学出版,多次再版,影响深远,但美国第一种中国文学专题类的研究书目是源自海陶玮的。1950 年乔治·萨顿和弗朗西斯·西格尔(George Sarton and Frances Siegel,音译)整理的 1950 年前"科学史、哲学史和文明史的七十六份关键文献目录"(*Seventy-Sixth Critical Bibliography of the History and Philosophy of Science and of the History of Civilization*,1950)由芝加哥大学出版,列出了海陶玮的《中国文学论题》这本著作,认为"这不是一部中国文学史,而是对中国文学史主要问题的文献研究"①。根据中国社会科学院文献情报中心编印的《美国中国学手册》(增订版,1981)中陈书梅、丁炎整理的《在美出版的中国学工具书》,海陶玮《中国文学中的一些题目、要点和书目》(《中国文学论题》)中的书目是美国汉学研究中最早的专题文学类工具书。②

第四节 《中国文学论题》的影响与价值

一 美国中国文学史的滥觞

自 20 世纪 50 年代海陶玮《中国文学论题》之后,美国汉学界以

---

① George Sarton and Frances Siegel, "Seventy-Sixth Critical Bibliography of the History and Philosophy of Science and of the History of Civilization(To May 1950)", *ISIS*, Vol. 41, No. 3/4,(Dec.,1950), pp. 328 – 424. Original text, "This is not a history of Chinese literature but a study on the main topics of it with bibliographies."

② 中国社会科学院情报研究所编:《美国中国学手册》,中国社会科学出版社 1981 年版,第 653 页。该书对海陶玮《中国文学论题》所列条目为:"《中国文学中的一些题目、要点和书目》(Hightower James Robert:*Topics in Chinese Literature:Outlines and Bibliographies*,Harvard University,1950,p. 130;1953,p. 141。"

此为起点，开始了对中国文学史专业系统的研究，形成了延续至今的美国中国文学史写作序列。

20 世纪 60 年代，美国学界出现了 3 部中国文学史著作，分别是陈受颐 1961 年编写的《中国文学史纲》（*Chinese literature，A Historical Introduction*）①，赖明 1964 年编写的《中国文学史》（*A History of Chinese Literature*）② 和柳无忌 1966 年编写的《中国文学概论》（*An Introduction to Chinese Literature*）③。

作为美国南加州波摩那大学教授，陈受颐 1961 年由纽约罗纳德出版社出版了《中国文学史纲》一书，④ 叙述了先秦至 20 世纪中国文学的发展概貌，对文学史上著名作家及重要作品均有介绍。在该书序言中，陈受颐回顾了从翟理斯以来半个世纪难以计数的中国、日本和西方世界的文学史写作史，但并未提及海陶玮《中国文学论题》。陈受颐对之前的中国文学史写作提出了自己的看法，他说，这些中国文学史写作都是"作为专家意志的表达，都是一些学者在对另外一些学者发表自己的看法"。⑤ 林语堂在该书序言中对翟理斯的文学史给予了批评，对陈受颐的文学史给予了高度肯定，他虽然也没有提及海陶玮《中国文学论题》，但有一句话这样说："这本书（陈作）并不是像熟练工人一般，把那些具有统一定论的'安全'事实资料简单汇编，它在每一个章节都显示了作者直接的信念和判断"⑥，这句话对海陶玮的《中国文学论题》序言中所强调的"我并没有对所有的观点展开讨论，而是在每一个主

---

① Ch'en Shou-Yi, *Chinese Literature，A Historical Introduction*，New York：The Ronald Press，1961.

② Lai Ming, *A History of Chinese Literature*，New York：John day Co.，1964.

③ Liu Wu-chi, *An Introduction to Chinese Literature*，Bloomington and London：Indiana University Press，1966.

④ Ch'en Shou-yi, *Chinese literature，A Historical Introduction*，New York：The Ronald Press，1961.

⑤ Ch'en Shou-yi, *Chinese literature，A Historical Introduction*，New York：The Ronald Press，1961. Preface. Original text，"As specialists will，these scholars have addressed themselves to other scholars."

⑥ Ch'en Shou-yi, *Chinese literature，A Historical Introduction*，New York：The Ronald Press，1961. Preface. Original text，"this is not the journeyman-like compilation of facts that are 'safe' by common agreement，it shows in every chapter the author's direct convictions and judgments."

题下，尽量依据某个主题的所有可靠权威文献进行叙述"似乎有一种影射。

海陶玮很快关注到了这本文学史的出版，并随即在《哈佛亚洲学报》上发表了书评，[1] 他在开头深有体会地说"中文博大精深，相关研究又颇为缺乏，其文学史尤为难写"[2]，因为这需要作者具有很高的胜任能力，并且"这种胜任能力不可能完全在个人身上发现，至少不可能在我们这一代人身上发现。所以虽然不理想，我们也只得将就"[3] 他认为"陈受颐教授撰写的著作，实际上是现代时期用英语书写中国文学历史的第一次尝试"[4]。而且"陈受颐的文学史在基础覆盖面上完全比翟理斯的文学史宽大很多"[5]。

以上都是铺垫，海陶玮书评的主要目的是批评，他主要是想"通过研究细节来检视它与理想的距离"。[6] 他对陈受颐《中国文学史纲》展开了长达 11 页的详细的、大量的批评，包括叙述重点、比例分配、组织方式、历史顺序、名称翻译、语言措辞、表达逻辑、引用观点、注释文献和中外文学关系等内容，这些批评都是对具体问题的不同理解和看法，显示了他对中国文学各种问题的积累和思考，结尾毫不客

① James Robert Hightower, "Review on *Chinese literature, A Historical Introduction*", *Harvard Journal of Asiatic Studies*, Vol. 23, (1960–1961), pp. 157–167.

② James Robert Hightower, "Review on *Chinese literature, A Historical Introduction*", *Harvard Journal of Asiatic Studies*, Vol. 23, (1960–1961), p. 157. Original text, "Writing the history of a literature as vast and as little studied as the Chinese is a formidable task."

③ James Robert Hightower, "Review on *Chinese literature, A Historical Introduction*", *Harvard Journal of Asiatic Studies*, Vol. 23, (1960–1961), p. 157. Original text, "These qualifications are not likely to be found complete in the person of any one individual, not in our generation at least, and one is going to have to settle for something less than the ideal."

④ James Robert Hightower, "Review on *Chinese literature, A Historical Introduction*", *Harvard Journal of Asiatic Studies*, Vol. 23, (1960–1961), p. 157. Original text, "Professor Ch'en has written what in effect is the first attempt in English in modern times to write a history of Chinese literature."

⑤ James Robert Hightower, "Review on *Chinese literature, A Historical Introduction*", *Harvard Journal of Asiatic Studies*, Vol. 23, (1960–1961), p. 157. Original text, "Professor Ch'en has covered the ground a great deal more thoroughly than Giles."

⑥ James Robert Hightower, "Review on *Chinese literature, A Historical Introduction*", *Harvard Journal of Asiatic Studies*, Vol. 23, (1960–1961), p. 157. Original text, "It is perhaps not unfair to examine it in some detail to see how nearly it measures up to that ideal."

气地总结了对陈作的批评意见：

> 然而整体而言，我对陈受颐教授的不满倒并不是他太过依赖二手资料，而是他稀释和扭曲了他所使用的材料，也没有以显著的形式来引用自 1941 年以来所有中文发表著作和日文、西方语言材料（文献和参考书目的完全缺失使得这一点难以核实）。诚然，这部著作虽然比我们迄今为止的英语世界的中国文学史著述有所完善，但这不是一部值得推荐的作品。①

对于林语堂在该书序言中对陈作的大力推崇，海陶玮也给予了回应，认为林语堂对陈作的评价——"在很长一段时间内，这部著作将成为英文版中国文学史的权威著作"的预测"太过悲观"②。

1964 年赖明在英国伦敦出版的《中国文学史》也是由林语堂作序。③ 这部文学史从殷周时代的诗歌和民谣一直叙述到现代中国文学，也属于一部文学通史型著作。赖明在前言中回溯了中国文学产生的历史，认为中国历史源于黄帝还缺乏足够的考古证据，即使是从殷代开始，也没有太多描述早期文学起源的文献作品，在此基础上，他表明了《中国文学史》的写作目的：

> 然而，在没有这样一部作品的情况下，我们只能用一部不那

---

① James Robert Hightower, "Review on *Chinese literature, A Historical Introduction*", *Harvard Journal of Asiatic Studies*, Vol. 23, (1960 – 1961), p. 167. Original text, "On the whole, however, my complaint is not that Professor Ch'en relied too much on secondary materials, but that he diluted and distorted those he did use, and that he failed to make any noticeable use of anything published in Chinese since 1941 and of any Japanese or Western materials at all. (The complete absence of bibliography or reference makes this point hard to verify.) It is true that this is a better history of Chinese literature than we have hitherto had in English, but it is not one that can be recommended."

② James Robert Hightower, "Review on *Chinese literature, A Historical Introduction*", *Harvard Journal of Asiatic Studies*, Vol. 23, (1960 – 1961), p. 167. Original text, "Surely Lin Yutang was being unduly pessimistic when he made the grim prediction in his Foreword: For a long time, this will remain the authoritative work on the history of Chinese literature available in English."

③ Lai Ming, *A History of Chinese Literature*, London: Cassell & Company Ltd., 1964.

么细致叙述的著作来满足西方读者对中国文学的好奇，这就是我通过这部书向西方读者介绍中国文学史的主要目标。这部文学史采用了一种信息简单、引人兴趣的叙述方式，没有罗列五花八门的中国作家和作品名称，以免这本书充斥大量外国名称和术语而失去读者。①

由此可见，赖明这部中国文学史与海陶玮《中国文学论题》有类似之处，都是针对国外一般读者的纲要性、简要性著作。在序言中，赖明还总结了中国文学的四种显著特征：

1. 中国文学各种文学体裁的黄金时代和杰出代表作品是公认的；
2. 从东晋以来（A.D.317）佛教文献对中国文学各领域的发展产生了深远的影响；
3. 中国各种形式的诗歌、小说和戏剧的繁盛，往往源于普通民众民间自发的自然表达；
4. 中国文学与音乐存在着紧密关系。②

这四个特征，也是赖明在叙述中国文学史时着重突出的主要因素，他非常强调佛教对中国文学的影响、中国文学的民间特征、文学与音乐的关系等。在具体的章节安排上，赖明是把朝代时间和文体加以结

① Lai Ming, *A History of Chinese Literature*, London: Cassell & Company Ltd., 1964, Introduction. Original text, "In the absence of such a work, however, the curiosity of Western reading public about Chinese literature must be satisfied by less detailed studies. It has been my aim in this volume to introduce to Western readers the history of Chinese literature in a simple informative and interesting way without having to list the names of Chinese authors and their works in their myriad variety and losing the reader in a forest of foreign names and terms."

② Lai Ming, *A History of Chinese Literature*, London: Cassell & Company Ltd., 1964, Introduction. Original text, "1. The golden ages and outstanding exponents of each form of the various genres of Chinese literature are generally recognized. 2. Buddhist literature has had immense influence on Chinese Literature since the East Chin Period. 3. The flowering of Chinese Poetry, novel and the drama in their various forms generally sprang from the spontaneous expression of the common people. 4. There is a close relationship between music and Chinese literature."

合来叙述的，因为这本书没有中译本，国内也较为少见，笔者列出这部著作的目录：

    I   The Poetry and Folk Songs of the Yin and Chou Dynasties and the Spring-Autumn Period

    II   The Prose of the Spring-Autumn and the Warring States Periods

    III   The Poetry of the Warring States Period

    IV   The Prose of the Han Dynasty

    V   The Poetry of the Han Dynasty

    VI   The Poetry of Six Dynasties

    VII   The Poetry of the Tang Dynasty

    VIII   The Prose of Tang and Sung Dynasties

    IX   Short Stories of the Tang Dynasty

    X   The Poetry of Sung Dynasty

    XI   Libretti of Yuan and Ming Dynasties

    XII   Short Stories of the Sung，Yuan and Ming Dynasties

    XIII   The Novel of the Ming Dynasty

    XIV   The Prose of the Ming and Ching Dynasties

    XV   The Novels of the Ching Dynasties

    XVI   The Literature of Modern China（Ⅰ）

    XVII   The Literature of Modern China（Ⅱ）

    赖明还精心编写了一份中国文学的参考书目，包括"中国文学：背景和历史""诗歌""散文""戏剧"四部分，其中"中国文学：背景和历史"列出了海陶玮1953年版《中国文学论题》。

    两年后的1966年，柳无忌《中国文学概论》由布鲁明顿印第安纳大学出版社出版。此书主要介绍中国不同时期的文学运动、文学流派和文学风格，提供了许多可靠的背景资料和有关著作，在介绍作品时还附有一些译作，并补写了20世纪中国文学的内容，可以看作翟理斯《中国文学史》的续集。海陶玮并未对该书进行关注和评论，究其原因，可能因为海陶玮 1966 年上半年远赴中国台湾和日本。柳无忌在绪论中有一篇题为《中国文学及其特色》的文章，① 简要概述了中国文学的历史演变过程和主要特征，关于经学与文学，特别是儒家思想与文学的关系，对诗歌、小说、戏剧、赋等文体的简要介绍，都与海陶玮的看法比较一致。

值得注意的是，以上 20 世纪 60 年代出现的 3 部中国文学史著作，都是由欧美汉学界的华裔学者完成的。

陈受颐（1899—1978）出生在广东番禺的书香家庭，有深厚的家学渊源，1920 年毕业于岭南大学后留校任教，1922 年与学人共同创办广州文化研究会，成为广州最早的现代文学组织，1925 年留学美国芝加哥大学，1928 年以《18 世纪中国对英国文化的影响》获得比较文学哲学博士学位，后回国在岭南大学、北京大学任教，20 世纪 30 年代因时局动荡赴美，在夏威夷州立大学、南加州波摩那大学等任教，著有《中国文学史纲》等。

赖明（Lai Ming）身份阅历不详，笔者未查到其基本情况和其他作品，根据一些线索可以推测他很可能是林语堂的女婿，林语堂二女儿林太乙的丈夫，也称黎明。他初任联合国翻译，后任香港中文大学出版社社长。他与林太乙 1949 年结婚，育有一男一女。1952 年林语堂在纽约创办《天风》月刊，由林太乙及其夫婿黎明任主编。赖明《中国文学史》由林语堂作序，② 1987 年黎明和林太乙编纂了《最新林语堂汉英词典》。

柳无忌（1907—2002）出生于江苏吴江，近代著名诗人柳亚子之子，17 岁就加入了其父组织的文学团体南社，1927 年在北京清华学校毕业后公费赴美留学，分别获得劳伦斯大学学士学位和耶鲁大学博士学位。1932 年回国后相继在南开大学、西南联大和中央大学等任教，也积极参与了文学社团的创建和文学报刊的编辑工作，长期致力于中国文学研究和教学工作。1945 年以后赴美讲学，因国内局势变动遂定

---

① 柳无忌：《中国文学新论》，倪庆饩译，中国人民大学出版社 1993 年版。
② Lai Ming, *A History of Chinese Literature*, London：Cassell & Company Ltd. , 1964.

居美国，先后在劳伦斯大学、耶鲁大学和印第安纳大学任教。撰述译编中英文著作有《西洋文学研究》《中国文学概论》《当代中国文学作品选》《葵晔集》《曼殊评传》《苏曼殊年谱》《苏曼殊全集》《柳亚子年谱》《柳亚子文集》等。

陈受颐、赖明和柳无忌3位学者所尝试的中国文学史写作，标志着华裔学者在欧美世界向普通民众普及推广中国文学的努力，也标志着华裔学者的研究开始在汉学界崭露头角。与西方本土学者相比，华裔学者往往根植于中国传统文化背景，又经历了西方学术训练，能从更宽广的视野和跨文化的角度来切入中国文学史的写作。

接下来美国学界具有中国文学史概述性质的著作就是美国威斯康星大学倪豪士（William H. Nienhauser Jr.，1943）① 主编的《印第安纳中国古典文学指南》（*The Indiana Companion to Traditional Chinese Literature*），该著作分别于1986年和1998年出版了第一册和第二册②。这部文学指南的正文大体分为两部分，第一部分是文章（Essays），包括佛教文学、戏剧、小说、文学批评的诗歌、通俗文学散文、修辞、道教文学、女性文学等；另一部分是条目（Entries），包括姓名索引、标题索引和主题索引。与《中国文学论题》一样，他也把该书设定为西方普通读者学习和了解中国文学的入门书籍，称"这些文章旨在向受过教育的西方读者介绍类似于我们所知的西方'小说'或'诗歌'的体裁，同时也为更专业的学生提供概述"③，因为带着这个写作目的，

① 倪豪士（William H. Nienhauser, Jr.，1943—），美国汉学家，印第安纳大学硕士和博士，曾任威斯康星大学东亚语言文学系主任，现任威斯康星大学麦迪逊分校东亚语言文学系霍尔斯特·斯科姆讲座教授，主要从事中国古典文学研究，著有《皮日休》（1979）《传记与小说：唐代文学比较论集》（1995；Expanded and Revised, 2007）《柳宗元》（合著，1973）及近百篇论文与书评。主编《印第安纳中国古典文学指南》（Vol. 1, 1986；Vol. 2, 1998），编著《唐代文学研究西文论著目录》（1988）《美国学者论唐代文学》（1994）等。

② William H. Nienhauser Jr.，Edit. and Comp.，*The Indiana Companion to Traditional Chinese Literature*，Bloomington：Indiana University Press. （Vol. 1, 1986；Vol. 2, 1998）

③ William H. Nienhauser Jr.，Edit. and Comp.，*The Indiana Companion to Traditional Chinese Literature*，Vol. 1, Bloomington：Indiana University Press, 1986. Preface. （Taiwan Edition, Taipei：Southern Materials Center INC.） Original text，"The essays were to introduce the educated Western reader to the genres which approximate what we know as 'fiction' or 'poetry' in the West, as well as to provide an overview for the more specialized student."

倪豪士把文学简介和文学书目放到了同等重要的位置，对于中国文学的介绍和书目等，也都是以文学主题和文类为分类标准的，"关注的是作者、作品和流派。作为条目的介绍，我们构思了一系列关于传统文学主要类型的文章，如戏剧、小说、批评、诗歌、散文和修辞"①。

这本书在参考文献中列出了海陶玮《屈原研究》《中国文学论题》（1950 年版和 1953 年版），也囊括了《中国文学论题》出版之后涌现的各种中国文学书目，是《中国文学论题》的更新升级版。另外，不同于海陶玮的一己之力，《印第安纳中国古典文学指南》由倪豪士担任主编，还有 3 位副编辑分别负责相应的章节，蔡涵墨（Charles Hartman）负责诗歌部分，马幼垣（Y. W. Ma）负责小说部分，奚如谷（Stephen H. West）负责戏剧部分。后面的书目部分，他邀请了众多中国文学领域的研究者，包括十几个国家大约 170 名学者参与撰写。

进入 21 世纪，美国又有两部中国文学史问世：一部是 2001 年由梅维恒（Victor Mair）主编的《哥伦比亚中国文学史》（*Columbia History of Chinese Literature*）②，另一部是 2010 年由宇文所安、孙康宜等 17 位著名汉学家共同主编的《剑桥中国文学史》（*Cambridge History of Chinese Literature*）。

梅维恒是海陶玮在哈佛大学的得意门生，编写了《哥伦比亚中国传统文学选集》（*The Columbia Anthology of Traditional Chinese Literature*，1994）、《哥伦比亚简明中国传统文学精选》（*The Short Columbia Anthology of Traditional Chinese Literature*，2000）和《哥伦比亚中国文学史》（*The Columbia History of Chinese Literature*，2001）③ 等系列中国

---

① William H. Nienhauser Jr. , Edit. and Comp, *The Indiana Companion to Traditional Chinese Literature*, Vol. 1, Bloomington: Indiana University Press, 1986. Preface. （Taiwan Edition Taipei: Southern Materials Center INC. ）Original text, "We concentrated on authors, works, and genres. As an introduction to the entries, we conceived of a series of essays on major types of traditional literature such as drama, fiction, criticism, poetry, prose, and rhetoric. "

② Victor H. Mair, *The Columbia Anthology of Traditional Chinese Literature*, New York: Columbia University Press, 1994.

③ Victor H. Mair, *The Columbia History of Chinese Literature*, New York: Columbia University Press, 2001. 梅维恒主编：《哥伦比亚中国文学史》，马小悟等译，新星出版社 2016 年版。

文学史选集和文学史著作，《哥伦比亚中国文学史》是他在前两部文学选集基础上编写而成的，于2001年哥伦比亚大学出版社出版，2016年出版了中译本。这是一部从文学发轫到当代文学的中国文学通史，全面描绘了自远古迄当代中国传统的各类文学，包括了中国港澳台地区作家、海外华人的文学作品。在体例框架方面，这部文学史承袭了海陶玮《中国文学论题》以文类和主题为架构的整体理念，打破了中国文学史常见的以朝代时间为纲目、以作家作品赏析为主体的诠释体系，以文体来分类，分"基础""诗歌""散文""小说""戏剧""通俗和边缘的呈现"几部分来专论中国文学。这种以文学体裁为核心的写作视角，能够从文体的发展历程来叙述中国文学发展历程，也清晰地展示了文学自身发展的总体脉络。全书由44位国际汉学界权威学者共同编写完成，分为55个章节上下两卷，分别为：

上卷 导论：文人文化的起源和影响；第一编：基础；第二编：诗歌；第三编：散文；第四编：小说（20世纪80年代至90年代海峡两岸的小说）

下卷 第五编：戏剧；第六编：注疏、批评和解释；第七编：民间及周边文学，少数民族文学，朝鲜、日本和越南对中国文学的接受。

也正是由于这部著作的文体特征，主编《剑桥中国文学史》的孙康宜（Kang-i Sun Chang）评价"当时美国的哥伦比亚大学出版社刚出版了一部大部头的、以文类为基础的文学史（2001）"。

梅维恒希望这部书"能成为中国文学专业的研究者、爱好者可信赖的工具书，使他们能在历史语境中得到中国作家和作品的基本事实"[①]。同时，"能够纠正认为中国文学贫瘠、奇怪、单调的习惯性偏见，因为，中国文学史和地球上的其他文学传统一样丰富多彩，活力四射"[②]。这部中国文学史的参考文献，列出了海陶玮的多部著述，其中把《中国文学论题》也列到了工具书中。

---

① ［美］梅维恒：《哥伦比亚中国文学史》，马小悟、张治、刘文楠译，新星出版社2016年版，序，第Ⅶ页。

② ［美］梅维恒：《哥伦比亚中国文学史》，马小悟、张治、刘文楠译，新星出版社2016年版，引言，第Ⅵ页。

　　《剑桥中国文学史》是剑桥世界文学史的系列之一，该文学史以1375 年为界分为上下两卷，从上古时代的钟鼎文一直到 20 世纪的移民创作，从公元前两千年晚期的早期铭文一直穿越到 2005 年的网络文学（简体中文版截至"1949 年中华人民共和国成立前夕"）。该书的目标对象是受过教育的普通英文读者和研究文学的学者专家。主编孙康宜教授在英文版和中文版序言中多次强调，该书对于中国文学史的书写方式，既不是中国古典学术范畴，也不是 19 世纪的欧洲文学史书写，而是致力于"质疑那些长久以来习惯性的范畴，并撰写出一部既富创新性又有说服力的新的文学史"①，"尽量脱离那种将该领域机械地分割为文类（genres）的做法，而采取更具整体性的文化史的方法：即一种文学文化史（history of literary culture）"②"采用更为综合的文化史或文学文化史视角，特别避免囿于文体分类的藩篱"③，她认为："文体问题当然值得注意，但是相对于文体本身作为主题的叙述，文体产生发展的历史语境更能体现其文学及社会角色"④，"但是，文类的出现及其演变的历史语境将成为文化讨论的重点，而这在传统一般以文类为中心的文学史中是难以做到的"⑤。

　　海陶玮与该文学史的联系体现在两个方面：

　　一是在该书的众多作者中有海陶玮的学生。该书的主编是哈佛大学的宇文所安和美国耶鲁大学的孙康宜，各章节作者涵盖了十几位活跃在美国汉学界的学者，这其中有海陶玮的学生康达维和艾朗诺，康达维（David R. Knechtges）负责的是上卷（1395 年之前）第二章"东汉至西晋"的编写，艾朗诺（Ronald Egan）负责的是上卷（1395 年

　　① 孙康宜、宇文所安主编：《剑桥中国文学史》（上、下），生活·读书·新知三联书店2013 年版，中文版序言，第 2 页。
　　② 孙康宜、宇文所安主编：《剑桥中国文学史》（上、下），生活·读书·新知三联书店2013 年版，中文版序言，第 2 页。
　　③ 孙康宜、宇文所安主编：《剑桥中国文学史》（上、下），生活·读书·新知三联书店2013 年版，英文版序言，第 6 页。
　　④ 孙康宜、宇文所安主编：《剑桥中国文学史》（上、下），生活·读书·新知三联书店2013 年版，英文版序言，第 7 页。
　　⑤ 孙康宜、宇文所安主编：《剑桥中国文学史》（上、下），生活·读书·新知三联书店2013 年版，中文版序言，第 2 页。

之前）第五章"北宋（1020—1126）"的编写。两人皆在哈佛大学求学期间受到了海陶玮的学术指导和影响。康达维 1964 年至 1965 年在哈佛大学攻读硕士学位，主要研究领域为汉赋、《文选》和六朝文学，是华盛顿大学中国文学教授。艾朗诺 1976 年在哈佛大学获得博士学位并留校任教 7 年，参与《剑桥中国文学史》时是美国加州大学圣塔芭芭拉分校中国文学教授，主要研究领域为宋代文学、美学和钱锺书《管锥编》。两位学者在具体的朝代文学和文体文学中成为权威，体现了学术的传承和深化。

二是《剑桥中国文学史》后附所列的英文版参考书目中，包含了除海陶玮《中国文学论题》之外的其他主要代表著作，主要有：普林斯顿大学东亚研究教授柯马丁（Martin Kern）所写的第一章"早期中国文学：开端至西汉"列出了海陶玮《韩诗外传：韩婴对〈诗经〉教化运用的诠释》（哈佛大学出版社 1952 年版）和 1948 年海陶玮发表于《哈佛亚洲学报》的论文《〈韩诗外传〉和三家诗》；哈佛大学东亚语言文明系中国文学教授田晓菲（Xiaofei Tian）所写的第三章"从东晋到初唐（317—649）"中，列出了海陶玮 1970 年出版的《陶潜诗集》；美国加州大学圣塔芭芭拉分校中国文学教授艾朗诺（Ronald Egan）所写的第五章"北宋（1020—1126）"列出了 1998 年出版的海陶玮和叶嘉莹合著的《中国诗词研究》；美国加州大学尔湾分校中国文学教授傅君劢（Michael A. Fuller）、密歇根大学东亚语文学系林顺夫（Shuen-fu Lin）合作的第六章"北与南：十二与十三世纪"，也列出了 1998 年海陶玮和叶嘉莹合著的《中国诗词研究》，充分说明后继学者对海陶玮汉学成果的认可。

《哥伦比亚中国文学史》和《剑桥中国文学史》这两部卷帙宏大的中国文学史，基本上都是采取多人合作、各书所长的写作方法，"以一种类似百科全书的包容性涵盖各类议题"①，不再像海陶玮、陈受颐、柳无忌等"以一己之力写几千年的中国文学史"，这标志着美

---

① 王德威：《现当代文学新论：义理·伦理·地理》，生活·读书·新知三联书店 2014 年版，第 19 页。

国汉学界对中国文学研究的不断深入和细化。

在这种规模化、团队化撰述中国文学史的总体趋势中，也有以一般读者入门中国文学为目标的小制作。2012 年美国史密斯学院中国文学与比较文学副教授、哈佛大学费正清中国研究中心副研究员桑禀华《中国文学纲要》（*Chinese Literature，A Very Short Introduction*）作为"牛津通识读本"之一出版，① 这是一部微缩版的中国文学史，全书除了引言之外，只有五章，第一章描述中国文学的历史与文化基础，第二章至第三章分别论述中国诗歌、文言叙事和白话叙事，第五章是中国现当代文学，该书英文版只有120 多页，但却视野广阔、由点及面，从中国文学源头《诗经》一直写到当代作家卫慧，并且把中国大陆、港台等地文学创作也囊括其中，甚至把北美地区的哈金等海外华裔作家也纳入视野，2016 年的中译本也只有六万多字，南京大学教授程章灿作序，称这部中国文学史是"螺蛳壳里做道场"②。可以看出，这部小巧玲珑的中国文学史，它简明扼要的论述风格、以普通读者为对象的读者目标以及以文类角度切入中国文学史论述的方式等，都与海陶玮《中国文学论题》比较类似。

从以上对美国中国文学史研究的学术史梳理来看③，海陶玮《中国文学论题》对美国汉学界的中国文学史书写起到了奠基性的作用，直至今天，我们如果讨论美国研究中国文学史的起源仍然需要追溯到海陶玮《中国文学论题》，但是国内学者在论及美国中国文学史研究时，都把注意力放在了其后的著作，特别是《哥伦比亚中国文学史》《剑桥中国文学史》这两部规模宏大的巨制。海陶玮《中国文学论题》

---

① Sabina Knight, *Chinese Literature，A Very Short Introduction*, Oxford：Oxford University Press, 2012. 桑禀华还著有《时光的心灵：20 世纪中国小说的道德力量》（2006），精通中文、俄文、法文和英文，曾在美国威斯康星大学接受中国文学和比较文学的专业训练，此书扉页上写着"献给刘绍铭"。

② ［美］桑禀华：《中国文学》，李永毅译，译林出版社 2016 年版。

③ 需要指出的是，除了提及的美国文学史的书写之外，笔者未把一些中国文学选集考虑在内，影响较大的有：白芝《中国文学选集》（第一卷，1965 年；第二卷，1972 年），美国梅维恒（Victor H. Mair）主编的《哥伦比亚中国传统文学选集》（The Columbia University Press，1994）和宇文所安《诺顿中国文学选集》（*An Anthology of Chinese Literature：Beginnings to 1911*，1996）等。

作为美国首部中国文学史长期被人忽视，国内学界如农玉红、李茂君《美国汉学界的中国文学史研究述评》、孙太《比较视域下的重写中国文学史策略——以哈佛学者的中国文学史书写为例》等相关论文，都未提及《中国文学论题》。

二　美国中文教学的基础教材

海陶玮写这部文学史的直接原因是哈佛大学中国语言文学课程教学的客观需要。他在《中国文学论题》序言开宗明义地说："是为了给学生们提供一些能够反映中国文学史对外传播所依据的客观资料"①，指明了该书以受众为中心的写作目标。著名汉学家康达维谈到这本书时也说，这本书"主要是为哈佛学生准备的中国文学史教材"②。由此可见，满足哈佛大学教授中国语言文学课程的客观需要，是海陶玮立志编写一部美国中国文学史的直接原因，就如中国早期黄人《中国文学史》和林传甲《京师大学堂国文讲义》等著述一样，海陶玮的中国文学史著作，也是为了教学需要而编写的讲义型文学史，在世界汉语教育史上具有重要地位。

美国专业汉学的兴起以 1877 年 6 月耶鲁大学设立美国第一个汉学教授席位为标志，卫三畏被聘为该校第一位中国语言文学教授，也是美国第一位汉学教授。由于身体原因，他并没有担任实际的课程教学任务，但是他的影响很大，特别是 1848 年出版的代表作《中国总论》（*Middle Kingdom*，1848）"堪称一门区域研究课程的教学大纲，也成为数代美国人认识中国的英文范本"，随后其他几所大学相继仿效，陆续建立了汉学教授席位。

但是专业汉学在 19 世纪末 20 世纪初发展非常缓慢，中文教学在

---

① James Robert Hightower, *Topics in Chinese Literature*：*Outlines and Bibliographies*, Cambridge Massachusetts：Harvard University Press, 1953, Preface. vii. Original text, "The purpose of these outlines is to provide students with some of the factual data on which an historical survey of Chinese literature may be based."

② ［美］康达维：《欧美赋学研究概观》，《文史哲》2014 年第 6 期。

美国高校中还很罕见，只有个别大学开设了中国语言、历史类的研究课程，但即使有了课程和教职，这些大学仍缺乏本土培养的专业教授可以胜任中文课程，所以很多高校都还必须到欧洲或中国寻求聘请合适的学者担任教职。哥伦比亚大学 1902 年建立东亚研究系时，聘请的教授分别是英国汉学家哈伯特·翟理斯教授和德国汉学家夏德，这种状况一直持续到 20 世纪上半叶。美国汉学家赖德烈（Kenneth S. Latourette）在 1918 年这样描述当时的情形：

> 我们的大学给予中国研究的关注很少，在给予某种程度关注的大约三十所大学中，中国仅仅是在一个学期关于东亚的概论性课程中被涉及，只有在三所大学中有能够称得上对于中国语言、体制、历史进行研究的课程，美国的汉学家是如此缺乏，以至于这三所大学中的两所必须到欧洲去寻找教授。[①]

哈佛大学的中文教学情况也大抵如此。在耶鲁大学建立汉学教席两年后的 1879 年，哈佛大学也开设了汉学教席，并于 1879 年到 1882 年开始了汉语教学，担任教习任务的是一位从中国聘请的学者——戈鲲化（Ko K'un-hua，1836—1882）。戈鲲化的赴美教学是在中美两国有识之士不遗余力的帮助和支持下促成的，开课的日子是 1879 年（光绪五年）10 月 22 日，这是中国第一次向美国的大学派出教授中文的老师。根据南京大学张宏生教授的研究[②]，戈鲲化在教学中自编了一本教材《华质英文》（*Chinese Verse and Prose*），这本教材完全是手抄本，汉字部分是工整的小楷，英文部分是漂亮的手写体，"这可能是有史以来最早的一本中国人用英文写的介绍中国文化、尤其是中国诗词的教材"。[③] 为了方便教学，他主要是用自己的诗文作品来教授汉

---

① 转引自顾钧《卫三畏与美国早期汉学》，外语教学与研究出版社 2009 年版，第 6 页。Kenneth S. Latourette, "American Scholarship and Chinese History", *Journal of the American Oriental Society*, Vol. 38, (1918), p. 99.

② 张宏生编著：《戈鲲化集》，江苏古籍出版社 2000 年版，第 16—27 页。

③ 张宏生编著：《戈鲲化集》，江苏古籍出版社 2000 年版，第 20 页。

语，印刷了若干份，这些珍贵的资料于 1917 年 2 月由杜德维赠送给哈佛大学威德纳图书馆，保存至今。饶有趣味的是，在哈佛大学执教中文的中国人戈鲲化与在耶鲁大学执教中文的美国人卫三畏有着深厚的友谊，遗憾的是，戈鲲化 1882 年未完成工作合约就因病去世，之后哈佛大学的汉语课程一直处于停滞状态，直到 20 世纪初才得以恢复。

1921 年从中国赴美的赵元任（Zhao Yuanren）任哈佛大学哲学和中文讲师，之后于 1922 年至 1923 年、1942 年至 1943 年在哈佛大学大力推进汉语课程。1924 年，中国首位留美文学博士梅光迪（Mei Guangdi）接任赵元任，应邀到哈佛大学教授中文，并前后陆续持续了 10 年之久。1923 年，做过梅光迪汉语课程助理的魏鲁南（James Roland Ware，又作魏楷，1901—1977）接任了即将离任的梅光迪担任汉语教席，后在哈佛燕京学社资助下于 1929 年至 1932 年在北京进修学习并撰写博士学位论文，成为最早派到中国的留学生，1932 年回国后长期在哈佛大学执教。

1928 年 4 月哈佛燕京学社建立，标志着哈佛大学的汉学走过了过渡期，开始朝着专业化、系统化的方向发展，为哈佛大学的汉学奠定了坚实的基础。为了大力培养汉学方面的人才，燕京学社在哈佛大学和燕京大学同时招收、合作培养研究生。受益于燕京学社资助的访问学者，如伯希和（Paul Pelliot，1878—1945）、博晨光（Lucius C. Porter，1880—1958）、钢和泰（Alexander von Stael-Holstein，1877—1937）、洪业（William Hung，1893—1980）等，到美国后都根据自己的研究领域和所长，补充提供了一些中国艺术、中国哲学、中国文化、中国思想等方面的课程，这些汉语课程极大地促进了东亚研究。

1937 年，哈佛大学在闪米特语和历史系开设汉语和日语课程，远东语言系（当时也被称为远东语言学部）成立后改在远东系开设课程。1941 年，太平洋战争爆发，美国对日宣战，为了战争需要，美国陆军在哈佛大学、斯坦福大学、芝加哥大学等 25 所大学开办了"陆军特别训练班"课程（Army Special Training Program，简称 ASTP），主要培训到中国、日本等地区任职的指挥官，哈佛大学于 1943 年 8 月至

1944 年 12 月开办中文、日文两个培训班，赵元任负责主持中文训练班的工作，编写了《国语入门》和《粤语入门》两本教材，后来成为对外汉语教学的经典教材。①

可以看出，在美国专业汉学建立之后的很长一段时间，哈佛大学的中文教席实际上都是由中国人担任的，所使用的教材也都是自编自研或借用中国传统教材为主。钱存训曾对 1930 年代以前美国的中国课程开展状况以及在 1930 年至 1940 年代到北京留学的汉学家返回美国后的贡献做过一个很好的总结：

> 在 1930 年以前，美国虽有少数大学开设有关中国的课程，但大都效法欧洲学术传统，聊备一格；而主要教授如果不是来自欧洲，便是曾在中国居留通晓中国语文的传教士。对中国文化作了高深研究而有特殊成就的美国学者，实自三十年代才开始。当时，由于美国学术团体的提倡和基金会的支助，美国学者开始前往中国留学访问，从事专业的学术研究。他们回国后在各大学或学术机构从事教学、研究和著述，并培养第二代和以后的青年汉学家，对中美文化交流作出了一定的贡献。②

海陶玮就是赴华留学并返回美国后开始自己的学术研究和培养汉学人才的汉学家，他开始在哈佛大学远东语言系任教时，哈佛大学正在经历着迈向研究型大学的转折时期，从 1945 年开始实施了以 "自由社会的通识教育" （General Education in a Free Society）报告为基础，培养民主社会公民为主要目标的课程改革，但是师资力量薄弱，能够进行汉语和中国文学教学的学者非常少，研究中国文学的专业学者更为稀缺，海陶玮是哈佛大学中国文学课程的教授，也是哈佛大学中国文学课程的开先者，《中国文学论题》就是海陶

---

① 关于赵元任在哈佛大学的汉语教学情况，笔者参考了彭靖《赵元任、胡适、费孝通、金岳霖等给美军上课——二战期间美国陆军特训班中的中国学者》，《中华读书报》2015 年 11 月 18 日第 5 版；彭靖《赵元任档案的冰山一角》，《澎湃新闻》2020 年 4 月 1 日等研究资料。

② 钱存训：《美国汉学家顾立雅教授》，《文献》1997 年第 3 期。

玮给哈佛大学学生上课用的基本教材，也是给学生们开列的必读书目。①

海陶玮先后教授过初级汉语、中级汉语和中国文学史等课程，②但当时并没有一部合适的中国文学教材，戈鲲化在教学中使用的是自编教材《华质英文》（*Chinese Verse and Prose*），完全是手抄本，之后赵元任、梅光迪等人所使用的教材也都是自编自研或借用中国传统教材为主，还有一些美国本土产出的教材都以汉语学习为主，难以满足中国文学的授课需要，于是他决定自己编写一部教材，经过努力，终于在1950年由哈佛燕京学社资助、哈佛大学出版社出版了这部《中国文学论题》。这是海陶玮出版的首部专著，甚至早于自己的博士学位论文——《韩诗外传》（1952）的出版。

这部作为教材的中国文学史著作，在海陶玮的中国语言文学教学以及美国中国文学的人才培养中发挥了重要作用。依据这本教材及其不断修订和印刷版，海陶玮在哈佛大学开启了长达30多年的中国语言文学教学生涯。

曾经受教于海陶玮的不少学生，都已经成为汉学界研究中国古典文学的代表人物，并继续在海陶玮中国古典文学的道路上耕耘，如康达维、梅维恒和艾朗诺，等等。

这本中国文学史教材不但在美国有着重要的地位，而且在美国以外地区也产生了一定的影响。1959年到1963年，海陶玮赴德国汉堡大学等任中国文学客座教授，暂时代理了前去日本的德国汉学家傅吾康在汉堡大学的职务和课程，笔者并未查到海陶玮在德国教学使用的教材情况，但可以推测，作为教材使用的《中国文学论题》很可能也在海陶玮的中国文学教学中发挥了一定的作用。

另外，根据台湾大学中文系教授林文月的回忆文章，海陶玮《中国文学论题》出版后，在台湾流传并产生了一定影响。中国音韵学家

---

① 哈佛大学东亚语言文明系官网，http：//ealc. fas. harvard. edu/about，History of the Department – A Brief History of EALC and Asian Studies at Harvard，1950 – 1960。

② 哈佛大学东亚语言文明系官网，http：//ealc. fas. harvard. edu/about，History of the Department – A Brief History of EALC and Asian Studies at Harvard，1940 – 1950。

董同龢曾于1959年前后在台湾大学开设了"西洋汉学名著导读"课程，这门课只要求学生们精读海陶玮《中国文学论题》并撰写读书心得，时为研究生二年级的台湾学者林文月撰写了评论文章，认为《中国文学论题》是为外国学者研究中国文学而作的具有"基石功效"的简要性、概括性著作。①

三 世界范围内的影响和评价

在本节中，笔者将试图从海外图书馆馆藏量、西方学界学术影响、国内影响互动等维度考察海陶玮《中国文学论题》这部著作的世界传播情况和影响力，以进一步说明该著作确实符合王水照先生认为的文学史著作所必须满足的条件之一，即"应有一定范围的社会传播和学术影响，于学术史有一定意义"②。

1. 海外图书馆馆藏量

OCLC 和 CINII 两个数据库基本能够反映某部著作在世界范围的馆藏情况，馆藏量是评估一本书海外影响力的核心指标之一。根据OCLC 进行的初步统计③，海陶玮《中国文学论题》这部书在全世界的图书馆持续受到关注，其中1953年版影响最大。

2. 西方学界的广泛影响

根据 JSTOR 数据库的搜索和统计，海陶玮《中国文学论题》出版后，立即引起了英美学界和世界汉学界的关注，世界范围内的汉学期

---

① 林文月这篇简评被董同龢先生推荐在《清华学报》刊出，后于2011年收录在林文月《读中文系的人》书中，参见（台）林文月《简评海涛著〈中国文学讲论〉》，载《读中文系的人》，文化艺术出版社2011年版，第143—146、202页，《后记：一个读中文系的人》也有所提及。多年后，林文月在哈佛大学会见了已退休的海陶玮，还谈到自己这篇简评文章，参见（台）林文月《害羞的学者——James Robert Hightower 印象记》，载林文月《交谈》，九歌出版社1988年版，第71—78页。

② 王水照：《中国自撰文学史第一部之争及其学术史启示》，《中国文化》2008年第27期。

③ OCLC 的 WORLDCAT 目录库目前拥有会员图书馆2万多家，书目数据3亿多条，覆盖范围以欧美地区为主（不包括俄罗斯、拉美和阿拉伯地区），CINII 包含了日本1200个大学图书馆约1亿册馆藏数目信息。两个数据库并用基本能够反映某本书在全世界图书馆的收藏状况。

刊纷纷刊登这篇著作的出版信息并进行书目推介，如《哈佛亚洲学报》（Harvard Journal of Asiatic Studies）①《美国东方学会杂志》（Journal of the American Oriental Society）②《伦敦大学亚非学院院刊》（Bulletin of the School of Oriental and African Studies）③《比较文学》（Comparative Literature）④《亚洲研究杂志》（The Journal of Asian Studies）⑤《大不列颠及爱尔兰皇家亚洲学会杂志》（The Journal of the Royal Asiatic Society of Great Britain and Ireland）⑥《通报》（T'oung Pao）⑦《太平洋事务》（Pacific Affairs）《远东季刊》（The Far Eastern Quarterly）⑧等，个别期刊如《太平洋事务》3次刊登了书目信息⑨。

在这些期刊中，太平洋关系学会的会刊《远东观察》（Far Eastern Survey）对这部著作的介绍如下：

这本文学史纲要是为指导学生考察中国文学历史而制定的，涉及各种不同的文学风格或体裁。经、早期哲理散文和叙事性散文、小说、戏剧等。每种文体纲要后面都附有英文、法文或德文译本的典型中国作品清单，还有提供中文术语和中文专有

---

① "Back Matter", *Harvard Journal of Asiatic Studies*, Vol. 19, No. 1/2, (Jun., 1956); "Back Matter", *Harvard Journal of Asiatic Studies*, Vol. 19, No. 3/4, (Dec., 1956).

② "Front Matter", *Journal of the American Oriental Society*, Vol. 71, No. 1, (Jan. – Mar., 1951); "Proceedings of the American Oriental Society Meeting at Boston, Mass., 1952", *Journal of the American Oriental Society*, Vol. 72, No. 3, (Jul. – Sep., 1952), pp. 132 – 143.

③ "Books Received for Review", *Bulletin of the School of Oriental and African Studies*, Vol. 13, No. 3, (1950), pp. 801 – 808.

④ "Books Received", *Comparative Literature*, Vol. 2, No. 3, (Summer, 1950), p. 288.

⑤ "Bibliography of Asian Studies China", *The Journal of Asian Studies*, Vol. 26, No. 5, (1966), (Sep., 1967), pp. 21 – 88.

⑥ "Presentations and Additions to the Library", *The Journal of the Royal Asiatic Society of Great Britain and Ireland*, No. 3/4, (Oct., 1950), pp. 221 – 232; "Volume Information Source", *The Journal of the Royal Asiatic Society of Great Britain and Ireland*, No. 3/4, (Oct., 1951).

⑦ "Livres Reçus Source", *T'oung Pao*, Second Series, Vol. 40, Livr. 1/3, (1950), pp. 228 – 237.

⑧ "Far Eastern Bibliography-China Source", *The Far Eastern Quarterly*, Vol. 9, (1950), pp. 13 – 34; "Far Eastern Bibliography-China", *The Far Eastern Quarterly*, Vol. 13, (1953), pp. 16 – 39.

⑨ "Back Matter", *Pacific Affairs*, Vol. 23, No. 2, (Jun., 1950); "Books Received Source", *Pacific Affairs*, Vol. 23, No. 4, (Dec., 1950), pp. 442 – 447; "Back Matter", *Pacific Affairs*, Vol. 24, No. 3, (Sep., 1951).

名称的索引。①

接着，英美汉学界从事文学研究的学者也发表了书评，1951 年美国汉学家卜德（Derk Bodde，1909—2003）、恒慕义（Hummel Arthur William，1884—1975）和英国汉学家阿瑟·韦利（Arthur David Waley，1889—1966）等为该著作撰写书评并给予积极评价。

美国宾夕法尼亚大学卜德为海陶玮《中国文学论题》（*Topics in Chinese Literature*）和杨联陞《中国历史研究》（*Topics in Chinese History*）合并撰写了书评并发表在《美国东方学会杂志》上，他认为，当时虽有大量中国文学作品被译为西方语言，但是西方真正的中国文学研究才刚刚开始，所以海陶玮的著作令人欣喜，对中国文学研究非常有益②。这本书无论对中国研究的初学者，还是对比较文学领域的专业学者，都非常有用，希望这种研究被后来者多加效仿。③

任职于国会图书馆的恒慕义关于该书的书评发表在《哈佛亚洲学报》和《远东季刊》。④ 他注意到海陶玮清晰的写作目标和由此带来的关注文体的阐述和重视参考文献的做法，他认为，海陶玮关注的是中国文学产生了哪些文学样式，这些样式在中国文学的发展演变历史，以及它们怎么与西方相似的文体进行对比。因为海陶玮有西方学术背景，所以很适合做这种比较文学研究。恒慕义认为，无论对于中国研

① "Books Received on *Topics in Chinese Literature*, *Outlines and Bibliographies*", *Far Eastern Survey*, Vol. 19, No. 9, (May 3, 1950), p. 92. Original text, "These outlines, constructed to guide students in a historical survey of Chinese literature, are devoted to various literary styles or genres, the classics, early expository and narrative prose, fiction, drama, and so forth. Appended to each outline is a list of English, French, or German translations of typical Chinese works. An index supplies the characters for Chinese terms and proper names occurring in the text."

② Derk Bodde, "Reviews on *Topics in Chinese Literature* and *Topics in Chinese History*", *Journal of the American Oriental Society*, Vol. 71, No. 1, (Jan. – Mar., 1951), p. 92.

③ Arthur W. Hummel, "Review on *Topics in Chinese Literature*", *The Journal of Asian Studies*, Vol. 10, (1951), pp. 211 – 212; Arthur W. Hummel, "Review on *Topics in Chinese Literature*", *The Far Eastern Quarterly*, Vol. 10, No. 2, (Feb., 1951), pp. 211 – 212.

④ Arthur W. Hummel, "Review on *Topics in Chinese Literature*", *The Journal of Asian Studies*, Vol. 10, (1951), pp. 211 – 212; Arthur W. Hummel, "Review on *Topics in Chinese Literature*", *The Far Eastern Quarterly*, Vol. 10, No. 2, (Feb., 1951), pp. 211 – 212.

究的初学者，还是对于比较文学领域想了解中国文学文体演变的教师，都会觉得这本小书非常有用。

英国著名汉学家阿瑟·韦利也注意到该书的出版并在《皇家亚洲学会学报》撰写了简短的书目推介①，认为该书抓住了中国文学中的诗歌、小说、戏剧等主要文体形式，对中国文学的考察持续到当下时期，参考文献熟练地予以选择，"整本书是为学生撰写参考指南著作的典范"②。

除了书目推介和书评之外，通过 JSTOR 关键词全文搜索，笔者发现，该书在学界频繁被关注和提及，提及的方式包括引用、评语、目录、致谢、参考文献等，汉学界众多学者如白思达（Glen William Baxter）、柯润璞（James Irving Crump, Jr.）、柯立夫（Francis Cleaves）、倪豪士（William H. Nienhauser）、缪文杰（Ronald Clendinen Miao）、顾立雅（Herrlee Glessner Creel）、华兹生（Burton Watson）、柯文（Alvin P. Cohen）、蔡涵墨（Charles Hartman）、格达莱西亚（Gedalecia David）、顾传习（Chauncey S. Goodrich）、梅杰（John S. Major）、惠特克（K. P. K. Whitaker）、缪文杰（Ronald C. Miao），英国汉学家傅熊（Bernard Fuehrer）、苏立文（Michael Sullivan），法国戴密微（Paul Demiéville），德国汉学家顾彬（Wolfgang Kubin），日本乔治·杜美齐和吉田安夫（Georges Dumézil and Atsuhiko Yoshida）等，都在各自的研究领域中关注、阅读、评论或提及过该书。柯润璞（James I. Crump）研究元杂剧时多次引用海陶玮关于元杂剧的论述，并继续深入探讨③，还参考过海陶玮关于《战国策》的论述④；姜士彬（Da-vid Johnson）研究骈文时引

① A. Waley, "Review on *Topics in Chinese Literature, Outlines and Bibliographies*", *The Journal of the Royal Asiatic Society of Great Britain and Ireland*, No. 1/2, (Apr., 1951), p. 114.

② A. Waley, "Review on *Topics in Chinese Literature, Outlines and Bibliographies*", *The Journal of the Royal Asiatic Society of Great Britain and Ireland*, No. 1/2, (Apr., 1951), p. 114. Original text, "the whole work is a model for what a student's handbook should be."

③ James I. Crump, "The Elements of Yuan Opera", *The Journal of Asian Studies*, Vol. 17, No. 3, (May, 1958), pp. 417 –434.

④ James I. Crump, "The ' *Chan-kuo Ts'e* ' and Its Fiction", *T'oung Pao*, Second Series, Vol. 48, Livr. 4/5, (1960), pp. 305 –375.

用海陶玮的研究①；捷克汉学家史罗甫（Zbigniew Slupski）在分析
《儒林外史》时也引用了海陶玮关于这本书的论述②，布劳尔（Robert
H. Brower，音译）提到了海陶玮在《中国文学论题》（1966 版第 45
页）中"知人论世"的文学观念③，俄罗斯汉学家李福清《聊斋志
异》译为保加利亚文④时，保加利亚女汉学家、索非亚大学教授波
拉·别莉巴诺娃根据《原本聊斋志异》及作家出版社 1956 年版《聊
斋志异选》选译，书中附唐梦贵《聊斋》序、鲁迅先生论述《聊
斋》文字、阿列克谢耶夫院士论《聊斋》文字和海陶玮教授论蒲松
龄的文字。

3. 国内学界密切关注

中文世界对海陶玮的《中国文学论题》的关注始于台湾，直到 20
世纪以后大陆地区也逐步关注到该书，但是至今没有该书的中译本。

据笔者所见，国内最早对海陶玮作品展开专题评论的是台湾大学
中文系教授林文月。1950 年海陶玮《中国文学论题》出版后，在台湾
流传并产生了一定影响。中国音韵学家董同龢先生曾于 1959 年前后在
台湾大学开设了"西洋汉学名著导读"课程，这门课只要求学生们精
读海陶玮的《中国文学论题》并撰写读书心得，时为研究生二年级的
台湾学者林文月撰写了评论文章，她积极评价海陶玮的《中国文学论
题》是为外国学者研究中国文学而作的具有"基石功效"的简要性、
概括性的著作，同时也指出了该书的一些疏漏和不足，比如，略于古
而详于今，篇幅过于简略而忽视了一些在文学史上有价值的重要作品，
对七言诗例作的列举有误，对个别文学运动如明代前后七子所倡导的
拟古运动及清代的桐城派运动没有提及，等等。林文月的这篇简评被
董同龢先生推荐在《清华学报》刊出，后于 2011 年收录在林文月的

---

① David Johnson, "The *Wu Tzu-hsü Pien-wen* and Its Sources：Part I", *Harvard Journal of Asiatic Studies*, Vol. 40, No. 1, (Jun., 1980), pp. 93 – 156.

② Zbigniew Slupski, "Three Levels of Composition of the *Rulin Waishi*", *Harvard Journal of Asiatic Studies*, Vol. 49, No. 1, (Jun., 1989), pp. 5 – 53.

③ Robert H. Brower, "Ex-Emperor Go-Toba's Secret Teachings：Go-Toba no in Gokuden", *Harvard Journal of Asiatic Studies*, Vol. 32, (1972), pp. 5 – 70.

④ ［苏］李福清：《〈聊斋志异〉外文译本补遗》，王丽娜译，《文学遗产》1989 年第 1 期。

《读中文系的人》① 这本书中。多年后，林文月访问哈佛大学时会见了已退休的海陶玮，还谈到了自己这篇简评文章。关于这次会面，林文月1986 年 7 月用细腻的笔触写了一篇《怕羞的学者——James Robert Hightower 印象记》，描写了两人会面的过程，收录到她的《交谈》集中②。

与台湾相比，大陆对《中国文学论题》的关注是在半个世纪以后，关注的学者往往是在开展海外中国文学专题研究或者文学翻译研究时注意到了海陶玮这部著作的价值和贡献，但大多数学者仅仅把海陶玮的著作当作国外参考文献。

1997 年黄鸣奋《英语世界中国古典文学的传播》提及了海陶玮的《中国文学论题》等著述，认为海陶玮《中国文学论题》"将小说的起源推得相当早，指出骈文在文学创作与文学理论发展史上的意义，对古文运动兴起，唐传奇繁荣等文学现象的原因做了多方面探索。它在西方长期被当作典范的参考书，立论相当稳妥，但创见恨少"③。

2006 年中国社科院文学研究所陈才智《西方〈昭明文选〉研究概述》④ 一文，指出了海陶玮在西方《昭明文选》研究中的重要作用，认为海陶玮《中国文学论题》是继 1897 年英国汉学家翟理斯（Herbert Allen Giles，1845—1935）《中国文学史》之后对《昭明文选》作简单介绍的西方中国文学史。

2009 年河北大学硕士张文敏（导师田玉琪）《近五十年来英语世界中的唐宋词研究》中，充分注意并肯定了海陶玮在中国词学研究方面的贡献，一是海陶玮在《中国文学论题》中专章探讨了词的起源和

---

① 林文月：《简评海涛著〈中国文学讲论〉》，载《读中文系的人》，文化艺术出版社 2011 年版，第 143—146 页，《后记：一个读中文系的人》（第 202 页）也有所提及。

② 林文月：《害羞的学者》，林文月《交谈》，九歌出版社 1988 年版，第 71—78 页。

③ 黄鸣奋：《英语世界中国古典文学的传播》，上海学林出版社 1997 年版，第 55 页。

④ 陈才智：《西方〈昭明文选〉研究概述》，载阎纯德主编《汉学研究》第九辑，中华书局 2006 年版，第 425 页。陈才智在该文指出海陶玮在西方《昭明文选》研究中的重要作用有三个方面，一是他参与了 1958 年哈佛燕京学社修订重印奥地利汉学家艾尔文·冯·赞克（Zach Erwin von.）《中国文选：〈选〉（德文）译本》并撰写了"前言"；二是他的论文《〈选〉与文体理论》，将萧统《文选序》提到的文体与《昭明文选》中实际包括的文体作了一个比较，并得出了一些有价值的结论；三是海陶玮《中国文学论题》是继 1897 年英国汉学家翟理斯（Herbert Allen Giles，1845—1935）《中国文学史》之后对《昭明文选》作简单介绍的西方中国文学史。

演变，"把'词的起源'这一研究课题引入了更多域外学者的研究领域"①，给词下了一个定义，"为域外学者确立了一个较为正确的词体观"；二是撰有《词人柳永》《周邦彦的词》等专篇论文。另外，对《中国文学论题》有所提及的还有何文静《"楚辞"在欧美世界的译介与传播》②、张雯《中国古代文论在美国传播的三部曲》③，等等。

中国文学的英译给翻译研究提供了宝贵资源和无限阐释的可能。海陶玮《中国文学论题》是较早叙述中国文学的专著，涉及大量的中国文学术语，如作家姓名、字号，文学作品书名、篇名的翻译，所以引起了一些从事文学翻译学者的注意。如《文心雕龙》篇名翻译文章，就有 2008 年胡作友《〈文心雕龙〉英译述评》④，2009 年刘颖《关于〈文心雕龙〉的英译与研究》⑤，2010 年胡作友、张小曼《〈文心雕龙〉英译，一个文化的思考》⑥，2012 年闫雅萍《〈文心雕龙〉书名的英译：必也正名乎?》⑦等论文提及海陶玮关于《文心雕龙》的篇名翻译。

以上由学术数据统计和相关文献考察了《中国文学论题》的海外图书馆馆藏量、西方学界学术影响和国内影响互动等。由此可以看出，这部著作曾在汉学历史上产生了世界范围内的广泛而重要的影响，在美国、欧洲乃至世界范围内对中国文学进行了总括介绍，为中国文学在世界的传播和译介做出了贡献，并为世界汉学界对中国文学的关注、翻译、研究和接受奠定了基础。

① 张文敏：《近五十年来英语世界中的唐宋词研究》，硕士学位论文，河北大学，2009 年，第 10—11 页。

② 何文静：《"楚辞"在欧美世界的译介与传播》，《三峡论坛》2010 年第 5 期。

③ 张雯：《中国古代文论在美国传播的三部曲》，《中南大学学报》（社会科学版）2012 年第 18 卷第 1 期。

④ 胡作友：《〈文心雕龙〉英译述评》，《合肥工业大学学报》（社会科学版）2008 年第 22 卷第 4 期。

⑤ 刘颖：《关于〈文心雕龙〉的英译与研究》，《外语教学与研究》2009 年第 41 卷第 2 期。

⑥ 胡作友、张小曼：《〈文心雕龙〉英译，一个文化的思考》，《学术界》2010 年第 9 期。

⑦ 闫雅萍：《〈文心雕龙〉书名的英译：必也正名乎?》，《比较文学与世界文学》2012 年第 2 期。

余 论

关于美国首部中国文学史的话题，笔者并未发现有国内外学者专门论及。在以哈佛大学韩南（Hanan Patrick Dewes，1927—2014）教授为首签名的 2007 年海陶玮悼念会上，悼词评价："他的第二部作品——《中国文学论题》实际上形成了中国文学史研究的基础，也是西方语言在这一领域的第一本学术著作……在这本书以及 1950 年的论文中，他发展了一种影响极大的中国文学研究方法。"① 这种评价实际上更多地关注到了这部著作的学术特征，即汉学研究目录史和文类文学史，而没有把这部著作放到世界文学史的视野中去评价。

究其原因，大概是因为早在 1901 年已经出现了自称世界首部中国文学史而实际上是英语世界首部中国文学史的翟理斯《中国文学史》，它已经"第一次以文学史的形式，向英国读者展现了中国文学在悠久发展过程中的全貌，向世界上说英语的人们解释了中国文学的深奥与魅力"②。由于历史渊源、思想文化和语言亲缘的关系，英美汉学长期形成了学术共同体，两国在学术交流共享方面常常不分国界地域，学者之间互动频繁，再加上美国汉学发源较晚而对欧洲汉学产生依赖，也缺乏国别意识下对汉学成果的总结，所以《中国文学论题》作为美国第一部中国文学史长期被人忽视。

尽管当时英语世界已经有了一部广为人知的中国文学史，提出美国首部中国文学史的话题仍然具有一定的意义。海陶玮《中国文学论题》开创了"美国"对中国文学史的研究，从此摆脱了美国学界通过欧洲汉学著述来了解中国文学史的状况，标志着美国汉学在追随英国

① Patrick Hanan, et al. , "Memorial Minute-James Robert Hightower (1915 – 2006)", *Minutes of Meeting of the Faculty of Arts and Sciences*, Harvard University, (1 May, 2007) Original text, "His second work, modestly titled *Topics in Chinese Literature* (1950, rev. ed. 1952, 1966), in fact forms the basis for a history of Chinese literature, the first scholarly work of such a scope in a Western language. …in this and in articles written in the 1950s, he developed an approach to Chinese literature that has been extremely influential. "

② 张弘:《中国文学在英国》，花城出版社 1992 年版，第 83 页。

和欧洲中国文学研究之后，有了自身关于中国文学历史的独立研究，具备了自身的自识力、独立性和自豪感。另外，对我们国内学者而言，区分不同国别视阈下对中国文学史的研究，意味着我们能够更好地了解中国文学在世界范围内被关注、接受、研究、影响的历史状况，也意味着我们对海外中国文学研究的深化和细化。因此，笔者期望更多学者关注、考辨、反驳和探析美国首部中国文学史以及世界范围内各国首部中国文学史的问题。

第四章 《中国诗词研究》

——对宋词的译介和研究

　　20 世纪六七十年代，海陶玮转向中国古典诗词研究，在集中翻译陶渊明全集的同时，也阅读和翻译了不少唐宋诗词，其中以翻译宋代周邦彦和柳永的词作居多，其他还有范仲淹、欧阳修、苏轼、晏殊、黄庭坚、朱敦儒、辛弃疾等的词作翻译，这些诗词译稿主要分两个渠道发表：对宋代周邦彦和柳永的词作翻译，先是在 20 世纪七八十年代分别以《周邦彦的词》（The Songs of Chou Pang-yen）和《词人柳永》（The Songwriter Liu Yung）为题在《哈佛亚洲学报》发表，后又收录到 1998 年出版的《中国诗词研究》作品集中①。

　　具体来讲，论文《周邦彦的词》1977 年发表在《哈佛亚洲学报》②，1998 年收录到《中国诗词研究》时加入了中文诗词，更加方便读者对照，③ 这篇论文是对宋代婉约派词人周邦彦词作进行的专题研究，采用先译后评的方式，对周邦彦的 17 首词作进行了翻译和研究。在这篇论文中，海陶玮为了叙述和分析的需要，还翻译了刘禹锡

---

① James Robert Hightower and Florence Chia-ying Yeh，*Studies in Chinese Poetry*，Cambridge Massachusetts and London：Harvard University Press，1998.

② James Robert Hightower，"The Songs of Chou Pang-yen"，*Harvard Journal of Asiatic Studies*，Vol. 37，（1977），pp. 233 – 272.

③ James Robert Hightower，"The Songwriter Liu Yung"，in James Robert Hightower and Florence Chia-ying Yeh，*Studies in Chinese Poetry*，Cambridge Massachusetts and London：Harvard University Press，1998，pp. 292 – 322.

诗歌 3 首,分别为《再游玄都观》《金陵五题·石头城》和《金陵五题·乌衣巷》;李商隐诗歌 1 首,为《夜雨寄北》;冯延巳的词《更漏子》(风带寒)的第四节。论文《词人柳永》分为两篇,分别发表在《哈佛亚洲学报》1981 年第 41 卷第 2 期[①]和 1982 年第 42 卷第 1 期[②],两篇论文总计有 114 页之多,后附词牌索引(Index to tune titles)和查询目录(Finding lists),注释详尽,体例完整,相当于一部柳永诗词的译著,1998 年收录到《中国诗词研究》中时也补充了中文诗词[③],便于读者对照阅读。在论文中,海陶玮首先采用中国传统"知人论世"的方法,通过《福建通志》、叶梦得《避暑录话》、陈师道《后山诗话》等中国古代文献来考证论述柳永的生平、家世、改名的缘由、性格、诗文、安葬、后世的评价等,得出了自己认为可信的柳永生平简历。他认为,柳永一生最大的成就是用 126 个曲调创作了 212 首词,而现存的诗歌仅有 3 首。然后,海陶玮以自己的分类方法翻译、注释、分析了柳永的诗歌 1 首——《煮海歌·悯亭户也》和词 128 首,他以唐圭璋《全宋词》为底本,在文后的查询目录(Finding lists)中分别标注了每个词作在海陶玮论文中的顺序和在《全宋词》中的顺序,利于读者查询对照。

第二个渠道,是其他词人的翻译作品,发表在其学生梅维恒(Victor H. Mair)1994 年出版的《哥伦比亚中国传统文学选集》(*The Columbia Anthology of Traditional Chinese Literature*)中,主要有范仲淹词 2 首[《苏幕遮》(碧云天)、《剔银灯》(昨夜因看蜀志)][④];晏殊

---

① James Robert Hightower, "The Songwriter Liu Yung: Part I. ", *Harvard Journal of Asiatic Studies*, Vol. 41, (1981), pp. 323 – 376.

② James Robert Hightower, "The Songwriter Liu Yung: Part II. ", *Harvard Journal of Asiatic Studies*, Vol. 42, (1982), pp. 5 – 66.

③ James Robert Hightower, "The Songwriter Liu Yung", in James Robert Hightower and Florence Chia-ying Yeh, *Studies in Chinese Poetry*, Cambridge Massachusetts and London: Harvard University Press, 1998, pp. 168 – 268.

④ James Hightower trans. , "Fan Chung-yen, Tune: Trimming the Silver Lamp", in Victor H. Mair, *The Columbia Anthology of Traditional Chinese Literature*, New York: Columbia University Press, 1994, pp. 316 – 317.

词1首（《玉堂春》）①；欧阳修词3首［《采桑子》10首其三（画船载酒西湖好），《木兰花》（留春不住），《醉蓬莱》（见羞容敛翠）］②；苏轼词5首（《水调歌头》《江城子》《满庭芳》《临江仙》《永遇乐》）③；黄庭坚词4首［《满庭芳》，《归田乐》（暮雨濛阶砌），《归田乐》（对景还销瘦），《千秋岁》]④；朱敦儒词1首《念奴娇》（老来可喜)⑤；辛弃疾词1首［《沁园春》（杯汝来前)]⑥。根据梅维恒回忆，当时在编写《哥伦比亚中国传统文学选集》时，他曾向海陶玮寻求诗歌译文入编，海陶玮十分慷慨地给了他大量的诗词译作手稿，他从中择选了25篇收录在《哥伦比亚中国传统文学选集》中⑦，其中词有17首，其他主要是陶诗。实际上，海陶玮翻译中国古典诗词手稿应该远远多于这25篇，在哈佛大学海陶玮档案中，有一卷宗是关于梅维恒《哥伦比亚中国传统文学选集》的档案，笔者查阅后发现，除了以上词作之外，还有李清照《凤凰台上忆吹箫》（香冷金猊)、《永遇乐·元宵》（落日熔金)、《武陵春·春晚》（风住尘香花已尽）等3首、欧阳修《采桑子》10首其二（春深雨过西湖好）、姜夔《扬州慢》

---

① James Hightower trans. , "Yen Shu, Tune: Spring in the Jade House", in Victor H. Mair, *The Columbia Anthology of Traditional Chinese Literature*, New York: Columbia University Press, 1994, p. 317.

② James Hightower trans. , "Ou-yang Hsiu, Tune: Drunk in Fairyland", in Victor H. Mair, *The Columbia Anthology of Traditional Chinese Literature*, New York: Columbia University Press, 1994, pp. 319 – 320.

③ James Hightower trans. , "Su Shih Tune: Always Having Fun", in Victor H. Mair, *The Columbia Anthology of Traditional Chinese Literature*, New York: Columbia University Press, 1994, pp. 323 – 326.

④ James Hightower trans. , "Huang T'ing-chien, Tune: A Thousand Autumns", in Victor H. Mair, *The Columbia Anthology of Traditional Chinese Literature*, New York: Columbia University Press, 1994, pp. 326 – 329.

⑤ James Hightower trans. , "Chu Tun-ju, Tune: Nien-nu is Charming", in Victor H. Mair, *The Columbia Anthology of Traditional Chinese Literature*, New York: Columbia University Press, 1994, p. 333.

⑥ James Hightower trans. , "Hsin Ch'I-chi, Tune: Spring in the Ch'in Garden (About to swear off drinking, he wants the Wine cup to go away)", in Victor H. Mair, *The Columbia Anthology of Traditional Chinese Literature*, New York: Columbia University Press, 1994, pp. 342 – 343.

⑦ Victor H. Mair, *The Columbia Anthology of Traditional Chinese Literature*, New York: Columbia University Press, 1994.

等，还有对几首词作的鉴赏评论以及两人在作品收录期间密切沟通的信件等资料。①

可以看出，海陶玮对宋代重要词人词作进行了翻译尝试，但只对北宋婉约派周邦彦词和柳永词的翻译形成了一定的篇幅和序列，并进行了一定的注释、分析和研究，《周邦彦的词》和《词人柳永》可以看作海陶玮在宋词研究方面的代表作品。这些研究论文于 1998 年收录到与叶嘉莹合著的《中国诗词研究》中，因为这个时期海陶玮的诗词研究都是在叶嘉莹的指导帮助和相互交流中完成的，这些论文在题记中特别感谢了叶嘉莹的指导和帮助。

海陶玮在 20 世纪 60 年代赴台湾从事陶集翻译的时候，结识了台湾大学的叶嘉莹教授，并开始了两人长达几十年的学术交往和合作。叶嘉莹是中国诗词研究专家，受叶嘉莹的影响，海陶玮六七十年代以后开始转入中国诗词领域的研究，两人合作的成果是 1998 年出版的《中国诗词研究》，这部合著共收录 17 篇论文，分为"诗论"（Shih Poetry）、"词论"（Tz'u Poetry）和"王国维论"（Wang Kuo-wei）3 个章节，其中收录有海陶玮的论文 4 篇，列在"词论"章的论文就是《词人柳永》（The Songwriter Liu Yung）和《周邦彦的词》（The Songs of Chou Pang-yen）。除此之外，由于与叶嘉莹的合作，他还帮助叶嘉莹把她的部分论文翻译成英文，发表在香港《译丛》（Renditions）等杂志，如《大晏词的欣赏》②《李义山燕台四首》③等。两位学者以中国古典诗歌研究为纽带，创造了中外学者长年交往和成功合作的佳话，笔者将在后文详述两人的学术交游和相互影响。美国汉学家艾朗诺评价：通过两人的合作研究，"海陶玮和叶嘉莹把宋词研究推向一个新

---

① 这部分信件内容主要由《哥伦比亚中国传统文学选集》编纂，有梅维恒给海陶玮的信件和明信片，时间分别为 1991 年 10 月 11 日、1991 年 12 月 23 日、1993 年 2 月 6 日、1993 年 4 月 23 日、1994 年 1 月 22 日，海陶玮的回信有 1991 年 12 月 11 日、1994 年 5 月 10 日，见哈佛大学海陶玮档案：Accession Number：15036，Box 1 of 4，File title，"FViman Anthology"。

② James Hightower trans.，"An Appreciation of the Ci of Yen Shu by Chia-ying Yeh Chao"，Renditions，Nos. 11 & 12，（1979），pp. 83 – 99.

③ James Hightower trans.，"Li Shangyin's 'Four Yen-t'ai Poems' by Yeh Chia-ying"，Renditions，Nos. 21 & 22，（1984），pp. 41 – 92.

的高度"①。

第一节 海陶玮的词学观

海陶玮早在 1950 年代写作《中国文学论题》时就已对中国词学
有了一定的学习和认识，他在这部以文体为特征的中国文学史中，专
门写了一章"词"（TZ'U），对词的内涵、特征、历史演变和主要词人
词作进行了介绍，这是英语世界较早的一篇简明扼要、内容精炼的词
史，反映了海陶玮对中国词的总体认识和基本观念，为他后来译介和
研究宋词奠定了基础。

在这篇简明词史中，他首先对词进行了总体概括：

> 词是一种歌曲形式的诗体，有长度不等的字行、固定的韵律和
> 声调，体制多样，并且每首词都用音乐曲调命名。词吸收了诗中不
> 常见的口语词汇，与早期汉乐府诗歌和之后的曲一脉相承。词在唐
> 代逐步形成，也是唯一一种得以在随后的五代时期得以继续发展的
> 诗歌形式，到了宋代成为许多优秀诗歌的载体，在流行程度上可以
> 与旧诗一争高下，但在声望影响上则难以与之媲美。词最为高产的
> 时期是从 10 世纪早期到 12 世纪，书写一直持续到现代，但只是作
> 为纯文学诗歌形式，它作为歌曲的功能后来被曲所继承。②

---

① 艾朗诺撰，蒋树勇译：《北美宋金元文学研究》，载张海惠编《北美中国学——研究概
述与文献资源》，中华书局 2010 年版，第 630 页。

② James Robert Hightower, *Topics in Chinese Literature*: *Outlines and Bibliographies*, Cambridge
Massachusetts: Harvard University Press, 1953, p. 90. Original text, "The tz'u is a song-form character-
ized by lines of unequal length, prescribed rhyme and tonal sequences, occurring in a large number of vari-
ant patterns, each of which bears the name of a musical air. The vocabulary of the tz'u admits colloquial lan-
guage elements not common in the shih. It is analogous both to the earlier song-form yüeh-fu and to the ch'ü
which appeared later. The tz'u was evolved during the T'ang dynasty. It was the only poetic form successfully
practiced during the succeeding Five Dynasties, and during the Sung was the vehicle for much of the best
poetry, competing with older Shih form in popularity but carrying less prestige. The most productive period of
the tz'u was from the early tenth through the twelfth centuries. Tz'u continued to be written into modern
times, but as purely literary verse; its function as song was taken over by the ch'ü."

接着，海陶玮从《诗经》《楚辞》中的长短句诗歌开始，梳理了词的发展演变历史，特别是在唐代的形成历史。他认为，词和音乐紧密相连，唐代流行曲调大部分都是来自中亚和其他地区的异国输入。这些曲调的歌词可能会有3种形式来源：已经存在的诗歌会被改编成一个特定的曲调；一个新诗歌可能以传统形式创作曲调，或者直接创作成某个曲调，然后从异于当时曲调的乐辞获得它的形式，最后这种形式会制造出富有词的特征的各种形式，而且一旦建立起来，就毫无疑问地为这种样式提供了模板。有证据表明，诗歌中的律诗和绝句等都被外来的曲调演唱过，但在实际发展中，音乐措辞和诗歌语句之间存在分歧，随着作者对诗歌形式的需求减弱，他们在创作上有了更大的自由，只遵从音乐和谐设置的需要，形成以不同词牌名的不同固定形式，因为记载乐谱比较困难，所以词牌形式把能被效仿流传的形式固定下来，现有存世的词牌形式包含了唐代和宋代的歌曲名字。当然，唐宋时期的词牌并非都直接来源于歌曲，随着词牌形式的建立，它经历了一定程度的修正和编纂，新的形式得以建立，因此更长的词就能够创作出来，词能够表现的领域就得到了拓展。

然后，海陶玮介绍了词史上的主要词人词作和创作特征。最早词派选集是五代时期《花间集》，以刻意求精、注重文采的温庭筠为代表，南唐后主李煜独树一帜，把亡国之恨与高超的技巧融为一体，成为中国最伟大的作家之一。词在宋代达到了高峰，北宋前期"花间词派"占据主导，以柳永为代表，后苏轼对词进行了改革，开创了新的词派。南宋承接了北宋的两个词派，辛弃疾是豪放派的代表。另外南宋也开创了一些新的词牌名，以精通音律的姜夔为代表。宋代之后，只有清代纳兰性德的词创作成就较高。

海陶玮对词的认识，吸收借鉴了当时世界范围内日本、中国和美国的学术成果，《中国文学论题》1950年版的词学章节列出的书目主要有日本汉学家铃木虎熊《词源》（1922）和青木正儿《词格的长短句发达的原因》，也参考了龙沐勋的长篇论文《词体之演变》（1933），1953年版又补充了美国汉学家白思达当年发表的论文《词的韵律起源》（Metrical Origins of the tz'u，1953）。日本学者在汉学界较早撰文探讨词的起源，铃木虎熊《词源》是代表著作，他对"词生于诗"的传统观点提出了质疑，通过比较诗与词的文体特征，认为词不但由诗的歌唱方法所诱出，而且也是在律诗、绝句基础上新增的声辞和乐曲等，所以"可以认为词与诗有关系，也可以认为词与诗没有关系"①。青木正儿《词格的长短句发达的原因》进一步探讨了词产生的 5 种情况，把词的形成归纳为"采用绝句""冲破绝句的单调"和"摆脱绝句复归乐府长短句" 3 个阶段。龙沐勋（龙榆生）是与夏承焘、唐圭璋、詹安泰并称的 20 世纪最负盛名的词学大师，代表作品主要有《唐宋名家词选》《风雨龙吟室词》《近三百年名家词选》等。他于 1933 年到 1936 年创办了第一份词学专门刊物《词学季刊》，并在《词学季刊》上连续发表长篇论文，《词体之演进》（1933）就是其中的一篇，探讨了词的起源、词的发展、词的创作、词的艺术风格以及作家作品等。

白思达也是较早关注词学的西方学者之一，他与海陶玮就词学的各种问题有过密切深入的交流，海陶玮 1953 年修订《中国文学论题》时，词学章节书目中补充了白思达当年在《哈佛亚洲学报》发表的论文《词的韵律起源》（Metrical Origins of the Tz'u）（1953）一文②，这篇论文在题记中特别感谢了海陶玮、方志彤、杨联陞的指导、帮助和校对，并引用了海陶玮《中国文学论题》关于诗词方面的研究。《词的韵律起源》认为唐代胡乐传入，乐调复杂多变，因所用歌词几乎都是近体诗，曲长句短，就需添加衬字以就曲拍。

可以看出，海陶玮对词史的叙述，是吸收借鉴当时世界范围内较为权威的研究成果并经过融合理解后简要勾勒出的一部词史大纲。

当然，作为一个大纲式的简要词史，海陶玮对于词的探讨不可能十分深入。事实上，关于词的起源的探讨和研究是词学研究史上最基本也最复杂的问题，几乎从晚唐五代开始一直争论到千余年后的今天，

---

① 转引自顾伟列《20 世纪中国古代文学国外传播与研究》，华东师范大学出版社 2011 年版；［日］铃木虎熊《词源》，载王水照、［日］保苅佳昭编，邵毅平译《日本学者中国词学论文集》，上海古籍出版社 1991 年版，第 32 页。

② Glen William Baxter, "Metrical Original of the Tz'u", *Harvard Journal of Asiatic Studies*, Vol. 16,（1953），pp. 108 – 145.

刘尊明、王兆鹏《词的本质特征与词的起源》，唐圭璋、潘君昭《论词的起源》，李昌集《词之起源：一个千年学案的当代反思》，叶嘉莹《论词之起源》等文章都从各个层面进行了研究和阐述，2000 年前后这方面的论文就有二百多篇，然而这个问题始终没有获得实质结论和权威意见。2011 年李飞跃《"词的起源"新论》总结归纳了学界对词源这一问题的不同观点，区别了"词的起源""词体起源"和"词体形成"的异同，指出词体的起源和形成经历了"词有定调""调有定格""格有定律"等阶段，"词的起源"是指词之为词的第一种形态特征的来源，整体而言，从词的乐曲形式看，有"胡乐说""中原音乐说"或"两者折中说"；从词的歌唱形式看，或着眼于词乐相配、按谱制调，认为词起源于齐梁或者起源于唐初，或着眼于令格与歌法，认为早期形式的"令词"起源于酒令或是按照歌谱填词兴起；从词的文本形式看，或者将语言文字作为词体构成的基本要素，或者将词的格律特征的形成作为"词的起源"，这种切入问题的不同角度和侧面造成"词源"的多重标准和结论的迥异。

对于"词源"这样一个国内学者尚且争论不休的问题，汉学家更感觉无从下手。1983 年英国著名的神话学家、翻译家、汉学家，剑桥大学教授白安尼（Anne M. Birrell）就曾感慨："事实上，这种形式（词）的起源仍然是一个激烈争论的问题，尚未得到令人满意的解决。"① 作为一位当时在汉学领域并无深厚积累的学者，在 20 世纪 50 年代面对这个尚无定论的问题，海陶玮也只能借助当时能够获得的较为权威的研究成果，简要地介绍词的内涵特征和历史演变。其重要意义在于：海陶玮贡献了一部基本符合当时学界认识水平和普遍认可的简明扼要的"词史"，因为当时已经出版的英语世界第一部中国文学史——翟理斯《中国文学史》并未对"词"这种文体作出专门介绍，所以海陶玮《中国文学论题》专章对"词"简短而全面的介

---

① Anne Birrell, "Review on *Lyric Poets of the Southern T'ang*：*Feng Yen-ssu* 903 – 960, *and Li Yü* 937 – 978 by Daniel Bryant", *The Journal of the Royal Asiatic Society of Great Britain and Ireland*, No. 2, (1983), p. 349. Original text, "In fact, the origins of the form remain a hotly debated issue yet to be resolved satisfactorily."

绍，就成为西方世界较早对"词"这种文体作出论述的著作，从汉学史发展角度来讲是有重要意义的；同时，《中国文学论题》作为哈佛大学汉语文学教材，较早地向西方学者和读者介绍了"词"这种中国文学特有文体的发展演变，推动了汉语和中国文学的对外传播与影响。

第二节　海陶玮对周邦彦词和柳永词的学术翻译

海陶玮在翻译周邦彦词和柳永词的时候，虽然不再把注释评论等研究性质的翻译作为一个重点，但是仍然坚持自己的学术翻译风格。可以说，他对周邦彦词和柳永词的翻译，是把自己长期坚持的学术翻译理念在词这一文体领域的一次探索，无论是在翻译中加入注释、评论，还是对理解词作主题具有裨益的文化背景介绍，无论是把相同主题的词作进行互文印证来阐释词的主题涵义，还是在词作译文中始终坚持的忠实达意的严谨翻译，还有对词人作者相关问题的考证和研究等，都再次印证了海陶玮一贯追求严谨的学术翻译理念和策略。本节将以具体的词句译文为例，参照对比不同译者的不同译本，具体分析海陶玮对周邦彦词和柳永词进行学术翻译的具体表现。

一　"译—注—评"的翻译面貌

海陶玮对周邦彦词和柳永词的翻译，除了数量上比之前的译作大幅增加外，还在翻译的厚度和深度上进行了极大的拓展，他对两位词人译作的翻译都属于学术论文的一部分，介绍了词人的生平阅历、社会背景、性格特征、学人交游等情况，并坚持"翻译""注释""评论"为一体：翻译主要是对诗词译文进行英译；注释主要是对作品出处进行交代、词中语句进行解释说明等，这部分内容最初发表在《哈佛亚洲学报》时是页下脚注，1998 年收录在《中国诗词研究》时放在附件尾注；评论主要是交代词作的背景和主题，并逐行逐句地对诗词内容作出分析、研究和评价。海陶玮的译文从面貌上来讲，实际上是一篇注释精当、体例完备、译文优良的学术翻译论文。

关于词牌名的翻译，在《哈佛亚洲学报》作为论文发表时，他对周邦彦词牌名翻译采取"意译＋中文"的方法，并按照《全宋词》的顺序标号，如"13. To the tune 'The Whole River is Red' 满江红"，"88. To the tune 'West River' 西河"等；对柳永词牌名采取"意译＋音译"的方法，且注有《全宋词》中的篇目顺序，如"To the tune 'Spring in the House for Jade'（37）（Yü lou Ch'un）""To the tune 'Empty the Cup'（191）（Ch'ing pei）"，这些词作收录到《中国诗词研究》时，统一采用了"意译＋音译"的方法，并保留《全宋词》中的篇目编号。

关于正文的翻译，海陶玮非常注重阐释词句中影响阅读的典故，充分利用注释和评论的空间，对词的典故背景和主旨含义进行解释，举例说明如下：

《西河》（佳丽地）是北宋末年周邦彦创作的一首怀古咏史的佳作，入选了《宋词三百首》。这首词描写了金陵南京的景色，通过将历史时空中的人文意象与自然意象的对比，抒发了词人对人事沧桑的感慨和怀古幽思的感情。该词的艺术技巧历来为学者们所称道，因为周邦彦在此词中，"融化古人诗句如自己出"，充分发挥了自己的艺术长处，表达了词人古今兴亡之感慨。《联云韶集》评价这首词"纯用唐人成句融化入律，气韵沉雄，苍凉悲壮，直是压遍古今。金陵怀古词古今不可胜数，要当以美成此词为绝唱"。日本汉学家村上哲见评论此词："虽然几乎每一句都是六朝和唐代的诗歌，却丝毫不使人有不协调感，而通过联想可以将形象扩大。这样一种用典的效果，在这首词里发挥得很出色，同时天衣无缝地构成了一个其自身具有完整性的词的世界。"[①] 对于这样一首富含典故的词作，海陶玮先给出了全词的译文：

---

① ［日］村上哲见：《唐五代北宋词研究》，杨铁婴译，陕西人民出版社 1987 年版；转引自孙虹、任翌《周邦彦词选》，中华书局 2005 年版，第 115 页，该著作有"周美成词论"章节。

《西河》（佳丽地）　　To the tune "West River" 西河

1　佳丽地，　A place of beauties——

南朝盛事谁记？　Who remembers the glories of the Southern Dynasties?

山围故国绕清江，　Hills surround the old capital, where the River winds:

髻鬟对起；　Hairknots rising in pairs.

5　怒涛寂寞打孤城，　Desolation of angry waves beating against the lonely wall,

风樯遥度天际。　A wind-mast far off crosses the skyline.

断崖树，犹倒倚；　The tree still hangs over the abrupt cliff

莫愁艇子曾系。　That once tied Never-Clare's boat,

空余旧迹郁苍苍，　Sole surviving memento, lush green.

10　雾沉半垒。　Mist engulfs half the fort

夜深月过女墙来，　when the late night moon moves across the battlements.

伤心东望淮水。　From Happy Lookout to the east you see the River Huai.

酒旗戏鼓甚处市？　Where is it now, the market of wine of flag and carnival drum?

想依稀、　Once can barely imagine the Wangs and Hsiehs lived

王谢邻里，　here

15　燕子不知何世；　Where swallows, ignorant of human generations,

入寻常巷陌人家，　Fly to houses in ordinary lanes and converse together

相对如说兴亡，　As though talking about rise and decline in the setting

斜阳里。　　sun. ①

译文之后，首先介绍了南京（金陵、建康）在历史上的建都历史和与宋朝的时间距离，使读者明白"怀古"的感情基调。海陶玮认为："周邦彦的词唤起了人们对这个地方（金陵）的联想，巧妙地注入了文学的维度，以至于很容易忽略他编织在词作中的早期诗歌的片段。"② 这种认识基本上把握了这首词的主要写作技巧和理解诗意的关键。接着他从头到尾逐行解释了这首词的三阕内容，逐一解析了蕴含在诗句中的典故出处和来源：

首句"佳丽地"借用了南朝谢朓《入城曲》"江南佳丽地，金陵帝王州"，这里的佳丽指地名"金陵"，也为第四句"髻鬟对起"所暗指的女子佳丽做了铺垫；第三句"山围故国绕清江"和第五句"怒涛寂寞打孤城"隐括化用了唐代诗人刘禹锡《金陵五题》中最为著名的咏金陵作品——《石头城》的诗意，海陶玮指出并翻译了这首诗：

山围故国周遭在，　　Hills surround the old capital, a standing
rampart；

潮打空城寂寞回。　　The tide beats against empty walls and turns
away, desolate.

淮水东边旧时月，　　On the east shore of the Huai the moon of
old times

夜深还过女墙来。　　Still moves late at night across the battle-
ments. ③

---

① James Robert Hightower, "The Songs of Chou Pang-yen", *Harvard Journal of Asiatic Studies*, Vol. 37, （1977）, pp. 252 – 253.

② James Robert Hightower, "The Songs of Chou Pang-yen", *Harvard Journal of Asiatic Studies*, Vol. 37, （1977）, p. 253. Original text, "Chou Pang-yen's poem evokes the associations that cling to the site, injecting a literary dimension so skillfully that it is easy to overlook the fragments of earlier poetry that are woven into the fabric of his song."

③ James Robert Hightower, "The Songs of Chou Pang-yen", *Harvard Journal of Asiatic Studies*, Vol. 37, （1977）, p. 253.

周邦彦词句"夜深月过女墙来"与刘禹锡诗歌尾联"夜深还过女墙来"也非常相近，只是把"还"改为了"月"，而"月"字也出现在"夜深还过女墙来"的上一句"淮水东边旧时月"。

"断崖树，犹倒倚，莫愁艇子曾系"也化用了典故，莫愁是南朝的民间女子，那棵"莫愁艇子曾系"的断崖树，在诗人的想象中就是这位叫莫愁的女子留下的唯一回忆，典故来源于乐府《莫愁乐》，海陶玮翻译了这首乐府诗：

莫愁在何处？   Mo-chʻou, where is she?

莫愁石城西。   Mo-chʻou is west of Stone City.

艇子打两桨，   A skiff with two beating oars

催送莫愁来。   Is bringing Mo-chʻou here to me...[①]

"王谢邻里，燕子不知何世；入寻常巷陌人家"句，又隐括化用了唐代诗人刘禹锡《金陵五题》中另外一首诗《乌衣巷》，海陶玮也翻译了这首诗：

朱雀桥边野草花，   Beside Red Sparrow Bridge the wild grasses flower.

乌衣巷口夕阳斜。   Into Black Robe Lane the evening sun slants.

旧时王谢堂前燕，   Swallows which used to lodge with Wang and Hsieh

飞入寻常百姓家。   Now fly to the houses of ordinary folk.[②]

最后海陶玮指出："周邦彦的词句融合了直接观察、文学借用和历史典故三方面的内容，在这个主题上比那些刻板的作品更加有效地

---

① James Robert Hightower, "The Songs of Chou Pang-yen", *Harvard Journal of Asiatic Studies*, Vol. 37, (1977), p. 254.

② James Robert Hightower, "The Songs of Chou Pang-yen", *Harvard Journal of Asiatic Studies*, Vol. 37, (1977), p. 254.

再现了已经消逝的辉煌。"① 由此可以看出，他对词的注释和评论，基本上是以周邦彦"融化古人诗句如自己出"的技术技巧来切入的，并介绍翻译了相关的典故诗句，由此对诗文进行了更加广阔深厚的阐释，也使西方读者能够了解中国古代诗文典故累积化用的艺术特点。

比起对周邦彦词的翻译，海陶玮在翻译柳永词时，对于作品的注释评论明显减少，但对于其中确有必要的篇目，也给出了解释评论，比如柳永《柳腰轻》（英英妙舞腰肢软）：

柳腰轻　To the tune "Light Willow Waist"（Liu yao ch'ing）

1　英英妙舞腰肢软。　Ying-ying dances gracefully, her waist is supple——

章台柳、昭阳燕。　A Chang-t'ai Willow, a Chao-yang Swallow.

锦衣冠盖，　Brocade-robed, in caps of office,

绮堂筵会，　At the feast in the silk-hung hall.

5　是处千金争选。　They did thousands to choose the number.

顾香砌、丝管初调，　See the musicians turning up on the fragrant steps:

倚轻风、佩环微颤。　In the breeze her girdle pendants barely move.

乍入霓裳促遍。　Then she goes into the fast movement of the Rainbow Skirt

逞盈盈、渐催檀板。　And really shows what she can do, gradually stepping up the beat.

10　慢垂霞袖，　Slowly she lets her colored-mist sleeves fall,

急趋莲步，　Swiftly she moves her lotus steps——

进退奇容千变。　A thousand different marvelous postures.

---

① James Robert Hightower, "The Songs of Chou Pang-yen", *Harvard Journal of Asiatic Studies*, Vol. 37,（1977）, p. 254. Original text, "Chou Pang-yen's poem intermingles three strands——direct observation, literary borrowing, and allusion to history——to evoke vanished glories more effectively than the usual stereotype on this theme."

算何止、倾国倾城，　　She is not just a subverter of states and cit-ies——

暂回眸、万人肠断。　　When she slowly turns her gaze, it breaks a thousand hearts. ①

　　这是柳永描写女子舞蹈的词作，全篇层次感强，章法严谨，妙舞当花，奉为佳作。海陶玮在译词之后做了一段解释，首先介绍了这首词的整体背景，对词作的地点、人物和事件等基本信息都给予交代：从"绮堂"这个词可以看出，地点可能是在私人宅邸，而不是在青楼妓院。"锦衣冠盖"说明看客们都是当地的达官贵人，他们在举办聚会，一位名叫"盈盈"的女子起舞助兴，为了获权能够亲点舞曲，这些达官贵人争相竞价给这位舞女丰厚的礼品或酬劳。接着，海陶玮重点介绍了一些与中国传统习俗文化和典故故事相关的词汇："千金"是一种夸张的说法，经常被用作"千金一笑"；"丝管"是用来弹奏舞曲的乐器；"霓裳"是"霓裳羽衣曲"这首乐曲的简要名字，与唐玄宗杨贵妃的故事有关，是著名的舞曲；"倾国倾城"是用来形容女子仪容美丽的固定用语。最后总结了这首词的主旨："这首词表明，虽然每一位观众都为之倾倒，但她可能并不容易接近。"② 这样的评价未必准确，因为尾句"万人肠断"其实是用舞女结束舞蹈前惊鸿一瞥——"暂回眸"给观者带来的荡气回肠的震撼感受来形容喜爱至极的感情，而没有"肠断"通常具有的"形容悲伤到极点"的色彩。

二　文化背景的补充介绍

　　中国古典诗词往往是作者羁旅行踪和思想感情的记录和抒发，所

---

　　① James Robert Hightower, "The Songwriter Liu Yung: Part I.", *Harvard Journal of Asiatic Studies*, Vol. 41, (1981), pp. 341 – 342.

　　② James Robert Hightower, "The Songwriter Liu Yung: Part I.", *Harvard Journal of Asiatic Studies*, Vol. 41, (1981), p. 342. Original text, "The song suggests that while everyone in the audience is ready to fall in love with her, she may not be readily accessible."

以作者生平阅历对理解诗文含义往往起到非常重要的作用，对于作者及其创作背景的介绍，也往往是赏析中国传统诗文不可或缺的重要环节。在翻译周邦彦词和柳永词时，海陶玮查询了大量有关的注释、笺疏、笔记等古籍，翻译相关词作的同时，也会介绍一些相关的背景和故事，以便于西方读者更好地理解诗词。

在翻译周邦彦《少年游》（并刀如水）和《兰陵王》（柳阴直）时，海陶玮就介绍了广为流传的周邦彦与宋代歌姬李师师以及宋徽宗赵佶之间的情史逸事。周邦彦正与李师师相会之际，恰巧宋徽宗也临时造访，周邦彦情急之中躲于床榻之下，听到了两人柔情蜜意的约会，乘兴做了《少年游》（并刀如水）的上佳之词。事后李师师竟把这首词唱与徽宗，徽宗遂知晓那天约会周邦彦在场，于是怒将周邦彦贬外流放，李师师心痛不已。后来徽宗又在私会李师师时，听到李师师演奏她与周邦彦惜别之时对方所作的《兰陵王》（柳阴直），甚是欣赏，遂命召周邦彦回京并任命官职。海陶玮介绍这段轶事时并不是道听途说或自行表述，而是参照了南宋两个奇闻逸事笔记，分别是张端义《贵耳集》和周密《浩然斋雅谈》，对故事背景的翻译主要来源于周密《浩然斋雅谈》。

当然，海陶玮也对这种故事背景发表了自己的看法，他认为，南宋对这两首词作背景故事的记载完全是捏造的。这些奇闻逸事连词人自己听了可能都会感到惊讶和痛苦，显然是虚构夸张的，但却成为词人根深蒂固的传奇故事并广为世人所知，至少作为一种娱乐谈资。判定这些笔记所载是虚构的，海陶玮也做了简单的分析，主要是时间上存在抵牾之处，且这个故事情节本身存在不合理因素。周密《浩然斋雅谈》说这个故事发生在 1119 年，虽然符合徽宗在任时微服私访的风流逸事，但周邦彦出生在 1057 年，那个时候已经 62 岁高龄了，如此年长的政府官员钻在床下有些不合情理，而且李师师竟然当着徽宗的面演唱此词，并在徽宗询问词曲作者时脱口而出如实回答，后来徽宗竟然依从青楼名妓的说辞赐给周邦彦官职等，这些不合理的因素都使得"故事因自身不合理的设定而失败"①。《兰陵王》（柳阴直）作为一

---

① James Robert Hightower, "The Songs of Chou Pang-yen", *Harvard Journal of Asiatic Studies*, Vol. 37, (1977), p. 238. Original text, "the story falls of its own weight."

部词人以此赎身返回官场的作品，在情节上似乎合理，但是从内容来看，这首词只是单纯表达了词人告别京都的情景，并没有显示出与那些奇闻逸事有任何联系，"对于不熟悉周邦彦作品的读者来讲，这很可能是需要一些介绍"①。

与翻译周邦彦词一样，海陶玮对柳永词的翻译也时常介绍词作相关的历史背景和奇闻逸事。比如柳永《望海潮》（东南形胜），译文如下：

《望海潮》（东南形胜）　To the tune "Viewing the Tide"（Wang hai ch'ao）

1　东南形胜，　The Southeast is the best location：

三吴都会，　The river metropolis of Wu，

钱塘自古繁华。　Ch'ien-t'ang, that flourished from old.

烟柳画桥，　Misty willow and painted bridges.

5　风帘翠幕，　Are green curtain and windscreen；

参差十万人家。　Houses of all sizes, of a hundred thousand families.

云树绕堤沙，　Cloud-tree wind with the dykes，

怒涛卷霜雪，　Angry waves curl into frosty snow——

天堑无涯。　A natural bulwark, boundless.

10　市列珠玑，　In the markets, pearls displayed.

户盈罗绮，　Houses filled with silks——

竞豪奢。　All vie in extravagance.

　重湖叠巘清嘉，　The twin lakes, the layered hills, make a scene of transparent beauty：

---

① James Robert Hightower, "The Songs of Chou Pang-yen", *Harvard Journal of Asiatic Studies*, Vol. 37, (1977), p. 239. Original text, "It is likely to strike a reader unfamiliar with Chou Pang-yen's work as needing some kind of introduction."

有三秋桂子，	There on sees the autumn cassia.
15 十里荷花。	And ten miles of lotus flowers.
羌管弄晴，	Sound of a Tibetan flute as the sky clears.
菱歌泛夜，	And Water chestnut Song floats through the night.
嬉嬉钓叟莲娃。	Laughing and flirting, the fishermen and the lotus girls;
千骑拥高牙，	A thousand riders hold high the Governor's banner.
20 乘醉听箫鼓，	Drunk, one can listen to the fife and drum.
吟赏烟霞。	And write a poem in praise of the scene.
异日图将好景，	Another day I shall make it into a painting.
归去凤池夸。	To take back to Phoenix Pool and brag. ①

在注释中，海陶玮对其中的名句"三秋桂子，十里荷花"做了大篇幅的相关背景知识介绍，翻译了宋代罗大经记有宋代文人轶事的《鹤林玉露》，其中记载了有关这首词的两则奇闻轶事，一则是关于此词的创作背景，即柳永创作《望海潮》成功晋见状元孙何的故事。柳永与孙何在汴京时曾同在王禹偁门下游学成为布衣之交，后柳永漫游杭州却因门禁森严无法拜访当时在杭州为官的状元孙何，于是填词作曲《望海潮》一首，拜托杭州著名歌妓楚楚在中秋宴会孙何面前演唱，从而获得与昔日朋友相见的机会；另一则是关于此词的广泛影响，即金主以此词之缘故发兵攻占南方之地而受人责怪的故事：据说《望海潮》流播甚广，金国国主完颜亮惊叹于词中描写的北宋仁宗时期的杭州西湖的繁华景象，特别是被其中的名句"三秋桂子，十里荷花"所触动，遂发动战争，攻占江南。谢处厚为此还写了一首诗责怪柳永，"谁把杭州曲子讴，荷花十里桂三秋。那知卉木无情物，牵动长江万里愁。"海陶玮翻译介绍了罗大经《鹤林玉露》对此词的评价，此词

---

① James Robert Hightower, "The Songwriter Liu Yung: Part II.", *Harvard Journal of Asiatic Studies*, Vol. 42, (1982), pp. 39 – 40.

虽然"牵动长江之愁",但也为"金主送死之媒",并不足恨,倒是对于荷桂美景的描绘使士大夫流连于美景歌舞,遂忘中原,是可深恨。因此也有和其诗云:"杀胡快剑是清讴,牛渚依然一片秋。却恨荷花留玉辇,竟忘烟柳汴宫愁。"通过对《鹤林玉露》中奇闻轶事的介绍和翻译,读者不仅能从这首《望海潮》(东南形胜)中体会到杭州美景的描写,更能对其中的历史背景、文人趣事、学者评价等产生更加立体丰富的了解。

三 互文印证的主题阐释

柳永在屡试不第之后,沉醉于青楼酒肆之间,与当时的歌妓舞女交往频繁密切,经常帮助教坊乐工和歌伎填词,歌妓生活成了他主要的歌咏对象,大量描写了女子内心世界的苦闷忧怨和男女之间的复杂感情,"耆卿失意无聊,流连坊曲,遂尽收俚俗语编入词中,以便伎人传唱"(宋翔凤)。现存柳永词有关男女恋情方面的词作有150余首,占到柳永词作的一半以上,也奠定了柳永词的创作风格和文学地位。

海陶玮在翻译这些恋情词作时,不再把解释词中语句和典故作为重点,而是着眼于介绍这些同类主题词作的类型和联系。如在翻译《满江红》(万恨千愁)和《迎春乐》(林中商)这两首恋情词时,就在这两首词作中间加了这样一段话:

> More often he is sad, but she is out of reach (No. 94), and he can only recall their happiness together (Nos. 87, 128); he may imagine she shares his feelings (Nos. 56, 106, 123), or wonder whether she has a new lover (No. 125); he reads her old letters (No. 57) or looks at her picture (No. 58), dreams of her (No. 92) or vainly tries for a dream of her (No. 66). [1]

---

[1] James Robert Hightower, "The Songwriter Liu Yung: Part I.", *Harvard Journal of Asiatic Studies*, Vol. 41, (1981), p. 356.

由此可以看出，海陶玮是把这类男女情爱主题词作放在一起考虑的，并在此归纳了男女恋情的几种情形：

经常可见的主题是"女子不得，男子伤心"，比如"怎向心绪，近日厌厌长似病。凤楼咫尺，佳期杳无定。展转无眠，粲然冰冷"。［Why is it I feel, Depressed of late, like being always sick? Her phoenix house is near but no date for a meeting, Tossing and turning, no sleep, The shiny pillow ice cold, 《过涧歇近》（中吕调），第94首］。

还有男子回忆昔日两人共度良宵的日子，比如"文谈间雅，歌喉清丽，举措好精神。当初为倚深深宠，无个事，爱娇嗔"［A singing voice fine and clear, her actions spirited and lively. She used to take advantage of my infatuation and make a charming show of anger for no reason at all, 《少年游》（蛋黄衫子郁金群），第87首］，"夜永有时，分明枕上，觑着孜孜地"（Sometimes when the nights are long, quite clear, on the pillow I see her here, happy, 《十二时》（秋夜），第128首）。

男子想象着女子能够体会他的情感，比如"那里独守鸳帏静，永漏迢迢，也应暗同此意。"［I imagine your beauty, Alone there within the lovebird curtain, quiet, With the clock eternally dripping away, You must secretly feel the same way I do, 《梦还京》（大石调），第56首］，"鸳帏寂寞，算得也应暗相忆"［In the quiet of the lovebird curtain, I am sure she too will be secretly thinking of me, 《六幺令》（仙吕调），第106首］和"算伊别来无绪，翠消红减，双带长抛掷。单泪眼沉迷，看朱成碧。惹闲愁堆积"［I bet she has been sad since I left. As greens pass and pinks disappear she will long since have laid aside the love-knot belt, But her eyes will swim with tears when she sees the pink turning to green. It rouses stored up melancholy, 《倾杯乐》（散水调），第123首］。

或描写男子猜疑女子是否有了新欢，如"遥夜香衾暖，算谁与。知他深深约，记得否？" ［Through the long night the fragrant quilt is warm, who does she share it with? I wonder if she remembers the solemn oath she swore? 《迷神引》（中吕词），第125首］。

或描写男子读到了女子旧时信笺，如"锦囊收，犀轴卷。常珍重，小斋吟玩。更宝若珠玑，置之怀袖时时看。似频看，千娇面"。[Mounted on brocade on a roller of horn, forever a treasure, to hold and recite in my little study room. More precious than pearls, I keep it in my sleeve to read now and again—— It is like seeing once more her face of a thousand charms,《凤衔杯》（大石调之一），第57首]，或目睹了她的画像，"更时展丹青，强拈书信频频看。又争似，亲相见。"[From time to time I unroll her picture, And read over her letters again—— It's no good——not like seeing her face to face,《凤衔杯》（大石调之二），第58首]。

或者男子梦见了女子，"一枕清宵好梦……又争似，却返瑶京，重买千金笑"[A single pillow, clear night, and a nice dream…Surely it was best to go back to the jade hall, And spend a thousand of gold to buy a smile again.《轮台子》（中吕调），第92首]，或徒劳地想梦见女子，"空床展转重追想，云雨梦，任攲枕难继。"[Tossing and turning in my empty bed, over and over I recall the rain and clouds dream that will not go on, however I lie,《婆罗门令》（昨宵里恁和衣睡），第66首]。

柳永恋情词的题材相同，情节也基本相似，多是两地相思、魂牵梦绕，但相关词作却不落俗套，很少重复，以千姿百态的面貌出现，其中所传递的情愫，有的清浅直诉，有的委婉曲致，有时蕴含着对往事悲欢离合的回忆，有时也渗透着对情人间柔情蜜意的不舍，表达的情感时而热烈浓厚、鲜明生动，时而伤感缅怀、离情别恨，时而落寞茫然、婉转动人，海陶玮在阐释这些恋情词时，总结归纳了这些词作的不同描写类型和情感侧重，对理解柳永恋情词内容和技巧的多样性和丰富性非常有效。

四　忠实达意的严谨翻译

周邦彦的名篇《少年游》（并刀如水）和《玉楼春》（桃溪不作从容住）是至今颇受学界关注、出现译本最多的两个词篇，柳永《倾杯》（鹜落霜洲）和《定风波》（自春来）是海陶玮参与翻译的译本较多的两个词篇。下面将以这 4 首词为例，从不同译本对比的角度来体会和分析海陶玮译词过程中所坚持的忠实达意的翻译理念和策略。

周邦彦《少年游》（并刀如水）是一首恋情词，通过细致曲折地刻画人物之间的心理状态，表露出男女彼此相爱的心理，《古今词论》引毛稚黄（先舒）评此词"意思幽微，篇章奇妙，真神品也!"因为这首词附会于李师师、宋徽宗和周邦彦的儿女情怨，所以多见于宋人笔记，也引起后世兴趣和关注。海陶玮的译文如下：

少年游　Youthful Diversions

1　并刀如水，　　A Ping-chou knife like water.

　　吴盐胜雪，　　Salt of Wu surpassing snow：

　　纤指破新橙。　Slender fingers peel the new orange.

　　锦幄初温，　　The brocade bed-curtain grows warm.

5　兽香不断，　　And incense keeps rising from the burner,

　　相对坐调笙。　As she sits opposite playing her flute.

　　低声问：向谁行宿？　In a low voice she asks, Where will you spend the night?

　　城上已三更。　The third watch has already sounded from the city wall,

　　马滑霜浓，　　And a horse would slop on the thick frost.

10　不如休去，　　Best not leave.

　　直是少人行!　Few people will be out so late. ①

关于这首词，中国香港著名翻译家刘殿爵（D. C. Lau, 1921—2010）在香港《译丛》上也发表过一篇译文，按照《译丛》的体例要求，刘殿

---

① James Robert Hightower, "The Songs of Chou Pang-yen", *Harvard Journal of Asiatic Studies*, Vol. 37, (1977), pp. 237 – 238.

爵先展示了竖版繁体的书法体中文词作，然后是中英译文，英文如下：

To the tune of Shao-nien yu

1 The knife shimmers like water,

   The salt is whiter than snow.

   The slender finger cut the new orange.

   The curtains of brocade freshly warmed,

5 The incense from the burner rises unbroken.

   Facing each other, they sit playing the pipes.

   In a low voice she asks,

   "Where are you putting up for the night?

   The third watch has sounded on the city walls.

10 It's slippery for the horse on the thick frost.

   I'd rather you didn't go.

   The streets are all but deserted outside."①

　　由海陶玮译文和刘殿爵译文可以看出两人所采取的"归化"与"异化"的不同翻译策略。海陶玮追求"异化"翻译，力求译文对原文每一个词句都有所对应，完整传达并反映出原作所体现出的文化传统和语言风格，比如首句"并刀如水，吴盐胜雪"，是关于两件简单器物的描写，也是整首词作环境的特写镜头，他对"并刀""吴盐"两个器物都进行了完整的传达，翻译为"A Ping-chou knife""Salt of Wu"，并把这两句用短语形式翻译出来，而刘殿爵则更多地照顾到西方读者的理解能力，并没有翻译出"并州出产的刀"和"吴地出产的盐"等信息，而是直接译为"The knife""The salt"，同时用完整的英文句子，把原文中暗含的"刀如水"之"亮"和"盐如雪"之"白"明确译出："The knife shimmers like water""The salt is whiter than snow"，

---

① Lau D. C. "Twenty Selected Lyrics", *Renditions*, No. 11 & 12, (1979), p. 20.

可以想见，英文读者通过刘殿爵译文完全能够直接地理解词作的原意。尾句"直是少人行！"，海陶玮译为"Few people will be out so late."，基本上是原文的再现直译，而刘殿爵译为"The streets are all but deserted outside."，用"all but deserted"强调了街上空寂凄凉，空无一人的情景，语意得到加强。

关于"相对坐调笙"的翻译，海陶玮和刘殿爵也有一些差异，海陶玮译为"As she sits opposite playing her flute"，着眼于描写女子的动作，突出女子调笙奏乐以供男子享乐的关系，同时也用"opposite"这个词译出了两人"相对而坐"的位置关系。刘殿爵译为"Facing each other, they sit playing the pipes."，他把"调笙"作为两人的动作，描写两人面面对坐、共调笙乐、共享乐妙的情景，突出了两人通晓声律、柔情蜜意的知音关系，对原作中强调的男女情感描写得更加浓厚和温馨。

另外，对于女子"低声问"之后的几句话语，两人也采取了不同的处理办法。"向谁行宿，城上已三更。马滑霜浓，不如休去，直是少人行。"是女子低声问询男子的话语，刘殿爵采取了直接引用的办法，把"Where are you putting up for the night? ……The street are all but deserted outside."都加了引号，让西方读者更加容易地理解到这部分话语的主语，而海陶玮更偏重于原作的表达，全部译出了原作中女子的话语，并仿照原作的表达形式，未添加引号。

两人翻译策略的不同，跟译者的身份和文化背景以及发表刊物的定位都有关系。海陶玮翻译宋词，主要是想展示中国文学特有文体的深刻意蕴和中国传统文化的内涵，因此以忠实准确地传达原文涵义为主要翻译目标。刘殿爵是中国香港著名翻译家、语言学家，香港词人刘伯端之子，曾在中国香港和苏格兰求学，后担任伦敦大学中文讲座教授，是英国首位担任中文讲座教授的华人学者。他兼具中西学术训练，治学严谨，翻译了《老子》《孟子》《论语》等中国古籍经典，译风精炼澄澈，言简意赅，被奉为权威译本和学术典范，钱锺书读其《论语》译著序文后即感慨："真深思卓识之通人，岂仅迻译高手而已！"香港中文大学评价："D. C. Lau 之名，在欧美汉学界，几无人不晓。" 1979

年刘殿爵在香港《译丛》上发表了《二十首词》，精选了词人韦庄、牛希济、李煜、欧阳修、晏几道、苏轼、秦观、周邦彦、李清照、辛弃疾和蒋捷等的词作，周邦彦词只选了这首《少年游》（并刀如水）。《译丛》杂志是1973年由香港中文大学创办，"致力于向西方读者介绍中国文化，满足外国读者对中国文化的兴趣，以中国的视域向其提供原始素材"①（《发刊词》），通过翻译中国文学作品助推"中国文学走出去"，使西方读者能够了解和阅读中国文学的特有魅力，搭建中西方文化交流的桥梁，所以刘殿爵的译文对中国传统文化的理解更加深厚，翻译更加灵活，也更符合《译丛》传播中国文学的目标。

《玉楼春》（桃溪不作从容住）是周邦彦关于恋爱相思的一首词，描写了词人与情人分别之后故地重游的惆怅失落之情，全词内容丰富且充满美感，通篇对比烘托，凝重流丽，情深意长，艺术颇为纯熟。《白雨斋词话》评价此词"似拙实工"②，《云韶集》认为此词"只纵笔直写，情味愈出"③。下面分别是海陶玮与其他译者克拉拉·坎德林、宇文所安的译文：

玉楼春
To the tune "Spring in the House of Jade"

——James Robert Hightower

1　桃溪不作从容住，　I didn't get to stay at Peach Brook undisturbed.

秋藕绝来无续处。　Once broken, autumn lotus threads will not join again.

当时相候赤阑桥，　She waited for me then by Red Rail Bridge,

---

① Li Chon-ming, "Foreword", *Renditions*, No. 1, (1973), p. 3.

② （宋）周邦彦著，罗忼烈笺注：《清真集笺注》（上编），上海古籍出版社2008年版，第77页。

③ （宋）周邦彦著，罗忼烈笺注：《清真集笺注》（上编），上海古籍出版社2008年版，第77页。

今日独寻黄叶路。　　Now I seek the yellow-leaf path alone.

5　烟中列岫青无数,　　No counting the green ranked peaks in the
mist,

雁背夕阳红欲暮。　　Wild geese back the evening sun, and red
fades to dusk.

人如风后入江云,　　She is like the wind-driven cloud merging
with the River.

情似雨馀粘地絮。　　My love resembles willow fluff stuck to the
ground after the rain. ①

A WIND-TOSSED CLOUD
——Candlin Clara M.

1　Tao Chi Stream let flows unchecked;

Lotus roots, in autumn cleft,

Never join as on again.

On a time I waited there.

5　By the arched vermilion bridge.

Now I trace where yellow leaves,

Strew the ground, and walk alone.

In the mist a row of peaks:

Azure hills innumerable.

10　Where the wild goose spreads its wings,

Sunset burns and fades.

Man is like a wind-tossed cloud,

Fallen in the river's surge.

All my heart's emotions seem,

---

① James Robert Hightower, "The Songs of Chou Pang-yen", *Harvard Journal of Asiatic Studies*,
Vol. 37, (1977), pp. 266 – 267.

15　Willow seed rain-battered to the ground. ①

Spring in the Mansion of Jade（**Yu-lou chun**）

————Owen Stephen

1　At peach Greek I did not stay,

　　Enjoying myself at leisure;

　　Once lotus roots break in fall,

　　They never can be rejoined.

5　I waited for her back then

　　on the bridge with red rails,

　　and today I follow all alone,

　　a path of yellow leaves.

　　Lines of hilltops in the mist

10　Green beyond counting,

　　Geese turn their backs to evening sun,

　　Toward dusk growing redder.

　　The person, like clouds coming after the wind

　　and moving onto the river;

15　the passion, like floss that sticks to the ground

　　in the afternoon of rain. ②

　　从以上译文可以看出，关于这首词作的主旨和内涵，译者们的理解都基本相同，只是在翻译上呈现出不同的面貌。

　　海陶玮在译文前后对这首词做了一定的解释。他说，周邦彦最为著名的作品是长词，因为这种形式有足够的空间来表达复杂的情思和

---

　　① Candlin Clara M., *The Herald Wind*: *Translations of Sung Dynasty Poems*, *Lyrics and Songs*, London: J. Murray, 1933, p. 65.

　　② Owen Stephen, *An Anthology of Chinese Literature*: *Beginning to* 1911, New York and London: W. W. Norton & Company, 1996, p. 577.

变化的情绪，也会使得词作更加婉转动人，而且这些长词的叙述框架是可以辨识的。同时他认为，周邦彦在短词中也可能隐含着一种微妙的叙述方式，其中的代表作品就是《玉楼春》（桃溪不作从容住）。译文之后，海陶玮概括性地解释了词作的主要意思，并对"桃溪"和"秋藕"两词做了重点解释，因为上阕前两句用这两个词是翻用熟典，成为表达人生无奈的佳句，也是全篇对比手法的起始，对理解全文起着关键作用。

美国学者克拉拉·坎德林（Clara M. Candlin Young）的译文产生于 1933 年，大概为这首词最早的译文。国内关于克拉拉·坎德林的介绍较少，学者江岚在报纸发表《重洋路远花犹红》中简要介绍过她的简历。[①] 克拉拉 1883 年出生，父亲乔治·托马斯·坎德林（George Thomas Candlin）神父曾在燕京大学教授神学，同时也非常热爱中国文学，著有《中国小说》（1898），是较早在英语世界译介中国小说的学者。克拉拉受父亲感染也走上中国文学研究的道路，并选择诗词作为自己主要的研究对象，其译文和研究也曾得到钱锺书的关注和书评。1933 年克拉拉出版了《风信子：宋词及其他歌词选译》（*The Herald Wind：Translations of Sung Dynasty Poems，Lyrics and Songs*）一书，由中国学者胡适作序，翻译了宋代词人李煜、欧阳修、周邦彦、李清照、辛弃疾等 26 人的词作和几首民歌，其中就有周邦彦的《玉楼春》（桃溪不作从容住）。她整体上采用了散体意译的方法，比如词牌名，她的译法与其他学者完全不同，不是音译或音译出"玉楼春"，而是另辟蹊径，在深入理解原文主题的基础上，习惯于另起一个词题，这里的"玉楼春"，她译为"A WIND-TOSSED CLOUD"（风云），来源于原作中的词眼句——"人如风后入江云"（Man is like a wind-tossed cloud），也表达了原作的主题基调，有助于西方读者在对中国文学普遍还很陌生的情况下，从题目就可以较为准确地理解原文的情感。

宇文所安（Stephen Owen，1946—）是哈佛大学比较文学系和东亚语言文明系教授，主要研究中国古典文学和比较诗学，他采用一

---

① 江岚：《重洋路远花犹红》，《中华读书报》2019 年 7 月 3 日第 18 版。

种重韵律、有节奏的翻译风格，每一行词都采用两行来排列译文，把《玉楼春》前后阕用相同格式翻译得整齐有序又具有抑扬顿挫的美感。

对比以上几种译文，如"桃溪不作从容住"，克拉拉基本依照原来的叙述角度译为"Tao Chi Stream let flows unchecked"，而海陶玮和宇文所安都转而采用主体的叙述视角，分别译为"I didn't get to stay at Peach Brook undisturbed."和"At peach Greek I did not stay"，把原词中以景物为主语的句子，转为以人物作为暗含主语明确下来并译出。关于"桃溪"的翻译，克拉拉采用了音译"Tao Chi Stream"，而其他译者都采用了意译的方法，更好地传达了原作中桃花流水的文化含义和内在感情。对于"从容"的翻译，海陶玮和克拉拉各用了一个形容词"undisturbed"（未被打搅的、泰然自若）和"unchecked"（不加约束的，不受限制的，放任的）来表达从容不迫的情态。宇文所安的译文照顾到了两者的不同优势，既明确了这里暗含的主语，又照顾到"从容"更为贴近的翻译，并在翻译形式和风格上更进一步，译为：

> At Peach Greek I did not stay
> Enjoying myself at leisure;

在把景物主语转化为人物主语的过程中，海陶玮还以"她"和"我"的男女视角来翻译其中的两组排句，相互对照，相互呼应，用人称和格式传达了一种男女情人之间的遥相呼应和心心相印的感情，比如：

> 当时相候赤阑桥，　　She waited for me then by Red Rail Bridge,
> 今日独寻黄叶路。　　Now I seek the yellow-leaf path alone.
>
> 人如风后入江云，　　She is like the wind-driven cloud merging
> with the River.
> 情似雨馀粘地絮。　　My love resembles willow fluff stuck to the

ground after the rain.

"人如风后入江云"出现了以"人"为主语视角的表达形式,克拉拉把这个"人"还原为男性作者本人,译为"man like wind after enter river cloud",宇文所安并没有着意把这里的"人"落实为性别的男子或女子,而是译为"The person, like clouds coming after the wind and moving onto the river",而海陶玮为了营造男女主体对应的翻译风格,把这里的"人"译为"女子"。

整体而言,海陶玮的翻译是在把握词作主题基础上,尽量采用规范的句子来完整传达原作的含义,并在注释评论中对作品的主题大意和典故内涵做出解释;克拉拉整体上采用了散体意译的翻译风格,并不讲究译文与原文的精准对应,也不以传达中国古典诗词中的典型意象和异国情调为目标,而是与作家背景的译者更为靠近,倾向于用简练的语言和散文化的格式来表达自己的思想;宇文所安的译文非常重视韵律节奏,突出了诗词的韵律美感。

下面再来分析柳永词的翻译。

《倾杯》(鹜落霜洲)是柳永创作的一首以羁旅行役为主题的词作,抒发了词人漂泊的苦况、内心的苦闷和思乡的惆怅。海陶玮的译文如下:

《倾杯》　to the tune "Empty the Cup" (Ch'ing Pei)

1　鹜落霜洲，　A Wild goose settles on the frosty isle,

　　雁横烟渚，　Ducks cross the misty shore,

　　分明画出秋色。　Sketching an unmistakable autumn scene.

　　暮雨乍歇，　The afternoon rain has stopped.

5　小楫夜泊，　My little boat moored for the night,

　　宿苇村山驿。　I lodge at the hill station by the village in the reeds,

　　何人月下临风处，　Who is it under the moon in the breeze,

　　起一声羌笛。　Playing the Tibetan flute?

离愁万绪，　I hear a thousand threads of homesickness,

10 闲岸草、　In the cricket's chirping like a weaver's shuttle,

切切蛩吟如织。　In the grass on the shore.

为忆芳容别后，　It makes me remember, After leaving her lovely presence.

水遥山远，　By water far, over mountains distant,

何计凭鳞翼。　There has been no fish or bird to send her news.

15 想绣阁深沉，　I imagine her in her secluded room,

争知憔悴损，　But how could she know the haggard

天涯行客。　Traveler at the world's end?

楚峡云归，　The cloud from the Ch'u gorge has left,

高阳人散，　The drinking companions are scattered,

20 寂寞狂踪迹。　Subsided now the mad adventures.

望京国。　Looking toward the capital,

空目断、远峰凝碧。　I gaze in vain at the clotted green on distant hills.①

这首词还有加拿大华裔汉学家梁丽芳（Winnie Lai-Fong Leung）的译文。梁丽芳是加拿大阿尔伯塔大学东亚系终身教授，加拿大华裔作家协会执行会长，致力于中国文学的翻译、研究、教学和传播，研究领域主要有中国古典文学、当代文学和加拿大华人文学。在中国古典文学方面的代表作品是《柳永及其词之研究》（1985）。梁丽芳1979年发表在香港《译丛》杂志上的《倾杯》译文只有上阕，是她挑选的13首柳永词之一。按照《译丛》体例，她先是以竖体右起排版和中国传统书法体来展示中文词作，然后用中英文对照的方式，列出词作译文，并未做更多的注释和评论，英文译文如下：

---

① James Robert Hightower, "The Songwriter Liu Yung: Part II.", *Harvard Journal of Asiatic Studies*, Vol. 42, (1982), pp. 54 – 55.

To the Tune of Ch'ing pei

1   The wild ducks descending on the frosty isles,

    And the wild-geese flying across the misty sand bank.

    Clearly delineate an autumn scene.

    The evening rain has just stopped.

5   At nightfall, I moor my small boat by the riverside,

    And lodge in a post-house up the hill in the reeded village.

    Facing the wind in the moonlight

    Who is there playing the Ch'iang flute?

    Hearing the crickets in the store grass,

10 I am filled with the sorrow of parting. ①

另外，香港《译丛》也发表过另外一位学者艾德温·克兰斯顿（Edwin A. Cranston，音译）关于《倾杯》的译文，艾德温·克兰斯顿是哈佛大学日本古典文学的教授，也从事日文和英文诗歌的翻译和创作，代表作有《和歌选集》（*A Waka Anthology*）等。艾德温·克兰斯顿也是先把中文词句用繁体竖排的秀丽楷体显示出来，然后再排列英文译文，译文后被收录到《古词银库》（*A Silver Treasury of Chinese Lyrics*）中②，如下：

To the Tune "Empty the Cup"

——Edwin A. Cranston

1   Ducks alight on the frosty isle,

    Geese skim along the misty strand：

    Autumn colors painted to the life.

    The evening rain stops；

---

① Winnie Lai-Fong Leung, "Thirteen Tz'u by Liu Yung", in *Renditions*, No. 11 & 12, (1979), pp. 66 – 67.

② Edwin A. Cranston, "To the Tune 'Empty the Cup'", in Alice W. Cheang, *A Silver Treasury of Chinese Lyrics*, Hong Kong：The Chinese University of Hong Kong, 2003, pp. 36 – 38.

5　my little skiff puts in by a village in the reeds；

I lodge at the hill station above.

Off in that windy spot beneath the moon，

who is it playing the Tibetan flute?

Myriad threads of pitied grief：

10　hear them in the grasses on the bank——

chirrick-chick the crickets cry：their weaver's song.

They make me remember

how after parting with that fair-faced one

the rivers rolled beyond distant ranges，

15　and there were no fins or wings to carry news.

I think of her embroidered chamber，its deep recess…

Can she guess how worn he is with grief，

This traveler beneath out land skies?

Love's cloud has gone back to the forges of Chu，

20　the friends of the wine flask have scattered，

traces of mad revels long effected.

I gaze toward the royal domain…

Vision fails，cut off-far peaks，fastnesses of blue. ①

　　对比海陶玮、梁丽芳和艾德温·克兰斯顿 3 种版本的译文，可以看出：

　　从译文完整性来讲，海陶玮和艾德温·克兰斯顿的译文都翻译了全文，展示了《倾杯》（鸳落霜洲）的全貌，梁丽芳只翻译了上阕的译文。

　　从译文与原文的对应来看，海陶玮的译文比梁丽芳和艾德温·克兰斯顿的译文更加接近于原文。比如上阕尾句"离愁万绪，闲岸草、

---

① Edwin A. Cranston, "To the Tune 'Empty the Cup'", *Renditions*, (Autumn, 2002), pp. 22 – 23.

切切蛩吟如织"，海陶玮译得非常细致，把"千愁万绪"的主体"我"明确译出，译为"I hear a thousand threads of homesickness"，并且用"homesickness"点出了"思乡"的主题，"吟如织"译为"chirping like a weaver's shuttle"；艾德温·克兰斯顿把"离愁别绪"译为"Myriad thread of parted grief"，用简练的语言照顾到了原文的表达，"吟如织"译为"chirrick-chick the crickets cry：their weaver's song"，在这里，艾德温·克兰斯顿用象声词的修辞手法"chirrick-chick"仿拟了蟋蟀"唧唧吱"的叫声，呼应了原文中的"切切"，并用拟人手法翻译了"如织"。梁丽芳把"离愁别绪"译为"I am filled with the sorrow of parting"，用"the sorrow of parting"点出了"伤离"的苦痛，但是忽略了"吟如织"的翻译。

从译文用词来讲，3 位译者的翻译思路基本类似，译文的最大区别就是选词的不同。比如"鹜"和"雁"，海陶玮分别译为"A Wild goose"和"Ducks"，梁丽芳分别译为"The wild ducks"和"wildgeese"，艾德温·克兰斯顿分别译为"Ducks"和"geese"，从表面来看，海陶玮与其他两位译者用词正好相反，这显示了中国文化特有的一些名物在外译过程中经由不同译者对应不同英语词汇的现象。又如"宿苇村山驿"的"村山驿"，在这里主要指的是山村里的旅馆，也是旧时政府建立的传送文书、中途换马或出差住宿的地方。海陶玮和艾德温·克兰斯顿译为"the hill station"，梁丽芳译为"post-house up the hill"，更偏重于强调驿站的原始意义。再如"鹜落霜洲"的"落"，海陶玮着眼于静态描述，译为"settle"，梁丽芳着眼于动态过程的书写，译为"descending"，而艾德温·克兰斯顿则采取了一个兼具动词和形容词的"alight"，更加生动传神地描绘了鹜鸟飞落的姿态。

从翻译方式来看，发表在香港《译丛》上的梁丽芳和艾德温·克兰斯顿的译文都旨在让西方读者感受到中国古典词的魅力，所以只有英文译文，海陶玮坚持了一贯的注释评论型翻译方法，译文之外还有一定的词句解释。他在结尾还解释了"楚峡云归"的含义，他说"楚

峡的云是巫山的女神，曾拜见楚王；这是他的女朋友"①。这种解释笔
者并未在柳永词集笺注以及历代研究著作中查到相关出处和解释，但
这种解释确实更加深入地分析了原作中景物描写对主题烘托的作用。

《定风波》（自春来）是柳永以女子口吻所写的一首思恋词，上
阕描写了女子入春时节百无聊赖、心灰意懒的状态，下阕抒发了女
子悔恨设想当初应该竭力挽留男子、两人相伴厮守的心愿。海陶玮
译为：

《定风波》（自春来）To the tune "Stilling Wind and Waves" (Ting feng po)

1　自春来、　　With spring came,

　　惨绿愁红，　　Sad greens and bitter pinks——

　　芳心是事可可。　　Her delicate mind is indifferent to it all.

　　日上花梢，　　The sun has climbed to the tops of the trees in bloom,

　　莺穿柳带，　　Warblers thread through the willow strings.

6　犹压香衾卧。　　And still she lies on the perfumed coverlet,

　　暖酥消、　　The warm cream vanished,

　　腻云鬇，　　The glossy hair-cloud unkempt——

　　终日厌厌倦梳裹。　　All day long too depressed to do it up.

　　无那。　　So hopeless!

11　恨薄情一去，　　How she resents the sweet cheat gone away,

　　音书无个。　　And no sign of a letter!

　　早知怎么，　　Had I known it would be like this——

　　悔当初、　　Sorry I did not do it then.

---

① James Robert Hightower, "The Songwriter Liu Yung: Part II.", *Harvard Journal of Asiatic Studies*, Vol. 42, (1982), p. 55. Original text, "The cloud from the Ch'u gorge was the goddess of Wu mountain who visited the Ch'u king; here it's his girlfriend."

不把雕鞍锁。　Lock up your carved saddle;

向鸡窗，　In the study I would

只与蛮笺象管，　give you paper and brush,

拘束教吟课。　Keep you in and make you recite your lessons;

镇相随、　Always with you,

莫抛躲，　Never let you go away,

针线闲拈伴伊坐。　Idly sewing, I would sit at your side.

和我，　Be with me!

免使年少，光阴虚过。　Don't let the days of youth pass in vain. ①

在梁丽芳 1979 年发表在香港《译丛》上的 13 篇柳永词中，也有这首《定风波》（自春来），如下：

To the Tune of Ting feng-po

1　Ever since spring came with its grieving green and sad red,

　　I have lost interest in doing anything.

　　The sun has risen to the tip of the flowers;

　　The orioles are flying through the willow branches.

5　Still I lie on the perfumed quilt,

　　The warm cream on my face having faded,

　　My hair hanging down.

　　All day long I feel too languorous to do my make-up.

　　What else can I do?

10　I hate the fickle one, who, once gone,

　　Sends me not a word.

---

① James Robert Hightower, "The Songwriter Liu Yung: Part II. ", *Harvard Journal of Asiatic Studies*, Vol. 42, 1982, pp. 29 - 30.

Had I foreseen this, I would have locked his carved saddle.

Forcing him to sit in his study,

I would give him only Szuch'üan paper and an ivory brush,

15 And make him recite his lessons.

I would follow him closely, never leaving him alone.

Idly holding a needle and thread,

I would sit by him,

And he would be with me alone.

20 Thus, my youth would not be spent in vain. ①

对比海陶玮和梁丽芳的译文可以看出，他们对个别词语有着不同的理解，如"愁红"（"bitter pinks" and "sad red"），"莺"（"Warblers" and "orioles"），"衾"（"coverlet" and "quilt"），"消"（"vanished" and "faded"），"髻"（"unkempt" and "hanging down"），"厌厌"（"depressed" and "languorous"），"薄情"（"sweet cheat" and "fickle one"），等等，两者还有一个很重要的译文差异，海陶玮在全文中转换了叙述视角，上阕采取第三人称叙述角度，下阕采取第一人称叙述角度，突出了女子异常悔恨的内心世界，而梁丽芳全篇采取女子第一人称叙述角度，尊重了原作的叙述方式。

海陶玮在译文之后还有一段说明文字，他认为，这首词下阕中的"鸡窗""蛮笺"等与书房、学习有关的学术风格用语，与这些词之后的口语化表达形成了鲜明的对照，会让"读者认为女子在有意使用那些她从负心的学伴情人处学到的词汇"②，这种阐释给柳永词的解读带来了新的思路。

---

① Winnie Lai-Fong Leung, "Thirteen Tz'u by Liu Yung", *Renditions*, No. 11 & 12, (1979), pp. 78 – 79.

② James Robert Hightower, "The Songwriter Liu Yung: Part II.", *Harvard Journal of Asiatic Studies*, Vol. 42, (1982), p. 30. Original text, "One would imagine her to be using vocabulary picked up from her faithless student-lover."

五 词人阅历的专题解读

除了译文之外，海陶玮还对周邦彦和柳永进行了研究，分别介绍了两位词人的生平阅历。他对周邦彦的介绍是描述性的，且和国内普遍的认识是一致的，对柳永的介绍则是研究性的，因为宋代正史里没有柳永的传记，所以关于柳永确切的生卒年月是学术界一直关注并探讨的一个问题。国内学者唐圭璋、金启华都对柳永生卒阅历有过研究，海陶玮和加拿大不列颠哥伦比亚大学的梁丽芳是海外对柳永生平作出详细考证的学者代表。

在翻译柳永的诗词之前，海陶玮首先介绍了他的生平阅历，但并没有完全依从于既有文献对柳永做一般性定论介绍，而是梳理和辨别了几乎所有关于柳永的文献，包括宋人笔记、诗人文集和地方史志，认为"关于柳永的生平几乎没有可靠的证据"①，"几乎没有什么可靠的信息可以从这些大多是轶事的材料中挖掘出来"②。他对现有可见的载有柳永的资料文献如《福建通志》《丹徒县志》《镇江府志》《昌国舟图志》、叶梦得《避暑录话》、王辟之《渑水燕谈录》、陈师道《后山诗话》、吴曾《能改斋漫录》、严有翼《艺苑雌黄》、陈振孙《直斋书录解题》、杨湜《古今词话》、张舜民《书墁录》、王灼《碧鸡漫志》等进行了梳理、对比和研读，来考证论述柳永的生平、家世、改名的缘由、性格、诗文、安葬、后世的评价等，最后得出了自己认为可信的柳永生平简历，如下：

> 他（柳永）出生在福建一个官宦家庭，出生日期不详，1034

① James Robert Hightower, "The Songwriter Liu Yung: Part I.", *Harvard Journal of Asiatic Studies*, Vol. 41, (1981), p. 323. Original text, "There is little reliable evidence about the life of Liu Yung."

② James Robert Hightower, "The Songwriter Liu Yung: Part II.", *Harvard Journal of Asiatic Studies*, Vol. 42, (1982), p. 5. Original text, "very little reliable information could be salvaged from this largely anecdotal material."

年通过了考试，那时他已以词得名。在仕宦生涯中，他担任过一
系列的职位，大部分是京城以外的，也包括一些在京城的任命。
大约二十年后，他死于丹徒（江苏镇江），并葬在那里。死亡日
期估计在 1050 年左右。①

同时，对于柳永词作内容和形象评价问题，海陶玮也谈了自己的
看法。他认为，柳永长期被认为是一位毫无远见的浪荡公子，经常流
连于歌妓之间并被她们所推崇，创作新词以供歌妓演唱，这些恋情词
保存至今，所以柳永被后世认为是浪漫词派的代表人物，这种看法直
到今天也鲜有反对的声音。但海陶玮认为，这种传统看法对柳永词的
解读是不合理、不充分的，因为这些词往往是应歌妓们所求，以歌妓
们的生活场景和视角来叙述的，并不是词人自身生活阅历和个人感情
的表达载体，他反复强调：

> 我们没有理由把他的大部分词作都当作自传来读，但也没有
> 必要否认作者对这些词作所描写环境非常熟悉。②

> 他的大部分词作无疑都是为公开表演而写的，但这些词没有
> 名字，没有日期，也不提供任何补充的传记资料，虽然一些词作
> 提供了轶事背景资料而且很可能是为了某种特定目的而创作的。③

---

① James Robert Hightower， "The Songwriter Liu Yung: Part I. "， *Harvard Journal of Asiatic
Studies*，Vol. 41，（1981），p. 340. Original text， "He was born into a Fukien family of officials. The
date of his birth is unknown. He passed his examination in 1034，by which time he had made a reputation
as a song writer. In his official career he held a succession of posts，provincial for the most part，but inclu-
ding some appointments in the capital. He died in Tan-t'u（Chen-chiang in Kiangsu）and was buried there
some twenty years later. The date of his death can be estimated as around 1050. "
② James Robert Hightower， "The Songwriter Liu Yung: Part I. "， *Harvard Journal of Asiatic
Studies*，Vol. 41，（1981），p. 340. Original text， "There is little excuse for reading most of his songs as
autobiographical，but no need to deny their author's familiarity with the milieu that is their setting. "
③ James Robert Hightower， "The Songwriter Liu Yung: Part II. "， *Harvard Journal of Asiatic
Studies*，Vol. 42，（1982），p. 5. Original text， "Most of his songs were unquestionably written for public
performance; undated and untitled，they do not supply supplementary biographical data，though some of
them figure in anecdotes which do give them a setting，very probably invented for the purpose. "

至于他的后世形象，那是因为他的词作受到同时代以及后世文人的密切关注和兴趣，所以后人杜撰了许多关于他的有趣而夸张的奇闻轶事，这些奇闻轶事大多不能够被采纳为词人的传记资料。所以海陶玮认为，对于柳永词的研究方法，"直接处理这些词作更合适，而不是不断地将研究指向诗人本人和臆想出的所谓创作背景"①。

海陶玮对柳永生平阅历的解读非常严谨而谨慎，对柳永及其词作的评价不同于国内传统的解读，这种解读是建立在作品本身基础上的，他把柳永词分为恋情、羁旅、离别、节庆等几种类型，翻译了212首中的128首的柳永词，他说："通过对柳永词的第一部分专题研究表明，他的兴趣已经超出了恋情和羁旅的主题，而人们总是把柳永的名字与恋情词和羁旅词联系在一起。"② 可以说，海陶玮对柳永词类型的划分，以及对柳永词的翻译，是对柳永词作所表现的情感幅度及其心声进行的详细的分析和解读。

第三节　学术史视野中的海陶玮词学地位

整体来讲，英语世界对宋词的翻译和研究不如对诗歌那样显著，因为词是中国文学独有的一种文体，英语文学里没有一种与之对应的文体，宋词的翻译对西方学者来讲非常困难，需要深刻理解词作的内涵和独特的风格，并对词的美学意义和效果进行阐释，所以作为中国古典诗词的重要组成部分，词被英美世界译者留意的时间要晚于诗歌，并且译介数量、传播影响等方面也难以与诗歌媲美。具体到英语世界对宋词具体作家作品的翻译，周邦彦和柳永虽然在词史上有着重要的学术地位，也是成就较高的宋词名家之一，但宋代词人词作名家众多，

---

① James Robert Hightower, "The Songwriter Liu Yung: Part I. ", *Harvard Journal of Asiatic Studies*, Vol. 41, (1981), p. 341. Original text, "This means that it is more appropriate to deal with this corpus of song words directly, without continually appealing back to the person of the poet and his presumed circumstances. "

② James Robert Hightower, "The Songwriter Liu Yung: Part II. ", *Harvard Journal of Asiatic Studies*, Vol. 42, (1982), p. 5. Original text, "The topical survey of Liu Yung's songs in Part I shows that his interests ranged beyond the themes of love and travel associated with his name. "

诸如苏轼、欧阳修、辛弃疾、李清照等都不可小觑，所以西方世界在对词进行择选翻译时，两位词人的作品翻译也经历了一个漫长的过程，至今也没有英文全译本。

英语世界对周邦彦词和柳永词的翻译和研究到底经历了一个怎样的过程？这个问题国内学界还没有专门研究，所以理清英语世界对两位词人作品翻译和研究的现状，仍然是最基本的任务，只有这样，才有可能从汉学史的角度看清和评价海陶玮对两位词人词作翻译的历史地位。

虽然国内至今没有出现关于英语世界周邦彦词和柳永词翻译和研究方面的著作，但是我们可以从国内对英语世界整体词学研究著作中找到一些线索，目前，黄立《英语世界唐宋词研究》（2010）和涂慧《如何译介、怎样研究：中国古典词在英语世界》（2014）两本著作提供了一些线索，对英语世界的周邦彦和柳永词作研究状况做了一些梳理，涂慧在附录列出的"译目概览"可以作为基本目录。

《英语世界周邦彦译目概览》可以作为英语世界周邦彦词的研究目录①，笔者以此目录为基础，进行了更加广泛深入的排查和大幅补充校正，将英语世界周邦彦词作翻译研究概况列表如下：

英语世界周邦彦词作翻译研究概况列表

序号	时间	译目	篇目名称	译者	出处
1	1933	4	1.《关河令》（秋阴时作渐向暝） 2.《玉楼春》（桃溪不作从容住） 3.《夜游宫》（叶下斜阳照水） 4.《蓦山溪》（楼前疏柳）	克拉拉·坎德林	Candlin Clara M. , *The Herald Wind*：*Translations of Sung Dynasty Poems*，*Lyrics and Songs*, London：J. Murray, 1933, pp. 64 – 67.
2	1961	2	1.《关河令》（秋阴时作渐向暝） 2.《夜游宫》（叶下斜阳照水）	陈受颐	Ch'en Shou-yi, *Chinese Literature, a Historical Introduction*, New York：The Ronald Press, 1961, p. 403.

① 涂慧：《如何译介、怎样研究：中国古典词在英语世界》，中国社会科学出版社 2014 年版，第 292—295 页。

续表

序号	时间	译目	篇目名称	译者	出处
3	1965	2	1.《少年游》（并刀如水） 2.《六丑》（正单衣试酒）	邓根·迈根托斯；艾伦·艾丽	Mackintosh Dungan Alan Ayling, *A Collection of Chinese Lyrics*, London：Routledge and Kegan Paul，1965，pp. 139 – 141.
4	1966	2	1.《少年游》（并刀如水） 2.《蝶恋花》（月皎惊乌栖不定）	柳无忌	Liu Wu-chi, *An Introduction to Chinese Literature*, Bloomington：Indiana University Press，1966，p. 114.
5	1970	1	《十六字令》（眠！）	邓根·迈根托斯；艾伦·艾丽	Mackintosh, Dungan Alan Ayling, *A Further Co-llection of Chinese Lyrics and Other Poems*, Nashville Tennessee：Vanderbilt University Press，1970，p. 107.
6	1974	1	《夜游宫》（叶下斜阳照水）	陈受颐	McNauthton William, *Chinese Literature：An Anthology from the Earliest Times to the Present Day. Rutland*, Vt.：Charles E. Tuttle Company，1974，p. 457.
7	1974	4	1.《玉楼春》（桃溪不作从容住） 2.《瑞龙吟》（章台路） 3.《六丑》（止单衣试酒） 4.《满庭芳》（风老莺雏）	刘若愚	Liu James J. Y.，*Major Lyricists of the Northern Sung*, Princeton：Princeton University Press，1974，pp. 161 – 183.
8	1975	1	《六丑·落花》（正单衣试酒）	刘若愚	Liu Wu-chi and Irving Yucheng Lo, eds., *Sunflower Splendor：Three Thousand years of Chinese Poetry*, Blooming and London：Indiana University Press，1975，pp. 361 – 363.
		4	1.《兰陵王》（柳阴直） 2.《虞美人》（灯前欲去仍留恋） 3.《虞美人》（疏篱曲径田家小） 4.《红窗迥》（几日来）	罗郁正	

序号	时间	译目	篇目名称	译者	出处
9	1976	1	《夜飞鹊》（河桥送人处）	傅汉思	Hans Hermann Frankel, *The Flowering Plum and the Palace Lady, Interpretations of Chinese Poetry*, New Haven：Yale University Press, 1976. ［美］傅汉思：《梅花与宫闱佳丽》，王蓓译，生活·读书·新知三联书店 2010 年版，第 178—181 页。
10	1977	17	1. 《少年游》（并刀如水） 2. 《兰陵王》（柳阴直） 3. 《瑞龙吟》（章台路） 4. 《渡江云》（晴岚低楚甸） 5. 《满江红》（昼日移阴） 6. 《西河》（佳丽地） 7. 《忆旧游》（记愁横浅黛） 8. 《锁窗寒》（暗柳啼鸦） 9. 《解连环》（怨怀无托） 10. 《浪淘沙》（晓阴重） 11. 《过秦楼》（水浴清蟾） 12. 《玉楼春》（桃溪不作从容住） 13. 《伤情怨》（枝头风势渐小） 14. 《望江南》（游妓散） 15. 《醉桃源》（菖蒲叶老水平沙） 16. 《蝶恋花》（月皎惊乌栖不定） 17. 《凤来朝》（逗晓看娇面）	海陶玮	James Robert Hightower, "The Songs of Chou Pang-yen", *Harvard Journal of Asiatic Studies*, Vol. 37, 1977, pp. 233 –272. James Robert Hightower, "The Songs of Chou Pang-yen", in James Robert Hightower and Florence Chia-ying Yeh, *Studies in Chinese Poetry*, Cambridge Massachusetts and London：Harvard University Press, 1998, pp. 292 –322.
11	1979	1	《少年游》（并刀如水）	刘殿爵	Lau D. C., "Twenty Selected Lyrics", in *Renditions*, No. 11 & 12, 1979, p. 20.
12	1979	9	1. 《满庭芳》（风老莺雏） 2. 《苏幕遮》（燎沈香） 3. 《夜游宫》（叶下斜阳照水） 4. 《解语花》（风销绛蜡） 5. 《六丑》（正单衣试酒） 6. 《兰陵王》（柳阴直） 7. 《菩萨蛮》（银河宛转三千曲） 8. 《蝶恋花》（月皎惊乌栖不定） 9. 《虞美人》（疏篱曲径田家小）	朱莉·兰多	Landau Julie, "Nine Tz'u by Chou Pang-yen", *Renditions*, No. 11 & 12, 1979, pp. 177 –189.

续表

序号	时间	译目	篇目名称	译者	出处
13	1984	1	《夜游宫》（叶下斜阳照水）	华兹生	Watson Burton, *The Columbia Book of Chinese Poetry*：*From Early Times to the Thirteenth Century*, New York：Columbia University Press, 1984, p. 369.
14	1987	36	1. 《满江红》（昼日移阴）（pp. 58 – 59.） 2. 《虞美人》（疏篱曲径田家小）（pp. 101 – 102.） 3. 《浣溪沙》（翠葆参差竹径成）（pp. 102 – 103.） 4. 《秋蕊香》（乳鸭池塘水暖）（p. 104.） 5. 《浣溪沙》（薄薄纱橱望似空）（p. 105.） 6. 《应天长》（条风布暖）（pp. 106 – 107.） 7. 《绮寮怨》（上马人扶残醉）（pp. 108 – 109.） 8. 《意难忘》（衣染莺黄）（pp. 110 – 111.） 9. 《浣溪沙》（不为萧娘旧约寒）（p. 112.） 10. 《还京乐》（禁烟近）（pp. 114 – 115.） 11. 《蝶恋花》（月皎惊乌栖不定）（pp. 117 – 118.） 12. 《忆旧游》（记愁横浅黛）（pp. 121 – 122.） 13. 《虞美人》（灯前欲去仍留恋）（pp. 123 – 124.） 14. 《满庭芳》（风老莺雏）（pp. 126 – 127.） 15. 《法曲献仙音》（蝉咽凉柯）（pp. 132 – 133.） 16. 《玉楼春》（玉琴虚下伤心泪）（p. 134.） 17. 《六么令》（快风收雨）（pp. 137 – 138.） 18. 《瑞龙吟》（章台路）（p. 139.） 19. 《玉楼春》（当时携手城东道）（p. 143.）	Smitheram Robert Hale	Smitheram Robert Hale, *The Lyrics of Zhou Bangyan* (1056—1121), Ph. D. Dissertation, Stanford University, 1987.

序号	时间	译目	篇目名称	译者	出处
14	1987	36	20.《玉楼春》（大堤花艳惊郎目）（p. 160.） 21.《西平乐》（稚柳苏晴）（pp. 173 – 174.） 22.《解语花》（风销绛蜡）（pp. 177 – 178.） 23.《大酺》（对宿烟收）（pp. 180 – 181.） 24.《尉迟杯》（隋堤路）（pp. 185 – 186.） 25.《一寸金》（州夹苍崖）（pp. 189 – 190.） 26.《侧犯》（暮霞霁雨）（pp. 192 – 193.） 27.《六丑》（正单衣试酒）（pp. 195 – 196.） 28.《少年游》（檀牙缥缈小倡楼）（pp. 204 – 205.） 29.《浪淘沙》（昼阴重）（pp. 207 – 208.） 30.《玉楼春》（桃溪不作从容住）（p. 240.） 31.《风流子》（新绿小池塘）（pp. 266 – 267.） 32.《荔枝香近》（夜来寒侵酒席）（p. 272.） 33.《垂丝钓》（缕金翠羽）（p. 273.） 34.《扫花游》（晓阴翳日）（pp. 281 – 282.） 35.《宴清都》（地僻无钟鼓）（pp. 284 – 285.） 36.《西河》（佳丽地）（pp. 298 – 299.）	Smitheram Robert Hale	Smitheram Robert Hale, *The Lyrics of Zhou Bangyan* （1056—1121）, Ph. D. Dissertation, Stanford University, 1987. （因为该论文中的译文并不连续，所以笔者把每首词译文的具体页码标注在词牌名后）
15	1994	1	《望江南》（歌席上）	宇文所安	Stephen Owen, "Meaning the Words: The Genuine as a Value in the Tradition of the Song Lyric", in Pauline Yu ed., *Voice of the Song Lyric in China*, Berkeley: University of California Press, 1994, p. 41.

续表

序号	时间	译目	篇目名称	译者	出处
16	1994	11	1.《满庭芳》（风老莺雏） 2.《过秦楼》（水浴清蟾） 3.《苏幕遮》（燎沈香） 4.《夜游宫》（叶下斜阳照水） 5.《解语花》（风销绛蜡） 6.《六丑》（正单衣试酒） 7.《兰陵王》（柳阴直） 8.《西河》（佳丽地） 9.《菩萨蛮》（银河宛转三千曲） 10.《蝶恋花》（月皎惊乌栖不定） 11.《虞美人》（疏篱曲径田家小）	朱莉·兰多	Landau Julie, *Beyond Sp-ring: T'zu Poems of the Sung Dynas-ty*, New York: Columbia University Press, 1994, pp. 138 – 151
17	1995	1	《六丑》（正单衣试酒）	连新达	Lian Xinda, *The Wild and Ar-rogant: Expression of Self in Xin Qiji's Song Lyrics*, New York: P. Lang, 1995, p. 95.
18	1996	2	1.《风流子》（新绿小池塘） 2.《玉楼春》（桃溪不作从容住）	宇文所安	Owen Stephen, *An Anthology of Chinese Literature: Begin-ning to 1911*, New York and London: W. W. Norton & Com-pany, 1996, pp. 576 –577.
19	1997	1	《兰陵王》（柳阴直）	叶维廉	Yip Wai-lim, *Chinese Poetry: An Anthology of Major Modes and Genres*, Durham and London: Duke University Press, 1997, p. 324.
20	2003	5	1.《少年游》（并刀如水） 2.《玉楼春》（桃溪不作从容住） 3.《蝶恋花》（月皎惊乌栖不定） 4.《满庭芳》（风老莺雏） 5.《六丑》（正单衣试酒）	朱莉·兰多	Cheang Alice W. , *A Silver Treasury of Chinese Lyrics*, Hong Kong: The Chinese Uni-versity of Hong Kong, 2003, pp. 74 –77.

续表

序号	时间	译目	篇目名称	译者	出处
21	2003	1	《西河》（佳丽地）	郑文君	Cheang Alice W. *A Silver Treasury of Chinese Lyrics*, Hong Kong: The Chinese University of Hong Kong, 2003, p. 78.
22	2007	2	1.《少年游》（并刀如水） 2.《蝶恋花》（月皎惊乌栖不定）	托尼·巴恩斯通；周萍	Barnstone Tony and Chou Ping, *Chinese Erotic Poems*, New York and Toronto: Alfred A. Knopf, 2007, pp. 120 – 121.
23	2010	2	1.《瑞龙吟》（黯凝伫……盈盈笑语） 2.《解语花》（风销绛蜡）上阕	孙康宜 宇文所安	孙康宜、宇文所安主编：《剑桥中国文学史》（上卷），生活·读书·新知三联书店2013年版，第503—504页。
24	2019	7	1.《木兰花令》（歌时宛转饶风措） 2.《瑞龙吟》（章台路） 3.《隔浦莲》（新篁摇动翠葆） 4.《庆春宫》（云接平冈） 5.《风流子》（新绿小池塘） 6.《满庭芳》（风老莺雏） 7.《解语花》（风销绛蜡）	宇文所安	Stephen Owen, *Just a Song: Chinese Lyrics from the Eleventh and Early Twelfth Centuries*, Harvard University Asia Center, 2019.

从上述统计可以得出以下结论：

一、从翻译总量来看，英语世界对周邦彦的翻译整体关注度不高，数量不多，周邦彦词有180多首，译介到英语世界的只有40多首，还有大量词作未被译介到英语世界，值得中西译者继续关注这一领域。英语世界的一些中国文学选集如白芝主编的《中国文学选集》（*Anthology of Chinese Literature: Volume I: From Early Times to the Fourteenth Century*, 1965）、梅维恒主编的《哥伦比亚中国传统文学选集》（*The Columbia Anthology of Traditional Chinese Literature*, 1994）在"词"的章节中，都未收录周邦彦词和柳永词。

二、从翻译时间来看，从1933年至今，周邦彦词始终受到英语世界的关注和译介，其中20世纪70年代到20世纪90年代是对周邦彦词最为关注的时期。海陶玮的17首周邦彦词译作最早发表于 1977 年，所以我们可以说，海陶玮是较早关注周邦彦词的西方学者之一。

三、从译目数量来看，周词英译史上有两次小的高峰，分别是海陶玮的 17 首周词翻译和史密瑟朗·罗伯特·黑尔的 36 首周词翻译。海陶玮 1977 年在专题论文中翻译了 17 首周邦彦词并做了注释研究，改变了之前只在一些文学选集中出现周邦彦零星译作的状况，是当时对周邦彦词翻译最多的学者，这个记录一直保持到 10 年后的 1987 年，刘若愚的学生、斯坦福大学史密瑟朗·罗伯特·黑尔（Smitheram Robert Hale，音译）打破了这一纪录，他在自己的博士学位论文《周邦彦的词（1056—1121）》中翻译了 36 首周邦彦词，成为 2010 年之前英语世界译介周邦彦词最多的译者。这两位译者之外，对周邦彦词翻译比较着力的还有朱莉·兰多（13 首）、宇文所安（9 首，多次）、刘若愚（4 首）、克拉拉·坎德林（4 首）。

四、从译介篇目来看，对于周邦彦词的翻译，以其词作名篇——《少年游》（并刀如水）和《玉楼春》（桃溪不作从容住）的译文版本最多（6 个译本），其次是《六丑》（正单衣试酒）和《蝶恋花》（月皎惊乌栖不定）（5 个译本），《兰陵王》（柳阴直）和《夜游宫》（叶下斜阳照水）有 4 个译本。海陶玮的翻译篇目涵盖了周邦彦词作的主要名篇。

五、从翻译面貌来看，英语世界对周邦彦词作的翻译多是以译介为目标的译文，而海陶玮和史密瑟朗·罗伯特·黑尔的翻译属于研究型的翻译。海陶玮的《周邦彦的词》继承了他一贯严谨翻译的学术风格，不止对词句进行了翻译，而且对每首词作进行了分析研究和评论，更有助于西方学者了解周邦彦词作的背景、内涵和技巧。

基于以上分析，我们可以说：海陶玮是英语世界较早并且对周邦彦词作进行学术翻译的学者，也是当时对周邦彦词译介最多的学者。

下面，笔者以同样思路和方法，以涂慧《英语世界柳永译目概览》为基础，进行了广泛深入的排查和大幅补充校正，对英语世界柳永词作翻译研究概况列表如下：

英语世界柳永词作翻译研究概况列表

序号	时间	译目	篇目名称	译者	出处
1	1933	2	1.《凤栖梧》（伫倚危楼风细细） 2.《诉衷情近》（雨晴气爽）	克拉拉·坎德林	Candlin Clara M. ，*The Herald Wind*：*Translation of Sung Dynasty Poems*，*Lyrics and Songs*，London：J. Murray，1933，pp. 46 – 48.
2	1937	2	1.《雨霖铃》（寒蝉凄切） 2.《八声甘州》（对潇潇暮雨洒江天）	初大告	Ch'u Ta-Kao，*Chinese Lyrics*，Cambridge：Cambridge University Press，1937，pp. 16 – 17.
3	1961	2	1.《凤栖梧》（伫倚危楼风细细） 2.《雨霖铃》（寒蝉凄切，上阕）	Teresa Li	Ch'en Shou-yi，*Chinese Literature*，*a Historical Introduction*，New York：The Ronald Press，1961，pp. 395 – 396.
4	1965	1	《雨霖铃》（寒蝉凄切）	邓根·迈根托斯；艾伦·艾丽	Mackintosh Dungan Alan Ayling，*A Collection of Chinese Lyrics*，London：Routledge and Kegan Paul，1965，p. 111.
5	1966	2	1.《雨霖铃》（寒蝉凄切） 2.《八声甘州》（对潇潇暮雨洒江天）	柳无忌	Liu Wu-chi，*An Introduction to Chinese Literature*，Bloomington：Indiana University Press，1966，pp. 106 – 107.
6	1974	5	1.《雨霖铃》（寒蝉凄切）（p. 54.） 2.《八声甘州》（对潇潇暮雨洒江天）（p. 60.） 3.《夜半乐》（冻云黯淡天气）（p. 66.） 4.《迎新春》（嶰管变青律）（p. 75.） 5.《菊花新》（欲掩香帏论缱绻）（p. 80.）	刘若愚	Liu James J. Y. ，*Major Lyricists of the Northern Sung*，Princeton：Princeton University Press，1974. 其中《菊花新》（欲掩香帏论缱绻）也见：Liu James J. Y. ，"Literary Qualities of the Lyric（Tz'u）"，in Cyril Birch，*Studies in Chinese Literary Genres*，Berkeley：University of California Press，1974，p. 137.

续表

序号	时间	译目	篇目名称	译者	出处
7	1975	3	1.《夜半乐》（冻云黯淡天气） 2.《八声甘州》（对潇潇暮雨洒江天） 3.《菊花新》（欲掩香帏论缱绻）	刘若愚	Liu, Wu-Chi and Irving Yucheng Lo, eds., *Sunflower Splendor: Three Thousand Years of Chinese Poetry*, Bloomington and London: Indiana University Press, 1975, pp. 320–324.
		3	1.《玉蝴蝶》（望处雨收云断） 2.《少年游》（长安古道马迟迟） 3.《迷神引》（一叶扁舟轻帆卷）	J. P. 西顿	
8	1979	13	1.《干草子》（愁暮） 2.《菊花新》（欲掩香帏论缱绻） 3.《望海潮》（东南形胜） 4.《倾杯》（鹜落霜洲） 5.《引驾行》（虹收残雨） 6.《夜半乐》（艳阳天气） 7.《忆帝京》（薄衾小枕天气） 8.《迎春乐》（近来憔悴人惊怪） 9.《倾杯》（离宴殷勤） 10.《婆罗门令》（昨宵里恁和衣睡） 11.《定风波》（自春来） 12.《柳腰轻》（英英妙舞腰肢软） 13.《木兰花令》（有个人人真攀羡）	梁丽芳	Winnie Lai-Fong Leung, "Thirteen Tz'u by Liu Yung", *Renditions*, No. 11 & 12, 1979, pp. 62–82.
9	1980	8	1.《定风波》（自春来）（p. 113.） 2.《满江红》（万恨千愁）（p. 117.） 3.《雨霖铃》（寒蝉凄切）（p. 125.） 4.《八声甘州》（对潇潇暮雨洒江天）（p. 127.） 5.《夜半乐》（冻云黯淡天气）（p. 138.） 6.《戚氏》（晚秋天）（pp. 141–143.） 7.《秋夜月》（当初聚散，上半阕）（p. 148.） 8.《归朝欢》（别岸扁舟三两只）（p. 155.）	孙康宜	Chang Kang-I Sun, *The Evolution of Chinese Tz'u Poetry: From Late T'ang to Northern Sung*, Princeton: Princeton University Press, 1980.

序号	时间	译目	篇目名称	译者	出处
10	1981	1	《雨霖铃》（寒蝉凄切）	Rewi Alley	Alley, Rewi, *Selected Poems of the Tang and Song Dynasties*, Hong Kong: Hai Feng Publishing Company, 1981, p. 65.
11	1981 | 1982	129	1. 《柳腰轻》（英英妙舞腰肢软） 2. 《惜春郎》（玉肌琼艳新妆饰） 3. 《少年游》（铃斋无讼宴游频） 4. 《少年游》（世间尤物意中人） 5. 《木兰花令》（有个人人真攀羡） 6. 《玉蝴蝶》（误入平康小巷） 7. 《河传》（翠深红浅） 8. 《昼夜乐》（秀香家住桃花径） 9. 《洞仙歌》（佳景留心惯） 10. 《促拍满路花》（香靥融春雪） 11. 《击梧桐》（香靥深深） 12. 《㸃人娇》（当日相逢） 13. 《小镇西》（意中有个人） 14. 《浪淘沙》（梦觉透窗风一线） 15. 《昼夜乐》（洞房记得初相遇） 16. 《锦堂春》（坠髻慵梳） 17. 《迷仙引》（才过笄年） 18. 《两同心》（嫩脸修蛾） 19. 《归去来》（一夜狂风雨） 20. 《驻马听》（凤枕鸾帷） 21. 《满江红》（万恨千愁） 22. 《迎春乐》（近来憔悴人惊怪） 23. 《愁蕊香引》（留不得） 24. 《塞孤》（一声鸡） 25. 《竹马子》（登孤垒荒凉） 26. 《迷神引》（一叶扁舟轻帆卷） 27. 《内家娇》（煦景朝升） 28. 《倾杯》（水乡天气）	海陶玮	James Robert Hightower, "The Songwriter Liu Yung: Part I.", *Harvard Journal of Asiatic Studies*, Vol. 41, 1981, pp. 323–376. James Robert Hightower, "The Songwriter Liu Yung: Part II.", *Harvard Journal of Asiatic Studies*, Vol. 42, 1982, pp. 5–66. James Robert Hightower and Florence Chia-ying Yeh, *Studies in Chinese Poetry*, Cambridge Massachusetts and London: Harvard University Press, 1998, pp. 168–268.

续表

序号	时间	译目	篇目名称	译者	出处
11	1981 │ 1982	129	29.《戚氏》（晚秋天） 30.《宣清》（残月朦胧） 31.《凤归云》（恋帝里） 32.《应天长》（残蝉渐绝） 33.《尾犯》（晴烟幂幂） 34.《凤归云》（向深秋） 35.《如鱼水》（帝里疏散） 36.《巫山一段云》（清旦朝金母） 37.《巫山一段云》（阆苑年华永） 38.《西施》（苎萝妖艳世难偕） 39.《木兰花》（拆桐花烂漫） 40.《瑞鹧鸪》（吴会风流） 41.《木兰花》（虫娘举措皆温润） 43.《征部乐》（雅欢幽会） 44.《隔帘听》（咫尺凤衾鸳帐） 42.《集贤宾》（小楼深巷狂游遍） 45.《玉楼春》（阆风歧路连银阙） 46.《黄莺儿》（园林晴昼春谁主） 47.《玉女摇仙佩》（飞琼伴侣） 48.《尾犯》（夜雨滴空阶） 49.《早梅芳》（海霞红） 50.《斗百花》（煦色韶光明媚） 51.《斗百花》（满搦宫腰纤细） 52.《甘草子》（秋暮） 53.《西江月》（凤额绣帘高卷） 54.《笛家弄》（花发西园） 55.《倾杯乐》（皓月初圆） 56.《梦还京》（夜来匆匆饮散） 57.《凤衔杯》（有美瑶卿能染翰） 58.《凤衔杯》（追悔当初孤深愿）	海陶玮	James Robert Hightower, "The Songwriter Liu Yung: Part I. ", *Harvard Journal of Asiatic Studies*, Vol. 41, 1981, pp. 323 – 376. James Robert Hightower, "The Songwriter Liu Yung: Part II. ", *Harvard Journal of Asiatic Studies*, Vol. 42, 1982, pp. 5 – 66. James Robert Hightower and Florence Chia-ying Yeh, *Studies in Chinese Poetry*, Cambridge Massachusetts and London：Harvard University Press, 1998, pp. 168 – 268.

续表

序号	时间	译目	篇目名称	译者	出处
11	1981 | 1982	129	59.《受恩深》（雅致妆庭宇） 60.《看花回》（屈指劳生百岁期） 61.《柳初新》（东郊向晓星杓亚） 62.《慢卷绸》（闲窗烛暗） 63.《归朝欢》（别岸扁舟三两只） 64.《采莲令》（月华收） 65.《秋夜月》（当初聚散） 66.《婆罗门令》（昨宵里恁和衣睡） 67.《凤栖梧》（伫倚危楼风细细） 68.《凤栖梧》（蜀锦地衣丝步障） 69.《法曲第二》（青翼传情） 70.《一寸金》（井络天开） 71.《永遇乐》（熏风解愠） 72.《永遇乐》（天阁英游） 73.《卜算子》（江枫渐老） 74.《鹊桥仙》（届征途） 75.《夏云峰》（宴堂深） 76.《浪淘沙令》（有个人人） 77.《荔枝香》（甚处寻芳赏翠） 78.《倾杯》（离宴殷勤） 79.《双声子》（晚天萧索） 80.《阳台路》（楚天晚） 81.《二郎神》（炎光谢） 82.《定风波》（自春来） 83.《诉衷情近》（雨晴气爽） 84.《抛球乐》（晓来天气浓淡） 85.《思归乐》（天幕清和堪宴聚） 86.《合欢带》（身材儿） 87.《少年游》（淡黄衫子郁金裙） 88.《少年游》（帘垂深院冷萧萧）	海陶玮	James Robert Hightower, "The Songwriter Liu Yung： Part I.", *Harvard Journal of Asiatic Studies*, Vol. 41, 1981, pp. 323 – 376. James Robert Hightower, "The Songwriter Liu Yung： Part II.", *Harvard Journal of Asiatic Studies*, Vol. 42, 1982, pp. 5 – 66. James Robert Hightower and Florence Chia-ying Yeh, *Studies in Chinese Poetry*, Cambridge Massachusetts and London：Harvard University Press, 1998, pp. 168 – 268.

续表

序号	时间	译目	篇目名称	译者	出处
11	1981 丨 1982	129	89.《少年游》（一生赢得是凄凉） 90.《长相思》（画鼓喧街） 91.《木兰花》（酥娘一搦腰肢袅） 92.《轮台子》（一枕清宵好梦） 93.《过涧歇近》（淮楚） 94.《过涧歇近》（酒醒） 95.《望汉月》（明月明月明月） 96.《归去来》（初过元宵三五） 97.《长寿乐》（尤红殢翠） 98.《望海潮》（东南形胜） 99.《如鱼水》（轻霭浮空） 100.《玉蝴蝶》（望处雨收云断） 101.《玉蝴蝶》（是处小街斜巷） 102.《满江红》（匹马驱驱） 103.《引驾行》（红尘紫陌） 104.《望远行》（长空降瑞） 105.《临江仙》（梦觉小庭院） 106.《六么令》（淡烟残照） 107.《剔银灯》（何事春工用意） 108.《红窗听》（如削肌肤红玉莹） 109.《女冠子》（淡烟飘薄） 110.《西施》（自从回步百花桥） 111.《郭郎儿近拍》（帝里闲居小曲深坊） 112.《临江仙引》（渡口向晚） 113.《瑞鹧鸪》（宝髻瑶簪） 114.《瑞鹧鸪》（天将奇艳与寒梅） 115.《洞仙歌》（嘉景） 116.《安公子》（远岸收残雨） 117.《安公子》（梦觉清宵半） 118.《长寿乐》（繁红嫩翠）	海陶玮	James Robert Hightower, "The Songwriter Liu Yung： Part I.", *Harvard Journal of Asiatic Studies*, Vol. 41, 1981, pp. 323 – 376. James Robert Hightower, "The Songwriter Liu Yung： Part II.", *Harvard Journal of Asiatic Studies*, Vol. 42, 1982, pp. 5 – 66. James Robert Hightower and Florence Chia-ying Yeh, *Studies in Chinese Poetry*, Cambridge Massachusetts and London：Harvard University Press, 1998, pp. 168 – 268.

续表

序号	时间	译目	篇目名称	译者	出处
11	1981 | 1982	129	119.《倾杯》（鹜落霜洲） 120.《鹤冲天》（黄金榜上） 121.《木兰花》（翦裁用尽春工意） 122.《木兰花》（东风催露千娇面） 123.《倾杯乐》（楼锁轻烟） 124.《燕归梁》（轻蹑罗鞋掩绛绡） 125.《迷神引》（红板桥头秋光暮） 126.《瓜茉莉》（每到秋来） 127.《女冠子》（火云初布） 128.《十二时》（晚晴初） 129.《西江月》（师师生得艳冶）	海陶玮	James Robert Hightower, "The Songwriter Liu Yung: Part I. ", *Harvard Journal of Asiatic Studies*, Vol. 41, 1981, pp. 323 – 376. James Robert Hightower, "The Songwriter Liu Yung: Part II. ", *Harvard Journal of Asiatic Studies*, Vol. 42, 1982, pp. 5 – 66. James Robert Hightower and Florence Chia-ying Yeh, *Studies in Chinese Poetry*, Cambridge Massachusetts and London: Harvard University Press, 1998, pp. 168 – 268.
12	1994	2	1.《彩云归》（蘅皋向晚舣轻航，后半阕） 2.《瑞鹧鸪》（凝态掩霞襟）	宇文所安	Owen Stephen, "Meaning the Words: The Genuine as a Value in the Tradition of the Song Lyric", Paulin Y. ed. , *Voices of the Song Lyric in China*, Berkeley, Los Angeles Oxford: University of California Press, 1994, p. 3647.
13	1994	14	1.《曲玉管》（陇首云飞） 2.《雨霖铃》（寒蝉凄切） 3.《采莲令》（月华收） 4.《凤栖梧》（伫倚危楼风细细） 5.《浪淘沙》（梦觉透窗风一线） 6.《定风波》（自春来） 7.《少年游》（长安古道马迟迟） 8.《戚氏》（晚秋天） 9.《望海潮》（东南形胜） 10.《玉蝴蝶》（望处雨收云断） 11.《八声甘州》（对潇潇暮雨洒江天） 12.《竹马子》（登孤垒荒凉） 13.《迷神引》（一叶扁舟轻帆卷） 14.《倾杯》（鹜落霜洲）	朱莉·兰多	Landau Julie, *Beyond Spring: Tz'u Poem of the Sung Dynasty*, New York: Columbia University Press, 1994, pp. 76 – 90.

续表

序号	时间	译目	篇目名称	译者	出处
14	1994	1	《雨霖铃》（寒蝉凄切）	王椒升	Mair, Victor, ed., *The Columbia Anthology of Traditional Chinese Literature*, New York：Columbia University Press, 1994, pp. 314 – 315.
		1	《八声甘州》（对潇潇暮雨洒江天）	刘若愚	
15	1995	1	《浪淘沙》（梦觉透风一线）	任博克	Ziporyn Brook, "Temporal Paradoxes：Intersections of Time Present and Time Past in the Song Ci", *Chinese Literature：Essays, Articles, Reviews*, Vol. 17, (Dec., 1995), p. 104.
16	1996	2	1. 《看花回》（屈指劳生百岁期） 2. 《夜半乐》（冻云黯淡天气）	宇文所安	Owen Stephen, *An Anthology of Chinese Literature：Beginnings to 1911*, New York and London：W. W. Norton & Company, 1996, pp. 574 – 575.
17	1997	1	《雨霖铃》（寒蝉凄切）	叶维廉	Yip, Wai-lim ed., and trans., *Chinese Poetry：An Anthology of Major Modes and Genres*, Durham and London：Duke University Press, 1997, p. 316.
18	2002	2	1. 《玉蝴蝶》（误入平康小巷） 2. 《倾杯》（鹜落霜洲）	Edwin A. Cranston	Edwin A. Cranston, "To the Tune 'Empty the Cup'", *Renditions*, (Autumn, 2002), pp. 20 – 23.
19	2005	3	1. 《柳初新》（东郊向晓星杓亚）（p. 25） 2. 《雨霖铃》（寒蝉凄切）（p. 35） 3. 《倾杯》（鹜落霜洲）（p. 41）	Benjamin B. Ridgway	Ridgway Benjamin B., *Imagined Travel：Displacement Landscape and Literati Identity in the Song Lyrics of Su Shi* (1037—1101), Ann Arbor：University of Michigan, 2005.

序号	时间	译目	篇目名称	译者	出处
20	2003	2	1.《木兰花令》（有个人人真攀羡） 2.《望海潮》（东南形胜）	Eva Hung	Alice W. Cheang, *A Silver Treasury of Chinese Lyrics*, Hong Kong：The Chinese University of Hong Kong, 2003, pp. 33 – 34.
21	2003	1	《鹤冲天》（黄金榜上）	David E. Pollard	Alice W. Cheang, *A Silver Treasury of Chinese Lyrics*, Hong Kong：The Chinese University of Hong Kong, 2003, p. 35.
22	2003	3	1.《迷仙引》（才过笄年） 2.《玉蝴蝶》（误入平康小巷） 3.《倾杯》（鹜落霜洲）	Edwin A. Cranston	Alice W. Cheang, *A Silver Treasury of Chinese Lyrics*, Hong Kong：The Chinese University of Hong Kong, 2003, pp. 36 – 38.
23	2006	3	1.《玉蝴蝶》（望处雨收云断） 2.《少年游》（长安古道马迟迟） 3.《迷神引》（一叶扁舟轻帆卷）	J. P. 西顿	Seaton, J. P., *The Shambhala Anthology of Chinese Poetry*, Boston and London：Shambhala Publications, 2006, pp. 158 – 160.
24	2007	2	1.《菊花新》（欲掩香帏论缱绻） 2.《婆罗门令》（昨宵里恁和衣睡）	托尼·巴恩斯通、周萍	Barnstone Tony and Chou Ping, *Chinese Erotic Poems*, New York and Toronto：Alfred A. Knopf, 2007, pp. 108 – 109.
25	2019	16	1.《长寿乐》（尤红殢翠） 2.《柳腰轻》（英英妙舞腰肢软） 3.《瑞鹧鸪》（宝髻瑶簪） 4.《锦堂春》（坠髻慵梳） 5.《定风波》（自春来） 6.《凤衔杯》（有美瑶卿能染翰）（上阕） 7.《凤衔杯》（追悔当初孤深愿）（"赏烟花赏烟花，听弦管。图欢笑、转加肠断。"） 8.《迎春乐》（近来憔悴人惊怪）	宇文所安	Stephen Owen, *Just a Song：Chinese Lyrics from the Eleventh and Early Twelfth Centuries*, Cambridge, Massachusetts：Harvard University Asia Center, 2019.

续表

序号	时间	译目	篇目名称	译者	出处
25	2019	16	9.《菊花新》（欲掩香帏论缱绻） 10.《斗百花》（满搦宫腰纤细） 11.《望海潮》（异日图将好景，归去凤池夸） 12.《昼夜乐》（秀香家住桃花径，算神仙，才堪并） 13.《祭天神》（欢笑筵歌席轻抛亸） 14.《夜半乐》（冻云黯淡天气） 15.《看花回》（屈指劳生百岁期） 16.《凤归云》（向深秋）（下阕）	宇文所安	Stephen Owen, *Just a Song: Chinese Lyrics from the Eleventh and Early Twelfth Centuries*, Cambridge, Massachusetts: Harvard University Asia Center, 2019.

从以上统计可以得出结论：

一、从翻译总量来看，英语世界对柳永词的关注度比周邦彦要高，根据《全宋词》的记载，柳永存词大概 210 余首，上述统计可知，翻译为英文的有一百多首。从这一百多首柳永词的英译本，英语世界的读者应该可以大致了解柳永词的概貌。

二、从翻译时间来看，英语世界对柳永词的翻译相对较晚，从 1980 年代以后英语世界才逐步展开对柳永词的翻译和研究，海陶玮的 128 篇柳永词译作最早发表于 1982 年，他是较早关注柳永词的西方学者之一。

三、从译目数量来看，海陶玮以翻译 128 首柳永词成为英语世界译介柳永词的一枝独秀，其次是宇文所安（17 首，多次）、朱莉·兰多（14 首），梁丽芳（13 首）和孙康宜（8 首），数量上都不能与之媲美。从柳永词英译史的角度来看，海陶玮对柳永词的翻译贡献最大，堪称一座高峰，之前和之后都只能算作零星翻译。

四、从译介篇目来看，对柳永词的翻译，以柳永的词作名篇——《雨霖铃》（寒蝉凄切）的译文版本最多（9 个），其次是《八声甘州》（对潇潇暮雨洒江天）（5 个），《倾杯》（鹜落霜洲）（5 个），《望海潮》（东南形胜）（5 个）和《定风波》（自春来）（5 个），《夜半乐》

（冻云黯淡天气）（4 个），等等。可能是因为已有多个《雨霖铃》（寒蝉凄切）和《八声甘州》（对潇潇暮雨洒江天）的译本，所以海陶玮的一百多首译文并没有涉及这两个名篇。

五、从翻译面貌来看，与周邦彦词作翻译类似，英语世界对柳永词作的翻译也是以译介为主要目的，多是单纯译文，海陶玮在《词人柳永》中继承了他一贯的严谨学术翻译，采用译文、注释和评论的方式，不仅对词句进行了翻译，而且对每首词作进行了分析研究和评论，这一点是非常突出的。

基于以上统计分析，我们可以说，海陶玮是英语世界较早且是对柳永词作进行学术翻译的学者，他对柳永词的翻译在数量上超过了之前所有译作的总量，是英语世界译介柳永词最多的译者。

综合上述对英语世界周邦彦词和柳永词翻译研究的统计、分析和结论，我们可以更加明确地认定海陶玮在宋词研究史上的地位：海陶玮是当时乃至后来很长一段时间内对周邦彦词和柳永词翻译最多的学者，《周邦彦的词》和《词人柳永》"每篇论文都在各自研究领域具有标志性意义"①。

第四节　中西文学交流中的海陶玮词学影响

海陶玮是在多年的汉学训练以及翻译陶诗之后，在华裔汉学家叶嘉莹的影响和指导下才逐步接触到宋词翻译的，这也是他晚年对中国文学中最难译的文学形式的一种尝试和探索。事实证明，他对宋词的翻译和研究，特别是对周邦彦词和柳永词的专题研究，不仅使他成为当时翻译周邦彦词和柳永词最多的学者，获得了国内外学界的一致好评，而且推动了中国古典诗词在世界范围内的研究水平，为中国诗词在英语世界的传播作出了贡献。

---

① P. W. K. , "Review on *Studies in Chinese Poetry*", *Journal of the American Oriental Society*, Vol. 120, No. 1, (Jan. – Mar. , 2000), p. 157. Original text, "These are, without exception, very learned essays each of which has made its mark on the field. "

20 世纪七八十年代，海陶玮对宋词翻译研究的论文——《周邦彦的词》和《词人柳永》在《哈佛亚洲学报》发表后，引起了国内学界的关注。陶道恕的《不减唐人高处　词境曾拓东坡》（1987）① 和周发祥的《西方的唐宋词研究》（1993）② 都提到海陶玮的论文。1998 年海陶玮的两篇论文收录到《中国诗词研究》作品集中，研究成果随着《中国诗词研究》的出版，很快就引起了国内学界的关注，获得了更广泛的影响。

两年后的 2000 年，国内学者周发祥、王晓平、李聆《1995 年以来国外中国文学研究概览》就注意到这部专著③，接着，2007 年王忠祥、胡玲《柳永浪子形象形成初探（上）》④、2009 年张文敏《近五十年来英语世界中的唐宋词研究》⑤、2009 年吴珺如《论词之意境及其在翻译中的重构》⑥、2010 年张媛《元明戏曲小说中的文人形象研究——以陶渊明、李白、苏轼、柳永为中心》⑦、2010 年黄立《西方文论观照下的唐宋词研究——英语世界唐宋词研究》、2011 年张雯《宋词英译美学探微——〈踏莎行〉〈秋夜月〉个案分析》⑧、2011 年赵庆庆《加拿大华人文学概貌及其在中国的接受》⑨、2012 年吴珺如《海外汉学北美词学研究述评》⑩ 等都对这部著作有所提及。2011 年黄立《西方文论观照下的唐宋词研究——英语世界唐宋词研究》提到《论周邦彦

---

① 陶道恕：《不减唐人高处　词境曾拓东坡》，《四川大学学报》（哲学社会科学版）1987 年第 3 期。

② 周发祥：《西方的唐宋词研究》，《文学遗产》1993 年第 1 期。

③ 周发祥、王晓平、李聆：《1995 年以来国外中国文学研究概览》，《社会科学管理与评论》2000 年第 4 期。

④ 王忠祥、胡玲：《柳永浪子形象形成初探（上）》，《承德民族师专学报》2007 年第 27 卷第 3 期。

⑤ 张文敏：《近五十年来英语世界中的唐宋词研究》，硕士学位论文，河北大学，2009 年。

⑥ 吴珺如：《论词之意境及其在翻译中的重构》，博士学位论文，上海外国语大学，2009 年。

⑦ 张媛：《元明戏曲小说中的文人形象研究——以陶渊明、李白、苏轼、柳永为中心》，硕士学位论文，陕西理工学院，2010 年，第 40 页。

⑧ 张雯：《宋词英译美学探微——〈踏莎行〉〈秋夜月〉个案分析》，《河北工程大学学报》（社会科学版）2011 年第 28 卷第 3 期。

⑨ 赵庆庆：《加拿大华人文学概貌及其在中国的接受》，《世界华文文学论坛》2011 年第 2 期。

⑩ 吴珺如：《海外汉学北美词学研究述评》，《东吴学术》2012 年第 5 期。

词》和《词人柳永》，认为两篇论文资料翔实，"对中西方文化和中英两种语言的驾驭能力又使作者对词作的翻译和解说浅显生动而又极富吸引力"①。2014 年涂慧《如何译介，怎样研究：中国古典词在英语世界》提到海陶玮译介周邦彦、柳永词等方面的贡献②。

在国外，海陶玮对宋词的翻译研究以及与叶嘉莹合著的《中国诗词研究》同样受到了密切关注和好评。《中国诗词研究》（1998）发表后，美国弗吉尼亚州威廉玛丽学院的唐艳芳（Yangfang Tang，音译）③、P. W. K.（全名不详）④ 对该著作撰写了书评；西方学界对海陶玮的论文和著作进行了大量的参考和引用等；汉学家梅维恒、侯思孟、艾朗诺等学者在海陶玮的悼念会上，对他的诗词翻译以及他与叶嘉莹对中国古典诗词的合作研究给予了很高的评价。下面对这些评价意见进行梳理和分析：

唐艳芳对该书做了简要介绍，认为该著作与以往的词学研究如孙康宜、魏玛莎、余宝琳的研究方式有所不同，"不再只是对诗词的起源、发展和词学理论的探讨，而是关注不同风格作家词类作品的阐释与赏析"⑤。唐艳芳认为，海陶玮和叶嘉莹合作承担的任务非常具有挑战性，但是"这部合著中的论文给我们提供了一种如何阅读和赏析词类作品的卓越典范"⑥，因为中国诗词注重情感，常用比兴手法，所以读者阅读欣赏中国诗词需要较高的敏感意识和对中国文化传统的大量阅读，但是"海陶玮和叶嘉莹在合著中所做的工作给我们提供了一种

---

① 黄立：《西方文论观照下的唐宋词研究——英语世界唐宋词研究》，《外语与外语教学》2010 年第 1 期。

② 涂慧：《如何译介，怎样研究：中国古典词在英语世界》，中国社会科学出版社 2014 年版。

③ Yangfang Tang, "Review on *Studies in Chinese Poetry*", XXXV, Vol. 2, *JAAS*, pp. 285–286.

④ P. W. K., "Review on *Studies in Chinese Poetry*", *Journal of the American Oriental Society*, Vol. 120, No. 1, (Jan. –Mar., 2000), p. 157.

⑤ Yangfang Tang, "Review on *Studies in Chinese Poetry*", XXXV, Vol. 2, *JAAS*, p. 285. Original text, "While these studies concern primarily the origin, development, and literary theories of *ci* poetry, this collection of essays focuses on the interpretation and appreciation of *ci* poems by various writers."

⑥ Yangfang Tang, "Review on *Studies in Chinese Poetry*", XXXV, Vol. 2, *JAAS*, p. 285. Original text, "The essays contained in this collection provide us an excellent model on how to read and appreciate *Ci* poetry."

研究中国古典诗词最有效的方法"①。

P. W. K. 对该著中的具体章节和篇目做了重新的梳理修订,他认为两人在这部著作中的每篇论文中虽然都标有独著的作者,但是"所有的论文其实是这两位杰出学者始于 30 年前的密切和持久合作的结晶"②,"每篇论文都在各自研究领域具有标志性意义"③。同时认为,该著作有参考书目、词汇表和索引,这些都会广受欢迎、非常有用,但该著作的脚注排列位置不妥。总体而言,他认为:"所有研究中国传统诗词的学生都应该感谢该著作所涵盖的已发表和刚发表的论文。"④

汉学家康达维读到海陶玮在《哈佛亚洲学报》上发表的《周邦彦的词》论文后,于 1978 年 7 月 5 日致信给海陶玮,希望海陶玮给他邮寄一份单行册,他准备给华盛顿大学中国文学史方面的学生阅读学习⑤。1978 年 8 月 5 日,康达维再次致信海陶玮,表示已经收到海陶玮关于周邦彦的研究论文,期待继续看到海陶玮和叶嘉莹关于词学研究的研究著述。他说:"自从霍夫曼之后,我们真的再也没有对得起词这种文学题材的真正有价值的文学分析了。"⑥

海陶玮的学生梅维恒在悼念他时,高度评价了他对中国古典诗词

---

① Yangfang Tang, "Review on *Studies in Chinese Poetry*", XXXV, Vol. 2, *JAAS*, p. 286. Original text, "What Hightower and Yeh did in this collection has shown us a most effective way to approach classical Chinese poetry."

② P. W. K., "Review on *Studies in Chinese Poetry*", *Journal of the American Oriental Society*, Vol. 120, No. 1, (Jan. – Mar., 2000), p. 157. Original text, "All of them are the result of a close and continuing collaboration by these two eminent scholars that began some thirty years ago."

③ P. W. K., "Review on *Studies in Chinese Poetry*", *Journal of the American Oriental Society*, Vol. 120, No. 1, (Jan. – Mar., 2000), p. 157. Original text, "These are, without exception, very learned essays each of which has made its mark on the field."

④ P. W. K., "Review on *Studies in Chinese Poetry*", *Journal of the American Oriental Society*, Vol. 120, No. 1, (Jan. – Mar., 2000), p. 157. Original text, "All students of traditional Chinese poetry will be grateful to have these masterly essays, old and new, between the covers of a single volume."

⑤ 哈佛大学档案馆藏海陶玮档案:Acs. #15036, *Papers of James Robert Hightower*, Box 1 of 4, Folder title: Knechtges.

⑥ 哈佛大学档案馆藏海陶玮档案:Acs. #15036, *Papers of James Robert Hightower*, Box 1 of 4, Folder title: Knechtges. Original text, "Since Hoffman, we really haven't had the proper literary analysis of the tz'u that the genre deserves."

的翻译：

> 关于海陶玮的学术研究，他是一个细致而全面的学者，他的
> 作品清晰而具有说服力，他的翻译是准确和贴切的典型①。

以研究中国宋代文学见长的美国加州大学艾朗诺（Ronald Egan）多次提及海陶玮和叶嘉莹的这部著作。在应邀访问武汉大学文学院时，他对北美近20年来有关唐宋文学和词学研究的具体情况作了细致梳理和重点解读，写成中文论文《北美学者眼中的唐宋文学》（2010）②、《散失与累积：明清时期〈漱玉词〉篇数增多问题》（2012）等，注释中提及了海陶玮《词人柳永》论文③。

同时，艾朗诺对海陶玮和叶嘉莹的合作过程以及合著的《中国诗词研究》也给予了高度评价：

> 这本集子里的词作中文原文和英文译文并排在同一页上，读
> 起来非常方便。叶嘉莹用中文写的诗论词论本来就享有口碑，她
> 与海陶玮这些论文把用英文写的宋词研究推向一个新层次，仅仅
> 是把词意准确地翻译成优美而富有诗意的英文就不简单，以两人
> 渊博的学问和对诗词的敏感，所作的分析和对前人见解的评论都
> 值得一读再读。④

海陶玮与叶嘉莹对中国古代词人合作进行的专题研究起到了很好的启示作用，之后英语世界学者也逐步深入，对词的某些问题和单独

---

① Victor H. Mai, "Speech", in Eva Moseley edit., *Speeches at a Memorial Gathering*, February 2009, p. 38. Original text, "As for his own scholarship, Professor Hightower was a meticulous and thorough researcher. His writings are models of clarity and cogency, his translations specimens of accuracy and felicity."

② ［美］艾朗诺：《北美学者眼中的唐宋文学》，《社会科学报》2010年12月23日第5版。

③ ［美］艾朗诺：《散失与累积：明清时期〈漱玉词〉篇数增多问题》，《中国韵文学刊》2012年第1期。

④ ［美］艾朗诺：《北美学者眼中的唐宋文学》，《社会科学报》2010年12月23日第5版。

的词人个案展开了较为深入的研究，如美国学者陈士桂（Shih-Chuan Chen）论文《词之起源再探》（1970）①、高友工的学生林顺夫（Lin shuen-fu）《中国韵文传统的嬗变——姜夔及南宋词》（*The Transformation of the Chinese Lyrical Tradition：Chiang K'uei and Southern Sung Tz'u Poetry*，1978）、玛莎·L. 瓦格纳《莲舟——词在唐代民间文化中的起源》（1984）②、叶嘉莹的学生方秀洁（Grace S. Fong）《吴文英和南宋词的艺术》（*Wu Wenying and the Art of Southern Song Ci Poetry*，1987）等。美国华裔学者孙康宜和加拿大华裔学者叶嘉莹在宋词研究方面深入而独到，孙康宜《词与文类研究》第四章"柳永与慢词的形成"对柳永慢词进行了研究，指出柳永慢词创作的继承和开创，阐释和分析了柳永词对词体发展的贡献③。叶嘉莹《唐宋词名家论稿》对包括柳永和周邦彦在内的词人作品进行了分析，详细阐释了词体特质、词人创作和词作感情等。④

综上，如果从英语世界对中国词研究的整体状况来看，海陶玮《中国文学论题》中的词史章节不仅反映了他的词学观念，而且成为西方世界对词这种中国文学特有文体的奠基和启蒙，同时，海陶玮1960年代之后与华裔汉学家叶嘉莹合作翻译研究了系列词学作品，对唐宋许多词人词作都有所涉及，重点对宋代婉约派词人周邦彦和柳永的词进行了翻译，成为英语世界对周邦彦和柳永词翻译最多的译者之一，推动了两位词人作品在西方的传播。海陶玮与叶嘉莹合作出版的《中国诗词研究》，"每篇论文都在各自研究领域具有标志性意义"⑤，"这些论文把用英文写的宋词研究推向一个新层次"。⑥

---

① ［美］陈士桂：《词之起源再探》，《美国东方学会会刊》1970年第90卷第2期。

② 玛莎·L. 瓦格纳：《莲舟——词在唐代民间文化中的起源》，纽约哥伦比亚大学出版社1984年版。

③ ［美］孙康宜：《词与文类研究》，李奭学译，北京大学出版社2004年版。

④ ［加］叶嘉莹：《唐宋词名家论稿》，河北教育出版社1997年版。

⑤ P. W. K. ，"Review on *Studies in Chinese Poetry*"，*Journal of the American Oriental Society*，Vol. 120，No. 1（Jan. - Mar. ，2000），p. 157. Original text，"These are，without exception，very learned essays each of which has made its mark on the field. "

⑥ ［美］艾朗诺：《北美学者眼中的唐宋文学》，《社会科学报》2010年12月23日第5版。

第五章　学人交游与学术互动

汉学家从事研究离不开当时的学术人文环境。与具有中国传统学术背景的华裔汉学家合作，是海陶玮一贯坚持的学术理念。他在《中国文学在世界文学中的地位》（1953）① 这篇论文中指出，中国文学与世界范围内的文学相比，最主要的特质就是历史悠久，与欧洲文学相比具有自身优势，中国文学具有自身特有的趣味和文学价值，这种趣味和价值可以用语言分析的方法，以了解语言工具如何发挥其作用而产生文学效果，这种透彻的中文研究只能由那些彻底精通中文的人来做。海陶玮从"他者"角度对中国文学展开研究时，由于语言文化背景的隔阂，不可避免地会遇到障碍与隔膜，对中国诗歌的精深蕴涵理解肯定难以通透，也确实需要与精通中国语文特质和中国诗词之美感的华人学者的密切合作。

本章将从中西文化交流的视野来审视海陶玮的汉学研究，从"文本内部"转向"文本外部"，从"文本中心"转向"人本中心"，选取与海陶玮密切交往的 3 位西方华裔学者——方志彤、叶嘉莹和杨联陞，以历史文献为依据，考察海陶玮与他们的交游过程、相互影响和思想交集，梳理出海陶玮与具有中国传统学术背景的华裔汉学家的交游过程，还原海陶玮从事汉学研究的指导者、帮助者和支持者，从 20世纪中西学术交流互动的历史细节中，发掘中国本土学者在海外汉学建立和发展中起到的不可忽视的作用，也试图说明：海外汉学这一以

---

① James Robert Hightower, "Chinese Literature in the Context of World Literature", *Comparative Literature*, (Spring, 1953), pp. 117 – 124.

中国问题为研究对象的研究领域的构建，从文献资源、学术方法、团队构成等方面，都蕴含着浓厚的中国因素和中国贡献。

第一节　"一位古代的中国圣人"
——方志彤对海陶玮的影响

方志彤（Achilles Chih-tung Fang，1910 年 8 月 20 日—1995 年 11 月 22 日，又作方志澎，阿基里斯·方），生于日本统治下的朝鲜，从小就在私塾中接受中国传统教育，后在美国传教士的资助下来到中国，17 岁毕业于上海的美国浸礼会学院（American Baptist College）。1927 年被清华和燕京两校录取，他去了清华大学，与同在清华读书的钱锺书成为挚交。1932 年获哲学学士学位后，继续在清华攻读了两年研究生课程。毕业后在南宁广西医学院做教师，教授德语和拉丁语。1940 年到 1946 年在辅仁大学出版的西文东方学刊物《华裔学志》（第 5 卷至第 11 卷）担任编辑秘书、助理编辑和编委等，同时还在《中德学志》（中德学会编，原名《研究与进步》）兼职。1947 年赴美在哈佛燕京学社工作，同时在哈佛大学攻读博士学位，1958 年获得博士学位，是哈佛大学第一个比较文学博士。他在哈佛大学期间也担任了教学工作，长期讲授古代汉语、中国文学理论和文艺批评等，培养了艾朗诺等著名汉学家，代表作品有博士学位论文《庞德〈诗章〉研究》①、译注《资治通鉴》部分章节和英译陆机《文赋》等。

方志彤具有扎实的中国传统文化功底和中西跨文化学术背景，在中西文化交流和培养汉学人才方面贡献很大，但国内学界对方志彤的生平阅历知之甚少，对他的重要贡献认识不足。近年来，高峰枫、徐文堪、钱兆明、欧荣、应梅等学者对他开展了初步研究，他生前的师友、同事、学生如赫芙、木令耆、陈毓贤等也有一些回忆书信等资料可供钩稽，提及他的学者，都对他的博学盛赞不已，徐文堪先生称其

---

① Achilles Fang, *Materials for the study of Pound's Cantos*（《庞德〈诗章〉研究》），中西书局出版社 2016 年版。

为"百科全书式学人"①；梅维恒认为"其学识和语言能力旁人难以企及"②；高峰枫认为，方志彤在北京期间，为哈佛在京的一批留学生在学业上提供了长期指导，帮助他们学习汉语、中国文化和中国古典文学，几乎囊括了后来哈佛出产的一流学者，比如柯立夫（Francis Woodman Cleaves，1911—1995）、伊丽莎白·赫芙（Elizabeth Huff，1912—1987）、芮沃寿（Arthur Wright，1913—1976）等，海陶玮也是这样一位自北京留学时期就求教于方志彤、受其影响很大的美国学者。汉学家白牧之（E. Bruce Brooks）曾这样评价海陶玮在北京期间的学习效果："当他在北平和我们初见时，他几乎一无所知，也什么也不会做，但是，他学了，是的，他学得非常好！"③

那么，这位大师级人物为何被历史遗忘了？高峰枫认为方志彤"只可惜著述不多，而且为人傲岸、狂狷，身后又没有门人弟子为其树碑立传"④。其实，在方志彤去世之后，海陶玮在1997年《华裔学志》（Monumenta Serica）第45期上发表过一篇讣告⑤，这也是海陶玮公开发表的唯一一篇悼念性文书，在该期刊的纪念方志彤专栏上发表。在这篇悼文中，海陶玮深情回顾了方志彤传奇不凡的人生，表达了他对方志彤感激、欣赏和怀念的感情，并引用约翰绍尔特（John Solt）的一首诗题献给方志彤，称他为"一位古代的中国圣人"（the old Chinese sage）。海陶玮的汉学研究道路，与这位传奇人物密不可分。

一 海陶玮与方志彤的交往

海陶玮与方志彤的交往，大体分为20世纪40年代的北京时期和

---

① 徐文堪：《不该被遗忘的方志彤先生》，《东方早报·上海书评》2011年1月9日。

② 徐文堪：《不该被遗忘的方志彤先生》，《东方早报·上海书评》2011年1月9日。

③ E. Bruce Brooks, "Speech", in Eva S. Moseley edit., Speeches at a Memorial Gathering, p. 18. Original text, "When he came to us in Peking he knew nothing, could do nothing! BUT he learned! Yes, he learned well."

④ 高峰枫：《"所有人他都教过"——方志彤与哈佛在京留学生》，《东方早报·上海书评》2012年8月19日。

⑤ James Robert Hightower, "Achilles Fang: In Memoriam", Monumenta Serica-Journal of Oriental Studies, Vol. XLV, (1997), pp. 399 – 403.

40 年代末以后的哈佛时期两个阶段。

两人的初次相识，应该是在 1940 年到 1941 年的北京，是海陶玮的朋友赫芙①介绍他和方志彤认识的，赫芙这样回忆当时的情景：

> 柯立夫发现了他（方志彤），请他作辅导老师。我猜方志彤从前没给人辅导过。我来了，柯立夫就把他介绍给我；海陶玮来了，又介绍给他。所以我们所有人方志彤都教过，现在他在哈佛也是在教很多人。②

柯立夫、赫芙同海陶玮一样，也是三四十年代获哈佛 - 燕京奖学金来北京求学的美国留学生，顾钧教授专著《美国第一批留学生在北京》对这批留学生做了初步研究③。1928 年建成的哈佛燕京学社是哈佛大学和燕京大学合作成立的，资助了不少中外学者互换交流，也是当时致力于汉学的美国学者了解中国、研究中国的渠道和窗口。这批留学生当时在北京的学习生活状况，由于资料稀缺，很大程度上依赖赫芙的口述史《伊丽莎白·赫芙：教师、东亚图书馆创馆馆长，从厄巴纳经北京到伯克利》（*Elizabeth Huff: Teacher and Founding Curator of the East Asian Library from Urbana to Berkeley by Way of Peking*），以上海陶玮和方志彤见面的描述，就是中国学者高峰枫翻译的赫芙口述史片段。

海陶玮的悼文中，也专门说到方志彤当时慷慨帮助在京留学生的情景：

> 通过在德国学院的工作，他逐渐被在京的德国汉学家们所熟悉。作为一位在中国语言方面令人敬畏的汉学家，他也在北京的

---

① 赫芙（Elizabeth Huff，1912—1988），美国汉学家，哈佛大学远东系第一位获得博士学位的女性。

② 转引自高峰枫《"所有人他都教过"——方志彤与哈佛在京留学生》，《东方早报·上海书评》2012 年 8 月 19 日。

③ 顾钧：《美国第一批留学生在北京》，大象出版社 2015 年版。

美国留学生中间有了一定的知名度，一些人也来找他寻求指导，他都慷慨地提供帮助，并拒绝收取报酬，即使他为此花费了不少时间。①

从赫芙的口述史中，我们可以看出，方志彤和海陶玮、赫芙、柯立夫等美国留学生交流很频繁，这批留学生对方志彤也非常尊敬和崇拜：

赫芙：他（方志彤）来海陶玮家见我，对我说："翻得真不赖。"我说："别逗了。"……他做了批改。有些地方只是英文用词的拿捏问题。他是个绝好的语言学家，可英文毕竟不是母语，问题就在这儿，就比如我的母语是美国英语一样。他一共就划掉了两行。他一旦划掉什么字，肯定错不了。……

他查了一两本书，再读了一遍，然后把他修改的字划掉，说："你原来翻得没错，是我错了。"

采访者：我可从来没听说他会讲这种话。

赫芙：海陶玮也没碰上过这种事。他说："假如他能对我也说这句话，那我这一生就完满了（had reached the ultimate goal of all life）。"②

海陶玮有机会来北京学习并求教于方志彤、清华大学许维遹和北京大学王利器等一批学术大家，主要是由于自身汉学研究的需要。1940 年 6 月，海陶玮刚刚获得哈佛大学的硕士学位，又接到了继续攻读哈佛大学博士学位的录取通知书，为了深入学习汉语和中国文学，搜集博士学位论文资料，他申请了哈佛燕京学社奖学金并顺利获得资

---

① James Robert Hightower, "Achilles Fang: In Memoriam", *Monumenta Serica-Journal of Oriental Studies*, Vol. XLV, (1997), p. 400. Original text, "Known to the German sinologists in Peking through his work at the Deutschland-Institut, Achilles' reputation as a formidable scholar of Chinese spread among the American students in Peking. Some of them came to him for advice and help which he generously provided, always refusing remuneration for the time it cost him. "

② Rosemary Levenson and Elizabeth Huff, *Teacher and Founding Curator of the East Asian Library from Urbana to Berkeley by Way of Peking*, Harvard University Library, 1980, pp. 257 –258.

助，于 1940 年携新婚妻子来到中国，留学北京，撰写博士学位论文。

按照赫芙的口述回忆，应该是柯立夫首先请教方志彤，然后介绍给赫芙，赫芙又介绍给刚刚来到北京的海陶玮。柯立夫（Francis Woodman Cleaves，1911—1995）是《元朝秘史》的英译者，当时是哈佛大学的助理教授，他在 1948 年申请在美永久居留签证时写的一封证明信中说："我自 1938 年始便认识方志彤先生，那年我和他在中国北平结识。三年间我们过从甚密，有时甚至每天见面，由此培养出深厚的友情，并随时间的推移而愈加深厚……我最初是方先生的学生。"[1] 盛赞方志彤的人品和学问，说他是"通晓中国文化传统博大精深之处的君子"[2]。赫芙是受方志彤影响最为深刻的学生，方志彤不仅负责指导她古文阅读，而且直接指导她的学业，在选定博士学位论文题目时，哈佛燕京学社社长叶理绥（Serge Elisséeff，1889—1975）建议她研究元代画家倪瓒，荷兰汉学家高罗佩建议她研究整个中国文学和艺术中梅花的含义，而赫芙最终接受的却是方志彤的建议，翻译黄节的《诗学》并由此获得哈佛大学博士学位，所以赫芙的口述史中关于方志彤的记载颇多。

与柯立夫、赫芙一样，海陶玮也是一位受益者，在方志彤等老师的指导下，海陶玮在北京学习期间，起草了《韩诗外传》初稿，并于 1946 年由此获得哈佛大学比较文学专业哲学博士学位，在《韩诗外传》的出版序言中，海陶玮对方志彤表示了深切的感谢，他这样写道："导师方志彤审阅了全部文稿，并对每一页的文稿都进行了详细的校对和建议。"由此可见方志彤对海陶玮认真详细的指导、所花费的大量时间以及海陶玮内心的感激之情。赖肖尔（Edwin O. Reischauer，1910—1990）在 1948 年出具的证明信中，评价方志彤"是一位杰出的中国年轻学者，而且作为教师和辅导老师（as teacher and adviser），他对好几位在北平学习中国历史和文明的哈佛留学生给予了非同

---

[1]　高峰枫：《"所有人他都教过"——方志彤与哈佛在京留学生》，《东方早报·上海书评》2012 年 8 月 19 日。

[2]　高峰枫：《"所有人他都教过"——方志彤与哈佛在京留学生》，《东方早报·上海书评》2012 年 8 月 19 日。

寻常的帮助（rendered signal service）"①，这不是溢美之词，而是非常中肯的评价。

只可惜，方志彤与海陶玮等美国留学生亦师亦友、密切交往的状态，很快就被世界战争所打破。1941 年 12 月"珍珠港"事件爆发，美日宣战。日本开始全面逮捕在中国的美国人，海陶玮、赫芙等美国留学生被日军拘捕并关押在山东东部潍县的一个战俘营。② 直到 1943 年日美交换战俘，海陶玮才被释放并遣返回到美国。而赫芙直到抗战胜利后的 1945 年 10 月才返回北京，回到哈佛已经是 1946 年了。在这些美国学者被关押的时候，方志彤利用自己的业余时间，把《资治通鉴》中关于三国时期的十章进行校注翻译，把司马光所引用的现存出处全部考证出来，其成果结集出版成两卷本的《三国纪年》（The Chronicle of the Three Kingdoms）。

回归哈佛大学平静生活的海陶玮，为了继续修订自己的博士学位论文，又于 1946 年再度来到北京，继续研究中国文学，这期间应该和方志彤也有见面交流的机会。两年后，海陶玮携眷从中国北京回到母校哈佛，开始在哈佛大学任教，直至退休。这个时期的方志彤，也于 1947 年 9 月 15 日应海陶玮的博士生导师、哈佛燕京学社社长叶理绥（Serge Elisséeff, 1889—1975）之邀，离开《华裔学志》编辑部，赴美参与哈佛汉英字典的编辑工作，身份是研究员（research fellow），接替李方桂的工作。除了编辑之外，他也偶尔有课堂讲学任务，远东语言系中有研究项目的研究生也可向他请教。方志彤的词典编辑工作最终由于各种原因并未完成，但他仍留在哈佛大学任教，讲授古代汉语、古典汉学、中国文学理论和文艺批评等课程，同时，他开始攻读哈佛大学比较文学专业的学位，主要从事英、德、中三国领域的文学研究。

---

① 高峰枫：《"所有人他都教过"——方志彤与哈佛在京留学生》，《东方早报·上海书评》2012 年 8 月 19 日。

② Eva S. Moseley, "James Robert Hightower Dies at 90", *Harvard University Gazette*, (2 March, 2006)；关于海陶玮被关押的地点，有说是在北京，有说是在马来西亚一带，笔者依从哈佛公报说法。

北京时期两人亦师亦友、密切交往的关系给彼此都留下了美好的印象，这种师生友谊又在哈佛重续。方志彤从 1947 年进入哈佛到 1977 年从哈佛退休，前后大约 30 年，海陶玮从 1948 年从北京返回哈佛，到 1981 年从哈佛退休，前后也是 30 多年。这 30 多年的时间，海陶玮和方志彤都是哈佛大学教员，一直都是同事，又都是中国文学研究方面的学者，经常在一起研讨学术，过从甚密，私谊颇好，《杨联陞日记》中记载了许多海陶玮与方志彤交流互动的事情，比如 1951 年下半年，海陶玮因为钦佩方志彤的学术文章，极力主张《哈佛亚洲学报》中刊载方志彤的一篇书评，杨联陞、柯立夫等人觉得方志彤的书评虽多有道理，但措辞太过激烈，不宜刊发，海陶玮多次在编辑会上极力为其争取，最后叶理绥出面反对刊发，才平息了这场争端。①

二　方志彤对海陶玮的影响

纵观海陶玮和方志彤的学术人生，两人在学术兴趣、研究课题、治学方法、藏书爱好以及性格处世等方面，都有着很多相似之处，或者说，海陶玮汉学研究道路受方志彤影响颇深，主要有以下几个方面：

1. 两人与庞德的不解之缘

笔者在上文探讨海陶玮汉学起源时，已经较为详细地分析了海陶玮、方志彤与庞德三人的关系。可以说，两人与庞德之间都有一种不解之缘。

方志彤与庞德的交往非常密切，是中国传统文化背景下的"百科全书式学人"与西方英美文学潮流代表"百科全书式诗人"之间的合作。对于庞德来讲，在与方志彤的密切交流中，他获得了与来自中国学术背景的学者直接探讨的机会，从而加深了对中国思想和传统文化的认识，方志彤"扮演了庞德中国信息来源的提供者和儒学方面的导

---

① 可参看［美］杨联陞《杨联陞日记》手稿影印版，哈佛大学哈佛燕京学社图书馆藏，1951 年 10 月 24 日星期三、1951 年 11 月 7 日星期三、1951 年 11 月 8 日星期四、1951 年 11 月 9 日星期五等日记。

师"角色①，两人有关儒学持续而热烈的讨论，对庞德后期儒家思想及
《诗章》创作产生了深刻的影响；对方志彤来讲，他直接以庞德作品为
学术研究对象，在与庞德密切沟通基础上产生了学术成果——《庞德
〈诗章〉研究》，顺利获得哈佛大学比较文学专业的博士学位，成为庞德
研究的权威专家。

　　庞德的英译中国古诗对当时的年轻学子海陶玮的学术转向产生了
直接的影响，正是受到庞德的英译中国诗歌的感召和影响，海陶玮决
定弃医从文，义无反顾地走上了文学和汉学的道路。如果说庞德是青
年海陶玮认识中国、研究汉学的媒介，那么通过方志彤，海陶玮对自
己年轻时代的偶像有着持续的关注和近距离了解，进而影响了自己的
学术研究，也成为方志彤与庞德交往的见证者和参与者。

　　2. 方志彤对海陶玮的学术指导

　　海陶玮的汉学生涯深受方志彤的影响，在某种程度上，方志彤扮
演了海陶玮学术导师的角色。海陶玮共发表著作 4 部，其中两部著作
都是在方志彤的指导下完成的，他还多次在自己的著作和论文中提及
方志彤，多部书评也都深受方志彤的影响。

　　《韩诗外传：韩婴对〈诗经〉教化作用的诠释》的译注是海陶玮
的汉学起点，为了做好这部古籍的译注，他两次前往北京查找资料，
求教名师，并在赫芙的介绍下认识了方志彤，受教颇多。在《韩诗外
传》的序言中，他特别感谢了方志彤的贡献："方先生审阅了整个手
稿，几乎每一页都包含着根据他的建议所进行的修订。"②

　　《陶潜诗集》的译注是海陶玮自 60 年代在台湾开始的，回到哈佛
大学以后，他又一次求教方志彤，方志彤再次以自己的学术功力打动
了海陶玮。该书序言中，海陶玮说："当我回到剑桥，我说服朋友方

---

　　① James Robert Hightower, "Achilles Fang: In Memoriam", *Monumenta Serica*, Vol. 45, (1997),
p. 402. Original text, "Achilles acting as Pound's Chinese informant and guru on matters Confucian."

　　② James Robert Hightower, *Han Shih Wai Chuan: Han Ying's Illustrations of the Didactic Applica-
tion of the Classic of Songs*, Cambridge Massachusetts: Harvard University Press, 1952, Preface. Origi-
nal text, "Mr. Fang read the entire manuscript, and nearly every page incorporates corrections which he
has suggested."

志彤审阅了我的翻译初稿，他的审阅专业细致，经他校改过的稿子可谓面目全非，纠正了我的不少荒谬言论。"① 正是方志彤、叶嘉莹等人的审定和修正，使海陶玮的《陶潜诗集》经受了学术的考验，成为陶学译著史上的重要成果。

除了直接指导海陶玮汉学著作的写作，方志彤还对他的汉学研究方向起到了引导性的影响。特别是两人在哈佛大学共事时期，海陶玮的不少研究课题，都是与方志彤同步的，主要体现在：

西晋陆机的《文赋》被认为是中国最早产生的系统探讨文学创作的论著，20 世纪 50 年代逐步受到英语世界的重视，接连出现了 3 个《文赋》的全译本，一个是 1952 年美国华裔学者陈世骧英译《文赋》的再版（1948 年初版），另外两个译本是牛津大学的修中诚（Ernest Richard Hughes，1883—1956）的译本②和哈佛大学方志彤的译本③，都出现于 1951 年。修中诚的著作《文辞的艺术——公元 302 年陆机的〈文赋〉的翻译比较研究》发表之后，方志彤很快对修中诚的著作发表了书评④，海陶玮随即也于次年对此著作发表了书评⑤，在书评中，海陶玮特别提到并推荐了方志彤的《文赋》翻译，梳理了《文赋》的所有外译本。他说，修中诚著作的核心内容是对陆机《文赋》的翻译，但他的翻译属于第 4 个外译本，"自从修中

---

① James Robert Hightower, *The Poetry of T'ao Ch'ien*, Oxford: Clarendon Press, 1970. Preface. Original text, "On returning to Cambridge, I persuaded my friend Achilles Fang to read my draft translation, which emerged from his scrutiny somewhat battered and with much of the nonsense knocked out of it."

② E. R. Hughes, *The Art of Letters*, Lu Chi's "Wen Fu" A. D. 302, *A Translation and Comparative Study*, Boll Series, XXIX. PP XVIII + 261. New York: PANTHEON Books, 1951.

③ Achilles Chih-tung Fang Trans. & annot., "Rhyme prose on Literature. The *Wên-fu* of Lu Chi (A. D. 261—303) 陆机：文赋", *Harvard Journal of Asiatic Studies*, Vol. 14, No. 3 - 4, (1951), pp. 527 - 566.

④ Achilles Chih-tung Fang, "Review on *The Art of Letters, Lu Chi's 'Wen Fu' A. D. 302, A Translation and Comparative Study* by E. Hughes with a Fore note by I. A. Richards", *Harvard Journal of Asiatic Studies*, Vol. 14, No. 3 - 4, (1951), pp. 615 - 636.

⑤ James Robert Hightower, "Review on *The Art of Letters, Lu Chi's 'Wen Fu' A. D. 302, A Translation and Comparative Study* by E. Hughes with a Fore note by I. A. Richards", *Journal of the American Oriental Society*, Vol. 72, No. 4, (Oct. - Dec., 1952), pp. 184 - 188.

诚的译本发表之后，第 5 部译本出现了，这就是方志彤的译本"①，然后，他非常直接地说："假如能参考这些其他译本，修中诚本可以少犯很多错误"②，并以详细的文本为例，细致地说明了修中诚对刘勰原文理解的错误和翻译的不妥之处，认为"严肃的骈文很难在修中诚笔下翻译得更好"③。《文赋》的翻译显示了方志彤深厚的学术功力，陆续得到重印、收录，并被翻译为德语、意大利语等发表。④

1959 年施友忠出版了著作《刘勰〈文心雕龙〉——中国文学思想和形式的研究》⑤，同年 12 月，方志彤和海陶玮同时发表了书评⑥。方志彤的书评笔者并未查到原文。海陶玮的书评认为：施友忠的译本是任何语言中关于该著作的第一部全译本，甚至在没有现代汉语译本和

① James Robert Hightower， "Review on *The Art of Letters*, *Lu Chi's 'Wen Fu'* A. D. 302, *A Translation and Comparative Study* by E. Hughes with a Fore note by I. A. Richards"， *Journal of the American Oriental Society*, Vol. 72, No. 4, (Oct. – Dec., 1952), p. 184. Original text, "Since the publication of Mr. Hughes' own, a fifth has appeared, by Achilles Fang."

② James Robert Hightower， "Review on *The Art of Letters*, *Lu Chi's 'Wen Fu'* A. D. 302, *A Translation and Comparative Study* by E. Hughes with a Fore note by I. A. Richards"， *Journal of the American Oriental Society*, Vol. 72, No. 4, (Oct. – Dec., 1952), p. 184. Original text, "Reference to these other translations would have saved Mr. Hughes many errors."

③ James Robert Hightower， "Review on *The Art of Letters*, *Lu Chi's 'Wen Fu'* A. D. 302, *A Translation and Comparative Study* by E. Hughes with a Fore note by I. A. Richards"， *Journal of the American Oriental Society*, Vol. 72, No. 4, (Oct. – Dec., 1952), pp. 184 – 188. Original text, "Sober prose has hardly fared better at Mr. Hughes' hands."

④ Achilles Chih-tung Fang Trans. & annot., "Rhyme prose on Literature. The Wên-fu of Lu Chi (A. D. 261 – 303) 陆机：文赋"， *Harvard Journal of Asiatic Studies*, Vol. 14, No. 3 – 4, (1951), pp. 527 – 566; reprinted without the Introduction in *Harvard Advocate* Vol. 136, No. 1, (1952), pp. 3 – 12, and in First Flowering. The Best of the Harvard Advocate, Addison-Wesley Publishing Company, (1977), pp. 238 – 248; revised and with a new introduction in *New Mexico Quarterly*, Vol. 22, No. 3, (1952), p. 48; partial German translation by Rainer M. Gerhardt, Fragmente 2 (1952), pp. 269 – 281; Italian translation by Tommasio Giglio, Inventario, No. 2, (March-April 1952), pp. 4 – 11.

⑤ Vincent Yu-chung Shih Trans., *The Literary Mind and the Carving of Dragons by Liu Hsieh*, *A Study of Thought and Pattern in Chinese Literature*, New York：Columbia University Press, 1959.

⑥ James Robert Hightower， "Review on *The Literary Mind and the Carving of Dragons by Liu Hsieh*, *A Study of Thought and Pattern in Chinese Literature*"， *Harvard Journal of Asiatic Studies*, Vol. 22, (Dec., 1959), pp. 280 – 288; Achilles Chih-tung Fang, "Review on *The Literary Mind and the Carving of Dragons by Liu Hsieh*, *A Study of Thought and Pattern in Chinese Literature*"， *The Times Literary Supplement*, (Dec. 4, 1959).

日文译本的情况下。但是他对施友忠的翻译并不是太满意，认为"施友忠对开头这段话的翻译没有译出作者刘勰的意思，甚至连文本字面的意思都没有译出"①，海陶玮的评论建立在对施友忠具体文本翻译的解读与分析基础上，指出了施友忠译本中不少错误之处，另外，海陶玮还提到范文澜、王利器等人的译文，他认为施友忠对这些学者已有的成果和贡献没有给予关注，所以对于施友忠的译本，海陶玮总体认为他勇气可嘉，但是深度不够。

1962 年刘若愚出版《中国诗艺》②，海陶玮和方志彤又先后发表了书评③，海陶玮在书评中对《中国诗艺》3 部分内容分别做了介绍和评价，认为刘若愚的翻译分为有韵翻译和无韵翻译，有韵翻译不如无韵翻译质量高，整体持肯定态度，并进行了推荐，"整体来讲，这本书值得毫无保留地推荐给那些想通过译作来探索中国诗歌的人"④。

另外，1953 年海陶玮在修订《中国文学论题》时，除了对中国文学文体演变进行重新规划、修订目录之外，也补充更新了后附的参考书目，特别是加入了 1950 年之后新发表的一些研究成果，其中方志彤的有关研究论文，是海陶玮特别留意并收录推荐的。方志彤 1951 年发表的陆机《文赋》注释译文，海陶玮非常推崇，在修订中充分吸收并大力推介，在第四章"楚辞与赋"中的后附"译本书目"（Translations）中，关于陆机《文赋》译文，海陶玮在第 35 页 28 行中，把原来推荐的译本——法国汉学家马古里埃《〈文选〉辞赋译注》替换为

① James Robert Hightower, "Review on *The Literary Mind and the Carving of Dragons by Liu Hsieh, A Study of Thought and Pattern in Chinese Literature*", *Harvard Journal of Asiatic Studies*, Vol. 22, (Dec. , 1959), p. 284. Original text, "It seems to me that Mr. Shih's version of this opening paragraph fails to convey Liu Hsieh's sense, or indeed any paraphrasable sense at all. "

② James J. Y. Liu, *The Art of Chinese Poetry*, Chicago: The University of Chicago Press, 1962.

③ James Robert Hightower, "Review on *The Art of Chinese Poetry*", *The Journal of Asian Studies*, Vol. 23, No. 2, (Feb. , 1964), pp. 301 – 302; Achilles Chih-tung Fang, "Review on *The Art of Chinese Poetry*", *Poetry*, Vol. 107, No. 3, (Dec. 1965), pp. 196 – 199. 方志彤的书评，笔者未查到原文。

④ James Robert Hightower, "Review on *The Art of Chinese Poetry*", *The Journal of Asian Studies*, Vol. 23, No. 2, (Feb. , 1964), p. 302. Original text, "On the whole this is a book which can be recommended without reservation to anyone who wants to explore the world of Chinese Poetry in translation. "

方志彤的《文赋》；在第六章"六朝文学评论"中后附的"译本书目"（Translations）中，陆机《文赋》译本，海陶玮在第 48 页 21 行中，再次把原来推荐的马古里埃译本替换为方志彤译本。

《中国文学论题》这部著作不仅见证了海陶玮和方志彤的学术联系，还成为海陶玮与庞德直接联系的纽带。根据钱兆明、欧荣的研究①，《中国文学论题》发表之后，1951 年 1 月 25 日方志彤把海陶玮的这部新作邮寄给庞德，然后在 26 日致信庞德，告诉他，自己藏有该著作各章之后列出的多半参考书目。

3. 两人共同的藏书之好

作为从事中国古典文学研究的汉学家，接触、阅读、研究乃至收藏关于中国的书籍，是开始并从事汉学研究的基础。海陶玮与方志彤，都有着强烈的藏书癖好和共同志趣。

海陶玮藏书的总体面貌以及赠卖给加拿大阿尔伯塔大学东亚系的详细历史过程，笔者将在下文详述。整体来说，海陶玮藏书不仅数量大（3000 余种近 1.1 万册），品种多（涉及丛书、期刊、参考书目等），而且内容丰富（涉及中国经学、哲学、宗教、历史、语言和文学），语种较多（除了中文，还涉及英语、德语、法语和日语等），在权威专家吴文津看来，"这批藏书在质量和数量上比美国小型东亚研究图书馆类似藏书还要更胜一筹"②。而方志彤的图书有 10 万册，完全可以相当于一座蔚为大观的图书馆。

海陶玮藏书是从他四十年代③在北京留学期间就开始搜集的，那时也正是他刚刚结识方志彤的时期。方志彤嗜书如命，"几个职位的收入，为他的爱好提供了微薄的资金，除了烟草和廉价酒之外，他唯

---

① 钱兆明、欧荣：《方志彤——〈钻石机诗章〉背后的中国学者》，《英美文学研究论丛》2014 年第 21 辑。

② 阿尔伯塔大学档案，The letter from Eugene Wu to Mr. Peter Freeman, 25 June, 1985. Original text，"The material, in my opinion, is better both in quality and quantity than similar collection on Chinese literature found in smaller East Asian libraries in the United States."

③ "Rare Collection of Chinese Books Acquired"，*FOLIO*，University of Alberta, 23 January, 1986. 第一段记载的是海陶玮 20 世纪 30 年代在北京留学的时候就开始收藏图书，应该是 20 世纪 40 年代在北京留学。

一的嗜好就是对书的钟爱"①，关于他淘书和藏书的情形，海陶玮给方志彤写的悼文中有很大篇幅记述，非亲身跟随、亲眼所见不能描述如此细致：

> 他常去逛北京的书店，过年期间的顺直门（Shun-chih-men，也称顺治门，即宣武门，今无存）书市他更不会落下，集市上有几里长的书摊，在一箱箱的书里翻阅，时不时还能捡个漏。他会在冰冷的天气里慢慢地逛着，扫视着一册册书脊，弯腰抽出一本他缺的书。这活需要眼尖，记忆力好且反应快，才能有惊喜的回报。②

这种淘书眼光令海陶玮非常钦佩。在他看来，这种淘书本领不光是因为方志彤知识渊博，还因为他对藏书确有研究，为了藏书，"他（方志彤）视两位清朝藏书家为知己"③，翻译了叶德辉《藏书十约》和孙从添《藏书纪要》两本专著，使自己的藏书更加符合中国传统的购书之要和藏书之宜。

到了美国，方志彤仍不改初衷，继续积累藏书，主要是收集西方图书，海陶玮回忆说："不久之后他就在波士顿古董商那里有了一定的名气，就象当年他在北京琉璃厂一样。"④ 方志彤兴趣广泛，古今哲

---

① James Robert Hightower, "Achilles Fang: In Memoriam", *Monumenta Serica-Journal of Oriental Studies*, Vol. XLV, (1997), p. 400. Original text, "His earnings from these several activities provided a meager fund for the only indulgence he permitted himself (besides tobacco and cheap wine), his passion for books."

② James Robert Hightower, "Achilles Fang: In Memoriam", *Monumenta Serica-Journal of Oriental Studies*, Vol. XLV, (1997), p. 400. Original text, "He frequented the Peking bookstores and never missed the New Year's market outside Shun-chih-men, where a mile-long display of books packed in boxes concealed an occasional underpriced treasure. He would walk along slowly in the frigid winter air, scanning the backs of thin volumes and reaching down to pluck the one title missing from his own collection. It was a feat that combined acute vision, a capacious memory and instant recall that was rewarded with serendipity."

③ James Robert Hightower, "Achilles Fang: In Memoriam", *Monumenta Serica-Journal of Oriental Studies*, Vol. XLV, (1997), p. 402. Original text, "He found sympathetic souls in two Ch'ing dynasty bibliophiles."

④ James Robert Hightower, "Achilles Fang: In Memoriam", *Monumenta Serica-Journal of Oriental Studies*, Vol. XLV, (1997), p. 402. Original text, "soon was as well known to Boston antiquarian dealers as he had been in Peking's Liu-li ch'ang."

学、各国作家作品等，他都一卷一卷、一本一本地搜集全了，其中令海陶玮印象比较深刻的藏书，有与海陶玮和方志彤关系非常密切的庞德的著作，有詹姆斯·乔伊斯（James Joyce，1882—1941）的书籍，海陶玮年轻时代在法国巴黎游学，曾经向乔伊斯学习①。

这些书籍的藏身之处是个大问题，方志彤在哈佛大学办公室的一排排书架上堆满了书，家里的大部分房间也全部堆满了书。据海陶玮回忆，方志彤退休之后，他把办公室里的书一次装一袋，一年才全部搬回家，家里的地板几乎要坍塌。方志彤的藏书之多，很多学者都有强烈的印象和回忆，哈佛燕京学社图书馆林希文（Raymond Lum）在纪念方志彤时也曾这样描述：

> 到处都是书！壁上，地上，桌上，都是书。"来看看我的书！"他不是邀请我而是命令我，一边说一边已上了楼。楼上有更多书。这显然是他的私人天地。门把上，栏杆上，窗帘架上，所有凸出的地方都挂着穿过的衣服，约莫可见有洗好的整整齐齐地叠在一角；除此外到处就是书，高高地堆满两间卧室，有楼梯可走上他三楼的书房，书房自然有更多书，连楼梯口也占了一半，须侧身才能登上去。②

丰富的私人藏书，不仅满足和支撑了方志彤治学的需要，而且"他的朋友们也从他的淘书技巧中获益，他也会偶尔买些他觉得朋友们当前想要的书，或是深入了解后就会想要的书"③，海陶玮作为当时求教于方志彤的美国留学生之一，也从方志彤那里获得不少淘书技巧，当然，他也直接受益于方志彤的藏书。根据海陶玮的记述，在北京时

---

① 詹姆斯·乔伊斯（James Joyce，1882—1941），爱尔兰作家、诗人，代表作品《尤利西斯》《芬尼根的守灵夜》。

② 陈毓贤：《再谈柯立夫和方志彤藏书癖：汉学制度前的产物》，《东方早报》2013 年 6 月 3 日。

③ James Robert Hightower, "Achilles Fang：In Memoriam", *Monumenta Serica-Journal of Oriental Studies*, Vol. XLV, (1997), p. 400. Original text, "His friends benefited from his skill, for he would also pick up an occasional title he knew they wanted-or should want if they knew enough."

期，方志彤基本上收齐了全部《四部丛刊》和二十四史，还有数不清的参考书①。海陶玮在译注《韩诗外传》的时候，列出的参考文献共有 160 种，除了《荀子》之外，其他参考书目，只要《四部丛刊》有，全都采用《四部丛刊》本，并在参考文献中用星号标注。

海陶玮与方志彤重视私人藏书，主观上主要是因为学术研究的需要和个人的兴趣，比如海陶玮作为研究中国古典文学的学者，曾经受教于一批中国古典文学研究专家，清楚地知道版本对于中国文学特别是古代文学研究的重要性，他两次来中国期间，都大量地搜集汉学书籍，且藏书版本优良、代表性强，为自己的中国古典文学研究奠定了扎实的文献基础。重视藏书的客观原因，是因为当时美国专业汉学并不发达，在汉学方面的原始文献和资料完全不能满足汉学研究者的需要，所以当时大部分从事汉学的留学生，都需要到中国来搜集资料，学习语言，并积累自己的藏书，陈毓贤《再谈柯立夫和方志彤藏书癖：汉学制度前的产物》就论述了这种情形。②

丰富藏书如何安置，也成了他们退休之后必须考虑的一件大事。两人都采取了变卖捐赠的方式，使一生积累和珍藏的图书在汉学领域继续发挥作用。1985 年海陶玮以 5 万美元的价格将自己全部私人藏书卖给了加拿大阿尔伯塔大学图书馆。方志彤则把自己的全部私人藏书分别捐赠给了哈佛燕京学社图书馆和北京大学图书馆。其实在生前，方志彤已经把自己实在难以安置的 5000 卷图书捐运到了北京大学图书馆，去世前，他在遗嘱中再次表达了捐赠图书给北京大学图书馆的愿望，他的学生艾朗诺等帮他把书装箱，少部分留赠给了哈佛燕京学社图书馆，其他全部捐赠给了北京大学，总共有 3 万册，主要是人文社会科学类的图书，也包括少量自然科学类西文书籍。

---

① James Robert Hightower, "Achilles Fang: In Memoriam", *Monumenta Serica-Journal of Oriental Studies*, Vol. XLV, (1997), p. 400. Original text, "He bought them secondhand, filling out sets a volume at a time, until he had acquired practically the whole of the *Ssu-pu ts'ung-k'an* 四部丛刊 as well as most of the Standard Histories, and numerous works of reference."

② 陈毓贤：《再谈柯立夫和方志彤藏书癖：汉学制度前的产物》，《东方早报》2013 年 6 月 3 日。

今天，通过加拿大阿尔伯塔大学图书馆和北京大学特藏室，我们仍然可以查到海陶玮和方志彤的藏书。海陶玮藏书奠定了加拿大阿尔伯塔大学东亚系一流藏书的基础，"方志彤赠书"则成为北京大学图书馆的特藏系列之一，让无数的学者特别是年轻学子从中受益，一位网友感慨："借过的多得都不记得了，以至于得出一个结论：北大图书馆人文的书就三个来源：方志彤赠书、美国亚洲基金会、燕京大学旧藏。"① 更多的同学则在受益于这些盖着"方志彤赠书"印章书籍的同时，开始关注方志彤这位已经被遗忘的学者。

4. 共同致力于培养汉学人才

在哈佛大学的 30 多年，海陶玮和方志彤作为同事，除了在一起研讨学术之外，也共同为东亚系中国语言文学教学扮演了开拓者的角色，在培养后学方面不遗余力，做出了很大的贡献。

据李欧梵《在哈佛作访问教授》一文回忆："哈佛的汉学传统历史悠久，在我做研究生时代，系里教授中国文学的只有海涛尔（Robert Hightower，即"海陶玮"）和 Achilles Fang（方志彤）二人。"②

1948 年，33 岁的海陶玮携眷从中国北京回到母校哈佛，被任命为助理教授，开始在哈佛大学远东语言系任教。当时东亚系师资力量还非常薄弱，他先后教过初级汉语、中级汉语和中国文学史等课程③，还编写了《中国文学论题》作为中国文学教学的教材。海陶玮作为哈佛大学乃至美国第一位专业研究中国文学的学者，培养了康达维、梅维恒、艾朗诺等著名汉学家，这部分内容将在下文详述。

方志彤对汉学人才的辅导和帮助，其实从北京时期就开始了，海陶玮就是受益者之一，这批美国学生在其引导下打下坚实的汉学基础，后来成为成果丰硕的学者、汉学家，如柯立夫、赫芙、海陶玮、芮沃寿等，都成为西方世界某一领域的著名汉学家。华裔作家木令耆（刘年玲）评价方志彤："他是海陶尔（海陶玮）教授的老师，也是美国

---

① 嵇康 2011 - 04 - 07 16：55：43，https：//www. douban. com/group/topic/4444275/。

② 李欧梵：《在哈佛做访学教授》，《粤海风》2005 年第 5 期。

③ 哈佛大学东亚语言文明系官网，http：//ealc. fas. harvard. edu/about，History of the Department - A Brief History of EALC and Asian Studies at Harvard，1940 - 1950。

和西方许多汉学家的宗师。"① 这是对方志彤非常中肯的评价。赴美之后，在哈佛—燕京的词典项目中断以后，方志彤开始担任远东语言系的讲师，主要教授古汉语方面的高级课程，并开设了中国文学理论和艺术评论的研讨课，为哈佛大学培养了众多的汉学人才，其中艾朗诺、木令耆（刘年玲）等比较知名，他们多次表达了对方志彤的感激之情。

在悼文中，海陶玮对方志彤诲人不倦、提携后学的精神进行了深情的回忆：

> 方志彤是一个天生的教师，知识非常渊博，也很愿意毫无保留地与他的学生，朋友和同事们分享。他不是苏格拉底式的教师，而是非常坚持原则，很少表扬，倒是很像他所敬仰的孔夫子。能被他吸引的学者欣赏的是大师级的指导，而不会被他尖刻的批评所吓倒。在他退休之后，甚至在他最后一次生病期间，这些人依然来找他寻求帮助。事实上，在他去世的前一天，他还跟一个学生谈了一个小时。②

美国华人作家木令耆曾经受教于海陶玮和方志彤两个人，她说："我首先是上海陶尔（海陶玮）教授的诗词课，而他又导致我去上方志彤的课。这两位教授将我导致回返汉文。"③ 对于这两位老师的课堂

---

① 木令耆（刘年玲）：《记方志彤教授》（下），《方志彤与"他们仨"》，《二十一世纪》2005 年 4 月。

② James Robert Hightower, "Achilles Fang: In Memoriam", *Monumenta Serica-Journal of Oriental Studies*, Vol. XLV, (1997), pp. 402–403. Original text, "Achilles was a born teacher, chockfull of information which he was always ready to share with students, friends, and colleagues. Not a Socratic kind of teacher, dogmatic rather, and sparing of praise, rather like his admired Confucius. He attracted student disciples who appreciated a master's guidance and were not deterred by biting criticism. They continued to come to him for help after his retirement and even during his last illness. In fact, the day before he died he spent an hour with a student. " 此段翻译引用了应如是的博客：http://blog.sina.com.cn/s/blog_ 4b0ff69f0102xa17.html.

③ 木令耆（刘年玲）：《记方志彤教授》（上），《方志彤与"他们仨"》，《二十一世纪》2005 年 4 月。

教学，她都有回忆文章，据她回忆，海陶玮在教学方面严谨认真，风度雅肃，极具绅士，对学生要求极其严格。"在研究上，他是一个精细的研究者，从不忽略细节，从不放过自己。"① 对于方志彤，木令耆认为："他是哈佛大学的一位怪杰；他孤寡冷傲，可是只要他认为孺子可教也，他可能是你的良师好友。那么他会变得慈善忠诚。"② "上他的课如走入海阔天空的文化世界。我从未知道中国历来有多元化的文化智慧。这文化智慧其实是世界文明大同的。"③ "方志彤先生不但将我回归汉语，也启发我就将遗失的中国文化，尤其是传统中国文人的孤洁寡傲。"④ 他引导学者艾朗诺研究钱锺书的著作，对钱锺书《管锥编》进行了英文翻译，艾朗诺在英译《管锥编》的扉页上，专门题献给方志彤，艾朗诺的妻子陈毓贤分析了其中缘由："不但因为他从事这项工作，是钱锺书清华时代的要好同学方志彤鼓励他做的，而且他看得懂文言文，全得力于方先生。"⑤

　　海陶玮和方志彤也都在课堂上善于运用多国语言来阐释中国文学。木令耆就说海陶玮"在课堂上常常用多种语言来解释中国文学，善于用多元文化讲述同一论题"⑥，李欧梵也评价方志彤"教学极为严谨"，而且听他的课，不但听到汉语、英语，也会听到法语、德语、希腊文和意大利文，犹如游学世界，因为方志彤不大看得起读书依靠释文和译文，认为译文往往不能够表达原文本意。当然，这得益于方志彤的多语言能力，学生赫芙就曾回忆道："他学了希腊文

① 木令耆：《海陶儿与欧美中国古典文学研究》，《二十一世纪》（双月刊）2008 年总第 106 期。
② 木令耆（刘年玲）：《记方志彤教授》（上），《方志彤与"他们仨"》，《二十一世纪》2005 年 4 月。
③ 木令耆（刘年玲）：《记方志彤教授》（上），《方志彤与"他们仨"》，《二十一世纪》2005 年 4 月。
④ 木令耆（刘年玲）：《记方志彤教授》（上），《方志彤与"他们仨"》，《二十一世纪》2005 年 4 月。
⑤ 陈毓贤：《再谈柯立夫和方志彤藏书癖：汉学制度前的产物》，《东方早报》2013 年 6 月 3 日。
⑥ 木令耆（刘年玲）：《记方志彤教授》（上），《方志彤与"他们仨"》，《二十一世纪》2005 年 4 月。

（所以他英文名叫阿基里斯）、拉丁文和德文，跟着艾谔风（Gustav Ecke，1896—1971）学的。"陈毓贤也回忆说，方志彤曾经告诉她："我的母语是韩国话，然后学日语，再学中国话。我在韩国读书的时候讲的是日语，可是看的是中文。我十六岁开始学德语，不是在学校学，自己学的，捧着课本学，课本上那些荒唐的东西只有德国人才写得出来。我发愿要学所有的主要语言，但梵文和俄文一直没学好。"①

三 海陶玮对方志彤的评价：中国圣人

方志彤 1947 年到哈佛大学，后升为高级讲师（senior lecturer），这个职称一直保持到他 1976 年正式退休，方志彤在系里应属于负责语言教学、不以学术研究为主业的教职人员。1995 年 11 月 22 日，方志彤因癌症去世，享年 85 岁，被葬在奥本山公墓（Mount Auburn Cemetery）。遵照本人意愿，葬礼没有举行任何宗教仪式。海陶玮回忆道："他拒绝接受治疗，在家里去世，享年八十五岁。他的身体已成为一个脆弱的躯壳，但头脑和记忆仍然还完好无损。对于一个坚守儒学的道德家来说，这是一种能够保持尊严体面的临终。"②

方志彤去世之后，哈佛大学 1997 年设立方志彤纪念奖，用于纪念他在东亚研究方面的卓越贡献。他曾经工作过的《华裔学志》（Monumenta Serica）也于 1997 年推出了一期纪念方志彤的专栏，专刊发表了海陶玮为他写的纪念悼文，方志彤夫人马仪思（Ilse Martin Fang）博士撰写了方志彤的著述目录，还发表了一篇方志彤从未发表的书评。罗曼·马勒克（Roman Malek）在"编者按"中介绍了方志彤在《华

---

① 陈毓贤：《再谈柯立夫和方志彤藏书癖：汉学制度前的产物》，《东方早报》2013 年 6 月 3 日。

② James Robert Hightower, "Achilles Fang: In Memoriam", *Monumenta Serica-Journal of Oriental Studies*, Vol. XLV, (1997), p. 403. Original text, "He refused treatment and died at home at the age of eighty-five, his body being a fragile shell but with mind and memory still intact. A suitably dignified end for a stoic Confucian moralist. "

裔学志》任职期间的主要职责和所做的贡献，"以此来纪念这位非凡的学者"①。

遗憾的是，方志彤由于性格孤傲超然和不愿出版关于庞德的博士学位论文，所以始终未获得哈佛教授的职位，但与他知心通灵的老同学钱锺书，却对他赞誉有加。

1979 年春，钱锺书随中国社会科学院代表团赴美访问，在哈佛大学逗留 4 天，和方志彤这位清华旧友在哈佛相会，有几次晤面会谈。方志彤、钱锺书与哈佛东亚系和比较文学系的师生共进午餐，包括海陶玮、韩南等都在场，他们对方志彤与钱锺书两人的博学妙语和深厚友谊非常钦佩。

还有一件事情非常遗憾，那就是方志彤在哈佛大学一直被"冒牌华人"② 之讥笼罩着。陈毓贤说："原来他把自己打造成中国人，也说服别人把他当中国人。……告诉我他因在中国的时候做韩国人不安全，于是装为中国人。"③ 关于方志彤的国籍和家世，其实存在着不同的说法，一说方志彤是有中国血统的朝鲜人，一说他本是中国人，只是他是朝鲜族或者生在朝鲜而已。

持第一种说法的，主要是海陶玮和赫芙，海陶玮的悼文和赫芙的口述史，关于方志彤身份的描述是一致的。现在大多数学者，也都采用与方相识共事长达四五十年、对方志彤生平记述颇为详细的海陶玮的说法。

持第二种说法的，有学者钱兆明、欧荣等④，两位学者查到哈佛大学图书馆方志彤档案，方志彤 1948 年向美国政府递交的永居申请书中，亲笔签字的自述里写着他是中国人——1910 年 8 月 20 日出生

---

① James Robert Hightower, "Achilles Fang: In Memoriam", *Monumenta Serica-Journal of Oriental Studies*, Vol. XLV, (1997), p. 399.

② 陈毓贤：《再谈柯立夫和方志彤藏书癖：汉学制度前的产物》，《东方早报》2013 年 6 月 3 日。

③ 陈毓贤：《再谈柯立夫和方志彤藏书癖：汉学制度前的产物》，《东方早报》2013 年 6 月 3 日。

④ 钱兆明、欧荣：《方志彤——〈钻石机诗章〉背后的中国学者》，《英美文学研究论丛》2014 年第 21 辑。

于山西安邑。两位学者 2012 年还采访了方志彤女儿曼德琳（Made-leine Fang）并于 9 月 24 日得到电子函告，其出生证上父亲国籍填的是中国。①

不管方志彤出生地和国籍究竟在哪里，但有一点是确定的，那就是他接受的教育是中国传统文化，并且一生都在秉持和坚守自己中国文人的身份。

而海陶玮，这位以中国文学为研究对象的美国专业汉学家，受到了方志彤的深刻影响和长期指导，对他非常尊敬，一生都称他为自己的老师。

在为方志彤所写的悼文中，海陶玮配有一张方志彤的照片，照片中这位哈佛学者满头银发，精神矍铄，身着深色厚质外套，深色框架下的眼睛目不转睛地盯着轻含的烟斗，左手轻扶烟斗，右手拂拨烟灰，正在享受烟草带来的无尽香味……

与这幅照片精心相衬的，是海陶玮在结尾引用约翰·绍尔特（John Solt）1984 年的一首诗，他把这首诗题献给方志彤，认为这首诗"捕捉到了一位从办公室回家途中的孤独者的超脱和骨子里的尊严，这个人被移植到两种异质文化中，却在其中自成一体、怡然自得"②，现将该诗摘录翻译如下，结束本文：

the old Chinese sage

lit pipe and white hair

makes his way with crooked cane

---

① 钱兆明、欧荣：《方志彤——〈钻石机诗章〉背后的中国学者》，《英美文学研究论丛》2014 年第 21 辑。

② James Robert Hightower, "Achilles Fang: In Memoriam", *Monumenta Serica-Journal of Oriental Studies*, Vol. XLV, (1997), p. 403. (A poem by John Solt, inscribed to Achilles) captures the detachment and the essential dignity of a lonely man transplanted into two alien cultures which he successively made his own, as he trudges from his office back home.

he has seen himself as not here

so long he has returned

eyes washed with ocean glimmer

bird on branch sways

the past distant

he climbs hill with

carved forest in hand

gliding on centuries

of fallen leaves

一位古代的中国圣人

满头银发，点着烟斗，

拄着弯曲的拐杖，蹒跚而行

他似乎超然世外

又似乎归来已久

目光如洗，清澈闪耀

鸟儿在枝头摇曳

他不断攀登

遥远的过去

美丽的森林

尽收眼底

落叶之美

跨越百年

（方志彤照片，来自哈佛大学方志彤档案。
海陶玮写的方志彤悼文，使用了该照片黑白版）

（Acs. 13505，*Papers of Achilles Fang*，Box 1 of 1，

File Title：Photographs）

（海陶玮与方志彤 **1994** 年合影，来自哈佛大学方志彤档案）

（Acs. 13505，*Papers of Achilles Fang*，Box 1 of 1，File title：Photographs）

第二节　"论学曾同辩古今"

——与叶嘉莹的中国古典诗词合作研究①

　　叶嘉莹，1924年生，号迦陵，加拿大华裔汉学家，著名的中国古典诗词研究专家。她幼承家学，成长受教在中国大陆的传统文化氛围中，后举家迁居台湾，担任教职。60年代远赴美国、加拿大，长期担任加拿大不列颠哥伦比亚大学（University of British Columbia，简称U. B. C.）亚洲系教授。改革开放之后多次回国访问、讲学，在大陆和港澳台以及欧美世界影响很大。

　　海陶玮与叶嘉莹因偶然机缘相识于台湾，展开了长达30多年的学术交往，对彼此的学术兴趣、研究领域甚至人生轨迹都起到了不可估量的影响。著名美国汉学家艾朗诺（Ronald Egan）评价："他（海陶玮）与叶嘉莹在这一课题上（宋词）的合作，持续了30多年，成为学术合作的典范。"②

一　合作成果：《中国诗词研究》

　　海陶玮和叶嘉莹的合作成果主要体现在《中国诗词研究》中，这本英文合著完成于1996年，1998年出版，共收录17篇论文，分为"诗论"（Shih Poetry）、"词论"（Tz'u Poetry）和"王国维论"（Wang Kuo-wei）三个章节，其中收录有海陶玮的论文4篇，分别是："诗论"中的《陶潜的饮酒诗》（*T'ao Ch'ien's "Drinking Wine" Poems*）、《陶潜诗歌中的典故》（*Allusion in the Poetry of T'ao Ch'ien*）；"词论"中的《周邦彦的词》（*The Songs of Chou Pang-yen*）和《词人柳永》

---

　　① 该内容已发表，个别之处有修改。可参见《论学曾同辩古今——叶嘉莹与海陶玮的中国古典诗词合作研究》，载《当代比较文学》（第二辑，陈戎女主编），华夏出版社2018年版。

　　② Ronald Egan, "Speech", in Eva S. Moseley edit. , *Speeches at a Memorial Gathering*, p. 24. Original text，"His collaboration with Ye Jiaying on this subject，which spanned some thirty years，proved to be a model of joint scholarly undertaking. "

（*The Songwriter Liu Yung*），其余 13 篇论文都是叶嘉莹在两人合作期间写的论文。

　　海陶玮在此书序言中说："我们所涉及的问题是一切诗在批评家那里都会面临的问题，与是否来自某个特定的文学传统无关，虽然不能说我们把中国的诗词用另外一种语言完全表达出来了，但是可以说在一定水准上，我们的翻译是与原诗（词）非常接近的。我们希望所提供的这些翻译是恰当的，可以让英语读者更容易接近中国诗词。"① 很显然，海陶玮对他与叶嘉莹的这部合著是很自信的。这部合著出版后，确实受到汉学界的广泛好评和高度评价，一方面是为西方读者提供了非常专业的中国诗词作品的英文译本，比如艾朗诺觉得"叶嘉莹用中文写的诗论词论本来就享有口碑，她与海陶玮的这些论文把用英文写的宋词研究推向一个新层次，仅仅是把词意准确地翻译成优美而富有诗意的英文就不简单，以二人渊博的学问和对诗词的敏感，所作的分析和对前人见解的评论都值得一读再读"②。

　　另一方面，这部专著的诗词研究方法也有了很大创新。该著作与以往词学研究如孙康宜、魏玛莎、余宝琳的研究方式有所不同，"不再只是对诗词的起源、发展和词学理论的探讨，而是关注不同风格作家词类作品的阐释与赏析"，③ 两人合作承担的任务非常具有挑战性，但"这部合著中的论文给我们提供了一种如何阅读和赏析词

---

　　① James Robert Hightower and Florence Chia-ying Yeh, *Studies in Chinese Poetry*, Cambridge Massachusetts and London：Harvard University Press, 1998, Preface vi. Original text, "The issues with which we have been concerned are those confronted by critics of poetry of whatever literary tradition, and though we cannot pretend to recreate Chinese poetry in another language, we do claim that our translations are—on one level—accurate, and we hope that what we supply in the way of exegesis will make it more accessible to English language readers. "

　　② 艾朗诺：《北美学者眼中的唐宋文学》，《社会科学报》2010 年 12 月 23 日第 5 版。

　　③ Yangfang Tang, "Book Reviews（Asia）on *Studies in Chinese Poetry*", XXXV, Vol. 2, *JAAS*, p. 285. Original text, "While these studies concern primarily the origin, development, and literary theories of *Ci* poetry, this collection of essays focuses on the interpretation and appreciation of *Ci* poems by various writers. "

类作品的卓越典范"①，因为中国诗词注重情感，常用比兴手法，所以读者阅读欣赏中国诗词需要较高的敏感意识和对中国文化传统的大量阅读，但是，"海陶玮和叶嘉莹在合著中所做的工作给我们提供了一种研究中国古典诗词最有效的方法"。② 美国汉学家韩南（Hanan Patrick Dewes，1927—2014）也对这种开辟性研究给予了高度评价："他们共同对单个作家和独特风格的研究，开辟了中国文学研究新的领域。"③

二　合作影响：学术研究和人生转向

海陶玮和叶嘉莹长达几十年的学术合作，对双方的学术研究和叶嘉莹的人生转向产生了深刻的影响。

叶嘉莹对海陶玮的汉学研究起到了学术教导、纠正释疑的作用，主要体现在叶嘉莹对海陶玮陶诗翻译的帮助和指导；在与叶嘉莹合作过程中，海陶玮还从诗歌研究走向了词学研究的道路，开始关注并翻译宋代词人周邦彦、柳永的作品。

1965 年海陶玮到台湾进行陶渊明研究，机缘巧合结识了叶嘉莹，之后，海陶玮一直在叶嘉莹的指导帮助下研读和翻译陶诗，1970 年海陶玮《陶潜诗集》终于如愿发表，这是英语世界第二部陶集全译本，也是英语世界第一部陶集注译本。这本书集中体现了海陶玮诗

---

①　Yangfang Tang, "Book Reviews（Asia）on *Studies in Chinese Poetry*", XXXV, Vol. 2, *JAAS*, p. 285. Original text, "The essays contained in this collection provide us an excellent model on how to read and appreciate *Ci* poetry. "

②　Yangfang Tang, "Book Reviews（Asia）on *Studies in Chinese Poetry*", XXXV, Vol. 2, *JAAS*, p. 286. Original text, "What Hightower and Yeh did in this collection has shown us a most effective way to approach classical Chinese poetry. "

③　Patrick Hanan, "Memorial Minute-James Robert Hightower（1915－2006）", *Minutes of Meeting of the Faculty of Arts and Sciences*, Harvard University, （1 May, 2007）. Original text, "In the 1970s …he was joined by Yeh Chia-ying, professor of Chinese Literature at the National Taiwan University, a distinguished specialist in Chinese poetry. The work they did together is a rare instance of close collaboration between two senior scholars. Their articles on individual writers and distinctive styles may be said to have opened up a new field in Chinese literary studies. A number of such articles were collected and published in their *Studies in Chinese Poetry*（1998）. "

歌翻译和研究的高峰，作为海陶玮的代表作品得到了学界认可和好评，至今仍是英语世界陶渊明研究的必读书目。叶嘉莹全程指导、全文审校了该著作，并及时纠正了海陶玮因文化和语言隔膜而对中国诗词产生的误读和不恰当的注释评论，从而保证了这本著作以较高质量面世。在《陶潜诗集》序言中，海陶玮对叶嘉莹的诗词造诣和热心帮助充满了赞赏和感激，他说："我还获得一份不可多得的好运，得到了另外一个朋友——'国立'台湾大学叶嘉莹教授的批评和建议，她是我所认识的对中国诗词最敏感、最了解的学者之一。我一次又一次地被她说服，修订自己由于对陶潜诗歌理解偏见形成的评论。"①

除了翻译，海陶玮对陶渊明也展开了专题研究，早在 1954 年海陶玮就发表了论文《陶潜的赋》，② 这是英语世界最早的陶学研究的重要论文。结识叶嘉莹之后，海陶玮在陶学道路上继续深入，1968 年发表《论陶渊明的饮酒诗》，1971 年发表《陶潜诗歌中的典故》。

叶嘉莹能够对海陶玮做出指导和纠正，主要源于她深厚的中国诗词学养和陶学功底。在中国古代诗人中，陶渊明也是叶嘉莹喜爱的诗人之一，她上大学时就开始阅读陶渊明的诗歌，对陶渊明诗文具有深刻的解读和研究。通过辅导海陶玮，她进一步加深了对陶渊明诗文的理解，1987 年到 1988 年，应北京辅仁大学校友会、北师大校友会、中华诗词学会、中国国际文化交流中心和教委老干部协会等 5 个文化团体联合邀请，叶嘉莹在北京进行了系列讲座，以陶渊明、杜甫和李商隐等诗例讲述中国旧诗传统中兴发感动的美学特质，后由台北三民书局 1998 年收录整理为《好诗共欣赏——陶渊明、杜甫、李商隐三家诗讲录》。1984 年和 1993 年，叶嘉莹在加拿大温哥华的金佛寺与美国

---

① James Robert Hightower, *The Poetry of T'ao Ch'ien*, Oxford: Clarendon Press, 1970, Preface. Original text, "I had an undeserved piece of good fortune in getting the criticism and suggestions of another friend, Professor Yeh Chia-ying, of National Taiwan University, one of the most sensitive and informed readers of Chinese poetry I have ever known. Time and time I have been persuaded to revise critical comments based on preconceptions about what T'ao Ch'ien should be saying."

② James Robert Hightower, "The Fu of T'ao Ch'ien", *Harvard Journal of Asiatic Studies*, (Jun., 1954), pp. 169 – 230.

加州的万佛城陆续所做的两次演讲，题目也是陶渊明的饮酒诗，后根据录音整理为《陶渊明〈饮酒〉诗讲录》，2000 年被桂冠图书公司收入《叶嘉莹作品集》的《诗词讲录》一辑之中，2015 年中华书局收录出版了《叶嘉莹说陶渊明饮酒及拟古诗》。

　　叶嘉莹和海陶玮都对陶学给予了重点关注，而且基本看法也是一致的，都认为陶诗某种程度上反映了作者在当时动乱社会现实中完善自我人格而无力改变社会现实的复杂心理。海陶玮在《陶潜的饮酒诗》中细致分析了陶渊明在辞官归田这一重大人生选择期间面临窘迫生活时的复杂内心世界，认为诗人塑造的艺术形象并不是其"真实形象"，"以文立传、流芳百世"才是其创作诗文的真正意图。叶嘉莹对陶诗的解析也始终贯穿着与海陶玮相同的思路，她认为：

　　　　陶诗之所以好，就正是因为他（陶渊明）经历了这样的矛盾、选择和挣扎。他终于回到田园去种地，那是他经过了多少艰难的选择、付出了多少内心痛苦的代价才做出的决定。[1]

　　　　陶渊明的自我完善是消极的、内向的，真正是只完成了自我……付出了多少饥寒劳苦的代价，用身体力行的实践完成了他自己，这种坚毅的品格和持守当然是我们的一种宝贵传统……以陶渊明这样伟大的人格，却只能完成个人的自我实现，在政治理想方面他只能走消极的道路，不能积极地自我完成。[2]

　　　　陶渊明在那种官僚腐败的社会之中经过怎样的痛苦挣扎，如何完成了他自己……他是一个实现自己的能力强而改造社会的勇气少的一位诗人……能退不能进，这是陶渊明的缺点，也是时代给他的限制——既然已经无法"兼善天下"，他就只能"独善其

　　① 叶嘉莹：《叶嘉莹说陶渊明饮酒及拟古诗》，中华书局 2015 年版，第 136 页。
　　② 叶嘉莹：《好诗共欣赏——陶渊明、杜甫、李商隐三家诗讲录》，台北三民书局 1998 年版，第 47—48 页。

身"，走他自己所选择的路了——"量力守故辙"。①

叶嘉莹还专门写过一篇《陶渊明的矛盾与感慨》，集中表达陶渊明选择人生道路之后的内心痛苦，她说：

> 陶渊明是很矛盾的，他是无可奈何，反复思量、挣扎了很久才回来归耕……陶渊明表面上虽然是躬耕了，而他要付出这么劳苦的代价，就因为有比挨饿受冻更痛苦的东西在他的内心，所以他才做了挨饿受冻的选择……陶渊明是一个内心充满矛盾和痛苦挣扎的人。②

叶嘉莹认为，饮酒组诗在120多首传世陶诗中，突出体现了诗人的复杂心理，她说：

> 陶渊明其实有很多矛盾，我们讲他的饮酒诗，他说"托身已得所，千载不相违"，好像他已经这样决定了，其实他内心之中有很多不能够平静的地方。③

> 他是在不得已的情况下借酒说出了自己内心对仕隐选择的看法和对自己生平出处的反省，这些话倘若明说肯定会招来祸患。④

可以看出，叶嘉莹关于陶诗的观点与海陶玮基本一致。我们可以看见，这种观点是两人通过长期研读陶诗、相互交流而达成一致的看法。两人的解陶思路和观点，与国内学者因推崇诗人伟大品格进而倾向正面解读诗人作品具有明显的区别，呈现出西方从"他者"视角研究中国文学的路径和基调，这种研究使陶渊明形象更加丰富、复杂，

---

① 叶嘉莹：《叶嘉莹说陶渊明饮酒及拟古诗》，中华书局2015年版，第49、58、87页。
② 叶嘉莹：《叶嘉莹说陶渊明饮酒及拟古诗》，中华书局2015年版，第192页。
③ 叶嘉莹：《叶嘉莹说陶渊明饮酒及拟古诗》，中华书局2015年版，第190页。
④ 叶嘉莹：《叶嘉莹说陶渊明饮酒及拟古诗》，中华书局2015年版，第158—159页。

也把陶学逐步推向深入。

正是在与叶嘉莹合作的过程中,海陶玮从诗歌翻译走向了诗歌研究的道路,又从诗歌研究走向了词学研究的道路。进入六十年代结识叶嘉莹之后,海陶玮转向了中国诗词研究,开始关注陶渊明、周邦彦、柳永等诗词领域具体的作家作品个案研究,体现了他对中国古典文学研究的逐步深入和聚焦,这种研究转向和学术兴趣的变化,与叶嘉莹的影响密不可分。

海陶玮在词学译介和研究方面的成果,集中体现在两人合著《中国诗词研究》中的两篇论文——《周邦彦的词》和《词人柳永》。如前文所述,论文《周邦彦的词》对周邦彦 17 首词进行专题翻译和研究,是当时英语世界译介数量较多的;《词人柳永》以唐圭璋《全宋词》为底本,详细翻译、注释、分析了柳永词 128 首(柳永词共 212 首),后附词汇索引和查询目录,注释详尽,体例完整,规模宏大,相当于一部柳永词译著,是至今英语世界译介柳永词最多的作品。这两篇论文"每篇论文都毫无例外地在各自研究领域具有标志性意义"。①

周邦彦和柳永也是叶嘉莹非常关注和经常提及的词人,她 1987 年应邀在北京、沈阳、大连举行系列讲座时,除了陶渊明,也专题讲到了周邦彦和柳永的词,2000 年河北教育出版社收录整理了讲演记录《唐宋词十七讲》,② 第七讲、第八讲论述了柳永,第十讲论述了周邦彦。有了叶嘉莹这位精通中国诗词的华人学者的指导合作,海陶玮在词学研究过程中避免了不少误读和谬误,他的两篇词学研究论文资料翔实,翻译精准,"作者对中西方文化和中英两种语言的驾驭能力使他对词作的翻译和解说浅显生动而又极富吸引力"③。

---

① P. W. K. , "Review on *Studies in Chinese Poetry*", *Journal of the American Oriental Society*, (Jan. – Mar. , 2000), p. 157. Original text, "These are, without exception, very learned essays each of which has made its mark on the field. "

② 叶嘉莹:《唐宋词十七讲》,河北教育出版社 2000 年版。

③ 黄立:《西方文论观照下的唐宋词研究——英语世界唐宋词研究》,《外语与外语教学》2010 年第 1 期。

以上是叶嘉莹对海陶玮的影响，海陶玮对叶嘉莹的影响也很深。海陶玮对叶嘉莹起到了学术扩展、扩大影响的作用，并在某种程度上影响了叶嘉莹的人生轨迹。

纵观叶嘉莹的学术研究，她早期主要从事诗词评赏的"为己"学问，中期开始转向"为人"的理性学术研究，然后又转到对文学理论的探讨，但仍然是在中国文学批评的框架之中。后来，在海外的教学和研究经历，使叶嘉莹逐渐接受了西方的文学理论，以西方文论关照和阐释中国古典诗词，将中国诗词的美感特质通过西方理论逻辑思辨角度阐发，在世界文学坐标中呈现中国诗词所蕴含的文学价值。孙康宜评价叶嘉莹："论词概以其艺术精神为主。既重感性之欣赏，又重理性之解说，对词学研究者无疑是一大鼓舞。"[1] 在海外教学经历中，叶嘉莹也感到中国传统的妙悟心通式的评说诗词方法，很难使西方学子接受和理解，而运用西方文学理论来解释，能够帮助那些西方文化背景的学生更好地理解中国古典诗词的美感特质，"每遇到其中与中国传统诗论有暗合之处时，则不免为之怦然心喜。实际上，当我面对一些具有中国古典的、主观的、抽象的传统诗论而无法向西方学生做出符合他们的思维、逻辑习惯的理论诠释时，偶然用一些西方文论，也可以使我们师生都有一种豁然贯通的感觉"[2]。她在合著《中国诗词研究》中的《谈梦窗词的现代观》等系列论文和王国维及其文学批评的系列研究中，大多采用以西论中、中西融通的研究路径，借用西方文论中的符号学、诠释学、接受美学等西方文学理论来解读、阐释和评价中国古典诗词和文学。

叶嘉莹对西方文论的关注、运用和用英语进行汉学研究、发表学术成果，主要得益于海陶玮推荐她进入北美学术圈进行教学和研究的阅历。叶嘉莹在总结自己的学术道路时，认为自己的语言能力、研究理念和学术视野深受海陶玮的影响，"每当我的英语有词不达意或语

---

[1]　叶嘉莹：《中英参照本〈迦陵诗词论稿〉序言——谈成书之经过及当年哈佛大学海陶玮教授与我合作研译中国诗词之理念》，《文学与文化》2012 年第 4 期。

[2]　胡静：《用生命感悟古典诗词——叶嘉莹教授访谈录》，《社会科学家》2007 年第 4 期。

法不正确之时，（海陶玮）都随时给我指正，这使我无论在英语会话或用英语表达中国诗歌之能力方面，都获得很大的进步……在研讨问题时，海先生所表现的西方学者之更为理性且富于逻辑性之思辨的方式，也给了我很大的影响"。① 据叶嘉莹回忆，海陶玮经常推荐她读一些西方的文学理论著作如韦勒克（Rene Wellek）、沃伦（Austin Warren）合著的《文学理论》（*Theory of Literature*）等，并在相互交流中使她逐步熟练地运用英语来表达各种文学概念。

海陶玮和叶嘉莹的学术交往，也使出身中国传统文化并颠沛流离到台湾生活的叶嘉莹改变了人生轨迹，扩大了学术影响。正是因为海陶玮的一再相邀和建议安排，叶嘉莹在六十年代到七十年代在美国和加拿大辗转并最终获得了加拿大不列颠哥伦比亚大学亚洲系的终身教授聘约，从此进入北美乃至西方的汉学研究学术圈。与海陶玮合作期间，叶嘉莹的研究论文经常被海陶玮翻译成英文并发表在西方期刊上，逐步建立了一定的学术影响，叶嘉莹对此充满感激，她说："这一切若非由于海先生之协助把我的论著译成英文，则我以一个既没有西方学位又不擅英语表述的华人，在西方学术界是极难得到大家之承认的。"② 与海陶玮合作交流期间，叶嘉莹获得在哈佛大学教授中国诗歌课程的机会，成为美国当时为数不多的用英语讲授中国古典诗词的中国学者之一，先后任美国密歇根大学、哈佛大学客座教授，对西方世界中普遍存在的由于对中国文化和汉语语法不熟悉造成的误解、对传统文化典故不熟悉等而发生的错误等，逐渐开始有一种"文化传承的责任的醒觉"，③ 自觉承担了宣扬传播中国传统文化的使命和责任，也为自己打开了广阔的学术发展空间。与海陶玮合作期间，叶嘉莹还获得了参加国际汉学会议的机会，结交各国汉学大家，与西方汉学界互动往来，建立了自己的国际声誉。叶嘉莹早年由大陆到台湾，后又加

① 熊烨：《千春犹待发华滋——叶嘉莹传》，江苏人民出版社 2014 年版，第 87 页。

② 叶嘉莹：《中英参照本〈迦陵诗词论稿〉序言——谈成书之经过及当年哈佛大学海陶玮教授与我合作研译中国诗词之理念》，《文学与文化》2012 年第 4 期。

③ 叶嘉莹口述，张候萍撰写：《红蕖留梦——叶嘉莹谈诗忆往》，生活·读书·新知三联书店 2013 年版，第 301 页。

入北美学术圈，退休后又常年参加国内外和海峡两岸讲学及参加学术活动，交游极广，她与两岸的台静农、周汝昌、南怀瑾、杨振宁、程千帆、邓广铭、冯其庸、饶宗颐等学者文人，与西方的侯思孟、马汉茂、杜维明、李欧梵、夏志清、白芝、刘若愚、霍克思及日本的吉川幸次郎等汉学家都有会面往来。通过发表英文论文、教授中国诗词、参加国际会议和开展广泛的学者交游，叶嘉莹的才华逐步引起了学界的关注和肯定，叶嘉莹感觉到"自此以后，我的词学研究遂引起了北美学术界的注意"①，也获得了汉学界的肯定和认可，美国耶鲁大学孙康宜在《北美二十年来的词学研究——兼记缅因州国际词学会议》中提及"论词的观点与方法之东西合璧，这方面最具代表性的学者非叶嘉莹教授不作他想"。②

叶嘉莹对海陶玮"深怀感激，更对他的胸襟志意和理想深怀景仰"③。她说，一般学者大多追求一己的研究成果，"很少有人能具有像海先生那样的胸襟和理想，愿意与一个如我这样的既无西方学历又不擅英文表述的华人学者合作"④。甚至在《迦陵诗词论稿》序言中，叶嘉莹开门见山地说，此书文稿能够入选南开大学跨文化交流研究院出版，"私意以为原来只是因为我曾经很幸运地与美国第一流大学中的第一流汉学家有过一段密切合作的经历"⑤。

三 合作贡献：中西文化交流的桥梁

两人的学术交流与合作，不仅对各自的学术研究产生了重要影响，

① 叶嘉莹：《中英参照本〈迦陵诗词论稿〉序言——谈成书之经过及当年哈佛大学海陶玮教授与我合作研译中国诗词之理念》，《文学与文化》2012年第4期。

② 叶嘉莹：《中英参照本〈迦陵诗词论稿〉序言——谈成书之经过及当年哈佛大学海陶玮教授与我合作研译中国诗词之理念》，《文学与文化》2012年第4期。

③ 叶嘉莹：《中英参照本〈迦陵诗词论稿〉序言——谈成书之经过及当年哈佛大学海陶玮教授与我合作研译中国诗词之理念》，《文学与文化》2012年第4期。

④ 叶嘉莹：《中英参照本〈迦陵诗词论稿〉序言——谈成书之经过及当年哈佛大学海陶玮教授与我合作研译中国诗词之理念》，《文学与文化》2012年第4期。

⑤ 叶嘉莹：《中英参照本〈迦陵诗词论稿〉序言——谈成书之经过及当年哈佛大学海陶玮教授与我合作研译中国诗词之理念》，《文学与文化》2012年第4期。

还成为中国古典文学海外传播和中西文化交流的桥梁，并共同为加拿大汉学做出了重要贡献。虽然中西学者共同合作是海外汉学（中国学）中的一个常见模式，但是如果把两人的合作放入中美政治关系的社会背景和汉学史中，就会发现这种合作的难能可贵和重要价值。

海陶玮与叶嘉莹交往合作的 20 世纪六七十年代，正是中国社会文化动荡和大陆与西方世界隔绝的状态，中美学术的隔离与对峙使得中西学者之间的交流和沟通并不是十分便利，像海陶玮和叶嘉莹这种中西学者紧密合作的例子并不多见，两人的合作很大程度上是由于海陶玮汉学研究的迫切需要而偶然促成的。

海陶玮于五六十年代开始展开陶渊明研究，但是在 1949 年至 1972 年的 20 多年中，中美尚未建交，他无法便利地再次前往中国大陆查找丰富的原始资料，并与中国学界建立联系，这成为制约他汉学研究的一个瓶颈，当时的台湾就成了他寻求学术资源最为理想的地方。1965 年他终于如愿以偿，申请获批了富布莱特—海斯研究奖金，携全家来到台湾从事研究。在台湾一年多的时间，他主要在台湾"中央研究院"，利用那里的图书馆藏资料来翻译《陶潜诗集》。1966 年夏天，即将离开台湾的海陶玮，由于富布莱特项目的一次面试，结识了叶嘉莹，两人在辗转中坚持学术交流，展开了长达 30 多年的学术合作和私人友谊。所以，海陶玮对叶嘉莹的大力提携，除了欣赏和看重叶嘉莹的中国古典诗词研究素养之外，主要还是基于自己特殊时期下汉学研究的需要。

另外，两人的交往和各自汉学研究，都"偶然"地为加拿大汉学发展做出了重要贡献。叶嘉莹由于和海陶玮的合作"偶然"来到加拿大，并以海外华裔学者的身份继续展开中国古典诗词的研究，以自己卓越的研究和杰出的贡献，成为加拿大著名的汉学家，1991 年被授予"加拿大皇家学会院士"称号，也是该学会唯一的中国古典文学院士。她也培养了一大批活跃在欧美汉学领域从事中国传统文化和古典文学研究的学生，在加拿大汉学发展史上具有举足轻重的地位。

海陶玮除了把叶嘉莹推荐到加拿大，促成了叶嘉莹在加拿大汉学史上的重要地位之外，还非常"偶然"地把自己的全部私人藏书卖给了加拿大的阿尔伯塔大学（University of Alberta），这批藏书在阿尔伯塔大学的汉学研究方面发挥了很大作用。值得指出的是，在海陶玮卖书 30 年后的 2015 年 10 月 18 日，叶嘉莹被阿尔伯塔大学专门授予学位，成为该校文学荣誉博士。

四　合作模式：跨文化交流"理念""模式""友谊"

海陶玮和叶嘉莹的学术合作，树立了中西方学者之间成功合作模式的典范。美国著名汉学家韩南曾说："这两个非常有成就的高层次的汉学家为了共同的主题如此紧密的合作，这在汉学领域内是一件非常值得注意的事。"①

这种紧密合作，得益于两人共同建立的良好的合作理念、交流模式和学术友谊。

海陶玮从"他者"角度对中国文学展开研究时，由于语言文化背景的隔阂，不可避免地会遇到障碍与隔膜，对中国诗歌的精深蕴涵理解肯定难以通透，需要与精通中国语文特质和中国诗词之美感的华人学者的密切合作，尤其是"词"这一种文体，其美感特质更为窈眇幽微，一般西方学者对此更深感难于着力，而叶嘉莹在海陶玮的心目中，"是我所认识的对中国诗词中最敏感、最了解的学者之一"②。所以，叶嘉莹在向海陶玮阐释讲解中国诗词的过程中，就成了海陶玮从事中国文学研究的指导者、协助者和支持者。

另外，海陶玮认为，以往从事中国文学研究的人，多半是对异国文学缺乏深切认识的中国学者。他对研究中国文学的学者进言：现在我们需要受过特别训练的学者，熟晓最少一种为众所知的其他文学的治学方法与技巧，由他们把这些治学方法与技巧应用于中国文学研究上。只有采用这样的研究方法，中国文学才能得到正确的评价，西方读者才会心悦诚服地承认中国文学应在世界文坛中占据一个不容忽视的地

---

① 叶嘉莹口述，张候萍撰写：《红蕖留梦——叶嘉莹谈诗忆往》，生活·读书·新知三联书店 2013 年版，第 177 页。

② James Robert Hightower, *The Poetry of T'ao Ch'ien*, Oxford：Clarendon Press，1970，Preface. Original text，"one of the most sensitive and informed readers of Chinese poetry I have ever known."

位，所以他也极力推荐叶嘉莹学习和进入西方理论话语体系中，通过阅读掌握西方文学理论，展开对中国古典诗词的研究，通过这种方式，叶嘉莹逐步成为海陶玮心目中从事中国文学研究的最佳人选。

在条件保障上，海陶玮多次邀请叶嘉莹来到哈佛大学，并在哈佛燕京学社图书馆二楼自己的研究室附近，为叶嘉莹申请了一个研究室，并给她配有图书馆的钥匙，使她晚间也可以工作，另外对叶嘉莹的签证手续、住房安排、女儿就读等，也都给予了极大帮助，分担了叶嘉莹的后顾之忧。这样，两人就有充分的学术交流和丰富的图书资源条件保障。

在语言交流方面，两人都坚持使用英语进行研讨。20世纪60年代，美国"非华裔的美国学者几乎没有一个人能够真正完全精通双语，全美仅有二到三人能够用汉语写出能够发表在中文期刊上的文章"①。海陶玮尽管长期从事汉学并两次留学中国，但是只能够看懂听懂中文，很少讲汉语，即使是叶嘉莹刚开始英语不熟练的时候，海陶玮也因为自己的发音不标准而不肯讲汉语，实在说不通的时候，叶嘉莹就写中文给海陶玮看，这种方式保证了两人的基本交流，也明显提高了叶嘉莹的英语水平。两人交流大多是顺畅、和谐和愉快的，但也经常会遇到意见不统一的时候，两人"往往也可以相互争议而不以为忤，而且因此却反而增加了共同研读之乐"②。

两人合著中的每篇论文中虽然都标有独著的作者，但是"所有的论文其实是这两位杰出学者始于30年前的密切和持久合作的结晶"。③关于合作的署名问题，两人达成的共识是：由海陶玮写成初稿、经与叶嘉莹讨论后写成定稿的论文，由海陶玮署名；由叶嘉莹写出定稿、经与海陶玮讨论后由海陶玮译成英文的论文，由叶嘉莹署名。《中国

① John M. H. Lindbeck, *Understanding China*, *An Assessment of American Scholarly Resources*, New York: praeger, 1971, p. 97.

② 熊烨:《千春犹待发华滋——叶嘉莹传》，江苏人民出版社2014年版，第87页。

③ P. W. K., "Review on *Studies in Chinese Poetry*", *Journal of the American Oriental Society*, (Jan. – Mar., 2000), p. 157. Original text, "All of them are the result of a close and continuing collaboration by these two eminent scholars that began some thirty years ago."

诗词研究》对此也有清晰的交代："尽管收录的论文是两人经过广泛讨论和修订共同完成的，但是谁写第一稿就署谁的名字。"[①] 两人的合著也有第一作者的问题，值得称赞的是，尽管叶嘉莹在合著中论文数量远远多于海陶玮，但她还是出于对海陶玮的尊重和感激，把海陶玮作为第一作者。

贯穿两人合作过程始终的，还有两人密切良好的学术友谊。叶嘉莹与海陶玮初识在 1966 年夏的台湾，当时叶嘉莹任教的台湾大学与美国密歇根州立大学（Michigan State University）有交换教授项目。海陶玮作为哈佛大学教授、美国富布莱特基金会（Fulbright Committee）的面试甄选人，叶嘉莹作为台湾大学推荐到密歇根州立大学的候选人，有了一次晤面。海陶玮对精通中国诗词的叶嘉莹颇为赞赏，极力邀请她到哈佛大学做访问教授，叶嘉莹也有意前往，但因有约在先而婉言谢绝。同年暑期，根据海陶玮的建议和邀请，叶嘉莹利用暑期到哈佛大学与海陶玮进行了两个月的合作研究，海陶玮撰写了论文《论陶渊明的饮酒诗》，叶嘉莹完成了论文《谈梦窗词的现代观》。海陶玮把叶嘉莹的这篇论文译成英文在《哈佛亚洲学报》发表，这是叶嘉莹在《哈佛亚洲学报》上发表的第一篇英文论文。1967 年 1 月在北大西洋百慕大岛（Bermuda Island）举办以"中国文类研究"（Studies in Chinese Literary Genres）为主题的会议，海陶玮提交了两人暑期合作的论文并推荐叶嘉莹参加了此次会议，两人在会上相见，并和诸多英美和华裔学者参会讨论，相谈甚欢，这也是叶嘉莹第一次参加北美的学术活动。

在海陶玮再次邀请下，叶嘉莹 1967 年 7 月与密大交换一年期满后没有延续聘约，而是以访问教授名义再赴哈佛，与海陶玮再次合作，还在哈佛开了一门中国诗词的课程。在这次合作中，海陶玮完成了论文《陶渊明诗歌中的典故》，叶嘉莹完成了《论常州词派的比兴寄托之说》。这两篇论文，由海陶玮推荐提交到 1970 年 12 月在加勒比海的

---

① James R. Hightower and Florence Chia-Ying Yeh, *Studies in Chinese Poetry*, Cambridge Massachusetts and London：Harvard University Press，1998. Preface. Original text，"The name assigned to each is that of the person who wrote it in the first place；the version presented here was arrived at after extensive consultation and rewriting."

贞女岛（Virgin Islands）举办的有关中国文学批评（Chinese Approaches to Literature）的国际会议上，两人应邀共同参会。1969年春，海陶玮再次邀请叶嘉莹到哈佛大学合作研究并为她争取了研究补助，但是叶嘉莹因为使馆拒签无法前往。在海陶玮的建议下，叶嘉莹只好通过先飞加拿大再申请赴美签证的办法，但仍然遭到拒签，滞留加拿大。无奈之下，海陶玮向自己的好友、加拿大不列颠哥伦比亚大学亚洲研究系主任蒲立本（Edwin George Pulleyblank，1922—2013）请求支援，介绍帮助叶嘉莹在那里教学，使叶嘉莹在温哥华安顿下来。叶嘉莹表现出众，半年后便获得加拿大不列颠哥伦比亚大学亚洲系终身教授的聘约。之后，她每年暑期都到哈佛大学跟海陶玮继续展开合作研究，其间叶嘉莹主要完成了有关王国维及其文学批评的研究，海陶玮因为与叶嘉莹合作的缘故，开始转向宋词的研究，完成了《周邦彦的词》与《词人柳永》两个篇幅很长的论文。

中国改革开放之后，叶嘉莹逐渐加强了与国内学界的联系，与四川大学缪钺先生共同撰写《灵谿词说》，与海陶玮的合作不像之前那么密切了，但是两人仍然保持着合作关系。其间，海陶玮把叶嘉莹与缪钺合作《灵谿词说》中的《论苏轼词》与《论辛弃疾词》两篇论文译成了英文，还协助叶嘉莹翻译了《论晏殊词》《论王沂孙和他的咏物词》和《李商隐燕台四首》等论文。1990年6月在美国缅因州举办的专以词学研究为主题的会议上，叶嘉莹提交的论文《王国维词学视域中的词作探析》（Wang Kuo-wei's Song Lyrics in Light of His Own Theories），是经海陶玮英译的又一成果。

直到在翻译叶嘉莹的论文《从艳词发展之历史看朱彝尊爱情词之美学特质》时，海陶玮由于视力衰退而终究未能完成，叶嘉莹说："海先生当年颇以他未能完成这一篇长文的译稿为憾，而我则更因为自己当年忙于回国讲学及与川大缪先生合作，未能及时与他合作完成此一长篇文稿的英译而深感歉憾。"① 叶嘉莹1989年退休之后也曾跟

---

① 叶嘉莹：《中英参照本〈迦陵诗词论稿〉序言——谈成书之经过及当年哈佛大学海陶玮教授与我合作研译中国诗词之理念》，《文学与文化》2012年第4期。

海陶玮商定，准备把两人合作多年的研究论文编集成书。由于海陶玮晚年视力衰退，中文书稿由叶嘉莹独自整理，英文书稿叶嘉莹也做了大部分校读。海陶玮1995年3月6日在给叶嘉莹的书信中说："我非常抱歉，把这些活儿都丢给了你，我将继续剪切和粘贴已印好的文章。"① 对于此书的出版，海陶玮在欣慰和期待的同时，也表达了些许遗憾："我们合作的本意是计划合写一系列宋词的文章，每人负责选定几个词人，这个论词的系列著作是由叶教授与川大缪钺先生撰写的《灵谿词说》一书完成了。"② 2001年，叶嘉莹曾到康桥探望老朋友海陶玮，此次相晤以后，叶嘉莹一直保持着圣诞节日的电话致候，直到2006年2月得知海陶玮去世的消息。

今天，我们能够了解叶嘉莹和海陶玮几十年的交往合作过程，不仅可以通过《中国诗词研究》合著序言中两人对合作历程的简要回顾，还可以通过以下两种方式了解详情：一是通过哈佛大学档案馆藏海陶玮与叶嘉莹通信等原始档案。这批档案的时间从1966年两人认识到1996年前后，主要是往来通信、明信片、文章手稿、学术档案等，共有400多份，是海陶玮档案中保存最多的对象资料，档案大体按时间和类型分放在4个文件夹，分别标着"Yeh Chia·ying""葉 YEH""葉嘉瑩Ⅲ"和"Florence Chao-Yeh"等。叶嘉莹的信件多为手写，海陶玮的信件多为打印稿。这批档案真实地反映了两位学者共同商讨中国学问、研读中国诗词的面貌，还涉及各自家庭生活、身体状况、子女成长、旅行见闻、学术交游等方面的内容，由此可见两人密切的学术交流和真诚的私人友谊。而且，档案中还有海陶玮与叶嘉莹加拿大所教学生方秀洁（Fong Grace）的一套资料，从中可以看出海陶玮对

---

　　① Harvard University Archives, Acs. #15036, *Papers of James Robert Hightower*, Box 1 of 4, Folder title：Florence Chao Yeh. Original Text, "I am sorry to dump all this in your lap and I will continue to cut and paste the printed articles."

　　② James R. Hightower and Florence Chia-Ying Yeh, *Studies in Chinese Poetry*, Cambridge Massachusetts and London：Harvard University Press, 1998. Preface. Original text, "Our intention at first was to write a comprehensive account of the song lyric during the Sung period, each of us dealing with a chosen group of poets. Such a project was actually carried out by Professor Yeh in collaboration with Professor Miao Yueh of Sichuan University and published in 1987 under the title *Ling-bsi Tz'u-shuo*."

叶嘉莹学生的关心、指导和留美的尽力推荐。二是叶嘉莹的口述历史、个人传记、著作序言和媒体访谈等，也都多次提及与海陶玮的合作历史。为什么把与海陶玮的交往论述得如此详尽，叶嘉莹说：一是因为未能赴美参加海陶玮追悼会，她一直心存愧歉，希望以此补偿一点自己的感念之情；二是想给今日从事跨文化交流的学者一些可供参考的合作理念和经验。的确，叶嘉莹和海陶玮，这一对中国古典文学研究的合作者，展示了汉学研究中十分常见又异常可贵的私人友谊和合作精神，这种跨文化交流中的"理念""模式""友谊"，对汉学研究和中西文化交流者，确实具有可贵的启迪意义。

海陶玮与叶嘉莹的合作是学界一段佳话，在海陶玮的学术阅历中非常突出。2006 年海陶玮在德国去世后，哈佛大学公报上发表了名为《海陶玮去世，享年 90 岁》的悼念文章，在列举海陶玮的著作成就时，他与叶嘉莹的合著《中国诗词研究》名列其中；① 次年 5 月 1 日，哈佛大学文理学院再次为海陶玮举办悼念会，韩南宣读了纪念悼文，提及海陶玮和叶嘉莹的学术合作，给予了很高的评价，"在 1970 年代……他（海陶玮）和台湾大学的中国文学教授叶嘉莹开始合作，叶教授是著名的中国诗词研究专家，他们的密切合作，是两位杰出学者之间难能可贵的合作范例……这些合作论文整理发表在《中国诗词研究》一书中"②。

当时正在国内讲学的叶嘉莹是在海陶玮去世后近一个月的 2006 年 2 月 2 日，才从韩南教授电邮中得知海陶玮去世的消息，韩南请叶嘉莹回顾了两人的合作过程，加入自己在悼念会中的讲演稿，并邀请她

---

① Eva S. Moseley, "James Robert Hightower Dies at 90", *Harvard University Gazette*, (2 March, 2006).

② Patrick Hanan, "Memorial Minute——James Robert Hightower (1915 – 2006)", *Minutes of Meeting of the Faculty of Arts and Sciences*, *Harvard University*, (1 May, 2007). Original text, "In the 1970s…he was joined by Yeh Chia-ying, professor of Chinese Literature at the National Taiwan University, a distinguished specialist in Chinese poetry. The work they did together is a rare instance of close collaboration between two senior scholars. Their articles on individual writers and distinctive styles may be said to have opened up a new field in Chinese literary studies. A number of such articles were collected and published in their *Studies in Chinese Poetry* (1998)."

参加海陶玮的悼念会。叶嘉莹立即回复了两份邮件，表达了难过的心情，简述了两人多年的合作经历。但由于个人讲学和路途遥远等原因，叶嘉莹未能赴美参加海陶玮的悼念会，这两封邮件存录在叶嘉莹口述、张候萍撰写的《红蕖留梦——叶嘉莹谈诗忆往》一书中。①

　　1968 年海陶玮和叶嘉莹在哈佛大学合作完成后，宾主关于去留之争非常激烈。离美之前，叶嘉莹写下《留别哈佛》三首七言律诗，②这组诗歌曾经获得日本学者吉川幸次郎、美籍华裔学者周策纵、顾毓琇的共鸣和诗，其中的第三首是专门写给海陶玮的，诗下注道："海陶玮教授精研陶诗，极有心得，至其讲学著论，更复淹贯中西，一年来与之切磋共处，受益良多，而暑期即将言别，因集陶句为赠。"③ 她以海陶玮喜爱的陶渊明诗歌意象为喻，表达了自己的感激、回忆、纪念、告别的心情，海陶玮也曾把这首诗翻译成英文。海陶玮辞世后，叶嘉莹在给韩南的悼念邮件中，也以这封饱含深情的诗歌作为结尾：

> 临分珍重主人心，酒美无多细细斟。
> 案上好书能忘暑，窗前嘉树任移阴。
> 客情忽共伤留去，论学曾同辩古今。
> 试写长谣书别意，云天东望还沉沉。
> About to go, I deeply feel my host's concern;
> When fine wine is scarce, pour it carefully.
> With good books on the table we forget the time.
> The stately tree puts on its changing hues.
> Reluctant on impatient, stay or leave, someone's hurt.

---

　　① 叶嘉莹口述，张候萍撰写：《红蕖留梦——叶嘉莹谈诗忆往》，生活·读书·新知三联书店 2013 年版，第五章 "漂泊北美"。

　　② 叶嘉莹口述，张候萍撰写：《红蕖留梦——叶嘉莹谈诗忆往》，生活·读书·新知三联书店 2013 年版，第 197—200 页。

　　③ Harvard University Archives, Acs. #15036, *Papers of James Robert Hightower*, Box 2 of 4, Folder title：葉 YEH.

We have studied together, debated past and present.

I'll try to make this song convey my parting thoughts;

Clouds in the eastern sky, the ocean is deep.

（左起：叶嘉莹、卞学鐄、海陶玮、赵如兰，摄于 2001 年）

（图片来自《红蕖留梦——叶嘉莹谈诗忆往》，生活·读书·新知三联书店 2013 年版）

第三节 "中国文化的海外媒介"
——与杨联陞的学术交往

杨联陞（1914—1990），字莲生，1933 年至 1937 年就读于清华大学经济系，1940 年赴美就读于哈佛大学，获得硕士和博士学位之后留校任教，直到退休，1959 年当选为台湾"中央研究院"院士，1970年至 1976 年相继获得美国圣路易华盛顿大学与香港中文大学名誉文学博士，1974 年获得法国铭刻与文学学院德卢恩奖。主要英文著述有《简明汉语口语词典》（*Concise Dictionary of Spoken Chinese*，1947）《中国历史论题》（*Topics in Chinese History*，1950）《中国货币与信贷简史》（*Money and Credit in China*，1952）《中国制度史研究》（*Studies in Chinese Institutional History*，1961）《汉学散策》（*Excursion in Sinology*，1969）

等，中文著述有《国史探微》① 《中国语文札记——杨联陞论文集》②
和《哈佛遗墨》③ 等，还有在《清华学报》《食货》《哈佛亚洲学报》
等刊物上发表的中英论文、书评等。

　　杨联陞是一位杰出的历史学家和著名的海外汉学家，被誉为"中
国文化的海外媒介"④ （余英时），但是学界尤其是大陆学界对杨联陞
的关注比较晚。近年来，部分中外学者以及杨联陞的同代学人、学生、
后代等对其生平和学术有所评述，但对他在哈佛大学任教期间的中西
学人互动交流情况只是偶有提及（如李若虹对杨联陞与柯立夫的论
述)⑤。笔者在学界对杨联陞前期研究的基础上，有幸批阅了哈佛燕京
学社所藏《杨联陞日记》（1944—1989）全部影印手稿，结合海陶玮
的生平阅历，系统梳理了海陶玮与杨联陞的学术关系。

　　海陶玮和杨联陞是哈佛大学多年的同事和好友，交往时间从 20 世
纪 40 年代到 80 年代，将近半个世纪，学术交流非常紧密，呈现出
"携手共进、中西互鉴"的交往状貌。1946 年，两人都以译注中国古
籍双双获得哈佛大学博士学位；1948 年，两人同时出任《哈佛亚洲学
报》编委；1950 年，两人同年出版系列英文学术著作《中国文学论
题》（*Topics in Chinese Literature*）和《中国历史论题》（*Topics in Chi-
nese History*）；1958 年，两人同年荣任哈佛大学东亚系教授，并从四十
年代开始共同携手，长期共同承担哈佛大学汉学人才的培养任务；
1980 年至 1981 年，两人相继从哈佛大学退休。在三四十年的交往历
程中，两人始终保持着良好的学术交流和私人友谊。作为美国早期汉
学方面的开拓者和先驱者，两人共同在文史领域推动了汉学的不断发

　　① 杨联陞：《国史探微》，台北联经出版事业公司 1983 年版；辽宁教育出版社 1998 年版；
新星出版社 2005 年版。
　　② 《中国语文札记——杨联陞论文集》，中国社会科学出版社 1992 年版；中国人民大学出
版社 2006 年版。
　　③ 蒋力编：《哈佛遗墨》，商务印书馆 2013 年版。
　　④ 余英时：《中国文化的海外媒介》，载《钱穆与中国文化》，上海远东出版社 1994 年版，
第 162、187 页。
　　⑤ 李若虹：《汉学和中国学岂能分立山头：柯立夫与杨联陞（上、下）》，《文汇学人：学
林》2017 年第 319 期。

展，培养了大批海外汉学专业人才，共同见证和亲历了美国汉学从传统汉学到"中国学"演变的历史过程，并为传统汉学在美国的发展做出了不懈努力。

一 并肩前行

1946 年海陶玮和杨联陞以译注中国古籍双双获得哈佛大学博士学位。海陶玮译注的是《韩诗外传》（*HAN SHIH WAI CHUAN*）（前两章），由此获得哈佛大学远东系比较文学专业哲学博士学位；杨联陞译注的是《晋书·食货志》（*Notes on the Economic History of the Chin Dynasty*），由此获得历史系和远东系合授的博士学位，两人虽然一文一史，但都是译注中国古籍。

译注中国古籍是当时哈佛大学东亚系博士生获取学位的主要形式①，两人为了获得博士学位，都经历了一番坎坷，非常不易。杨联陞是因为偶然机缘经挚友周一良推荐，接受哈佛大学远东语言系助理教授贾德纳（Charles Sidney Gardner）之聘，于 1941 年赴美，一边协助贾德纳的研究，一边在哈佛大学攻读求学，之后获得美国国务院的半年补助，1942 年获得历史系硕士学位，后又获得哈佛燕京学社奖学金，继续攻读博士学位。太平洋战争爆发后，他一边读书，一边帮助赵元任主持的哈佛之陆军特训计划教授中文，1943 年他还曾就论文题目求教胡适②，胡适建议他翻译《颜氏家训》，但他最后还是决定翻译符合自己经济学治学旨趣的《晋书·食货志》，直到"二战"结束后，他才向哈佛大学提交了论文并获得博士学位。海陶玮获得博士学位的过程前文已有介绍，他在 20 世纪四十年代到北京留学期间正好赶上"二战"，被日军拘

---

① 杨道申录于《论学谈诗二十年——胡适杨联陞往来书札》，胡适纪念馆编，台湾联经出版社 1998 年版。原文"系里的规定是以翻译为主"。

② 胡适纪念馆编：《论学谈诗二十年——胡适杨联陞往来书札》，台湾联经出版社 1998 年版。原文："可是很难找适当的材料。想译《宋史》〈食货志〉的一部分，全译太长又似乎没有意思。您想自汉至宋的史料之中，有什么相当重要而不甚难译又不甚长的东西吗？（比方《徽宗记》，要译注好了很有意思，可是似乎头绪太纷繁了）"

捕关押，后趁美日交换战俘才得以释放回到美国，凭借从日军集中营中偷偷带出的《韩诗外传》译注稿前两章获得哈佛大学博士学位。

　　1950 年，两人同年出版同系列英文学术著作，并作为哈佛大学汉学专业教材。海陶玮的著作名为 *Topics in Chinese Literature*（《中国文学论题》)①，杨联陞的著作名为 *Topics in Chinese History*（《中国历史论题》)②。两部著作都是为了满足哈佛大学中国文学和历史教学需要而编写的教材，所以都具有"广收薄论、描述概貌"的课程大纲性质，内容设计都比较注重中国文史知识的基础普及和历史演变的简要梳理，风格路数非常接近。《中国文学论题》以文学文类为主题，按照历史顺序介绍了中国文学；《中国历史论题》按照中国古代政府与法律、土地与税收、人口和阶级、家庭和宗族、征服和扩张等专题介绍了中国的历史和社会情况。为了适应教学需要，两部作品都含有参考文献（Bibliographical Notes）和阅读书目（Reading Assignments）等教学任务的内容。《中国文学论题》是海陶玮出版的第一部著作，如果说《简明汉语口语词典》（*Concise Dictionary of Spoken Chinese*，1947)③ 是杨联陞作为赵元任助手共同编写发表的著作，那么《中国历史论题》也是杨联陞出版的第一部个人学术著作。《中国文学论题》和《中国历史论题》两本著作都是在哈佛燕京学社资助下，作为燕京学社研究系列 III、IV 连续出版的，这个系列是用"二战"洛克菲勒资金的余款资助的。

　　两部关于中国题材的"姊妹篇"著作出版后，立刻引起学界关注。1951 年，美国宾夕法尼亚大学卜德教授（Derk Bodde，1909—2003）把两本著作放在一起撰写了书评，发表在《美国东方学会杂志》上。对于《中国文学论题》，卜德认为：虽然当时大量的中国文学作品被翻译成西方语言，但是西方关于中国文学真正的科学研究才刚刚开始，所以

　　① James Robert Hightower，*Topics in Chinese Literature：Outlines and Bibliographies*，Cambridge Massachusetts：Harvard University press，1950.

　　② Lien-Sheng Yang，*Topics in Chinese History*，Cambridge Massachusetts：Harvard University Press，1950.

　　③ Yuen-Ren Chao and Lien-Sheng Yang edit.，*Concise Dictionary of Spoken Chinese*，Cambridge Massachusetts：Harvard University Press，1947.

"《中国文学论题》的出版是非常令人欣喜的事情"①。同时对其中的文体分析和作品分类提出了一些质疑；对于《中国历史研究》，卜德认为：这样一部教材类著作的出版，一定会让"哈佛大学杨教授上的课程非常吸引人"②，但也提出了参考文献方面的一些质疑和建议。总体而言，卜德高度评价了这两部著作，认为"对中国文明研究都非常有益，希望这种研究被后来者多加效仿"③。

两人的学术职称晋升道路也很接近。1947 年，33 岁的杨联陞凭借出色的学术能力留任哈佛大学，被任命为助理教授，次年，33 岁的海陶玮携眷从中国北京回到母校哈佛，开始了在哈佛大学的任教生涯，始任助理教授；1951 年和 1952 年，37 岁的杨联陞与 37 岁的海陶玮相继获得了副教授职务；1958 年，两人又共同荣任哈佛大学教授职务。从哈佛大学馆藏《杨联陞日记》的记载中，我们也可以窥见一些当时两人在哈佛大学评审职称的细节，在杨联陞评为副教授之前，1950 年 11 月柯立夫告知杨联陞，哈佛燕京学社委员会已经通过了海陶玮和杨联陞晋升副教授的事宜，大约明年 6 月即可办理手续，但嘱告其不要外传，因为在学校通过之前，还有不少手续需要办理④。之后，"叶公（叶理绥）正式告知 Institute 及 Department 均决定推荐余及海任 Associate Professor 事（请为海作书）"⑤，紧接着，杨联陞次日就"请 Cleaves

① Derk Bodde, "Reviews on *Topics in Chinese Literature* and *Topics in Chinese History*", *Journal of the American Oriental society*, Vol. 71, No. 1, (Jan. –Mar., 1951), p. 92. Original text, "the publication of *Topics in Chinese Literature* is a particularly happy event."

② Derk Bodde, "Reviews on *Topics in Chinese Literature* and *Topics in Chinese History*", *Journal of the American Oriental society*, Vol. 71, No. 1, (Jan. –Mar., 1951), p. 92. Original text, "what must be a fascinating course given by Professor Yang at Harvard."

③ Derk Bodde, "Reviews on *Topics in Chinese Literature* and *Topics in Chinese History*", *Journal of the American Oriental society*, Vol. 71, No. 1, (Jan. –Mar., 1951), p. 92. Original text, "(These two volumes—both of them handsomely printed from vary type—are, like their predecessors in the same series), valuable aids for the study of Chinese civilization. It is to be hoped that they will be followed by others."

④ ［美］杨联陞：《杨联陞日记》手稿影印版，1950 年 11 月 2 日星期一，哈佛大学哈佛燕京学社图书馆藏。

⑤ ［美］杨联陞：《杨联陞日记》手稿影印版，1950 年 11 月 30 日星期四，哈佛大学哈佛燕京学社图书馆藏。

看，为 Hightower 写推荐信稿"①。但不知何故，海陶玮当年并未与杨联陞一同获得副教授职称，次年才顺利如愿。两人评教授的过程也颇为微妙，评审之前，杨联陞"与 Baxter 谈，知 Hightower 也将晋级"②，并且从侧面得知，海陶玮这次职称评审似乎没有在燕京哈佛学社委员会上通过，赖肖尔担心委员会有意见，结果委员会主任并不在意，最后两人如愿晋升教授。这些细节也透露出两人在学术升迁等方面颇有你追我赶、相互提携和竞争敏感之意。

二　谈学论道

从 20 世纪四十年代到八十年代，海陶玮与杨联陞之间的谈学论道成为两人交往的主要内容。这种谈学论道的过程，从哈佛大学档案馆藏《杨联陞日记》等现有资料来看，始终充满了坦诚、信任和融洽。

杨联陞主要从事中国经济史研究，海陶玮主要从事中国文学研究，文史相连，通融一体。海陶玮尽管经过了多年系统的汉学专业学术训练，但是中国古代文学的研究，尤其是传统汉学的研究模式，往往要求研究者具备扎实的文言知识、阅读理解古代典籍的能力和一定的史学背景，而外国学者由于文化隔膜很难对博大精深的中国文史有非常精准的把握。杨联陞具有中国传统学术功底和西方现代学术训练，是华人在哈佛文史研究方面第一位取得永久教职的教授，号称中国学者中"真正打入国际汉学界的第一人"。致力于汉学的海陶玮，当然不会放过向身边这位史学大家求教的机会。

纵观海陶玮的文学研究，确实一路伴随着杨联陞的指导。四十年代，海陶玮在为自己的博士论文——《韩诗外传》译著做最后修订期间，为了更深刻地理解这本古籍的含义，他需要查实其中的中国古代

---

① ［美］杨联陞：《杨联陞日记》手稿影印版，1950 年 12 月 1 日星期五，哈佛大学哈佛燕京学社图书馆藏。

② ［美］杨联陞：《杨联陞日记》手稿影印版，1957 年 12 月 30 日星期一，哈佛大学哈佛燕京学社图书馆藏。

史实、传闻和典故，认识这部书的性质，也需要了解中国传统学术对这本书的评论，同时，对于学界一直存在的关于这部书的完整性问题，他也试图厘清该书章节流变及其与《诗经》的关系，他的这种思考和研究，也体现在他与杨联陞的日常学术交往中。1946 年 11 月期间，海陶玮每周一专门请杨联陞为自己讲述《汉书·艺文志》①。《汉书·艺文志》作为中国现存最早的目录学文献，对中国古籍进行了体系分类，海陶玮对《汉书·艺文志》把《韩诗外传》归入经部却不以为然，在《韩诗外传》译本导言中认为，这部作品与其归入经部，不如归入子部，这些观点很可能都是向杨联陞学习研讨的结果。提交博士学位论文之后，为了更好地修订出版论文著作，他第二次来到中国查找资料，求教于清华大学许维遹和北京大学王利器等名家，并详细排查《韩诗外传》的编排体例和历史流转。1948 年回到哈佛之后，他发表了论文《〈韩诗外传〉和三家诗》②，对《韩诗外传》的编排体例进行了较为详尽的分析。

因为博士学位论文只提交了《韩诗外传》的前两章，所以 1946 年之后海陶玮便着手补充修订博士学位论文，1948 年从中国返回美国之后，他继续求教杨联陞等学者，修改译文，核对参考文献等。《杨联陞日记》也记载了两人共同研讨学术的一些日常片段。如：1950 年 5 月 22 日海陶玮与杨联陞商改论文，"同看《孔子家语》"③，5 月 26 日杨联陞专门"翻检出宋本孔子家语，交海陶玮"④。今传《孔子家语》共 10 卷 44 篇，由魏王肃注，被列为《韩诗外传》的重要参考文献⑤。1952

①　[美] 杨联陞：《杨联陞日记》手稿影印版，1946 年 11 月 11 日星期一，1946 年 11 月 16 日星期六，哈佛大学哈佛燕京学社图书馆藏。原文："午后为海讲汉书艺文志""晨十时到校，为海陶玮君讲汉书艺文志"。

②　James Robert Hightower, "The Han-shih wai-chuan and the San chia shih", *Harvard Journal of Asiatic Studies*, Vol. 11, No 3/4, (Dec., 1948), pp. 241 – 310.

③　[美] 杨联陞：《杨联陞日记》手稿影印版，1950 年 5 月 22 日星期六，哈佛大学哈佛燕京学社图书馆藏。

④　[美] 杨联陞：《杨联陞日记》手稿影印版，1950 年 5 月 26 日星期五，哈佛大学哈佛燕京学社图书馆藏。

⑤　James Robert Hightower, *Han Shih Wai Chuan: Han Ying's Illustrations of the Didactic Application of the Classic of Songs*, Cambridge Massachusetts: Harvard University Press, 1952, p. 355.

年 1 月 14 日，杨联陞上楼与海陶玮闲聊时，"知其韩诗外传已将印成"①，3 天之后又见面，"Hightower 请为韩诗外传写汉字十数（多铅字）"②，杨联陞自然竭力相助。半年后，这篇以博士论文为基础的著作出版之后，海陶玮第一时间与朋友分享，杨联陞 1952 年 6 月 16 日"早晨到校，收海陶玮翻译韩诗外传一册"。③ 可以说，杨联陞参与和见证了《韩诗外传》的译注和出版。

海陶玮起草和修订《中国文学论题》的过程中，也经常与杨联陞讨论中国文学史，而这个过程，持续了 30 多年。最早在 20 世纪四十年代，杨联陞就"与海讨论文学史"④，之后，经常给海陶玮讲解一些具体的文学体裁和作品，《杨联陞日记》记载：1950 年"Hightower 来问田汉新剧"⑤"四时上楼与 Hightower 谈元曲"⑥"与海陶玮谈李后主词"⑦"赠庄子纂笺一册"⑧"海陶玮谈肉蒲团德译（有淫画）"⑨ 等等。《中国文学论题》1953 年的再版，也有杨联陞的贡献，杨联陞回忆曾"为 Hightower 写 *Topics in Chinese Literature* 更正汉字版，约用三小时，为改小错数处"⑩，该书再版后，杨联陞也是第一时间"收到 Hightower 书

① ［美］杨联陞：《杨联陞日记》手稿影印版，1952 年 1 月 14 日星期一，哈佛大学哈佛燕京学社图书馆藏。
② ［美］杨联陞：《杨联陞日记》手稿影印版，1952 年 1 月 17 日星期四，哈佛大学哈佛燕京学社图书馆藏。
③ ［美］杨联陞：《杨联陞日记》手稿影印版，1952 年 6 月 16 日星期一，哈佛大学哈佛燕京学社图书馆藏。
④ ［美］杨联陞：《杨联陞日记》手稿影印版，1949 年 1 月 31 日星期一，哈佛大学哈佛燕京学社图书馆藏。
⑤ ［美］杨联陞：《杨联陞日记》手稿影印版，1950 年 1 月 5 日星期四，哈佛大学哈佛燕京学社图书馆藏。
⑥ ［美］杨联陞：《杨联陞日记》手稿影印版，1950 年 3 月 15 日星期三，哈佛大学哈佛燕京学社图书馆藏。
⑦ ［美］杨联陞：《杨联陞日记》手稿影印版，1950 年 12 月 18 日星期一，哈佛大学哈佛燕京学社图书馆藏。
⑧ ［美］杨联陞：《杨联陞日记》手稿影印版，1961 年 1 月 10 日星期二，哈佛大学哈佛燕京学社图书馆藏。
⑨ ［美］杨联陞：《杨联陞日记》手稿影印版，1961 年 1 月 23 日星期一，哈佛大学哈佛燕京学社图书馆藏。
⑩ ［美］杨联陞：《杨联陞日记》手稿影印版，1952 年 10 月 8 日星期三，哈佛大学哈佛燕京学社图书馆藏。

一册"①。可以说，杨联陞也参与和见证了《中国文学论题》的译注和出版。

在海陶玮的陶渊明研究中，也有杨联陞的参与。《杨联陞日记》记载：1955 年 1 月 26 日，杨联陞"与海陶玮谈王瑶，中古文人思想等三书"②。王瑶是中国中古文学研究的开拓者，代表作是《中古文学史论集》，1950 年上海棠棣出版社出版了他的 3 部中古文学研究著作《中古文学思想》《中古文人生活》《中古文学风貌》，两人谈论的应该是这 3 本书。同时王瑶也是校勘注释陶渊明文集的权威大家之一，他的《陶渊明集》按照编年排列，注释简练精到，与古直《陶靖节诗笺定本》（《陶靖节诗笺》）、逯钦立校注《陶渊明集》等是近人注释陶渊明集中最有价值的版本。海陶玮在翻译陶渊明诗文的时候，也把王瑶《陶渊明集》（作家出版社 1956 年版）作为重要参考书目，不少内容都依据王瑶的观点进行诗文翻译和阐释，最终形成了 1970 年《陶潜诗集》。值得注意的是，专治经济史的杨联陞也有一篇陶学论文——《论东晋南朝县令俸禄的标准——陶潜不为五斗米折腰新释质疑》（《东洋史研究》1962 年第 2 期），这篇论文显然是对其内兄缪钺《陶潜不为五斗米折腰新释——附论东晋南朝地方官禄及当时士大夫食量诸问题》（《历史研究》1957 年第 1 期）的回应，也是他 1962 年应邀赴日本京都大学讲学筹备的论文。这篇论文是 1962 年 7 月 11 日午后写的，主要是从经济史料细节入手对陶渊明典故的考证和阐释，但是这篇论文的发表时间距缪钺论文发表时间已有 5 年之久。而笔者发现，在海陶玮注译陶渊明诗文过程中，杨联陞 1967 年还电话联系过他，专门与他讨论这一问题，海陶玮"正好在屋，十五分钟后即来，余谢前日邀请，赠以不为五斗米折腰短文……"③ 可见，似在与海陶玮的切磋中，

---

① ［美］杨联陞：《杨联陞日记》手稿影印版，1953 年 2 月 20 日星期五，哈佛大学哈佛燕京学社图书馆藏。

② ［美］杨联陞：《杨联陞日记》手稿影印版，1955 年 1 月 26 日星期三，哈佛大学哈佛燕京学社图书馆藏。

③ ［美］杨联陞：《杨联陞日记》手稿影印版，1967 年 9 月 5 日星期二，哈佛大学哈佛燕京学社图书馆藏。

杨联陞从经济货币角度发现了自己的研究课题，也一直与海陶玮对陶渊明诗文有一定研讨和交流。

20 世纪 60 年代，海陶玮的学术兴趣转到中国古典诗词之后，他与杨联陞的学术话题自然也就转到了古代诗词作家作品。比如在翻译周邦彦词的过程中，海陶玮得到杨联陞的大力支持。《杨联陞日记》记载：1968 年 11 月 12 日 "十二时许午饭，访 Hightower 谈，提议写周邦彦时，并写汴京成一小书，彼欲从周介绍宋词，余答应支持"①。虽然有杨联陞的支持，但是笔者并未见到海陶玮从周邦彦词的翻译延伸到汴京或宋词的研究，扩大自己的学术成果，只是翻译了《周邦彦的词》并发表在《哈佛亚洲学报》上。②

对中国诗词的解读常常与所参考的版本、具体字词的解释、上下文的衔接以及作家表达句式的喜好等都有关系，海陶玮也经常就此请教杨联陞：

> 一时上课，与海陶玮谈，……彼谓近对李商隐有兴趣，或可写一书，但尚未用张采田玉溪生年谱会笺。又说 "绕床弄青梅" 之床，当是井床，此是户外游戏，故也（然在井边玩耍，岂不危险?）③

由以上记载可以看出，当海陶玮表现出对李商隐诗词的兴趣时，"杨联陞立即就补充推荐了张采田《玉谿生年谱会笺》作为参考书目"。"绕床弄青梅" 是唐代李白《长干行二首》中的诗句，承上句 "郎骑竹马来"，此处 "床" 的具体含义，诸家注本颇多分歧，一说 "坐具（马扎）"，一说是 "栏杆、井栏、打水用的辘轳架" 等，两人

---

① ［美］杨联陞：《杨联陞日记》手稿影印版，1968 年 11 月 12 日星期二，哈佛大学哈佛燕京学社图书馆藏。

② James Robert Hightower, "The Songs of Chou Pang-yen", *Harvard Journal of Asiatic Studies*, Vol. 37, (1977), pp. 233 –272. 后又收录 James Robert Hightower and Florence Chia-ying Yeh, *Studies in Chinese Poetry*, Cambridge Massachusetts and London: Harvard University Press, 1998, pp. 292 –322.

③ ［美］杨联陞：《杨联陞日记》手稿影印版，1958 年 4 月 7 日星期一，哈佛大学哈佛燕京学社图书馆藏。

的讨论颇有趣味。

经海陶玮介绍到西方学界的叶嘉莹，也与杨联陞有良好的互动，叶嘉莹经常把自己的诗词交由杨联陞品评唱和，海陶玮与叶嘉莹的合作论文，也请杨联陞把关过目，杨联陞曾在日记中记载："看叶嘉莹梦窗词新论（Hightower 改译），为改数处（投 *HJAS*）"①。

杨联陞素有"西方汉学警察"的美誉，经常为当时东亚系的学者如叶理绥、柯立夫、赖肖尔、海陶玮等人补充文献，指出纰漏，及时消除谬误和偏差，这种"汉学警察"式地纠正海陶玮对中国古籍理解方面的误解，也是两人交往的常态。如《杨联陞日记》记载：1961 年 1 月 11 日杨联陞"十时许到校，……为海陶玮改其书评（误以为道士为僧人），旋海来问孟子'率……而……'似仍以旧解为是。"② 1965 年 3 月 5 日见面，"海陶玮问草船借箭'困於'（困之於）"③。因为海陶玮及其他学人研究的问题涉及语言、文学、文献、历史等等，常常需要杨联陞颇费功夫去查证资料，以求正解。比如为了搞清楚《诗经》中"岁取十千"所指的具体数量，杨联陞与"海君一谈，查诗经注数种"④；为了帮海陶玮查找《世说新语》，杨联陞把"世说新语校笺与 Hightower，查馆藏日本人著阅于此谈书"。⑤

法国汉学耆宿戴密微（Paul Demiéville，1894—1979）认为"杨联陞的学问继承了中国百科全书式学问的优良传统"。对于杨联陞的博学多闻，海陶玮也深为折服。1973 年 11 月 14 日海陶玮在写给好友叶嘉莹的信中，提到"我还参加了杨联陞的禅宗研讨班，我发现

---

① ［美］杨联陞：《杨联陞日记》手稿影印版，1968 年 11 月 19 日星期二，哈佛大学哈佛燕京学社图书馆藏。

② ［美］杨联陞：《杨联陞日记》手稿影印版，1961 年 1 月 11 日星期三，哈佛大学哈佛燕京学社图书馆藏。

③ ［美］杨联陞：《杨联陞日记》手稿影印版，1965 年 3 月 5 日星期五，哈佛大学哈佛燕京学社图书馆藏。

④ ［美］杨联陞：《杨联陞日记》手稿影印版，1967 年 9 月 21 日星期四，哈佛大学哈佛燕京学社图书馆藏。

⑤ ［美］杨联陞：《杨联陞日记》手稿影印版，1971 年 1 月 13 日星期一，哈佛大学哈佛燕京学社图书馆藏。

非常难"。① 他对于杨联陞一直以来的指导充满感激，1973 年 11 月 20 日当面对杨联陞说："你真是 good teacher"②，杨联陞能够深切感受到海陶玮完全是"心悦诚服之语"③。当杨联陞 1965 年被哥伦比亚大学何炳棣邀请离开哈佛大学时，时任远东语言系主任的海陶玮等人尽一切努力挽留杨联陞。

中国文史的研究，对西方学术背景的海陶玮和中国传统文化浸润成长的杨联陞，其难易程度显而易见，因此海陶玮对杨联陞学术研究的帮助，不及杨联陞对海陶玮学术研究的帮助那么深刻，但是海陶玮在中国文学特别是"赋"等文体作品研究、世界文学动态、英文表达等方面具有自己天然的优势，杨联陞曾请海陶玮看一篇关于"赋"方面书评时，就承认自己"至论赋学止"④。遇到学生请教文学方面的问题，他也直接推荐海陶玮，自愧不如，"有某人（中国人）请看所译诗词选（起自诗经），余请其找 Hightower，自□不敏"⑤。

1949 年杨联陞发表了《中国经济史上的数字和单位》（Numbers and Units in Chinese Economic History）论文，谈到数字在中国古籍中除了具指实数外，还有概指虚数的含义。为了支撑自己的观点，他广泛搜集了史料，海陶玮也给他提供了一条史料，那就是刘师培《刘申叔先生遗书》的《左盦文集》卷 8 有《古籍多虚数说》一文，可以很有力地支撑他的观点。杨联陞于是在自己的论文中引用刘师培的观点说，古籍中的数字如三百、三千、三十六、七十二等都有虚数的含义，并

---

① 哈佛大学档案馆藏海陶玮档案。Acs. #15036，*Papers of James Robert Hightower*，Box 2 of 4，Folder title：葉 YEH 1. Original text，"I also attend Yang Lien-sheng's seminar on Zen Buddhism. I find it very difficult."

② ［美］杨联陞：《杨联陞日记》手稿影印版，1971 年 11 月 20 日星期二，哈佛大学哈佛燕京学社图书馆藏。

③ ［美］杨联陞：《杨联陞日记》手稿影印版，1971 年 11 月 20 日星期二，哈佛大学哈佛燕京学社图书馆藏。

④ ［美］杨联陞：《杨联陞日记》手稿影印版，1950 年 6 月 10 日星期六，哈佛大学哈佛燕京学社图书馆藏。

⑤ ［美］杨联陞：《杨联陞日记》手稿影印版，1963 年 9 月 30 日星期一，哈佛大学哈佛燕京学社图书馆藏。

且在备注中专门表达了对海陶玮的谢意。①

此外，杨联陞也经常把自己的论文和书评等交由海陶玮修改审定，两人这种学术交往持续了几十年，根据《杨联陞日记》记载，40 年代如："海陶玮略论余文，□改题为 'The concept of 'loud' and 'free' in Spoken Chinese'"②；50 年代如："请 Hightower 看精白镜小考初稿，自己也不甚满意"③；60 年代如："请 Hightower 看异读目，又商量余用吕叔湘文言叠字。"④ 等。只要是海陶玮的建议合理，杨联陞往往立即修改，"Hightower 交回考题，认为'跟'连用一句及标在一段嫌□，余说是故意，又有一句中文，渠认为不甚清楚，'有什么用'，余后改为'有什么法子'"⑤。

对杨联陞的请求，海陶玮也是有问必答。1952 年 1 月 25 日杨联陞"午后将文法入门稿交 Hightower 审阅"⑥，几天后即"午后找 Hightower 取回文法入门及白居易书评"⑦。海陶玮和杨联陞对学术问题都非常耿直，直抒胸臆。杨联陞"请 Hightower 改洪先生杜甫书评，Hightower 对此书文笔不欣赏，以为尚不及林语堂之苏东坡"⑧，杨联陞所尊称的"洪先生"指洪业⑨，与杨联陞同为史学大家的华裔学者，两人私交甚

① Lien-sheng Yang, "Numbers and Units in Chinese Economic History", *Harvard Journal of Asiatic Studies*, Vol. 12, No. 1/2, (Jun., 1949), p. 218. Note. 10. Original text, "I thank Professor J. R. Hightower for this reference."

② [美] 杨联陞：《杨联陞日记》手稿影印版，1949 年 5 月 20 日星期五，哈佛大学哈佛燕京学社图书馆藏。

③ [美] 杨联陞：《杨联陞日记》手稿影印版，1951 年 12 月 12 日星期三，哈佛大学哈佛燕京学社图书馆藏。

④ [美] 杨联陞：《杨联陞日记》手稿影印版，1960 年 2 月 19 日星期五，哈佛大学哈佛燕京学社图书馆藏。

⑤ [美] 杨联陞：《杨联陞日记》手稿影印版，1970 年 2 月 9 日星期一，哈佛大学哈佛燕京学社图书馆藏。

⑥ [美] 杨联陞：《杨联陞日记》手稿影印版，1952 年 1 月 25 日星期五，哈佛大学哈佛燕京学社图书馆藏。

⑦ [美] 杨联陞：《杨联陞日记》手稿影印版，1952 年 1 月 30 日星期三，哈佛大学哈佛燕京学社图书馆藏。

⑧ [美] 杨联陞：《杨联陞日记》手稿影印版，1952 年 5 月 9 日星期五，哈佛大学哈佛燕京学社图书馆藏。

⑨ 洪业（1893—1980），号煨莲（畏怜，Willian），名正继，字鹿岑，福建侯官（今闽侯）人，著名史学家、教育家。

笃，海陶玮在杨联陞面前却毫不避讳，这种风格杨联陞似乎早已习以为常。1953 年 5 月 4 日杨联陞"上楼交柳无忌文与 Hightower"①，两天之后两人见面，杨联陞就知道"海不甚喜柳无忌文，余作复告以希望栏目录学方面增加材料"②。1960 年 2 月 3 日，杨联陞看到海陶玮为施友忠翻译《文心雕龙》所写的书评，其"颇不客气"③ 的尖锐批评，令杨联陞印象颇为深刻。

对海陶玮的研究动态和成果，杨联陞也颇为关注，并在自己的研究中摘录引用。1953 年杨联陞发表的英文论文《南宋纸币"会子"形状考》（The Form of The Paper Note Hui-tzu of The Southern Sung Dynasty）④ 引用参考了海陶玮的《韩诗外传》；1960 年杨联陞在对英国霍克思《楚辞：南方之歌——古代中国文学选集》进行评论时⑤，也提及海陶玮的屈原研究。

海陶玮与杨联陞的这种学问之交，还包括分享彼此图书、交流学术动态、互看品评文章等。杨联陞曾经 3 次游历欧洲，1951 年赴欧之后，得到法国汉学大师戴密微"少年辈第一人"⑥ 的称赞和期许，并与其建立了密切的学术联系。1951 年 9 月 12 日，杨联陞邮寄给戴密微一些书籍，包括从海陶玮处借的《俗文学研究》，半年之后，戴密微似未归还，杨联陞便"上楼问 Hightower，戴密微取借俗文学书可续借否"⑦。杨联陞在清华大学经济系读书时，曾受教于陈寅恪，选修其

---

① ［美］杨联陞：《杨联陞日记》手稿影印版，1953 年 5 月 4 日星期一，哈佛大学哈佛燕京学社图书馆藏。

② ［美］杨联陞：《杨联陞日记》手稿影印版，1953 年 5 月 6 日星期三，哈佛大学哈佛燕京学社图书馆藏。

③ ［美］杨联陞：《杨联陞日记》手稿影印版，1960 年 2 月 3 日星期三，哈佛大学哈佛燕京学社图书馆藏。

④ Lien-Sheng Yang, "The Form of The Paper Note Hui-tzu of The Southern Sung Dynasty", *Harvard Journal of Asiatic Studies*, Vol. 16, No. 3/4, （Dec., 1953）, pp. 365 – 373.

⑤ Lien-sheng Yang, "Review on *Ch'u Tz'u*: *The Songs of the South*, *An Ancient Chinese Anthology* by David Hawkes", *Harvard Journal of Asiatic Studies*, Vol. 23, （1960 – 1961）, pp. 209 – 211.

⑥ 杨联陞著，蒋力编：《杨联陞自传》，载《哈佛遗墨》（修订版），商务印书馆 2016 年版，第 8 页。

⑦ ［美］杨联陞：《杨联陞日记》手稿影印版，1952 年 1 月 14 日星期一，哈佛大学哈佛燕京学社图书馆藏。

《隋唐史》，受陈寅恪"训诂治史"的学术理念影响较深。赴美之后，杨联陞一直关注着老师的学术和生活，1951年1月9日杨联陞"收到陈寅恪先生元白诗笺二册"①。次日便来与海陶玮分享，"送元白诗笺□一册与海陶玮"②，然后才作书回复恩师。因两人分享图书密切，有时候也会在所借与所赠之间有些误会，有一次，海陶玮在还钱锺书《谈艺录》时候，就"初误以为相赠"③。

杨联陞的书评甚多，他和海陶玮交往过程中，互看、互改、互论书评，送稿、改稿、取稿的材料也甚多，在此不再赘述。

三　培养后学

1946年海陶玮留校任教，次年杨联陞也正式被哈佛大学聘为远东系的助理教授，两人开始了在哈佛长达30余年的执教生涯，共同承担着哈佛大学远东系（后改为东亚系）汉学课程的教学任务。至今，哈佛大学拉蒙特图书馆（Lamont Library）的伍德伯里诗歌阅览室里（Woodberry Poetry Room），还保存着1951年2月13日由海陶玮主讲、杨联陞录制的两卷"汉语的韵律"（Lecture on Chinese Prosody）课程录音磁带。④

1954年由远东语言系主任叶理绥发表的年度报告显示，当时的远东语言系共有8名教职，其中教授2名（叶理绥和赖肖尔），副教授4名（柯立夫、海陶玮、魏鲁南、杨联陞）和访学人员（Ch'en and Doo Soo Suh）2名。叶理绥担任管理任务，赖肖尔后被任命为美国驻日大使，海陶玮和杨联陞一直是教学的骨干力量。在他们30余载的教学生

---

① ［美］杨联陞：《杨联陞日记》手稿影印版，1951年1月9日星期二，哈佛大学哈佛燕京学社图书馆藏。

② ［美］杨联陞：《杨联陞日记》手稿影印版，1951年1月10日星期三，哈佛大学哈佛燕京学社图书馆藏。

③ ［美］杨联陞：《杨联陞日记》手稿影印版，1967年8月25日星期五，哈佛大学哈佛燕京学社图书馆藏。

④ Hightower James Robert Reading & Lien-sheng Yang Recording, *Lecture on Chinese Prosody*, Cambridge Massachusetts: Woodberry Poetry Room, 1951. 2 sound tape reels. Recorded Feb. 13, 1951.

涯中，培养了很多汉学人才，这些汉学人才都成为活跃在国际汉学界的中坚力量。康达维、艾朗诺等在中国文学研究方面继续发扬光大，杜维明、余英时等则在中国思想文化方面卓有建树。留校任教的白思达（Glen William Baxter）在《词律的起源》（Metrical Origins of the Tz'u, 1953）中，专门感谢了海陶玮、杨联陞以及方志彤对他研究的指导和修改。曾受教于海陶玮、杨联陞的斯坦福大学倪德卫（David Shepherd Nivison）① 在与哈佛燕京学社通信时，都习惯性地以海陶玮、杨联陞两个人共同作为称呼，两人也都共同署名回复学生的信件。②

　　两人的教学任务，大部分是紧密配合的。1962 到 1963 学年秋季学期，为了培养学生们的汉学基础和素养，教研室商量开设一门"汉学入门"（Introduction to Sinology, 211）课程，"海同意授 introduction to sinology，大家帮忙"③，而杨联陞的帮忙是最切实、最难得的。"汉学入门"课程安排在每周三下午 3 点，开课前的周末，杨联陞专门赶到学校，与海陶玮"商汉学入门课教法"④，并且"决定帮忙到底（每次皆去），计划共十三次，各种 assignments 性质"。于是，在每周的课堂上，就出现了海陶玮和杨联陞共同授课的情景。上完第一节课，杨联陞记叙道："三时与 Hightower 上 211 第一课，选此七人，旁听六人，近四时毕。"⑤ 之后的每个星期三，杨联陞都会在日记中记下，当日与海陶玮"一同上课"⑥，也偶尔记录教学内容和学生表现。课堂以海陶

----

　　① 倪德卫（David Shepherd Nivison, 1923 – 2014），是美国汉学家，哈佛大学博士毕业，主要研究领域是中国古代历史、文献学和哲学等，在斯坦福大学执教 40 年。

　　② 哈佛大学档案馆，Acs. #15036, Papers of James Robert Hightower, Box 1 of 4, Folder title：Nivison。见 1949 年 7 月 30 日、12 月 16 日、12 月 30 日；1950 年 3 月 24 日、4 月 8 日、7 月 20 日、12 月 11 日、12 月 18 日；1951 年 8 月 9 日；1952 年 6 月 10 日、6 月 20 日；1953 年 1 月 12 日。

　　③ ［美］杨联陞：《杨联陞日记》手稿影印版，1962 年 2 月 1 日星期四，哈佛大学哈佛燕京学社图书馆藏。

　　④ ［美］杨联陞：《杨联陞日记》手稿影印版，1962 年 9 月 22 日星期六，哈佛大学哈佛燕京学社图书馆藏。

　　⑤ ［美］杨联陞：《杨联陞日记》手稿影印版，1962 年 9 月 27 日星期四，哈佛大学哈佛燕京学社图书馆藏。

　　⑥ ［美］杨联陞：《杨联陞日记》手稿影印版，1962 年 10 月 24 日星期三、1962 年 11 月 7 日星期三、1962 年 12 月 12 日星期三等，哈佛大学哈佛燕京学社图书馆藏。

玮为主，杨联陞为辅，偶尔也会请其他同事一起在课堂上分享汉学动态和研究心得，如：

> 午后三时，Hightower 约 Cleaves 讲在巴黎学汉学经验，然后与余同讲汉学一词用法变迁（余说话较少，下次讲西文学报，余可能不必去），五时毕。①

课程在两人的共同努力下结课时，杨联陞"回 2 Divinity Ave. 海陶玮 221 班结束，余赶到未十数分钟，讨论文史异同"②，由此可见，两人一直保持共同教学、共同研讨。

在哈佛大学馆藏海陶玮课程讲义档案中，有"中国文学欣赏"课程讲稿，包括李白、孟浩然、李商隐、王维、杜甫等诗人作品。为了讲好这些诗人作品，海陶玮经常请杨联陞为其"灌音"，如"为 Hightower 读（吟）李白赠孟浩然诗一首，灌音。"③ "回 office 与 Hightower 谈（希望余灌音）"④ "为 Hightower 灌音，言文对照中国故事五十篇之前十二课"⑤ 等。

当然，在多年的教学生活中，两人之间包括各位任课教师之间，关于院系教学安排等问题也不可避免地发生一些隔阂和矛盾。因为学术领域不同、教学改革意见迥异，每年的一二月份，院系讨论安排学期课程，关于任课老师、使用教材等事宜总是充满着各种磨合和平衡。1960 年 2 月，海陶玮、杨联陞、柯立夫等人在 15 日、16 日、17 日和 18 日连续开会或碰面，讨论中文课程改革事宜。在指定负责人和分配

---

① ［美］杨联陞：《杨联陞日记》手稿影印版，1962 年 10 月 3 日星期三，哈佛大学哈佛燕京学社图书馆藏。

② ［美］杨联陞：《杨联陞日记》手稿影印版，1963 年 1 月 9 日星期三，哈佛大学哈佛燕京学社图书馆藏。

③ ［美］杨联陞：《杨联陞日记》手稿影印版，1960 年 4 月 13 日星期三，哈佛大学哈佛燕京学社图书馆藏。

④ ［美］杨联陞：《杨联陞日记》手稿影印版，1960 年 9 月 14 日星期三，哈佛大学哈佛燕京学社图书馆藏。

⑤ ［美］杨联陞：《杨联陞日记》手稿影印版，1960 年 9 月 29 日星期四，哈佛大学哈佛燕京学社图书馆藏。

课时的过程中，杨联陞就在日记中表达了不满。两人争论比较激烈的，还有梅祖麟任教和教材使用一事。梅祖麟（Tsu-Lin Mei，1933—）[①]是清华大学已故校长梅贻琦的侄子、燕京大学校长梅贻宝的儿子，1964 年起在哈佛大学任助理教授，教授汉语，海陶玮有意请梅祖麟负责中文教学，改变赵元任的汉语教学方法，引起杨联陞的强烈反对。双方争论表面上看是关于赵元任主编中文教材的争论[②]，实际上是关于能否让梅祖麟负责第一年中文教学的不同意见。

这种意见的不统一毕竟是个别事件，因两人长期执教哈佛大学中文课程，东亚系授课教师又人手有限，大量的决策性、事务性工作都是叶理绥、赖肖尔、柯立夫、白思达等几人商定、大家共同协商配合完成的。《杨联陞日记》中有大量两人在招生录取、面试学生、教研交流、课程安排、论文指导等事务中交流协商的记录，总体来讲，两人关系还是非常坦诚友好的。

四　编书交友

海陶玮和杨联陞 1948 年同时出任《哈佛亚洲学报》编委。《哈佛亚洲学报》（*Harvard Journal of Asiatic Studies*，简称 *HJAS*）是哈佛燕京学社 1936 年创办的以研究中国、日本和韩国的历史、文学、宗教为重点的东亚研究学术期刊，也是哈佛燕京学社乃至北美地区汉学研究的重要窗口。担任编辑期间，两人和其他编委一起经常召开编委会，讨论期刊的栏目设置、论文刊用等问题，并轮流审校论文。该刊创办之初到 1947 年间，坚持一年 3 期，海陶玮和杨联陞加盟后，1948 年到 1957 年改为一年两期。

关于编务，两人也会有一些不同意见。因海陶玮对方志彤的学问

---

① 梅祖麟（Tsu-Lin Mei，1933—），1956 年获得美国哈佛大学数学硕士，1962 年获得美国耶鲁大学哲学博士，之后在耶鲁大学任哲学讲师，1964 年起，转任哈佛助理教授，教授汉语。

② 事实上，关于赵书的优劣评价，两人长期也持有不同看法，可见［美］杨联陞《杨联陞日记》手稿影印版，1948 年 12 月 1 日星期三、1956 年 12 月 7 日星期三，哈佛大学哈佛燕京学社图书馆藏。

非常钦佩，并受其教导颇多，所以在 1951 年 10 月 24 日的编辑会上，"Hightower 主张加入方志彤评 Hughes"①，杨联陞"因提出书评集稿应迟至出版社后数星期，短评尤不可积压。大家决定每期为书评留约二十页（已迟在论文印成时加入送出）"，11 月 7 日海陶玮请杨联陞看方志彤的书评，杨联陞"取摘错处，大抵皆是，然措辞太过火，恐著者不能受也"②，第二天，编委们又一起讨论方志彤的这篇书评，柯立夫"嫌其不得体。Hightower 则语文章有此一种写法"③，争论不休之际，编委会只好于次日再次开会，柯立夫反对再加稿件，与海陶玮再起争执，最后由叶理绥出面表态不同意发表方志彤书评，此事才算终有定论。会后，叶理绥专门找柯立夫和杨联陞谈话沟通，杨联陞觉得"此事实是叶公慎重得体也。"④

除了编务，两人也经常把学术成果发表在《哈佛亚洲学报》。海陶玮诸多代表性论文如《韩诗外传和三家诗》（1948）、《陶潜的赋》（1954）、《文选与文类理论》（1957）、《陶潜诗歌中的典故》（1971）、《元稹与〈莺莺传〉》（1973）、《周邦彦的词》（1977）、《词人柳永 I、II》（1981、1982）等都发表于该刊。杨联陞也发表了十几篇经济学研究方面的论文，包括后来辑录在《中国制度史研究》（1961）中的 9 篇和《汉学散策》（1969）中的数篇，也都是杨联陞的代表性作品。值得一提的是，杨联陞利用审阅论文的机会，撰写了规模可观的书评文章，这些书评集中发表在 1949 年至 1965 年的《哈佛亚洲学报》，不是简要的书目介绍，而是基于细节问题的严密考证，非常能够体现杨联陞的学术功底，其外孙蒋力整理编写了这些书评⑤，并称"写书评

---

① ［美］杨联陞：《杨联陞日记》手稿影印版，1951 年 10 月 24 日星期三，哈佛大学哈佛燕京学社图书馆藏。

② ［美］杨联陞：《杨联陞日记》手稿影印版，1951 年 11 月 7 日星期三，哈佛大学哈佛燕京学社图书馆藏。

③ ［美］杨联陞：《杨联陞日记》手稿影印版，1951 年 11 月 8 日星期四，哈佛大学哈佛燕京学社图书馆藏。

④ ［美］杨联陞：《杨联陞日记》手稿影印版，1951 年 11 月 9 日星期五，哈佛大学哈佛燕京学社图书馆藏。

⑤ 杨联陞著，蒋力编：《汉学书评》，商务印书馆 2016 年版。

'消耗'了他很大精力"①，学界余英时、刘子健、周勤等都对杨联陞书评给予了很高评价，认为书评是杨联陞"最精彩的学问"，体现了他的博雅多识，"包罗了中国文化史的全部。更难能可贵的，是他的书评篇篇都有深度，能纠正原著中的重大失误，或澄清专家所困惑已久的关键问题，其结果是把专门领域内的知识向前推进一步。"② 因此，也有学者将杨联陞与法国汉学家伯希和的书评相媲美，称其为"东方伯希和"。在《哈佛亚洲学报》的编委工作，使海陶玮和杨联陞有了便利的平台发表各自的汉学成果，逐步奠定了他们的汉学地位，建立了学术影响和声誉。另外，编辑工作也使他们有机会密切跟踪国际汉学界的研究动态，不断加强与世界各国汉学界的学术交流。

与世界各国学术同行进行学术交流更直接的方式，还有讲座报告、学术沙龙、宴请接待等学术活动。哈佛大学作为美国汉学乃至世界汉学研究的重镇，汇集了世界各国学者前来交流访问。海陶玮和杨联陞也经常作为哈佛大学东亚系的代表，与到访哈佛大学的各国学者会友论学。

国内方面，1948 年海陶玮和杨联陞一起接待了老舍和聂崇岐等学者③。1946 年著名作家老舍受美国国务院邀请赴美讲学，并于同年出版《四世同堂》第二卷《偷生》。新中国成立前夕，接到文艺界 30 余位友人信后决定回国的老舍，在离美前一个月来到波士顿，与哈佛大学的同行交流，海陶玮、杨联陞以及费正清等人陪同接待，"标准十时半，海陶玮来，余辞归……三时又到费家，老舍乘七时车赴纽约，余等坐费正清车回家"④。聂崇岐 1948 年 12 月受邀访问哈佛大学，东亚系在教师俱乐部（Faculty Club）宴请聂崇岐，海陶玮、杨联陞与叶

---

① 蒋力：《写书评"消耗"了他很大精力——杨联陞先生的书评写作》，《中华读书报》2016 年 9 月 28 日第 10 版。

② 余英时：《中国文化的海外媒介》，载《钱穆与中国文化》，上海远东出版社 1994 年版。

③ 聂崇岐（1903—1962）是著名的宋史研究专家，1928 年从燕京大学毕业后留校，长期执教于燕大，并任燕京大学引得编纂处编辑、副主任，北平中法汉学研究所研究员兼通检部主任，燕京大学图书馆代理主任、教授、代理教务长等。

④ ［美］杨联陞：《杨联陞日记》手稿影印版，1949 年 9 月 25 日星期日，哈佛大学哈佛燕京学社图书馆藏。

理绥、柯立夫、方志彤等学者一起与之交流①。1980 年 5 月，两人还一起接待了大陆学人团组，中外学人共 30 多人在宴席上以诗词交流，不亦乐乎②。

海陶玮、杨联陞与日本学界如吉川幸次郎、宫崎市定、小川环树等一直保持着密切联系。吉川幸次郎 1953 年至 1954 年，得到洛克菲勒基金会资助赴美访学，与海陶玮、杨联陞等学界同仁有了密切而充分的交流，1954 年的五六月份，海陶玮和杨联陞等学者尽显地主之谊，轮流坐庄，几乎每日见面，酬诗唱和、饮酒聚餐③。1954 年 5 月 20 日，海陶玮邀请吉川幸次郎等众多学人到家中聚会，"饮酒，吃 steak。（谈文心雕龙等）"④，6 月 2 日，杨联陞又请吉川幸次郎等众学人到家中聚会，谈笑风生，杨联陞说，"吉川小坐，白话打油诗一首，呈请吉川先生掉牙"⑤，吉川幸次郎风趣地说："不要紧，满口假牙，掉了再安上。"1962 年吉川幸次郎再次来到哈佛大学，请海陶玮和杨联陞夫妇等人吃晚饭，杨联陞作谢诗于白思达、海陶玮，其乐融融：

> 三岛儒林推祭酒，两洋桃李仰春风。
> 男婚女嫁重重喜，定卜来年作太公。
> 习习凉风入酒樽，又叨佳馔近名园。
> 中元难过河豚节，鲈脍鲶烧可并论。⑥

---

① ［美］杨联陞：《杨联陞日记》手稿影印版，1948 年 12 月 10 日星期五，哈佛大学哈佛燕京学社图书馆藏。

② ［美］杨联陞：《杨联陞日记》手稿影印版，1980 年 5 月 20 日星期二，哈佛大学哈佛燕京学社图书馆藏。

③ 可参见 ［美］杨联陞《杨联陞日记》手稿影印版，1954 年 5 月 17 日星期一、1954 年 5 月 20 日星期四、1954 年 5 月 26 日星期三、1954 年 5 月 28 日星期五、1954 年 6 月 2 日星期三、1954 年 6 月 4 日星期五、1954 年 6 月 5 日星期六、1954 年 6 月 13 日星期天、1954 年 6 月 20 日星期一等，哈佛大学哈佛燕京学社图书馆藏。

④ ［美］杨联陞：《杨联陞日记》手稿影印版，1954 年 5 月 20 日星期四，哈佛大学哈佛燕京学社图书馆藏。

⑤ ［美］杨联陞：《杨联陞日记》手稿影印版，1954 年 6 月 2 日星期三，哈佛大学哈佛燕京学社图书馆藏。

⑥ ［美］杨联陞：《杨联陞日记》手稿影印版，1962 年 7 月 11 日星期三，哈佛大学哈佛燕京学社图书馆藏。

1963 年 3 月 8 日星期五，吉川幸次郎一家三口再次来美，做了关于"中日文学比较"的报告，然后和海陶玮、杨联陞等美国学人在接待酒会上再次畅饮叙聊。

海陶玮、杨联陞与英国、法国、德国等欧洲学界也保持着密切联系，比如 1952 年 3 月 30 日荷兰汉学家戴文达来访①，海陶玮、杨联陞与费正清、史华慈等携夫人共同参加了叶理绥为他举办的鸡尾酒会。②

五　与"中国学"分庭抗礼

1946 年，就在海陶玮和杨联陞同年获得哈佛大学博士学位并留校任教的同时，还有一位学者也从中国回美并再次在哈佛大学任教，这个人就是费正清（John King Fairbank，1907—1991）——一位改变了美国汉学历史乃至世界汉学格局的人物。费正清 1936 年在牛津大学取得哲学博士学位后回母校哈佛大学历史系任教，后转而从事中美关系方面的管理工作。这次回到哈佛大学之后，费正清独辟蹊径，另起炉灶，在地区研究和近现代中国研究方面异军突起，于 20 世纪 60 年代之后形成了美国独具特色的"中国学"研究。

费正清另起炉灶的原因，是他以近现代史为研究领域，身处中美关系前沿并深受麦卡锡主义之苦，所以着眼于把自己的学术研究致力于为美国的国家利益和政策服务，并自觉担负起教育广大美国公众的任务。

费正清于 1955 年主持成立了东亚问题研究中心，1961 年更名为东亚研究中心，1977 年更名为"费正清东亚研究中心"。在他的主持领导下，哈佛大学东亚研究中心成为美国东亚问题研究的学术重镇，他本人也成为美国汉学界的领袖人物。美国政府和福特、洛克菲勒及卡内基等基金会也捐拨巨款，吸引了众多学者和学子转向中国研究尤

---

① 戴文达（Jan Julius Lodedwik Duyvendak，燕·尤利乌斯·洛德威克·戴文达，1889—1954），荷兰汉学家，历史地理学家。

② ［美］杨联陞：《杨联陞日记》手稿影印版，1952 年 3 月 30 日星期天，哈佛大学哈佛燕京学社图书馆藏。

其是现当代中国研究，形成了蓬勃发展的美国"中国学"研究，逐渐改变了美国沿袭欧洲传统汉学的传统，这种"中国学"兴起和欧洲传统汉学退隐的历史过程，并非和风细雨、平稳过渡，而是摩擦不断、充满矛盾的，这种矛盾，在哈佛大学集中体现在坚持传统汉学研究路径的海陶玮、杨联陞与费正清、赖肖尔等人的摩擦和冲突。

其实，从 1946 年到 50 年代初期，虽然每位学者都有自己的研究领域，学者之间关于教研内容、教员聘任等方面也存在一些不同意见，但是海陶玮、杨联陞等学者对费正清力主的地区研究以及东亚问题研究中心还是明显表示支持态度的。杨联陞直接参与了费正清的地区研究项目和后来东亚研究中心的创建，以至于费正清及其麾下学者多次在著作扉页中表示"献给杨联陞"，费正清也曾专门告知杨联陞，承认他是汉学界"第一人"。1957 年春哈佛大学东亚研究中心筹建过程中，海陶玮与费正清当时都作为中心副主任候选人，后因各种原因海陶玮并未参与，但至少说明当时哈佛大学东亚研究学者们对东亚问题研究中心的建立是支持的。

摩擦和冲突主要体现在东亚研究中心成立的 1956 年末，这一年是费正清中国问题研究中心成立的第二年，也是掌舵哈佛燕京学社初期 22 年、主持建立哈佛大学东亚系的叶理绥离任后的第一年。据哈佛大学馆藏《杨联陞日记》记载，当年 11 月 20 日：

> （杨联陞）在 Faculty Club 吃饭，讨论哈燕社工作，有 Fairbank、Hightower、Pelgel、Schwartz、Baxter、Reischauer 为主，可能在台湾、日本、朝鲜设分社之类，又讨论学报及字典等事，一般空气，对于所望汉学，甚不重视，对柯立夫犹多不满之词，有时太过，令人可气又决定三日晚讨论东亚研究计划，尽量建立空中楼阁，以便向其他财源设法。①

---

① ［美］杨联陞：《杨联陞日记》手稿影印版，1956 年 11 月 20 日星期二，哈佛大学哈佛燕京学社图书馆藏。

很显然，关于哈佛大学东亚研究发展方向，这次会议气氛明显属于"道不同不相为谋"了，但大家都还维持着表面和气，一个月后的会议，就"如疮已破"、矛盾公开了：

> 六时与 Hightower、Baxter 同到俱乐部，另有 Fairbank、Reischarer、Pelgel、Schwartz，及 Eckstein。余之谈帖已印好，Hightower 也有数页印好。Reischarer 谈 Fairbank 所写范围太大，但也无妨讨论，遂就当发展部门，可开课程及研究计划，分别发表意见，后来 Cleaves 宣读其谈帖，先骂不请 Elisseeff，讨论为不智而且失礼，又谈系中之事应在系中讨论，不可失去自己地位。自己是元史学者，并非专治文字，但在平等条件下极愿合作，又宣读 Elisseeff 及 Vigleelmo 两家谈帖，E 较平和，V 则激昂慷慨，说本系决不可隶属他系。如果委曲求全，自己不愿再干等等，然而也是实情（后知 Baxter 以为太过，似 anti-climax），以后 Reischarer 解释误会，Fairbank 表示抱歉，又谈自己在历史系常觉孤单，故希望加入（因费之谈帖中有 a broadened department of Far Eastern Studies，被 Cleaves 抓住，以为有吞并之心也）。今晚虽甚紧张，如疮已破，以后或反易行事矣。①

日记中所谓的"东亚研究拓宽计划"项目（broadened view of East Asian Studies），是费正清提出的把远东系和历史系合并的议题。远东系和历史系之前已经联合授予博士学位，东亚研究中心成立之后，费正清在大力培养东亚研究人才的过程中，希望与哈佛大学原有的汉学研究机构——哈佛燕京学社和远东语言系共同合作，这个提议引起海陶玮、杨联陞、柯立夫等学者的极大不满和强烈反弹，他们担心东亚系失去原有的独立性和自主性，有被吞并的危险，自身所从事的传统汉学也将被淹没。柯立夫性格直爽，强调自己是元史研究专家，并非

---

① ［美］杨联陞：《杨联陞日记》手稿影印版，1956 年 12 月 3 日星期一，哈佛大学哈佛燕京学社图书馆藏。

专治文字，其实就是代表海陶玮、杨联陞等秉持传统汉学的学者尽最大力量维护苦心造诣的学术领域和研究方向。他们的担心并非敏感多疑，费正清的确想把东亚研究中心、哈佛燕京学社和东亚系全部联合为一个整体，这在费正清回忆录中有清楚的剖白：

> 由于研究东亚历史要求懂得一些特殊的语言（同时掌握汉语和日语），并且需要一些特别的经费资助，这两个因素促成了新的领导核心的形成。结果我们建立了一些由教职员组成的各种常设委员会来主持东亚研究专业本科学士学位课程、东亚区域性研究硕士学位课程，以及历史和东亚语言联合博士学位课程的教学工作，以适应形势的需要和得到更多的机会。为了加强哈佛—燕京图书委员会和联邦政府资助的东亚语言和区域研究中心（有年度经费）以及东亚研究中心之间的相互联系，使之连接成为一个整体，我们最后在历史系建立了一个由全体积极从事东亚问题研究的教职人员组成的东亚研究理事会。①

那次会后的几次见面和开会也都龃龉颇多，不甚融洽。1957 年 3 月 20 日召开系会的时候，在赖肖尔的主导下，决定不再聘用表态不佳的日本学者（Valdo H. Viglielmo）②。1957 年，由赖肖尔担任主席、费正清担任副主席的东亚研究教师委员会负责管理东亚研究中心，12 月 10 日赖肖尔作为新任主席第一次召开系会，赖肖尔提议请杨联陞担任主任，杨联陞提出"将系与社间财务关系确定，否则无人肯作纸上主任，又主张将 *HJAS* 划定归系中管"③，赖肖尔坚决不肯，一向内敛的杨联陞终于无法克制，情绪爆发：

---

① 费正清：《对华回忆录》，转自刘秀俊《"中国文化的海外媒介"——杨联陞学术交往探要》，博士学位论文，山东大学，2010 年，第 482 页。

② Valdo H. Viglielmo（1926—2016），日本文学和日本哲学方面的著名学者和翻译家。

③ ［美］杨联陞：《杨联陞日记》手稿影印版，1957 年 12 月 10 日星期一，哈佛大学哈佛燕京学社图书馆藏。

为学报不平，说是心血时间所积累，不应随便夺去，又说对学问科目不可畸轻畸重，又说是和睦家庭万万不可拆散，又自述在哈佛所受照应，对大家表示感激，以后又因 R 提出大家是否对哈燕社表示感激问题，叶、柯以为不必。海自说应有感激之情，以后移至。①

会后杨联陞仍觉激愤难平，"叶至余屋，余抱之痛哭，彼替余发言，并赏以慷慨激昂。余回家仍觉曾拍桌子一次，即电话 R 道歉，彼说仍有误解，余作书与赵先生"②。

这种冲突表面上是教学内容、发展计划和教员聘用方面的矛盾，实际上反映了以费正清、赖肖尔为代表的逐步兴盛的"中国学"，不可避免地对海陶玮、杨联陞、柯立夫等代表的传统汉学研究空间的挤占和冲击，以及后者对前者劲锐发展的敏感、警觉和反抗。

虽然 1950 年代哈佛学人的这次冲突已经平息，哈佛燕京学社、东亚系等没有被合并到东亚研究中心，保持了传统汉学的研究领地，但是欧洲汉学（Sinology）和美国"中国学"（China Studies）之间的分歧长期存在，"中国学"的发展趋势和潮流不可阻挡。也正因如此，海陶玮、杨联陞与费正清本人始终没有太深厚的个人私交，杨联陞觉得费正清"太（具）表演天才"③，连费正清的七十寿宴也"早已电辞"④。费正清对从事传统汉学的学者也无太多褒奖之辞。

海陶玮、杨联陞在战后美国"中国学"兴起过程中与费正清等学者在学术方面的严重分歧和激烈纷争，是兼具以训诂考据为主要方法诠释中国古典文献的中国学术传统和重典籍、文字学的欧洲汉学传统，

---

① ［美］杨联陞：《杨联陞日记》手稿影印版，1957 年 12 月 10 日星期一，哈佛大学哈佛燕京学社图书馆藏。

② ［美］杨联陞：《杨联陞日记》手稿影印版，1957 年 12 月 10 日星期一，哈佛大学哈佛燕京学社图书馆藏。

③ ［美］杨联陞：《杨联陞日记》手稿影印版，1965 年 1 月 12 日星期二，哈佛大学哈佛燕京学社图书馆藏。

④ ［美］杨联陞：《杨联陞日记》手稿影印版，1977 年 5 月 25 日星期三，哈佛大学哈佛燕京学社图书馆藏。

与费正清等学者代表的新兴美国中国学的发展方向和需求产生的冲突。正是由于相同的研究领域和路径，海陶玮和杨联陞不约而同地站在了同一阵营并坚决维护传统汉学的研究阵地。直到今天，我们仍然可以看到哈佛大学东亚研究中心、燕京学社与东亚系三足鼎立、各放异彩的情景，这一切，都离不开 20 世纪五六十年代，海陶玮和杨联陞等一代学人为使传统汉学得以保留并传承所做的努力。

值得留意的两个细节是，费正清 1933 年在中国开展研究的时候，曾申请过哈佛燕京学社的奖学金，但是未被资助，只能靠在清华大学授课来解决生计问题，这一小小的挫败感似乎可以解释费正清日后在美国大力倡导"中国学"研究的心理原因①；另外，在哈佛大学东亚研究中心成立之初的 1957 年春天，负责中心筹建工作的威廉·兰格和邦迪等开始考虑中心主任的人选问题，他们认为，应由叶理绥的学生赖肖尔（赖世和，Edwin O Reischauer）担任主任，副主任则分别由费正清和海陶玮担任，但是赖肖尔 1956 年刚刚被委任为哈佛燕京学社第二任社长，海陶玮在哈佛大学远东语言文明系也承担着重要的教学任务，实在无法抽身离开，这种状况很难再去抽调人员支持哈佛东亚研究中心的建设。所以，哈佛大学东亚研究中心主任的重担就落在了费正清肩上，因为费正清当时已经在主持中国经济和政治研究项目，研究领域也非常契合，由此也开启了哈佛大学在传统汉学之外的"中国学"研究。我们无法想象，海陶玮如果担任哈佛大学东亚研究中心职务会对美国汉学以及自身研究发生怎样的影响，这可能就是历史的偶然和必然之处。

另外，作为哈佛大学多年的同事和学友，海陶玮和杨联陞经常一起谈学、执教、议事、研讨等，始终保持着融洽紧密的关系和深厚的私人友谊。对于一些私密话题，比如薪酬、晋升和子女教育等问题，两人也都常常在一起闲聊家常。海陶玮夫妇在家组织的各类宴请聚餐，杨联陞是必请的，杨联陞夫妇精心准备的中国餐宴席上，海陶玮也是常客。哈佛大学的聚餐、酒会等场合，两人也都共同参加。如 1961 年

---

① 顾钧：《第一批美国留学生在北京》，《读书》2010 年第 4 期。

的一次酒会上，大家谈及酒、色、财、气，杨联陞"以 wine、women、wealth、wrath 译，Hightower 称赏"①。

1951 年 2 月 20 日中午，赴欧游学的杨联陞即将出行，海陶玮、柯立夫等人亲自开车到剑桥的后湾（Back Bay）送行，海陶玮特意送礼糖作为离别赠品。在欧洲期间，杨联陞坚持给海陶玮写信，海陶玮也对杨联陞的家眷给予了关照。1965 年 5 月 7 日海陶玮 50 岁生日当天，杨联陞夫妇和燕京学社的师生共同凑份子，包饺子，送礼物，给海陶玮一个很大的惊喜：

> 近五时，宛来 Common Room 帮包饺子，Diana（梅）预备馅，吴□华擀皮，甚快，能供五六人，余帮包约半小时，后人多即退，石清照（Steoius）等均尚能包，Iris 和面。
>
> 六时三刻，Hightower 来（先不知），大家唱 Happy Birthday to You，不久海太太也到，七时许，即开吃（先有 cocktails，饭时又 tea，先生每人一元，学生五角，恐不足），余送台湾□□□□□图，附"海屋添筹"字旨即 many happy settings 之意，海□致谢词。②

1980 年杨联陞从哈佛大学退休，1981 年海陶玮也紧随其后，开始享受退休生活。两人在哈佛大学多年的同步生活告一段落。从两人的学术交往过程，我们可以印证杨联陞"中国文化的海外媒介"作用，余英时认为杨联陞"通过各种方式——课堂讲授、著作、书评、学术会议、私人接触等——把中国现代史学传统中比较成熟而健康的成分引进汉学研究之中"③，这在他与海陶玮学术交往过程中表现得非常充分。我们可以看到，两人从 20 世纪 40 年代到 80 年代的学术生涯中，

---

① ［美］杨联陞：《杨联陞日记》手稿影印版，1961 年 12 月 1 日星期五，哈佛大学哈佛燕京学社图书馆藏。

② ［美］杨联陞：《杨联陞日记》手稿影印版，1965 年 5 月 7 日星期五，哈佛大学哈佛燕京学社图书馆藏。

③ 余英时：《中国文化的海外媒介》，载《钱穆与中国文化》，上海远东出版社 1994 年版，第 173 页。

（《杨联陞日记》手稿影印版，1965 年 5 月 7 日星期五，
哈佛大学哈佛燕京学社图书馆藏）

通过教书育人、汉学研究、编辑期刊等学术活动，共同为哈佛大学乃
至美国汉学做出的努力和贡献。哈佛大学在讣告中称杨联陞"是几代
学者所亲切怀念的好老师，是协力培育与造就美国汉学的先驱者之
一"①。这个赞语可以当作是对两人共同的评价。同时，两人的学术发
展正值美国汉学开始向"中国学"转型的关键时期，我们也可以看到
两人所共同坚守的传统汉学与美国"中国学"研究潮流的碰撞和共同
为继承和捍卫传统汉学所做的努力，他们是世界汉学研究范式从传统

---

① 周一良：《纪念杨联陞教授》，载《毕竟是书生》，北京十月文艺出版社 1998 年版，第 160 页。

到现代、研究中心从欧洲到美国的直接亲历者和见证者。

（《杨联陞日记》手稿影印版，1973 年 11 月 20 日星期二，

哈佛大学哈佛燕京学社图书馆藏）

第六章　学术传承与学术传播

　　本章将继续从文本内部转向文本外部，从"文本中心"转向"人本中心"和"文献中心"，从学术史角度来考察海陶玮的学术影响和学术贡献。

　　第一节从"人本中心"来考察海陶玮的学术影响，通过海陶玮与他的学生们如著名汉学家康达维、梅维恒、艾朗诺等人的通讯档案资料，梳理他们的学术活动和师承关系，说明海陶玮对他们学术精神、研究领域、汉学方法和职业生涯等方面的影响，从学术史上认定：康达维、梅维恒、艾朗诺 3 位汉学家传承了海陶玮中国古典文学研究的学术精神，并后来居上，青出于蓝，在海陶玮时期偏重于文学整体研究的基础上，继续在中国朝代文学与文体研究方面深耕细作，各擅胜场。

　　第二节从"文献中心"来考察海陶玮的学术传播，以原始档案入手，把哈佛大学馆藏原始档案与加拿大阿尔伯塔大学馆藏原始档案相互比照，还原海陶玮把自己全部私人藏书赠卖给阿尔伯塔大学东亚系的历史史实，再现海陶玮私人藏书的数量、种类以及在海陶玮汉学道路上起到的作用，挖掘中国历史文献从中国到美国、从美国到加拿大的传播脉络。

　　"人本中心"和"文献中心"的研究视角，让我们得以从人物和书籍两个侧面，窥视 20 世纪中西学术交流互动的历史细节。

第一节 学术传承：从文学整体研究到文学断代文体研究

海陶玮是美国本土第一位专业的中国文学研究学者，在美国汉学史特别是美国中国文学研究史上处于奠基者、先驱者的地位。同时，他也是哈佛大学汉语和中国文学教学的开先者和启蒙者，在哈佛大学任教30多年，培养了大批汉学人才。

海陶玮的学生、美国华人作家木令耆（刘年玲）写过一篇回忆恩师的文章，据她回忆，海陶玮在教学方面严谨认真，风度雅肃，极具绅士，但对学生的要求极其严格，在课堂上，他往往沉默一旁，让学生对中文诗句做翻译之后，他才参与讨论，而且要求很高，因此每次上课，学生都要做百分之百的准备，不敢胡乱凑合，回答所有问题的答案必须是经过准备和思考的。在教学方法上，他非常注重中国文学训诂方法，不提倡同学们掺杂心理分析、政治动机与历史分析等因素分析，经常警告学生不要对文本进行"超读"（over-read），不要添油加醋地去解读中国文学，因此，他在课堂上不能接受同学们节外生枝的解说，不能忍受伪证、谬证以及浅俗的分析等，"在研究上，他是一个精细的研究者，从不忽略细节，从不放过自己"①。同时，海陶玮具有世界汉学的广阔视角和多种语言的运用能力，"在课堂上常常用多种语言来解释中国文学，善于用多元文化讲述同一论题"②。

曾经受教于海陶玮的不少学生，在中国古典文学研究的道路上，继续深耕细作，从海陶玮时期偏重于文学整体研究，分化为中国朝代文学与文体研究，颇有建树，成为汉学界研究中国古典文学的代表人物，如康达维对汉代辞赋和汉魏六朝文学的研究，艾朗诺对宋代文学和《管锥编》研究，梅维恒对唐代变文和敦煌学的研究等。

---

① 木令耆：《海陶儿与欧美中国古典文学研究》，《二十一世纪》（双月刊）2008年总第106期。

② 木令耆（刘年玲）：《记方志彤教授》（上），《方志彤与"他们仨"》，《二十一世纪》2005年4月。

一　康达维:《文选》翻译和汉魏六朝文学研究

康达维（David R. Knechtges，1942—），华盛顿大学中国文学教授，西方当代著名汉学家。2006 年被选为美国文理科学院院士，2014年获得中华图书特殊贡献奖。他主要从事中国古代文学研究，特别是在中国古代辞赋的译介和研究、《文选》的翻译、汉魏六朝文学研究方面成就斐然。康达维于 1964 年到 1965 年在哈佛大学攻读硕士学位期间师从海陶玮，他对恩师及其汉学成就评价颇高，认为海陶玮是美国"第一位研究中国文学的学者"[1]，是"美国汉学界的泰斗"和"研究中国文学著名的权威"[2]。

康达维对中国文学的研究兴趣源于高中时期的课程，他在美国华盛顿州柯克兰华盛顿湖高级中学（Lake Washington High School）高四时期上过哈利·雷（Harry Wray）的《远东历史》课程，特别是在听了施友忠（Shih Vincent Yu-chung）和卫德明（Hellmut Wilhelm）有关中国的演讲后，"我的兴趣整个儿地改变了，我向往这个泱然的文化古国，我也着实好奇，这个浩然大国的文化能延续数千年而不衰"[3]。于是，他毅然放弃了约翰·霍普金斯大学化学专业的入学机会，1960年进入西雅图华盛顿大学，学习远东历史，并选修政治学，师从卫德明、施友忠、李方桂、白英等汉学家，1964 年获得华盛顿大学中文学士学位。毕业之后，他又考取了哈佛大学远东语言文学系硕士，师从海陶玮、杨联陞等学习中国文学和历史，并在一年内获得了硕士学位。在此期间，他上了海陶玮的唐宋古文、唐宋传奇和汉学入门等多门课程，海陶玮的学术风格和治学方法对康达维产生了深刻的影响。康达

---

① ［美］康达维:《二十世纪的欧美"文选学"研究》,《郑州大学学报》（哲学社会科学版）1994 年第 1 期。

② ［美］康达维:《二十世纪的欧美"文选学"研究》,《郑州大学学报》（哲学社会科学版）1994 年第 1 期。

③ 哈佛大学档案馆藏海陶玮档案：Acs. #15036, *Papers of James Robert Hightower*, Box 1 of 4, Folder title: Knechtges.

维在《中国时报》发表的《衣带渐宽终不悔——我学中文的过程和经验》一文中说："我从他（海陶玮）念书，无论在治学的态度上，在学习的过程经验上都有显著的改变。"①

首先是在学术精神和学术态度上，海陶玮对康达维影响很深，他说，通过海陶玮的言传身教，"我明白研究学问不是死读书，更不是炫耀他人的工具；研究学问不是一朝两暮的工作，而是一生的事业"②。海陶玮作为美国研究中国文学的先行者，所经历的艰难学术道路以及对中国文学的内心热爱和毕生探索，言传身教，令年轻康达维印象深刻。

其次是在研究方向方面，卫德明、海陶玮等老师在中国语言和文学方面的培养，使康达维更加坚定了由文史综合的基础研究转向中国文学的专门研究，从宏观中国文学研究转向汉魏六朝的断代文学研究和汉赋等具体的文体研究。他曾经回忆：

> 我固然喜欢读中国历史，但是在西方，特别是在中国历史方面，把它当作一门社会科学的看法很普遍，社会科学家对于理论最感兴趣，他们往往忽略史书的训诂和考证，因此在我漫游中国文学的领域后，我的兴趣稍作了改变，我佩服中国文人的文学情操和创造天才，特别是汉赋辞藻的典雅、富丽和铺张更是深邃地震慑了我的思想和情感，此后，我专对汉赋的研究，主要的目的也在于期望能够窥见中国文学殿堂的一角。③

---

① 哈佛大学档案馆藏海陶玮档案：Acs. #15036，*Papers of James Robert Hightower*，Box 1 of 4，Folder title：Knechtges；康达维：《衣带渐宽终不悔——我学中文的过程和经验》，《中国时报》1978 年 6 月 20 日。

② 哈佛大学档案馆藏海陶玮档案：Acs. #15036，*Papers of James Robert Hightower*，Box 1 of 4，Folder title：Knechtges；康达维：《衣带渐宽终不悔——我学中文的过程和经验》，《中国时报》1978 年 6 月 20 日。

③ 哈佛大学档案馆藏海陶玮档案：Acs. #15036，*Papers of James Robert Hightower*，Box 1 of 4，Folder title：Knechtges；康达维：《衣带渐宽终不悔——我学中文的过程和经验》，《中国时报》1978 年 6 月 20 日。

更为重要的是，海陶玮严谨的教学方式，对康达维理解和翻译中国文学作品影响颇深。康达维曾经详细描述了海陶玮在课堂上对自己严格要求的情形：

> Hightower 教授教书严谨，不苟言笑，更不轻易赞许学生，他教书的方法是采用问答体，学生每次得做报告，讨论文章的参考资料、作家的背景，文体的风格等等，然后做口头上的英文翻译，我头一次上课前曾用心地准备我的翻译，几乎每一个字，每一个典故都小心查过。上课轮到我报告翻译的时候，他没有改正我的中文解释，却改正我那晦涩不流利的英文。他对我说："你这个翻译真是英文翻译吗？我知道你说的是英文，但是文不从，字不顺，你平常是这么说话么？"我羞红了脸，惭愧万分，这是我第一次真正领会翻译是一件十分艰巨工作，翻译时忠于原著原文已是不容易了，要将其中的"要言妙道""微旨大意"恰当地用流利的英文表达出来则更是难上加难。今天在教书之余，我也写些中国文学翻译自娱，翻译前我先仔细地读过中文的注解，和所有可能找到的资料，翻译时我更注意文字的可读性。当年我在哈佛研究所念书，Hightower 教授可以说给了我一个最好的教训。①

康达维的汉魏六朝文学研究以注释严谨、考证详尽而著称，这与海陶玮始终秉持的专业严谨的学术研究方法一脉相承，当然与当时汉学研究整体的氛围也有关系。他在谈到翻译《文选》原则时说："我在翻译《文选》时，不怕被指责作斤斤计较的翻译，同时我也选择原文作大量的注解，我的翻译方法是'绝对的准确'加上'充分的注解'。当然理想是这样的，我也知道'绝对的准确'是有限的，所

---

① 哈佛大学档案馆藏海陶玮档案：Acs. #15036, *Papers of James Robert Hightower*, Box 1 of 4, Folder title：Knechtges；康达维：《衣带渐宽终不悔——我学中文的过程和经验》，《中国时报》1978 年 6 月 20 日。

以大量的注解是很好的补充，而且这也是最基本的，要不然别人会看不懂。"① 这与海陶玮一贯坚持的学术型注释翻译也是一致的。

　　另外，海陶玮对康达维的研究领域也起到了一定的引导作用。在教学过程中，海陶玮鼓励康达维积极从事科研，康达维的第一篇书评就是上学期间海陶玮要求他写的，当然，首次尝试书评的过程充满了艰难与努力：

　　　　我的第一篇书评也是在这个时候写的，有一天早晨 Hightower 教授交与我 James I. Crump 新出版的《战国策研究》。我对战国策认识不深，更何从谈起写书评，但是圣旨不敢违背，我整整花了两个月的课余时间，仔细念过全文和注释，此外我还搜集了所有有关的资料后才动笔写成。

康达维提到的这篇书评写于 1966 年，海陶玮分配给他的任务是给柯润璞（J. I. Crump）1960 年代陆续发表的《战国策研究》（*Intrigues*：*Studies of the Chan-kuo ts'e*）写书评，这是从文学角度对《战国策》展开探讨的系列论文，用近 50 篇文章探讨《战国策》的修辞和翻译，从而说明《战国策》创作主题是"训练劝说人的艺术"。康达维经过两个多月的刻苦研读，终于写出了一篇出色的书评，他在肯定柯润璞贡献的基础上，也提出了作者对原文认识上的偏差和拼写上的一些错误等。这次书评打开了康达维用书评参与学术批评的视野，使他对柯润璞《战国策》翻译一直保持着关注和跟踪，当柯润璞全部完成《战国策》翻译后，康达维 1971 年再次写了关于《战国策》的书评，② 认为柯润璞是西方世界第一位研究中国早期文学宝库——《战国策》的学者，所翻译的译本也基本符合原文表达，但翻译作品的注释并不充分。

---

　　① 姜文燕：《研穷省细微，精神入画图——汉学家康达维访谈录》，《国际汉学》2010 年第 2 期。

　　② David R. Knechtges, "Review on *Chan-kuo ts'e* translated by J. I. Crump", *Harvard Journal of Asiatic Studies*, Vol. 31, (1971), pp. 333 - 336.

不止是师从海陶玮期间的这篇书评，纵观康达维的汉学历程和主要成果，很多都是在海陶玮等美国中国文学研究的先行者基础上的不断拓展和继续深入。关于海陶玮在文学翻译、文选学、辞赋学方面的贡献和对自己的学术影响，康达维在多种场合、多篇论文中都有所论及。海陶玮对康达维学术研究方面的影响，具体体现在：

第一，在辞赋研究方面，康达维沿着恩师开创的中国古代辞赋研究道路不断深入，继续耕耘，取得了更高的成就，成为西方世界著名汉赋及魏晋六朝文学专家。

"赋"是中国古代文学特有的一种文体，相比诗歌等其他文体显得艰深难懂，所以"汉赋的艰深晦涩将会使注释者步履维艰，非有深厚的国学功底与无私的献身精神而不敢动手。"① 即使是中国本土的学者，如果不是专门研究，通常也只能借助注释来了解辞赋涵义，母语非汉语的西方学者对辞赋研究更是望而却步。辞赋研究是西方世界中国文学研究的难点，海陶玮是西方最早关注中国文学中辞赋这种文体的学者之一，也是北美最早对辞赋进行翻译和研究的学者。德国汉学家柯马丁（Martin Kern）在介绍北美汉赋研究史时，认为北美汉赋研究始于海陶玮和卫德明所写的 3 篇具有根本性影响的早期论文，这些论文对康达维等人的辞赋研究奠定了基础：

> 海陶玮关于贾谊赋和陶潜赋的研究（包括对董仲舒赋和司马迁赋的讨论），卫德明关于西汉《士不遇赋》问题类型的研究，如所有海陶玮和卫德明的研究论著，这几篇论文系赋之历史学、语文学探究的杰作，经受了时间的考验。从这个意义上说，他们可以与理雅各和高本汉的《诗经》著述相提并论，而且，它们也为康达维及其广泛的研究和翻译主体奠定了基调。②

---

① 踪凡：《龚克昌先生汉赋研究述评》，《阴山学刊》2006 年第 3 期。
② ［德］柯马丁撰，何剑叶译：《学术领域的界定——北美中国早期文学（先秦两汉）研究概况》，载张海惠编《北美中国学——研究概述与文献资源》，中华书局 2010 年版，第 577 页。

从以上论述可以清晰地看出西方对辞赋研究的学术谱系，哈佛大学的海陶玮和华盛顿大学的卫德明是西方两位赋学奠基者和代表者，而康达维则同时受教于这两位老师，站在两位巨人的肩膀上，在中文辞赋研究方面取得了更大的成就，在长期被西方学者忽视的辞赋等汉魏六朝文学领域做出了很大的贡献，也引起西方学者对辞赋、《文选》的兴趣。

柯马丁的评价是客观的，海陶玮的辞赋研究对康达维确实产生了很大的影响。海陶玮《中国文学论题》对辞赋这种言辞和结构充满美感的中国文学独有文体非常关注，用较大篇幅叙述了中国辞赋发展的历史，从《楚辞》一直到宋朝的赋学史。康达维在《欧美赋学研究概观》（2014）一文中，介绍了自己受教海陶玮的机缘和恩师的生平阅历、主要著作等，对《中国文学论题》等著作给予很高的评价，认为《中国文学论题》关于辞赋的章节是早期记载赋体历史演变的重要文献，他说："直到今天（2014），这本书仍然是中国简短赋学史的最佳英文著作……当我开始学习的时候，这本书我至少读了十几遍。"①

1953 年海陶玮通过《中国文学在世界文学中的地位》论文发表对中国文学的总体评价时明确指出：中国文学的最高成就是中国诗歌，中国诗歌中最具特色的就是"赋"，并用一定篇幅特别介绍了"赋"这种文体：

> 有些中国诗歌与散文形式是西方文学中找不到的体裁，尤其令人瞩目的是赋，这种形式把文字的节奏变化发挥得淋漓尽致，而无须遵守一行多少字，一段多少行的限制。赋有点像罗威尔（Amy Lowell）的"复音体散文"，而罗威尔女士也有可能曾把赋作为她的写作参考。在中国，赋是自成一体的独立文体，短的只有几行，长的达数百行。此外，赋还有一个有趣的特点，就是写赋的人喜欢尝试利用中国文字的图像性，故意将文字排列产生出

---

① ［美］康达维：《欧美赋学研究概观》，《文史哲》2014 年第 6 期。

一种纯视觉上的美感，而这是中国文字所特有的。①

1954 年海陶玮发表的《陶潜的赋》集中阐述了自己翻译和研究陶赋过程中的思考和观点，把辞赋这种特定文体作为研究对象。康达维在《欧美赋学研究概观》一文中称赞《陶潜的赋》是"严谨学术论文的典范"②，并且希望引起国内学者的关注，"据我所知，这篇论文还没有被翻译成中文，我觉得很值得翻译成中文"。

康达维在卫德明、海陶玮等老师的影响下，对"赋"这种中国文学中最难的一种文体进行了挑战。康达维的辞赋作品主要包括：对《昭明文选》所收赋篇的英文翻译；对汉魏六朝赋篇的具体分析，考证了《美人赋》《长门赋》《自悼赋》《东征赋》《芜城赋》等赋篇的作者、作品真伪、写作时间、表达主题、写作特点、修辞手法等；对西汉扬雄的辞赋进行了全面研究，写成了博士学位论文《扬雄、赋与汉代修辞》和《汉代狂想曲：扬雄赋研究》等；对中国古代赋学的构成元素、体裁特征和演变历史等若干问题做了精深研究。

他的研究方法也承袭了海陶玮的学术方法。康达维在评价海陶玮的赋学翻译时说："他能在翻译的同时，也提供以训诂学为基础的详细注解，他在注解中不但能说明每个典故、特殊词语的正确出处和来源，而且也翻译了他所引述的相关词句。"③ 这也正是康达维所采用的研究方法，学者评价康达维辞赋研究方法时说："为准确翻译辞赋，他不但精研包括文字、音韵、训诂在内的传统小学与文章学，更对与文学相关的政治、历史、天文、地理、交通、岁时、风俗、博物等中国古代诸多学科门类，作广泛的探求与精深的思考，由此成就了他博学审问、取精用弘的治学特点。"④

---

① James R. Hightower：《中国文学在世界文学中的地位》，宋淇译，载《英美学人论中国古典文学》，香港中文大学出版社 1973 年版，第 261 页。

② ［美］康达维：《欧美赋学研究概观》，《文史哲》2014 年第 6 期。

③ ［美］康达维：《欧美赋学研究概观》，《文史哲》2014 年第 6 期。

④ 马银琴：《博学审问、取精用弘——美国汉学家康达维教授的辞赋翻译与研究》，《福建师范大学学报》（哲学社会科学版）2014 年第 3 期。

康达维的博士学位论文是在华盛顿大学卫德明教授指导下完成的，海陶玮与卫德明也有频繁交流，1957 年他还为卫德明《文人的无奈：一种赋的笔记》写了简要书评。① 康达维也和海陶玮保持着密切的联系，经常把翻译的辞赋作品请他指导，海陶玮也对他在辞赋领域作出的成绩给予了高度认可。如 1976 年 6 月 9 日，海陶玮在信中说，感谢康达维给他邮寄的汉赋作品，并毫不吝啬对学生的夸赞："这不只是一个敷衍的评价：我很高兴在我的书架上有这样一部优秀的文学学术著作。"②

海陶玮的评价并无偏袒和偏颇，康达维在辞赋翻译研究领域的系列成果代表了 20 世纪西方学者赋学研究的最高成就，被海内外赋学界誉为"当代西方汉学之巨擘，辞赋研究之宗师"③，他在海陶玮、卫德明两人基础上对辞赋进行了更加全面、更加深入的研究，使"赋"在世界文学中大为凸显，为中西文学研究和异质文化互解作出了贡献。

第二，在"文选学"方面，海陶玮对中国早期的文学选集《昭明文选》有所研究，康达维在此基础上，40 余年来致力于《昭明文选》的翻译与研究，在西方世界首次全英文翻译了《文选》，目前已出版《文选》英文译本及大量相关研究著作和论文，成为西方《文选》研究专家。

西方对《文选》的关注是从 20 世纪中叶之后，英国汉学家翟理斯《中国文学史》作为英语世界第一部中国文学史，对萧统《文选》有简要介绍；德国顾路柏（Wihelm Grube，1855—1908）《中国文学史》也多有提及；英国亚瑟·韦利《一百七十首中国诗》多选自《文选》，被康达维称为"第一位研究中国'赋'的西方学者"④，但他的

---

① James Robert Hightower, "Review on *The scholar's frustration：Notes on a type of Fu*", *Revue Bibliographique de Sinologie*, Vol. 3, (1957), pp. 256 –257.

② 哈佛大学档案馆藏海陶玮档案：Acs. #15036, *Papers of James Robert Hightower*, Box 1 of 4, Folder title：Knechtges. Original text, "So this is more than a perfunctory acknowledgement：I am delighted to have on my shelf such an excellent piece of literary scholarship."

③ 苏瑞隆：《异域知音：美国汉学家康达维教授的辞赋研究》，《湖北大学学报》（哲学社会科学版）2011 年第 1 期。

④ ［美］康达维撰，张泰平译：《欧美〈文选〉研究述略》，载《昭明文选研究论文集》，吉林文史出版社 1988 年版，第 296 页。

翻译是针对普通读者，缺乏详细的注解。之后，德国何可思（Eduard Erkes，1891—1958）、法国马古礼（Georges Margouliès，1902—1972）等翻译了《文选》序和一些赋篇，但他们由于对中文的误解造成了一些翻译的错误。奥地利赞克（Erwin von Zach，1872—1942）完成了大部分的《文选》翻译，他的翻译受到海陶玮的关注和很高的评价，并作为编辑促成了他的学术著作在哈佛大学燕京学社的出版。1957 年，海陶玮在《哈佛亚洲学报》上发表了论文《〈文选〉与文体理论》（The Wen Hsuan and Genre Theory），梳理了中国文学中文体论发展的简要历史，然后具体讨论了涉及文体分类的著作如《汉书·艺文志》、曹丕《典论·论文》、陆机《文赋》、挚虞《文章流别集》等，并重点对梁代萧统《文选序》进行了翻译和注解，海陶玮是西方世界继韦利以后对《文选》展开翻译兼研究的学者，也是美国第一位关注并研究《文选》的学者，康达维评价海陶玮"是一位《文选》研究专家"，他的研究不再只关注诗文中的诗人生平事迹，而是更加关注文本内容的分析，他的翻译是以语文学为特征的注释性翻译，是从语言文献角度比如文字学、训诂学、音韵学、校勘学等来分析研究中国文学，这种研究方法一贯为海陶玮所青睐，也使他的翻译具有了学术翻译的特征。论文很受康达维推崇，在《20 世纪的欧美"文选学"研究》（1994）一文中，康达维介绍了海陶玮在文选学以及西方汉学方面的重要贡献和地位，高度称赞了他的学术翻译：

> 这篇论文主要部分还是他对《文选序》的精确翻译和详细注解。海教授的这篇论文为中国文学翻译树立了一个典范，他也是第一位研究中国文学的学者，能在翻译的同时也提供以训诂学为基础的详细注解。他在注解中不但能说明每个典故、特殊词语的正确出处和来源，而且也翻译了他所引述的相关词句，此外他对萧统《文选序》提到的各种文体名称都能提供详细的资料和来源。①

---

① ［美］康达维：《二十世纪的欧美"文选学"研究》，《郑州大学学报》（哲学社会科学版）1994 年第 1 期。

尽管康达维开始翻译和研究《昭明文选》时已经离开哈佛大学，但他对《昭明文选》的研究过程，也伴随着海陶玮的推荐、指导、鼓励和见证。在哈佛大学档案馆藏海陶玮的档案中，两人 1980 年前后的很多通信都围绕着《文选》的翻译和研究进行深入细致的讨论：

当康达维获得 NEF 的 3 年资助开始翻译《文选》时，于 1978 年 8 月 5 日致信海陶玮分享这个喜讯，并说自己现在正在起草前三卷的草稿。海陶玮非常理解他承担这项艰巨研究任务的困难，为了帮助他解决后顾之忧，海陶玮积极推荐他争取各种学术资助。1978 年 11 月 20 日，海陶玮给古根海姆基金会（Guggenheim Foundation）写了一份请求资助《文选》出版的推荐信，介绍了《文选》的基本情况和学术价值，也对康达维的学术能力表示充分的肯定。他说：

> 他（康达维）通过业已出版的翻译著述证明了自己完全有能力完成这项研究工作。他是一位认真负责的学者，充分利用一切能得到的资源。他即将展示给我们的专著是这个领域内的每位研究者都会用到的参考性著作。该著作将有助于向非中文读者介绍中国文学的一个重要部分。我强烈支持他申请古根海姆基金会的资助。①

几年之后，当康达维完成《文选》第一卷时，又把《文选》译本的摘要简介随函寄给海陶玮，并告知自己将于一周左右把第一卷译本发给他，希望得到老师的评论和指导意见。在 1980 年 1 月 30 日的信中，康达维说：

> 我希望您不要浪费宝贵时间对这些材料进行特别细致的研究，

---

① 哈佛大学档案馆藏海陶玮档案：Acs. #15036, *Papers of James Robert Hightower*, Box 1 of 4, Folder title: Knechtges. Original text, "He has demonstrated in his published translations that he is competent to handle this kind of work. He is a careful, responsible scholar who makes use of all available resources. What he proposes to give us is a reference work that will be used by everyone in the file. It will also serve to introduce an important segment of Chinese literature to non-readers of Chinese. I strongly support his application for a Guggenheim Foundation Grant."

如能给我一些一般性意见，我就不胜感激了。我现在离自己的翻译太近，不知道会给别人留下什么样的印象。我比较满意其中的一些部分和段落，但觉得自己还没有达到优美译文的翻译水平。我非常钦佩您的判断，所以您如果能给我一些意见，无论是正面的还是负面的，我都会非常感激。①

1980 年 5 月 21 日，康达维写信给海陶玮，告知普林斯顿大学出版社已经同意出版其《文选》第一卷，请求海陶玮为这本书写一个简短的序言。② 5 月 30 日，海陶玮回信告知自己已经读完《文选》译本，非常高兴听说出版事宜有了意向，但婉言谢绝了为这部书写序的请求，因为自己已经宣布不再参加任何学术活动，只想专心享受自己的退休生活。6 月 8 日康达维写信给海陶玮，对其婉拒写序表示理解和遗憾，同时表示自己将继续做好翻译研究工作，希望得到海陶玮的指导。③ 11 月 13 日，他写信给海陶玮，告知自己将单独给他邮寄《文选》第一卷文稿，因为出版是在大约一年半以后，所以希望老师利用这段时间给自己指出其中存在的问题。1981 年 1 月 30 日，康达维在给海陶玮的信中，讲述了自己的学术进度状况：近期正在做《文选》第一卷的编辑工作，这是一项自己从未经历过的挑战。④

在翻译《文选》过程中，康达维还和卫德明一起尝试做汉魏六朝文学史研究项目，在此过程中，海陶玮虽然也积极推荐支持他申请研

① 哈佛大学档案馆藏海陶玮档案：Acs. #15036, *Papers of James Robert Hightower*, Box 1 of 4, Folder title：Knechtges. Original text, "I don't expect you to waste your valuable time making a meticulous study of these materials. I would appreciate any general comments you might have. I am so close to the translation. I have no idea what kind of impression it makes on others. I like some parts of it and some passages. I feel I have not captured the right level of elegance. I respect your judgment. And I would be grateful for any comments, negative or positive, you might have."

② 哈佛大学档案馆藏海陶玮档案：Acs. #15036, *Papers of James Robert Hightower*, Box 1 of 4, Folder title：Knechtges.

③ 哈佛大学档案馆藏海陶玮档案：Acs. #15036, *Papers of James Robert Hightower*, Box 1 of 4, Folder title：Knechtges.

④ 哈佛大学档案馆藏海陶玮档案：Acs. #15036, *Papers of James Robert Hightower*, Box 1 of 4, Folder title：Knechtges.

究资助，但仍然提醒和期望他继续完成《文选》的翻译工作。档案通信资料记载了这一过程：

1984 年 9 月 14 日，康达维写信给海陶玮，汇报了自己翻译《文选》的进度和计划，表达了自己想要申请王氏学院（Wang Institute，音译）和古根海姆基金会（John Simon Guggenheim Memorial Foundation）学术资助来进行汉魏六朝文学史研究项目的想法，希望老师为他写封推荐信。① 海陶玮 9 月 19 日回信称自己很乐意给他写推荐信，认为康达维关于汉魏六朝文学史的写作计划很有必要，肯定能胜任项目研究，但同时认为，康达维翻译的"《文选》是一篇不朽的学术著作，证明你根本无法粗心大意、不负责任地写作"②，他能够理解康达维承担这项艰巨研究任务的困难，希望他还继续做好《文选》这一研究课题。11 月 3 日，康达维再次给海陶玮写信，请老师审阅他申请学术资助的汉魏六朝文学史研究计划③，研究计划题目是《中国文学的形成期：公元前三世纪至公元七世纪》（The Formative Period of Chinese Literature：Third B. C. to Seventh Century A. D. ），包括辞赋、诗歌、散文等研究，共 5 页，项目时间是 1985 年至 1986 年。

1984 年 11 月 15 日，古根海姆基金会基金会副主席托马斯·坦瑟勒（G. Thomas Tanselle）写信请海陶玮对康达维的学术进行评审。④ 海陶玮极其重视，用铅笔对推荐信进行了反复修改，对康达维的学术能力给予了高度肯定，称他是"西方屈指可数的几位最好的中国文学学

---

① 哈佛大学档案馆藏海陶玮档案：Acs. #15036, *Papers of James Robert Hightower*, Box 1 of 4, Folder title：Knechtges.

② 哈佛大学档案馆藏海陶玮档案：Acs. #15036, *Papers of James Robert Hightower*, Box 1 of 4, Folder title：Knechtges. Original text, "Your *Wen hsuan* is a monumental piece of scholarship and proof that you are incapable of writing carelessly or irresponsibly. "

③ 康达维在信中说，这个研究计划是关于汉魏六朝文学史研究，因为自己还没有勇气尝试通史，对海陶玮《中国文学论题》这样的通史文学史感到非常钦佩。见哈佛大学档案馆藏海陶玮档案：Acs. #15036, *Papers of James Robert Hightower*, Box 1 of 4, Folder title：Knechtges. Original text, "It is only the history of literature of the Han and Six Dynasties periods. I do not yet have the courage to attempt a general history. I still marvel at your accomplishment in the topics. "

④ 哈佛大学档案馆藏海陶玮档案：Acs. #15036, *Papers of James Robert Hightower*, Box 1 of 4, Folder title：Knechtges.

者之一"①，对康达维著述的价值进行了认定，认为《文选》译本的出版体现了他严谨的学术专业性，堪与理雅各和沙畹媲美；对汉赋研究的著作和论文非常重要，对唐朝之前中国文学的认识水平在西方是无法超越的，他关于汉魏六朝文学史的研究计划能够填补这方面的研究空白。在海陶玮的大力推荐下，康达维如愿获得学术资助，于 1985 年 3 月 31 日专门致信老师告知喜讯，表达谢意。

在海陶玮等人的鼓励下，康达维在《文选》翻译研究方面笔耕不辍，从 20 世纪 70 年代一直到 90 年代，全集六十卷八册陆续由普林斯顿大学出版社出版，还发表了系列《文选》研究论文如《〈文选·赋〉评议》《〈文选〉英译浅论》《欧美"文选学"研究概述》等，成为西方《文选》学首屈一指的权威专家。哥伦比亚大学华裔教授夏志清评价：

> 从今往后，无论中国、日本以及海内外学人，假若要在研究《昭明文选》时搞出点名堂来，都非要细读西雅图华盛顿大学康达维教授关于《汉赋》的专著不可。因为他毕生数十年的研究功力，集中了古今中外对《昭明文选》的研究之大成，其成就早已超越了当代中日有关专门学者。②

除了在辞赋研究和《文选》研究这两大重要学术领域，两人还在其他文学领域进行了频繁的交流，哈佛大学馆藏海陶玮档案中包含着大量两人推荐职位、切磋学问、交流问题、邀请讲座、学界动态、学术进展、家庭私事等方面内容的信件。康达维回忆："在哈佛一年我修完了全部的硕士课程，得到文学硕士学位。我觉得打算继续留下去，但是正值 Hightower 教授第二年休假。"③ 所以康达维就到华盛顿大学

---

① 哈佛大学档案馆藏海陶玮档案：Acs. #15036, *Papers of James Robert Hightower*, Box 1 of 4, Folder title：Knechtges. Original text, "He is among the half dozen best western scholars of Chinese literature."

② 苏炜：《有感于美国中国学研究》，《读书》1987 年第 2 期。

③ 哈佛大学档案馆藏海陶玮档案：Acs. #15036, *Papers of James Robert Hightower*, Box 1 of 4, Folder title：Knechtges；康达维：《衣带渐宽终不悔——我学中文的过程和经验》，《中国时报》1978 年 6 月 20 日。

跟随卫德明攻读博士并留校任教。海陶玮对康达维的发展和推荐不遗余力，1980 年 11 月 7 日华盛顿大学东亚语言文学系主任白保罗（Frederick P. Brandauer）教授写信请海陶玮对康达维在中国文学研究方面的学术贡献作一个评价，并对教授委员会 11 月 5 日作出关于给予康达维教授职位（full professor）的决定提出自己的评价意见①。11 月 12 日，海陶玮回信给白保罗（Frederick P. Brandauer），对康达维在辞赋和《文选》方面的成就高度评价：

> 他是一个好学生，完全实现了他的学术计划。在成为汉赋研究专家之后，他又完成了《文选》翻译，我已经看到了该译著的前两卷草稿。它是文献学方面的一项重要研究成果，也是对该领域的一项重要贡献。②

第二天（11 月 13 日），康达维第一时间写信告诉海陶玮自己通过华盛顿大学教授晋升评审的消息，充满了感激之情。③

总之，康达维的学术是在海陶玮的启发和教导下，对中国文学中汉魏六朝文学的继续深入，并在辞赋和《文选》方面取得了更高的成就，康达维始终满怀着对恩师的感激，对汉学的严谨和对中国文化的敬畏。1978 年 6 月 20 日，《中国时报》刊登康达维用中文写的文章——《衣带渐宽终不悔——我学中文的过程和经验》，好几处都回忆起自己进入汉学的起源和海陶玮等教授的培养，他说：

---

① 哈佛大学档案馆藏海陶玮档案：Acs. #15036, *Papers of James Robert Hightower*, Box 1 of 4, Folder title：Knechtges.

② 哈佛大学档案馆藏海陶玮档案：Acs. #15036, *Papers of James Robert Hightower*, Box 1 of 4, Folder title：Knechtges. Original text, "He was a good student and has more than fulfilled his early promise. After establishing himself as an expert on the *fu* of the Han dynasty, he has gone on to undertake an integral transition of the *Wen hsuan*, of which I have seen a draft of the first two volumes. It is a major piece of philological scholarship and an important contribution to the field."

③ 哈佛大学档案馆藏海陶玮档案：Acs. #15036, *Papers of James Robert Hightower*, Box 1 of 4, Folder title：Knechtges.

作为一名学习中国文化的学生，我感到无上的光荣，很惭愧地，忝为一名中国文化的传播者，我却感到无限的惶恐。今天作为一名播种的园丁，我则忠于职守，尽力而为，今天我借此机会在中国时报副刊一角向我所有的老师表达我最诚挚的敬意和谢意！

二　梅维恒：唐代变文和中国文学史研究

梅维恒（Victor H. Mair，1943），宾夕法尼亚大学亚洲及中东研究系教授，主要研究中国语言文学、中古史和敦煌学等，特别在敦煌变文和中国文学史研究方面成就最大，被誉为"北美敦煌学第一人"，也是少数对整个中国文学史进行书写的美国学者之一。

梅维恒 1965 年加入美国和平队（US Peace Corps），在尼泊尔服役两年，期间他对东方文明产生了浓厚兴趣。1972 年考上哈佛大学研究生，师从海陶玮等老师学习，海陶玮多年之后仍谈到他对梅维恒良好的印象："梅维恒给我的印象是一个友善、外向的年轻人，深受人们喜爱。"① 梅维恒在哈佛大学连续攻读了硕士和博士，分别于 1973 年和 1976 年获得了中国文学研究方面的硕士和博士学位。哈佛大学档案中有一份对梅维恒博士的通识考试方案（Proposal for the Ph. D. General Examination）（1974 年 10 月 7 日，共 5 页），应该是哈佛大学拟定的对梅维恒的考核方案，1974 年 10 月 30 日星期三下午 3 点，海陶玮、杨联陞和韩南 3 位老师对其进行测试，海陶玮测试"中国诗歌的发展"（The Development of Chinese Poetry），杨联陞测试"三国两晋南北朝到宋代历史"（History from Wei through Song），韩南测试"中国散文的发展"（The Development of Chinese Prose），考生梅维恒做了题为"对传统汉学的辩

---

① 哈佛大学档案馆藏海陶玮档案：Acs. #15036，*Papers of James Robert Hightower*，Box 1 of 4，Folder title：Victor Mair. Letter from Hightower to Ted，1978. 12. 18. Original text，"My own（impression）is that Victor is friendly，outgoing young man whom it would be difficult not to like."

护"（A Defense of Old-fashioned Sinology）的陈述。①

　　在进入哈佛大学之前，梅维恒已分别于 1965 年和 1972 年获得达特茅斯学院（Dartmouth College）英语专业学士学位和伦敦大学东方与非洲研究学院（School of Oriental and African Studies University of London）梵语和中文专业学士学位。简历显示，他掌握或精通汉语、法语、德语、日语、俄语、尼泊尔语、北印度语、梵文、荷兰语、意大利语、西班牙语，满语、藏语、拉丁语和希腊语等，这为他从事汉学奠定了扎实的语言基础。

　　回忆起自己在哈佛大学的求学经历，与其他曾经受教于海陶玮的学生一样，梅维恒也对其严格的教学方式和严谨的学术精神印象深刻，他在老师的悼念会上回忆：

　　　　詹姆斯·罗伯特·海陶玮教授在教室里是一个严厉而令人生畏的人物，然而他在家里是一个迷人而亲切的主人。重要的是，他教会了我（以及其他两代有幸参加他课程的学生）极其严格地阅读古文，对此我将永远感激不尽。即使我在其他方面一败涂地，这也将成为我的唯一可取之处。在学术方面，海陶玮教授是一个细致而深入的研究者，他的著述往往都是清晰有力的典范，他的译本往往都是准确恰当的范本。②

　　海陶玮对梅维恒的学业成绩和学术能力也非常满意，毫不吝啬自己的赞美之词："如果存在理想中的研究生，那一定是像梅维恒这样

---

　　① 哈佛大学档案馆藏海陶玮档案：Acs. #15036, *Papers of James Robert Hightower*, Box 1 of 4, Folder title：Victor Mair。

　　② Victor H. Mair, "Speech", in Eva S. Moseley edit., *Speeches at a Memorial Gathering*, p. 26. Original text, "Professor James Robert Hightower was as stern and forbidding a figure in the classroom as he was a charming and gracious host at home. What really matters, though, is that he taught me（and two generations of other students who were fortunate enough to attend his courses）to read Classical Chinese with utmost rigor, and for that I shall be forever grateful. It has been my saving grace when all else fails. As for his own scholarship, Professor Hightower was a meticulous and thorough researcher. His writings are models of clarity and cogency, his translations specimens of accuracy and felicity."

的人。他满足了我这 30 多年教学生涯对学生的所有希望和期待。"①
"梅维恒教授被公认为当今最优秀的年轻学者之一"②。作为哈佛大学
的研究生，梅维恒创造了两项纪录：一是同时完成 6 门课程，5 年内完
成博士学位论文；二是在繁重的学业之外，3 年内总共写了 500 多页的
论文并公开发表，"他的作品总是基于广泛的阅读，精心组织并解决真
正的问题。虽然他的研究并不一定总能得出最终的答案，但他很早就充
分显示出是一个秉性聪慧、学识渊博、精力充沛的年轻人"③。"他无疑
是一位杰出的青年学者，具有独到的看法和独立的见解"④，连海陶玮
也惊叹："这在我哈佛大学执教的 34 年里是独一无二的!"⑤

作为学生，梅维恒确实非常出色，他获得 1974 至 1975 学年亚瑟·
雷曼奖学金（Arthur Lehman Fellowship），这是哈佛大学研究生院授予
人文社会科学专业学生的最高荣誉。当然，这也离不开海陶玮的大力
推荐，当得知自己获得奖学金的消息，梅维恒欣喜地告知恩师这一喜
讯并感谢其推荐和帮助。⑥ 除了亚瑟·雷曼奖学金，海陶玮还作为推

---

① 哈佛大学档案馆藏海陶玮档案：Acs. #15036, *Papers of James Robert Hightower*, Box 1 of 4, Folder title：Victor Mair. Original text, "If there is such a person as the ideal graduate student, it must be someone like Victor Mair. Certainly he fulfills all the hopes and expectations of the thirty-odd years I have spent in their company."

② 哈佛大学档案馆藏海陶玮档案：Acs. #15036, *Papers of James Robert Hightower*, Box 1 of 4, Folder title：Victor Mair. Original text, "Professor Mair is undoubtedly one of the finest young scholars publishing today."

③ 哈佛大学档案馆藏海陶玮档案：Acs. #15036, *Papers of James Robert Hightower*, Box 1 of 4, Folder title：Victor Mair. Letter from Hightower to Irbing Lo, Dec. 12, 1975. Original text, "His work was always based on wide reading, it was carefully organized, and dealt with problems of real interest. He did not always arrive at final answers, but he demonstrated early and thoroughly that he is a young man of real intelligence, wide learning, and enormous energy."

④ 哈佛大学档案馆藏海陶玮档案：Acs. #15036, *Papers of James Robert Hightower*, Box 1 of 4, Folder title：Victor Mair. Original text, "He is certainly an outstanding young scholar who shows great promise as an original and independent thinker."

⑤ 哈佛大学档案馆藏海陶玮档案：Acs. #15036, *Papers of James Robert Hightower*, Box 1 of 4, Folder title：Victor Mair. Original text, "During the next four years he made a record that is unique in my thirty-four years of teaching at Harvard."

⑥ 哈佛大学档案馆藏海陶玮档案：Acs. #15036, Papers of James Robert Hightower, Box 1 of 4, Folder title：Victor Mair. Postcard from Mair to Hightower, Oct. 10, 1974. 明信片是一张西班牙巴塞罗那（Barcelona）现代艺术博物馆毕加索《小丑》图片。

荐专家支持梅维恒申请了 1974 年度优秀奖学金（Merit Award）[1] 和 1975 年至 1976 年度惠廷人文科学研究奖学金（Whiting Fellowships in Humanities），在申请后者的时候，梅维恒谈了自己选择海陶玮作为推荐专家的两点原因："首先，因为我认为你比任何人都更了解我在哈佛的职业生涯；其次，因为你将是我论文的第二名读者。"[2]

　　梅维恒的研究主要集中在敦煌变文的研究和中国文学史的书写，这两个方面都包含着海陶玮的指导和帮助。

　　变文是唐代兴起的一种讲唱文学，由散文及韵文交替组成，1899 年敦煌千佛洞从佛经中发现大量唐代变文抄本，即敦煌变文，内容大体分两类：一类是讲述佛经故事，宣扬佛教经义（如目莲变文、维摩结经讲经文）；另一类是讲述历史传说或民间故事（如伍子胥变文、王昭君变文）等。梅维恒在敦煌变文研究方面的著述如《敦煌通俗叙事文学作品》（*Tun-huang Popular Narratives*，1983）[3]、《绘画与表演：中国的看图讲故事和它的印度起源》（*Painting and Performance：Chinese Picture Recitation and Its Indian Genesis*，1988）[4] 和《唐代变文：佛教对中国白话小说及戏曲产生的贡献之研究》（*T'ang Transformation Texts：a Study of the Buddhist Contribution to the Rise of Vernacular Fiction and Drama in China*，1989）等[5]，使他成为敦煌变文方面的专家。国内学者钱文忠认为，梅维恒三部曲用更广阔、更深刻的眼光来看待俗文学、民间文艺和文化交流错综复杂的关系，尤其是《绘画与表

---

　　[1]　哈佛大学档案馆藏海陶玮档案：Acs. #15036，*Papers of James Robert Hightower*，Box 1 of 4，Folder title：Victor Mair. Letter from Hightower to Edward W. Wagner，July 15，1974.

　　[2]　哈佛大学档案馆藏海陶玮档案：Acs. #15036，*Papers of James Robert Hightower*，Box 1 of 4，Folder title：Victor Mair. Letter from Victor Mair to Hightower，Dec. 18，1974. Original text，"I have chosen you for two reasons. First，because I think you are better acquainted with the progress of my career at Harvard than anyone else and，secondly，because you are to be the second reader of my thesis."

　　[3]　Mair V.，*Tun-huang Popular Narratives*，London：Cambridge University Press，1983.

　　[4]　Mair V.，*Painting and performance：Chinese Picture Recitation and Its Indian Genesis*，Honolulu：University of Hawaii Press，1988.

　　[5]　Mair V.，*T'ang Transformation Texts：A study of the Buddhist contribution to the rise of vernacular fiction and drama in China*，Cambridge Massachusetts：Harvard University Council on East Asian Studies，1989.

演》能给中国学界许多启迪。国学大师季羡林曾督促弟子翻译并亲自审定梅维恒《绘画与表演》的中译本，认为"他（梅维恒）的眼光开阔，看得远一些。我们不注意的一些东西，他注意到了。我们也要眼界开阔一些，从丝绸之路文化交流、从全世界文化交流，来看敦煌文化、敦煌文学"①。

　　1973 年在哈佛大学读书期间，梅维恒学术兴趣和研究领域非常广泛，包括中国文学、思想史和宗教等内容，对现代西方文学理论和中国传统理论都很熟悉，也掌握了很多难懂的语言，这些都为他严谨细致的学术研究提供了很大帮助。梅维恒的研究领域主要是早期白话文学（Early vernacular literature），并逐步对敦煌变文的起源和性质发生兴趣，选择敦煌变文作为自己的博士论文选题。在哈佛大学馆藏海陶玮档案中，存有 1973 年至 1976 年海陶玮与梅维恒的通信，这些通信显示了海陶玮与梅维恒作为师生之间的密切交流②，如 1975 年 9 月 10 日梅维恒致信海陶玮，附上自己论文进度和课程学习情况，并汇报了自己博士学位论文中关于敦煌讲唱文学的翻译情况，面临的主要困难、自己的研究计划等③；1975 年 12 月 19 日梅维恒致信海陶玮等几位老师，提交了完成的译文和研究计划④；1976 年 2 月 5 日他把自己在笔记本上手写的论文陈述（Statement of the Dissertation）复印件交给海陶玮审阅⑤；最终梅维恒于 1976 年提前完成了博士学位论文《敦煌通俗叙事文学》并于 1983 年出版（Popular narratives from Tun-huang, Ph. D. Dissertation, Cambridge Massachusetts：Harvard University）。

　　敦煌变文译文是梅维恒进入学界的第一部汉学成果，也采取了海

---

　　① https：//baike. baidu. com/item/梅维恒。
　　② 哈佛大学档案馆藏海陶玮档案：Acs. #15036, *Papers of James Robert Hightower*, Box 1 of 4, Folder title：Victor Mair, Jun. 14, 1973；Jun. 24, 1974；July 20, 1974；Oct. 9, 1974；Aug. 21, 1975；Sep 10, 1975；Dec. 19, 1975；Feb. 5, 1976. 等。
　　③ 哈佛大学档案馆藏海陶玮档案：Acs. #15036, *Papers of James Robert Hightower*, Box 1 of 4, Folder title：Victor Mair。
　　④ 哈佛大学档案馆藏海陶玮档案：Acs. #15036, *Papers of James Robert Hightower*, Box 1 of 4, Folder title：Victor Mair。
　　⑤ 哈佛大学档案馆藏海陶玮档案：Acs. #15036, *Papers of James Robert Hightower*, Box 1 of 4, Folder title：Victor Mair。

陶玮所一贯坚持的注释翻译，他通过注释的详细注解，有效地保障了变文译文的忠实达意，树立了敦煌变文翻译的典范，也为他此后翻译《庄子》《道德经》《孙子兵法》《聊斋志异》等作品奠定了很好的基础。对于梅维恒的博士学位论文，海陶玮评价很高，认为"他的论文是一个实质性的贡献，为他在这一领域的继续研究提供了基础"①。正如海陶玮所评价和期望的那样，在博士学位论文基础上，梅维恒在敦煌变文方面继续深入，成果可喜，海陶玮对此非常欣慰，有一次收到梅维恒在《中国演唱文艺》（Chinoperl）上发表的论文，他非常高兴地致信梅维恒，对其展现出的学术潜力表示充分肯定，他说"在这个领域，我认为只有韩南教授有这样的能力：勤奋、细致、详尽，追求问题的正确答案"②。梅维恒认为敦煌变文标志着中国文学的叙事革命，海陶玮对此深表肯定，他说："你把变文归入书面白话文小说的历史进程中，这应该说是非常合适的领域。之前我一直不愿意接受变文，因为总有宗教因素夹杂其中，世俗故事中的神秘（这似乎并不打扰别人）都被揭示出来了。祝贺你完成了一项最重要的工作。"③ 可以看出，海陶玮对梅维恒在唐代变文方面所具有的开拓创新的学术精神，以及在对变文认识方面对自己的超越和启发，表现出很大的欣慰和喜悦。

为了更加深入地开展敦煌变文的研究项目，梅维恒曾在 1980 年前后向美国学术协会理事会（American Council of Learned Societies）申请梅隆中文课程、研究与学习奖学金（Mellon Program in Chinese, Fel-

---

① 哈佛大学档案馆藏海陶玮档案：Acs. #15036, *Papers of James Robert Hightower*, Box 1 of 4, Folder title：Victor Mair. Original text，"His thesis was a substantial contribution, providing the basis for his continuing research in this area."

② 哈佛大学档案馆藏海陶玮档案：Acs. #15036, *Papers of James Robert Hightower*, Box 1 of 4, Folder title：Victor Mair. Original text，"In our field I think only of Pat Hanan as someone who is capable of it：painstaking, meticulous, exhaustive and all in pursuit of answers to the right questions."

③ 哈佛大学档案馆藏海陶玮档案：Acs. #15036, *Papers of James Robert Hightower*, Box 1 of 4, Folder title：Victor Mair. Original text，"You have put Pien-wen right where it belongs, in the line of development of written vernacular fiction, where I have always been reluctant to accept it because of the religious red herring that had got attached to it, and the mystery (which didn't seem to bother anyone else) of why secular stories were written out. (The prompt-book theory was never persuasive.) My congratulations on a most important piece of work."

lowship for Research and Study)，开展"敦煌变文的起源和影响"研究项目，计划到日本、朝鲜、中国、法国和英国进行学术考察和田野调查，这一计划得到海陶玮的大力支持。

1980年10月16日海陶玮给美国学术协会理事会写了一封推荐信，介绍了梅维恒在变文研究方面的成就和影响、博士论文的质量和价值以及梅维恒到欧洲和亚洲进行学术考察对他推进这项研究的必要性。他认为梅维恒"具有批判的头脑、广泛的语言能力和完整的语言学训练。他有精力和决心早日完成他所承担的任何任务。"① 获得资助的梅维恒得以有机会进行多国学术考察，并近距离接触自己的研究对象，首次参观了敦煌令人叹为观止的景象和文化，1981年6月8日，梅维恒在给海陶玮的信中详细陈述了自己在康奈尔大学搜集资料和在世界各地进行学术考察的情景，难掩自己参观敦煌后的激动和感慨："直到事情发生我才相信。"② 1981年12月14日再次致信海陶玮表达了自己激动难抑的心情，他说，当自己亲眼目睹敦煌石窟的时候，"我真的颤抖了！"③。在此之后，梅维恒多次访问敦煌和新疆等地进行考古研究，发现了中国新疆塔克拉玛干沙漠文明遗迹。

梅维恒在中国文学史研究方面也卓有建树，编写了系列中国文学史选集和文学史著作，如《哥伦比亚中国传统文学选集》(*The Columbia Anthology of Traditional Chinese Literature*，1994)、《哥伦比亚简明中国传统文学精选》(*The Shorter Columbia Anthology of Traditional Chinese Literature*，2000) 和《哥伦比亚中国文学史》(*The Columbia History of Chinese Literature*，2001)④ 等，对海陶玮《中国文学论题》这部中国

---

① 哈佛大学档案馆藏海陶玮档案：Acs. #15036, *Papers of James Robert Hightower*, Box 1 of 4, Folder title：Victor Mair. Original text, "He brings to the task a critical mind, wide linguistic competence, and sound philological training. In addition, he has the energy and determination to bring to early completion any task he undertakes."

② 哈佛大学档案馆藏海陶玮档案：Acs. #15036, *Papers of James Robert Hightower*, Box 1 of 4, Folder title：Victor Mair. Original text, "I won't believe it till it actually happens."

③ 哈佛大学档案馆藏海陶玮档案：Acs. #15036, *Papers of James Robert Hightower*, Box 1 of 4, Folder title：Victor Mair. Original text, "I actually trembled."

④ Victor H. Mair, *The Columbia History of Chinese Literature*, New York：Columbia University Press, 2001. 中译本：梅维恒主编，马小悟等译：《哥伦比亚中国文学史》，新星出版社2016年版。

文学史进行了协助修订，推动了中国文学在西方世界的传播和影响。

《哥伦比亚中国传统文学选集》全面描绘了自远古迄当代中国传统的各类文学，包括了中国港澳台地区作家、海外华人的文学作品。这本选集汇编了100多位作者400多部已发表和未发表的中国文学作品译作。这本作品集编写的主要目的，"是尽可能广泛地搜集各类资源，从而提供大量可选的文学作品的专业译文，并保持作品文本大小适中。自始至终，我都是为了（让读者）能够对中国文学有一个全面的认识。"① 总结了英语世界特别是美国汉学界对中国文学的翻译成果。在著作体例方面，他延续了《中国文学论题》以文类为纲目的编写方法，除了第一章总体介绍语言文字、神话、早期中国的哲学与文学、"十三经"、《诗经》和古代中国文学中的说教、超自然文学、幽默、谚语、佛教文学、道教作品、文学中的女性等中国文学的关键要素之外，其他章节都按照诗词、散文、小说、戏剧等主要的文学体裁为主题划分篇章，整个著作"用1300多页的分量，尽力涵盖了文学范围内尽可能多的文类和主题类型"②，每篇章节内容以时间为序，独立成篇，整部著作由这些小文章组合而成。

梅维恒在该著作中多处提到海陶玮并致谢恩师。一是在著作正文之前的"参考书目说明"（Bibliographical Note）中，他交代自己著作的主要参考文献来源是《印第安纳中国古典文学指南》（*The Indiana Companion to Traditional Chinese Literature*）③，但海陶玮的《中国文学论题》这部著作是一部关于中国文学早期资料的备用参考。他说："虽

---

① Victor H. Mair, *The Columbia Anthology of Traditional Chinese Literature*, New York：Columbia University Press, 1994. Preface. Original text，"The primary purpose of this anthology is to provide a broad selection of expertly translated text from the widest possible variety of sources while staying within the limits of a portable on volume text. My aim throughout has been to give a sense of the full range of Chinese literature. "

② Victor H. Mair, *The Columbia Anthology of Traditional Chinese Literature*, New York：Columbia University Press, 1994. Preface. xxvii. Original text，"While trying to cover as many genres and types of subject matter as feasible within the liberal confines of 1, 300-odd pages. "

③ William H. Nienhauser Jr. , Edit. and Comp. , *The Indiana Companion to Traditional Chinese Literature*, Bloomington：Indiana University Press, 1986; rev. rpt. Taipei：Southern Materials Center, 1988.

然整个书目已经完全过时了，但是 17 章各种文类的系列文章显示了大师手笔。对于想了解中国文学概况的读者来讲，这本书仍然是最好的中国文学简史。"[1] 二是在著作正文之前的"致谢"（Acknowledgment）中，梅维恒两次提到海陶玮的名字，一次是特别感谢海陶玮和一些学者"在文学作品的翻译、校对、完善等方面给予的热情帮助和建议"[2]，一次是感谢其"在选择作品时提供的具有价值的建议"[3]。三是在该著作正文后附的"版权许可"（List of Permissions）中，列明参考了海陶玮 1970 年发表的《陶潜诗集》中的 4 篇诗歌。[4]

为了编好这部中国文学选集，梅维恒一直通过通信与众多译者保持联系。20 世纪 90 年代，梅维恒给海陶玮写过许多手写便条，都是询问海陶玮是否有一些中国文学作品译文，同时希望海陶玮把自己已经发表和尚未发表的文学作品译文发给他，或者推荐一些其他人的译本，以收录到文集中。

回忆起海陶玮慷慨地支持自己的选集时，梅维恒在恩师悼念会上感慨道：

> 20 世纪 90 年代初，我在编辑《哥伦比亚中国传统文学选集》时，曾写信给海陶玮教授，问他是否有未出版的词（抒情词）译文。原来，他有一整抽屉的手稿，而且非常令人惊奇的是，他把

---

① Victor H. Mair, *The Columbia Anthology of Traditional Chinese Literature*, New York：Columbia University Press, 1994, Bibliographical Note. xxxiv. Original text，"Although the bibliographies are completely out of date，the series of seventeen essays on various genres reveals the hand of a master. This remains the best brief survey of Chinese literature for someone who desires a perceptive overview of the field."

② Victor H. Mair, *The Columbia Anthology of Traditional Chinese Literature*, New York：Columbia University Press, 1994, Acknowledge. Original text，"The following people have been particularly kind in making suggestions for improvements to the notes or for making occasional corrections to the translations."

③ Victor H. Mair, *The Columbia Anthology of Traditional Chinese Literature*, New York：Columbia University Press, 1994, Acknowledge. Original text，"I wish especially to thank the following for offering valuable advice concerning possible selections."

④ Victor H. Mair, *The Columbia Anthology of Traditional Chinese Literature*, New York：Columbia University Press, 1994, p. 1329. List of Permissions.

所有的原始手稿都交给了我，并告诉我，我想用多少就用多少。那批诗词总共大概有 100 首左右，我却只能把其中的 20 首收录在选集里。当然，我非常感激这些优美译文为我的选集锦上添花，但我却不能全部使用它们，这使我感到非常遗憾。最后，我把手稿还给了海陶玮教授，暗暗希望其他人能出版剩下的部分。总之，除了译文本身的美，给我印象最深的是海陶玮教授的无私奉献。①

在梅维恒这部文学选集中，海陶玮贡献了 26 篇文学作品的译文。笔者排查了这 26 篇翻译作品，列表如下：

序号	作品名称	所在章节	所在页码	备注
1	萧统《文选序》 Hsiao Tung, "preface to Literary Selections"	第一章　基础，批评和理论 Part 1. Foundations and Interpretations, Criticism and Theory	133 – 138	
2	陶潜《形影神》 T'ao Ch'ien, "Substance, Shadow, and Spirit"	第二章　诗歌，经典诗歌 Part 2. Verse, Classical Poetry	177 – 180	
3	陶潜《饮酒诗之五》 T'ao Ch'ien, "Poems After Drinking Wine (No. 5)"	第二章　诗歌，经典诗歌 Part 2. Verse, Classical Poetry	180 – 181	
4	陶潜《咏荆轲》 T'ao Ch'ien, "In Praise of Ching K'o"	第二章　诗歌，经典诗歌 Part 2. Verse, Classical Poetry	181 – 182	

---

① Victor H. Mair, "Speech", in Eva S. Moseley edit. , *Speeches at a Memorial Gathering*, p. 27. Original text, "When, back in the early 1990s, I was editing The Columbia Anthology of Traditional Chinese Literature, I wrote to Professor Hightower and asked him whether he had any unpublished *ci* (lyric) translations. It turns out that he had a whole drawer of them, and—quite amazingly—he turned all of the original manuscripts over to me and told me that I could use as many or as few as I wished. I think that all together there were probably a hundred or so poems in that batch, of which I was able to include about twenty in the anthology. I was, of course, enormously grateful to have these exquisite renditions grace my book, but felt terrible that I could not use them all. In the end, I returned the manuscripts to Professor Hightower, secretly hoping that somebody else would publish the remainder. Aside from the beauty of the translations themselves, however, what impressed me the most was the selfless generosity with which Professor Hightower shared them. "

序号	作品名称	所在章节	所在页码	备注
5	陶潜《读山海经》 T'ao Ch'ien, "On Reading the Seas and Mountains Classic"	第二章 诗歌，经典诗歌 Part 2. Verse, Classical Poetry	182 – 183	
6	范仲淹《苏幕遮》 Fan Chung-yen, "Tune：'Sumuche Dancers'"	第二章 诗歌，词 Part 2. Verse, Lyrics and Arias	316	
7	范仲淹《剔银灯》 Fan Chung-yen, "Tune：'Trimming the Silber Lamp'"	第二章 诗歌，词 Part 2. Verse, Lyrics and Arias	316 – 317	
8	晏殊《玉堂春》 Yen Shu, "Tune：'Spring in the Jade House'"	第二章 诗歌，词 Part 2. Verse, Lyrics and Arias	317	
9	欧阳修《采桑子》 Ou-yang Hsiu, "Tune：'Gathering Mulberry Leaves'"	第二章 诗歌，词 Part 2. Verse, Lyrics and Arias	319	
10	欧阳修《木兰花》 Ou-yang Hsiu, "Tune：'Magnolia Flower（short version）'"	第二章 诗歌，词 Part 2. Verse, Lyrics and Arias	319	
11	欧阳修《醉蓬莱》 Ou-yang Hsiu, "Tune：'Drunk in Fairyland'"	第二章 诗歌，词 Part 2. Verse, Lyrics and Arias	319 – 320	
12	苏轼《水调歌头》 Su Shih, "Tune：'Water Mode Song'"	第二章 诗歌，词 Part 2. Verse, Lyrics and Arias	323	
13	苏轼《江城子》 Su Shih, "Tune：'River Town'"	第二章 诗歌，词 Part 2. Verse, Lyrics and Arias	324	
14	苏轼《满庭芳》 Su Shih, "Tune：'Fragrance Fills the Courtyard"	第二章 诗歌，词 Part 2. Verse, Lyrics and Arias	324 – 325	
15	苏轼《临江仙》 Su Shih, "Tune：'Immortal by the River'"	第二章 诗歌，词 Part 2. Verse, Lyrics and Arias	325	

续表

序号	作品名称	所在章节	所在页码	备注
16	苏轼《永遇乐》 Su Shih, "Tune：'Always Having Fun'"	第二章　诗歌，词 Part 2. Verse, Lyrics and Arias	325－326	
17	黄庭坚《满庭芳》 Huang T'ing-chien, "Tune：'The Courtyard Full of Fragrance'"	第二章　诗歌，词 Part 2. Verse, Lyrics and Arias	326－327	
18	黄庭坚《归田乐引》（暮雨濛阶砌） Huang T'ing-chien, "Tune：'Joy of Returning to the Fields'"	第二章　诗歌，词 Part 2. Verse, Lyrics and Arias	327－328	
19	黄庭坚《归田乐引》（对景还销瘦） Huang T'ing-chien, "Tune：'Joy of Returning to the Fields'"	第二章　诗歌，词 Part 2. Verse, Lyrics and Arias	328	
20	黄庭坚《千秋岁》 Huang T'ing-chien, "Tune：'A Thousand Autumns'"	第二章　诗歌，词 Part 2. Verse, Lyrics and Arias	328－329	
21	朱敦儒《念奴娇》（老来可喜） Chu Tun-ju, "Tune：'Nien-nu Is Charming'"	第二章　诗歌，词 Part 2. Verse, Lyrics and Arias	333	
22	辛弃疾《沁园春》（杯汝来前） Hsin Ch'I-chi, "Tune：Spring in the Ch'in Garden（About to swear off drinking, he wants the Wine cup to go away）'"	第二章　诗歌，词 Part 2. Verse, Lyrics and Arias	342－343	
23	贾谊《鵩鸟赋》 Chia Yi, "The Owl"	第二章　诗歌，词 Part 2. Verse, Elegies and Rhapsodies	389－392	
24	陶潜《归去来兮辞》 T'ao Ch'ien, "The Return"	第二章　散文，挽歌与狂想曲 Part 2. Verse, Elegies and Rhapsodies	435－437	

续表

序号	作品名称	所在章节	所在页码	备注
25	陶潜《桃花源记》 T'ao Ch'ien, "The Peach Bloom Spring"	第三章　散文，语录、文章和小品 Part 3. Prose, Discourse, essays and Sketches	578 – 580	
26	佚名《杜子春》 Anonymous, "Tu Tzu-ch'un"	第四章　小说，古文短篇小说 Part 4. Fiction Classical-language Short Stories	830 – 835	

　　为了搜集和编写这部选集，梅维恒还申请在加利福尼亚北部国家人文中心（National Humanities Center）做一年的研究，在这个被他称为"很像天堂一般"的地方，他于 1991 年 9 月 20 日、9 月 24 日和 10 月 1 日等连续致信海陶玮，具体商讨这部选集的编写情况，请海陶玮审阅选集是否遗漏了任何重要的作品，还谈到选集的目标读者和学术价值，"它是面向本科生的，面向那些之前没有接触过中国历史或文化的学生。我（编这部选集）的主要目的是为了满足一般中国文学课程或者了解中国文明的文学作品的需要。因此，提供给读者的一切都应该很容易理解，没有过多的注释和广泛的背景信息"①。谈到入选该文集的作者和作品标准，他说："不管他们是不是汉学家，对我来说都没有关系。只要作品有吸引力。当然，我对合理、忠实和准确的翻译很感兴趣，但我也关心所选作品的文学质量。"②

　　在这部《哥伦比亚中国传统文学选集》1994 年出版之后，梅维恒

---

　　① 哈佛大学档案馆藏海陶玮档案：Acs. #15036, *Papers of James Robert Hightower*, Box 1 of 4, Folder title：Victor Mair. Original text，"I consider this *Columbia anthology of literature* to be essentially a companion to the 2 vol. Sources of Chinese tradition. It is definitely undergraduate oriented and should be readily accessible to students who have had no prior exposure to Chinese history or culture. My primary aim is to meet the needs of a general first course on Chinese literature or as a literature companion for causes of Chinese civilization. Therefore, everything that goes into the reader should be easily understood without excessive annotation and extensive background Information. "

　　② 哈佛大学档案馆藏海陶玮档案：Acs. #15036, *Papers of James Robert Hightower*, Box 1 of 4, Folder title：Victor Mair. Original text，"It makes no difference to me whether they are sinologists or not. As long as the rendering are attractive. Naturally I am interested in reasonable faithful and accurate translations. But I am also concerned about the literary quality of the items selected. "

从 1996 年前后又开始编写《哥伦比亚中国文学史》，这是一部从文学发轫到当代的中国文学通史，于 2001 年在哥伦比亚大学出版社出版，2016 年出版中译本。这部文学史继续承袭了《中国文学论题》以文类和主题为架构的整体理念，打破了之前中国文学史常见的以朝代时间为纲目、以作家作品赏析为主体的诠释体系，对散文、诗歌和戏剧等文学体裁的发展提出了不少全新诠释，每一章的作者都是当时各自领域中最权威的学者。《剑桥中国文学史》主编孙康宜（Kang-i Sun Chang）评价："当时美国的哥伦比亚大学出版社刚出版了一部大部头的、以文类为基础的文学史（2001）。"梅维恒希望"这本书能成为中国文学专业的研究者、爱好者可信赖的工具书，使他们能在历史语境中了解到中国作家和作品的基本史实"①。同时"能够纠正认为中国文学贫瘠、奇怪、单调的习惯性偏见，因为，中国文学史和地球上的其他文学传统一样丰富多彩，活力四射"②。前文已谈到，这部中国文学史的参考文献，列出了海陶玮的多部著述，其中把《中国文学论题》列到了工具书中。

其实，在启动自己的中国文学史写作之前，梅维恒一直期望海陶玮《中国文学论题》能够修订再版，以满足美国高校中国语言文学教学的需要，为此他于 1980 年至 1981 年给海陶玮反复写了许多邮件，强烈建议他尽快修订这本书，但是由于当时海陶玮已经退休赋闲在家，希望把这个任务全权交由梅维恒来做，自己参与部分章节的修订，最后署上两个人的名字。同时，他认为这本书已经过时，因为当时关于中国文学研究的西方语言资料出现了爆炸式的增长，对是否还有必要修订出版心存疑虑，所以两人为此通信交流了两三年的时间，最终也不知所终，哈佛大学通信档案详细记载了两人商讨的全部过程，梅维恒为了说服海陶玮，不厌其烦地讲述《中国文学论题》所具有的独特价值和在此类著作中的对比优势，认为倪豪士（Nienhauser）的《印

---

① ［美］梅维恒：《哥伦比亚中国文学史》，马小悟、张治、刘文楠译，新星出版社 2016 年版，序，第Ⅶ页。

② ［美］梅维恒：《哥伦比亚中国文学史》，马小悟、张治、刘文楠译，新星出版社 2016 年版，引言，第Ⅵ页。

第安纳中国古典文学指南》（*The Indiana Companion to Traditional Chinese Literature*）并没有代替《中国文学论题》，甚至说："我并不关心能不能把我的名字列在你著作的扉页上，我只是想看到《中国文学论题》重新印刷出来"①，以使美国高校中国语言文化专业的学生受益。一年后，海陶玮在整理两人讨论《中国文学论题》信件时，发现"我（海陶玮）自己把所有的事情都推给了你（梅维恒）……自己只修订了词的部分"②。可以看出，修订任务主要是由梅维恒来承担的，这也为他自己的文学选集编写和文学史写作奠定了基础。

梅维恒 1976 年获得哈佛博士学位并留校任教，在东亚系和宗教研究系合作担任教职，作为中国宗教与文学方面的助理教授工作了 3 年，讲授"汉语 235"（Chinese 235）等课程。③ 同时还作为高级导师（Senior Tutor）负责本科生事务。但是由于哈佛大学没有终身教职（tenure position），他又于 1979 年起转任宾夕法尼亚大学。

除了以上在敦煌变文和中国文学史书写方面，海陶玮对梅维恒都有一定影响之外，对其工作的推荐也是不遗余力。在哈佛大学馆藏档案中，存有 20 世纪七八十年代十几封海陶玮为梅维恒写的推荐信，信中充分肯定了梅维恒优异的学业成绩、学术能力，丰富的教学经验、良好的职业精神和人际关系等。这些推荐信主要包括给威斯康星大学东亚语言文学系主任周策纵（Tse-tsung Chow）、印第安纳大学东亚语言文化系教授罗郁正（Irbing Lo）教授④，达特茅斯学院（Dartmouth

---

① 哈佛大学档案馆藏海陶玮档案：Acs. #15036, *Papers of James Robert Hightower*, Box 1 of 4, Folder title：Victor Mair. Original text，"I am not concerned about getting my name listed on the title page of your book. I just want to see it back in print."

② 哈佛大学档案馆藏海陶玮档案：Acs. #15036, *Papers of James Robert Hightower*, Box 1 of 4, Folder title：Victor Mair. Original text，"I dumped the whole thing in your lap-title，…reserving only the section on tzu to revise myself."

③ 哈佛大学档案馆藏海陶玮档案：Acs. #15036, *Papers of James Robert Hightower*, Box 1 of 4, Folder title：Victor Mair。

④ 罗郁正（Lo, Irving yucheng, 1922—2005），美籍华裔汉学家，1945 年中国圣约翰大学学士，1949 年哈佛大学硕士，1954 年威斯康星大学英语博士，后在西密歇根大学、爱荷华大学、印第安纳大学等任教。主要著作有《温庭筠》（*Wen T'ing-yun*）《中国诗的体裁和想象力》（*Style and Vision in Chinese Poetry*）《辛弃疾》（*Hsin Ch'i-chi*）《葵晔集：中国诗歌 3000 年》（*Sunflower Splendor: Three thousand Years of Chinese Poetry*）等。

College）东亚研究项目主任麦克莱恩（Charles B. Mclane）教授①，加拿大不列颠哥伦比亚大学亚洲研究系蒲立本（E. G. Pulleyblank）教授，耶鲁大学东亚语言文学系斯廷森（Hugh M. Stimson）教授，康奈尔大学人文学会（The Society for the Humanities）主任埃里克·布莱克尔（Eric A. Blackall）教授，夏威夷大学亚洲和太平洋研究中心研究委员会（Search Committee，Center for Asia and Pacific Studies）主任乌哈利（Stephen Uhalley）教授，等等，他还于1981年7月24日致信康奈尔大学人文学会（The Society for the Humanities）主任埃里克（Eric A. Blackall，音译）教授，推荐梅维恒申请该学会的奖学金。

两人亦师亦友，梅维恒经常跟海陶玮聊到自己的旅行和家庭，1988年元旦，梅维恒的新年信件谈到了自己一家人和中国的缘分，"对我们家来说，去年最重要的事情就是去中国旅行了一段时间"②，详细讲述了他们一家四口到中国旅行和讲学的情景。

综上，梅维恒的教育生涯、学术道路等都受到海陶玮广泛深刻的影响，他在敦煌变文方面和中国文学史书写方面成就超过了老师，但对恩师始终心怀感恩，在海陶玮的追悼会上，他回顾了自己多年来受海陶玮影响的汉学生涯，并说：

> 由于所有这些（以及其他许多）原因，海陶玮教授对我的生活和职业生涯产生了巨大的影响。因此，我作为汉学家所取得的一切成就，都是对这个人的纪念。③

---

① 麦克莱恩（Mclane Charles Bancroft），达特茅斯学院政治学教授，主要研究苏联的第三世界政策，中苏关系等。

② 哈佛大学档案馆藏海陶玮档案：Acs. #15036，*Papers of James Robert Hightower*，Box 1 of 4，Folder title：Victor Mair. Original text，"The big event of the past year for out family was an extended trip to China."

③ Victor H. Mair，"Speech"，in Eva S. Moseley edit.，*Speeches at a Memorial Gathering*，p. 26. Original text，"For all of these（and many other）reasons，Professor Hightower had a huge impact on my life and career. Consequently，virtually everything I achieve as a Sinologist stands as a monument to this man."

三　艾朗诺：宋代文学研究

艾朗诺（Ronald Egan，1948—），美国斯坦福大学东亚语言及文化研究系教授和孔子学院汉学讲座教授与系主任，致力于中国古典文学的研究，尤其是唐宋两代的文学、美学和文化史的研究，著有《欧阳修的文学作品》（*The Literary Works of Ou-yang Hsiu*，1984）[①]、《苏轼的文字、意象和功业》（*Word，Image，and Deed in the Life of Su Shi*，1994）[②]、《钱锺书〈管锥篇〉选译》（*Qian Zhongshu's Reading of the Classics：An Analysis of the Underlying Principles of Guanzhui Bian*，1998）[③]、《美的焦虑：北宋士大夫的审美思想与追求》（*The Problem of Beauty Aesthetic Thought and Pursuit in Northern Song Dynasty China*）[④]、《才女之累：李清照及其接受史》（*The Burden of Female Talent：The Poet Li Qingzhao and Her History in China*，2013）[⑤]，参与撰写了《剑桥中国文学史》（*Cambridge History of Chinese Literature*）宋代文学部分。

艾朗诺是 1967 年前后在美国加州大学圣塔芭芭拉分校（UCSB）读书时受到白先勇的影响，由英语专业转向了中国文学的研究道路。[⑥] 1970 年在华盛顿大学远东语言系获得学士学位后，次年考入哈佛大学东亚语言文明系研究生，分别于 1974 年和 1976 年获得哈佛大学硕士和博

---

① Ronald Egan，*The Literary Works of Ou-yang Hsiu*（1007 – 72），Cambridge：Cambridge University，1984.

② Ronald Egan，*Word，Image，and Deed in the Life of Su Shi*，Cambridge Massachusetts：Harvard University，1994.

③ Ronald Egan，*Limited Views：Essays on Ideas and Letters by Qian Zhongshu*，Cambridge Massachusetts：Harvard University，1998.

④ Ronald Egan，*The Problem of Beauty：Aesthetic Thought and Pursuits in Northern Song Dynasty China*，Massachusetts：Harvard University，2006. 中文版：艾朗诺：《美的焦虑：北宋士大夫的审美思想与追求》，上海古籍出版社 2013 年版。

⑤ Ronald Egan，*The Burden of Female Talent：The Poet Li Qingzhao and Her History in China*，Cambridge Massachusetts：Harvard University，2013. 中文版：艾朗诺：《才女之累：李清照及其接受史》，夏丽丽、赵惠俊译，上海古籍出版社 2017 年版。

⑥ 哈佛大学档案馆藏海陶玮档案：Acs. #15036，*Papers of James Robert Hightower*，Box 1 of 4，Folder title：Ronald Egan。

士学位。在此期间，他一直跟随海陶玮等老师学习中国语言文学，海陶玮是艾朗诺博士阶段的导师，据艾朗诺回忆：

> 我第一次见到海陶玮是在 1971 年，当时我还是哈佛大学的研究生。在他的引导下，我开始学习阅读中国诗歌和散文的艺术。①

通过在哈佛大学的阅读积累和学术训练，艾朗诺打下了扎实的中国古典文学基础，这对他今后从事文学研究影响深远。比如在修读海陶玮"传奇小说"课程时，他提交的学期论文《〈游仙窟〉注者考源》（On the origin of the *Yu Hsien k'u* Commentary）后来发表在《哈佛亚洲学报》②，海陶玮评价"他很早就具备了独立研究的能力"③，对其语言基础、学术态度等非常满意：

> 艾朗诺先生受过良好的语言学训练，其中包括历史音韵学知识以及中国学术传统。他对中国各个时期的文学都有很好的把握，但他最擅长的是前唐时期的文学，在唐代文言小说方面有一定的

---

① Ronald Egan, "Speech", in Eva S. Moseley edit. , *Speeches at a Memorial Gathering*, p. 23. Original text, "I first met Bob Hightower when I came to Harvard as a graduate student in 1971. I was initiated by him into the art of reading Chinese poetry and prose. "

② Ronald Egan, "On the origin of the Yu Hsien k'u Commentary", *Harvard Journal of Asiatic Studies*, Vol. 36, (1976), pp. 135 – 146. 该论文 2013 年被学者卞东波译为中文，参见［美］艾朗诺撰，卞东波译《〈游仙窟〉注者考源》，《域外汉籍研究集刊》第九辑，中华书局 2013 年版。

③ 哈佛大学档案馆藏海陶玮档案：Acs. #15036, *Papers of James Robert Hightower*, Box 1 of 4, Folder title：Ronald Egan. 1976. 12. 2, Letter from Hightower to Pulleyblank. Original text, "Mr. Egan came to us well prepared in both modern and classical Chinese and quickly established himself as one of our best graduate students. He was a good student in every sense of the word：intelligent, alert, and eager to learn; also critical and open-minded, not susceptible to dogmatism. He was early ready for independent work. His Yu hsien k'u article was originally written as a term paper for my course in ch'uan ch'I fiction. He has a natural instinct for fundamentals, and chose as one of his fields for his Ph. D. generals the Confucian Classics. I was not his examiner in that field, but I was present and can testify that his performance was brilliant. "

特长。①

艾朗诺先生来到我们这里时，在现代汉语和古代汉语方面都有非常好的基础，很快成为最优秀的研究生之一。他是个不折不扣的好学生：聪明、机灵、好学，同时具有批判和开放精神，不受教条主义的影响。②

艾朗诺曾回忆对自己文学道路帮助最大的几位老师，首先是启蒙老师白先勇，其次就是自己在哈佛大学的导师海陶玮：

现在回想起来，我走上中国文学研究之路，有几个人不得不提，内心深处对他们一直充满了感激。……第二位是我在哈佛的博士导师海陶玮（James Hightower）教授。他是老一辈的陶诗专家，也研究过贾谊的汉赋，从他那里我接受了最严格的古典训练，也是在他的指导下我完成了毕业论文，研究《左传》以及先秦的叙述形式。③

选择《左传》作为自己的博士学位论文题目，大概是艾朗诺自己的学术兴趣。在选题时，他向海陶玮提出想做儒家经典的研究，虽然这并不是当时海陶玮的研究兴趣所在，但海陶玮还是欣然接受了指导任务，并说："这一领域应该成为汉学研究的主要内容"④。1974 年 10

---

① 哈佛大学档案馆藏海陶玮档案：Acs. #15036, *Papers of James Robert Hightower*, Box 1 of 4, Folder title：Ronald Egan. 1976. 12. 2, Letter from Hightower to Pulleyblank. Original text, "Mr. Egan has had sound philological training which includes a knowledge of historical phonology as well as the Ch'ing tradition of Chinese scholarship. He has a good grasp of Chinese literature in all periods, but he is strongest in the pre-T'ang period, with something of a specialty in literary language fiction through the T'ang."

② 哈佛大学档案馆藏海陶玮档案：Acs. #15036, *Papers of James Robert Hightower*, Box 1 of 4, Folder title：Ronald Egan. 1976. 12. 2, Letter from Hightower to Pulleyblank. Original text, "Mr. Egan came to us well prepared in both modern and classical Chinese and quickly established himself as one of our best graduate students. He was a good student in every sense of the word：intelligent, alert, and eager to learn; also critical and open-minded, not susceptible to dogmatism."

③ 季进：《面向西方的中国文学研究——艾朗诺访谈录》，《上海文化》2010 年第 5 期。

④ Ronald Egan, "Speech", in Eva S. Moseley edit., *Speeches at a Memorial Gathering*, p. 23. Original text, "such a field should be a staple in Chinese studies."

月 5 日艾朗诺致信海陶玮，汇报了自己的博士研究选题——《左传的翻译与文学研究》（*A translation and literary study of Tso Chuan*），讲述了此课题的研究价值和自己的研究计划，[1] 并在海陶玮的支持下，获得了哈佛大学系部课程委员会（the Curriculum Committee of the Department）的一致通过。[2]

海陶玮"亲切而细致地指导我完成了《左传》的论文。他说其中的文字一直让他着迷"[3]。在哈佛大学档案中，存有多封师生共同研讨博士论文的信件。海陶玮对艾朗诺的学术能力非常认可，他曾经在一封推荐信中这样评价自己的学生：

> 他对基础知识有着天生的直觉，并选择了儒家经典作为他的博士研究领域，我不是儒家思想研究方面的主考人，但我当时在场，可以证明他的表现是非常出色的。[4]

除了作为学生接受海陶玮的指导外，艾朗诺从入校开始就作为海陶玮的助教，直接参与教学活动，他曾回忆：

> 对我来说幸运的是，我不仅仅是他的学生，也成为了他第一年文言文课程的助教，因此能够从一个稍微不同的角度来观察他的教学。[5]

---

① 哈佛大学档案馆藏海陶玮档案：Acs. #15036, *Papers of James Robert Hightower*, Box 1 of 4, Folder title：Ronald Egan。

② 哈佛大学档案馆藏海陶玮档案：Acs. #15036, *Papers of James Robert Hightower*, Box 1 of 4, Folder title：Ronald Egan。

③ Ronald Egan, "Speech", in Eva S. Moseley edit. , *Speeches at a Memorial Gathering*, p. 23. Original text，"he later graciously and meticulously guided me through my dissertation on *Zuozhuan*. He said it was a text that had always fascinated him. "

④ 哈佛大学档案馆藏海陶玮档案：Acs. #15036, *Papers of James Robert Hightower*, Box 1 of 4, Folder title：Ronald Egan. 1976. 12. 2, Letter from Hightower to Pulleyblank. Original text, "He has a natural instinct for fundamentals, and chose as one of his fields for his Ph. D. generals the Confucian Classics. I was not his examiner in that field, but I was present and can testify that his performance was brilliant. "

⑤ Ronald Egan, "Speech", in Eva S. Moseley edit. , *Speeches at a Memorial Gathering*, p. 23. Original text, "My good fortune was not limited to being his student. I became TA for him in first-year Classical Chinese and thus was able to observe his teaching from a slightly different perspective. "

艾朗诺刚开始作为海陶玮的助教，后来独立授课，几乎教授过中国文学和文化方面各个阶段的课程，为他今后的教学工作打下了扎实的基础，也使得艾朗诺对哈佛大学的课程设置有了更为深刻的理解和感受。在他独立从事中国语言文学教学中，他也经常讲授海淘玮翻译的中国文学作品。1979 年 2 月 10 日艾朗诺交给海陶玮一份《汉语文学教学文本选编建议》（Notes on the Selection of Texts for Literary Chinese Language Instruction），详细论述了哈佛大学汉语教学课程（汉语 D，汉语 107，汉语 108）的改革建议①。海陶玮对其教学能力和课程改革建议非常欣赏，认为从哈佛大学的教学经历看，"艾朗诺先生是一位敬业且颇有造诣的教师，无论是在语言还是文学方面。"② "他是远东研究领域最受欢迎的讲师之一。"③

艾朗诺 1976 年从哈佛大学博士毕业后留校，1976 年至 1977 年任中文讲师，1977 年至 1982 年任中文助理教授，1982 年至 1984 年任中文副教授，1983 年至 1987 年担任《哈佛亚洲学报》编辑。但是哈佛大学只能给年轻副教授任教 8 年的机会，所以艾朗诺虽然已经具备副教授资格，但因暂时没有职位空缺，只能从哈佛大学离开。他先到韦尔斯利学院（Wellesley College）和加州大学圣塔芭芭拉分校执教，2012 年起又在斯坦福大学东亚语言及文化研究系任教，是该校的孔子学院汉学讲座教授与系主任。

艾朗诺在职位不断变动的生涯中，始终有海陶玮的关心和支持。哈佛大学档案中，存有 20 多封关于艾朗诺职务的推荐信和师生交流的信件。在艾朗诺即将毕业的前两年，海陶玮就联系推荐他到加拿大不列颠哥伦比亚大学亚洲研究院工作，并向蒲立本教授（Edwin George

---

① 哈佛大学档案馆藏海陶玮档案：Acs. #15036, *Papers of James Robert Hightower*, Box 1 of 4, Folder title：Ronald Egan。

② 哈佛大学档案馆藏海陶玮档案：Acs. #15036, *Papers of James Robert Hightower*, Box 1 of 4, Folder title：Ronald Egan. Original text, "Mr. Egan is a dedicated and highly accomplished teacher, both of language and of literature."

③ 哈佛大学档案馆藏海陶玮档案：Acs. #15036, *Papers of James Robert Hightower*, Box 1 of 4, Folder title：Ronald Egan. Original text, "He was one of the most popular lecturers in the Far Eastern field."

Pulleyblank）大力推荐①；艾朗诺毕业当年，哈佛大学提供的空缺职位是现代文学方面的职务，与艾朗诺学术领域不符，所以他面临着找工作的问题。1976年10月21日，艾朗诺致信导师自己获知两个求职信息，一个是加拿大不列颠哥伦比亚大学中级现代汉语和古代文学讲师，另一个是加利福尼亚大学伯克利分校古代文学（特别是六朝和宋代文学）和现代汉语方面的职位，他觉得加州大学伯克利分校的职位更加适合，希望老师写推荐信。② 海陶玮立刻就致信加拿大不列颠哥伦比亚大学亚洲研究系（Department of Asian Studies）蒲立本教授（Edwin George Pulleyblank）和加利福尼亚大学伯克利分校东方语言学院的贾米森（John C. Jamieson）教授③，对艾朗诺的学术训练、科研能力和人际关系等给予很高的评价，"我希望他有机会任职于主要的中国研究中心，让他的才华和学术训练得到充分发挥和展示。"④ 1976年11月3日，还在加拿大温哥华的海陶玮致信艾朗诺，提醒他忙于教学的同时，注意发表论文，并谈到哈佛大学东亚系微妙的人事关系和艾朗诺留校任教的不确定性。1977年3月28日，艾朗诺致信海陶玮，谈到现在虽然有加利福尼亚大学伯克利分校和加拿大不列颠哥伦比亚大学两个工作机会，但他还是决定留在哈佛大学，因为自己的学术兴趣和哈佛的研究项目更加接近。⑤ 5月16日海陶玮回信支持艾朗诺的这一决定，后来艾朗诺如愿留校任教。

在哈佛大学任教期间，由于职务的不确定性，其间海陶玮也跟多所

① 哈佛大学档案馆藏海陶玮档案：Acs. #15036, *Papers of James Robert Hightower*, Box 1 of 4, Folder title：Ronald Egan. Nov. 28, 1974, Letter from Hightower to Ronald Egan. ; Jan. 20, 1975, Letter from Ronald Egan to Pulleyblank。

② 哈佛大学档案馆藏海陶玮档案：Acs. #15036, *Papers of James Robert Hightower*, Box 1 of 4, Folder title：Ronald Egan。

③ 贾米森（John C. Jamieson），1933年出生，加利福尼亚大学伯克利分校东方语言教授，主要研究中国文学、中古时期的中国文化，著有《唐—新罗联盟的瓦解》（Collapse of the Tang-Silla Alliance）等。

④ 哈佛大学档案馆藏海陶玮档案：Acs. #15036, *Papers of James Robert Hightower*, Box 1 of 4, Folder title：Ronald Egan. Dec. 2, 1976, Letter from Hightower to Pulleyblank. Original text, "I would like to see him at a major center of Chinese studies where his talents and training will be made use of and appreciated."

⑤ 哈佛大学档案馆藏海陶玮档案：Acs. #15036, *Papers of James Robert Hightower*, Box 1 of 4, Folder title：Ronald Egan。

大学的主任或者教授推荐艾朗诺任职，包括芝加哥大学远东语言文明系主任哈鲁图尼亚（H. D. Harootunian，音译）教授，耶鲁大学东亚语言和文学系研究委员会主任斯廷森（Hugh M. Stimson）教授，威斯康星大学东亚语言文学系詹姆斯·奥布莱恩（James O'Brien，音译）教授，加利福尼亚大学东方系主任白芝（Cyril Birch）教授，哥伦比亚大学东亚语言文学系夏志清（C. T. Hsia）教授，韦尔斯利学院（Wellesley College）中文系（Chinese Department）主任刘元珠（Yuan-chu Ruby Lam）教授，斯坦福大学亚洲语言系主任王约翰（John Wang，音译）教授等等。后来梅维恒到加州大学任教期间，海陶玮还给加州大学圣塔芭芭拉分校日耳曼、东方和斯拉夫语言文学系（Department of Germanic Oriental and Slavic Language and Literature）主任戈特沙尔克（Günther H. Gottschalk，音译）教授写信，支持艾朗诺晋升职务。在这些推荐信中，海陶玮对艾朗诺的学业基础、教学经验、学术成果等高度评价，认为其古文功底扎实，文学阅读广泛，学术水平很高，作为一位人文学者，对文学有很好的理解、尊重和阐释，关于宋代文人苏轼、欧阳修、黄庭坚等的研究具有很重要的学术价值，"他的著作使他成为同时代这个领域最杰出的学者之一"①。

除此之外，师生一直保持着密切的交流和良好的关系。海陶玮尽力推荐艾朗诺争取各种奖学金，到中国进行实地考察，深入开展中国文学研究项目。1979 年 11 月 14 日，海陶玮作为评审专家（Respondent）向美国学术协会理事会（American Council of Learned Societies）推荐艾朗诺申请资助，做题为"中国文明"（Chinese Civilization）的研究，到中国进行学术考察。他说：

> 不管这对艾朗诺提出的研究项目有何影响，去中国一趟都会对艾朗诺的职业生涯带来真正的好处。如果你投入一辈子的精力

---

① 哈佛大学档案馆藏海陶玮档案：Acs. #15036, *Papers of James Robert Hightower*, Box 1 of 4, Folder title：Ronald Egan. Original text, "He has established himself through his publications as one of the finest scholars of his generation in his field. "

去研究一个具有繁荣文化的地方，但却从来没有去过，这就会成为一种障碍。自从艾朗诺先生开始他的中文学习以来，第一次有访问中国的机会。①

1983 年 11 月 25 日，海陶玮还向美国学术协会理事会（American Council of Learned Societies）就艾朗诺的黄庭坚研究项目给出一份评估报告，对黄庭坚的研究状况、研究价值以及艾朗诺的学术基础、资质能力等给予介绍和推荐，"他充分显示了自己是一位严谨的学者和博学的中国诗歌批评家。我们完全有理由相信，他对黄庭坚的研究也会同样有价值"②。

海陶玮去世后，艾朗诺在悼念中提到了海陶玮中国文学研究的贡献，特别是在宋代诗词研究方面的奠基性地位，以及对自己从事宋代文学的启发力量：

> 众所周知，他的学术著作为中国文学研究开辟了一个新的立足点，使其成为除传记、文献学和文学史之外的文学。在他早期的作品中，包括陶潜的作品和他关于各种主题的文章，都是如此。从 20 世纪七十年代末起，他开始研究宋词，在这项研究中，我们同样可以看到，他是如何地致力于以全新的眼光看待事物。③

---

① 哈佛大学档案馆藏海陶玮档案：Acs. #15036, *Papers of James Robert Hightower*, Box 1 of 4, Folder title：Ronald Egan. Original text, "Whatever bearing it may have on his proposed research project, a trip to China would be of real benefit to MR. Egan's professional career. It is a handicap to devote your life to the study of a culture without ever visiting the place where it developed and flourished. Such a visit now becomes possible for the first time since MR. Egan began his study of Chinese."

② 哈佛大学档案馆藏海陶玮档案：Acs. #15036, *Papers of James Robert Hightower*, Box 1 of 4, Folder title：Ronald Egan. Original text, "In it he proved himself to be a careful scholar and an informed critic of Chinese poetry. There is every reason to expect that he will produce an equally valuable study of Huang T'ing-chien."

③ Ronald Egan, "Speech", in Eva S. Moseley edit., *Speeches at a Memorial Gathering*, p. 24. Original text, "As we all know, his scholarly writings did much to put the study of Chinese literature on a new footing, its own footing as literature apart from biography, philology, and what passed for literary history. This is already true of his early work, including that on Tao Qian and his articles on a variety of topics. His later work on Song ci, which he devoted himself to from the late 1970s onward, shows the same commitment to taking a fresh look at things."

海陶玮的英语译文是如此简洁和准确，以至于其读者永远无法意识到，仅是能读懂那些十一二世纪的中国诗词原文就已经是一件多么了不起的事，更不用说翻译得如此精妙。在海陶玮之前，此类研究普遍拘囿于作者生平，而海陶玮率先突破藩篱，以一种全新的方式来呈现和讨论这些优美的诗词，彰显了这些诗词的内在品质，体现了它们在抒发浪漫和情欲时的坦率，以及在心理上的独到之处。他的译作有种神奇的力量，不仅让人见所未见，更可让人茅塞顿开。①

第二节　学术传播：海陶玮藏书在加拿大阿尔伯塔大学
——"为我们的子孙以及子孙的子孙保存"

学者藏书之全貌即为其治学精神之全貌。作为从事中国古典文学研究的汉学家，接触、阅读、研究乃至收藏有关中国的书籍，是开始并从事汉学的文献基础。笔者通过偶然机会发现，海陶玮的私人藏书竟然远在加拿大的阿尔伯塔大学图书馆。作为美国哈佛大学的汉学教授，私人藏书为什么却在另外一个国家？这批藏书的状况如何？如何到了加拿大？这批藏书在他自身的汉学以及加拿大汉学发展上起到了什么作用？

带着这些问题，通过沟通联系，笔者联系到了加拿大阿尔伯塔大学图书馆 Rutherford-HSS 库公共服务图书管理员戴维·苏尔茨（David Sulz，音译），他确定不再涉及版权和保密问题后，慷慨地给笔者提供了阿尔伯塔大学所藏关于购置海陶玮藏书的一些原始档案资料。这些

---

① Ronald Egan, "Speech", in Eva Moseley edit., *Speeches at a Memorial Gathering*, p. 24. Original text, "To read Hightower's translations of these eleventh and twelfth-century songs, his English so uncluttered and precise, one would never know what a feat it is simply to understand the language of the original. He was the first to cut through all the attention given in earlier scholarship to the biographies of the authors and to present and discuss these delightful songs in a way that highlights their intrinsic qualities, their candor in dealing with matters of romance and physical love, and their psychological interest. His work has the force of a discovery, a revelation really."

资料包括：阿尔伯塔大学就购买藏书事宜给海陶玮的公务通讯信件 3 封，内部人员公务沟通信件 1 封；阿尔伯塔大学方面邀请哈佛大学燕京学社图书馆馆长吴文津（Eugene W. Wu）做出的关于海陶玮藏书价值评估的公务信件 1 封，吴文津提供给阿尔伯塔大学方面的一份海陶玮藏书的价值评估报告 1 份；阿尔伯塔大学在完成购置藏书后在校内刊物 *FOLIO* 发表的题为《获得珍稀中国藏书》（Rare Collection of Chinese Books Acquired）的新闻通讯 1 份，再结合目前通过网络在阿尔伯塔大学图书馆能够查询到的馆藏海陶玮藏书状况，笔者试图整理还原 1985 年海陶玮私人藏书赠卖给加拿大阿尔伯塔大学的历史概貌，并从中探寻其治学基础、学术精神和这批藏书在加拿大汉学发展中的贡献。

一　海陶玮藏书的概貌

为了确定购书预算，阿尔伯塔大学委托哈佛燕京学社图书馆馆长吴文津对海陶玮私人藏书做过一个专家评估报告。从吴文津 1985 年 6 月 25 日给阿尔伯塔大学图书馆馆长（Chief Librarian and Director of Libraries）彼得·弗里曼（Mr. Peter Freeman，音译）提供的评估报告中，我们基本可以比较详细地了解这批藏书的整体面貌。

藏书共有 3000 余种近 1.1 万册图书，1000 余种单行本（大部分是赠送本）和 75 种各类完整期刊（中文类 44 种，西方语言类 31 种），还有 25 种 5330 册各类丛书。这批藏书中的大部分图书都是中文的，也有 155 种 250 册日文图书和 500 多种 550 册西文图书。藏书中的中文图书大部分是木版或平版的线装书，也包括复印本，占到图书种类的 60% 和图书总册数的 85%，其余的中文图书都是平装本，大部分平装本图书都是硬皮装订。具体分类如下：

（1）丛书，25 种 5330 册。这里的丛书，指的是一个作家、家族、地区、一个或几个历史时期系列主题藏书，这是藏书中最重要的组成部分，占到藏书总量的二分之一。丛书有 15 种木版印刷，包括 4 种 19 世纪的版本、10 种宋朝原始木版的复印本。丛书中最显著的是《四部丛刊》3 个系列，包括 504 种 3110 册图书，这些图书是 19 世纪二十年代和三十年代重印的宋元珍稀版本和清朝优质印本和手稿。

（2）朝代历史。主要是《二十四史》1884 年平版印刷本的复印本，共有 711 册。

（3）早期版本。藏书中有两部 17 世纪版本的图书，7 部 18 世纪版本的图书和 59 部 19 世纪版本的图书。两部 17 世纪版本的出版物分别是 1698 年的《杜诗详注》和 1699 年的《昌黎先生诗集注》。另外还有写于 1693 年的《杜诗详注》序言，4 份显示 18 世纪日期的序言。

（4）复合彩色木制版本。藏书包括很多复合彩色木制版本，主要有：1708 年《李义山文集笺注》（黑、红、蓝），1733 年作序的《唐宋文醇》（黑、红、蓝），1883 年《唐贤三昧集》（黑、红）和 1863 年《玉川子诗集》①（蓝）。

（5）日文出版物，约 155 种 250 册。主要是关于中国文学的图书，包括中国文学的日译本，都是能够代表日本汉学水平的优质善本。

（6）西文出版物，500 多种 550 册。主要有英语、德语、法语等语种的图书，其中 40% 是关于中国经典、历史、哲学和文学的各种译本，一半是关于小说、诗歌、戏剧和散文的译本。这些译本总体上代表着欧美汉学（中国学）界权威研究的标准范本。

（7）参考书目。主要有书目索引、辞典、专题书目、期刊索引等图书。在书目索引中，有两个系列比较重要，一个是哈佛燕京学社汉学索引系列及补充附件，这个索引于 20 世纪 30 年代和 40 年代在北京印制，后来中法汉学研究所又在北京重印，能为研究中国经典、哲学、历史和文学作品提供大量的基础性汉语文本的查询便利，被认为是这个领域内不可或缺的基本资料；还有一个系列是在日本印制的关于英语世界优质参考文献的索引。还有《大汉和辞典》（日本诸桥辙次编）《康熙字典》《辞海》《中华大字典》和《说文解字》等大量辞典。

（8）报刊杂志。藏书中的报刊杂志大部分都不大完整，主要有：

---

① 《玉川子诗集》是唐朝诗人卢仝的作品集。玉川子，卢仝的自号。卢仝（约795—835），"初唐四杰"卢照邻嫡系子孙，韩孟诗派重要人物，著有《茶谱》《玉川子诗集》等，被尊称为"茶仙"。

《哈佛亚洲学报》1 至 44 卷（1936—1984），《远东古文物博物馆馆刊》22 至 56 卷（1950—1984），《亚洲学刊》1 至 28 期（1960—1975），《燕京学报》5 至 34 期（1929—1948），《文学年报》1 至 7 期（1932—1941）、《东方学》2 至 26 期（1964—1984）（注：少 16 期），《中国文化报》1 至 21 期（1954—1966）（注：少 1 期），还有与报刊杂志相关的 1000 余份抽印本论文单行本，这些论文包含各种汉学研究主题和多个语种，并附有完整的卡片索引。

藏书主要是汉学方面的原始资料和二手资料，涉及中国经学、宗教、历史、语言和文学等，以中国文学的资料最为丰富，包括各个时期的文学作品集，著名散文作家、诗人、戏剧家和小说家们的全集或者选集，文学人物研究著作，文学评论著作，以时期或作者为序的中国文学参考书目概略，英语、德语、法语和日语版的中国文学体裁的译本等等。

二　海陶玮藏书辗转加拿大的历史过程

1985 年海陶玮以 5 万美元的价格将自己的全部私人藏书赠卖给了加拿大阿尔伯塔大学图书馆。可以想见，这样一个跨国图书买卖不是一件容易的事情，经历了近一年的沟通讨论、专家评估、会议决策、确定购买、运输图书、经费核算等烦琐细致的过程。

通过现有档案资料来看，阿尔伯塔大学在获知海陶玮有出卖图书意愿时，积极与他展开了信件沟通，海陶玮于 1985 年 3 月 14 日给阿尔伯塔大学东亚语言文学系主席斯坦·蒙罗（Stan Munro）教授提供了全部藏书的书目清单。学校建立了一个特别委员会专门论证和慎重考虑购书一事，最终决定购买这批私人藏书。为了确定购买价格，阿尔伯塔大学人文与社会科学图书馆代理区域协调员（Acting Area Coordinator Humanities and Social Sciences Library）奥林·莫里（Olin B. Murray，音译）① 1985 年 5 月 2 日发给哈佛燕京学社图书馆馆长吴文津一封信说：

---

① 这个协调员（coordinator）是图书馆每一个语种的统筹人。

"为了能够购买海陶玮的藏书，阿尔伯塔大学方面需要一个校外专家的评估报告，用来满足学校预算和资金政策的需要。"① 邀请他对藏书做一个总体介绍和价值评估，以确定所需费用。

一个多月以后的 1985 年 6 月 25 日，吴文津给阿尔伯塔大学图书馆馆长彼得·弗里曼（Mr. Peter Freeman，音译）回信，提供了藏书评估报告。按照阿尔伯塔大学的要求，吴文津在详细列出藏书书目的同时，也对这批藏书的价格进行了评估，他的总体估价是 5 万美元，主要依据美国最新的财政年度（1983 年至 1984 年），以每册图书 5.12 美元（不含装订费和邮费）来估算的。

阿尔伯塔大学方面尊重了吴文津提供的价格建议，并积极申请资金筹备书款，最终申请了 7 万加元，其中 1 万加元来自大学所在地埃德蒙顿的杂志——《埃德蒙顿杂志》（*Edmonton Journal*），其余部分由所在省区的基金资助。

1985 年 9 月 11 日，阿尔伯塔大学东亚语言文学系主席斯坦·蒙罗（Stan R. Munro）教授写信给海陶玮说，受阿尔伯塔大学校长和图书馆授权，他正式通知海陶玮：阿尔伯塔大学将以 5 万美元的价格来购买海陶玮的私人藏书。

1985 年 9 月 16 日，阿尔伯塔大学人文社会科学图书馆代理区域协调员奥林·莫里（Olin B. Murray）通过电话与海陶玮达成了关于图书买卖过程具体问题的口头协定，并把两人商定的具体内容列为 7 条意见，为阿尔伯塔大学图书馆馆长彼得·弗里曼（Peter Freeman）代拟了一封给海陶玮的确认信件，内容主要是邮寄这批藏书的各种细节以及费用支出问题。1985 年 9 月 19 日彼得·弗里曼（Peter Freeman）在代拟信件基础上，又补充了相关细节，最终形成 8 条具体意见，给海陶玮发了正式信件，作为双方达成意见的书面声明，这 8 条意见基本涵盖了买卖和运输图书所有的细节问题，笔者不厌其烦，概括如下：

---

① 阿尔伯塔大学档案，The letter from Olin B. Murray to Mr. Eugene W. Wu, May 2, 1985. Original text, "In the event that we are able to purchase this collection, we shall require an appraisal by an external expert (i. e. external to this institution) in order to satisfy our institution's budget and funding policies with respect to major purchases."

第一，阿尔伯塔大学决定用5万美元购买海陶玮的全部私人藏书，藏书书目以海陶玮1985年3月14日给东亚语言文学系主席斯坦·蒙罗（Stan Munro）教授提供的书单为准；第二，此书单可供阿尔伯塔大学接货人用来验货，海陶玮不需要在每一个图书包裹上再附书目清单；第三，海陶玮需要给阿尔伯塔大学提供发票，发票开具要明确5万美元购书款和约100加元的包装材料费，并直接单独邮寄给技术服务中心的副协调员齐格林德·鲁尼（Sieglinde Rooney）负责；第四，阿尔伯塔大学方面收到全部藏书后将尽快付清全款给海陶玮，并争取在当年年末之前完成；第五，海陶玮自行负责图书的包装，包装劳务费包含在购书款之内，提醒他注意包装质量以免运输损坏，由于藏书比较珍贵，阿尔伯塔大学将在运输中购买保险并建议小件包装；第六，阿尔伯塔大学负责航运、保险费用和所有的运输安排；第七，在获取藏书总重量的信息后，请海淘玮及时把信息提供给齐格林德·鲁尼（Sieglinde Rooney），以便他和航运公司协商运输事宜；第八，选定的运输公司将会有一系列的条款和声明表格需要海陶玮填写，阿尔伯塔大学方面会与他详细沟通细节，包括邮发给他含有预先编址的封条等等。

以上8条意见可以说细致考虑到了这次跨国运输图书的方方面面，我们可以想见，有双方的顺畅沟通和细致安排，图书运输过程应该非常顺利。之后，阿尔伯塔大学积极联系选定了具有跨国资质的海运公司，海陶玮用了一个多月的时间整理了自己几十年辛勤积累的近1.1万册藏书，并用阿尔伯塔大学邮寄给他的100多份含有地址编码的封条封存了自己的一包包图书，经过跨国运输，这批图书最终顺利到达了异国他乡——加拿大的阿尔伯塔大学图书馆。

阿尔伯塔大学的内部刊物 *FOLIO* 于1986年1月23日头版以《获得珍稀中国藏书》（Rare Collection of Chinese Books Acquired）为题刊登了这一振奋人心的新闻，呼吁尽快把海陶玮这批珍贵而脆弱的藏书保护起来，也为东亚语言文学系和图书馆忙碌了将近一年的购书事件最终画上了圆满的句号。

三 海陶玮图书落户加拿大的缘由探析

这次私人藏书的跨国买卖其实是机缘巧合，偶然促成。1981 年，加拿大阿尔伯塔大学东亚系建立，同一年，海陶玮从哈佛大学退休，他谢绝了一切学术职务，赋闲在家，而且患有越来越严重的眼疾，视力越来越模糊，只好依靠自己的子女生活，直至决定移居德国，必须处理自己的物品，包括毕生珍爱的图书。另外作为哈佛大学的退休教师，他也不能继续占有办公室作为藏书的地方，方志彤就曾提过："退休后可以保有办公室两年。"[1] 当然，在主观上，人到晚年的海陶玮还是想给自己所钟爱并且投入毕生精力的汉学事业有一个交代，所以决定卖掉自己多年的珍爱藏书，为了使这些藏书能够书尽其用，自得其所，他对于买主的唯一选择条件，就是"想要卖给一所大学，这所大学必须有充满活力和发展潜力的中文系"[2]。由此看来，促进汉学的发展，是海陶玮贡献自己图书最大的初衷。

恰巧的是，加拿大阿尔伯塔大学东亚语言文学系"当时有一个东亚地区研究项目"[3]，听闻海陶玮有出卖藏书意向之后积极进行了联系，在双方沟通的过程中，阿尔伯塔大学东亚语言和文学系主席斯坦·蒙罗（S. R. Munro）教授始终强调的都是这批藏书在东亚系自身发展上的价值以及将会在加拿大汉学人才培养和科学研究方面发挥的重要作用。1985 年 5 月 3 日他在给海陶玮的信中说：阿尔伯塔大学东亚语言文学系"是一个年轻的院系，我们图书馆的藏书量一定会因您丰富的收藏而大幅扩展"[4]。

① 陈毓贤：《再谈柯立夫和方志彤藏书癖：汉学制度前的产物》，《东方早报》2013 年 6 月 3 日。

② "Rare Collection of Chinese Books Acquired"，*FOLIO*，University of Alberta，23 January，1986. Original text，"（Hightower）was only willing to sell them to a university with a dynamic and expanding Chinese department. "

③ 阿尔伯塔大学图书馆档案，The letter from Olin B. Murray to Mr. Eugene W. Wu. May 2，1985. Original text，"As we have only in recent years begun a program of study in this area at this university. "

④ 阿尔伯塔大学档案，The letter from S. R. Munro to Hightower，May 3，1985. Original text，"We are a young department，and our library could certainly use a collection as extensive as yours to expand its holdings. "

并告知已经进入专家评估程序，恳请海陶玮为阿尔伯塔大学保留藏书。在得到 6 月 25 日哈佛燕京学社图书馆馆长吴文津关于这批藏书在学术功能和价值方面的评估之后，斯坦·蒙罗（S. R. Munro）教授更加坚信了购置这批藏书的决心，因为吴文津在评估报告中说：“整体上，这批汉学藏书将会充分支持一系列汉学方面的研究生研讨班项目，中国文学方面的丰富藏书将会支持教师和研究生层次的研究，英文著作和英文译作的藏书将会对中国文明、中国文学和中国文学翻译学方面的本科生教学提供支持。”① 9 月 11 日斯坦·蒙罗（S. R. Munro）教授再次致信海陶玮说：“阿尔伯塔大学亚洲项目发展迅速，我相信，在很短的几年内将会成为一个实力雄厚的本科项目，通过这批藏书，希望能够启动研究生项目。通过这种方式，你的藏书将会在今后的几十年发挥很大作用。”②

或许就是被阿尔伯塔大学在东亚研究方面的发展潜力和积极执着的态度所打动，海陶玮也乐意达成，双方沟通过程友好顺畅，直至 1985 年底 1986 年初顺利成交。

美国汉学是在“二战”之后以不同于欧美汉学传统的“中国学”面貌蓬勃发展起来并逐步领先于世的，加拿大汉学比西方其他国家兴起得晚，抗日战争以后才开始。加拿大阿尔伯塔大学成立于 1908 年，于 1961 年开设汉语课，1981 年东亚语言文学系成立。和很多欧美国家的汉学状况一样，阿尔伯塔大学并没有设立专门的中国语言文学系，汉学归属于东亚系，到了 1985 年，只有 4 年发展历史的东亚系仍是一个非常年轻的院系，汉学书籍等基础积累还是主要任务，海陶玮的藏

---

① 阿尔伯塔大学档案，The letter from Eugene Wu to Mr. Peter Freeman, 25 June, 1985. Original text, "The collection, as a whole, should be sufficient to support a series of graduate seminars on sinological topics; and the collection on Chinese literature, in particular, is rich enough to sustain both faculty and graduate research. Undergraduate instruction on Chinese civilization, Chinese literature, and Chinese literature in translation could easily be organized around the many secondary works in English and English translation in the collection."

② 阿尔伯塔大学档案，The letter from S. R. Munro to James R. Hightower, September 10, 1985. Original text, "Our Asian program is growing rapidly, and in just a few short years we have become, we believe, a very strong undergraduate program. It is hoped that by acquiring your collection, the genesis of a graduate program will be possible as well. In this way your collection will live for decades to come."

书为该系的汉学资料奠定了一定的基础。20世纪90年代，阿尔伯塔大学东亚语言文学系作为加拿大草原地带唯一具有汉学的高校，已经发展成为加拿大非常重要的汉学中心，并于1994年改名为东亚研究系，成为继哥伦比亚大学亚洲系、多伦多大学东亚系之后，加拿大名列第3位的汉学阵地。① 虽然没有哥伦比亚大学蒲立本（E. G. Pulleyblank）、叶嘉莹等那样富于盛名的汉学家，但是也逐步拥有了一群从事汉学的学者，如陈幼石（唐宋散文、现代文学）、高辛勇（白话文学）、梁丽芳（词学、大陆当代"知青"小说）、林镇山（台湾文学）等。汉学人才培养方面，除了本科项目之外，也正如斯坦·蒙罗（S. R. Munro）教授所期望的那样，有了研究生项目，包括中国语言、教育、中国文学和中国历史等领域。今天，阿尔伯塔大学图书馆成为加拿大第二大科研图书馆，藏书超160万册，订有14000余种期刊，人均图书拥有量全加第一，汉学藏书也逐步增加。

这一切，离不开20世纪80年代海陶玮藏书的创始之功，因为"正是得到海陶玮的这批藏书，我们现在才有了第一流藏书的基础"②，阿尔伯塔大学的汉学发展不断发扬光大，也实现了海陶玮传播汉学的初衷，海陶玮为加拿大汉学的发展做出了自己的贡献。

值得一提的是，海陶玮与加拿大汉学界保持着紧密的联系，如上文所述，他与加拿大华裔汉学家叶嘉莹保持了几十年的合作和友谊。1976年到1977年，海陶玮曾任加拿大不列颠哥伦比亚大学（University of British Columbia，简称UBC）高级研究员，在哥大与叶嘉莹展开合作研究。1979年，他又在基拉姆高级研究奖学金的资助下，再次到哥伦比亚大学与叶嘉莹继续合作。海陶玮与叶嘉莹的合作促成了叶嘉莹在加拿大汉学史上的重要地位，2015年10月18日，阿尔伯塔大学授予叶嘉莹文学荣誉博士学位。

---

① 这部分内容参考了［加拿大］白璧德《加拿大汉学概况》，载张西平编《欧美汉学研究的历史与现状》，大象出版社2006年版。本文原载中国台湾《汉学研究通讯》1993年第12卷第3期。

② "Rare Collection of Chinese Books Acquired", *FOLIO*, University of Alberta, 23 January, 1986. Original text, "And with this acquisition we now have the basis of a first rate collection."

四 从藏书看海陶玮的治学基础和文献精神

上文提到，阿尔伯塔大学邀请为海陶玮做藏书评估的是哈佛燕京图书馆馆长吴文津（Wu Eugene W. ，1922—），他主要的研究领域是图书馆学、情报学等，是美国华人图书馆馆长的先驱，也是古籍版本研究的权威。20 世纪 60 年代吴文津在斯坦福大学哈佛图书馆中国部，对胡佛研究所的中文收藏做出了巨大的贡献，1967 年 11 月继裘开明之后任哈佛燕京学社图书馆馆长兼东亚研究中心研究员。因其贡献卓著，1988 年获得美国"亚洲学会"（Association for Asian Studies）"杰出贡献奖"。通过上文吴文津对海陶玮藏书的介绍，我们已经可以领略到海陶玮藏书的珍贵之处。这批藏书不仅数量多（3000 余种近 1.1 万册），品种多（涉及丛书、期刊、参考书目等），而且内容丰富（涉及中国经学、哲学、宗教、历史、语言和文学），语种较多（除了中文，还涉及英语、德语、法语和日语等），在权威专家吴文津看来，"这批藏书在质量和数量上比美国小型东亚研究图书馆藏书还要更胜一筹"①。

海陶玮的私人藏书自四十年代在北京留学期间就已经开始，② 积累达 40 多年。海陶玮重视藏书，主观上是因为学术研究的需要，作为研究中国古典文学的学者，他两次来中国期间，都大量地搜集汉学书籍，且注重优质的版本，为自己的汉学研究奠定了扎实的文献基础；客观上是因为当时美国专业汉学并不发达，汉学原始文献和资料完全不能满足西方学者汉学研究的需要，所以当时美国立志汉学（中国学）研究的留学生，都需要到中国搜集资料，学习语言，并积累自己的藏书，陈毓贤《再谈柯立夫和方志彤藏书癖：汉学制度前的产物》也描述了

---

① 阿尔伯塔大学档案，The letter from Eugene Wu to Mr. Peter Freeman, 25 June, 1985. Original text, "The material, in my opinion, is better both in quality and quantity than similar collection on Chinese literature found in smaller East Asian libraries in the United States. "

② "Rare Collection of Chinese Books Acquired", *FOLIO*, University of Alberta, 23 January, 1986. 第一段记载的是海陶玮 1930 年代在北京留学的时候就开始收藏图书，应该是 20 世纪 40 年代在北京留学。

这种情形。①

　　这批藏书的价值主要体现在书籍版本的稀缺和优质的善本。一些早期的版本，"可以追溯到 8 世纪，还有一些书有几百年的历史"②，最重要的是，"这些早期版本由于'文革'期间的损坏，即使在中国本土也已经比较稀缺了，有些书籍即使在中国的主要图书馆也难以寻觅了"③。因为海陶玮曾于 20 世纪 40 年代两次来到中国，充分利用留学的时间收藏了不少书籍，并且受教于一批中国古典文学文献研究专家，清楚地知道版本对于中国文学特别是古典文学研究的重要性，所以海陶玮藏书版本优良、代表性强，为自己的中国古典文学研究奠定了扎实的文献基础。

　　吴文津提及的 18 世纪复合彩色的木制版本，应该是用两种或两种以上颜色分版印刷的书籍——套版印书，或称为套印本。套版印书是雕版印书技术基础上的革新，也就是用几种不同颜色印刷的书籍，有三色套印本、四色套印本和五色套印本，按套印技术分为一版分色套印和多版分色套印，常见的有朱墨两色套印，称为朱墨本。清代套印本有官刻和民间两种趋势，官刻套印本部头巨大且套印精细，民间套印由于粗制滥造，印本品相几乎与普通刻本无异。海陶玮藏书中的套印本有 4 部，其价值是不言而喻的。

　　除了优良的中国文学作品版本，海陶玮其他的收藏也颇有价值。在阿尔伯塔大学 1986 年 1 月 23 日发表的《获得珍稀中国藏书》（Rare Collection of Chinese Books Acquired）通讯中，阿尔伯塔大学图书馆东亚系负责人林伟杰（Jack Lin）接受采访时说，他非常感兴趣的是，这批藏书还有 1900 年出版的小说研究方面的文献目录，他说："这本目

---

　　① 陈毓贤：《再谈柯立夫和方志彤藏书癖：汉学制度前的产物》，《东方早报》2013 年 6 月 3 日。

　　② "Rare Collection of Chinese Books Acquired", *FOLIO*, University of Alberta, 23 January, 1986. Original text, "Some of the books date back to the 8th century, others are several hundred years old and there are rare and precious volumes in the collection."

　　③ "Rare Collection of Chinese Books Acquired", *FOLIO*, University of Alberta, 23 January, 1986. Original text, "The important thing about the acquisition is that we now have books that are unavailable even in major libraries in China because of the tragic destruction of old books in Cultural Revolution."

录是一个副本，品相良好，非常难得"①，"只有在世界上主要的图书馆才能发现，对研究小说的学者来讲是非常重要的资料"②。由此看来，藏书中也有不少专业类的索引和目录，这是治学之门径，也为后来的学者提供了研究上的便利。

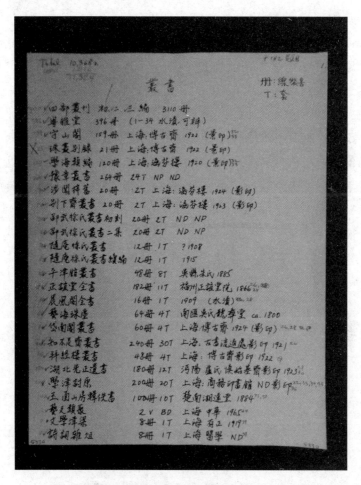

（哈佛大学档案馆藏海陶玮赠卖图书目录原稿图影）

---

①　"Rare Collection of Chinese Books Acquired", *FOLIO*, University of Alberta, 23 January, 1986. Original text, "Professor Lin is particularly pleased with a copy, in good condition, of a bibliography of fiction, published in the early 1900s and no longer available."

②　"Rare Collection of Chinese Books Acquired", *FOLIO*, University of Alberta, 23 January, 1986. Original text, "It is only found in the major libraries of the world now, he says, and is a very important work for researchers in fiction."

21 世纪的今天，通过阿尔伯塔大学图书馆的搜索功能，我们仍然可以查到并分享这批藏书的部分内容。在公共服务图书管理员苏尔茨的帮助下，笔者查到海陶玮的藏书主要有两类，一类是标识为"MARC 710 field"的系列，以"Hightower Collections"为题，共有 389 册；另一类是标识为"MARC 590 field"的系列，以"Library's copy from the collection of J. R. Hightower"为题，共有 2154 册，但是可查书目总量并不能简单相加为 2543 册，苏尔茨解释了一些历史和技术的原因，比如这些书目中有海陶玮的原始藏书，也有图书馆后来采购加入的书，还有可能是其他基金会捐赠的图书；图书馆有可能只拥有部分藏书，而且一种藏书可能有多卷，两个序列之间可能有重复，两个序列之外可能也有更多的藏书等等。如果我们与 1985 年海陶玮藏书总量的 3000 余种近 1.1 万册相比，很显然阿尔伯塔大学只公开分享了其中的一

阿尔伯塔大学刊物 *FOLIO* 题为《获得珍稀中国藏书》

（Rare Collection of Chinese Books Acquired）的新闻通讯

部分。

　　这其中的原因，应该是海陶玮藏书在阿尔伯塔大学得到了很好的特藏待遇。正如1986年阿尔伯塔大学发表的那篇 *FOLIO* 通讯结尾所呼吁的那样，这批藏书由于太稀缺、太珍贵，也太脆弱，虽然可以用来满足师生的研究需求，但这些藏书更急需专门的特藏室、专门的人员来保护，"以使这批藏书能够为我们的子孙以及子孙的子孙保存"①。

---

① "Rare Collection of Chinese Books Acquired", *FOLIO*, University of Alberta, 23 January, 1986. Original text, "So that they can be preserved for our children and our children's children."

结　论

一　海陶玮是美国中国文学研究的先驱者和奠基者

鉴于海陶玮在中国文学研究方面的卓越成就，美国著名汉学家、华盛顿大学荣休教授、美国人文与科学院院士康达维认为：海陶玮是美国"第一位研究中国文学的学者"①，是"美国汉学界的泰斗"和"研究中国文学著名的权威"②，我们可以说，海陶玮是美国汉学特别是美国中国文学研究的奠基者、先驱者。

1. 海陶玮是美国本土首位专门研究中国文学的专业汉学家

随着19世纪中美文化交流的开启，美国也开始关注神秘遥远的中国文学。19世纪至20世纪初，美国对中国文学有所涉猎的主要是以传教为使命的传教士，他们对中国的关注主要是中国的历史、社会、宗教以及汉语学习等，对中国文学的个别译介只是业余爱好，并没有明确的文学研究的意识，也不是专门从事文学研究的汉学家，无论是翻译还是研究都处于业余水平，这其中以丁韪良（W. A. P. Martin, 1827—1916）为代表，他是对中国文学最为着力的一位美国传教士，可以称为美国介绍中国文学和文化的先驱。1863年到1912年，丁韪

---

① ［美］康达维：《二十世纪的欧美"文选学"研究》，《郑州大学学报》（哲学社会科学版）1994年第1期。

② ［美］康达维：《二十世纪的欧美"文选学"研究》，《郑州大学学报》（哲学社会科学版）1994年第1期。

良翻译了几十首中文诗歌，范围非常广泛，从早期文学《诗经》到晚清洋务派代表人物张之洞，主要收录在《中国传说及其他诗歌》（*Chinese Legends and Other Poems*，1894）和《中国传说与抒情诗》（*Chinese Legends and Lyrics*，1912）两部译诗集中，并发表了《中国人的诗》（*The Lore of Cathay*，1901）一文，北京大学英语系郝田虎编制有"丁韪良英译中文诗歌目录"①。另外，娄理华（Walter M. Lowrie，1819—1847）率先将《关雎》《卷耳》翻译成英文，卫三畏（Samuel W. Williams，1812—1884）也最早向西方读者介绍了《聊斋志异》。② 其他的汉学家对文学多是偶一为之，如毕乃德（Knight Biggerstaff，1906—2001）、卜德（Derk Bodde，1909—2003）、赫芙（Elizabeth Huff，1912—1987），等等。

1877 年耶鲁大学设立汉学讲席，美国汉学进入专业研究阶段，但一直到 19 世纪末 20 世纪初，美国汉学仍发展缓慢。为了改变美国汉学落后于其他学科的局面，美国 1928 年创办了哈佛燕京学社，1929 年美国学术团体理事会又专门成立了"促进中国研究委员会"，美国专业汉学开始真正走向发展正轨。哈佛燕京学社等机构派遣年轻的研究生及学者赴华留学，他们成了美国汉学的中坚力量，是美国历史上第一批科班出身的汉学家，也是美国第一代专业汉学家，这批留学生在回国之后的著述和活动为美国"二战"后的汉学（中国学）发展奠定了基础，成为美国汉学发展的奠基者，在各自研究领域都处于非常领先的地位，海陶玮就是这批学员之一③，且是这批学者中以中国文学研究作为学术领域的。在海陶玮求学期间，哈佛大学乃至美国本土并无合适的导师可以指导他从事中国文学研究，因为当时哈佛大学的东亚研究尚处在初创阶段，没有资深的美国本土汉学家专门从事中国文学研究，海陶玮的博士生导师是法籍俄裔学者叶理绥（Serge

① 郝田虎：《论丁韪良的英译中文诗歌》，《国外文学》2007 年第 1 期。
② 参阅顾钧《也说〈聊斋志异〉在西方的最早译介》，《明清小说研究》2012 年第 3 期；顾钧《美国人最早的〈关雎〉英译》，《中华读书报》2014 年 7 月 16 日；顾钧《漫谈〈卷耳〉英译》，《书屋》2014 年第 10 期。
③ 参见顾钧《美国第一批留学生在北京》，大象出版社 2015 年版。

Elisséeff，1889—1975），叶理绥是哈佛大学东亚系的创办者和美国哈佛燕京学社的首任社长，主要从事日本文学研究，而非中国文学的研究；与叶理绥共同在海陶玮的博士论文评审委员会上签字的魏鲁南，主要从事先秦哲学研究，著述主要有《孔子语录》（*The Saying of Confucius*）《孟子语录》（*The Saying of Mencius*）《庄周语录》（*The Saying of Chuang chou*）等。

作为专门研究中国文学的学者，海陶玮的出现，使美国的中国文学研究进入了专业阶段。这种"专业性"主要体现在：

在学术出身方面，海陶玮经历了严格的汉学学术训练。自 1937 年秋季考入哈佛大学远东语言和比较文学专业硕士研究生开始学习汉语和中国文学，到 1940 年申请攻读哈佛大学博士学位，其间还于 1940 年到 1943 年到北京留学搜集博士论文资料，拜访求教于一批中国著名学者，海陶玮最终以译著《韩诗外传》获得哈佛大学远东语言系比较文学专业哲学博士学位。哈佛大学是美国汉学的重镇和中心，民国历史学家齐思和曾于 1936 年撰文描述过哈佛大学雄厚的学术实力和严格的学术训练：

> 美国哈佛大学以其历史之悠久（创立于 1636 年，为美国最古之大学，本年将举行三百周年纪念），财力之雄厚，规模之宏大，设备之完善，人才之辈出，为美国学术之中心，首屈一指之学府。其学风注重基本训练深刻研究，不骛新以炫奇，不哗众以取宠。对于教授之选聘，科目之设施，学生之训练，皆持绝对严格主义，与其他大学之贪多骛博，不计品质不同……①

可以说，海陶玮是哈佛大学培养的第一位以中国文学为研究对象的美国博士，也是哈佛燕京学社资助的中美两国联合培养的杰出学者。

---

① 齐思和：《哈佛大学亚洲学报》，《大公报·史地周刊》1936 年第 98 期，转引自顾钧、胡婷婷编《民国学者论英美汉学》，开明出版社 2020 年版，第 31—36 页。

在研究目的方面，海陶玮坚持汉学的学术性研究。早期对中国文学有所涉猎的美国传教士，他们对中国文学的涉猎主要还是出于好奇和兴趣，无论他们标榜多么喜爱中国文学或者翻译了多少中国文学作品，"传教士"才是他们的社会身份，"传教"才是他们的主要使命，"中华归主"才是他们不远千里来到中国的宗教使命和责任。而海陶玮等专业学者，他们生活在美国大学建立东亚系的时代背景下，受聘于美国大学担任中国语言和文学方面的教职，汉学教授是海陶玮等专业学者的个人职业，他们对中国文学不再是偶一为之的业余兴趣，而是作为一门学科、一个专业去系统研究，汉学方面的教学是他们的主要工作，汉学方面的研究是他们的学术职责，汉学成果是任职大学对他们履职贡献、学术声誉进行评价的主要依据，担任教职也是他们赖以谋生的手段。同时，他们通过教学和研究培养了大量的汉学人才，在汉学事业传承方面作出了自己的贡献。

在研究领域方面，集中对中国文学进行单独研究。从海陶玮开始，美国汉学不再把文学与语言学、哲学、历史学、人类学等人文社会科学作为一个整体来进行研究，而是把中国文学当作一个独立的学科和唯一的研究对象，其他学科仅仅作为文学研究的宏观背景和相关知识来辅助，海陶玮主要是在世界文学的背景下考察中国文学的独特价值和魅力，着眼于对各种文学作品进行翻译和研究，这是他的主要汉学贡献。

当然，除了这批远赴中国留学的美国学者之外，当时美国汉学界也有一些从事中国文学研究的学者，较早的有薛爱华（Edward Hetzel Schafer, 1913—1991）、白思达（Baxter Glen William, 1914—）、傅汉思（Hans Hermannt Frankel, 1916—2003）、华兹生（Burton Watson, 1925—2017）、白芝（Cyril Birch, 1925—）、韩南（Hanan Patrick Dewes, 1927—2014）等，这些汉学家有的是美国本土培养，有的是从其他国家移居美国，也有的虽然在美国很活跃但是始终没有加入美国国籍的，经过排查，他们从事汉学工作或者发表汉学作品的时间也都晚于海陶玮，海陶玮确实是美国本土最早关注和研究中国文学的学者，康达维评价恩师是美国本土"第一位研究中国文学的学者"①，是准确中肯的。

2. 海陶玮对中国文学诸多方面的研究都具有开创之功

海陶玮不仅是美国本土第一位研究中国文学的学者，而且对中国文学诸多方面的研究都具有开创之功，这主要体现在他的汉学著述在多个领域都具有开拓性、奠基性的作用和影响。

《韩诗外传》是海陶玮在博士学位论文基础上修订而成的译著，是英语世界最早的《韩诗外传》译本，也是迄今为止唯一的一部英译本。从《韩诗外传》自身研究体系来看，这本译著在英语世界产生了广泛的影响，西方人往往把海陶玮《韩诗外传》译著作为"一部研究早期中国文学非常重要的指南手册类书籍"②，关于这本译著的书介书评、观点参考、引用译文等数量庞大。从《韩诗外传》外译史角度看，这本译著在《韩诗外传》多语种译本中，也属于上佳著述，美国汉学家康达维曾经评价这本书是"任何语言中研究该书最佳的著作之一"③。海陶玮还受邀为英国鲁惟一主编《早期的中国文本：书目指南》（*Early Chinese Texts：A Bibliographical Guide*，1993）的《韩诗外传》撰写简介条目，叙述这本古籍在世界范围的研究概况和最新成果，显示了西方世界对海陶玮在《韩诗外传》研究方面权威地位的认可。同时，如果把《韩诗外传》及其论文《〈韩诗外传〉和三家诗》归入《诗经》的研究范畴，可以说，这部译著也是《诗经》学史上的代表作品之一，海陶玮的研究开启了英语世界《诗经》研究的全新领域，即西方《诗经》学史的研究，这一点在《英语世界的〈诗经〉研究》等著作里已经有了清晰的结论④。随着中西文化交流的逐步深入

---

① ［美］康达维：《二十世纪的欧美"文选学"研究》，《郑州大学学报》（哲学社会科学版）1994 年第 1 期。

② David Hawkes，"Review on *Han Shih Wai Chuan*：*Han Ying's Illustrations of the Didactic Application of the Classic of Songs*"，*The Journal of the Royal Asiatic Society of Great Britain and Ireland*，No. 3/4，（Oct.，1953），p. 165. Original text，"an important companion to the study of ancient Chinese literature."

③ 康达维：《欧美赋学研究概观》，《文史哲》2014 年第 6 期。

④ 参见吴结评《英语世界里的〈诗经〉研究》，四川大学出版社 2008 年版，第 189—198 页。

和国内对《韩诗外传》研究的不断拓展，国内学者也逐步关注到海陶玮《韩诗外传》译著的开拓性价值。

《中国文学论题》是海陶玮为哈佛大学中国语言文学课程编写的教材，也是美国首部中国文学史。从世界馆藏量（OCLC 的 Worldcat、CINII）、西方学界学术影响以及与国内影响互动多维度排查的结果表明，这部著作在世界范围内具有广泛的传播和深远的影响力。作为美国中文教学的基础教材，这本书在哈佛大学中国语言文学教学中发挥了重要作用，为美国培养了中国文学方面的汉学人才，也被引入到中国台湾等地用于教学；作为美国首部中国文学史，这部著作虽然简明扼要，体量单薄，但从这部著作自身具有的显著特征，特别是与英语世界第一部及英国第一部中国文学史——英国汉学家翟理斯《中国文学史》相比，具有自身所开创的独有特征和价值，一是这部著作是以"文类"切入中国文学史的叙述，挖掘和深化了西方世界对中国文学种类的认识，成为西方世界对词学等中国文学文类和重要文学作品历史演变做出叙述的最早的基础性著作；二是在每一章节后附有世界范围内对中国文学研究的"参考书目"，其中的"权威文献"可以看作海外早期中国文学研究的书目，"译本书目"可以看作海外早期中国文学翻译的书目，"参考书目"向我们展示了早期中国文学在世界范围内的研究概况，特别是日本、法国、德国、英国等研究中国文学较早国家的主要著作和推荐译作，同时也是一份中国文学研究者、爱好者入门的读书目录。从汉学目录学史角度看，海陶玮《中国文学论题》中的"参考书目"是美国第一种中国文学专题类的研究书目。从美国中国文学史研究史来看，《中国文学论题》是美国中国文学史研究的滥觞，自海陶玮《中国文学论题》之后，美国汉学界开始了对中国文学史专业系统的研究，形成了延续至今的美国中国文学史写作序列和美国中国文学史研究的著作。

《陶潜诗集》是海陶玮集中几十年心血英译的陶渊明全集译著，出版后好评如潮，并在学界产生了持续重要的影响，成为海陶玮汉学代表作品。从英语世界陶学史看，这本译著是英语世界第二部陶渊明集全译本，也是英语世界第一部真正意义的注译本，开启了从翻译到研究的阶段。从翻译角度来讲，笺注翻译、语文分析是海陶玮翻译陶渊明诗文最重要的面貌特征，这些注释评论使海陶玮的翻译实际上带有"研究"的性质，也使海外陶学从文学普及向学术研究延伸，海陶玮的翻译是一种学者型、学术型翻译，提升了海外陶学的深度、层次和水平，也把英语世界的陶学从翻译转向研究阶段。从研究角度来讲，海陶玮在翻译陶集过程中产出的系列陶学论文，即《陶潜的赋》(1954)、《陶潜的饮酒诗》(1968)和《陶潜诗歌中的典故》(1971)3篇论文，在英语世界陶学史上具有开创意义。《陶潜的赋》是"英语世界的第一篇重要的陶学论文"①，开启了英语世界的中文辞赋研究；《陶潜的饮酒诗》揭示了陶渊明在辞官归田期间面临窘迫生活时的复杂内心世界和"以文立传"的诗文创作意图，奠定了英语世界陶学的基调，后继西方学者都以此为基调展开了对陶渊明的解读；《陶潜诗歌中的典故》提出了一套不以"作者用典"而从"读者解典"出发的典故分类体系，并在陶渊明诗集翻译实践中对各类典故采取了不同的翻译技巧和注释方式，开启了英语世界的典故研究。海陶玮的陶学著述对西方陶渊明研究产生了重要影响，标志着英语世界专业研究陶渊明的开始，海陶玮也成为第一位真正称得上陶渊明研究专家的西方学者。②

海陶玮的词学研究在西方学界也具有很强的启发意义。《中国文学论题》中的词史章节成为西方世界对"词"这种中国特有文体的奠基和启蒙，"与中国众多文学分支一样，西方对词的学术兴趣最早是由詹姆斯·罗伯特·海陶玮《词》章节唤起的"③。海陶玮1960年代之后与华裔汉学家叶嘉莹合作翻译研究了系列词学作品，对唐宋许多词人词作都有所涉及，重点对宋代婉约派词人周邦彦和柳永的词进行

---

① 吴伏生：《英语世界的陶渊明研究》，学苑出版社2013年版，第75页。

② 海陶玮关于陶渊明诗文作品的翻译和研究，可参考拙作《美国汉学家海陶玮对陶渊明的研究和接受》，中国社会科学出版社2020年版。

③ Anne Birrell, "Review on *Lyric Poets of the Southern T'ang*：*Feng Yen-ssu*, 903–960 and *Li Yü* 937–978 by Daniel Bryant", *The Journal of the Royal Asiatic Society of Great Britain and Ireland*, No. 2, (1983), p. 349.

了翻译。《中国诗词研究》是两人几十年合作的成果呈现，其中《周邦彦的词》和《词人柳永》两篇论文，集中代表了海陶玮在中国古典词译介和研究方面的成就。考察周邦彦词在英语世界翻译的学术史可以看出，海陶玮对周邦彦词的翻译是英语世界较早并且进行注释性翻译的著述，也是当时对周邦彦词译介最多的著述；考察柳永词在英语世界翻译的学术史可以看出，海陶玮对柳永词的翻译，是英语世界较早且对柳永词作进行注释性翻译的著述，对柳永词的翻译在数量上超过了之前所有译作的总量，也是英语世界译介柳永词最多的著述。《中国诗词研究》"每篇论文都在各自研究领域具有标志性意义"[1]，"这些论文把用英文写的宋词研究推向一个新层次"，推动了中国古典诗词在世界范围内的影响和研究水平，为中国诗词在英语世界的传播作出了贡献。

　　以上是海陶玮汉学成就的主要方面，通过对其他汉学著述的全面考察，我们可以发现，海陶玮在汉学其他领域的很多著述也具有开拓性和启发性。如论文《屈原研究》（1954）认为屈原是一个真实性、历史性人物而非文学性、神话式的人物，被收录在日本《京都大学创立二十五年纪念文集》中，显示了世界汉学界对海陶玮这篇文章的关注和重视；《文选与文类研究》（The *Wen-hsüan* and Genre Theory，1957）论文[2]，是西方较早对《文选》展开研究的文章，特别是文章中对《文选序》的翻译和注释，在西方学界"为中国文学的翻译树立了一个典范"[3]；与葛蓝（William T. Graham, Jr.）合著发表的《庾信的〈哀江南赋〉》论文（Yü Hsin's "*Songs of Sorrow*"，1983）[4] 和独著发表的论

---

① P. W. K. , "Review on *Studies in Chinese Poetry*", *Journal of the American Oriental Society*, Vol. 120, No. 1 (Jan. – Mar. , 2000), p. 157. Original text, "These are, without exception, very learned essays each of which has made its mark on the field. "

② James Robert Hightower, "The *Wen-hsüan* and Genre Theory", *Harvard Journal of Asiatic Studies*, Vol. 20, (1957), pp. 512 –533.

③ ［美］康达维：《二十世纪的欧美"文选学"研究》，《郑州大学学报》（哲学社会科学版）1994 年第 1 期。

④ William T. Graham, Jr. and James R. Hightower, "Yü Hsin's '*Songs of Sorrow*'", *Harvard Journal of Asiatic Studies*, Vol. 43, No. 1, (Jun. , 1983), pp. 5 –55.

文《幽默作家韩愈》（Han Yü as Humorist, 1984）①，是西方社会较早关注和研究庾信和韩愈的文章之一。

3. 为中国文学在世界范围的传播和中国文学成为世界文学作出了贡献

海陶玮的汉学成果除了《韩诗外传》《中国文学论题》《陶潜诗集》《中国诗词研究》之外，还有论文 10 多篇，各种中国文学译作 200 多篇和各类文学类书评 20 多篇。这些著述是美国汉学界最早对中国文学展开的翻译或者专业研究，对西方世界认识、了解和关注中国文学起到了奠基性、启发性的影响。从上文讨论已经可以看出，海陶玮的汉学著述在中西学界都产生了广泛的影响，为中国文学在世界范围的传播做出了重要贡献。

同时，作为一位西方学者，海陶玮始终在世界文学范围内思考、研究、考量和评价中国文学的地位和价值。论文《中国文学在世界文学中的地位》（Chinese Literature in the Context of World Literature, 1953）就是这方面的代表著述②。他认为，中国文学与世界范围内的主要文学相比，最主要的特质就是历史悠久，具有自身特有的趣味和文学价值；研究中国文学，可以在中西比较文学中发现文学中蕴含的恒久因素和价值，考察类似的文学体裁在不同文学中发挥的类似作用，展开中西文学理论对比研究，了解语言工具在中国文学研究中是如何发挥作用并产生文学效果的。

海陶玮在世界文学范围内考察中国文学、把中国文学放在世界文学的背景下给予肯定，显示了他广阔的学术视野和在世界比较文学背景下对东方文学的关注，他在文章中高度评价了中国文学引人瞩目的成就和不可或缺的价值，其实是在世界文学背景下给中国文学以高度的、实际上也是客观的评价，这在西方具有很强的进步意义，中国文学具有 5000 年的灿烂文明渊源和 3000 多年的漫长创作历史，对世界

---

① James Robert Hightower, "Han Yü as Humorist", *Harvard Journal of Asiatic Studies*, Vol. 44, No. 1, (Jun. , 1984), pp. 5 –27.

② James Robert Hightower, "Chinese Literature in the Context of World Literature", *Comparative Literature*, Vol. 5, Vol. 2, (Spring, 1953), pp. 117 –124.

文学包括西方文学的发展具有重要影响和借鉴意义。作为西方研究中国文学的著名学者，海陶玮在这篇论文中关于中国文学在世界文学中地位价值的论断，引起了国内学界的广泛关注，一些学者把这篇论文翻译成中文，还有一些学者把海陶玮对中国文学评价的一些观点作为论据支撑进行引用。

在这篇论文中，海陶玮还特意对研究中国文学的学者进言说，希望研究中国文学的学者可以攻修其他国家的文学，因为以往研究中国文学的多为中国学者，他们对其他国家的文学缺乏深切的认识。研究中国文学的学者们需要通晓至少一种其他文学的治学方法与技巧，并把这些治学方法和技巧应用到中国文学研究上，只有这样，中国文学才能得到正确的评价，西方读者才会心悦诚服地承认中国文学在世界文坛上占据的不可忽视的地位。可以说，海陶玮以一位西方学者的身份在思考如何将中国文学推向西方、走向世界，并对学者素养提出了切实有效的建议，这些建议在今天看来也并未过时，在倡导"中国文化走出去"的时代背景下，中国文学研究者应该突破中国传统学术体系，了解和熟悉其他国家的文学，通晓和借鉴其他国家对文学的研究方法和技巧，从而对中国文学展开多侧面、多角度的研究，才能使西方社会接受和承认中国文学不可或缺的价值和不容忽视的地位，也才能不断推进中国优秀的文学作品成为世界文学经典。

4. 推动了美国对中国文学研究阶段的不断深入细化

如果对美国中国文学研究的历史进行分期，首先可以划分为业余和专业两个明显的阶段，业余阶段应该是 20 世纪中期之前，特别是1928 年哈佛大学燕京学社成立和 1929 年美国学术团体理事会成立"促进中国研究委员会"之前，研究中国文学的群体身份多样，主体是传教士、外交官等业余汉学家，对中国文学的涉猎主要以翻译为主，而且他们往往把文学与哲学、语言学、社会学、地理学、历史学等人文社会科学融为一体，进行宏观介绍和认识；专业阶段是 20 世纪中期之后，尽管 1877 年耶鲁大学和 1879 年哈佛大学相继开设了汉语教席，但并非本土学者担任职位，主要是从中国和欧洲国家聘请，所以 1877 年可以作为美国专业汉学开始的外在标志，但具体到美国中国文学史研究的实际，这一阶段从 20 世纪 20 年代或四五十年代开始，更符合客观实际情况。海陶玮作为美国本土最早专业研究中国文学的学者，是从 20 世纪中期开始陆续发表自己的汉学成果的，他的主要贡献是，把文学作为一个独立的领域和唯一的研究对象，从人文社会科学整体研究中分离出来，实现了中国文化的综合研究向文学单科研究的细化分流，使文学研究开始自立门户。海陶玮的汉学著述非常丰厚，但都紧紧围绕中国文学，特别是中国古典文学。艾朗诺评价："众所周知，他的学术著作为中国文学研究开辟了一个新的立足点，使其成为除传记、文献学和文学史之外的文学。"①

如果把 20 世纪中期开始的专业研究时期再细分，海陶玮之后的学者可以称为第二代美国中国文学研究的汉学家，他们在海陶玮时期偏重于文学整体研究的基础上，继续在中国朝代文学与文体研究方面深耕细作，颇有建树，从而在断代文学研究和文体文学研究方面，超过了自己的导师，取得了更高的成就，成为美国汉学界甚至是世界汉学界研究中国文学的著名汉学家，康达维、梅维恒和艾朗诺是其中最具代表性的人物。康达维沿着海陶玮开创的中国古代辞赋研究道路不断深入，取得了更高的成就，成为西方世界著名汉赋及魏晋六朝文学专家。在"文选学"方面，康达维在海陶玮对《文选》翻译研究的基础上，在西方世界首次全英文翻译了《文选》，成为西方《文选》研究专家。梅维恒主要研究中国语言文学、中古史和敦煌学等，特别在敦煌变文和中国文学史研究方面成就最大。敦煌变文译文是梅维恒进入学界的第一部成果，采取了海陶玮所一贯坚持的注释性翻译，通过注释的详细注解，有效地保障了变文译文的忠实达意，树立了敦煌变文翻译的典范，他还对海陶玮《中国文学论题》这部中国文学史进行了协助修订，也奠定了自己中国文学史研究的学术基础，之后继续编写了系列中国文学史选集和文学史著作，如《哥伦比亚中国传统文学选集》

---

① Ronald Egan, "Speech", in Eva S. Moseley edit., *Speeches at a Memorial Gathering*, p. 24. Original text, "As we all know, his scholarly writings did much to put the study of Chinese literature on a new footing, its own footing as literature apart from biography, philology, and what passed for literary history."

（*The Columbia Anthology of Traditional Chinese Literature*，1994）、《哥伦比亚简明中国传统文学精选》（2000）和《哥伦比亚中国文学史》（*The Columbia History of Chinese Literature*，2001）[①] 等。艾朗诺致力于中国古典文学的研究，尤其是唐宋两代的文学、美学和文化史的研究，他认为自己从海陶玮那里接受了"最严格的古典训练"[②]，海陶玮在宋代诗词方面的研究对艾朗诺具有很重要的启示作用，这也是他后来继续从事宋代文学研究的基础。

综合以上 4 个方面的分析，我们可以得出结论：海陶玮是美国汉学特别是美国中国文学研究的奠基者、先驱者。

二　全球视野下海陶玮中国文学研究具有鲜明的"美国特色"

如果把海陶玮的中国文学研究放在全球视野和中西文化与学术交流背景下考察会发现，美国对于中国文学的研究始于 19 世纪，兴起于 20 世纪中期，虽然起步较晚，但在学术传承上深受英国和欧洲汉学的影响，学习和借鉴了世界范围内的汉学成果，从一开始就获得了广阔的全球视野和较高的发展起点和平台，后来居上，具有鲜明的"美国特色"，这主要体现在综合借鉴世界范围内的汉学成果，始终坚持自身汉学的独立探索和学术创新。

1. 对中国文学的研究综合了世界范围内的汉学成果

海陶玮进入中国文学研究伊始，就具有广阔的学术视野，以世界范围内的汉学成果为基础，充分发挥自己精通英语、汉语、德语、日语、法语等多语言优势，展现出较强的资料搜集和应用能力，对于中国学界乃至世界范围内已经产出的汉学成果，他都充分吸收和借鉴，"博采众长、广鉴成果"是海陶玮长期坚持的翻译理念和研究方法。

---

① 　Victor H. Mair, *The Columbia History of Chinese Literature*，New York：Columbia University Press, 2001. 中译本：梅维恒主编，马小悟等译：《哥伦比亚中国文学史》，新星出版社 2016 年版。

② 　季进：《面向西方的中国文学研究——艾朗诺访谈录》，《上海文化》2010 年第 5 期。

如前文所述，海陶玮译注《韩诗外传》参考的主要文献共有160多种，除了中国传统文献外，还广泛关注西方的相关研究，参考了英国、法国、德国等译本和相关的工具书，有中国古代典籍的译本，有中国哲学思想著作的译本，有古文字参考工具书，等等。

《中国文学论题》是海陶玮在长期学习和考察世界范围内中国文学研究成果的基础上写成的，在全面掌握中国文学整体脉络和研究现状的基础上，以文体为纲勾勒出了中国文学历史的面貌。在写作过程中，他吸收借鉴了已有的中国文学研究成果，作为自己书写中国文学历史的主要素材参考，重点参考的是日文和中文文献。因为中国文学在世界范围的传播，正如汉学（中国学）在世界范围内的传播一样，也是不均衡的，日本作为中国近邻，与中华文化交流频繁，对中国文学的研究历史更加久远，成果也更深入，因此在当时的世界汉学界，日本汉学在中国文化和文学研究方面具有一定的权威。另外正如前文介绍，《中国文学论题》每一章后附的"书目"（Bibliographies）提供了世界范围内中国文学研究的"书目"，其中的权威文献（Authorities）涉及日文、中文和法文、德文等西文著述；"译本书目"列出了章节正文所述文体的代表性作品的外文译本，以英译本优先，还涉及法文、德文译本，选择的都是高质量的优质译本。这个书目体现了海陶玮对中国文学长期阅读的积累，也显示了他利用多语种优势对世界范围内的中国文学研究概况进行的总结。

海陶玮对宋词的翻译和研究，也广泛参考了相关文献。《周邦彦的词》参考了王国维《清真先生遗事》、罗忼烈《拥护新法的北宋词人周邦彦》、陈振孙《直斋书录解题》、毕沅《续资治通鉴》、杨易《周词订律》、唐圭璋《全宋词》、周济《宋四家词选》、张炎《词源》、龙榆生《东坡乐府笺》，等等。《词人柳永》参考了唐圭璋、金启华《论柳永词》、冯其庸《论北宋前期两种不同的词风》、谢维新《合璧事类备要》、罗大经《鹤林玉露》、丁传靖《宋人辑事汇编》、刘义庆《世说新语》、叶梦得《避暑录话》、陈师道《后山诗话》、陈振孙《直斋书录解题》、王辟之《渑水燕谈录》、吴曾《能改斋漫录》、严有翼《艺苑雌黄》、杨湜《古今词话》、王灼《碧鸡漫志》、张舜民

《书塈录》和《古文苑》《福建通志》《镇江府志》《丹徒县志》《昌国舟图志》，等等。

值得指出的是，无论进行中国文学哪个专题的研究，广泛参考世界范围内已有的汉学成果，既是海陶玮广阔学术视野和多语种学术素养的体现，也是他始终坚持的学术研究理念和方法，即坚持对已有学术成果的尊重、研读和继承、批判。他认为："译者应该尽量援用他所能得到的所有评论家和前译者的帮助，才能把握控制住自己的译作。"① 对学者不熟知、不提及、不尊重前人研究的做法总是给予严厉的批评。

对于海陶玮而言，也正是阅读和吸收了大量的前人成果，使他最大程度地避免了作为一位西方学者可能出现的偏颇和错误，他的汉学研究从一开始就站立在较高的平台上，表现出学院式的扎实严谨，也显示出很大的发展潜力。

2. 始终坚持自身汉学的独立探索和学术创新

海陶玮汉学的"美国特色"，不仅体现在综合借鉴世界范围内的汉学成果，而且体现在他始终坚持自身汉学的独立探索和学术创新。

《中国文学论题》是海陶玮根据当时世界汉学界特别是日本汉学界已有研究成果，结合自己的理解和认识写就的中国文学主要文体简史，但整部著作的体系构建、内容阐述等方面，基本上体现了海陶玮自己的想法和认识。他在《中国文学论题》序言指出：

> 提纲中的大部分事实性内容都来自这些二手资料，不过我对本书的章节安排、重点内容和相关阐释负有责任。②

---

① James Robert Hightower, "Review on *T'ao the Hermit, Sixty Poems by T'ao Ch'ien* (365 – 427)", *Harvard Journal of Asiatic Studies*, Vol. 16, No. 1/2, (June, 1953), pp. 265 – 266. Original text, "The would-be translator of T'ao Ch'ien should avail himself of all the help he can get from commentators and previous translators, if only as a measure of control over his own versions."

② James Robert Hightower, *Topics in Chinese Literature: Outlines and Bibliographies*, Cambridge Massachusetts: Harvard University Press, 1953, Preface. Original text, "I have relied on these secondary materials for much of the factual matter incorporated in the outlines; however, I am chiefly responsible for arrangement, emphasis, and interpretation."

纵观整部文学史的写作，海陶玮始终坚持明确的批判意识和清晰的表达，如上文所述，《中国文学论题》最显著的特征就是"文体"意识和叙述视角，这种叙述一方面让西方读者清晰地对中国文学主要文体的历史有了初步的了解，另一方面，通过这种叙述，中国文学特有的一些文体就被凸显出来，这也是海陶玮《中国文学论题》比英语世界首部中国文学史——翟理斯《中国文学史》更具优势的地方，比如"词""戏曲""小说"等长期受到轻视的文学样式得到了重视，这在前文中已有详细分析。《中国文学论题》后附的书目，也体现了海陶玮对学术资料积累的重视，对汉学目录学的贡献，这都大大引发了汉学研究者的兴趣。

在具体的中国文学家及其重要文学作品的评价方面，海陶玮也显示出一位西方学者更加科学客观的态度。比如对明代长篇白话世情小说《金瓶梅》的介绍，《中国文学论题》尽管因为篇幅和体例的原因，一般不涉及具体的作家和作品，但海陶玮却在"白话小说：传奇和小说"（Popular Language Fiction：The Tale and the Novel）章节中，对这部小说不吝笔墨，进行了详细介绍：

> 《金瓶梅》著于明朝，作者不详，是第一部讲述日常生活的小说，也是第一部不以各种民间传奇与历史事件为题材的小说。不可否认，它衍生自《水浒传》中的某一章节，但它所描述的却是一个寻欢作乐的富商的生活，其英雄事迹也都限于卧房之内。一般认为，《金瓶梅》是一部色情小说，其部分内容也的确非色情莫属。然而，此类内容在全书 100 多个章节中所占寥寥，且服务于作者进行道德教化的深远主旨。虽然色情元素是《金瓶梅》得以广泛流传的原因之一，但并非其创作目的，由此来看，《金瓶梅》并不是一部色情小说。纵览全本即可发现，《金瓶梅》对感官之乐的虚无进行了触目惊心的揭露，并通过对极具诱惑的肉体之乐的描写，使其惨不忍睹的结局得到了最有效的烘托。《金瓶梅》是第一部以真实可信的笔触刻画女性角色的中国小说。虽然其手法称不上细腻之至，但其中的许多女子个性鲜明，前后如

一。《金瓶梅》颇具自然主义风格，质朴客观，却又声振林樾。①

在《中国文学在世界文学中的地位》（1953）论文中，海陶玮更是在世界文学背景下，对《金瓶梅》进行了高度评价，他说："中国的《金瓶梅》与《红楼梦》二书，描写范围之广，情节之复杂，人物刻画之细致入微，均可与西方最伟大的小说相媲美。"② 这种评价，与中国传统把该书视为"淫秽之书"有很大区别，从正面明确了该小说伟大的文学价值。海陶玮作为最早接触并研究中国文学的美国学者之一，其评价对后继学者影响很大，《金瓶梅》在西方世界广受关注，不断有学者对其进行翻译介绍和研究③，美国芝加哥大学教授芮效卫（David Tod Roy，1933—2016）花费40多年把《金瓶梅》译成英文出版，取名《金瓶里的梅花》（*The Plum in the Golden Vase*），他的译本成为英语世界第一部《金瓶梅》全译本。芮效卫评价："不论是从中国文学看，还是从世界文学看，这部著作都是叙述艺术发展史上的一

---

① James Robert Hightower，*Topics in Chinese Literature*：*Outlines and Bibliographies*，Cambridge Massachusetts：Harvard University Press，1953，p. 105. Original text，"The first novel of everyday life and also the first novel divorced from popular legend and historical event is the *Chin P'ing mei*，written in Ming times by an unknown author. To be sure it takes as a point of departure an episode from the *Shui hu chuan*，but the life it describes is that of a well-to-do business man bent on pleasure，whose deeds of hero-ism are limited to the bed-chamber. The *Chin P'ing mei* is known as a pornographic novel，and it contains passages which could not be characterized as anything but pornography. However，such passage make up a very small part of the 100 chapters of the whole novel，and they are functional within the profoundly moral purpose of the author. It is not pornography in that the pornographic element is not the excuse for the book——though it helps explain the book's popularity. Read in its entirety，the *Chin P'ing mei* appears as a terrifying exposure of the vanity of pleasure；by depicting the pleasure of the flesh in their most attractive form the author has made his grewsome denouement the more effective. The *Chin P'ing mei* is the first Chi-nese novel with convincing women characters. The treatment is not especially subtle，but the many women who figure in the novel are distinctly individual and consistent. The novel is written in a wooden and imper-sonal style appropriate to a naturalism that observes no reticence. "
② 宋淇译：《中国文学在世界文学中的地位》，载《英美学人论中国古典文学》，香港中文大学出版社 1973 年版，第 259 页。
③ 《金瓶梅》在国外的研究状况，可参阅王丽娜《〈金瓶梅〉在国外》，《河北大学学报》（哲学社会科学版）1980 年第 2 期；王丽娜《〈金瓶梅〉国外研究论著辑录》，《河北大学学报》（哲学社会科学版）1986 年第 3 期；王丽娜《〈金瓶梅〉在国外》，《古典文学知识》2002 年第 5 期；黄卫总《英语世界中〈金瓶梅〉的研究与翻译》，《励耘学刊》（文学卷）2011 年第 2 期。

座里程碑，可能除了《唐·吉坷德》和《源氏物语》，世界文学宝库中当时再无其他作品在思想内容之深奥方面能与之媲美。"

三 美国"中国学"背景下海陶玮秉守传统汉学研究路径

海陶玮20世纪四五十年代正式展开的汉学工作，也受到美国学术发展格局的影响。1946年，被美国政府征召到情报部门工作的海陶玮回到哈佛大学担任讲师，同样于这一年完成美国政府情报工作回到哈佛大学任教的，还有费正清——这位改变了美国汉学历史的人物。

在费正清的倡导下，"二战"后美国汉学发生重大转变，迅速扭转了以欧洲传统汉学为圭臬的趋势，创立了以地区研究为标志、以关注现实中国为特征的现代"中国学"，这种"中国学"不同于偏重语言学、考证学的传统欧洲汉学，强调运用多种档案、多种语言、多种社会科学方法研究现代中国，费正清及其领导的"中国学"逐渐成为美国汉学的主流，使得美国汉学后来居上，成为世界汉学的中心。

海陶玮是在20世纪50年代之后展开自己的学术研究的，主要致力于用传统汉学方法来研究中国古典文学，所以无论是汉学资料的储备，还是汉学导师的指导、汉学发展的环境，都面临着一些局限和瓶颈，这种传统汉学与新兴"中国学"是当时共存于美国汉学领域的两种基本形态。"中国学"兴起和传统汉学并存的历史过程并非和风细雨，而是摩擦不断、充满矛盾的，这种矛盾，在哈佛大学集中体现在坚持传统汉学的海陶玮、杨联陞等学者与费正清、赖肖尔等学者的摩擦和冲突。海陶玮与杨联陞是世界汉学研究范式从传统到现代、研究中心从欧洲到美国的直接亲历者和见证者，他们所秉持的传统汉学与美国"中国学"研究潮流产生了一定的碰撞，并共同为继承传统汉学做了最大的努力，《杨联陞日记》中有大量双方摩擦冲突的片段记录，这种冲突表面上是教学内容、发展计划和教员聘用等方面的矛盾，实际上反映了以费正清、赖肖尔为代表的逐步兴盛的"中国学"，不可避免地对海陶玮、杨联陞等代表的传统汉学研究空间的挤占和冲击，以及后者对前者劲锐发展的敏感、警觉和反抗。海陶玮、杨联陞在战后美国"中国学"兴起过程中与费正清等学者在学术方面的严重分歧和激烈纷争，是兼具以训诂考据为主要方法诠释古典文献的中国学术传统和重典籍、文字学的欧洲汉学传统，与费正清等学者代表的新兴美国"中国学"的发展方向和需求产生的冲突。

直到今天，我们仍然可以看到哈佛大学东亚研究中心、燕京学社与东亚系三足鼎立、各放异彩的情景，这一切，都离不开 20 世纪五六十年代，海陶玮和杨联陞等一代学人为使传统汉学得以保留和传承所做的不懈努力。

四　中西文化交流中海陶玮汉学蕴含着鲜明的东方因素

海陶玮的汉学离不开中西文化交流的时代背景，是在中美关系变化和中西学者交流互鉴中进行的，蕴涵着鲜明的东方因素。

从汉学起源来讲，海陶玮对中国文学的兴趣，是在 1930 年代浓厚的意象派文学氛围影响下，阅读了庞德的中国古诗译本引发的。庞德《神州集》的出版与其所倡导的意象派诗歌运动具有鲜明的东方因素，中国古诗，这个中国文学中最悠久、最灿烂的文学形式，不仅给正在苦苦构筑自己意象派理论的庞德带来了巨大的灵感和支撑，使庞德成为宣扬中国文明、翻译介绍中国古诗并为中西方诗歌互识互鉴做出贡献的媒介，更通过庞德的英译和传播，成为点燃年轻海陶玮从事中国文学研究梦想的媒介。

在庞德创作意象派诗歌的过程中，他与华裔美国学者方志彤保持了密切联系，对庞德来讲，他从与方志彤的密切交流中获得了与中国学者直接探讨的机会，从而加深了对中国思想和传统文化的认识，方志彤充当了东方向西方传达中国思想的角色。海陶玮是"百科全书式诗人"庞德与"百科全书式学人"方志彤交往的见证者，他在悼文中认为，方志彤"扮演了庞德中国信息来源的提供者和儒学方面的导师"①

---

① 　James Robert Hightower, "Achilles Fang: In Memoriam", *Monumenta Serica*, Vol. 45, (1997), p. 402. Original text, "Achilles acting as Pound's Chinese informant and guru on matters Confucian."

角色，同时，正如上文所专门论述的一样，海陶玮把方志彤当作学术导师，主要是为他所具有的深厚渊博的中国传统学养而折服。当时方志彤为海陶玮等哈佛在京的一大批留学生在学业上提供了长期指导，海陶玮当时正在译注的博士学位论文《韩诗外传》全部初稿都包含着方志彤的审阅意见；20 世纪 40 年代之后两人陆续到了哈佛大学，作为仅有的两位中国语言文学的教员在一起共事 30 多年，海陶玮经常请教方志彤，海陶玮之后的著述如《陶潜诗集》等都包含着方志彤的修改意见，方志彤是海陶玮汉学的指导者和帮助者。

中西学者合作是西方汉学家特别是早期汉学家从事汉学采取的主要形式，也是海陶玮从事汉学的基本面貌。海陶玮曾经游学法德，两次留学北京，并到台湾专门进行陶渊明研究，多次参加各国学术会议，结识了大批学者同行，学术交游所涉范围和人数众多，既有美国学界叶理绥、费正清、恒慕义、斯塔福、傅汉思、毕晓普、韩南、魏鲁南、顾立雅、赖肖尔、康达维、梅维恒、艾朗诺、宇文所安、木令耆等，也有欧洲学界霍克思①、傅吾康、侯思孟等，既有日本及东亚学界吉川幸次郎、车柱环等，也有大陆学界包括港澳台地区的陈垣、顾颉刚、郭绍虞、冯友兰、许地山、张星烺、许维遹、王利器、王叔岷、郑振铎等，可以说，海陶玮的汉学生涯始终伴随着国际汉学界的学人支持和互动，其中具有中国传统治学背景并进入美国汉学界的华裔学者，最受海陶玮所倚重。叶嘉莹以及具有中国传统学术根基并在哈佛大学任教的方志彤、杨联陞等人，对海陶玮的汉学帮助最大。海陶玮与叶嘉莹交往合作的 20 世纪六七十年代，正是中国社会文化动荡和大陆与西方世界隔绝的状态，两人的学术合作搭建了中美对峙时期学术交流的桥梁。

---

① 福建师范大学王丽耘博士学位论文《中英文学交流语境中的汉学家大卫·霍克思研究》提及了海陶玮和英国汉学家霍克思（David Hawkes，1923—2009）的学术交往，主要有：霍克思对海陶玮《韩诗外传》做了书评，提出了翻译方面的批评；海陶玮为霍克思《楚辞》译本（1962）写了序言，肯定了霍译《楚辞》的翻译价值；1958 年 9 月至次年 6 月，霍克思任美国哈佛大学远东系客座讲师，与同期去牛津大学做客座教授的海陶玮互换房舍。

　　正如德国汉学家柯马丁指出的那样①，从19世纪后期以来，西方汉学家一直和中国本土学者或者建立密切的合作交流关系（远如理雅各和王韬，近如海陶玮和叶嘉莹），或者对本土学者的成果抱有尊重的态度并加以引用和吸收，这在海陶玮的学术道路上体现得非常充分。华裔汉学家方志彤、叶嘉莹和杨联陞都是海陶玮从事汉学的指导者、协助者和支持者。除此之外，海陶玮两次到京进修期间，文学史研究专家郑振铎都是海陶玮的老师之一②，对他《中国文学论题》写作产生了一定的影响；在海陶玮译注《韩诗外传》过程中，清华大学许维遹和北京大学王利器③给他讲了很多《韩诗外传》及其相关文本的知识，许维遹甚至还把自己尚未出版的《韩诗外传集释》文稿送给海陶玮参考，正如汉学家侯思孟所说："海陶玮，正如他在著作的序言和脚注中反复提到的那样，从他研究之始到职业生涯的结束，都请教了中国学者。"④

　　与中国学者合作也是海陶玮从事汉学研究的重要学术理念，他在《中国文学在世界文学中的地位》中认为⑤，中国文学具有自身特有的趣味和文学价值……作为对中国语言文学天然有"隔"的西方学者，从"他者"角度对中国文学展开研究时，由于语言文化背景的隔阂，不可避免地会遇到障碍与隔膜，对中国诗歌的精深蕴涵理解肯定难以通透，这种透彻的中文研究只能由那些彻底精通中文的人来做，所以"他不仅自己沉浸在中国文学中，而且还主动寻求中国学者的帮助"⑥。

---

　　①　［德］柯马丁撰，何剑叶译：《学术领域的界定——北美中国早期文学（先秦两汉）研究概况》，载张海惠编《北美中国学——研究概述与文献资源》，中华书局2010年版，第605页。

　　②　康达维：《欧美赋学研究概观》，《文史哲》2014年第6期。

　　③　王利器（1912—1998），北京大学教授，著述宏大，号称"两千万富翁"。治学受乾嘉学派影响，长于校勘之学，著有《王利器自传》等30余种，主要著作有《新语校注》《文镜秘府论校注》等。

　　④　Donald Holzman, "Speech", in Eva S. Moseley, edit., *Speeches at a Memorial Gathering*, p. 36. Original text, "Hightower, as he mentions over and over again in his prefaces to his books and in his footnotes, consulted Chinese scholars from the beginning of his studies right to the end of his career."

　　⑤　James Robert Hightower, "Chinese Literature in the Context of World Literature", *Comparative Literature*, Vol. 5, No. 2, (Spring, 1953), pp. 117–124.

　　⑥　Donald Holzman, "Speech", in Eva S. Moseley, ed. *Speeches at a Memorial Gathering*, p. 37. Original text, "For Hightower not only immersed himself in Chinese literature and sought the aid of Chinese scholars."

五　海陶玮汉学体现出中国文学对外传播的复杂历史过程

海陶玮对中国文学的兴趣，是在 1930 年代浓厚的意象派文学氛围影响下，阅读了庞德的中国古诗译本引发的。从海陶玮的整个汉学生涯，我们可以清晰看到中国文学从中国到日本，从日本到美国，从美国到加拿大的传播过程，体会到中国文学对外传播复杂多变的历史动态和"中学西传"复杂的历史过程和影响状况：

从中国到日本。随着中外文化交流的发展，中国传统文化不断以本土为中心向外辐射和传播，周边国家和地区如日本等阅读吸收中国文化有地理优势，许多学者和民众都对中国文化抱有浓厚兴趣，由此产生了历史悠久、实力雄厚、学者众多、成果丰硕的日本汉学。贺永雄、森槐南等汉学家，就是中国文学和文化的仰慕者、学习者和研究者之一。森槐南曾任东京帝国大学汉学系主任，是日本著名的汉诗专家，贺永雄的生平作品暂时不详，他们都是对中国语言和诗歌文化具有浓厚兴趣的汉学家。

从日本到英国。日本汉学由于文化同源和地缘优势等原因，一直在世界汉学格局处于领先地位，也辐射和影响到西方的学者开始关注和研究中国文化。恩内斯特·费诺罗萨（Ernest Fenollosa，1853—1908）是美国东亚研究专家，主要研究东方美术史，逐步对中国产生了兴趣，1896 年至 1900 年，他专门到日本，在时任东京帝国大学汉学系主任森槐南等汉学家门下研习汉诗，并请贺永雄为他做翻译[①]，做了大量的中日文学笔记。通过学习，费诺罗萨对东方文学产生了浓厚的兴趣，尤其对中国文学格外青睐，他曾在写给友人的信中说，"接触他们（中国）的文学，尤其是其中最浓墨重彩的部分，即诗歌，可能会大有收获"[②]。之后，费诺罗萨带着在日本拜师学习的中国文学笔记来到英国。

---

① Achilles Fang, "Fenollosa and Pound", *Harvard Journal of Asiatic Studies*, Vol. 20, No. 1/2, (June, 1957), p. 222.

② 安妮·康诺弗·卡森（Anne Conover Carson）：《庞德、孔子与费诺罗萨手稿——"现代主义的真正原则"》，闫琳译，《英美文学论丛》2011 年第 14 辑。

　　从英国到美国。费诺罗萨在伦敦去世之后，遗孀玛丽·麦克尼尔·费诺罗萨把他在日本学习汉诗的笔记遗稿交给庞德，庞德从费诺罗萨文学笔记遗稿 150 多首汉诗中挑选了 19 首译成英文，编成诗集《神州集》，在英美学界影响很大，诗集副标题为"由埃兹拉·庞德大部分译自李白的汉诗、已故费诺罗萨的笔记，以及贺永雄、森槐南的解读"（*Translation by Ezra Pound for the most part from the Chinese of Rihaku*，*from the notes of the late Earnest Fenollosa*，*and the decipherings of the professors Mori and Ariga.*），标注了自己这部诗集的东方因素。可能正是这部《神州集》，成为点燃年轻学子海陶玮从事文学研究的人生梦想，海陶玮弃医从文，从此走上了文学道路，开始了与中国文学一生的缘分，也成长为一位著名的汉学家。

　　从美国到加拿大。海陶玮利用 20 世纪 40 年代两次来到中国的机会，开始购买和收藏中国书籍，逐步积累了可观的私人汉学收藏。海陶玮的藏书不仅为他的汉学提供了文献支撑，还成为加拿大阿尔伯塔大学中文藏书的基础。1981 年阿尔伯塔大学东亚系建立，同年海陶玮从哈佛大学退休，他决定卖掉自己多年积累的珍爱藏书，对于买主唯一的条件，就是"想要卖给一所大学，这所大学必须有充满活力和发展潜力的中文系"[①]。恰好阿尔伯塔大学东亚系"当时有一个东亚地区研究项目"，[②] 于是，经过一番联系沟通，他把自己积累和珍藏的 11384 册、4500 镑重、92 箱汉学藏书以 5 万美元（含材料和包装共 50100 美元）的价格全部卖给了阿尔伯塔大学图书馆，这批藏书在阿尔伯塔大学的汉学发展方面发挥了很大作用，到了 1990 年代，阿尔伯塔大学东亚系已经发展成为加拿大非常重要的汉学中心，这一切都离不开 1980 年代海陶玮藏书的创始之功，"正是得到海陶玮的这批藏书，我们（阿尔伯塔大学）现在才有了第一流藏书的

---

　　① "Rare Collection of Chinese Books Acquired"，*FOLIO*，University of Alberta，23 January，1986. Original text，"（Hightower）was only willing to sell them to a university with a dynamic and expanding Chinese department."

　　② The letter from Olin B. Murray to Mr. Eugene W. Wu，May 2，1985. Original text，"As we have only in recent years begun a program of study in this area at this university."

基础"，① 海陶玮为之毕生奋斗的汉学事业，又通过跨国卖书这一途径，在另外一个国度——加拿大开花结果。21 世纪的今天，通过阿尔伯塔大学图书馆的搜索功能，我们仍然可以查询和分享到海陶玮这批藏书的内容。

六　批评视角下美国中国文学研究草创时期的粗陋与谬误

由于海陶玮从事中国文学研究是在美国汉学的草创时期，当时的历史环境、研究基础、学术资料都存在着不少制约，作为一位汉学初学者，译注中国文学作品也面临着不少困难，同时，作为一种异质文化背景下的"他者"来研究中国文学作品，海陶玮也存在着一些语言障碍和文化隔膜，不可避免地有粗陋、疏忽和谬误之处。这些粗陋、疏忽和谬误之处放在当时的汉学历史中，是瑕不掩瑜的，不能改变海陶玮汉学著述的价值和地位，但也显示出他以西方文学理论审视和评价中国文学的局限和不足。

论文《中国文学在世界文学中的地位》（Chinese Literature in the Context of World Literature）集中论述了海陶玮在世界文学背景下对中国文学地位和价值的总体评价②，同时这篇论文试图在比较文学由法国学派"影响研究"到美国学派"平行研究"转型过程中探讨和回答：提倡平行研究的学者能否可以从中国文学研究中有所收获和助益，中国文学研究可否纳入平行研究的范围，海陶玮的结论是：收获甚微，远东文学不能作为比较文学的新领域。这种结论显然是偏颇的，包括中国文学在内的东方文学，正是以一种与西方文学完全异质的形态面貌，可以为平行研究提供素材支撑和参比对象。

这篇文章还指出："欧洲文学所有的主要类型，中国文学无所不备，唯独史诗是个例外。"史诗指的是叙述英雄传说或重大历史事件的叙事长诗，是一种比较庄严的文学体裁，这种文学体裁在西方早期文学中比

---

① "Rare Collection of Chinese Books Acquired"，*FOLIO*，University of Alberta，23 January，1986. Original text，"And with this acquisition we now have the basis of a first rate collection."

② James Robert Hightower，"Chinese Literature in the Context of World Literature"，*Comparative Literature*，Vol. 5，No. 2，（Spring，1953），pp. 117–124.

较常见，与抒情诗、戏剧并称为西方文学的 3 种基本类型，古希腊《伊里亚特》《奥德赛》等都是著名的史诗。中国学界直到 20 世纪之后才逐渐认识到史诗的传统和特点，梁启超就发现"泰西诗家之诗，一诗动辄数万言"，而中国的叙事长诗，比如《孔雀东南飞》《北征》《南山》等通常不超过三千字。王国维也感慨中国没有荷马这样的史诗大作家，中国的叙事文学尚在幼稚时代。胡适《白话文学史》指出：故事诗在中国发起很晚，这在世界文学史上是一个罕见的现象，按照以上学者的观点，中国仿佛是没有史诗，陈寅恪则为中国史诗正名，他在《论〈再生缘〉》中说："世人往往震矜于天竺希腊及西洋史诗之名，而不知吾国亦有此体。"他指出：弹词《再生缘》"在国外亦与诸长篇史诗，至少同一文体。"① 陈寅恪对史诗的认识是深刻的，事实上，随着中国学界对史诗认识的逐步深化，学者们开始把中国少数民族史诗作为口头传统的范畴，认定藏族《格萨尔》、蒙古族《江格尔》和柯尔克孜族《玛纳斯》并称为"中国三大传统史诗"。所以海陶玮对中国史诗认识是不够全面的。

《中国文学中的个人主义》（Individualism in Chinese Literature，1961）是利用西方思想观念和理论对中国文学进行分析的一篇论文②，具有一定的典型意义。论文以比较文学与跨文化的视角，采用西方哲学思想特别是美国社会中的核心理念——个人主义，对中国古典文学蕴含的个体因素进行了考察和评论。此文的主要观点是："中国文学以反映社会整一性作为其主要基调……这种本质上的保守首先体现在文体风格上，中国文学作品的文体风格并不怎么反映作为个体的作者的特点，而是更倾向于反映作品所属文本类型的特点，或作者所处的时代的特点（虽然这一点有时候不容易看出来）。"③ 这种反映作家个人生

---

① 宋明宽：《陈寅恪文学思想研究》，硕士学位论文，辽宁大学，2012 年。

② James Robert Hightower, "Individualism in Chinese Literature", *Journal of the History of Ideas*, Vol. 22, No. 2, (Apr. – Jun., 1961), pp. 159 – 168.

③ James Robert Hightower, "Individualism in Chinese Literature", *Journal of the History of Ideas*, Vol. 22, No. 2, (Apr. – Jun., 1961), p. 159. Original text, "In general, though, Chinese literature reflects conformity as its dominant note. …… This essential conservatism shows first of all in the matter of style, which in literary Chinese is less a reflection of the individual writer than of the genre in which he is writing, or (and this is not always obvious) of his period."

活阅历和生命体验的作品，海陶玮称为具有个人主义意识和特质的作品。这种以比较文学与跨文化的研究视角，用西方哲学思想理论的核心——个人主义对中国古典文学进行的分析和阐释，体现了不同于本土中国文学研究的新视角和新维度。但是在用西方哲学思想理论研究中国文学时，海陶玮也显示了自身的局限和不足：一是以西方哲学思想理论考察中国文学，流露出"西方中心主义"的优越感；二是个人主义内涵及其标准的模糊表达造成用其阐释中国文学的有效性不足；三是对中国思想文化和文学传统的隔离造成分析不够全面等，所以结论也就令人难以信服。

以上就是提出的六点研究结论。

通过"美国汉学家海陶玮对中国古典文学的研究"这一典型案例，我们梳理了海陶玮作为"美国本土第一位中国文学研究的专业汉学家"的人生历程，探究了作为美国汉学的早期知识生产者的实际情况，有助于了解20世纪美国对中国文学研究的基本状况，从源头上理清美国专业研究中国文学的学术起点，弥补美国传统汉学研究的不足。海陶玮的汉学涉及中国、美国、英国、法国、德国、日本等世界范围内中国文学的研究成果，通过他的研究，还可以一定程度地拓展我们关于中国文学在世界范围内研究状况的认识。同时，西方汉学家是在西方学术体系和视野下对中国文学进行的研究，会产生不同于中国本土传统研究的成果和有价值的观点、方法，对汉学家及其著述进行研究，将会对国内学界具有参考借鉴价值，使中国文学研究不断向纵深发展，真正重建起我们自身的学术体系。从海陶玮的汉学生涯中，我们可以清晰看到中国文学从中国到日本，从日本到英国，从英国到美国，从美国到加拿大的传播过程，看到"中学西传"复杂的历史过程和影响状况，对探究中国文学在国外传播的理念、路径、方法提供有益的启示。海陶玮一生几乎贯穿整个20世纪，他生长于美国，游学法德，两次访华，充分关注了世界范围内的学术成果，所以他的汉学研究不是孤立的，而是在世界汉学的视阈中致力于中国文学研究，其人生历程映照了中美关系的变化和世界环境的变革，从一个侧面展现20世纪美国中国文学研究的外在学术环境和文化交流背景。他的学术生涯经历了中国学术的现代化转型和美国汉学从传统汉学到"中国学"的转型。海陶玮学术视野和学术交往非常广泛，特别是与西方华裔汉学家的交往非常密切，这说明美国对中国文学研究的起源、发展和学术成果，不仅是美国学术自身发展的结果，也是中国学术传统的辐射和中美学术交流的结果。

参考文献

一　原始档案

哈佛大学档案馆藏海陶玮原始档案

Papers of James R. Hightower, 1940 – 2003.

哈佛大学档案馆藏海陶玮照片档案

Harvard Photos Collection, *Collections of the Harvard University Archives*, Faculty Archives.

哈佛大学档案馆藏海陶玮博士学位论文

James Robert Hightower, *The Han Shih Wai Chuan*, Harvard University, 1946.

哈佛燕京学社藏海陶玮悼文纪念册

Eva S. Moseley ed. , *James Robert Hightower*, 7 *May* 1915 – 8 *January* 2006, *Victor S. Thomas Professor of Chinese Literature*, *Emeritus Harvard University*：*Speeches*.

at a Memorial Gathering at 2 *Divinity Avenue*, *Cambridge*, *Massachusetts*, *Saturday*, 14 *October* 2006, February 2009.

哈佛大学档案馆藏费正清、方志彤等相关人物档案（与海陶玮相关部分）

Papers of John K. Fairbank, 1933 – 1991.

Papers of Achilles Fang, 1910 – 1995.

哈佛燕京学社图书馆特藏《杨联陞日记》（44 本）手稿影印版

哈佛大学图书馆藏伊丽莎白·赫芙口述史《教师、东亚图书馆创馆馆长，从厄巴纳经北京到伯克利》

Rosemary Levenson and Elizabeth Huff, *Teacher and Founding Curator of the East Asian Library from Urbana to Berkeley by Way of Peking*, Harvard University.

Library, Copy by the Regents of University of California, 1980.

加拿大阿尔伯塔大学所藏有关海陶玮私人藏书档案

"Rare Collection of Chinese Books Acquired", *FOLIO*, University of Alberta, 23 January, 1986.

有关海陶玮赠卖图书的内部通讯档案

二　海陶玮著述

（1）海陶玮全部作品（见《海陶玮作品分类年表》①）

（2）海陶玮著作中译本

赖瑞和译：《中国文学在世界文学中的意义》，《中外文学》1977 年第 5 卷第 9 期。

史慕鸿译，周发祥校：《海陶玮〈文选〉与文体理论》，载俞绍初、许逸民《中外学者文选学论著集》，中华书局 1998 年版。

宋淇译：《中国文学在世界文学中的地位》，载《英美学人论中国古典文学》，香港中文大学出版社 1973 年版。

萧孟萍译：《海陶玮：中国文学中的个人主义》，《大学生活》卷 148，1963 年。

张宏生译：《陶潜诗歌中的典故》，《九江师专学报》（哲学社会科学版）1990 年第 2 期。

周发祥译：《屈原研究》，载马茂元《楚辞研究集成·楚辞资料海外编》，湖北人民出版社 1986 年版。

---

① 刘丽丽：《美国汉学家海陶玮对陶渊明的研究和接受》，中国社会科学出版社 2020 年版，附录。

三　中文参考文献

（一）著作

［美］艾朗诺：《美的焦虑：北宋士大夫的审美思想与追求》，杜斐然、刘鹏、潘玉涛译，郭勉愈校，上海古籍出版社 2013 年版。

安平秋、［美］安乐哲：《北美汉学家辞典》，人民文学出版社 2001 年版。

陈军：《文类基本问题研究》，北京大学出版社 2013 年版。

［美］费正清：《费正清自传》，天津人民出版社 1993 年版。

［美］费正清：《费正清对华回忆录》，陆惠勤等译，上海知识出版社 1991 年版。

［德］傅吾康：《为中国着迷，一位汉学家的自传》，欧阳甦译，李雪涛、苏伟妮校，［德］傅复生审定，社会科学文献出版社 2013 年版。

葛桂录：《中外文学交流史（中国—英国卷）》，山东教育出版社 2014 年版。

葛桂录主编：《中国古典文学在英国之旅——英国三大汉学家年谱：翟理斯、韦利、霍克思》，大象出版社 2017 年版。

辜正坤：《中西诗比较鉴赏与翻译理论》，清华大学出版社 2003 年版。

顾钧：《卫三畏与美国早期汉学》，外语教学与研究出版社 2009 年版。

顾钧：《美国第一批留学生在北京》，大象出版社 2015 年版。

顾钧：《美国汉学纵横谈》，华东师范大学出版社 2016 年版。

顾钧、胡婷婷编：《民国学者论英美汉学》，开明出版社 2020 年版。

顾伟列：《20 世纪中国古代文学国外传播与研究》，华东师范大学出版社 2011 年版。

郭绍虞主编：《中国历代文论选》第一册，上海古籍出版社 1979 年版。

（汉）韩婴撰，许维遹校释：《韩诗外传集释》，中华书局 1980 年版。

何培忠主编：《当代国外中国学研究》，商务印书馆 2006 年版。

何寅、许光华主编：《国外汉学史》，上海外语教育出版社 2000 年版。

贺昌盛：《想象的"互塑"——中美叙事文学因缘》，南京大学出版社 2009 年版。

侯且岸：《当代美国的"显学"：美国现代中国学研究》，人民出版社
　　1995 年版。

胡云翼选注：《宋词选》，上海古籍出版社 1997 年版。

黄鸣奋：《英语世界中国古典文学的传播》，上海学林出版社 1997 年版。

季进：《另一种声音——海外汉学访谈录》，复旦大学出版社 2011 年版。

姜智芹：《美国的中国形象》，人民出版社 2010 年版。

［美］柯文：《在中国发现历史》，林同奇译，中华书局 2002 年版。

乐黛云、陈钰选编：《北美中国古典文学研究名家十年文选（1985—
　　1995）》，江苏人民出版社 1995 年版。

李美：《西方文化背景下中国古代古典文学翻译研究》，上海世界图书
　　出版公司 2014 年版。

李欧梵：《哈佛岁月》，人民文学出版社 2010 年版。

李岫、秦林芳主编：《二十世纪中外文学交流史》（上、下），河北教
　　育出版社 2001 年版。

李学勤主编，葛兆光、程钢副主编：《国际汉学著作提要》，江西教育
　　出版社 1996 年版。

梁丽芳、马佳主编：《中外文学交流史（中国—加拿大卷）》，山东教
　　育出版社 2015 年版。

刘丽丽：《美国汉学家海陶玮对陶渊明的研究和接受》，中国社会科学
　　出版社 2020 年版。

刘正：《海外汉学研究——汉学在 20 世纪东西方各国研究和发展的历
　　史》，武汉大学出版社 2002 年版。

（宋）柳永：《柳永词集》，上海古籍出版社 2017 年版。

［英］鲁惟一主编：《中国古代典籍导读》，李学勤等译，辽宁教育出
　　版社 1997 年版。

马积高：《赋史》，上海古籍出版社 1978 年版。

马莎：《周邦彦及其学术史考论》，暨南大学出版社 2017 年版。

马祖毅、任荣珍：《汉籍外译史》，湖北教育出版社 1997 年版。

玛莎·L. 瓦格纳：《莲舟——词在唐代民间文化中的起源》，哥伦比亚
　　大学出版社 1984 年版。

［美］梅维恒主编：《哥伦比亚中国文学史》，马小悟等译，新星出版
　　社2016年版。

莫东寅：《汉学发达史》，大象出版社2006年版。

莫砺锋编：《神女之探寻——英美学者论中国古典诗歌》，上海古籍出
　　版社1994年版。

钱林森：《中国文学在法国》，花城出版社1990年版。

钱林森：《中外文学交流史（中国—法国卷）》，山东教育出版社2015
　　年版。

钱林森：《中外文学因缘》，南京大学出版社1989年版。

钱兆明：《中华才俊与庞德》，中央编译出版社2015年版。

［日］青木正儿：《中国文学思想史纲》，汪馥泉译，山西人民出版社
　　2015年版。

屈守元笺疏：《韩诗外传笺疏》，巴蜀书社2011年版。

桑兵：《国学与汉学：近代中外学界交往录》，浙江人民出版社1999
　　年版。

［美］桑禀华：《中国文学》，李永毅译，译林出版社2016年版。

上海辞书出版社文学鉴赏辞典编纂中心编：《柳永词鉴赏辞典》，上海
　　辞书出版社2015年版。

施建业：《中国文学在世界的传播与影响》，黄河出版社1993年版。

［日］石天干之助：《欧人之汉学研究》，朱滋萃译，山西人民出版社
　　2015年版。

宋柏年：《中国古典文学在国外》，北京语言学院出版社1994年版。

［英］苏珊·巴斯纳特：《比较文学批评导论》，查明建译，北京大学
　　出版社2015年版。

孙虹、任翌选注：《周邦彦词选》，中华书局2005年版。

［美］孙康宜、宇文所安主编：《剑桥中国文学史》（上、下），生活·
　　读书·新知三联书店2013年版。

［美］孙康宜：《词与文类研究》，李奭学译，北京大学出版社2004年版。

［美］孙康宜：《孙康宜自选集：古典文学的现代观》，张健等译，上
　　海译文出版社2013年版。

［美］T. 克里斯托弗·杰斯普森：《美国的中国形象（1931—1949）》，姜智芹译，江苏人民出版社 2010 年版。

谭新红、李烨含编著：《周邦彦词全集：汇校汇注汇评》，崇文书局 2017 年版。

涂慧：《如何译介、怎样研究：中国古典词在英语世界》，中国社会科学出版社 2014 年版。

王宏印编著：《中外文学经典翻译教程》，高等教育出版社 2007 年版。

王宏志：《翻译与文学之间》，南京大学出版社 2011 年版。

王建平、曾华：《美国战后中国学》，东北大学出版社 2003 年版。

王丽娜编著：《中国古典小说戏曲名著在国外》，学林出版社 1988 年版。

王宁：《"后理论时代"的文学与文化研究》，商务印书馆 2019 年版。

王荣华、黄仁伟主编：《中国学研究：现状、趋势与意义》，学林出版社 2007 年版。

王守元、黄清源编：《海外学者评中国古典文学》，济南出版社 1991 年版。

王先谦：《诗三家义集疏》，中华书局 1987 年版。

王晓路：《西方汉学界的中国文论研究》，巴蜀书社 2003 年版。

王晓路编：《北美汉学界的中国文学思想研究》，巴蜀书社 2008 年版。

王晓路主编，刘岩副主编：《北美汉学界的中国文学思想研究》，巴蜀书社 2008 年版。

王晓平：《中外文学交流史（中国—日本卷）》，山东教育出版社 2014 年版。

王晓平、周发祥、李逸津：《国外中国古典文论研究》，江苏教育出版社 1998 年版。

王兆鹏、姚蓉评注：《柳永词》，人民文学出版社 2012 年版。

卫茂平、陈虹嫣等：《中外文学交流史（中国—德国卷）》，山东教育出版社 2015 年版。

魏崇新：《比较视阈中的中国古典文学》，外语教学与研究出版社 2009 年版。

吴伏生：《汉诗英译研究：理雅各、翟理斯、韦利、庞德》，学苑出版社 2012 年版。

吴伏生：《汉学视阈——中西比较诗学要籍六讲》，学苑出版社 2016
　　年版。

吴结评：《英语世界里的〈诗经〉研究》，四川大学出版社 2008 年版。

吴其尧：《庞德与中国文化》，上海外语教育出版社 2006 年版。

吴永安：《来自东方的他者——中国古诗在 20 世纪美国诗学建构中的
　　作用》，北京师范大学出版社 2015 年版。

吴原元：《隔绝对峙时期的美国中国学（1949—1972）》，上海辞书出
　　版社 2008 年版。

吴原元：《走进他者的汉学世界——美国的中国研究及其学术史探研》，
　　上海人民出版社 2016 年版。

夏康达、王晓平：《二十世纪国外中国文学研究》，天津人民出版社 2000
　　年版。

熊文华：《英国汉学史》，学苑出版社 2007 年版。

熊文华：《美国汉学史》，学苑出版社 2015 年版。

熊烨编著：《千春犹待发华滋——叶嘉莹传》，江苏人民出版社 2014
　　年版。

徐来群：《哈佛大学史》，上海交通大学出版社 2012 年版。

徐志啸：《北美学者中国古代诗学研究》，上海古籍出版社 2011 年版。

徐志啸：《比较文学与中国古典文学》，学林出版社 1995 年版。

徐志啸：《古典与比较》，上海古籍出版社 2003 年版。

徐志啸：《华裔汉学家叶嘉莹与中西诗学》，学苑出版社 2009 年版。

徐志啸：《中国古代文学在欧洲》，河北教育出版社 2013 年版。

许渊冲：《文学与翻译》，北京大学出版社 2003 年版。

［美］薛龙：《哈佛大学费正清中心 50 年史（1955—2005）》，［美］欧
　　立德审，路克利译，陈松校，新星出版社 2012 年版。

薛瑞生选注：《柳永词选》，中华书局 2005 年版。

杨联陞著，蒋力编：《哈佛遗墨（修订本）》，商务印书馆 2013 年版。

杨联陞著，蒋力编：《汉学书评》，商务印书馆 2016 年版。

叶嘉莹：《古典诗词讲演集》，河北教育出版社 1997 年版。

叶嘉莹：《好诗共欣赏——陶渊明、杜甫、李商隐三家诗讲录》，三民书局 1998 年版。

叶嘉莹：《迦陵诗词稿（增订版）》，中华书局 2008 年版。

叶嘉莹：《唐宋词名家论稿》，河北教育出版社 1997 年版。

叶嘉莹：《唐宋词十七讲》，河北教育出版社 2000 年版。

叶嘉莹：《我的诗词道路》，河北教育出版社 2002 年版。

叶嘉莹：《叶嘉莹说陶渊明饮酒及拟古诗》，中华书局 2015 年版。

叶嘉莹口述，张候萍撰写：《红蕖留梦——叶嘉莹谈诗忆往》，生活·读书·新知三联书店 2013 年版。

叶维廉：《寻求跨中西文化的共同文学规律》，北京大学出版社 1987 年版。

于淑娟：《韩诗外传研究——汉代经学与文学关系透视》，上海古籍出版社 2011 年版。

余英时：《余英时回忆录》，台北允晨文化 2018 年版。

［美］宇文所安：《中国传统诗歌与诗学：世界的征象》，陈小亮译，中国社会科学出版社 2013 年版。

［美］宇文所安：《追忆——中国古典文学中的往事再现》，郑学勤译，生活·读书·新知三联书店 2014 年版。

［美］张凤：《哈佛问学录》，重庆出版社 2015 年版。

［美］张凤：《哈佛心影录》，上海文艺出版社 2000 年版。

张海惠编：《北美中国学——研究概述与文献资源》，中华书局 2010 年版。

张弘：《中国文学在英国》，花城出版社 1992 年版。

张宏生编著：《戈鲲化集》，江苏古籍出版社 2000 年版。

张隆溪：《走出文化的封闭》，生活·读书·新知三联书店 2004 年版。

张培恒、骆玉明主编：《中国文学史》，复旦大学出版社 2004 年版。

张西平：《问学于中西之间》，外语教学与研究出版社 2013 年版。

张西平主编，李雪涛副主编：《西方汉学十六讲》，外语教学与研究出版社 2011 年版。

赵毅衡：《对岸的诱惑——中西文化交流人物》，知识出版社 2003 年版。

赵毅衡：《诗神远游——中国如何改变了美国现代诗》，上海译文出版社 2003 年版。

郑树森：《中美文学因缘》，台湾东大图书公司 1985 年版。

中国社会科学院情报研究所编：《美国中国学手册》，中国社会科学出版社 1981 年版。

中国社会科学院哲学社会科学情报研究所编：《美国的中国学家》，未刊版，1977 年版。

钟玲：《美国诗与中国梦》，广西师范大学出版社 2003 年版。

（宋）周邦彦著，李保民导读：《周邦彦词集》，上海古籍出版社 2010 年版。

（宋）周邦彦著，罗忼烈笺注：《清真集笺注》，上海古籍出版社 2008 年版。

周发祥：《西方文论与中国文学》，江苏教育出版社 1997 年版。

周发祥、李岫主编：《中外文学交流史》，湖南教育出版社 1999 年版。

周发祥、魏崇新编：《碰撞与融合：比较文学与中国古典文学》，外语教学与研究出版社 2005 年版。

周宁、朱徽、贺昌盛、周云龙：《中外文学交流史（中国—美国卷）》，山东教育出版社 2015 年版。

周振甫：《文心雕龙今译》，中华书局 1986 年版。

朱光潜：《诗论》，北京出版社 2014 年版。

朱徽：《中国诗歌在英语世界——英美译家汉诗翻译研究》，上海外语教育出版社 2009 年版。

朱徽：《中美诗源》，四川人民出版社 2001 年版。

朱徽：《中英诗艺比较研究》，四川大学出版社 2010 年版。

朱振武：《汉学家的中国文学英译历程》，华东理工大学出版社 2017 年版。

朱政惠：《美国中国学发展史：以历史学为中心》，中西书局 2014 年版。

朱政惠：《美国中国学史研究》，上海古籍出版社 2004 年版。

宗白华：《美学散步》，上海人民出版社 1981 年版。

邹颖：《美国的明清小说研究》，南京大学出版社 2016 年版。

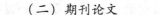

（二）期刊论文

［美］艾朗诺：《北美学者眼中的唐宋文学》，《社会科学报》2010 年12 月 23 日第 5 版。

［美］艾朗诺：《散失与累积：明清时期〈漱玉词〉篇数增多问题》，《中国韵文学刊》2012 年第 1 卷。

安妮·康诺弗·卡森（Anne Conover Carson）：《庞德、孔子与费诺罗萨手稿——"现代主义的真正原则"》，闫琳译，《英美文学论丛》2011 年春第 14 辑。

包延新、孟伟：《〈诗经〉英译概述》，《遵义师范学院学报》2003 年第 5 卷第 1 期。

陈才智：《西方〈昭明文选〉研究概述》，载阎纯德主编《汉学研究》第九辑，中华书局 2006 年版。

［美］陈士栓：《词之起源再探》，《美国东方学会会刊》1970 年第 90 卷第 2 期。

陈思和：《对中西文学关系的思考》，《中国比较文学》2011 年第 2 期。

陈引驰：《海外汉学：何以会出现这样的错误？——从〈西方汉学界的中国文论研究〉谈考察海外汉学的若干问题》，《中国社会科学院院报》2003 年 5 月 22 日。

陈毓贤：《再谈柯立夫和方志彤藏书癖：汉学制度前的产物》，《东方早报》2013 年 6 月 3 日。

程章灿：《岁月匆匆六十年：由〈哈佛亚洲学报〉看美国汉学的成长（上）》，载《古典文学知识》1997 年第 1 期。

崔军红：《从〈文选序〉看萧统对齐梁文风的矫正》，《郑州大学学报》（哲学社会科学版）2005 年第 38 卷第 5 期。

［美］方志彤：《翻译困境之反思》，王晓丹译，《国际汉学》2016 年第 2 期。

高峰枫：《"所有人他都教过"——方志彤与哈佛在京留学生》，《东方早报·上海书评》2012 年 8 月 19 日。

顾钧：《美国汉学的历史分期与研究现状》，《国外社会科学》2011 年第 2 期。

郭延礼：《19 世纪末 20 世纪初东西洋〈中国文学史〉的撰写》，《中华读书报》2001 年 9 月 19 日。

何文静：《"楚辞"在欧美世界的译介与传播》，《三峡论坛》2010 年第 5 期。

胡静：《用生命感悟古典诗词——叶嘉莹教授访谈录》，《社会科学家》2007 年第 4 期。

胡作友：《〈文心雕龙〉英译述评》，《合肥工业大学学报》（社会科学版）2008 年第 22 卷第 4 期。

胡作友、张小曼：《〈文心雕龙〉英译，一个文化的思考》，《学术界》2010 年第 9 期。

黄立：《西方文论观照下的唐宋词研究——英语世界唐宋词研究》，《外语与外语教学》2010 年第 1 期。

黄鸣奋：《哈佛大学的中国古典文学研究》，《文学遗产》1995 年第 3 期。

季进：《面向西方的中国文学研究——艾朗诺访谈录》，《上海文化》2010 年第 5 期。

江岚：《重洋路远花犹红》，《中华读书报》2019 年 7 月 3 日第 18 版。

蒋力：《写书评"消耗"了他很大精力——杨联陞先生的书评写作》，《中华读书报》2016 年 9 月 28 日第 10 版。

蒋文燕：《美国汉学家海陶玮赋学研究述评》，《人文丛刊》2016 年辑刊。

蒋文燕：《研穷省细微，精神入画图——汉学家康达维访谈录》，《国际汉学》2010 年第 2 期。

［美］康达维：《二十世纪的欧美"文选学"研究》，《郑州大学学报》（哲学社会科学版）1994 年第 1 期。

［美］康达维：《欧美赋学研究概观》，《文史哲》2014 年第 6 期。

康文：《再谈"外国人所写之中国文学史"》，《鲁迅研究动态》1989 年第 9 期。

［苏］李福清、王丽娜：《〈聊斋志异〉外文译本补遗》，《文学遗产》1989 年第 1 期。

李明滨：《世界第一部中国文学史的发现》，《北京大学学报》（哲学社会科学版）2002 年第 1 期。

李欧梵：《在哈佛做访学教授》，《粤海风》2005 年第 5 期。

李若虹：《汉学和中国学岂能分立山头：柯立夫与杨联陞（上、下）》，《文汇学人：学林》2017 年第 319 期。

林文月：《简评海涛著〈中国文学讲论〉》，载《读中文系的人》，文化艺术出版社 2011 年版。

林文月：《害羞的学者》，载《交谈》，九歌出版社 1988 年版。

刘丽丽：《海陶玮汉学研究的源起及其"东方因素"》，《河北学刊》2020年第 6 期。

刘丽丽：《论学曾同辩古今——叶嘉莹与海陶玮的中国古典诗词合作研究》，载《当代比较文学》（第二辑，陈戎女主编），华夏出版社 2018 年版。

刘丽丽：《美国首部中国文学史——海陶玮〈中国文学论题〉探析》，《国际文学》2022 年第 1 期。

刘强：《〈韩诗外传〉著作性质考论》，《语文学刊》2010 年第 3 期。

刘颖：《关于〈文心雕龙〉的英译与研究》，《外语教学与研究》2009年第 41 卷第 2 期。

吕冠南：《海陶玮〈韩诗外传〉英译本析论》，《汉籍与汉学》2019 年第 2 期。

罗立军：《〈韩诗外传〉诗教思想探究》，《广西社会科学》2007 年第 6 期。

马鸿雁：《〈韩诗外传〉研究综述》，《古籍整理研究学刊》2004 年第 4 期。

马振方：《〈韩诗外传〉之小说考辨》，《北京大学学报》2007 年第 3 期。

孟庆阳、武薇：《试论〈韩诗外传〉中的小说因素》，《平原大学学报》2006 年第 1 期。

木令耆：《方志彤与"他们仨"》，《二十一世纪双月刊》2005 年第 88 期。

木令耆：《海陶儿与欧美中国古典文学研究》，《二十一世纪双月刊》2008 年总第 106 期。

木令耆：《记方志彤教授（下）》，《二十一世纪》2005 年 4 月。

钱兆明、欧荣：《缘起缘落：方志彤与庞德后期儒家经典翻译考》，《浙江大学学报》（人文社会科学版）2015 年第 45 卷第 3 期。

钱兆明、欧荣：《方志彤——〈钻石机诗章〉背后的中国学者》，《英美文学研究论丛》2014 年第 21 辑。

任增强：《美国汉学家论〈诗大序〉》，《贵州师范大学学报》（社会科学版）2010 年第 5 期。

苏炜：《有感于美国中国学研究》，《读书》1987 年第 2 期。

汪榕培：《一语天然万古新》（上），《外语与外语教学》（大连外国语学院学报）1998 年第 10 期。

王丽耘、朱珺、姜武有：《霍克思的翻译思想及其经典译作的生成——以〈楚辞〉英译全本为例》，《燕山大学学报》（哲学社会科学版）2013 年第 14 卷第 4 期。

王水照：《中国自撰文学史第一部之争及其学术史启示》，《中国文化》2008 年第 27 期。

王忠祥、胡玲：《柳永浪子形象形成初探（上）》，《承德民族师专学报》2007 年第 27 卷第 3 期。

吴珺如：《海外汉学北美词学研究述评》，《东吴学术》2012 年第 5 期。

夏传才：《略述国外〈诗经〉研究的发展》，《河北师院学报》（社会科学版）1997 年第 2 期。

熊文华：《哈佛大学见证美国汉学的发展》，《汉学研究》2010 年第 13 集。

徐文堪：《不该被遗忘的方志彤先生》，《东方早报·上海书评》2011 年 1 月 9 日。

徐志啸：《海外汉学对国学研究的启示——以日本、美国汉学研究个案为例》，《中国文化研究》2012 年第 12 期。

闫雅萍：《〈文心雕龙〉书名的英译：必也正名乎?》，《比较文学与世界文学》2012 年第 2 期。

［美］杨联陞：《论东晋南朝县令俸禄的标准——陶潜不为五斗米折腰新释质疑》，《东洋史研究》1962 年第 2 期。

叶嘉莹：《中英参照本〈迦陵诗词论稿〉序言——谈成书之经过及当年哈佛大学海陶玮教授与我合作研译中国诗词之理念》，《文学与文化》2012 年第 4 期。

于淑娟：《韩诗外传研究——汉代经学与文学关系透视》，上海古籍出版社 2011 年版。

于淑娟：《向何时何地出发?》，《读书》2008 年第 11 期。

余英时：《中国文化的海外媒介》，载余英时《钱穆与中国文化》，上海远东出版社 1994 年版。

张良娟：《〈韩诗外传〉无关诗义的确证》，《景德镇高专学报》2008年第 3 期。

张雯：《宋词英译美学探微——〈踏莎行〉〈秋夜月〉个案分析》，《河北工程大学学报》（社会科学版）2011 年第 28 卷第 3 期。

张雯：《中国古代文论在美国传播的三部曲》，《中南大学学报》（社会科学版）2012 年第 18 卷第 1 期。

张岩：《〈韩诗外传〉与〈论语〉异同浅议》，《大连大学学报》2004年第 5 期。

赵苗：《二十世纪初期日本的中国文学史》，《洛阳师范学院学报》2010年第 3 期。

赵庆庆：《加拿大华人文学概貌及其在中国的接受》，《世界华文文学论坛》2011 年第 2 期。

周发祥：《〈诗经〉在西方的传播与研究》，《文学评论》1993 年第 6 期。

周发祥：《西方的唐宋词研究》，《文学遗产》1993 年第 1 期。

周发祥、王晓平、李聆：《1995 年以来国外中国文学研究概览》，《社会科学管理与评论》2000 年第 4 期。

周一良：《纪念杨联陞教授》，载《毕竟是书生》，北京十月文艺出版社 1998 年版。

朱徽：《互涉文本：美国现代诗中的中国诗》，《中国比较文学》1995年第 1 期。

朱徽：《美国后现代诗歌与中国古诗》，《外国文学》2003 年第 5 期。

（三）学位论文

陈金鹏：《俄国汉学家王西里与世界首部中国文学史》，硕士学位论文，南开大学，2005 年。

郭顺：《〈韩诗外传〉史料价值研究》，硕士学位论文，吉林大学，2013 年。

黄金艳：《〈韩诗外传〉与上古文学叙事》，硕士学位论文，东北师范大学，2013 年。

焦勇：《英语国家的〈诗经〉译介及专题研究》，硕士学位论文，山西
　　大学，2013 年。

李康：《〈诗经〉在美国的传播》，硕士学位论文，山东大学，2009 年。

刘鹏：《〈韩诗外传〉思想研究》，硕士学位论文，山东师范大学，
　　2015 年。

刘强：《〈韩诗外传〉研究》，硕士学位论文，西北师范大学，2005 年。

刘秀俊：《"中国文化的海外媒介"——杨联陞学术交往探要》，博士
　　学位论文，山东大学，2010 年。

孙娟：《〈韩诗外传〉研究论略》，硕士学位论文，福建师范大学，
　　2006 年。

吴珺如：《论词之意境及其在翻译中的重构》，博士学位论文，上海外
　　国语大学，2009 年。

王丽耘：《中英文学交流语境中的汉学家大卫霍克思研究》，博士学位
　　论文，福建师范大学，2012 年。

王培友：《〈韩诗外传〉研究》，硕士学位论文，曲阜师范大学，2005 年。

应梅：《"汉学西渐的使者"——跨文化人方志彤研究》，硕士学位论
　　文，杭州师范大学，2014 年。

张文敏：《近五十年来英语世界中的唐宋词研究》，硕士学位论文，河
　　北大学，2009 年。

张心爱：《〈韩诗外传〉的校注商兑》，硕士学位论文，曲阜师范大学，
　　2010 年。

　　（四）会议论文、未刊论文

北京外国语大学国际中国文化研究院等编：《中国文化的世界性意义
　　高层论坛——全国高校国际汉学研究会议论文汇编》，北京外国
　　语大学，2016 年 6 月 23—24 日。

中国比较文学学会海外汉学研究分会编：《"国际汉学与中国经典翻
　　译"国际学术研讨会暨国际汉学研究口述史工作坊论文集》，
　　2019 年 11 月。

张宏生：《美国汉学——中国古代文学研究》，北京外国语大学国际中

国文化研究院图书馆藏，未刊版。

四　外文参考文献

（一）英文著作

A. Wylie, *Note on Chinese Literature*, Shanghai：American Presbyterian Mission Press, 1902.

Birch, Cyril and Keene, Donald, *Anthology of Chinese Literature：From Early Times to the Fourteenth Century*, New York：Grove Press, 1965.

Birch, Cyril, edit. , *Anthology of Chinese Literature*, （Volume Ⅱ）, New York：Grove Press, 1972.

Bishop, John L. , *Studies in Chinese Literature*, Cambridge Massachusetts：Harvard University Press, 1965.

Ch'en, Shouyi, *Chinese Literature：A Historical Introduction*, New York：The Ronald Press Company, 1961.

Chen, Eoyang Eugene, *The Transparent Eye：Reflections on Translation, Chinese Literature and Comparative Poetics*, Honolulu：University of Hawaii Press, 1993.

Chow Tse-tsung, ed. , *Wen-lin：Studies in the Chinese Humanities*, Madison：University of Wisconsin Press, 1968.

Cohen, Paul A. , *Discovering History in China：American Historical Writing on the Recent Chinese Past*, New York：Columbia University Press, 1984.

Candlin Clara M. , *The Herald Wind：Translations of Sung Dynasty Poems, Lyrics and Songs*, London：J. Murray, 1933.

David, Damrosch, *The Longman Anthology of World Literature*, New York：Longman, 2004.

David R. Knechtges and Taiping Chang, edit. , *Ancient and Early Medieval Chinese Literature, A Reference Guide*, Leiden：Brill, 2010.

David Hawkes, *Ch'u Tz'u：The Songs of the South, An Ancient Chinese An-

thology, Oxford: The Clarendon Press, 1959.

Fairbank, John King, *The United States and China*, Cambridge Massachu-
setts: Harvard University Press, 1983.

Feng, Yuanchun, *A Short History of Classical Chinese Literature*, Peking:
Foreign Language Press, 1958.

Giles, Herbert Allen, *Chinese Poetry in English Verse*, London: Bernard
Quaritch, 1898.

Giles, Herbert Allen, *Gems of Chinese Literature*, Shanghai: Kelly and
Walsh, 1883.

Giles, Herbert Allen, *A History of Chinese Literature*, New York: Grove
Press Inc. , 1923.

Hinton, David, *Classical Chinese Poetry*, New York: Farrar, Straus and
Gioux, 2008.

Lai, M. , *A History of Chinese Literature*, New York: The John Day Com-
pany Inc. , 1964.

Lindbeck, John M. H. , *Understanding China: An Assessment of American
Scholarly Resources*, New York: Praeger Publishers, 1971.

Liu, James J. Y. , *Chinese Theories of Literature*, Chicago: University of
Chicago Press, 1975.

Liu, James J. Y. , *The Art of Chinese Poetry*, Chicago: University of Chi-
cago Press, 1962.

Liu, Wuchi, *An Introduction to Chinese Literature*, Bloomington: Indiana
University Press, 1966.

Lyman, Bishop John, *Studies in Chinese Literature*, Cambridge Massachu-
setts: Harvard University Press, 1965.

Mair, Victor H. , *The Columbia Anthology of Traditional Chinese Litera-
ture*, New York: Columbia University Press, 1994.

Maynard, Mack, *The Norton Anthology of World Masterpieces*, New York:
Norton, 1992.

Minford, John and Lau, *Classical Chinese Literature: An Anthology of*

Translations, New York: Columbia University Press, 2000.

Minford, John and Lau, Joseph S. M. eds. , *Anthology of translations of Classical Chinese Literature* (Volume One), New York and Beijing: Columbia University Press and The Chinese University Press, 2000.

Owen, Stephen, *Reading in Chinese Literary Thought*, Cambridge Massachusetts: Harvard University Press, 1992.

Owen Stephen, *An Anthology of Chinese Literature*: *Beginning to* 1911, New York and London: W. W. Norton & Company, 1996.

Pound, Ezra, *Lustra of Ezra Pound with Early Poems*, New York: A. A. Knopf New, 1917.

Robert, Payne, edit. , *The White Pony*: *an Anthology of Chinese Poetry From the Earliest Times to the Present Day*, New York: The John Day Company, 1947.

Roberts, David, *Jean Stafford*: *A Biography*, London: Chatto and Windus, 1988.

Sabina Knight, *Chinese Literature*, *A Very Short Introduction*, Oxford: Oxford University Press, 2012.

Sun, Kang-I Chang, *Six Dynasties Poetry*, Princeton: Princeton University Press, 1986.

Victor H. Mair, *The Columbia History of Chinese Literature*, New York: Columbia University Press, 2001.

Vincent Yu-chung Shih, trans. , *The Literary Mind and the Carving of Dragons by Liu Hsieh*, *A Study of Thought and Pattern in Chinese Literature*, New York: Columbia University Press, 1959.

Waley, Arthur, *One Hundred & Seventy Chinese Poems*, London: Constable and Company Ltd. , 1918.

Watson, Burton, *The Columbia Book of Chinese Poetry*: *Early Times to the Thirteenth Century*, New York: Columbia University Press, 1984.

Watson, Burton, trans. , *The Columbia Book of Chinese Poetry*: *From Early Times to the Thirteenth Century*, New York: Columbia University Press,

1986.

William H. Nienhauser Jr. , Edit. and Comp. , *The Indiana Companion to Traditional Chinese Literature*, Bloomington: Indiana University Press. (Vol. 1, 1986; Vol. 2, 1998)

Wai-lim Yip, *Ezra Pound's Cathay*, New Jersey: The Princeton University Press, 1969.

Yang, Lien-Sheng, *Topics in Chinese History*, Cambridge Massachusetts: Harvard University Press, 1950.

Yuen-Ren Chao and Lien-Sheng Yang edit. , *Concise Dictionary of Spoken Chinese*, Cambridge Massachusetts: Harvard University Press, 1947.

（二）期刊论文

Anne Birrell, "Review on *Lyric Poets of the Southern T'ang: Feng Yen-ssu, 903 – 960, and Li Yü, 937 – 978 by Daniel Bryant*", *The Journal of the Royal Asiatic Society of Great Britain and Ireland*, No. 2, (1983) .

A. Waley, "Review on *Topics in Chinese Literature, Outlines and Bibliographies*", *The Journal of the Royal Asiatic Society of Great Britain and Ireland*, No. 1/2, (Apr. , 1951) .

Arthur W. Hummel, "Review on *Topics in Chinese Literature*", *The Far Eastern Quarterly*, Vol. 10, No. 2, (Feb. , 1951) .

Achilles Fang, "Fenollosa and Pound", *Harvard Journal of Asiatic Studies*, Vol. 20, No. 1/2, (June, 1957) .

Baxter, Glen William, "Metrical Origins of the Tz'u", *Harvard Journal of Asiatic Studies*, Vol. 16, No. 1/2, (Jun. , 1953) .

Bodde, Derk, "Review on *Topics in Chinese Literature* by James Hightower and *Topics in Chinese History* by Lien-sheng Yang", *Journal of the American Oriental Society*, Vol. 71, No. 1, (Jan. – Mar. , 1951) .

Chou, Shan, "Allusion and Periphrasis as Modes of Poetry in Tu Fu's 'Eight Laments'", *Harvard Journal of Asiatic Studies*, Vol. 45, No. 1 (Jun. , 1985) .

Crump, "Review on *Han Shih Wai Chuan: Han Ying's Illustrations of the*

Didactic Application of the Classic of Songs", *The Far Eastern Quarterly*, Vol. 12, No. 2, (Feb. , 1953).

C. H. Wang, "Review on *Studies in Chinese Literary Genres*", *Comparative Literature*, Vol. 29, No. 4, (Autumn, 1977).

C. H. Wang, "Ch'en Yin-k'o's Approaches to Poetry: A Historian's Progress", *Chinese Literature: Essays, Articles, Reviews (CLEAR)*, Vol. 3, No. 1, (Jan. , 1981).

Claudio Guillén, "On the Uses of Monistic Theories: Parallelism in Poetry", *New Literary History*, Vol. 18, No. 3, (Spring, 1987).

C. N. Tay, "From Snow to Plum Blossoms: A Commentary on Some Poems by Mao Tse-Tung", *The Journal of Asian Studies*, Vol. 25, No. 2, (Feb. , 1966).

Charles Hartman, "Literary and Visual Interactions in Lo Chih-chuan's 'Crows in Old Trees'", *Metropolitan Museum Journal*, Vol. 28, (1993).

Christoph Harbsmeier, "Confucius Ridens: Humor in The Analects", *Harvard Journal of Asiatic Studies*, Vol. 50, No. 1, (Jun. , 1990).

David Hawkes, "Review on *Han Shih Wai Chuan*", *The Journal of the Royal Asiatic Society of Great Britain and Ireland*, No. 3/4, (Oct. , 1953).

David Johnson, "The Wu Tzu-hsü Pien-wen and Its Sources: Part I", *Harvard Journal of Asiatic Studies*, Vol. 40, No. 1, (Jun. , 1980).

Dale R. Johnson, "The Prosody of Yüan Drama", *T'oung Pao*, Second Series, Vol. 56, Livr. 1/3, (1970).

Eduard Erkes, "The Feng-Fu [Song of the Wind] by Song Yu", *Asia Major*, Vol. 3, (1926).

Edwin A. Cranston, "To the Tune 'Empty the Cup'", in Alice W. Cheang, *A Silver Treasury of Chinese Lyrics*, Hong Kong: The Chinese University of Hong Kong, 2003.

Edwin A. Cranston, "To the Tune 'Empty the Cup'", *Renditions*, (Autumn 2002).

George A. Kennedy, "Review on *Han Shih Wai Chuan*", *Journal of the*

American Oriental Society, Vol. 74, No. 4, (Oct. – Dec., 1954).

Glen William Baxter, "Metrical Original of the Tz'u", *Harvard Journal of Asiatic Studies*, Vol. 16, (1953).

G. Arbuckle, "A Note on the Authenticity of the Chunqiu Fanlu 春秋繁露: The Date of Chunqiu Fanlu Chapter 73 'Shan Chuan Song 山川颂' ('Praise-ode to Mountains and Rivers')", *T'oung Pao*, Second Series, Vol. 75, Livr. 4/5, (1989).

Hanan, Patrick, et al., "Memorial Minute-James Robert Hightower (1915 – 2006)", *Minutes of Meeting of the Faculty of Arts and Sciences*, Harvard University, (1 May, 2007).

Hummel, Arthur W., "Review on *Topics in Chinese Literature*", *The Far Eastern Quarterly*, Vol. 10, No. 2, (Feb., 1951).

Harrison T. Meserole, "1968 MLA International Bibliography of Books and Articles on the Modern Languages and Literature", *PMLA*, Vol. 84, No. 4, (Jun., 1969).

John K. Fairbank & Joyce C. Lebra, "Earl Swisher (1902 – 1975)", *Journal of Asian Studies*, Vol. 35, No. 3, (May 1976).

Kao, Yu-kung and Mei, Tsu-lin, "Meaning, Metaphor and Allusion in T'ang Poetry", *Harvard Journal of Asiatic Studies*, Vol. 38, (1978).

Knechtges, David R., "Problems of Translating the Han Rhapsody", in Chan Sin-wai and David E. Pollard, *An Encyclopedia of Translation*, Hong Kong: The Chinese University Press, 2001.

Kenneth S. Latourette, "American Scholarship and Chinese History", *Journal of the American Oriental Society*, Vol. 38, (1918).

Lattimore, David, "Allusion and T'ang Poetry", in Arthur F. Wright and Denis Twitchett eds., *Perspectives on the T'ang*, New Haven: Yale University Press, 1973.

Lien-sheng Yang, "Numbers and Units in Chinese Economic History", *Harvard Journal of Asiatic Studies*, Vol. 12, No. 1/2, (Jun., 1949).

Lien-Sheng Yang, "The Form of The Paper Note Hui-tzu of The Southern

Sung Dynasty", *Harvard Journal of Asiatic Studies*, Vol. 16, No. 3/ 4, (Dec. , 1953).

Lien-sheng Yang, "Review on *Ch'u Tz'u: The Songs of the South, An Ancient Chinese Anthology* by David Hawkes", *Harvard Journal of Asiatic Studies*, Vol. 23, (1960 – 1961).

Li Chon-ming, "Foreword", *Renditions*, No. 1, (1973).

Lau, D. C. "Twenty Selected Lyrics", *Renditions*, No. 11 & 12, (1979).

Wang, C. H. , "Review on *Studies in Chinese literary genres*", *Comparative Literature*, Vol. 29, No. 4, (Autumn, 1977).

Winnie Lai-Fong Leung, "Thirteen Tz'u by Liu Yung", *Renditions*, No. 11 & 12, (1979).

Moseley, Eva S. , "James Robert Hightower Dies at 90", *Harvard University Gazette*, March 2, 2006.

P. W. K. , "Review on *Studies in Chinese Poetry*", *Journal of the American Oriental Society*, Vol. 120, No. 1, (Jan. – Mar. , 2000).

Patrick Hanan, et al. , "Memorial Minute-James Robert Hightower (1915 – 2006)", *Minutes of Meeting of the Faculty of Arts and Sciences*, Harvard University, (1 May, 2007).

Payne Robert edit. , *The White Pony: An Anthology of Chinese Poetry from the Earliest Times to the Present Day*, New York: The John Day Company, 1947.

Qiulei HU, "Reading the Conflicting Voices: An Examination of the Interpretative Traditions about 'Han Guang'", *Chinese Literature: Essays, Articles, Reviews (CLEAR)*, Vol. 34, (December 2012).

Robert H. Brower, "Ex-Emperor Go-Toba's Secret Teachings: Go-Toba no in Gokuden", *Harvard Journal of Asiatic Studies*, Vol. 32, (1972).

Shan Chou, "Allusion and Periphrasis as Modes of Poetry in Tu Fu's 'Eight Laments'", *Harvard Journal of Asiatic Studies*, Vol. 45, No. 1, (Jun. , 1985).

Sarton, George and Siegel, Frances, "Seventy-Sixth Critical Bibliography

of the History and Philosophy of Science and of the History of Civiliza-
tion", *ISIS*, Vol. 41, No. 3/4, (Dec. , 1950) .

Schafer, Edward H. , "Review on *Perspectives on the T'ang*", *Journal of the American Oriental Society*, Vol. 95, No. 3, (Jul. – Sep. , 1975) .

Sun, Kang-I Chang, "Symbolic and Allegorical Meanings in the Yüeh-fu pu-t'i Poem Series", *Harvard Journal of Asiatic Studies*, Vol. 46, No. 2, (Dec. , 1986) .

Y. W. Ma. , "Han Yü and Ch'uan-ch'i Literature", *Journal of Oriental Studies*, Vol. 7, (1969) .

Yangfang Tang, "Book Reviews on *Studies in Chinese Poetry*", *JAAS*, (XXXV, 2) .

Zbigniew Slupski, "Three Levels of Composition of the *Rulin Waishi*", *Harvard Journal of Asiatic Studies*, Vol. 49, No. 1, (Jun. , 1989) .

后　记

　　本书是由笔者主持完成的国家社科基金一般项目"美国汉学家海陶玮的中国古典文学研究"研究成果修订而成（批准号：19BWW015；证书号：20211804；鉴定结论：良好）。

　　从项目成果到修订成书，修改的主要内容有：删除了海陶玮对陶渊明诗文研究的章节，删除了附件中哈佛大学档案馆藏海陶玮私人藏书目录和加拿大阿尔伯塔大学海陶玮藏书查询目录，精简了全文叙述和一些案例分析等。

　　该书部分内容已经发表，比如关于海陶玮《中国文学论题》发表在《国际汉学》；海陶玮的汉学源起内容发表在《河北学刊》；海陶玮与叶嘉莹学术交往发表在《当代比较文学》，在此特向这些刊物表示感谢！

　　海陶玮对中国古典文学研究的重点是陶渊明研究，也产生了其代表作《陶潜诗集》，鉴于这部分内容笔者已经专题研究（《美国汉学家海陶玮对陶渊明的研究和接受》，中国社会科学出版社 2020 年版），本书并未涵盖海陶玮的陶学研究。

　　非常感谢国家社科基金评审专家们的宝贵意见，感谢陈肖静编辑等人的专业校对，在学界的鼓励和批评中促进自身学术成长和发展，何其幸哉！

　　路漫漫其修远兮，吾将上下而求索！

刘丽丽

2021 年 10 月